U0910914

江苏省高校优势学科建设工程资助项目

南京师范大学比较文学与世界文学研究论丛

俄罗斯现代文学史

История русской современной литературы

汪介之/著

中国社会科学出版社

图书在版编目(CIP)数据

俄罗斯现代文学史/汪介之著．—北京：中国社会科学出版社，2013.8

ISBN 978-7-5161-2884-8

Ⅰ.①俄…　Ⅱ.①汪…　Ⅲ.①俄罗斯文学—现代文学史
Ⅳ.①I512.095

中国版本图书馆 CIP 数据核字(2013)第 142616 号

出 版 人　赵剑英
责任编辑　曲弘梅
责任校对　张玉霞
责任印制　李　建

出　　版　中国社会科学出版社
社　　址　北京鼓楼西大街甲 158 号（邮编 100720）
网　　址　http://www.csspw.cn
　　　　　中文域名:中国社科网　　010-64070619
发 行 部　010-84083685
门 市 部　010-84029450
经　　销　新华书店及其他书店

印　　刷　北京市大兴区新魏印刷厂
装　　订　廊坊市广阳区广增装订厂
版　　次　2013 年 8 月第 1 版
印　　次　2013 年 8 月第 1 次印刷

开　　本　710×1000　1/16
印　　张　29
插　　页　2
字　　数　487 千字
定　　价　65.00 元

目　录

前　言

在21世纪初叶，回眸过去百年间的俄罗斯文学，人们每每感慨系之。在上一个世纪的漫长岁月里，俄罗斯文学和养育它的民族一样，经历了一条充满着探索与困惑、希望与失望、激奋与悲凉的道路。文学的创造者们始终和这个饱经忧患的民族共命运。百年来，无数忧国忧民、感时伤世的俄罗斯作家和诗人，以真诚的血泪，艺术地记载了本民族曲折行进的艰难历程，表现了几代人的追求、痛苦、憧憬和幻灭，为民族的命运歌哭，喊出了俄罗斯母亲的心声。毫无疑问，俄罗斯民族在20世纪为世界文学所提供的，是一部丝毫也不比19世纪俄罗斯文学逊色的文学巨册。

遗憾的是，对于这部文学巨册所拥有的富藏，我们的认识至今还并不很全面。国内现有的几种俄苏文学史，"俄罗斯部分"通常只写到契诃夫为止，"苏联部分"则讲述十月革命后的较少一部分作家。这种传统的文学史写法，遮蔽了"白银时代"（1890—1917）的几乎全部文学遗产，掩盖了俄罗斯域外文学的丰富实绩，淡化了那些不愿只写赞歌、颂歌和理想之歌的诗人和作家们的巨大成就。20世纪俄罗斯文学史的完整图像，至少有一半被某种浓重的偏见之雾所遮掩。这就使得我们的一些读者至今也无法搞清楚：鲁迅先生早就移译过其作品的安德列耶夫（安特列夫）、阿尔志跋绥夫、扎米亚京（萨弥亚丁）、皮里尼亚克（毕力涅克）等，究竟何许人也？20世纪文学进程中，除了一位苏联官方承认的肖洛霍夫，还有哪些俄罗斯作家和诗人获得了诺贝尔文学奖？有一些读者已通过译文读过布宁、曼德尔什塔姆、古米廖夫、茨维塔耶娃、普拉东诺夫、布罗茨基等人的散文或诗歌，却还难以在文学史上找到他们的名字。这类现象的存在，本身就是对一部完整的20世纪俄罗斯文学史的呼唤。

文学史建设方面的缺失，当然不只是，或主要不是文学研究者自身的某种不足所致。在过去一个相当长的时期内，对俄罗斯文学的介绍和研究，事实上一直受到某些限制；有许多作品和文学资料，在俄罗斯国内也是处于长期被封存的状态；俄罗斯出版的多种文学史著作、文学百科全书，也曾抹去过一批作家的名字。在这种文化背景下，即便是立志编写一部力图反映20世纪俄罗斯文学客观进程的文学史，也是困难重重；更不用说故步自封，抱着日丹诺夫主义不放，把守旧当作正统，把极左看成革命了。只有在社会与学术氛围进一步宽松，文学史资料充分展露和思想成果日趋丰硕的今日，郑重地提出“20世纪俄罗斯文学”的概念并考虑描画出这一文学史进程完整图像的尝试，才成为可能。

20世纪俄罗斯文学史的起点是1890年代。俄罗斯民族现代意识的觉醒，一批具有现代特色的作品的出现，也是从那时开始的。当时，在民粹派运动失败，晚期封建制危机加深，探索民族发展道路和前途的热情高涨的时代条件下，知识界开始大量引入以“重估一切价值”为特点的现代西方社会哲学思潮，以及象征主义、唯美主义、自然主义、未来主义等新的文艺思潮，同时重新解读与发现本民族的古典作家，重新审视民族历史与文化，在思想文化和文学艺术领域大胆探索，积极创造，推出了一批具有开拓意义的成果。文学是这一密集型文化高涨时代的成就突出的领域，又同哲学、宗教、艺术等彼此渗透、互相影响。俄国象征主义、“阿克梅派”、未来主义及其变体，具有自然主义倾向的作家先后出现，一批不属于任何流派的诗人和作家坚持独立的艺术探索，同变化发展了的现实主义一起，构成一个多种思潮和流派并存发展、争妍斗艳的文坛新格局。1890—1917年，是一个诗歌与理论批评繁荣，小说成就显著，散文和戏剧获得长足发展的文学时代——“白银时代”。在这个时代活跃于文坛的一批优秀作家，给整个20世纪俄罗斯文学的发展以有力的影响。

1917年十月革命在俄罗斯历史上，也在20世纪俄罗斯文学史上划出了前后迥然不同的两个时代。对历史变革的不同认识，导致作家队伍的剧烈分化和重新组合。白银时代的知名作家和诗人，约有一半在革命后由于各种不同的原因迁居国外，继续进行创作活动。俄罗斯文学形成两大板块：“俄罗斯本土文学”（其主体部分为“苏维埃俄罗斯文学”）和“俄罗斯域外文学”（俄罗斯流亡文学）。其中，国内的文学生活打上了这个纷繁驳杂的变迁时代所特有的以交叠、繁复、过渡为特点的印记。文学团体林立，各种新口号层出不穷。在理论批评方面，同时活跃着多种派别。

在创作领域，诗人和作家们进行着各自的追求与试验，思想倾向和艺术风格各异的作品同时存在。但极左文学思潮已见端倪。侨居国外的俄罗斯作家则在另一种文化背景和地域环境中，从一个独特的角度对变动的历史时代作出了自己的艺术反应，表现了第一代俄国流亡者的生活、情感和心理体验，造成域外俄罗斯文学的“第一浪潮”。由于作家们的去向和归依往往有着反复与变化，两大文学板块的区分也只是相对的。分属于不同板块的作家与作家之间也有某些交往，但越接近1930年代，对立则越为明显。自十月革命至1920年代末，俄罗斯文学在深刻变动之中依然取得了卓越的成就。

进入1930年代后，随着个人崇拜的形成与泛滥，俄罗斯本土文学进入了一个从总体上看是暗淡的时期。从思想上、组织上、对作家和文学创作实行一统化控制的结果，是使各种文学团体思潮、运动和流派荡然无存。一部分作家不得不改变自己的艺术风格，另一部分作家被迫收敛讽刺和批判的锋芒，还有一部分作家事实上失去了进行艺术创作的可能性，有些作家还遭到迫害和清洗。文学创作中的“优秀作品率”明显降低，以扣帽子、打棍子、政治宣判为特点的讨伐性批判在理论批评领域横行。日丹诺夫主义直接导致了伪现实主义和伪浪漫主义的流行，回避矛盾，粉饰生活，为个人迷信和极左政策唱赞歌的作品充斥于文坛。这是20世纪俄罗斯文学的滑坡时代。只有那些突破日丹诺夫主义制约的作品（其中大部分在当时未能发表，或遭到猛烈批判），成为这一时期俄罗斯本土文学的真正成就。在卫国战争这一民族矛盾升居首位的特殊岁月里形成的战时文学，虽然其文献意义和感情效应往往超过了美学价值，但其中的优秀之作却成为世界反法西斯文学的重要组成部分。在国外，第一代俄罗斯流亡作家继续推出一系列成功的作品，但域外俄罗斯文学的“第一浪潮”却因第二次世界大战的爆发而结束。第二次世界大战造成了第二代俄国流亡者。这一代流亡作家的总体素质较低，文学成就平平。从总体上看，域外文学的“第二浪潮”未能为20世纪俄罗斯文学提供杰出的、有影响的作家和诗人。这同样是一种滑坡。自1930年代初开始的俄罗斯文学的滑坡时代，一直延续到1950年代初期。

1950年代初，苏联社会政治生活发生了重大变化，长期沉闷的空气被打破了，社会思潮迅速活跃起来。1954年，在白银时代以诗歌创作步入文坛的老作家爱伦堡发表中篇小说《解冻》，新的文学思潮也随之开始涌动，一批令人耳目一新的作品相继出现，把俄罗斯本土文学带入了一个广阔的新阶段，即通常所说的当代文学阶段。文学开始突破日丹诺夫主义的钳制，人道主义、现实主义传统开始回归。同一时期，在俄罗斯域外文学中，取得了巨大成就的“第一浪潮”的高峰期已然过去，“第二浪潮”也逐渐走向平息；即将涌来的“第三浪潮”，同样标志着域外文学新阶段的开始，不过它已属于20世纪后半期俄罗斯文学，或俄罗斯当代文学的范畴。

本书拟将论述范围限定于1890—1950年代初的俄罗斯文学，即20世纪俄罗斯文学的前半段。全书拟依次考察1890—1917年、1917—1920年代末、1930—1950年代初的文学，勾画文学史进程中的这三个阶段的基本图像，论及在这60余年间先后达到创作高峰的主要作家及其创作（特别是安·别雷、马·高尔基、伊·布宁、鲍·帕斯捷尔纳克等经典作家），致力于探明这期间所出现的种种重大文学现象和问题，力求揭示出这一时期俄罗斯文学的主要成就。

一

白银时代：20 世纪俄罗斯文学的开端

文学的发展永远是一个前后联系、彼此渗透和交融的渐进过程，文学史的阶段划分往往并不吻合于编年史、通史的分期时限。在欧洲，中世纪的历史一直延续到 1640 年英国资产阶级革命的爆发，但 14 世纪至 16 世纪的文艺复兴时代文学无疑已属于近代文学的范畴。在中国，鲁迅、胡适等人在 1919 年五四运动之前推出的作品，已成为现代文学的先声。与此相类似，20 世纪俄罗斯文学的历史起点并不在 1900 年，而是在 1890 年代。正是从那时起，俄罗斯文坛连续出现了一系列引人注目的现象：1890 年，诗人和哲学家尼·马·明斯基的《在良心的光照下》一书问世；1892 年，年轻的高尔基哼唱着忧愤沉洪的生活之歌步入文学之林；同年，诗人梅列日科夫斯基的诗集《象征》发表；1893 年他又推出《论现代俄罗斯文学衰落的原因与若干新流派》一书；1894—1895 年，另一诗人勃留索夫编辑出版了三卷本诗集《俄国象征主义者》；布宁与安德列耶夫分别于 1893 年和 1898 年开始散文创作，与高尔基一起打开了现实主义的新天地……联翩出现在文坛上的这些现象，标志着一个崭新的文学时代——“白银时代”的到来，宣告了俄罗斯文学历史新纪元的开始。

率先使用“白银时代”（Серебряный век）这一概念的，是 20 世纪俄罗斯杰出的思想家尼·亚·别尔嘉耶夫（1874—1948）。当代俄罗斯学者、《白银时代诗人们的命运》一书的编者谢·巴文和伊·谢米勃拉托娃在该书序言中曾明确地写道：如别尔嘉耶夫所说，20 世纪初期，俄罗斯经历了真正的文化复兴；“对这个时代的另一定义——‘白银时代’，据他的同时代人谢尔盖·马科夫斯基的说法，同样也是属于他的。"[①] 1996 年在莫斯科出版的《白银时代：诗歌》一书的编者塔·贝克也清楚地指出：白银时代"这一名称最初是由哲学家尼·别尔嘉耶夫提出的，但是它被确切地指定使用于俄国现代主义诗歌，则是尼古拉·奥楚普的《俄罗斯诗歌的"白银时代"》（1933）一文问世之后的事"[②]。别尔嘉耶夫本人后来在《俄罗斯思想：19 世纪至 20 世纪初俄罗斯思想的基本问题》（1946）一书中还曾说过：19 世纪末 20 世纪初俄罗斯出现的文化高涨，特别是哲学与诗歌的繁荣，表明这一时代是俄罗斯真正的"文艺复兴时代"[③]。

"白银时代"的提法为别尔嘉耶夫的同时代人和后来的研究者们所接受。由于这一概念首先会使人联想到 19 世纪初期那个为普希金的名字所照亮的俄罗斯诗歌的"黄金时代"（在以散文为主要体裁的"自然派"出现之前），因此一些文学批评家、文学史家是严格地在诗歌史研究中运用这一术语的，他们认为 19 世纪末 20 世纪初是俄国诗史上一个略逊于普希金的时代，但也是相当辉煌的时期，即"俄罗斯诗歌的白银时代"。另一些批评家则认为白银时代不是文学史上的一个特定时代，或至少不仅仅是一个时代，不是某一时代各种文学潮流的总汇，而是拥有相同的艺术思维方式的诗人和作家们共同造成的一种文学景观。持这种观点的批评家们把白银时代大致等同于俄国现代主义运动。由于现代主义一直延伸到 1920 年代甚至 1930 年代，所以那一时期的文学也被部分地纳入白银时代。这种看法被第三种观点的持有者们嘲笑为"无意识的或不能自主的黑色幽默"。他们认为"白银时代"的时限十分明确，它是从 1890 年代初开始到 1917 年为止的一个文学时代。因为"文艺复兴需要民族的土壤和自由的空气"[④]，而在流亡作家失去了前者，国内作家失去了后者之后，文艺复兴——白银时代就不可能再延续下去了。

本书不敢苟同于将白银时代的概念只用在诗歌史研究中，因为不能认为，布宁、梅列日科夫斯基、索洛古勃、别雷等人的诗歌属于这个时代，

---

① Бавин С., Семибратова И. *Судьбы поэтов серебряного века.* Москва: Издательство «Книжная палата», 1993, с. 3.

② Бек Т. А. *Серебряный век. Поэзия.* Москва: Издательство «АСТ Олимп», 1996, с. 5.

③ Бердяев Н. *Русская идея: Основные проблемы русской мысли XIX века и начала XX века.* Москва: ООО «Издательство АСТ», 2000, с. 209.

④ Крейд В. *Воспоминания о Серебряном веке.* Москва: Издательство «Республика», 1993, с. 6 – 7.

而他们的小说则属于另一个时代。我们也难以接受把白银时代等同于现代主义运动的观点。因为从这一观点出发，俄国象征主义、阿克梅主义、未来主义和 20 世纪初浪漫主义、现实主义的相互关系便难以说清，它们所赖以形成的那个时代的总体氛围也难以描述，而像安德列耶夫、列米佐米、霍达谢维奇、茨维塔耶娃等一大批未加入任何现代主义团体的作家和诗人，是否属于白银时代，更成了一个棘手的问题。因此，本书赞同上述第三种观点，即认为“白银时代”的概念有严格的上下限，涵纳 1890—1917 年这一整个时期的全部文学现象。

白银时代的文学是20 世纪俄罗斯文学的伟大开端。这个时代所孕育的一系列优秀作家和诗人，特别是别雷、高尔基、布宁、帕斯捷尔纳克等伟大作家，有力地影响了整个 20 世纪文学的发展进程。甚至作为当代俄罗斯文学之起点的小说《解冻》的作者爱伦堡，也是白银时代的产儿。白银时代的文学遗产，事实上为它之后的俄罗斯文学运动、文学创作和文学批评，提供了一种不可忽视的标尺、规范或参照。

由于经济、文化及地理环境等多方面的原因，14 世纪至 1 6 世纪以意大利为发源地、席卷几乎整个欧洲的文艺复兴之风，未能吹进沉睡的俄罗斯。这一文化史事实使俄罗斯与西欧国家的文明发展进程急剧拉开了距离。后来虽有 18 世纪初的彼得一世改革，1860 年代的农奴制改革，俄国仍然只能在西方工业文明不断更新的成果面前望洋兴叹。以十二月党人为先导，俄国一代又一代的志士仁人“为了自由和文化”曾经进行了长期的探索与斗争，然而直到 19 世纪晚期，俄罗斯民族还是未能摆脱封建主义这颗“沉重的砝码”，未能改变严重落后的现实。1880 年代，随着民粹派运动失败而来的政治反动与社会停滞，使得庸俗苟安的风气流行一时，思想界、文化界在这阴暗萧索的时期难能有所建树。文学创作，特别是诗歌创作，一度处于低谷。曾经光华四射的俄罗斯诗坛在涅克拉索夫之后几乎沉寂了，好像只有那位从 1840 年代起就迈上诗坛的老诗人费特还在散发着最后的余光。

这一切也许正是一个民族意识觉醒前夕特有的现象。时至 1890 年代，俄国晚期封建制的弊端日益暴露，社会矛盾不断加剧，同先进国家的经济文化落差，因 19 世纪行将结束而产生的“世纪末”危机感压迫着一批有识之士，使得他们不得不认真思考并试图解决诸如俄罗斯的出路和前途，知识分子的使命、命运以及他们同人民的关系，文明与本能的冲突及其结果，生命的意义和艺术的本质等这样一些既抽象又具体的问题。马克思主义学说在俄罗斯的传播，包括叔本华的悲观主义、柏格森的生命哲学和直觉主义、阿尔弗雷·德·维尼的唯灵论、尼采的超人哲学等在内的以“重估一切价值”为基本特征的西方现代社会哲学思潮的涌入，为俄国思想界、文学界的思考与探索提供了新的理论、视角或思路。欧洲文艺复兴以后，特别是19世纪以来的丰厚文学艺术成果越来越多地被译介到俄国来，这些成果本身所具有的艺术价值及其所蕴含的人文主义、民主自由思想和基督教精神等，都给俄国思想文化界人士以有力的启示与推动。他们开始用新的眼光审视本民族历史和文化，在人文科学和艺术各领域展开了富有开拓性的创造活动。俄罗斯民族的创造潜能被唤醒了，积攒了许久的热情和精力似乎一下子发挥了出来。于是，19世纪末20世纪初，俄罗斯出现了一种不可思议的、密集型的文化高涨，迎来了俄罗斯民族的“文艺复兴时代”。

关于这个时代，别尔嘉耶夫后来写道：

> 世纪之初俄罗斯的文化复兴是俄国文化史上最敏感的时代之一。这是诗歌和哲学在一段衰落时期之后出现创作高涨的时代。这同时又是新的精神、新的感受出现的时代。对于各种类型的神秘的思潮，不论是肯定的，还是否定的，心灵都敞开了大门。各种诱惑与混乱在我们这里还从来没有如此强烈过。同时，对于即将来临的灾变的预感控制了俄罗斯的灵魂。诗人们看到的不仅是未来的曙光，还有日益逼近俄罗斯和世界的某种可怕的东西（亚·勃洛克、安·别雷）。[①]
>
> …………
>
> 现在人们难以想象那时的气氛，从那个时代的创造高潮中产生的许多东西，已进入俄罗斯文化的进一步发展中，并且至今还是整个俄罗斯文明社会的财富。但是在当时，只是存在对创作热情的陶醉、革新、紧张努力、斗争和呼唤。许多馈赠都是在这些年月里被送至俄罗斯来的。这是独立的哲学思想在俄罗斯觉醒的时代，诗歌繁荣，审美感受敏锐化，宗教信仰上的不安与探寻、对神秘事物和彼岸世界的兴

---

① Бердяев Н. А. *Самопознание: Опыт философской автобиографии.* Москва: Издательство «Книга». 1991, с. 164.

> 趣加剧。新的精神出现了，创作生活的新源泉被发现了，人们看见了新的曙光，把日暮感、毁灭感和改造生活的希望结合起来。①

这是一个精神觉醒、思想活跃、文化振兴、名家迭出的大时代。哲学、历史学、法学、经济学、宗教神学、语言学、社会学等人文社会科学领域和文学、美术、音乐、戏剧等艺术领域，都出现了一批造诣颇深、成果卓著、极有影响的人物。其中如哲学家和诗人弗·谢·索洛维约夫，思想家尼·费·费多罗夫，哲学家别尔嘉耶夫、伊·亚·伊利因和列·伊·舍斯托夫，作家、宗教哲学家瓦·瓦·罗赞诺夫，哲学家、神学家和经济学家谢·尼·布尔加科夫，法学家、宗教哲学家叶·尼·特鲁别茨科伊等人，都是著述极丰，见解深刻，其影响所及，远远超出了他们自身所活动的学科范围。在绘画艺术领域中涌现的弗鲁别里、别努阿、涅斯捷洛夫、谢洛夫、库斯托季耶夫等人，在音乐艺术方面脱颖而出的斯克里亚宾、利姆斯基—柯尔萨科夫、拉赫曼尼诺夫、斯特拉文斯基等人，在舞台艺术方面出现的斯坦尼斯拉夫斯基、涅米罗维奇—丹钦柯、夏里亚平、梅耶荷德、科米萨尔热夫斯卡娅等人，都显示了惊人的艺术创造才能，推出了一系列堪称精美的艺术作品，极大地丰富了俄罗斯的艺术宝库。

文学界更是发生了全方位的变化，取得了令人瞩目的、多方面的成就。列夫·托尔斯泰、契诃夫、柯罗连科等老一辈现实主义作家的创作活动都延续到 20 世纪初期，且晚期成果突出，不愧为大手笔。以高尔基、布宁、安德列耶夫为代表的新一代现实主义作家，则在继承前人传统的基础上大胆创新，开辟了新的艺术表现领域，探讨了一系列前人未曾涉及或未能深究的问题，成功地运用了多种新的艺术表现手法，从而大大推进了俄国现实主义的发展。但是，现实主义的“一统天下”却已不复存在。从 1890 年代开始，象征主义、阿克梅主义、未来主义等新流派先后崛起，在创作内容、表现形式和艺术风格上均别开生面，并以其创作实绩迅速取得了与现实主义并驾齐驱的地位。还有一大批作家不归属于任何一个艺术流派，而是独立地进行思想和艺术探索，也同样取得了无可否认的成就，其中如列米佐夫、扎伊采夫、茨维塔耶娃、霍达谢维奇等人，都成为这一时期和下

---

① Бердяев Н. А. *Самопознание: Опыт философской автобиографии.* Москва: Издательство «Книга». 1991, с. 139 – 140.

一时期俄罗斯文学中的重要人物。一个流派纷呈、彼此渗透、相互影响、并存发展的文坛新局面逐渐形成。单单拘泥于某一种创作程式、某一种艺术方法的作家和诗人少见了，更多的是兼采众家之长，“你中有我，我中有你”。如现实主义者高尔基的创作中就有浪漫主义、象征主义因素；布宁、库普林的现实主义中又有自然主义色彩，安德列耶夫则把现实主义与表现主义结合起来。象征主义作家与诗人巴尔蒙特、别雷、索洛古勃、勃留索夫等人，也是现实主义文学团体“星期三”集会的经常参加者。维亚切斯拉夫·伊万诺夫甚至使用过“现实主义的象征主义”这一概念。象征派诗人的诗行中不乏浪漫主义情绪的爆发。阿克梅主义是从象征主义脱胎而来的，有的阿克梅派诗人也曾以未来主义者的面貌出现于文坛。诗人米·库兹明、马·沃洛申则既接近象征派，又接近阿克梅派，但是他们在形式上却不属于任何一个流派。正是在这多种文学思潮、流派、风格并存、交叉、融合的氛围与格局中，产生了一大批代表20世纪文学新起点、新风貌、新高度的杰出作家、诗人与批评家，如高尔基、布宁、安德列耶夫、别雷、勃洛克、勃留索夫、索洛古勃、阿赫玛托娃、维·伊万诺夫、列米佐夫、叶赛宁等。他们以自己的富有开拓性的艺术探索和创作成果，造成了白银时代文学的极大繁荣，刷新了俄罗斯文学的整体图像。

这一时期的俄罗斯文学既是“文艺复兴”运动的重要组成部分，又是这一运动的产物。文学与哲学的关系尤为密切。历史唯物主义哲学直接或间接地影响了一部分现实主义作家，以及一些身为普通工农民众的“时代的歌手”。早期马克思主义者普列汉诺夫等人，力图以历史辩证法考察、阐释文艺问题，他们本身就是文艺理论家或批评家。从费多罗夫、索洛维约夫到别尔嘉耶夫、谢·布尔加科夫、罗赞诺夫等人文学者所主张的“在爱与善的基础上对世界进行精神改造”的思想，广泛地影响了文学界，不同程度地制约着作家和诗人们的思想探求取向。几乎所有这些学者都写过专著或专文论及文艺和文化发展问题。文学也以其所特有的活力、敏锐和悟性反转过来影响哲学以及整个思想界、文化界。别尔嘉耶夫曾经谈到：19世纪90年代，马克思主义学说、文学—美学观念的变化和德国哲学、俄国宗教哲学的影响，是俄罗斯文艺复兴的三大源泉①。他颇

① Бердяев Н. *Русская идея: Основные проблемы русской мысли XIX века и начала XX века.* Москва: ООО «Издательство АСТ», 2000, с. 211 – 217.

有见地地看到了当时文学在整个精神文化复兴中的地位与作用。哲学家索洛维约夫同时又是颇有成就的诗人。他的诗歌是丘特切夫、费特等 19 世纪诗人和勃洛克等 20 世纪诗人之间的桥梁，也是整个白银时代诗歌的前阶。他的诗作与他的在“真、善、美统一”的基础上达至个性完善和世界和谐的哲学思想一起，给俄国象征主义运动以重大影响。年轻一代象征派更把他视为精神偶像。象征主义的重要诗人梅列日科夫斯基曾是与别尔嘉耶夫、谢·布尔加科夫、罗赞诺夫齐名的哲学家，他参与并影响了象征主义运动、白银时代的文学生活和精神—文化复兴。费多罗夫的“积极的基督教”思想、“共同事业”的理论，则深深地吸引了俄国未来主义的诗人们。

文学与音乐、绘画、戏剧表演艺术等其他艺术门类本来有着密不可分的关系。在俄罗斯文学的白银时代，这种关系显得更为密切。文学家和艺术家之间的交往频繁，文学与各艺术领域的创作活动与理论探索常常是相互呼应，彼此配合，共同受益。20 世纪初期的俄罗斯绘画艺术逐渐呈现出表现民族心灵面貌的特点，这同勃洛克、别雷等诗人力求通过诗歌创作认识俄罗斯人的神秘的内心面貌，同高尔基、布宁、列米佐夫等散文作家对俄罗斯灵魂的高度关注，显示出一种彼此接近的艺术探索方向。天才的画家弗鲁别里不仅是象征主义诗人们的偶像，他的创作还显示出同现实主义作家（如安德列耶夫等）深入表现人的心灵痛苦相近似的艺术努力。集合在“艺术世界”这个艺术家团体中的别努阿等人的绘画，给“年轻一代”象征派诗人和阿克梅派以明显的影响。画家大卫·布尔柳克信奉的“立体主义”，直接成为“立体未来主义”诗人的纲领和原则；布尔柳克本人也是未来派的最初发起者和主要活动家之一。在拉赫曼尼诺夫的音乐作品中，往往可以听出一种无边的惆怅和对美的深深的期待紧紧地融合在一起，可以感受到一种悲剧般的力量，这同布宁的散文创作给读者的艺术感觉是十分接近的。著名音乐家斯克里亚宾相信杰出的音乐作品具有一种重铸人的灵魂的作用，它所激起的博爱精神将使人类走向和谐。这一观点同样体现在象征派作家维·伊万诺夫的艺术见解中。著名画家列维坦、歌唱家夏里亚平、演员克尼碧尔、玛·安德列耶娃、卡恰洛夫等人，是“星期三”文学小组活动的积极参加者。高尔基、安德列耶夫与斯坦尼斯拉夫斯基、涅米罗维奇—丹钦柯密切合作，成为莫斯科艺术剧院的主要撰稿人。梅耶荷德执导同时代作家索洛古勃、安德列耶夫等人的剧本，在推广作家们的创作成果的同时，形成、锤炼着自己的导演风格。这种文学界和艺术界配合默契、彼此交融的现象，是俄罗斯文艺复兴时代文化生活的一个重要特点。

同别的民族文化高涨时期常有的情形一样，白银时代的俄罗斯也出现了众多的文学团体、文学小组；每一文学组织或文学流派往往都拥有自己的刊物或不定期丛刊、丛书，有的还有自己的出版社，出版本团体、本流派的文集或个人著作。各小组常常举办文学讲座、文学沙龙，以不拘一格的形式广泛进行交流和探讨。文学组织中较有影响的是 1902 年在莫斯科建立的、作为作家、诗人和新闻界人士俱乐部的“文学小组”，有 1908 年出现于彼得堡的“艺术语言爱好者协会”及其前身“诗歌研究会”（成员包括象征主义者，后来的阿克梅派以及许多不属于任何一个流派的作家、诗人与学者），有阿克梅主义者的团体“诗人行会”（1911—1914），有未来派诗人的组织“希列亚群落”、“诗歌顶层楼”和“离心机”，有以现实主义作家为核心的“星期三”文学小组。象征主义者有自己的出版社“天蝎”。他们还先后出版过《天秤》、《金羊毛》、《山隘》、《阿波罗》等刊物，以及不定期丛刊《北方的花朵》，其中以诗人勃留索夫主持的《天秤》影响最大。《阿波罗》一刊，是老一代象征派和“年轻一代”象征派分裂的产物，后来又成为阿克梅派的重要阵地。阿克梅派还拥有自己的团体专门刊物《北方》和多种年鉴，出版过本派别成员的作品集《行会》。自我未来主义者有他们的报纸《彼得堡发言人》。“离心机”既是一个接近未来派的诗人组织，又是该组织的出版社名称。以高尔基为核心的知识出版社，出版现实主义作家的新作和《知识》丛刊，为读书界所注目。安德列耶夫参与编辑的《野蔷薇》丛刊，布宁、魏列萨耶夫参与的《言论》文集，也颇有影响。诗人和批评家安年斯基在彼得堡历史—文学高级讲习班主讲古希腊文学讲座，培养了一批文学新人。维·伊万诺夫在彼得堡的住宅，在 20 世纪初期一度成为许多作家、诗人、艺术家、演员的聚集中心，被称为文艺界的“塔楼”。作家捷列绍夫在莫斯科的住宅，同样是作家、艺术家和学者们乐意造访的地方。这类文学沙龙常常打破文学流派的界限，甚至超出“文学艺术界”的范围，包容众多的文学派别和文化界人士，成为诵读文学新作、探讨文艺与文化问题、交流各团体、流派创作成果的场所。白银时代独特的文学氛围，是与文学沙龙、文学小组的活动联系在一起的，那当中有着轻松与和谐，也有着紧张与严肃，有着观念、见解和个性的冲突，也培养着友谊或怨恨的种子。可以说，从这个时期的文学小组生活中，可以见出俄罗斯文艺复兴时代文化史程的完整上下文。

俄罗斯的文艺复兴与西方文化和文学有着密切的联系。这个时代的俄国诗人与作家，不仅在现代的西欧同行身上，也在以往各个时代的欧洲文艺家身上，看到了同盟者、先行者的形象。17 世纪欧洲的马里诺、卡尔德隆等具有“巴罗克”风格的诗人与作家，18 世纪英国的浪漫主义前驱布莱克，18、19 世纪之交的德国诗人席勒和诺瓦利斯，19 世纪的唯美主义者王尔德和戈蒂耶，象征主义者波德莱尔、爱伦·坡和魏尔伦、马拉美、兰波，现实主义剧作家易卜生；19、20 世纪之交的比利时诗人维尔哈伦和作家梅特林克等，都被白银时代的俄国作家与诗人们视为有着艺术革新精神的人物。他们从这些异国同行的创作中分别选择了、摄取了自认为有益的艺术养分，为自己的艺术探索寻得了某种参照。如果我们对比一下欧洲文学史和俄罗斯文学史，就可以发现，那些在欧洲文学史上已经出现过，但在俄国却没有出现过（或表现得不充分）的文学思潮和流派，在 19 世纪末 20 世纪初，几乎都成了俄国作家、诗人们关注的对象。俄罗斯文学似乎要在两个世纪交替的不长历史时期内，补课式地走完欧洲文学在漫长的行程中所经过的道路。追求新潮是这个时代俄罗斯文坛的一般风气。“新的颤动”、“新的艺术”、“新的文学”、“新的诗歌”，乃至“新的人”，这类概念，大量出现在当时的理论批评文字中。对于为现实主义雄霸几乎整个 19 世纪的俄罗斯文学来说，“巴罗克”的形式主义诗风，浪漫主义、唯美主义、象征主义、自然主义、表现主义及各种现代主义思潮，仿佛都成了文学生活中的新事物，都是推进文学发展所必须学习、模仿、借鉴的东西。因此，白银时代俄国文学中的每一流派，都没有把自己看成某一西方文学流派的简单翻版，在实际上也是宽泛地吸收了多种流派的艺术经验。那个时代的一批著名诗人是把当时以新诗运动为主体的整个文学运动作为“浪漫主义时代”来看待的。诗人勃留索夫被同时代的作家和诗人们称为“唯美派”的首领。吉皮乌斯、亚·米·杜勃罗留波夫、勃留索夫等人都曾经乐于自称为“颓废派”——“颓废”在当时似乎也是一种时髦。阿克梅派诗人又被人们称为“新浪漫主义者”。作家扎伊采夫认为印象主义曾是影响 20 世纪俄国文坛的西方文艺潮流之一。不排斥浪漫主义、自然主义、象征主义、表现主义等流派的艺术表现手段，是白银时代的现实主义作家们不同于前辈现实主义者的一个重要特点。安年斯基甚至曾大力提倡希腊文明、地中海文明，并主张以此来改造俄国文坛。透过这些现象可以看出，白银时代的俄国文学对西方文学是采取了全面开放、广泛接纳的态度。

然而，白银时代的诗人和作家们并没有把自己的艺术追求简化为移植西方文学，而是更强调、更看重本民族文化和文学土壤。文学界较为普遍地表现出一种“斯拉夫主义”兴趣，大概只有某些未来主义者是个例外。这种兴趣特别集中体现在两个方面：一是发现不久前才“凝结”的本民族的艺术遗产和精神遗产；二是对民族文化之根——古斯拉夫和古俄罗斯文化的浓厚的艺术兴趣。具体说来，首先是这个时期的作家和诗人们大都倾心于重新解读、重新发现19世纪俄国经典作家。如安年斯基重新解读果戈理，维·伊万诺夫重新解读普希金、莱蒙托夫和陀思妥耶夫斯基，霍达谢维奇深入研究了普希金和巴拉廷斯基，巴尔蒙特重新发现了费特，勃留索夫揭示了丘特切夫诗歌中未为人所道的一面，勃洛克则挖掘了阿·格里戈利耶夫作品中涵纳的富藏，而整个象征主义流派可以说都对陀思妥耶夫斯基其人其作作出了新的理解与阐释。白银时代的作家们大都愿意把自己的艺术探索看成俄罗斯传统文学的当然继续，强调自己的根子扎在由普希金和莱蒙托夫所奠基的深厚土壤中。诗人巴尔蒙特认为，在19世纪俄罗斯诗歌中，特别是在丘特切夫和费特的诗作中，已经包含了象征主义艺术的胚胎。现实主义作家也同样重读传统文学和经典作家，但是往往作出了另一番解释。如魏列萨耶夫论陀思妥耶夫斯基，就是同象征主义者的观点直接对立的。高尔基的《俄国文学史》讲稿，对经典作家一一作出再评价，不仅提供了一种新的看取文学史的角度，更显示出一种新的追寻方向。

再者，白银时代曾一度有过一种文化和文学寻根热。作家艺术家们表现出对斯拉夫神话和俄罗斯民间创作的极大热情和兴致。古代神话和口头文学中的艺术形象在他们的笔下复活了，而且获得了新的意义。巴尔蒙特的诗集《热鸟》和《绿色的葡萄园》，戈罗捷茨基的诗集《春播》和《雷神》，列米佐夫的故事书《顺着太阳的方向》，别雷的长篇小说《银鸽》，纳尔布特的诗集《阿利路亚》，以及赫列勃尼科夫、亚·康德拉季耶夫的作品，均把目光转向民族的古代文化遗产，使神话和民间创作的题材与情节经由新的艺术构思得到了特殊形式的再现。维·伊万诺夫写过组诗《北方的太阳》，勃洛克曾推出《咒语诗》一文和关于“沼泽小魔鬼”的系列作品，同样显示出对民间文学遗产的浓厚兴趣。

但正如欧洲文艺复兴时代人文主义者的目标绝不是要“复兴”古代文化一样，白银时代的俄罗斯作家与诗人也并不是一批旨在恢复斯拉夫文化的复古主义者。对本民族的精神与艺术遗产的重新发现，对其价值的重新评估，是以西方进步文化和文学为参照，在进入 20 世纪人类思想文化发展的新水平上进行的。深藏在俄罗斯古代文化和文学中的那些具有恒久意义和现代价值的东西被照亮了，虽然不免打下发现者、评价者主观意识的投影。新的观念，对民族性格、民族历史的新认识，对俄罗斯发展道路独特性的新见解，新的文化建设构想，已经隐隐约约地闪现在对古代文化文学的再度发掘中。

如果说，作家和诗人们同时涉猎文学研究或文艺理论批评，还不能说他们具有多方面的才能，还可以认为这是“文学家”的题中应有之义，那么，白银时代的俄罗斯作家和诗人中则有很多人显示出更为宽阔的知识面和学者的品格。这个时代的大多数作家都曾在高等学府深造，其中有不少是由俄罗斯两所最著名的大学——莫斯科大学和彼得堡大学培养出来的。作为思想、科学、文化之摇篮的莫斯科大学，曾经把弗·谢·索洛维约夫、巴尔蒙特、维·伊万诺夫、安德列耶夫、勃留索夫、列米佐夫、安德烈·别雷、马·沃洛申、谢·米·索洛维约夫、霍达谢维奇、留里克·伊甫涅夫、帕斯捷尔纳克等人都接纳为自己的学子。与莫斯科大学齐名的彼得堡大学，也不甘示弱地孕育了另一批将活跃于文坛的人物：安年斯基、明斯基、梅列日科夫斯基、魏列萨耶夫、亚·米·杜勃罗留波夫、勃洛克、戈罗捷茨基、赫列勃尼科夫、辛凯维奇、纳尔布特、曼德尔什塔姆等。与他们同时代的索洛古勃、阿赫玛托娃、米·库兹明、瓦·卡缅斯基、阿·托尔斯泰、尼·阿谢耶夫等人，则就学于其他高校。而古米廖夫、茨维塔耶娃、维·伊万诺夫、沃洛申、曼德尔什塔姆、萨沙·乔尔内依、辛凯维奇、帕斯捷尔纳克等人，还曾在巴黎大学、柏林大学、海德堡大学、马尔堡大学等国外著名大学学习。他们当中有不少人都是多才多艺，通晓好几种语言，漫游过俄罗斯大地、欧洲甚至非洲、美洲，同时在几个不同领域内有所建树。除了俄罗斯本土和欧洲以外，许多诗人和作家的足迹留在更遥远的异邦土地上。如布宁曾造访印度，别雷去过埃及，古米廖夫曾前往阿比西尼亚（今埃塞俄比亚），亚·康德拉季耶夫曾在巴勒斯坦地区逗留，巴尔蒙特则曾踏上墨西哥、新西兰、澳大利亚、南非等国家的土地。于是，古代希腊、罗马、巴比伦、犹太、埃及、波斯、中国、印度和美洲的题材和旋律，便进入了白银时代的俄罗斯诗歌中。安年斯基、维·伊万诺夫等人的视野不限于文学以内，而是具有更为开阔的文化研究者的眼光和知性。巴尔蒙特、安年斯基、索洛古勃、梅列日科夫斯基、勃留索夫等都移译过多种外国文学作品。沃洛申既是诗人，又是在巴黎专门学习过美术的画家。未来主义者大卫·布尔柳克、叶·古洛、瓦·卡缅斯基等诗人又都是画家。库兹明则兼诗人、散文家、戏剧家、批评家和翻译家于一身。勃洛克、别雷、古米廖夫、巴尔蒙特以及伊·谢维里亚宁等人，有着对于哲学（包括俄国哲学、西方哲学和中国古代哲学）、宗教学说（包括佛教、印度教、俄国教派学说）的丰富知识。从这样的阅历、知识和能力来看，白银时代的俄罗斯作家和诗人可以说大多具备学者的特点，很容易使人想起恩格斯在《〈自然辩证法〉导言》中对欧洲文艺复兴时代的“巨人”们所作的生动描述。这些学者化倾向明显的作家，自然而然地把文学创作和译介外国文学作品、文学批评与研究、文学理论建设结合起来，而且往往把哲学思想、宗教精神或文化意识贯穿到文学劳动中，使文学理论批评与创作都带上了一种哲理思辨的色彩，一种对生与死、爱与恨、善与恶等永恒主题作形而上探寻的特点。但这些特点在某些诗人和作家（如梅列日科夫斯基、索洛古勃等）那里，却发展成为对宗教思想的热衷探寻或神秘主义倾向，艺术风格上的晦涩、枯燥、玄奥也由此而产生。

白银时代俄罗斯文学生活中还有一个引人注目的特点，这就是一批颇有成就和影响的女作家、女诗人的出现。在此之前，19 世纪的俄罗斯文学尽管辉煌，却没有能够像同时期的法国文学和英国文学那样，造就一批堪称优秀的女作家。19 世纪的法国文坛，曾经拥有像史达尔夫人、乔治·桑这样的杰出女作家，她们的名字是同法国浪漫主义文学的繁荣联系在一起的。几乎是同时，在英国文学中，也先后出现了奥斯丁、盖斯凯尔夫人、夏洛蒂·勃朗特、爱米莉·勃朗特、乔治·艾略特等一批成果卓然的女作家。正是她们同狄更斯、萨克雷一起，造成了英国现实主义小说的一个鼎盛时代。19 世纪俄罗斯文学的成就丝毫也不逊色于法国文学和英国文学，但使人略感遗憾的是，它的繁盛与光荣几乎全是由男性作家夺得的。和本民族的精神觉醒、文化发展水平较低的历史环境相适应，俄罗斯女性似乎还没有参与民族的精神文化发展进程。到了19世纪末20世纪初的“文艺复兴”时代，在意识觉醒、文化高涨的大背景下，这种情况有了根本的改变。济·吉皮乌斯、叶·古洛、阿赫玛托娃、苔菲、茨维塔耶娃、玛·莎吉娘等一批女诗人、女作家相继崛起于文坛，开始在文学这一领域展示俄罗斯女性的才华、魅力和光彩。俄罗斯文学是“男性文学”的传统格局被打破了。但她们的功绩不仅在这一点。阿赫玛托娃的独特的情感体验与杰出的抒情才能，茨维塔耶娃擅长在激越的旋律和无限的感叹中表现刻骨铭心的生死情、离别恨的艺术特色，苔菲的别具一格的讽刺技巧，不仅为她们自己在20世纪俄罗斯文学中夺得了一席重要地位，而且给后来的不少诗人和作家们以积极的影响。

同19世纪后期的文学相比，俄罗斯文学白银时代更突出的成就是在诗歌方面。巴尔蒙特、索洛古勃、勃留索夫、勃洛克、别雷、古米廖夫、阿赫玛托娃、马雅可夫斯基等，都是成果斐然、极有影响的诗人。其中勃洛克可以说是涅克拉索夫以后最伟大的诗人，而阿赫玛托娃则被誉为和“俄罗斯诗歌的太阳”普希金交相辉映的“俄罗斯诗歌的月亮”。不过，这个时代的小说成就也并不逊色。高尔基、布宁、安德列耶夫、别雷、索洛古勃、库普林等人，以各具特色的艺术创造推动了俄罗斯小说艺术的发展。作为小说家，他们的影响有的已经越过了民族的疆界。勃留索夫、安年斯基、别雷、维·伊万诺夫等人，则在理论批评方面颇多建树。散文、政论、戏剧等体裁形式，在这一时代也获得了显而易见的成就。

在俄罗斯的“文艺复兴”时代——白银时代出现于文坛的每一位作家，并不一定都在这个时代达到了自己创作的高峰期。到1917年，白银时代作为一个文学时代已然终结。对于相当一部分作家来说，这也就意味着他们个人的创作鼎盛期的过去。而对于另一些在白银时代只是崭露头角，或刚刚步入文坛的作家、诗人们而言，1917年以后才是他们创作生涯的辉煌期，这既包括一直生活在俄罗斯的帕斯捷尔纳克、叶赛宁、阿赫玛托娃、曼德尔什塔姆，也包括后来侨居国外的列米佐夫、霍达谢维奇、什梅廖夫、茨维塔耶娃、苔菲、扎伊采夫等人。但是，所有这些作家在1917年以后的创作活动，以及白银时代的各种文学流派或团体在1917年以后的演化、畸变、发展，都并不意味着白银时代还在延伸，而只是这一时代文学运动的“惯性”和余波。

二

俄国象征主义文学

俄国象征主义是白银时代最先出现的文学新思潮，也是最有成就和影响的文学新流派。象征派拥有明确的哲学思想基础，建构了较为严整的美学体系，在诗歌、小说和理论批评诸方面都推出了一系列颇有价值的成果，造就了包括勃洛克和安德烈·别雷在内的一批优秀诗人和作家。象征主义文学在整个白银时代的文学中占有十分重要的地位。

1

俄国象征主义运动是在俄罗斯诗歌逐渐衰微的情势下开始出现的。它似乎要作为一种抗衡和挽救的力量，努力把新鲜的话语带入诗歌中，恢复诗的活跃的力量，复兴俄国诗坛。在象征主义的艺术见解和创作倾向中，还包含着对实证主义批评、社会学批评的一种反拨。象征主义者不承认文学作品具有直接的社会意义与价值，他们要通过艺术创造，特别是诗歌创作来建立、倡导一种文明，促进人的精神完善。

俄国象征主义的产生与西方哲学、美学思潮不无联系。1870 年代便开始出现的西欧象征主义流派，特别是以魏尔伦、兰波、马拉美为代表的法国象征派诗歌，对俄国象征派有过明显的影响。法国象征主义的先驱波德莱尔的著名诗作《恶之花》等，成为梅列日科夫斯基、巴尔蒙特、勃留索夫、艾利斯等俄国象征派诗人争相翻译和诵读的对象。美国作家爱伦·坡、德国浪漫派作家霍夫曼的艺术风格，英国作家王尔德、比利时作家梅特林克及挪威剧作家易卜生的象征化手法与语言，也为俄国象征主义作家所推崇和仿效。德国哲学家叔本华的《作为意志和表象的世界》、尼采的《悲剧的诞生》和《查拉图斯特拉如是说》等著作中所蕴含的对生命本体的意义，对人的精神意志的作用，对艺术的起源与本质的看法，更为俄国象征派所摄取。

然而，俄国象征派又断然否认自己只是西欧象征派的变种。他们认为，自己的根子在以普希金为先导的19世纪俄国诗歌中，在丘特切夫、费特、福方诺夫等诗人的作品中。他们承认，作为一种艺术方法的象征主义，在欧洲各国文学中早已有之，19世纪的法国诗人又造成了一个声势浩大的象征主义运动，但这一切只是给他们以启示，激发了他们的诗歌创造热情；只有本民族的经典作家才真正提供给他们主要的东西。普希金的诗神与宗教世界的和谐、融合，诗人关于历史与人的痛苦的沉思；莱蒙托夫诗歌中的"恶魔"主题；莱蒙托夫、果戈理和陀思妥耶夫斯基对人的灵魂的双重性和个性痛苦之根源的揭示，几乎已框定了象征派艺术探索的大致范畴。丘特切夫和费特对"彼岸"世界和"此岸"世界之神秘关系的叩问，对理智、信仰、记忆、直觉和艺术创作之间的复杂联系的探测，以及他们试图触及"一切秘密的秘密"、"至高无上的事物"的努力，更使得象征派的美学原则明朗化。正是上述俄罗斯诗人和作家为象征主义文学打下了厚实的根基。

哲学家和诗人**弗拉基米尔·谢尔盖耶维奇·索洛维约夫**（1853—1900）是俄国象征主义的先驱。他接受了古希腊哲学家柏拉图关于存在着"两个世界"的学说，即认为现实世界、此岸世界和"理念"世界、彼岸世界共存，而且后者是更为高尚的、完善的、永恒的；尘世的现实只是彼岸世界的一种反映，一种被歪曲的类似物。索洛维约夫在他的宗教哲学散文和诗歌中，呼吁人们摆脱世俗的羁绊，接近永恒的彼岸世界。这种"两个世界说"为象征主义者，特别是20世纪初出现的"年轻一代"象征主义者所认同，后者甚至被称为"索洛维约夫分子"。象征主义者把诗人想象为生活秘密的发现者与创造者，有接近彼岸世界的能力，有领悟彼岸世界并在艺术中加以表现的力量，而艺术中的"象征"正是这种"接近"与"领悟"的方法和手段。

索洛维约夫哲学体系中有决定性意义的是所谓的"万物统一"的思想：整体和部分、一般和个别、内部和外部、精神和物质的统一。达到这种统一便实现了"完善"。但噩梦般混乱的现实世界却阻碍着人们实现自己的理想，人世间的"兽性"时而占据上风。索洛维约夫认为，要拯救人类，达到复兴，就必须实现和“世界的灵魂”相融合，这“灵魂”就是把尘世的生活和神灵的世界，把美与爱联系起来的以“永恒的温柔”为特点的女性气质。艺术创作在人类接近这一高度的过程中发挥着特殊的作用，它是“神灵世界的类似物”，排除了理念与感情、精神与物质之间的矛盾。索洛维约夫从他的“新基督教思想”出发提出的艺术拯救人类的观点，也为大部分象征主义者所接受。

索洛维约夫不仅是象征主义的理论先驱，而且在俄国诗歌从传统向现代的转变中具有开风气之先的意义。从理论上看，他关于艺术的先知使命、“世界的灵魂”、“永恒的温柔”——“永恒的女性气质”、“两个世界说”、“万物统一”的思想和“东西方融合”的思想，对象征派诗人产生了直接的、重大的影响，同时也推动了更为广泛的范围内诗歌观念的更新。从诗歌创作上看，他终生讴歌与赞美的即是体现“永恒的温柔”之特点的女性。与诗人自己对 C. M. 玛尔蒂诺娃的倾心和爱慕相联系的抒情诗章《玛尔蒂诺娃组诗》（1892—1894），便是他这方面的代表作品。诗人坦然地表露了自己对这位“美丽温柔的女郎”的爱意：“我喜欢你那无边无际的目光，/还有忧愁思考的严峻的阴影。”诗人相信：“这圣洁的美女脚旁，/是一处理想的休憩地方。”[①]在长诗《三次相见》（1898）中，诗人描述了自己在幻想之中与理念中的永恒温柔的女性形象分别于莫斯科、伦敦和埃及的三次会见。索洛维约夫的抒情诗继承丘特切夫和费特的传统而有所发展，显示出浓烈的自由色彩，大量运用象征和隐喻，开启了以象征派为先导的白银时代新诗运动。

俄国象征主义者把索洛维约夫尊为精神导师，以他的思想为基础，形成了自己的艺术观。首先，他们强调艺术的宗教底蕴。20 世纪初俄罗斯存在的尖锐的社会矛盾和深刻的精神危机，日益明显的全球性的动荡不安，第一次世界大战的临近，对历史大变动的预感，使象征主义者期待着、渴求着某种可以“医治”、改铸、复兴全人类的东西。他们根据索洛维约夫的学说，认为只有通过艺术与宗教的结合才可以实现这种改铸与复兴。梅列日科夫斯基所说的艺术的三要素之一“神秘的内容”，就是指他的“新宗教意识”——一种旨在融合古希腊罗马多神教和基督教，独立

① 余一中主编：《俄罗斯白银时代精品文库·诗歌卷》，中国文联出版公司 1998 年版，第 6 页。

于《旧约》和《新约》的“第三约言”理论。别雷则认为，“艺术的意义仅仅是宗教的”[①]。他强调象征主义艺术具有创造、改铸精神的作用，把它看成一种“精神革命”，一种对人类的拯救。象征派作家和诗人一般都倾向于对生活现象作出一种神秘主义的领会和理解，从中创造出独特的、非实指意义的形象。

其次，象征主义者坚信艺术具有改造尘世生活的伟大作用，赋予艺术以“创造生命”、“建设生活”的重要意义。别尔嘉耶夫在《创作的意义》一书中对艺术的实质、意义与作用所作的阐述，集中反映了象征派对这个问题的看法。这一派作家普遍认为，艺术就其实质而言是高于生活的。勃留索夫说，世界上没有任何一种东西比艺术创作更为广阔、更为包罗万象，它是一扇通向永恒的微开之门。他指出：“艺术也许是一种支配着人类的最伟大的力量。”[②]维·伊万诺夫则强调，艺术归根结底不是创造偶像，而是创造生命。致力于拆除文学与生活之间的壁障，经由艺术活动创造性地改铸自我的个体生命，是象征派诗人和作家的共同目标。在他们的心目中，音乐是最高的艺术。这一观点显然来自尼采。后者认为：音乐发自“世界的心脏”，发自“真正的现实”，也即最高的、理想的世界。象征主义者认为诗歌具有和音乐相同的品格与效用，而诗人则是超越于世俗生活之上的预言家与缔造者——他们构筑自己的独特世界。

“象征”在象征主义者那里有着特别重要的意义。他们认为，艺术中的象征是带有寓意性的形象，有其实在的、“物”的丰满性，还有其无限宽泛的多义性。象征是“另一现实的表现”（维·伊万诺夫语），另一种为人所不知的音响的回声。在“象征”中涵纳着深刻的意义，它本身即被这种意义所照亮。安年斯基指出，象征派诗歌的基本语言是一种并非所有人都运用的、足够高雅的、流畅的暗示性语言，“在这里既不能搞清楚所有你猜测到的东西，也不能够解释所有你领悟到或敏锐地感觉到，但又在语言中找不到适当概念的东西”[③]。在象征派的诗歌中，从索洛维约夫的诗作开始，逐渐形成了一整套被赋予神秘意义的象征性词汇、符号性

---

① Белый А. *Символизм как миропонимание.* Москва: Издательство «Республика», 1994, с. 120.

② Банников Н. В. *Серебряный век русской поэзии.* Москва: Издательство «Просвещение», 1993, с. 7.

③ Там же, с. 5 – 6.

词汇。

象征主义的艺术信条并没有使象征派诗人和作家千人一面。每一位象征主义者都显示出自己的鲜明个性。巴尔蒙特以其音乐般悦耳的诗歌首先为象征派艺术在俄罗斯赢得了光荣。同象征派和后来的阿克梅派都有密切联系的安年斯基，具有对人的细微心理变化的敏锐洞察力，在个人气质上更像一位文学教师。梅列日科夫斯基在宗教方面的学识与热情往往胜过了他的艺术想象力。勃留索夫在同人中最接近"此岸"，最远离神秘主义，最具有"现实主义"精神。索洛古勃以阴郁、冷硬著称，是一位谱写悲怆旋律的大师。才识过人的别雷以其在诗歌、小说、散文、文学批评和美学方面的丰富实绩，成为俄国象征主义文学的集大成者。维·伊万诺夫通晓古希腊文化，理论功底深厚，又被称为"人的灵魂的捕捉者"。勃洛克成功地把对祖国、对民族的歌哭，凝练在呈露自己精神历程的诗行中。这些各具特色、各有千秋的诗人和作家，共同装点着俄国象征主义文学的百花园。

如果说，俄国象征主义诗歌开始出现于19世纪90年代，那么，只是进入20世纪，作为一种文学思潮和文学流派的象征主义，才显示出了完整的轮廓。1900年，两本成熟的诗集——巴尔蒙特的《燃烧的大厦》和勃留索夫的《第三守备队》同时问世，象征派在俄罗斯诗坛清晰地呈露出自己的独特面貌。梅列日科夫斯基和索洛古勃的象征主义小说也在两个世纪之交陆续问世。这时的俄国象征主义已经拥有了自己的诗学体系、理论批评、基本队伍与创作实绩。一般把上述四位作家以及明斯基、济·吉皮乌斯、亚·米·杜勃罗留波夫、伊·伊·柯涅夫斯科依（1877—1901）、尤·卡·巴尔特鲁沙伊蒂斯（1873—1944）等人称为"老一代"象征主义者，而把维·伊万诺夫、别雷、勃洛克、谢·索洛维约夫等人称为"年轻一代"象征主义者。他们所掀起的象征主义运动分别被称为"第一浪潮"和"第二浪潮"。也有的文学史著作将"老一代"象征主义者划分为两个群落，即以明斯基、梅列日科夫斯基、济·吉皮乌斯为代表的第一群落；以勃留索夫和巴尔蒙特为首的第二群落。这样，整个俄国象征主义运动就被分成三个群落。本书原则上采用第一说，即认为俄国象征主义者有两代之分。这一分野是在1910年明朗化的。这一年3月，维·伊万诺夫先是在莫斯科，后又在彼得堡，在"艺术语言爱好者协会"作题为《象征主义的遗训》的报告。他认为象征主义运动的主要任务是发挥其法术般的驱逐鬼神的作用，“改造生活”，“建设生活”。勃洛克和别雷支持维·伊万诺夫的见解。在别雷看来，象征主义是一种世界观，它变革生活，创造“新的生命形式”。勃留索夫与他们展开论战，强调象征主义永远属于艺术的范畴，它是一种艺术表现方法，也是一个文学流派。只是在这场论争中，勃留索夫等人才开始被称为“老一代”象征主义者。这一争论也是俄国象征主义运动出现危机的表征。但是，两代象征主义作家的创作活动并未就此停止。1910 年代曾经出现过象征主义文学的再度繁荣。直到 1917 年以后，作为一个文学流派、一种文学运动的象征主义才走向消解。

2

康斯坦丁·德米特里耶维奇·巴尔蒙特（1867—1942）是最早出现的俄国象征派诗人之一，也是白银时代新诗运动的首倡者。他出身于弗拉基米尔省舒亚县古姆尼谢村一个地方自治活动家的家庭。他的母亲有着广泛的文化兴趣和奔放、热情的性格，给少年时代的巴尔蒙特以深刻的影响。在中学时代，巴尔蒙特就因参加革命小组而被校方除名。1886 年，他毕业于弗拉基米尔中学，同年考入莫斯科大学法律系，次年又因发动学潮而被开除。1889 年再入雅罗斯拉夫尔的德米多夫法律学校，不久即以拒绝“官僚教育”弃学而去。1890 年，焦躁不安的情绪曾使他企图自杀。命运没有让他过早地死去，却给他留下了终生跛足之憾。

巴尔蒙特自 1885 年起就开始发表诗作。也是在这一年，他结识了老作家柯罗连科。后者在他步入文坛之初给他以许多帮助，被他称为自己的“教父”。巴尔蒙特一边写作，一边翻译海涅、缪塞等西欧诗人的作品。1890 年，他曾在雅罗斯拉夫尔自费出版过一本《诗集》，但几乎未为读书界所知晓。1894 年出版的《在北国的天空下》才被认为是他的第一本诗集。这本集子中有不少诗带有模仿 1880 年代“疲倦的一代”诗人的痕迹，抱怨生活的庸碌与悲凉。但是在巴尔蒙特笔下，忧郁而悲伤的旋律中又回响着对爱情、对大自然、对合乎人的天性的日常生活的赞美。批评界从这本诗集中开始注意到诗人的天赋，以及他的诗作的音乐性和优雅的形式。第二本诗集《在无限中》（1895）体现了诗人一种深深的悲观意识：

一切瞬息万变，抒情主人公的情绪变幻无常、奇异莫测，幻想和梦境的现实性反衬出现实的虚幻性。诗人仿佛力图把迅速变换、飞逝而过的现象一一铭刻下来。显然，巴尔蒙特这个时期的诗歌具有印象主义特色，诗歌语言则多为朦胧的、暗示性的和象征性的。

巴尔蒙特酷爱域外旅游，并把旅行生活和了解、译介异国文学结合起来。1892 年他曾去过斯堪的纳维亚诸国，回国后就翻译了勃兰兑斯、易卜生、比昂逊等北欧作家的作品。1896 年结婚后，巴尔蒙特又漫游了法国、西班牙、荷兰、英国、意大利等欧洲国家，勤奋研究这些国家的语言与文化。1897 年春夏，他曾在牛津大学举办论俄国诗歌的系列讲座。同年秋天回国后，又移译了维加、卡尔德隆等西班牙作家的作品，并发表论及西班牙民族性格和作家的文章多篇。他高度重视英国诗歌的成就，通过席勒德译本转译了拜伦与布莱克，对王尔德则更感兴趣。1898 年出版的诗集《寂静》反映了诗人漫游欧洲所获得的新鲜印象。从中还可见出尼采的道德哲学的影响，以及诗人追求诗歌表现技巧的努力。

1898—1901 年间，巴尔蒙特居住在彼得堡，与梅列日科夫斯基、济·吉皮乌斯、索洛古勃等象征派作家交往。此时，在莫斯科也形成了以勃留索夫为中心的象征派文学小组，巴尔蒙特在这个小组中也发挥了重要作用。1899 年，他与勃留索夫等人一起发表了多人诗集《沉思集》。天蝎出版社是象征派作家的活动中心，巴尔蒙特在 1904—1909 年间是该出版社及其出版的刊物《天秤》的主要编辑之一，常自称为“天蝎诗人”。

将巴尔蒙特带到俄罗斯的巴尔纳斯山顶峰的，是他的《燃烧的大厦》(1900)、《我们将像太阳一样》(1903)、《唯有爱》(1905) 三本诗集。在《燃烧的大厦》中，阴郁悲凉的心境为明朗欢快的音调所覆盖。巴尔蒙特的“疲倦的”主人公变成了热爱自由的、强有力的个性。诗人不断变换着他的主人公的时空背景：从野蛮游牧部族到古代罗斯，从伊万雷帝时代到鲍利斯·戈东诺夫王朝，从西方到东方；但他最为喜爱的显然还是高傲的、“永远自由的”信天翁形象。这些形象都在追求着“光明”、“火”与“太阳”。诗人的同时代人在他的诗中看到了反叛的甚至革命的思想，诗人自己却似乎更关注自我认识和内心的解放。然而他也不可能完全置身于时代精神潮流之外。1901 年 5 月，彼得堡大学生示威游行遭到驱赶，巴尔蒙特针对此事公开朗读并散发反政府的诗作，结果被驱逐出彼得堡，还连续两年失去了在任何有大学的城市中居住的权利。

诗集《我们将像太阳一样》试图描画出宇宙起源的图景，处于这幅图景中心的是作为一切生命之永恒源能的太阳。诗人热情歌颂代表自然力量的日月星辰、风云水火，表现了一种泛神论观念，同时把激情充溢、满怀愿望欲求、“精神饥渴”、因爱而心醉神迷等精神状态作为“现代心灵”的特点加以肯定。诗集中同时可见“一切转瞬即逝”的思想和某种社会热情。在诗集《唯有爱》中，诗人继续歌唱太阳和光明，歌唱“生命的赐予者，光明的创造者”。以上三本诗集，构成了巴尔蒙特诗歌创作的高峰。

1902—1904 年间，巴尔蒙特曾先后旅居法国、英国、比利时、德国、瑞士和西班牙诸国，回国后将自己在巴黎、剑桥和莫斯科等地所作的谈欧洲和俄国诗歌的讲演稿修改加工，名以《峰巅》（1904）结集出版。这本文集较集中地反映了诗人在两个世纪之交的思想与美学探索。诗人 1905 年出游墨西哥和美国的成果，则体现在文集《蛇花》（1910）中，那里有旅行记和关于墨西哥古代文化的随笔，也有对马雅神话和印第安神话的翻译或改编之作。在这个时期出版的诗集《美之祭》（1905）中，诗人诅咒那些失去了对大自然和太阳的爱，只看见钱币光泽的人们，认为他们也就失去了人的完整性和精神追求。巴尔蒙特在这里向现代人发出了谴责和呼吁。

第一次俄国革命期间，巴尔蒙特写了一系列政治诗，鞭挞专制政权，颂扬“有觉悟的勇敢的工人”，表现了对沙皇统治、对小市民的虚伪文明的愤恨。在社会热情高涨的背景下，他一度接近高尔基，为《新生活报》等民主派报刊撰稿。这期间的诗作大都收入《诗汇》（1906）和《复仇者之歌》（1907）两个集子中，其中后一本诗集因被禁止在俄国发表，系在巴黎出版。1905 年年底，巴尔蒙特为躲避政府迫害而秘密出国。

旅居巴黎期间，对祖国的怀念使诗人把注意力转向民族文化传统。他一度沉湎于古罗斯诗歌中，并尝试用“现代音调”改写民间壮士歌和童话故事诗。在他的《凶恶的魔力》（1906）、《热鸟》（1907）、《绿色的葡萄园》（1909）等诗集中，均可寻见俄罗斯和斯拉夫古风，发现民间传统的情节、咒语诗或宗教教派诗歌的内容。这些诗作同时是巴尔蒙特的创作出现某种衰退的征兆。诗人似乎是在自己建构的诗歌框架内逐渐限制了自己的发展，重复使用同一题材、形象和表现手段，过于抽象化，辅以“过多的佐料”（勃洛克语），造成艺术分寸感的失落。诗集

《空中鸟》(1908) 和《时间的轮舞》(1909) 同样给人以勉强、单调、疲软之感。

巴尔蒙特在旅法期间，除在欧洲各国漫游外，还于1910年造访埃及，1912年作了为期近一年的环球旅行，到过加内里群岛、南非、澳大利亚、新西兰、波里尼西亚群岛、新几内亚、锡兰和印度等地。诗人以随笔集《俄赛里斯的领地》(1914)、《幸福者之岛》(1916) 和诗集《白色营造师》(1914) 等作品，记录了这些旅行生活的印象与感受。旅行期间，他继续研究各国文化，特别是印度宗教、吠陀文学和迦梨陀娑的悲剧，翻译了梵语诗人的作品。

1913年5月，巴尔蒙特回到阔别八年的祖国，受到文学界朋友和崇拜者的热烈欢迎。但此时年轻的诗人和批评家们已在谈论他的“终结”，古米廖米说他只是“空洞而优美的语言”的创造者。但巴尔蒙特并未停止文学活动。1914年，他作了题为《作为魔法的诗歌》的演讲。次年，天蝎出版社出版了他的同名专题论著。该书论及抒情诗的实质和效能，认为诗具有魔法般的、神秘的、咒语的意义，强调古代诗歌的原初性和独创性。1915—1916年间，他还到俄国中部和东部作巡回文学演讲，翻译了格鲁吉亚长诗《虎皮武士》，并访问了日本。1916—1917年，十四行诗成为他采用的主要诗歌样式，这期间他共写有255首十四行诗，集成《十四行诗集：太阳、天空和月亮》(1917) 一书。

巴尔蒙特怀着激奋欢迎推翻君主专制的二月革命，却对十月革命持断然否定的态度。他曾写有《我是否是革命者?》(1918) 一书，认为自己是“真正的革命者”，但不能接受暴力和对言论自由的剥夺。1917—1918年，他还在继续诗歌创作和翻译，举办文学讲座，为杂志撰稿，但不参与任何社会政治活动。1920年5月，诗人永远离开了俄罗斯。

在国外，巴尔蒙特住在巴黎，有时住到大西洋岸边的一个小城内。20年代至30年代中期，他的文学活动仍相当频繁：在巴黎大学讲课；为在巴黎出版的俄国侨民报刊《现代纪事》和《最新消息报》写稿；出版著作，翻译斯拉夫和立陶宛诗歌；也在美国和意大利报纸上发表文章。他在这期间发表的诗集有《海市蜃楼》(1922)、《我的—她的》(1924)、《在离别的远方》(1929)、《淡蓝的铁马掌》(1935) 和《为光明效力》(1936—1937)。对俄罗斯的深切怀念成为诗人侨居异国时期创作的基本主题。其中，诗集《我的—她的：俄罗斯》最鲜明地体现了巴尔蒙特的俄罗斯情结。这部诗集名称的含义，经由其中的一首同名诗作中的句子得到了揭示："我全副身心都在我的俄罗斯/ 我整个是属于她的，她也整个是属于我的。"批评家艾亨瓦尔德认为，这本诗集的"主导动机"，就是"爱国主义——从这个词的最好意义上说"①。《和解》一诗，集中表达了诗人在流亡生活中对俄罗斯的感情：

我承受了难以忍受的委屈，
由于你，亲爱的祖国。
我已唱完了祭祷歌，
唱的是春天曾时常在我心中。

还要重复这折磨的话语？
有过痛苦。我把痛苦埋藏在心里。
但在报警的疯狂和喧哗中
我把一切付之一炬，毫不迟疑。

生命的荣誉。是恶的爆发，
盲目无知的漫长篇页。
但是不能脱离亲人，
吸引着我的，俄罗斯，只有你。②

遗憾的是，巴尔蒙特的诗作已失去了当初的艺术感召力。扎伊采夫说："作为诗人，他已不再前进，虽然他写得很多。他变得很弱——他最好的作品是在俄罗斯写成的。"③ 1942 年，巴尔蒙特在长期患病后去世。

作为俄国象征主义"第一浪潮"的重要代表之一，巴尔蒙特把新的音调、韵律和音响效果带入诗歌，多方面地丰富了俄罗斯诗歌艺术。他的创作活动，他对外国文化的研究，对外国文学的译介，表明了俄国象征派

---

① Николюкин А. Н. （глав. ред.）. *Литературная энциклопедия русского зарубежья: 1918—1940. //Том* 3. *Книги.* Москва: РОССПЭН, 2002, с. 67.

② Одоевцева И. *На берегах Сены.* Москва: Издательство «Захаров», 2005, с. 58.

③ Зайцев Б. К. *Сочинения: В трёх томах.* Т. 3, Москва: Издательство «Художественная литература», ТЕРРА, 1993, с. 373.

宽阔的精神视野和吸收、传播人类文化成果的热情。但巴尔蒙特并不是一个“纯粹的”象征主义者。他对大自然的直接感悟，对爱情心理细微差别的体察，对“瞬间”的敏锐感觉，都使他的诗作带上了印象主义特点。他对光明、太阳和美的讴歌，他在文明遭践踏的时代对原初的严整、完善、美好的“太阳因素”的呼唤，表明他对人类理想未来的向往，也使他的诗风接近20世纪初的俄国新浪漫主义潮流。

3

德米特里·谢尔盖耶维奇·梅列日科夫斯基（1865—1941）和别的象征派作家不同的是，他的主要成就不是诗歌，而是历史题材的散文作品、文学批评著作和宗教—哲学随笔。他生于彼得堡一个宫廷内侍官员之家，毕业于彼得堡大学历史—语文系。其父为人严厉而冷漠，只关心个人升迁，只有母亲给他带来欢乐。以读死书为特点的刻板的学校生活也使他厌烦。这种氛围却刺激了梅列日科夫斯基的内心生活的突出发展，培养了他的所谓“书斋性格”。自童年时代起他就开始阅读普希金、莱蒙托夫、丘特切夫的作品。1880年，他先后认识了老作家陀思妥耶夫斯基和诗人谢·纳德松，后者把他引入著名的达维多娃（彼得堡音乐学院院长的夫人）沙龙，于是他又在那里结识了民粹派批评家尼·康·米哈依洛夫斯基和作家格·乌斯宾斯基等人。在乌斯宾斯基的影响下，他参加过民粹派“到民间去”的活动，甚至打算去当一名乡村教师。

梅列日科夫斯基的诗歌创作开始于1880年代初期。浪漫主义故事诗《释迦牟尼》（1885）初次为诗人带来声誉。诗中表现人与神平等的思想，高傲的主人公敢于大胆地同佛祖争辩。但这种高昂的音调或许只是一种例外，而诗中悲观情绪和孤独感的流露，才和同时期梅列日科夫斯基的其他诗作（如《波涛》等）以及整个1880年代俄国诗坛的基本旋律相吻合。

摆脱诗坛消沉氛围的意愿，法国诗人波德莱尔和美国作家爱伦·坡的影响，促使梅列日科夫斯基走向象征主义。他的思想特点也制导着他在艺术方法上的选择。他有着对于一切宗教，包括佛教和泛神论的浓厚兴趣。还在大学时代，他就倾心于康德、斯宾塞哲学以及古希腊、罗马历史与文学。他的副博士论文便是以文艺复兴时代一位法国哲学家为研究对象的。这一切使他乐于归依更适合表现神秘意蕴或抽象哲理的象征主义。1892 年，梅列日科夫斯基的诗集《象征》出版。在俄罗斯文学中，他是第一个使用“象征”这一概念的作家。收入这个集子的诗歌，大部分写于 1889 年他和女诗人济·吉皮乌斯结婚前后，以及随后他们俩的欧洲旅行期间，差不多已经囊括了梅列日科夫斯基的主要诗作。因为到了 90 年代中期，他就已经不再写诗。

贯穿于梅列日科夫斯基诗歌的一个基本主题，或者说作为他的诗歌创作的一个基本动因的，是对于人与上帝之关系的思考。以“奥涅金诗节”写成的《死亡》一诗，通过男女主人公奥尔加和鲍里斯的关系，表现了基督教思想与实证主义之间的冲突，在传奇剧的框架中象征性地显示出基督教精神的胜利。在《发自内心深处》、《信仰》等诗中，诗人呼唤上帝在这“残酷的世纪”拯救人类。《为莫名的忧愁所折磨……》一诗，歌颂与“芸芸众生”相对立的大自然，体现了诗人的“新基督教”思想——关于“人神”和“神人”的学说。当然，梅列日科夫斯基的诗歌主题并不是单一的。献给早逝的诗人谢·纳德松的《为诗人之死而作》，显然是沿用“诗人与社会”这一俄国诗歌的传统主题，从中还可听出一种高扬的公民精神。对人类历史文化遗产的重视与热爱，畅游雅典、罗马、佛罗伦萨和君士坦丁堡等文明发祥地所获得的丰富知识，使梅列日科夫斯基时而转向对古代文明作出一种哲理的概括与沉思，《未来的罗马》一诗便是诗人在这一方面的一个重要收获。

然而，梅列日科夫斯基对俄国诗歌艺术的贡献毕竟有限。宗教—哲学探索的热情牵制了他的艺术创造力的发挥。他的诗似乎更多地出自“头脑”，而不是出自“心灵”；更多地来源于理智，而不是来源于感情。这就不免给人以枯燥、平板、过于理性化之感。诗人自己显然也意识到，诗歌不是最适合于他的形式。于是在 1904 年，他把经过自己苛刻挑选的诗作编成一部《诗歌集》出版，算是对此前的诗歌创作作了一个小结。

这本诗集出版时，他与济·吉皮乌斯已成为象征派诗人们注意的一个中心，但是他的影响主要是在思想方面。这种影响早在《论现代俄罗斯文学衰落的原因与若干新流派》（1893）一书问世时即以开始。该书是把俄国现代主义作为一种艺术潮流从理论上加以确认的第一次尝试，也是第一次试图对现代主义的美学观作出系统概括。梅列日科夫斯基认为，俄罗斯文学到90年代已处于深刻危机的边缘，这是由于它过于靠近现实所致。在他看来，为社会服务是艺术的死胡同。他说从1860年代起车尔尼雪夫斯基等人所提倡的“艺术唯物主义”导致了艺术鉴赏力的普遍衰退，而这正是文学衰落的原因所在。他认为，永恒的宗教神秘感情构成真正艺术的基础，但这一艺术传统由于实证主义的发达而被忘却，只是进入1890年代才出现了恢复这一传统的征兆。他号召创立“未来在俄罗斯取代功利主义的、庸俗的现实主义的理想主义的新艺术”，并认为这种新艺术的三个基本要素是“神秘的内容、象征的手法和艺术感染力的扩张”①。梅列日科夫斯基并未能够预测出白银时代俄罗斯文学（即使只是现代主义）的整体态势，但还是大致估摸到了象征主义文学的一般特点。

在梅列日科夫斯基的全部创作中占有最大比重的，是他的散文（广义上的）创作。推动他从诗歌转向散文的根本动力，是他对基督教思想的浓厚兴趣。对宗教—哲学的钻研与探寻，在19世纪末20世纪初的俄国知识界具有某种普遍性。根据梅列日科夫斯基夫妇的倡议组织的彼得堡宗教—哲学聚会（1901—1904），被称为“家庭杂志”的《新路》（1903—1904）一刊，是20世纪之初俄国知识分子探讨宗教哲学问题的重要场所和阵地。在这一探寻过程中，梅列日科夫斯基逐渐形成了他的“新宗教意识”。他认为，有两种真理存在：基督教——上天的真理，和多神教——尘世的真理。未来这两种真理的结合，将是宗教真理的完备化。灵魂与肉体的冲突是这两种真理矛盾的表现。第一种真理表现为追求精神上的自我牺牲，追求与神的融合；第二种真理追求个性的自我确立、自我崇拜。历史发展的最佳结果，也将体现在这两种追求的和谐一致中。梅列日科夫斯基正是在这样一个并不复杂的哲学框架中安排其散文作品的情节结构和形象体系的。或者说，他是通过一系列散文作品来阐发、“象征”他的宗教—哲学思想的。按照作家自己的说法，他的第一个三部曲《基督与反基督者》是描写世界历史中两种真理的斗争的；一系列批评著作，即《列·托尔斯泰和陀思妥耶夫斯基》（1901—1902）、《果戈理与魔鬼》（1906）、《米·尤·莱蒙托夫：超人诗人》（1909）等，描写两种真理在俄罗斯文学中、在当

① Мережковский Д. С. “О причнах упадка и о новых течениях современной русской литературы”. //*Л. Толстой и Достоевский. Вечные спутник.* Москва: Издательство «Республика», 1993, с. 538, 539.

前的斗争；《将来的下流坯》（1906）、《不是和平，而是利剑》（1908）、《在静静的深渊中》（1908）、《患病的俄罗斯》（1910）等一组论著，谈论的则是社会舆论界两种真理的冲突；在《古代悲剧》、《意大利故事》、《永恒的旅伴》（1897）等论著中，作者显示出他认识两种真理之关系的若干阶段；最后，第二个三部曲《野兽王国》（包括《保罗一世》，1908；《亚历山大一世》，1913；《十二月十四日》，1918），则是研究在对待未来俄罗斯的态度上两种真理的斗争，也可以说是研究“君主主义与反君主主义”问题的。不难看出，这五组散文事实上成了梅列日科夫斯基“新宗教意识”的载体。

三部曲《基督与反基督者》包括三部长篇历史小说：《诸神之死》（《背教者尤里安》，1896），《复活的诸神》（《莱奥纳多·达·芬奇》，1901），《反基督者》（《彼得与阿列克谢》，1905）。梅列日科夫斯基认为，在人类历史进程中的转折时期，“两种真理”的矛盾斗争表现得最为尖锐。他的三部曲所选取的都是这样的历史时代：古希腊罗马晚期、欧洲文艺复兴时期和俄国的彼得大帝时代。《诸神之死》描写古代文明的悲剧性衰落。闪耀着文明光辉的古希腊已打上了注定要覆灭的不祥印记，为破坏欲所驱使的奴隶在欢庆胜利。贵族统治者尤里安力图阻止历史的前进，但又不能容忍早期基督教的民主精神，便试图恢复充满崇高的唯美精神的多神教文明。可是尤里安垮台了，奥林匹斯山上的诸神死了，体现着人类精神完善的神庙与雕像被破坏了。但历史的矛盾决定了它的往复。在小说结尾，有先见之明的阿西诺亚预言希腊自由精神的复兴。果然，在《复活的诸神》中，希腊诸神复活，古代文明精神恢复生机，人性、个人的精神自由得到确认。然而不久，文明的瑰宝又被焚于宗教裁判所的烈焰中。达·芬奇出现了，他超越于任何党派和政治之上，似乎吸收了“两种真理”，象征它们实现“综合”的现实可能性。《反基督者》一书中的主人公同样是作为历史上和生活中的两种真理的代表者出现的。彼得是个人自由意志的表达者，阿列克谢则体现“人民的精神”（在作品中等同于教会）。父与子之间的矛盾象征灵与肉的冲突。强有力的彼得获得了胜利，但阿列克谢预感到两种真理将在即将到来的神明世界融为一体。在他临死之前，上帝的幻影显现在一个贤明老人的形象中。历史被分裂为两半的痛苦在作者所设想的“第三约言”世界得到了平复。

梅列日科夫斯基的历史小说仿佛只是他的宗教—哲学思想的演示。他把历史事件、历史人物都放进他的哲学框架内，试图用以证明他的“新宗教意识”，这就不免违背历史的事实与逻辑，难以揭示历史事件的意义与人物的个性。正如同样也是属于象征派的著名作家别雷所说的：“他把形象纳入呆板的公式中。进入他的作品的活生生的人物因此变成了用古旧的破衣服装扮起来的木偶。……蜡制的木偶终究是木偶，什么历史，人们是怎样的人们，所有这些对梅列日科夫斯基来说都消失不见了。……尤里安、莱奥纳多、彼得，都全然不会使梅列日科夫斯基本人感兴趣：他们仅仅是象征。”①

《列·托尔斯泰与陀思妥耶夫斯基：生活与创作》是梅列日科夫斯基在文学批评方面的一部代表作。本书建立在著者所确认的两位大作家互为矛盾的基础上。据他所言，托尔斯泰是“肉体的预见者”，陀思妥耶夫斯基是“灵魂的预见者”。两大作家异常敏锐，当基督第二次降世，他身后的神明世界随之而来时，他们都感觉到了他的呼吸。但托尔斯泰最终只是认识了“肉体的秘密”，陀思妥耶夫斯基才是了解了“灵魂的秘密”。在即将来临的神明世界中，肉体也将变为圣洁的、“精神的”存在。不难看出，梅列日科夫斯基在这里仍然是在他的哲学框架内看待两位伟大作家并展开评述的，对作家的精神和艺术探索的分析变成了探讨宗教问题。他很明显地认为陀思妥耶夫斯基高于托尔斯泰，因为在他看来，了解生活的宗教的、神秘的秘密，是人认识世界的最后阶段。他从自己的宗教—哲学意识出发所得出的批评结论，难以为人们所接受。

1919 年年底，梅列日科夫斯基与吉皮乌斯等人一起出国，先是到了华沙，后居于巴黎。他同法国作家、俄国流亡作家交往甚多，还与吉皮乌斯共同举办“星期日”文学沙龙；后又建立政治—哲学—宗教团体“绿灯社”。这个组织一度成为 20 年代后半期到 30 年代巴黎俄国流亡作家文化生活的中心之一。这期间梅列日科夫斯基的创作活动也未停止。他先是出版了《诸神的诞生》（1926）和《救世主》（1928）两部长篇小说，后又发表了一系列广泛涉及历史、文化、哲学和文学史的散文作品，如《三秘密：埃及与巴比伦》（1925）、《拿破仑》（1929）、《西方的秘密：大西洲—欧洲》（1930）、《但丁》（1939）等。由于作家本人要“迁就”

---

① Белый А. *Критика. Эстетика. Теория символизма*: *В 2 – х томах*. Москва: Издательство «Искусство», 1994, Т. 1, с. 332.

自己的宗教哲学观，因而常常任意地对待历史事实，这种做法甚至使他的著作的出版遇到困难。当然这还谈不上是他的过错。但是他在 1936 年拜访墨索里尼，打算为后者写一部评传；1941 年 6 月在法国电台发表讲话，希望德国法西斯军队对苏联的“十字军东征”取得胜利——这应当说是他在去世之前为自己的历史写上了很不光彩的一页。

4

梅列日科夫斯基的夫人**济娜伊达·尼古拉耶夫娜·吉皮乌斯**（1869—1945）生于图拉省别廖夫市一个德国血统的法学家家庭，主要依靠家庭教育获得必备的知识，并形成对于文学艺术的兴趣。1889 年与梅列日科夫斯基结婚后移居圣彼得堡，与丈夫几乎是形影不离地共同生活了 52 年。她在诗人纳德松的影响下，于 1888 年开始发表诗作，1904 年出版第一本书《诗集（1889—1903)》，1910 年又有《第二本诗集（1903—1909)》问世。

济·吉皮乌斯的诗作多描写人们内心中难以根绝的不和谐，这些人大都无宗教信仰、丧失生活的意义或寻求“绝对”，但又不愿作所谓“形而上”的选择。诗人偏爱于表现接近“临界点”的各种体验和感受，只是拒绝对这一切作写实性的、自然的刻画。她善于解剖“被诱惑的灵魂”，揭示出人的绝望、冷漠、麻木等内心状态，同时又致力于探索人的内心生活的完整面貌。《溢流的河段》一诗中的“雪的火”形象，可能最切近吉皮乌斯诗歌的冰冷而激情洋溢的内容。人们一般只是在“恶魔”题材、“亵渎神灵”的忏悔者题材中看到她的诗作与俄国诗歌传统的联系，而没有注意她曾多次写诗缅怀十二月党人的业绩，表达自己对十二月党人精神和事业的认同。如《十二月十四日》（1909）一诗：

多少年代、多少年代过去了……
我们还在你们的位置上原地踏步。
请看，自由的初生子们：
涅瓦河畔依然严寒如故。
……

在十二月的这个纪念日，
我们呼唤着亲切的名字。
请你们降临这死亡峡谷，
你们的精魂会给我们力气。

我们软弱，但没有把你们忘记，
八十多个可怕的年头里，
我们一直念叨和牢记
你们那光辉夺目的遗志。①

上述两本诗集表明，济·吉皮乌斯的诗以卓越的艺术技巧见长。她的诗歌韵律、形式与表现手段，曾给同时代的其他象征派诗人（包括勃洛克）以影响。但也有些批评家认为她的诗有某些矫揉造作的特点。

济·吉皮乌斯同文学界、文化界的交往十分频繁。20世纪初期，她与梅列日科夫斯基在彼里堡的住宅成为文艺界、学术界的一些有名望的人物经常造访的场所。她在宗教—哲学聚会中发挥着重要作用，常为《北方通报》、《艺术世界》等刊物撰稿，又是《新路》杂志的实际主编，虽然她的个性使不少人难以与她友好相处。她以“安东·克莱妮”为笔名发表的一系列批评文章，一度颇有影响。1906—1908年间，她成为《天秤》杂志中主要的文学批评家之一。1908年出版的《文学日志》，选入了此前十年间她发表过的批评文章。1910—1914年间，她成为《俄罗斯思想》杂志的专栏批评家，她的评论还经常发表在其他报刊上。作为批评家，她兴趣广泛，选用的体裁形式多样，从文艺短论到文学—哲学随笔，几乎应有尽有。她的文学观与她的社会哲学思想密切相关。她认为，社会生活之所以不能令人满意的根本原因在于传统的宗教理想的缺失，精神上的分崩离析，永远无法满足的欲望是当代人的主要恶习（《爱的批评》，《需要诗吗?》）；必须通过宗教来切断人的尘世欲念，使人生活在“罪孽感”之中（《生命的食粮》）。她也时而探讨改变人的意识的现实可能性，主张人们树立希望与责任心（《生活与文学》）。因此，她认为艺术的任务

① 余一中主编：《俄罗斯白银时代精品文库·诗歌卷》，中国文联出版公司1998年版，第42页。引者根据俄文原诗对译文略有改动。

在于“拓宽”、照亮生活，把生活从垂死的形式中解放出来。从自己的艺术见解出发，她对“颓废派”、唯美派、无政府主义者、写实派都进行了尖锐的批评。她的文章具有急速进攻的风格和讽刺的音调，常类似犀利的小品。她在近20年的批评活动中显示出，她对同时代的不少作家的观察是甚为准确的，然而她的偏见也甚为深重，这特别表现在她对高尔基、安德列耶夫的评价中。

济·吉皮乌斯的戏剧作品不多，主要有以她为主笔、梅列日科夫斯基和菲洛索福夫参与的《罂粟花》（1908），以及1916年由亚历山大剧院上演的剧本《绿戒指》。前者是对刚刚过去的第一次俄国革命的迅速反映；后者则带有论战性质，表现了作者反对“老人世界”，主张建立另一种带有激进主义色彩的生活秩序的意向，取得了较大的成功。

济·吉皮乌斯的小说创作开始于1890年代。在最初的两本小说集《新人们》（1896）和《镜子》（1898）中，出现了某种新思想的预言家和象征主义的典型人物，他们往往缺乏真正的热情和切实的行动，且自视颇高。《第三本小说集》（1902）中的一系列作品意在说明任何试图建立并巩固理想的人际关系的努力，都是没有希望的。理想的爱情关系更不会存在，独特的“形而上”的爱情观使得吉皮乌斯的主人公甚至放弃了保留爱的真正价值的唯一方式。《红剑》（1906）则是对所谓“新基督教”思想的矫装宣传。如别雷所说，作者企图“把我国文化的令人摸不着头脑的复杂构成同复活节晨祷决定一切”① 结合起来。作家在第一次革命失败后写下的两部小说集《白纸黑字》（1908）和《月球上的蚂蚁》（1912），表现了某些“进步的”、“有信仰的”自由派知识分子的市侩化，他们在难以理解的、令人恐惧的生活面前产生的精神崩溃。其中后一部书中还写到了革命失败后由于人们失去信仰支柱而较多出现的自杀现象，触及了那个时代俄国社会生活的某些特点。吉皮乌斯还曾打算创作带有一组“社会典型”的“思想小说”三部曲，后只完成第一部《鬼玩意》（1911）和第三部《浪漫王子》（1912），第二部《真理的诱惑》未写完。作品对俄国现实和革命者生活的描写，对作为“新道德”的体现者主人公所作的庸俗的、尼采式的解释，均引起批评界的异议。作

---

① Белый А. *Критика. Эстетика. Символизм: В2 – х томах.* Москва: Издательство «Искусство», 1994, Т. 2, с. 397.

者关于社会实践活动必须与宗教实行“综合”的思想，也未能得到令人信服的艺术体现：第三部小说中已在宣扬“宗教革命”了。总起来看，吉皮乌斯的小说常有严肃的构思，但结构松散，落笔粗疏。作者极为看重宣传自己的宗教—哲学—社会观点，但未能把“思想者”与“艺术家”和谐地统一起来，所以她的作品往往有虚妄、干巴、矫揉造作的特点。

对于1917年十月革命，济·吉皮乌斯采取了断然否定的态度，这种态度较集中地反映在诗集《近年诗抄：1914—1918》（1918）中的一些诗篇中。诗人曾经认为，二月革命完成了由十二月党人开始的事业，但十月革命却被她说成是“背叛”和“亵渎神圣”的行为。1919年底出国后，她与一些还留在国内的作家关系迅速恶化。在国外，她作为主持人之一的“星期日”文学沙龙和“绿灯社”，一度吸引了各种不同年龄层次的俄国流亡作家。她使他们获得了关于白银时代的文学状况、关于那个时代的著名作家和诗人的成就与个性的丰富见闻。1922年在柏林出版的《诗集：1911—1921年日志》，收入了诗人在国内的最后几年中和出国之初的诗作，其中不乏政治抨击性的作品，常带讽刺意味。两卷本回忆录《活着的面影》（1925）提供了两个世纪之交诸多俄罗斯作家（勃洛克、勃留索夫、罗赞诺夫、索洛古勃等）的文学肖像，笔调鲜明，却有着极浓的主观色彩。

《光华》（1939）是济·吉皮乌斯的最后一本诗集，从中可见诗人已从政治主题回到“永恒的主题”：人、爱与死。诗人回味个性精神高扬的当年，咏叹岁月如水般流逝，倾吐对于祖国的怀念，笔底处处流露出一种“哲学的忧郁”。这种忧郁在梅列日科夫斯基去世后更为明显。济·吉皮乌斯转而开始专心撰写回忆录《德米特里·梅列日科夫斯基》，但未能完成全书。已完成的书稿是在她死后的1951年出版的。

济·吉皮乌斯和梅列日科夫斯基的创作“联盟”是一个独特的文学现象。关于他们两人在这“联盟”中的作用，说法不尽相同。吉皮乌斯自己说，没有她预先的批评性评价，丈夫从不发表自己的作品。勃留索夫却说：№吉皮乌斯不过是梅列日科夫斯基的宗教—哲学思想的忠实而积极的转述者。他们俩的一位文学秘书则写道：“梅列日科夫斯基的创作能力是非凡的，但是他没有独特的、创造性的思想……济·尼·识破了他的真正本性。当然，不能说他的每一行文字都是由她授意的。她提供主要的东西——思想，而剩下的就是他的事情了，他以自己的方式自如地让这种思想定型并且发展它。”①这一段描述为后人了解这两位作家及其创作之间的关系，留下了难解之谜。

5

老一代象征主义者中的另一重要作家**费多尔·索洛古勃**（1863—1927），本名费多尔·库兹米奇·捷杰尔尼科夫，生于彼得堡，父亲是裁缝，在他4岁时即去世，他主要是由当女仆的母亲抚养成人的。不幸的早年生活在他心头留下了难以平复的创伤，使他后来的诗作中一再出现光着脚的、被鞭打的少年形象。1882年，未来的作家毕业于彼得堡师范学院，成为北方城市克利茨泽一个中学的数学教师，10年后返回彼得堡，继续从事教育工作，同时在诗人明斯基的引荐下进入老一代象征派的圈子，迅速成为这一派别中的要人。

索洛古勃的文学创作活动在外省期间即已开始。他的第一篇诗作《沉入幻想的……》（1879），以愚昧的现实和幻想中的魔幻世界的矛盾对比为基础，同他早期的其他诗作一样，对抒情情节、场景和议论都作了散文化的处理，像现实主义散文那样更注意生活细节。这类“诗体短篇小说”，给人以某种抑郁感、沉重感，近似契诃夫的散文作品。《我已度过22个春秋》（1884）是其中的一篇代表作。诗人对母亲怀着深深的爱，受人尊敬的、为儿子操心担忧的母亲形象不止一次出现在他的诗中（《我从学校来……》，1885）。他希望给母亲以慰藉，希望有所作为，但阴郁的生活却从各个方面包围着这个外省的幻想家，使他不得不哀叹自己的命运（《我的命运如何……》，1885）。生活的沉重与无望感，使诗人转向死亡主题（《在多病的、枉然的生命之后……》，1889），但这里的“死亡”不是向“极乐世界”的过渡，而是对现实世界的一种逃避。

1892年索洛古勃回到彼得堡后，早先的拮据状况得到改变。他比同时代的任何一位作家都更确实的是“从《外套》里出来的”。这不仅是指他的命运变化，更是指他的许多抒情主人公都是普希金、果戈理、陀思妥

① Злобин В., “Зинаида Гиппиус. Её судьба”. // *Новый журнал*, 1952, № 31.

耶夫斯基、契诃夫笔下的“小人物”的直接继续。诗人继续表现可怕的贫穷，在生活面前的恐惧感，个人的渺小，爱与恨，表现被欺凌、被侮辱的现象。《每天，在指定的时刻……》（1894）一诗，便是直接借用了陀思妥耶夫斯基笔下的娜斯塔西亚·费莉波夫娜的形象。诗体短篇小说《克列姆廖夫》（1890—1894）是一部关于贫困与爱情的悲剧，它的主人公的前身就是《铜骑士》一诗的主人公。从索洛古勃的这些诗作中，可以看出俄国象征主义与传统文学的内在联系。

19 世纪末 20 世纪初的许多俄国知识分子深受叔本华哲学思想的影响，索洛古勃也不例外。感到生活就是一连串的痛苦；尖锐的、压抑感明显的怀疑主义；认为死亡不过是走向未知的另一世界，它使得因恐惧而颤抖的灵魂能够与“创造的传说”相对立——诗人把自己对叔本华的这些理解和接受表现在组诗《玛伊尔运星》（1898）中。对生活的蔑视态度导致诗人对死亡的崇拜（《啊，死神！我属于你……》，1894；《我的遗骨渐渐烂尽……》（1898）。诗人甚至把生命想象为痛苦的一种方式，《我做了一个可怕的梦》（1895）一诗即以令人恐惧的诗歌形象预先传达出了 20 世纪的存在主义作家们对生命的独特感悟。诗人感到，生活是恐怖的、可恶的，其中充满着无尽的苦难，而人则是渺小的、孤立无援的，无力改变生活，任何摆脱苦难的尝试都只能带来更大的痛苦。他的《被捕获的野兽》（1905）一诗，就形象地传达出这一感受。

长篇小说《噩梦》（1895）是索洛古勃的第一部重要的散文作品，带有自传色彩。主人公罗金是一个平民出身的中学教师，与愚昧的外省生活环境处于对立状态。他试图与这种停滞、庸俗的生活作斗争，反抗现实中的恶，却一度陷入酗酒与胡思乱想之中。后来，他杀死了中学校长，认为此人身上集中了世界之恶。他在杀人后担惊受怕，但又认为自己的行为有一种道德动因，故未去法庭自首。他的女友安娜也劝他不必自己把脖子伸到牛轭下去。最后，主人公在否认现有道德标准的基础上获得了“解脱”。作品有陀思妥耶夫斯基《罪与罚》影响的痕迹，但创作意图显然有别。作者把生活看成一个极其令人厌恶的无限循环过程，既无目的，又无意义，假如有什么刺激或“欢乐”，只能以乖戾、病态的形式表现出来。这同作者在实际生活中是一个温和、严格、富有人情味的教师形象，似乎形成一种反差。

索洛古勃最有影响的小说是《卑下的魔鬼》（1892—1902）。作品的主人公依然是一个外省中学教师，姓彼列东诺夫。他的生活目标是谋求“督学”的职位，这一谋求过程构成小说的情节主线。但是他却处在一个可怕的、充满敌意的环境中。小城居民把他看成一个十分有害的、卑鄙恶劣的人物。主人公自身的多疑，对生活的恐惧感，不可理喻的个人主义，使得一切现实在他眼中都变得迷离、模糊，周围的人和景物全都成了他的敌人。为了避免人们对他的注意，他把眼眶周围刺出一些花纹，但这样一来人们反而更把他当作一个预示着某种不祥后果的恶鬼，围着他起哄。许多可怕的幻景似乎都变成了现实。作为这个怪诞的世界的象征性形象的，是在主人公的幻觉中出现的女魔涅多迪科姆卡。这是一个灰色的可怕形象，无固定形体，捉摸不到，凶恶而无耻。她手段高明，千变万化，一直盯着彼列东诺夫，欺骗他，取笑他。她时而在地板上滚动，时而变成一块破布、一条带子，一根树枝，一片乌云，一只狗，满街乱爬，跟在彼列东诺夫后面跑，使他始终处于惊恐万状、半死不活的状态。索洛古勃的这部长篇及其中的两个形象，曾引起批评界的高度关注。诗人勃洛克认为，作家通过他描写的形象表现了生活中充满的混乱与污垢，揭示了人身上可怕的鄙陋与庸俗。批评家柯·楚科夫斯基在论及彼列东诺夫这个形象时曾经写道：“世界令他恶心，就像令索洛古勃和某个时期的果戈理恶心那样。”① 值得注意的是，在索洛古勃的《卑下的魔鬼》问世24年以后，法国作家萨特才以《恶心》为题，推出了一部成为存在主义代表作的长篇小说。

诗集《炽热的圆圈》（1908）堪称索洛古勃诗歌方面的代表作，最能体现出象征主义的特色。诗人力求把一切都看成一种符号、图纸和结构。全部诗集由若干“组诗”构成，这些组诗的题目如：《感受的假面具》——《尘世的监禁》——《死亡之网》——《冒烟的神香》——《转换》——《静静的山谷》——《唯一的心愿》——《最后的安慰》等，显示出诗人精神生活发展的各个阶段。诗人通过象征性的形象表现自己的哲学观念，各组诗歌在形式上也仿佛排列成圆圈状，象征着叔本华“永恒的回复”的哲学思想。诗人向读者呈露自己的人生体验，自

---

① Бавин С., Семибратова И. *Судьбы поэтов серебряного века.* Москва: Издательство «Книжная палата», 1993, с. 378.

己对生活的厌倦和“恶心”，同时还解释道，他本人是怎样经历过的就怎样予以表现。在诗集中我们可以读到，诗人时常感觉到自己是一只狗，一个小市民，一个被引诱或被遗弃的少女。这种渺小感、微不足道感、被抛弃感，可以说是诗人在这个艰难而充满敌意的世界上生活的真切感受。《魔鬼的秋千》（1907）、《红罂粟》（1916）等，也是索洛古勃的著名诗作。《魔鬼的秋千》表现了“魔鬼对人的控制”这一在他的诗歌中常见的主题。魔鬼的形象首先是主宰着世界的恶的象征，借助这一形象，诗人不仅表现了恶势力的猖獗，也对作弄和折磨人的恶进行了鞭挞和嘲弄，还曲折地传达出对于恶的蔑视——这正是被控制的灵魂的一种抗拒方式。

索洛古勃在《野蔷薇》丛刊上陆续发表的长篇三部曲《创造的传说》，于1914年出版单行本。批评界习惯以三部曲的第一部《鬼魂的魔力》称全书。作品主人公体现了作者本人对于一种超然于生活之上的改造力量的幻想。该作问世之初，批评家们就以怀疑的态度看待它，认为它好像只是作家写魔鬼的众多作品的一篇异文，是魔术、色情和某种社会理想的混合物。作者的本意似乎是更强调“恶”的作用，肯定“强大权力”的生物学因素。

1917年革命后，索洛古勃带头倡议建立“保护艺术建筑和设施协会”，但他个人的物质生活条件却一度困难。他曾申请出国，未得到答复。1921年妻子的自杀对他是个沉重的打击，这位曾“崇拜死亡”的诗人在无限悲痛中献给亡妻许多深情的诗（《她带走了我的灵魂……》，《谁也不照镜子……》等）。20年代，他以翻译外国文学作品为主要工作，所译魏尔伦、兰波均受好评，同时还有《淡蓝的天宇》（1920）、《单恋》（1921）、《木笛》（1922）和《诱惑之杯》（1922）等诗集陆续问世，这些诗作从总体上看仍为一种浓重的阴影所笼罩。

在象征派诗人中，索洛古勃的诗风以阴郁、冷硬著称。他看到了生活的丑恶和可怕，认为死亡是摆脱这种丑恶与可怕的最好方法，于是死亡便成为他的最重要的诗歌意象。“黑暗”和“魔鬼”，“死亡”和“尸体”，“坟墓”和“遗骨”等，都是他常用的词汇。用这些词汇所创造出来的充满压抑感的形象，遍布索洛古勃的几乎所有诗作。这使他成为一名死亡的歌者，一位谱写悲怆旋律的大师。

6

俄国象征主义运动的组织者和最有影响的主导人物之一是**瓦列里·雅可夫列维奇·勃留索夫**（1873—1924）。他出身于莫斯科一个商人之家，受到良好的家庭教育，8 岁时即开始学习写诗，11 岁时就有一封《致编辑部的信》发表在一家儿童刊物上，中学时代就与同学们一起创办手抄本杂志《起点》。他很早就熟知达尔文的进化论，也对天文学、数学产生过浓厚兴趣，但最后还是文学深深吸引了他。1893—1899 年，勃留索夫在莫斯科大学历史—语文系学习，在这期间，以他为主要撰稿人的三卷本诗集《俄国象征主义者》（1894—1895）陆续出版。该诗集被称为俄国现代主义的第一篇联合宣言书。勃留索夫在诗集"序言"中宣布了创立象征主义诗歌流派的主张，并把"表现纤细的、几乎捉摸不到的情绪"，"用彼此对照的形象系列感召读者"① 作为这一诗歌派别的任务。诗集中还包括巴尔蒙特、亚·杜罗留波夫等人的诗作，以及勃留索夫所译魏尔伦、梅特林克、爱伦·坡等西方诗人的作品，表明新的诗歌流派与西欧象征主义的历史联系。勃留索夫本人以《创作》一诗表明他的创作观，如词语搭配显示出矛盾性和反逻辑性，形象半明半暗、扑朔迷离。另有一首只有一行的诗："啊，快遮起你苍白的大腿！"它被看成是对读者审美鉴赏力的一种挑战，曾受到弗·索洛维约夫的讽刺。

1895 年，勃留索夫还推出他的第一本个人诗集：《代表作》。诗人似乎故意地公然呼唤"自我中心说"，不无自然主义色彩地涉及色情题材，追求异域情调，大反差的对比，表现城市的"罪恶的诱惑"和魔幻世界。他把爱情表现为病态的狂热冲动和不可避免的悲剧的开端。他把幻想世界诗化，歌唱的"仅仅是梦，仅仅是无尽的梦"，强调周围世界的虚幻性。据诗人自己后来说，这本诗集出版后，所有的刊物在五年中拒绝发表他的任何作品。

在诗集《这是我》（1897）中，勃留索夫试图创造出一种"有异于生

---

① Николаев П. А. *Русские писатели. 1800—1917: Биографический словарь.* Москва: Издательство «Советская энциклопедия», Т. 1, 1989, с. 333.

活的诗，体现生活所不可能提供的感情”。他力求找到一种新的色调、新的形式，把诗歌艺术提到完善的、崭新的高度。诗集中的《带预言性的梦》、《痛苦不堪的馈赠》、《透过神秘莫测的雾……》等诗，都显示了诗人追求完美的形式和技巧的努力。《致青年诗人》一诗中要让年轻人牢记的“三条遗训”——不要沉溺于现实，永远爱惜自己，倾心于艺术，其实是勃留索夫当年所恪守的信条。

1898 年与《俄罗斯档案》主编彼·伊·巴尔杰涅夫的结识，对于勃留索夫有着重要意义。他在该刊发表了多篇研究诗人丘特切夫的论文和其他文学史研究文章，并开始集中研究普希金的生平与创作。1900—1903 年，他成为该杂志的正式编辑和巴尔杰涅夫的出版助理。这一工作培养了他的文献学兴趣和能力，丰富了他在编辑、校勘、注释工作方面的素养。离开编辑部后，他先后有《普希金来往书信》（1903）、《皇村高等学校时期的普希金诗歌》（1907）等编著与研究专著问世。

从 90 年代下半期起，勃留索夫即进入一批著名的象征派诗人的圈子。1899 年，他与巴尔蒙特等诗人的诗歌合集《沉思集》在彼得堡出版。同年，他作为倡议者和领导者之一的天蝎出版社正式成立。他作为主要组织者的丛刊《北方的花朵》也于 1901 年出版第一卷。俄国象征主义由此宣告了它作为一个独立的、完整的文学流派的存在。勃留索夫的一本新的诗集《第三守备队》（1900），收集了诗人 1897—1900 年间的诗作，在他的创作发展中具有划时期的意义。诗人这时已放弃了颓废色彩明显的色情题材，拓宽了艺术视野，开始看重诗歌的思想性。历史的、神话学的、现代的形象与素材进入了他的诗作。诗集的名称取自古罗马历史：一支保卫帝国宫殿的队伍在艰危的条件下坚持战斗到黎明，成为英勇无畏和自我牺牲精神的一种典型的象征。集子中的组诗《永世被爱戴的人们》歌颂统帅的军功与先哲的贤明，赞美伟大的热情与独特的个性，如《亚萨尔哈顿》、《亚历山大大帝》、《所罗门王》、《拿破仑》等，均铿锵有力，气势不凡。诗人在讴歌英雄事业的同时，也表现人类感情的伟大、心灵的丰富和美的感召力。他特别为那些有着不可遏制的热望，有时能影响历史进程的人们所吸引，常常通过诗歌沉思着他们的命运，如同一组诗中的《安东尼》、《唐璜》等诗作。

这部诗集的序言还体现了诗人的美学信条：艺术创作具有独立的价值，它不应受到别的社会因素的限制，它自由地表现艺术家的全部心灵，表现艺术家对世界、对善与恶的看法。同样体现了勃留索夫的艺术观的，是他 1903 年 3 月在莫斯科艺术博物馆所作的一次题为《秘密的锁钥》（1904 年发表）的讲演。诗人强调，艺术作为一种认识世界的方式，它所借助的不是抽象论理的方法，而是超出一般感觉之外的“直觉”。在《不需要的真实》（1902）一文中，诗人则呼吁发展象征主义戏剧，反对当时戏剧创作与表演中的自然主义倾向。此时，勃留索夫在同时代作家中已享有较高的威望。

1902 年，勃留索夫前往意大利，研究文艺复兴时代的文化。次年，他又到巴黎，在那里结识了维・伊万诺夫。他在 1900—1903 年间写的诗，便结为《致城市与世界》（1903）一书出版。书名用的是传遍世界的罗马教皇的祝福用语。作者写道：“我想用这一书名说明，我不仅面对着与自己思想一致的狭窄的‘城市’，而且面对着俄罗斯读者的整个‘世界’。”①诗人力图摆脱神秘主义的缠绕，关注当代现实与历史。在《我》、《致吉皮乌斯》等诗中，诗人拒绝承认基督教是唯一的真理，肯定真理的多元性，宣称“我爱所有的大海”，“我爱所有的理想”。在长诗《被封闭的》中，诗人描画的城市是卑鄙龌龊的集中地，那里的生活是停滞、单调而无意义的，且充满着谎言与空虚。《孤独》一诗则深刻地表现了诗人的孤独与苦闷。对人的复兴的渴望，对社会震荡的期待，经由诗人的抒情笔触一再流露出来（如《诱惑》等诗）。在整个《致城市与世界》中，诗人既坚持一本诗集应有一个完整的、统领各篇的思想这一结构原则，又显示了开阔的艺术视野和灵活的表现手段。他发展了历史短篇叙事诗的体裁，提供了“沉思体抒情诗”的范例，锤炼出了他个人特有的“崇高体的”、清晰而恢宏的诗风。他喜爱雄辩的、颂诗般的、充满热情的音调，在诗歌中追求造型艺术的效果，力图创造性地把握普希金诗歌的广博、明朗与和谐。勃留索夫的这本诗集得到了同时代人的高度评价。

象征主义的定期刊物《天秤》（1904—1909）创刊后，勃留索夫成为它的实际主持人和主要撰稿人之一。他认为，该刊应该成为团结象征派作家，形成新型艺术的美学纲领，介绍西方新的艺术现象的场所和阵地。他与别雷、维・伊万诺夫、巴尔蒙特、沃洛申等人一起，确立了象征主义的

---

① Бавин С., Семибратова И. *Судьбы поэтов серебряного века.* Москва: Издательство «Книжная палата», 1993, с. 89.

思想和美学标准。他既同现实主义作家，又同“年轻一代”象征主义作家展开论战，却又通过自己的批评活动促使别雷、维·戈夫曼、米·库兹明、沃洛申、楚科夫斯基等人跨入文学界。勃留索夫与别雷在《天秤》杂志上展开的论战，是俄国象征主义运动中的一件大事，正是这场论战导致了两代象征主义者的分化。勃留索夫反对别雷等人用他们的宗教—哲学思想来解释艺术的观点，强调象征主义作为一种新的艺术方法的品格。但不是别人，恰恰是别雷多次指出：勃留索夫是“目前俄罗斯的第一位诗人”，是“当代俄罗斯唯一的一位伟大诗人”。足见勃留索夫的地位与声望。他的批评文章，思路缜密，分析具体，旁征博引，论据充分，结论中肯准确，文字则以简洁优美见长。他的一部分论文和评论，曾以《久远的和亲近的》（1912）为书名结集出版。他在这些文章中，论及被称为俄国象征派前驱的19世纪诗人丘特切夫和白银时代的一系列诗坛新秀，是考察两个世纪之交俄国诗歌史的重要资料。

从1905年春到1909年秋，勃留索夫先后漫游了许多欧洲国家。诗集《花环》（1906）中的一些组诗，反映了诗人的旅游观感，但这本诗集中有不少诗是献给他的女友尼·伊·彼得罗夫斯卡娅的。《在塞马湖》、《青苔、帚石南和花岗岩》、《我们俩荡舟抚浪》等诗，都表达了诗人对这位女作家的无限眷恋之情。她的优雅风姿则出现在《肖像》一诗中。诗人有时转向神话题材（如《亚当与夏娃》、《美狄亚》和《月神祭司》等），时而又为当代现实问题所吸引。日俄战争和1905年革命期间的社会政治事件，不能不在他的诗集中得到反映。“当代生活”组诗正表现了诗人对现实的关注。在《战争》、《对马岛》和《致同胞们》等诗中，诗人展示了可怕的、血淋淋的“战争”形象。《街头集会》、《在饭馆里》和《致心满意足者》等诗，则对一些酒醉饭饱、不问国事、悠然自得的国民发出愤怒的谴责。《尤利乌斯·恺撒》和《锁链》等诗，借用历史题材影射当代现实，谴责统治集团的无能和涣散，指责海陆军将领们的意志薄弱，呼唤能够出现一个像恺撒大帝那样的强者来重振国威。诗人还以莱蒙托夫的名诗《短剑》为题写了一首同名诗，发出了“诗歌与风暴永远是姐妹”的呼声，宣称“我是斗争的歌者”，“诗人与民众同在”，表现了1905年革命前夕的激奋社会情绪。

长篇历史小说《燃烧着的天使》（1908）是勃留索夫在小说创作方面的最高成就。小说写的是发生在16世纪德国的一个奇特的爱情故事。作品模拟16世纪人的口吻展开叙述，再现了路德改革时代德国的精神文化氛围和社会生活，以其丰富的历史文化内容引起批评界的关注，有人甚至认为这种长篇小说的作者只能是德国的文学家。但勃留索夫的意图并不在于重现德国的历史，而是要以异国一个特殊历史时代的生活折射出19世纪末20世纪初处于变动时期的俄罗斯社会生活氛围。小说中的三个主要人物（故事讲述者“我”——理性主义者鲁卜列希特，少女列娜塔，神秘主义者亨利希伯爵）之间的三角恋爱关系，既曲折地反映了作家本人、他的女友尼·伊·彼得罗夫斯卡娅和别雷三人之间的感情纠葛，又象征性地表现出俄国象征派内部特别是“老一代”象征主义者和“年轻一代”象征主义者之间的美学分野与文学论争，包括勃留索夫与别雷两人的思想交锋。

勃留索夫对待社会变革的态度是矛盾的。他承认革命有其合理性与必然性，又担心文明的成果会被破坏。对创作自由的珍视使他针对列宁的文章《党的组织和党的出版物》发表了《言论自由》（1905）一文，强调“对于我们说来比一切都珍贵的是探索的自由”[①]。在包括幻想—象征剧《大地》、中篇小说《南十字星座共和国》以及《最后的殉难者》等一系列短篇小说在内的《地轴》（1907）一书中，作者写到了日常生活的灾难性状况，现代文明及其所滋生的以我为中心的个人主义的必然破产，也提出了古典文明及其现代负荷者在暴力毁灭世界的不祥时代的命运问题，表现了作者对历史变革的后果所作出的猜测和忧虑。这本文集显示了勃留索夫散文创作的某些特点。作品吸取了西欧小说创作的新鲜经验，又保持了叙述笔调的鲜明与结构的严整，用语准确而简洁，被认为是一种“诗化的散文”，甚至是作者创作发展中的一种“再生”现象。与这部散文作品集相对应的是，诗集《全部曲调》（1909）反映了勃留索夫诗歌的主要优点，如数学般精确的词汇选择，诗行的匀称和谐，有浪漫色彩的温柔情感和独特的炽热的激情，等等。

从1910年9月起，勃留索夫开始主持《俄罗斯思想》杂志的文学批评栏，使该刊进入对俄国文学作出“最客观的评价”的时期。但他本人与“年轻一代”象征派作家的矛盾也日益显露出来。他在《阿波罗》杂

---

① Баранников А. В. *Русская литература XX века. Хрестоматия: В2 ч.* Москва: Издательство «Просвещение», 1993, Ч. 1, с. 80.

志上发表的论战性的文章《关于“奴才语言”：为诗一辩》（1910），反对维·伊万诺夫和勃洛克等人把象征主义解释为神秘的“驱逐鬼神术”。在此之后，他便较少卷入文学论争，虽然他还是一个有影响的批评家。他的文学观点的理性主义和实证主义因素得到加强。他从象征主义流派的领袖人物变为一个兼容各种思潮和流派的、具有全民族意义的作家。他的创作和文学研究也日渐显示出百科全书式的广博。

1910 年代，勃留索夫创作了一系列取材于古罗马历史的散文作品：长篇小说《胜利的祭坛》（1911—1912），它的续篇、未完成的长篇小说《被推翻的尤皮特》（作家去世后收入《未发表的散文》一书出版），中篇小说《莱亚·西尔薇亚》（1914）；他还整理过包括随笔与译作在内的文集《黄金时代的罗马》（未发表），作过题为《罗马与世界》（1917—1918）的讲演。其中《胜利的祭坛》是较为成功的一部作品。小说描写以著名演说家和作家西姆马赫为首的使团，向统帅格拉泽安提出请愿，请求在罗马元老院保留“胜利女神”祭坛，未能成功；他的同行者和秘书尤利，目睹统帅的杀人暴行，最后投入反对罗马专制统治者的起义行列。作品以此为情节框架，提供了罗马帝国从多神教向基督教过渡时代的广阔生活画面，达到了丰富的历史内容和深刻的历史见识的统一。勃留索夫另写有中短篇小说集《夜与昼》（1913），系考察“女性灵魂的心理学特点”的成果；他的描写莫斯科商界生活的中篇小说《达莎的订婚礼》（1913—1915），则反映了作者本人的家庭生活史。这两部作品共同显示出勃留索夫作为小说家已转向当代现实题材，以及他对日常生活和心理描写的真实性的关注。

对现实生活的关注同样体现在诗集《荫处的镜子》（1912）中。作为诗集开篇的组诗《在大地的胸膛上》，即渗透着对生活的热爱和乐观情绪。组诗《故乡的草原》则以抒情笔触描绘了俄罗斯的自然美景，表达了诗人对俄罗斯土地的深情。诗人对一系列当代现实问题作出自己的反应，批评一度风行俄罗斯的自杀现象，指出这种社会与民族的悲剧表明了生活的无出路、平庸和空虚（《为了所有人》、《奥菲莉亚》、《自杀的恶魔》）。诗人还强调，诗歌的使命在于帮助人们自信自立，使人们坚强起来，获得拯救（《诗人—缪斯》、《祖国语言》）。勃留索夫以虚拟的女诗人名义发表的诗集《涅莉的诗——附瓦·勃留索夫的献辞》（1913），既折射出诗人与叶·阿·西雷希科娃的浪漫史，又反映了他与女诗人娜·格·里沃娃的关系，这一关系的结果对于女诗人来说是一种悲剧，同时也造成了勃留索夫个人生活的悲剧[①]。诗集《七彩虹》（1916）则以每一种颜色作为一组诗歌的总题，内容上也是色彩斑斓，有对第一次世界大战的反映，有对生活的切身感受的抒发，有对大地、对自然界、对宇宙万物和一年四季的歌唱，也有对历史人物、对同时代人、对年轻一代的沉思。诗人1915—1917年间的诗歌作品集《第九位嘉米娜》（作者生前未出版），回顾自己所过走的道路，提供了同时代诗人和作家的肖像画，怀念那些丰富了他的心灵的地方，并在对和平劳动和创造性工作的赞美中表达了一种反战情绪。

在进行诗歌与散文创作的同时，勃留索夫多年来一直没有停止外国文学翻译和文学研究工作。他译有从古罗马时代到20世纪欧美各国一系列诗人和作家的作品，如维吉尔、奥维德、琉善、但丁、莫里哀、歌德、拜伦、爱伦·坡、魏尔伦、王尔德、罗曼·罗兰、维尔哈伦、梅特林克等，几乎覆盖欧美文学发展的各个阶段。他还译介过亚美尼亚诗歌，写有研究亚美尼亚历史、文化和文学的文章。埃里温师范学院后来就是以勃留索夫的名字命名的。在本国文学研究中，勃留索夫是以一名论著颇丰的普希金学者著称的，共写有82篇论及普希金的文章，其中如《普希金的诗歌技巧》（1915）、《艺术大师普希金》（1924），均很有影响。他还和高尔基一起参加了“帆”出版社和《年鉴》杂志的工作，发表过评论勃洛克、谢维里亚宁和未来派诗人的文章。

十月革命后，勃留索夫积极参加了文化建设、教育和文学等多方面的工作，在文学研究与诗歌创作上仍颇有收获。他的《诗歌原理简明教程》（1919；重版时易名为《诗歌学基础》）、《现代诗歌的意义》（1921）、《俄罗斯诗歌的昨天、今天和明天》（1924），把诗歌史描述、创作经验谈和理论思考结合起来，力求对广大普通诗歌爱好者有所助益。他的《最后的幻想》（1920）、《在这样的日子里》（1921）、《瞬间》（1922）等诗集，收集了自1917—1921年的诗作，在爱情、神话和哲学等惯用题材中，融入了一种社会政治热情，表现了对于俄罗斯未来的信心。《远方》（1922）和《快些》（1924）两个集子中的诗，或咏唱古希腊罗马的历史

---

① Лавров А. В. “Вокруг гибели Надежды Львовой”. *De visu: ежемесячный историко - литературный и биографический журнал.* Агентство «Алфавит», 1993, № 2, с. 5 - 11.

人物，或转向传统的爱情主题（《阿弗洛狄忒的脚步》等），或寄语于友人（《致巴尔蒙特》、《致卢那察尔斯基》），或沉思人类的过去、现在和未来，表现了诗人广博的学识和丰富的心灵。

勃留索夫是俄国象征主义文学的一位主要代表。他的多方面的文学成果（创作、翻译、理论批评与研究等），显示了俄国象征派的雄厚实力和丰饶实绩；他的创作道路，也反映了这一文学流派从生发、繁盛到危机、消解的演进过程。

7

巴尔蒙特、梅列日科夫斯基、吉皮乌斯、索洛古勃、勃留索夫，是俄国“老一代”象征主义的主要代表。除了他们之外，这一代象征派作家中还有两人应当一提，这就是明斯基和亚·米·杜勃罗留波夫。**尼古拉·马克西莫维奇·明斯基**（1856—1937）是一位哲学家兼诗人，也可以说是俄国象征主义的先锋人物。他生于一个犹太人家庭，毕业于彼得堡大学法律系，曾因自行印发呼唤自由的长诗《最后的忏悔》，在1883年被书刊检查机关烧毁诗集。他自19世纪80年代起即开始鼓吹“新诗”运动。1890年，他的《在良心的光照下：关于人生目的的思考与幻想》一书出版。他受尼采的“超人哲学”和《悲剧的诞生》一书的美学观的影响，相信一切道德概念都具有相对性，人最爱的只是他自己，追求“领先地位”是人的一种“神秘的情焰”，也是人生的动力和实质所在。他认为生活是一种非理性的过程，艺术应该从道德的制约下解放出来，仅在美学领域内发展与完善自身。该书成了象征主义运动的基本纲领。然而作者本人却未能留下象征主义诗歌的传世之作。1905年革命期间，他曾在《新生活报》任编辑，发表《工人颂歌》。第一次世界大战爆发后，他即侨居国外，直至在巴黎去世。他于1907年出版过一本诗集，但他的诗歌少有象征主义特色，倒是与1880年代的诗风相近，虽然他曾在《献辞》（1896）一诗中写道：“我摆脱旧的锁链，我唱着新的祷辞。”

亚历山大·米哈依洛维奇·杜勃罗留波夫（1876—19457）是俄国象征派中的一个神秘人物。他是19世纪的那位著名批评家尼·亚·杜勃罗留波夫（1836—1861）的远亲，曾在彼得堡大学历史—语文系肄业

(1895—1898)。他对宗教派别思想和托尔斯泰学说有浓厚兴趣，自 1898 年起，他就“到人民中去”宣传教派思想，发动教派运动，多次遭逮捕和监禁，后来终于逐渐消失在“人民的海洋”里。他与勃留索夫交往较深，出走后曾分别在勃留索夫和梅列日科夫斯基家中出现过。他共有三个诗集出版：《演化着的和被演化出的大自然》(1895)、《诗歌集》(1900)和《选自无形的书》(1905)。诗人在他的作品中传达了一种博爱精神和忏悔意识，宣扬禁欲主义思想，歌唱“死亡之美”，力求捕捉到个体生命的“一线光明”和某个重要“瞬间”加以艺术表现，有时也显示出对强有力的个性的崇拜意向。他把自由的诗歌表现形式和民间诗歌的某些特点结合起来，在艺术上也同他在宗教探寻中一样，似乎是在进行着一种别出心裁的试验。

以维·伊万诺夫、别雷、勃洛克、谢·索洛维约夫和艾利斯（即列夫·里沃维奇·柯贝林斯基，1879—1947）为代表的“年轻一代”象征主义者的出现，是俄国象征派阵营内部出现矛盾的先声。1910 年发生的两代象征主义者之间的争论，使这种矛盾表面化。自 1890 年代逐渐兴起的象征主义“第一浪潮”开始衰落，代之而起的是更为汹涌的“第二浪潮”。后者的持续时间明显地短于前者，但它的成就与贡献却无疑大于前者：被别尔嘉耶夫当作 20 世纪初期俄罗斯文学繁荣的体现者而加以赞赏的勃洛克、别雷、维·伊万诺夫三人①，正是象征主义“第二浪潮”的中坚人物。

8

维亚切斯拉夫·伊万诺维奇·伊万诺夫（1866—1949）是一个兼诗人、思想家、语文学者和翻译家于一身的人物，被称为俄国象征主义“最重要的理论家”。他生于莫斯科一个土地测量员之家，父亲早逝，主要由母亲抚养成人。母亲虔信上帝，赞同感伤主义、浪漫主义诗人们关于诗歌和诗人的崇高使命的见解，这些都对伊万诺夫的感情和思想有着直接

---

① Бердяев Н. *Русская идея: Основные проблемы русской мысли XIX века и начала XX века.* Москва: ООО «Издательство АСТ», 2000, с. 218.

影响。1884 年，他考入莫斯科大学历史—语文系。他的能力引起了教授们的注意。但是，一种精神危机和悲观情绪却使他在两年后离开了这所学校，前往柏林师从著名历史学家特·蒙森学习古罗马历史，并兼做报刊通讯员和秘书工作。在德国，以及后来在巴黎民族图书馆，他熟读叔本华、尼采和弗·索洛维约夫的著作。他漫游欧陆，造访亚历山大里亚、开罗和巴勒斯坦，深入研究"酒神崇拜"、悲剧的起源、古代宗教剧及个人与民众之关系等问题。这些研究与尼采所关注的对象关系密切，但伊万诺夫力图寻找的是当代社会生活与艺术问题的答案。1895 年，伊万诺夫完成了学位论文，得到蒙森导师的好评，但是他却放弃了博士文凭，因为他不愿参加答辩前的预考。

伊万诺夫很早就开始写诗，却并不急于成为诗人。直至 1898 年，由于弗·索洛维约夫的赞赏与推荐，伊万诺夫的诗作才初次出现在俄国报刊上。第二年，他所翻译的古希腊诗人品达的颂诗也得以发表。索洛维约夫还直接促成了伊万诺夫的第一本诗集《指路星》（1902）的出版；只是，当此书印出时，这位老诗人、老哲学家已谢世而去。这本诗集反映了诗人欧洲和近东旅行的观感，显示出他对近世，特别是对古代世界时代精神的深刻把握。诗人似乎是凭借直觉，感到自身与人类历史文化的天然联系，认为记忆是文化的"最高统治者"，只有记忆——无论是个人的还是历史的——才能真正取得对于"无"（死亡）的胜利。因此，自古希腊罗马到文艺复兴时代的人文景观和文化巨人们的形象，才反复出现在他的诗歌中。在诗歌语言上，诗人大胆使用古旧词汇，不唯创造出一种历史意境，还同时赋予旧词以新意，令人耳目一新。

在伊万诺夫的第二部诗集《清彻透明》（1904）中，同样可以读到诗人从古希腊悲剧家那里汲取的古典智慧，也可以听到似乎已半被遗忘的普希金的抒情旋律，感到诗人对丘特切夫、费特诗风的继承。关于诗集的名称，诗人自己解释道，它体现了象征主义诗歌的原则：在诗人眼前的一切都是清彻透明的，他不仅能洞察现实，而且可以透过现实发现内在的、被遮蔽的事物和它的美。诗集中的《薄暮的心灵》、《游牧人之美》和《山林女神》等诗表明，伊万诺夫把人认识自身的本质、认识美、认识大自然的秘密看得无比重要，认为只有达到这种认识，才能接近永恒，接近"生命之树"。诗人在他的《雅典娜的矛枪》（1904）一文中阐述了类似的思想。

伊万诺夫对古代文化的研究和他的诗歌创作，可以看成他的同一探索的两种形式。他的《希腊的痛苦之神宗教》（1904）和《狄奥尼索斯宗教》（1905）两篇长文，是他于 1903 年 5 月在巴黎俄国社会科学高等学校授课时的讲稿，文中论及“酒神崇拜”的历史，探索民间狂欢活动、宗教与悲剧艺术之间的关系。他还写有《尼采和狄奥尼索斯》（1904）、《诗人与平民》（1904）等哲学—美学论文。他发现了尼采学说和基督教博爱精神的深刻矛盾。他认为诗歌的使命如同“预言”，它必须为社会服务，面向民众。他的文章与诗歌都受到象征主义诗人和作家们的颂扬。1904 年春夏之交，当伊万诺夫几乎是凯旋式地回国访问莫斯科时，便迅速成为象征派文学圈子中的著名人物。他积极参与《天秤》杂志的工作，希图该刊经由倡导“驱逐鬼神的艺术”和宗教题材创作而实现一种演化，但未得到勃留索夫等人的认同。因此，他在 1905 年正式回国时，不是再回莫斯科，而是定居于彼得堡。

自 1905 年秋到 1912 年夏，伊万诺夫再度出国前，他在彼得堡道利达街 25 号的住所“塔楼”，成为 20 世纪初期俄国文学界最引人注目的沙龙。除了两代象征主义者以外，别尔嘉耶夫、罗赞诺夫、沃洛申、库兹明、古米廖夫、阿赫玛托娃、布宁、列米佐夫、楚科夫斯基、梅耶荷德、科米萨尔热夫斯卡娅、列宾、索莫夫、菲洛索福夫等作家、学者、艺术家以及一批文学新人，每逢星期三都常来这里聚会。高尔基和卢那察尔斯基也曾参加过这里的活动。有些人往往是从莫斯科特地赶来的。他们在这里朗读新作，举行报告会，展开过以《个人主义与新潮艺术》、《幸福》、《宗教与神秘主义》、《艺术与社会主义》等为题的学术讨论，甚至还由梅耶荷德执导演出过西班牙剧作家卡尔德隆的剧作《十字架的崇拜》。1905—1907 年革命期间，“塔楼”曾充满激进的社会政治情绪。伊万诺夫以组诗《愤怒的时代》（1906）对从俄日战争到第一次革命这一整个历史时期作出了自己的艺术反应。

但是，“塔楼”或“伊万诺夫家的星期三”的存在，并不意味着象征主义作家的团结一致。由于伊万诺夫宣扬文化中的“合唱”因素，主张克服个人主义，经由神话创作的“自由意志艺术”而走向“共同性”，也即走向超越于个人之上的宗教“同一性”，结果在 1906—1909 年间形成了以伊万诺夫与勃洛克为中心的象征主义“彼得堡派”与以勃留索夫为首的“莫斯科派”（当时得到济・吉皮乌斯、别雷、艾利斯等人的支持）

之间的对立。《金羊毛》杂志、《火炬》丛书和短期存在的奥雷出版社，成为“彼得堡派”的阵地与喉舌。“莫斯科派”的《天秤》杂志、天蝎出版社则坚持象征主义的“传统”纲领，认为艺术具有它的自我价值，具有“超道德”性。但这家杂志和这家出版社仍然发表伊万诺夫的作品。在伊万诺夫的重要文集《向着群星》(1909) 发表以后，他与别雷一起被公认为象征主义的两位最重要的理论家。他的题为《象征主义的遗训》的文章和报告，不仅得到勃洛克，更得到别雷的赞赏与支持。象征主义者的队伍再度分化与重新组合。以伊万诺夫、别雷、勃洛克为代表的“年轻一代”象征派迅速形成。他们在莫斯科建立了缪萨革忒斯出版社(1909—1917) 和《工作与时日》[①] 杂志社。彼得堡的“塔楼”则自 1909 年春天起成立了“诗歌研究会”，很快又扩展为“艺术语言爱好者协会”。古米廖米、曼德尔什塔姆、赫列勃尼科夫等许多年轻的诗人和作家都在这里受益。伊万诺夫、安年斯基、库兹明等人在这个协会中发挥着主要作用。作为“年轻一代”象征派新阵地的《阿波罗》杂志，也于 1909 年秋同时创刊。

在维·伊万诺夫那里，象征主义理论得到了一种本体论意义上的论证。他认为，只有现存的真实是真正现实的，这种真实可以在人与外界现象的接触经验中被感悟和理解；认识的道路是一种从“低级的”到“高级的”、从“现实的”到“最现实的”过程。伊万诺夫指出，诗人是人民的自我意识的器官，诗人在认识过程中完成沿着“现实性的阶梯”(由低而高) 向上的攀登，他的自然而然的义务，便是十分乐意而谦逊地把他所获得的一切 (印象、感受、理解、认识等) 分赐予众人。整个世界，尤其是艺术，作为个性与个性之间彼此联系的领域，原来是一座“象征的森林”。伊万诺夫用紧凑而直截了当的形式阐述了他的“现实主义的象征主义”的理论。

在彼得堡生活期间，伊万诺夫先后出版了《埃罗斯》(1907)、《最炽热的心》(1911—1912) 和《温柔的秘密》(1912) 等诗集。在《埃罗斯》中，诗人把爱情理解为一种永恒的创造，一种对美的认识；爱情会给人带来痛苦，但同时它又能使这种痛苦得以解除。伊万诺夫不像浪漫

---

① 古希腊诗人赫西俄德 (公元前 8 世纪末至前 7 世纪初) 曾写过长诗《工作与时日》，该杂志即以此命名。

派诗人那样表现爱情，在他的诗作中常可以读到巫术、念咒、算卦的内容。两卷本诗集《最炽热的心》出版后，勃留索夫曾评价说，作者第一次“整个地站在我们面前”。诗集的名称是一种象征性形象，是“狄奥尼索斯因素”在生活中的化身。诗人在他的第二个妻子莉吉雅·济诺维耶娃的那种对生活的迷恋感，那种经常性的创作激情中，也发现过“狄奥尼索斯因素”的现实体现。这两本诗集中的大部分诗正是献给莉吉雅的，她在诗集中被称为梅娜达——狄奥尼索斯的伴行者。诗人对他所酷爱的女伴的深厚感情，渗透在一篇篇诗作中（如《致莉吉雅》、《沉默》等）。莉吉雅意外死去后，伊万诺夫又以组诗《爱情与死亡》，纪念这位对他的个人生活和创作命运产生过重大影响的女性。诗集中还有一些诗篇是分别献给巴尔蒙特、安年斯基、勃洛克和赫列勃尼科夫等诗友的。《温柔的秘密》中的诗作，则大多表现了诗人第三次结婚后的复杂感情——“可爱的坟茔”旁边的爱情是这部诗集的基本主题。诗人开始以一种明朗的、“平民化的”、朴实的风格来抒发隐蔽的情感。这种诗风为他后来的其他诗作所共有。

1912 年，伊万诺夫第二次出国，次年回国后即迁居于莫斯科。思想界、文化界的名人谢·布尔加科夫、别尔嘉耶夫、特鲁别茨科依、弗罗连斯基、费·奥·斯捷蓬、斯克里亚宾等人，又经常出现在他的客厅里。除了翻译埃斯库罗斯的悲剧、萨福和彼特拉克的诗歌外，伊万诺夫还潜心探索一些理论问题。在《垄沟与田界》（1916）这本文集中，作者把象征主义艺术理论作为一个人类共同性的问题进行探讨，认为这一问题关系到全人类的精神联系、全民族的命运。他试图在陀思妥耶夫斯基、列·托尔斯泰、弗·索洛维约夫的遗产中发现某种规律性的东西。《祖国的和世界的》（1917）一书，则透过当时的战争与革命事件估测人类的命运，确认沙皇政权的覆灭是合乎规律的、不可避免的。但此书也同作者在二月革命、十月革命时期所写的《新俄罗斯颂》（1917）、《混乱时代之歌》（1918）等诗一样，反映了他对于“在宗教之外”发生和演进的革命及其前途的忧虑，他对于全体人民的自决权是否真正能表现出来的关注。

伊万诺夫在十月革命以后曾担任教育人民委员会戏剧与文学部的组织领导工作，在各类文学讲习班授课，同时继续著述活动。他创作的悲剧《普罗米修斯》（1919）、书信集《两地书》（1921），和勃洛克、别雷在十月革命后的作品一起，成为俄国象征主义者的最后一个出版社——彼得格勒的“人面鸟”出版社的主要出版物。《两地书》是伊万诺夫与文化史家米·格尔申宗（1869—1925）的来往书信集。他们俩在1920年夏曾一起住在莫斯科“过度疲劳的脑力劳动者疗养所”内，以短笺形式讨论关于生活的意义，关于死亡与永生，关于人类思想和人类文化发展的一系列问题。这些便信汇集成书，成了一份不可多得的文化遗产，不仅被誉为“人类精神战胜时间和环境的一座独特的纪念碑”①，而且被看成是20年代全欧范围内关于“欧洲文化的危机”、关于“人道主义的危机”的大讨论中出现的最重要的文献之一②，曾被译成多种文字。

伊万诺夫在这个时期还写有组诗《十四行冬咏》，诗中饱含忧郁不安的情绪，又显示出敏锐的洞察力。这组诗歌被认为是诗人最优秀的诗作之一，后被收入《革命时代的莫斯科诗歌》（1922）一书发表。1919年完成的哲理抒情组诗《人》，则是诗人的反战情绪的表露。在1920年妻子去世后，伊万诺夫迁往北高加索，后又应巴库大学之邀前去担任古典语文教师，1921年在那里进行了已拖延26年的博士论文答辩。这一题为《狄奥尼索斯与狂欢化》的论文，于1923年以单行本形式在巴库出版。

1924年夏，伊万诺夫应邀前往莫斯科参加普希金诞辰125周年纪念活动，随后即离开俄罗斯，侨居于意大利。自1926—1934年，伊万诺夫在巴维亚大学任教授，讲授俄罗斯文化和俄国教会史。他从1926年起加入了天主教会，追随弗·索洛维约夫的学说，信奉教会统一、世界大同的思想，并以自己的行为致力于克服东西方的分裂。1936年后，伊万诺夫迁居罗马，在天主教会的东方学院讲授俄国文化和俄语。他一般不参加俄国侨民的社会活动，仅去索伦托拜访过高尔基，在罗马会见过梅耶荷德。他自1928年起就着手创作《斯维托米尔王子故事》一书，用一种古老的有韵散文体处理取自早期俄罗斯历史的题材，把幻想和自传的因素巧妙地编织在一起。但该书未全部完成，虽然作家直到去世前都还在忙于它的写作。他不再对外界的事件作出直接的文学上的反应，而是把自己的生活印象埋藏在内心并通过创作表现出来。诗体的《1944年罗马日记》是一个例外，那是诗人对法西斯德国侵略行为所表现出的惊讶与愤慨。他的最后

---

① Бавин С., Семибратова И. *Судьбы поэтов серебряного века.* Москва: Издательство «Книжная палата», 1993, с. 175.

② Николаев П. А. *Русские писатели. 1800—1917: Биографический словарь.* Москва: Издательство «Большая Российская энциклопедия». Т. 2, 1992, с. 376.

一本诗集《暮色》（1962），是他去世13年以后由牛津大学出版社出版的。1950年代以后，维·伊万诺夫的思想和艺术遗产开始受到国际学术界的重视。

9

“年轻一代”象征派的另一主要代表**亚历山大·亚历山大洛维奇·勃洛克**（1880—1921），不仅是俄国象征主义文学中最有成就的诗人之一，而且也是整个白银时代最杰出的诗人之一。高尔基说他具有“文艺复兴时代佛罗伦萨人的头脑”，阿赫玛托娃则称他为他所属的那个“时代的悲剧性的男高音歌手”[①]。

勃洛克生于彼得堡。他的父亲出身于一个俄罗斯化了的德国人家庭，后来成为华沙大学的法学教授。他对勃洛克的成长几乎没有产生什么影响，勃洛克很少了解，甚至很少见到他。勃洛克的童年时代是在外祖父安·尼·别凯托夫家度过的。别凯托夫被称为“俄国植物学之父”，曾任彼得堡大学校长。他从青年时代起就结识了陀思妥耶夫斯基，与谢德林保持友好的关系。鲍特金、巴枯宁、丘特切夫的家庭与别凯托夫的家庭一直有着亲密的联系。这是一个充满人道主义精神的、对科学和文学都有着浓厚兴趣的家庭。这种环境对勃洛克的精神成长有着明显的积极作用。1898年，勃洛克进入彼得堡大学法律系学习。1901年，由于对柏拉图、茹科夫斯基和弗·索洛维约夫等哲学家和诗人的崇拜，他又转到语文系，攻读五年，1906年毕业于该系斯拉夫—俄罗斯语文部，获副博士学位。

勃洛克对文学的热爱和他的诗才很早就显露出来。他的早期诗作和他的感情历程有着密切的关系。1897年夏天在德国，少年勃洛克经历了一场对成年女性科·米·萨多夫斯卡娅的爱的洗礼。这一初恋向勃洛克显示出高尚的爱情理想和它在尘世中的体现之间的不一致性，这种不一致成为他命运中许多悲剧性冲突的原因，并赋予他一生中的大量爱情诗作的悲剧性音调。诗人这个时期的作品，后来集为《少年诗篇》，于1922年出版。

---

① Бавин С., Семибратова И. *Судьбы поэтов серебряного века.* Москва: Издательство «Книжная палата», 1993, с. 71.

1909 年，当诗人听到误传的萨多夫斯卡娅的死讯时，又把组诗《过了 12 年后》献给了她。1898 年，勃洛克结识他未来的妻子、著名的学者门捷列耶夫的女儿柳芭。这给他带来了新的创作冲动。对自己与柳芭·门捷列耶娃的关系所作的带浪漫色彩和神秘意蕴的沉思，使勃洛克先后写下了 800 多首诗。但直到 1903 年，他的第一批诗作才得以在梅列日科夫斯基夫妇主持的《新路》杂志上发表。不久，丛刊《北方的花朵》又刊出他的另一组诗篇，勃留索夫给这组诗取名为《美妇人诗集》。它也成为勃洛克的第一部诗集的名称。

《美妇人诗集》（1904）汇集了勃洛克献给柳芭的一些最优秀的诗作。这些诗章显示了诗人的艺术独创性与才能的成熟。诗人所采用的浪漫骑士对神秘女性的崇拜这一题材，并非来自俄罗斯诗歌的传统，大概只有茹科夫斯基和普希金的少数诗作触及过这个题材。勃洛克在这一题材框架中表现了“尘世之爱”的炽热情感。但诗人没有停留于此，而是越过具体的人与事，把个人的隐秘情感改铸成以“美”改造世界的乌托邦理想。这一理想就是弗·索洛维约夫关于“永恒温柔的女性”（“世界的灵魂”）降临大地、尘世生活与神灵世界实现“综合”将拯救人类的“新基督教思想”。勃洛克的这部诗集成为俄罗斯文学中“年轻一代”象征派创作特点的最鲜明的体现之一。

但是勃洛克似乎并没有把这种特点继续保留在自己的诗作中。从 1905 年起，他越来越关注当代现实。他对果戈理、陀思妥耶夫斯基等经典作家创作的兴趣同时增长。对世界的新看法反映在他的第二部诗集《意外的喜悦》（1907）中。这里有了新的题材、新的形象。沼泽的泥淖和城市的瘟疫替代了高耸的山峰和优美的地平线，被贫困所折磨的人们替代了陶醉在爱河中的“我”。对于以“美”来改造生活的乌托邦思想的失望，对于日常生活和人的自然天性的注意，成为这部诗集内容上的新特点。批评界对这本诗集迅速作出了自己的反应。勃留索夫等人肯定了诗人的诗歌表现技巧的提高，但“年轻一代”象征主义者朋友别雷、谢·索洛维约夫等人却指责他背弃了“索洛维约夫主义”的理想。勃洛克同别雷以及梅列日科夫斯基夫妇的关系均一度冷淡下来，但他却成为维·伊万诺夫家的“塔楼”星期三聚会的积极参加者。

勃洛克热衷于演剧活动和剧本创作。他曾是他岳父家的波普洛沃庄园家庭演剧活动的灵魂和指导者，扮演过《鲍利斯·戈东诺夫》中的伪皇子，《智慧的痛苦》中的恰茨基以及哈姆雷特。他严肃地考虑过献身于戏剧事业，却未能成为演员。但是他写过一系列戏剧作品，发表过不少剧评，并同演员圈子联系密切。他的《抒情悲剧》（1908）三部曲（包括《街头艺人》、《广场上的国王》和《陌生女人》），用作者自己的话说，也同抒情诗一样表现了个别心灵所经受的“怀疑、狂热、挫折和衰落”，只是经由戏剧的形式。三个剧本中的可笑的失败者彼埃尔、精神上虚弱的诗人和另一个诗人，其实是反映了同一个人的灵魂的各个不同方面。剧本表现了作者对弗·索洛维约夫的神秘主义哲学，对他的现代“抒情”意识能够使人们认识世界的最高真理的理想的失望情绪。无怪乎梅耶荷德在科米萨尔热夫斯卡娅剧院导演《街头艺人》时，发现勃洛克找到了同神秘主义告别的有意味的形式。

勃洛克的诗歌中往往回荡着一种焦虑不安、充满热情的旋律。在他的诗作《白雪假面具》（1907）和组诗《法伊娜》（1906—1908）中，更是渗透着一种反叛的、奔放不羁的情绪。这些诗作的主人公是科米萨尔热夫斯卡娅剧院的女演员娜·尼·沃洛霍娃。在勃洛克的诗中，她的头上环绕着耀眼的浪漫主义光环。诗人或者把她看成一颗流星，或者把她看成“扫帚彗星”，发现她具有“分裂派教徒圣母”的某些特点。《白雪假面具》在风雪弥漫、人群跟随追逐的画面中，鲜明地揭示了狂热—绝望—灭亡的主题。同勃洛克的许多诗歌一样，这些诗中的女性形象也是具有象征意义的，诗人常常借助这些形象表现了自己对俄罗斯的一种痛苦不安的爱恋之情。在带有自传性的剧本《命运之歌》（1908）中，诗人通过主人公盖尔曼对自己过去和眼前生活的沉思，表现了对俄罗斯民族命运的忧虑。剧本的卷首题词用的是果戈理的抒情插笔：“俄罗斯！你究竟希望我怎么样?”更表明诗人没有把自己与民族的命运分离开来。

1907 年夏，勃洛克更多地思考起人民在历史上的作用，人民的生活状况以及 19 世纪以来现实主义作家的创作等问题，并发表《论现实主义者》（1907）一文，文中对高尔基在俄罗斯文化和文学中的地位与作用，作出了恰当的估价。他对“神秘主义的无政府主义”颇为失望，因此受到“年轻一代”象征派朋友的批评；他则在《问题，问题，还是问题》（1908）等文章中，给象征主义以激烈的反批评，同时开始参与高尔基的《知识》丛刊的编撰工作。1908 年，他在宗教—哲学协会作题为《俄罗斯与知识分子》的报告，论及知识分子与人民的关系，反映了自己对于现代文化脱离本民族的源泉，对于社会大变动的悲剧性预感。同年，他的第三本诗集《雪中的土地》出版。这本诗集除收有《白雪假面具》、《法伊娜》之外，还有组诗《自由思想》。在最后这一组诗篇中，诗人的目光已注向现实。他描写活生生的人们，描写北方的海洋之美，描写自己与大自然、与人世间的联系。他开始倾心于画面的精确性，排斥了以往诗作中的大量借喻和印象派的模糊性。他的诗歌形象变得有了“物”的具体性。

著名的《俄罗斯》(1908) 一诗，更具体而真切地表达了诗人对祖国的深沉的爱：

又一次，如在黄金岁月，
三套马车发出吱哑响声，
车轮在泥土路上刻画出
两行弯弯曲曲的辙印……

俄罗斯啊，贫困的俄罗斯，
在我心中，你灰色的小屋，
你风儿的高歌与低唱，
好比初恋的第一缕泪珠。

我没有学会把你怜悯，
只会小心地背着十字架，
任凭你那夺人心魄的美
交给随便哪位魔法家！

让他把你诱惑和欺骗吧，
你不会失败，不会沉沦，
只有忧虑才会给你
美丽的面颊覆上愁云。

那又怎样？你的忧愁再多，
你的泪水流得再频——
你依旧是你，森林和田野，

还有你那块齐眉的纱巾。

不可能的也会化为可能，
旅途漫长却并不难行，
当转瞬即逝的目光透过纱巾
在远方的道路上闪动，
当马车夫喑哑的歌声
充满了牢狱中的苦痛。①

进入1910年代，外部世界连续发生的许多事件，使勃洛克的思想与个性呈现出一些新特点：敏锐的历史感，对旧世界行将灭亡的预见性，准备迎接这一死亡的悲壮、崇高的心态。列·托尔斯泰、弗鲁别里和科米萨尔热夫斯卡娅等文化界杰出人士的去世，与维·伊万诺夫的会见和交谈，象征主义的危机等，都在一定程度上影响着勃洛克的思想。维·伊万诺夫作了《象征主义的遗训》这篇报告后，勃洛克也在艺术语言爱好者协会上作题为《论俄国象征主义的当代情状》的报告，支持伊万诺夫。此文后来在《阿波罗》杂志上刊出（1910）。勃洛克从对象征主义的批评转到对象征主义美学“遗训”的肯定上来了。这种变化并不意味着诗人不再关注当代现实。无疑，勃洛克仍然是一位象征主义诗人。但是他的象征主义创作恰恰是从这时起变得更加符合历史主义精神，更加“沉入”现实。他所吟唱的已不仅是“全世界性的”的曲调，更多的是当代的、民族的、社会的旋律。在第四部诗集《夜晚时分》（1911）中，诗人象征性地展露了斯托雷平时代的特征：这是一个魑魅魍魉的“可怕的世界”，它只是在现实之外，在一种“野性的狂热”中得意洋洋；然而，当人们背弃了美与善，走向不可避免的毁灭与死亡时，这又是世界历史中的一个悲剧性时刻。透过这种悲剧意识，诗中同时响彻着一种相信人类能够把握和创造高尚价值的声音。

在勃洛克的诗歌中有一个重要的主题：报应——对压制、束缚、奴役人的社会的报应，以及对不能够无愧地活着，背弃了自己的崇高使命的人

① ［俄］《勃洛克、叶赛宁诗选》，郑体武、郑铮译，人民文学出版社1998年版，第214—215页。

自身的报应。《报应》既是勃洛克的一组诗歌的题目，也是他自1910年起一直到他去世之前都在写的一部长诗的名称。在这部未完成的长诗中，诗人以稳健的节奏、匀称的诗行，极富表现力地传达出历史的足音，并将诗人自己家庭生活的演变有机地融入历史图景之中，成功地把个别人物的命运与整个俄罗斯的命运结合为一体，从而创造出了一部雄伟壮丽、全景图般的史诗。这部长诗在把现实与历史融合起来时借鉴了普希金的诗歌艺术，但它同时又是具有深刻象征意义的："贵族之家"的诗史同时又是一个关于在实证主义时代被人们抛弃、到20世纪初叶又得以复苏的"音乐精神"的故事，其中涵纳着诗人对于美、善、爱和大自然的向往与追求。

"报应"同样也是勃洛克的另一部长诗《夜莺花园》（1915）的主题。长诗的主人公是一个从事繁重体力劳动的工人，一座清凉宜人、树影婆娑的夜莺花园勾起了他对于"被遗忘的时光"的回忆，于是他丢下自己繁重的工作和狭小的茅屋，走进令人心旷神怡的夜莺花园。这里远离尘嚣，花香醉人，但是外界世俗生活的喧哗声不时传来，使他不得安宁。于是他又听从生活的召唤，摆脱夜莺歌唱的令人陶醉的力量，离开童话般美好的花园。但是当他重新返回到他原来的环境中去的时候，那里的一切对于他已变得相当陌生了，他失去了自己在生活中的位置。这部长诗曲折地表现了诗人的理想与现实的矛盾，表现了他在寻求"与世界的联系"的过程中的困惑与不安，显然有着一种象征意义，一种哲理意蕴。这部长诗与勃洛克的另一作品、组诗《竖琴和小提琴》（1916）一起，都是诗人献给女歌唱家黛尔玛丝的。

第一次世界大战几乎没有在勃洛克的创作中得到反映，但他本人却在1916年夏被派往前线。他在那里收集了一些关于战时日常生活的文献资料，二月革命后回彼得格勒又在一个调查沙皇政府罪行的特别委员会工作过一段时间。这段经历使他完成了《旧制度的最后日子》（1918）一文——此文后来被扩充成《沙皇政府的最后日子》一书，在1921年作者去世后出版。十月革命后，勃洛克的创作热情一度高涨。同是在1918年，他先后发表了著名长诗《十二个》、《西徐亚人》和颇有影响的政论《知识分子与革命》。别具一格的《十二个》（1918），在黑与白、新与旧、光明与阴暗的强烈反差中，显示了十月革命胜利初期彼得格勒的独特生活氛围。十二个赤卫军士兵冒着弥漫的暴风雪在夜色浓重的街头巡逻，象征性地表现了革命的所向披靡的气势，具有时代特征的人们的充沛热情和献身精神。诗人认为，革命要排除前进道路上的一切障碍，混杂着崇高与粗俗，它对个人权利和个人幸福的理解也是与习惯观念迥异的，但是它将引导人们走向未知的、美好的目标，因此在长诗的结尾处出现了基督的形象。革命事件的“旋风般的”、“音乐般的”因素，在长诗中时而表现于悦耳的歌唱，时而表现于散文式的、平白如话的诗句，时而在主旋律的重复中显现。但勃洛克当时就反对人们仅仅从政治意义上看待他的这部诗作。诗人曾写道：“那些把《十二个》看成政治诗的人们，或者是对艺术无知，或者是整个地坐在政治的污秽中，或者是为极大的愤恨所控制——无论他们是我的长诗的敌人还是朋友。”[①]确实，无论是持谴责态度的梅列日科夫斯基、济·吉皮乌斯、布宁，还是持欢迎态度的别雷、叶赛宁、戈罗捷茨基，都将这部长诗视为政治诗歌。对于这部长诗的主题，特别是对于诗的末尾处出现的基督形象，历来评价不一。有人认为这一形象象征着正义和善良，也有人说它象征着十月革命的意义，还有人认为它象征着一种净化的力量（“作为对残忍的补偿”），一种烈火之后再生的力量。如果联系诗人自己关于不要把《十二个》看成政治诗的说法，联系诗人的整个思想发展来把握它的内涵，那么就不难发现，长诗中的基督形象实际上反映了宗教思想深入到人的意识深层，很多人是从宗教的角度来理解历史的巨变（无论赞成还是反对）的。勃洛克的《十二个》表现了这一社会心理真实，而诗人本人也是从宗教救赎的角度来看待革命的，于是在长诗的末尾便出现了手持白色花环的基督形象。

勃洛克的另一部长诗《西徐亚人》，意在探索各种文化类型之间的差别、冲突及其前景。在诗人看来，西方“文明世界”过于理性，而野蛮的“匈奴”部落则是一种盲目的、带有自发无政府主义特点的破坏性力量，“俄罗斯—西徐亚人”的使命则在于综合欧洲文明的优秀成果，把这种成果与西徐亚人（斯基福人）的火热的英雄主义精神联结在一起。长诗的结尾出现了人类的“劳动与和平的兄弟大宴会”的象征性场面。这部长诗显然受到当时曾在俄罗斯知识分子中流行的“欧亚大陆主义”的影响。

在完成这两部长诗之后，勃洛克就再也没有写出什么有影响的诗歌

---

① Бавин С., Семибратова И. *Судьбы поэтов серебряного века.* Москва: Издательство «Книжная палата», 1993, с. 76.

来。虽然他积极从事国家出版委员会、世界文学出版社、大剧院、文学家联合会、全俄诗人协会的工作，但是在他内心却似乎有着一种深深的忧郁，一种难以排遣的悲剧意识。他的痛苦在《知识分子与革命》(1918)一文中已有所表露："谁要是想在革命中仅仅看到自己的似乎从未有过的高尚美好幻想的实现，谁就是不幸的。革命就像雷电挟雨、狂风卷雪，总是带来新的、意想不到的东西；它残酷地欺骗着许多人；它很容易在它的漩涡中毁灭那些值得尊敬的人们；它又常常把那些并不值得称许的东西安然无恙地带到陆地……"①在《人道主义的覆灭》(1919)一文中，勃洛克阐述了自己对革命与文化、革命与艺术之关系的理解，认为文艺复兴时代是人道主义精神高扬的伟大的"音乐"的时代，也即人感到自己与大自然、与他人、与整个世界和谐统一的时代；他呼唤作为"音乐精神"体现者的人民在当代重新举起人道主义旗帜。但是他很快就感觉到自己的思想与现实的严重脱节，于是他转而向普希金、向民族传统文化寻找自己的思想支点。1921 年 2 月，他在普希金忌辰 84 周年纪念会上作了题为《论诗人的使命》的发言，并写了《致普希金之家》一诗。此后不久，他即患心膜炎等病，5 月后病情急剧恶化。高尔基曾为促成他出国治病奔忙，并写信给卢那察尔斯基和列宁，但未能及时获准。8 月 7 日，勃洛克在彼得格勒逝世。"普希金！我们追随你，讴歌秘密的自由！"这是诗人的绝唱，也是俄罗斯知识分子的心声。

勃洛克自己曾经把他的创作道路划分为三个阶段：神秘主义的"正题"阶段(1900—1903)，怀疑主义的"反题"阶段(1904—1907)，以及最后的"合题"阶段(1908 年以后)，处于各个阶段的中心的，是关于俄罗斯的诗歌。他感到自己的全部创作就好像是一部完整的、宏大的"抒情三部曲"，他在其中描述抒情主人公"我"的道路：从最初的"和谐"走向"混乱"与"悲剧"，再走向为"美"的解放而进行的斗争，走向新生活与新俄罗斯的创造。这一概括大致是符合实际的。但是不能认为，勃洛克是一位浪漫主义诗人甚至现实主义诗人。因为他头脑中的世界图像是弗·索洛维约夫的"两个世界"学说所勾画的样子：在"此岸"世界所出现的一切，都是"彼岸"世界发生的事物的一种表象。这就决

---

① Смирнова Л. А., Турков Ф. М., Марченко А. М. *Русская литература XX века. Очерки. Портреты. Эссе. В 2 ч.* Москва: Издательство «Просвещение», 1994, ч. 1, с. 110.

定了勃洛克创作的象征主义特征。在他那里，诗歌形象、意境、情节乃至语言，往往是离开现实、日常生活和此时此地的，往往是属于精神、理想和“永恒”的范畴的。他的诗作中的词语的意义，不能只根据理性和逻辑来理解，其中包含着大量的被浓缩的内容，常常需要联系世界文化传统（古代神话、宗教、古典作品等）去领会。然而，他的抒情主人公“我”所抒发的，绝不是主观的一己之情。在关于无数个抒情主人公“我”的道路、关于这许许多多“我”的精神生活史的抒情描述中，诗人已经提供了一幅同时代人心灵史的广阔图画。他以自己的独特形式表达了20世纪初期俄罗斯的“当代心灵”所感受的一切。从这个意义上说，勃洛克确实是一位俄罗斯民族诗人，是这个民族的一种骄傲。

10

与勃洛克一样属于“年轻一代”象征派的安德烈·别雷，成就更在勃洛克之上。他兼诗人、小说家、散文家、批评家和美学理论家于一身，不仅成为俄国象征主义文学最优秀的代表作家，而且是整个20世纪俄罗斯文学中最杰出、最有贡献的作家之一（详见本书第三章）。

最后还应提及的是**谢尔盖·米哈依洛维奇·索洛维约夫**（1885—1942）。他是19世纪那位著名历史学家谢·米·索洛维约夫（1820—1879）的孙子，哲学家兼诗人弗·谢·索洛维约夫的侄子，勃洛克的堂表兄弟。他毕业于莫斯科大学历史—语文系古典语文部，后又在“圣三一”谢尔盖宗教大学完成学业。他也属于“年轻一代”象征主义者，从青年时代起就是别雷亲近的朋友。别雷的长篇小说《银鸽》中的达里亚尔斯基的形象，就是以他为原型的。谢·索洛维约夫的第一本诗集《花卉与神香》出版于1907年，此后又有《四月》（1910）、《公主的花圃》（1913）等诗集和长诗《意大利》（1914）陆续问世。他的诗歌创作，在内容和形式上都追求一种“中庸”平缓。他一度倾心于“神话主义”（形象、题材、语言等都取自古代神话），尔后则转向宗教题材。勃留索夫认为，在诗歌方面，他仅仅是一位有才能的学生，而不能说是一位有独立性的行家。除诗歌外，谢·索洛维约夫还有批评文章和译作多种发表。1917年以后，他主要从事古希腊罗马典籍的翻译工作，先后译有维吉尔的

《埃涅阿斯纪》（与勃留索夫合译）、埃斯库罗斯的《被缚的普罗米修斯》、塞内加的悲剧，此外还译过莎士比亚、密茨凯维奇等人的作品。谢·索洛维约夫的主要批评著作《歌德与基督教》（1917），显示出他对歌德作品的独特见解，同时又体现了作者自己的宗教思想——作者曾于1913年接受了东正教祭司的教职，后又改信天主教，信奉拜占庭主义和斯拉夫主义。他的思想与文学活动，表明古典文化和宗教学说深深影响了俄国两代象征主义者，并在一定程度上左右着其中一部分诗人和作家的命运归宿。

三

安德烈·别雷

安德烈·别雷（1880—1934），原名鲍里斯·尼古拉耶维奇·布加耶夫，是俄国象征派“年轻一代”的主要代表，甚至可以说是象征主义文学的集大成者。他对象征主义哲学—美学体系所作的系统阐述，他对前人特别是同时代人的文学成就所作出的富有创见的批评，他写下的大量诗歌与小说，不仅奠定了他在白银时代俄国文学中的地位，而且使他成为20世纪俄罗斯文学史上最重要的作家之一。

别雷生于莫斯科一个书香之家，其父为莫斯科大学教授。他在文化和学术氛围浓厚的环境中长大，中学时代即结识近邻、在现代俄国文化史上卓有影响的索洛维约夫一家。1899—1903年在莫斯科大学物理—数学系学习，1904—1905年又在该校历史—语文系就读，其间广泛阅读弗·索洛维约夫、叔本华、尼采和费特、陀思妥耶夫斯基、易卜生等人的著作，他的哲学、美学思想和整个世界观深受这些著作的影响。20世纪初年，他曾感觉到索洛维约夫所预见的“世界历史的终结”已经临近，“新世纪的曙光”、“神秘的朝霞”已然出现。后来，他曾一再把1900年、1901年称为“曙光的年代”，多次提及“映照当时一代象征主义者的那片朝霞”[①]。1900年完成《交响曲》四部曲的第一部《北方交响曲》，1902年发表论文《艺术的形式》，由此开始理论批评与创作两个方面的探求，两方面均不断有成果问世，并日益成为象征主义文学运动中有影响的人物。1905—1906年间，他的理论兴趣中心由索洛维约夫和尼采转向康德和新康德主义。1909年组建后来成为“年轻一代”象征派中心的“缪萨革忒

---

① Белый А. *Критика. Эстетика. Теория символизма: в 2 – томах.* Т. 2, Москва: Издательство «Искусство», 1994, с. 475.

斯”出版社，进入理论著述最为集中的时期。1912 年在德国结识著名宗教哲学家施泰纳[①]，深受其“人智学”理论的影响。十月革命后既参加过“自由哲学协会”的活动，也曾被卷入“无产阶级文化派”时潮之中。1921 年赴柏林，与高尔基、霍达谢维奇等一起创办《交谈》杂志，1923 年秋回国，继续创作与理论研究，直至 1934 年去世。

作为诗人，别雷最早的成果是诗集《碧空之金》（1904）。按诗人自己后来所说，“‘金’就是成熟的庄稼地；‘碧空’就是大气层。”[②]诗集的名称即显示出它的基本风格特征。整部诗集以乐观的情调和绚丽的色彩，表现了诗人对幸福和快乐的追求，对改造世界的热烈希望。诗人以“神秘的期待”这一对于象征派诗歌说来具有普遍意义的情感线索作为诗集的主导意向，表达穿透全书的“阳光”主题，以及“索洛维约夫派小组”同人对“曙光”的预感和呼唤。这个小组建立于 1903 年，其名称“阿耳戈号兄弟会”来自希腊神话中取金羊毛的勇士们所乘的船“阿耳戈号”。小组成员除别雷外，还有谢·索洛维约夫、艾利斯等人。别雷的诗作传达出他们要以取金羊毛的英雄般的勇气去追求太阳、追求春天的热情，表现了他们改造世界的希望和对人类生活新时代的神秘向往。如在《金羊毛》一诗中，诗人写道：“阿耳戈号的一位老者/吹响金色的号角，/发出呼吁，/召唤人们跟在他身后：/‘追随太阳，追随太阳，/我们热爱自由，/让我们向着碧空/疾驶而去！……’”[③]《碧空之金》中的《太阳》、《世界的灵魂》等诗作以及组诗《晚霞》、《永恒的召唤》等，同样表现了对于历史变动、对于新时代的预感和期待。在诗歌形式上，诗人试验新的韵脚，混淆各种格律，打破高雅与粗俗、严肃与讽刺的界限，显示出大胆创新的锐气。

1905 年革命给别雷以深刻的影响，“理解蓝色和金色的世界”的企图开始为对于俄罗斯命运的思考所替代。长诗《追荐》（1907）和同时期的一些抒情诗作表明，革命期间的种种现象和一些狂乱的体验，曾给别雷带来极大的精神震荡，造成了他一度“对一切都不再相信”的危机意识乃

---

① 鲁道夫·施泰纳（1861—1925），德国宗教哲学家，人智学的创建者。

② Белый А. *Начало века.* Москва: Издательство «Художественная литература», 1990, с. 283.

③ Бек Т. А. *Серебряный век. Поэзия.* Москва: Издательство «АСТ Олимп», 1996, с. 229.

至绝望的情绪。同于1909年发表的两本诗集《灰烬》和《骨灰盒》，进一步表现了诗人的郁闷与迷惘，但这种情绪并不是纯粹个人性质的，它与诗人对民族命运的忧虑相联系。其中《灰烬》是别雷最重要的诗集。诗集的第一部分《俄罗斯》以《绝望——致济·吉皮乌斯》一诗作为开篇，描绘了满目疮痍的俄罗斯，发出了面对祖国母亲的沉重叹息：

够了，别再等待，别再指望——
算了吧，我可怜的人民！
年复一年的痛苦岁月，都会
在空中化作过眼烟云！

世世代代的贫困和奴役。
祖国母亲啊，请允许我
面对潮湿空旷的原野，
对着你的原野放声痛哭……

原野上，可以看见一长条
死亡和疾病留下的辙道，
消失到茫茫空间去吧，
俄罗斯，我的俄罗斯！①

别雷的这首诗可以说为整个《灰烬》奠定了情感基调。诗集中的一些都市诗篇，一些关于民众日常生活与革命事件的诗作，也同样显示出诗人对俄罗斯历史命运与道路的忧思。无怪乎他在诗集的序言中强调“艺术家首先是一个人”，并在诗集的扉页上写下了“献给涅克拉索夫”的题词。关于现代俄罗斯的悲剧性状况的展现，透过抒情主人公的咏叹揭示某些社会问题，构成了这本诗集的基本内容。

《骨灰盒》中的诗作多带有明显的抒情色彩，几乎可整个地读为诗人的忏悔与自白。他在诗集序言中写道：如果说，《灰烬》是一本“自焚和

① 余一中主编：《俄罗斯白银时代精品文库·诗歌卷》，中国文联出版公司1998年版，第178—179页。

死亡之书”，那么在《骨灰盒》中收集的则是“自身的灰”——诗人在精神上被那个他曾力图去识破的世界奥秘所焚烧，留下的只是一些灵魂的灰烬。毁灭感、死亡意识、“棺木般的深沉”和“无尽的默默的哀愁”笼罩全书。诗集在表现形式上有其明显的特点，如短句的大量使用，诗行的断断续续，同一词语的经常重复等，这一切均显示出诗人力求寻得与新的内容相适应的新的诗歌表现手段。

十月革命后，别雷写了一部长诗《基督复活》（1918），作为对勃洛克的长诗《十二个》的回应。别雷把基督教福音书的神话移植到现实中来，把它解释为一种革新思想，仿佛十月革命是基督复活的一个新阶段，而革命过程中的痛苦和牺牲则是为拯救人类而必须付出的代价。在诗人笔下，革命前的俄罗斯好似“一座坟墓”，它“手持苍白的十字架，伸向冷酷的苍穹”，而革命后的俄罗斯则似乎是启示录中那个“身披太阳的妇人”形象。长诗象征性地表现了俄罗斯就像耶稣基督一样，经受了被钉在十字架上的痛苦，但此后必将是基督的复活。诗人最后发出呼唤：“俄罗斯，/我的祖国——/你就是那位/身披太阳的妇人/人们对你都举目仰视……/我分明看见了你：/我的俄罗斯——/战胜了蛇的神的体现者……”①十月革命被诗人看做一种具有世界历史意义的神秘的民族仪式，看做基督精神在每个人的意识中复活的起点。

1921年11月，别雷离开俄罗斯，居于德国首都柏林，1923年10月回国。德国神秘主义哲学家施泰纳的人智学思想很早就吸引了他。革命后至柏林时期他更倾向于以这一学说来理解宇宙的本质。诗集《星》(1919)、《离别之后》（1922）和长诗《第一次相遇》（1921）等，都带有明显的人智学意味。在《第一次相遇》中，别雷回望晨曦初露的世纪之初，怀念“索洛维约夫家的沙龙”的难忘氛围，吟唱自己的初恋，而这爱恋的对象也被赋予“永恒的女性”的特点。1901年，年轻的别雷在一次音乐会上第一次见到济莉娜（原型为玛·莫罗佐娃），对她产生了一种带幻想性的、柏拉图式的爱。在诗人笔下，济莉娜“散发着闪光的蔚蓝，两眼放射出热情的亮光”。音乐会结束后，诗人在惆怅和失落中恳求她不要返回“金色的大海”，就到他生活的尘世中来。诗人写道：“令人

---

① Пьяных М. Ф. *Александр Блок, Андрей Белый: Диалог поэтов о России и революции.* Москва: Издательство «Высшая школа», 1990, с. 355.

倾倒的星星，/难以表达的颂扬，/你为我永远打开了/约翰启示录的篇章。”①在长诗最后一章中，诗人来到索洛维约夫的坟前与已逝者对话。别雷仿佛也经历了类似于先师的神秘体验，也遇见了“永恒的女性”的尘世体现。可以说，《第一次相遇》是对索洛维约夫的《三次相遇》的一种悠远的应答。

别雷的理论与批评成果在俄国象征主义理论家批评中占有十分重要的地位。他曾写有《象征主义》（1910）、《绿草地》（1910）和《阿拉伯图案》（1911）等构成其“理论三部曲”的三本论文集，另外还有多种专题学术著作问世。经由这些论著，别雷对“作为一种世界观的象征主义”作了系统的理论阐述，就艺术的起源与作用、形式与语言等根本问题，提出了一系列颇有见地的观点，探讨了艺术的现代特征和未来走向，并围绕现代文化发展的困境与出路问题进行了深入思考。

在别雷看来，世界上各种宗教中的形象、伦理法规和艺术风格等，首先都是“文化的象征”。在“象征”这一概念之下，他其实是放置了他所理解的全部文化以及存在本身所由产生的某种神秘的、难以言说的“起因”。这种统一的“起因”不是由任何别的东西所决定的，它本身却决定一切。在别雷那里，“象征”成了一切创造和认识的一种极限，象征主义成了一种“世界观”。他希望借助自己建构的理论体系将诗歌及一般象征主义艺术的价值绝对化，推广这种价值，使之变为一种普遍的、包罗万象的价值，其实是为了强调神秘主义地体验世界（经由诗的形式）的合理性。

关于“象征的艺术”的一般方法论的探讨，是别雷理论探索的一个重要方面。他认为，象征的实质是艺术的形象，是一种取自自然而又由创作改造过的形象，是结合着艺术家的体验和自然特点的形象；不仅一切艺术都是象征，而且全部文化活动的基本模式都是象征，而无论这些活动的具体形式、种类和风格如何。别雷写道：

> 任何艺术，就其实质而言，都是象征的。任何象征的认识都是观念上的。作为一种特殊的认识，艺术的任务在任何时代都是不变的，

---

① Мочульский К. *Андрей Белый*. Томск: Издательство «Водолей», 1997, с. 204.

> 变化的只是表现方式。哲学认识的发展通过反证确认艺术依赖于领悟性的认识、象征的认识。随着认识论的变化，认识与艺术的关系也在变化。艺术已不再是一种独立自在的形式；它也不可能用来帮助功利主义。它正在成为达到最本质的认识——宗教认识——的途径。宗教是合乎逻辑地发展起来的象征体系。[①]

别雷多次说过：艺术的意义只能是宗教的，除了宗教意义外，艺术没有任何自身的意义。这一见解来源于弗·索洛维约夫关于艺术的“巫术”作用的观点。以别雷为代表的象征主义者出于对现实的厌恶和不满，希望在尘世生活中实现艺术与巫术的结合，把创造的理想实现为生活真实。对于别雷来说，艺术的象征主义是“巫术”的手段，是联结瞬间与永恒、过去与未来、无意识与意识之间的桥梁，它具有包罗万象的驱逐鬼神、改造生活的作用。

别雷的理论具有某种抽象性和艰涩性，但他并未停留在思辨的领域，而是时时通过具体的文化—文学批评活动参与他所置身的现实。在《俄罗斯文学的现在和将来》（1909）、《革命与文化》（1917）等一系列文章中，可以明显地感觉到他对俄罗斯文化、俄罗斯命运的关切。对于别雷来说，俄罗斯精神就是世界精神。他相信自己的祖国—母亲的天命，同时也意识到落到俄罗斯头上来的考验是如此沉重，达到了民族的智慧与意志难以承受的程度。由于西方各国的“宗教病患”——精神价值的逐渐失落，文艺复兴以后基督教分化为一些“抽象的原则”——在文化上彼此独立自为的领域，如神秘论与道德学说，哲学与实证科学，伦理学与美学，个人主义也产生并日益发展起来。别雷相信：俄罗斯文化不会出现类似的分化，它在原则上保留着自己综合性、共同性的光华，俄罗斯文学的信条就是宗教的象征性标志；“我们的道路是尘世与天堂、生活与宗教、天职与创作的统一”[②]。别雷在强调这一点的同时，也意识到在这条道路上等待着俄罗斯精神和俄罗斯历史的是一种更大的危险性——与西方文化和东方文化的脱节。他既反对西方个人主义，也排斥东方的“寂静无为”，但赞

① Белый А. *Символизм как миропонимание.* Москва: Издательство «Республика», 1994, с. 246 – 247.

② Белый А. *Критика. Эстетика. Теория символизма: В 2 – х томах.* Москва: Издательство «Искусство», Т. 1, 1994, с. 284.

同吸收东西方文化的精华，并强调接近人民。这是别雷十月革命后与伊凡诺夫—拉祖姆尼克、勃洛克等人一起组织“西徐亚人”[①] 团体的思想根源。

在获悉托尔斯泰出走和去世之后不久，别雷曾写下《创作悲剧：陀思妥耶夫斯基和托尔斯泰》（1911）这篇长文。在别雷眼中，这两位伟大作家并非艺术的创造者，而是生活的创造者，他们的作品形式上的完美让位于他们完成超文学、超文化的任务的天才。别雷在陀思妥耶夫斯基以及果戈理那里看到了他们在接近生活创造之顶峰时的悲剧性挫折（前者的癫痫病，后者在痛苦中的死亡），在托尔斯泰那里发现了他的创作冲动在他个人生活中的真正光辉的（“接近神圣”）实现，认为托尔斯泰以自己在俄罗斯原野上的出走与死亡使这片贫瘠的土地变得神圣起来。别雷还特别推崇果戈理和契诃夫，把他们看成自己所信奉的艺术理想的先驱。

在国外的文化活动家中，别雷予以评说的只有尼采、施泰纳、易卜生和波德莱尔等少数几位。他对尼采的看法颇为独特。在一篇关于弗·索洛维约夫的回忆录中，他曾引用后者所说过的一句话：“尼采的思想——这是那种现在就应当考虑到它对宗教文化有着深刻危险性的唯一的思潮。”[②] 但别雷在精神上接近尼采，却恰恰是因为他把尼采看成新的宗教——“象征的宗教”的先驱。在《弗里德里希·尼采》（1908）一文中，别雷从象征主义视角论及尼采在理论与创作上的成就，阐述其特点与意义。他认为，尼采是一位有着狂放激情的诗人，新的天地的创造者，“巫术”（在其特别的意义上）的创造者。有人把尼采的令人震撼的深刻性归结为诸如道德的虚伪、“超人哲学”和“永恒的复归”之类的老生常谈的总和，这种人不会理解尼采学说中的任何东西。在别雷笔下，尼采成了一位伟大的象征主义者。在《易卜生与陀思妥耶夫斯基》（1905）一文中，别雷从自己关于东西方文化差异的见解出发，把他们俩作为19世纪后半期的代表作家进行对照。他从道德规范的严格性出发，认为易卜生的创作高于陀思妥耶夫斯基：易卜生的主人公常常是顽强地行进在履行义务的艰难道路上，而陀思妥耶夫斯基笔下的“过于宽松的”俄罗斯性格却不曾经

---

① 1917—1918年间俄罗斯文学中的一个派别，信奉“欧亚大陆主义”。

② Белый А. *Критика. Эстетика. Теория символизма: В 2 – х томах.* Москва: Издательство «Искусство», Т. 2, 1994, с. 355.

历过这样的道路。他指责陀思妥耶夫斯基作品中形而上的内容枯燥无味，指责作家几乎是在为卡拉玛佐夫一家的纵欲进行辩护。他同时认为陀思妥耶夫斯基也存在着深深的矛盾，说这位作家“在自己的灵魂中怀有光明生活的形象，但却不知道通向幸福之邦的道路。”[①]别雷还指出，克服陀思妥耶夫斯基的枯燥乏味可能有两条道路，或是朝前走向尼采，或是朝后走向果戈理。他更强调应当回到俄罗斯文学的开端果戈理与普希金，以便把文学从腐败和衰亡的苗头中拯救出来，这种文学危机是在陀思妥耶夫斯基的极其残酷的手中形成的。

作为批评家，别雷以其数量惊人的文章对自己时代的文化与文学生活中的纷繁现象做出了敏锐而及时的反应。他与象征派同人勃留索夫等展开激烈论战，抨击丘尔科夫[②]等人提出的、得到维·伊凡诺夫支持的“神秘主义的无政府主义”，就卢那察尔斯基等人提出的“文学的衰变”问题发表针锋相对的意见，均在当时文坛引起很大反响。在收入《绿草地》、《阿拉伯图案》两书中的几组评论、回忆录、作家剪影和文学随笔中，别雷广泛论及包括弗·索洛维约夫、梅列日科夫斯基、济·吉皮乌斯、巴尔蒙特、勃留索夫、索洛古勃、维·伊凡诺夫、勃洛克、高尔基、安德列耶夫、舍斯托夫等在内的同时代几乎所有最重要的作家，每每以目光的深邃和见解的独特而令人叫绝。

别雷的理论批评是白银时代俄国文论与批评中的一种重要的、富有特色的现象。他吸纳弗·索洛维约夫和尼采等人的某些思想而加以发挥，既显示出在宗教—哲学体系中探索艺术真谛的取向，又怀抱着经由艺术活动改变人的精神、改造现实的理想。他不遗余力地把象征主义作为一种世界观来加以反复论证和热情宣扬，又具有明显的“反颓废主义”激情，并体现出其他象征派同人所不具备的理性主义和科学精神。他善于把握和接受西方现代社会哲学理想，也注意在本民族的精神—美学传统中寻找依托。这一切使得作为象征主义理论家批评家的别雷在很多方面高于他的同时代人。不过，人智学、宗教神学和神秘主义的影响，也在他的理论批评文字中留下某些繁冗、晦涩的痕迹。

---

① Белый А. *Критика. Эстетика. Теория символизма: В 2 – х томах.* Москва: Издательство «Искусство», 1994, Т. 2, с. 91.

② 格·伊·丘尔科夫（1879—1939），俄罗斯散文家、诗人、批评家。

安德烈·别雷也是一位著名的小说家，而且其小说成就更在索洛古勃之上。作为小说家，别雷已远远超出了俄国象征主义的流派范围，而是以俄国现代主义小说的奠基人之一进入文学史的。

四部《交响曲》是别雷小说创作方面最初的重要成果。这四部曲自1900年开始创作，至1908年全部发表，是别雷对小说艺术形式进行大胆革新的试验性成果。其中，第1部《北方交响曲》（即《英雄交响曲》，1904），是一部童话式的作品。主要人物是一位美丽的公主和一位年青的勇士，他们受到巨人、怪兽、魔法师等恶势力的包围和侵袭。经过顽强、不懈的斗争，恶势力终于被排除。最后，他们在宁静之中等待着天堂幸福的来临。这一部所表现的是光明与黑暗之间的斗争，并显示出前者对后者的最终胜利。

第2部《交响曲》（即《戏剧交响曲》，1902）描写了莫斯科市民的日常生活，通过莫斯科贵族、官僚、哲学家和自由主义者等人物众生相，提供了20世纪初俄罗斯“思想景象”的一幅快照。小说主人公穆萨托夫是个苦行僧、神秘主义者，他遇见了一位名为“童话”的女性，将她视为启示录中的那位“身披太阳的妇人”①的化身，并由此而预言新的圣母、圣子和圣经——“第三约言”即将出现。这一人物具有一定的自传性。作品结尾处，已故的弗·索洛维约夫乘着马车出现，坐到教堂门前的台阶上，念念有词：“终结已经临近，期望就要实现。”美丽的“童话”则在新处女修道院的坟茔间徘徊。小说通过这些幻觉形象和场景，艺术地表现了作家本人在1901年所经受的、感到“具有伟大启示录意义的重要事件”行将开始的神秘体验。

第3部《复归》（1905）探讨彼岸世界（具有永恒性的真实世界）与此岸世界（虚假的、世俗的生活现实）的关系。在此岸世界，一个小孩藏在海边的石洞里，受到蛇、海风和圆头怪物的威胁，一位老人常来保护这个小孩。在尘世生活中，小孩变成了硕士研究生汉德利科夫，威胁他的怪物变成编外副教授岑赫，而老人则成了医生奥尔洛夫。汉德利科夫在奥尔洛夫出国时受到恫吓，投河自尽，但又复归到彼岸世界，重新受到老人

---

① 《新约·启示录》中的形象，曾反复出现在俄国象征主义作家笔下。《新旧约全书》汉译本（中国基督教协会，南京，1987）中的“有一个妇人身披日头，脚踏月亮，头戴十二星的冠冕”，即为此形象。

的关照。在这里，作家显然是在弗·索洛维约夫“万物统一”论的影响下，宣扬此岸世界与彼岸世界的一致性，并认为后者是更为高尚、完善的世界。

第4部《雪杯》(1908）通过一位上校、一位知识分子和一个女性三者之间的爱情纠葛，表现由尘世之爱转化为天国之爱的过程。小说中的主要人物几乎都失去了具体人的特征，而作为一种纯粹的象征性形象存在，这些象征性的形象体现了“永恒”与“短暂”在人们头脑中的斗争，并暗示人将战胜时间。总起来看，《交响曲》提供了一幅在世俗与神圣、混乱与宁静、短暂与永恒的对立和交汇之中的世界图景，传达出世纪之交人们的困惑、惶恐、焦虑和期待，表现了作家本人对人生和世界的宗教—哲学理解。在艺术上，别雷别出心裁地把作曲法的对位技巧运用于小说创作，形成作品独特的结构，并借用多种音乐表现手法（如重复句的使用，“插入部”的设置等）来延缓情节的进展，淡化人物形象，加强情绪渲染。凡此种种，都表明《交响曲》对传统现实主义小说模式的突破。

长篇小说《银鸽》(1910）是别雷的又一重要作品。小说的主人公彼得·达尔亚尔斯基是莫斯科的大学生，俄国知识分子“到民间去”这一运动的参加者。为了在人民当中进行思想文化启蒙并为自己寻找出路，他离开学校，走向社会。在他面前，出现了一系列彼此对立的两极：城市（里霍夫）和乡村（采列别耶沃村），贵族女子（卡嘉）和村妇（玛特辽娜），科学知识和神秘的宗教，精神追求和本能欲望的满足，等等。这一切造成了达尔亚尔斯基的两难选择。他徘徊于两者之间，最终被“鸽派”教徒杀害。这一不祥的结局表明他的选择的失败。经由这一形象的性格、遭遇和命运，作品象征性表现了俄罗斯及俄罗斯人在东方与西方、信仰与理性、天使与恶魔、肉体与精神等对立因素之间的选择和归依的困惑，同时从一个特定角度探讨了知识者和人民群众的关系问题。

别雷曾大力倡导“韵律散文”和小说的“音乐化”，《银鸽》是他对自己的主张的一次成功实践。这部作品中的作者语言和人物语言，场面描写和心理刻画，都有着诗歌般的韵律和节奏。这一切，再加上小说语言运用方面所显示的、有如诗语般的灵活搭配，景色描写的诗意性，都使得这部作品在文体上兼具小说与诗的特点。作品对人物的无意识心理流程的展现，对人物的性格分裂和怪诞特点的揭示，以及对惯常语言规则的背离，则显示出现代小说的创新色彩。

《银鸽》是别雷构想过的《东方或西方》三部曲的第一部。第二部即长篇小说《彼得堡》，第三部未完成，但自传性的小说《柯季克·列塔耶夫》被认为是第三部的组成部分。作家试图通过这三部曲探讨处于东方与西方之间的俄罗斯的归属、独特性和历史命运等问题，解开“俄罗斯生活的斯芬克斯之谜”。在实现这一总体构思方面，《彼得堡》占有举足轻重的地位，它成为别雷小说创作的代表作品也绝非偶然。

《彼得堡》（1913—1914）写的是1905年革命时期发生在俄罗斯帝国都城彼得堡的事，时间跨度不过是这一年的九月底至十月初的十多天。作品的主要人物之一是贵族参政员阿波罗·阿勃列乌霍夫，他是现存秩序的忠实维护者，“一个重要机构”的首脑，然而他的妻子安娜·彼得罗夫娜却因丈夫的冷漠无情而出走了。他们的儿子、大学生尼古拉则讨厌父亲，不满现实，曾许诺要帮助某个“轻率政党”。尼古拉的同学、平民知识分子杜德金受恐怖组织委托，把一个装有定时炸弹的罐头盒交给尼古拉保管。尼古拉因爱情纠葛前不久受到某一沙龙的女主人索菲娅的嘲笑，决定实施报复，于是戴上假面具进入其父与索菲娅均到场的舞厅。他在舞会上收到了一封信，信中催促他用定时炸弹炸死父亲，但尼古拉犹豫不决。同时，阿波罗也被告知日内将有人加害于他，凶手即他的儿子。由于炸弹未爆炸，又有谣言传出，说尼古拉是政府派出的密探。其实，所有这一切都是真正的密探、奸细利潘钦科干的，其用意是制造混乱，破坏革命。杜德金得知这一真相后，气愤至极，杀死了利潘钦科。尼古拉回家后，打算把那个装有定时炸弹的罐头盒子找出来，立即扔到涅瓦河中去，但没想到父亲已不经意地把它拿到自己房间内。此时，出走的母亲安娜也回到家中。当一家三人重归于好、晚餐后就寝时，炸弹爆炸了，但幸好三人均未受伤。阿波罗从此退休，与安娜一起避居乡间。尼古拉则出国疗养并从事研究。若干年后他回国时，父母均已去世，他本人也渐渐变成一位白发老者。

从《彼得堡》打破惯常时空顺序的、时断时续的叙述中，大致可以把握到以上的情节脉络。不难看出，小说暴露了彼得堡上层官僚统治阶层的黑暗、腐败和荒谬，也对沙皇警察机构暗探的奸细活动进行了抨击，从而传达出1905年革命时期的时代气氛，也就在某种程度上表现了作者对于这一重大历史事件的态度。但是，这样的概括似乎只是涉及作品的表层意义，而未把握到作家创作这部小说的深层动机。作为《东方或西方》

三部曲中主要的一部,《彼得堡》涵纳了作家关于俄罗斯独特的历史命运的深邃思考。在别雷看来,彼得大帝创建彼得堡这座城市,成为俄罗斯历史进程中遭遇一种“劫运”的起点。彼得大帝机械地接受了“西方的”原则和方法,却不能在东方和西方的融合中建立一种新的统一和谐,这就造成了俄罗斯无法克服的悲剧,这对于既是东方,又是西方的俄罗斯来说,无异于完成了一次历史性的奸细勾当。于是,西方的唯理主义、实证主义文化和东方文化精神中的因循守旧、破坏性的本能发生碰撞,演化成一种表现为神秘的危害力量的可怕的“幻视印象”,它影响着《彼得堡》中的所有主要人物。阿勃列乌霍夫这个官僚是把所谓“西方原则”引向荒谬地步的人物。他遵循的是平面几何学、合目的性和公文,把一切都纳入“律令与法规”之中,但是在他身上所流的却是“蒙古人的血”。这一形象是俄国上层统治官僚的讽刺性写照。利潘钦科既是官僚统治集团豢养的走狗,又是名副其实的暗探、奸细。作品中的众多人物,都是由彼得堡这座城市象征性体现出来的俄罗斯历史劫运的牺牲品。他们的命运,标志出从彼得大帝时代到1905年革命这一漫长历史过程的结果,这种结果是与开端不可分割地联系在一起的。而这一漫长的历史过程本身,在作家看来,不过是某些现象的永无止境也无出路的悲剧性重复。

小说多方面显示出俄罗斯文化的双重性、矛盾性:一方面是官僚主义的幽灵,机械的、毫无生气的事务主义,生活的虚伪性;另一方面是虚无主义、野性本能和恐怖主义。作者显然认为,革命就是这些矛盾的结果,也是对这种双重性的不可避免的报应,但是它不能将俄罗斯引向被拯救的道路。作品中的“红色多米诺”指的就是革命,“白色多米诺”则借指基督——精神与道德净化的象征。然而,作者又从一个特殊的角度肯定了1905年革命,即认为它标志着彼得一世以来俄罗斯荒谬历史的终结,而其后俄罗斯不可避免的“劫运”将是它对于历史的启示录式的飞跃。

《彼得堡》的复杂内容是以一种新颖奇特的艺术形式而表现出来的。作家本人曾经说过:“我的整部长篇小说是在地点与时间的象征之中描写残破的想象形式的下意识生活。”① 也就是说,作者并不是像传

---

① Пискунов В. “Громы упадающей эпохи”. //Белый А. *Петербрг*. Москва: Издательство «Республика», 1994, с. 428.

统小说那样运用写实手法来再现 1905 年革命期间彼得堡的日常生活、事件和人物，出现在作品中的人物不过是一种“想象的形式”，地点与时间不过是一种“象征”，全部作品其实是一种“下意识生活”的记录。首先，彼得堡就是一种象征。它是俄罗斯帝国的象征，东方和西方“两个敌对世界的交接点”的象征，它的历史也象征着彼得大帝以来俄罗斯的历史。其次，作品中的主要人物都有一定的象征意义，如阿波罗·阿勃列乌霍夫象征着那种把东方的守旧和西方的虚伪结合在一起的官僚，乃至整个矛盾重重的俄罗斯国家机器；尼古拉、杜德金、利潘钦科等形象，也各有其特定的象征性，或象征着某种普遍的社会现象，或暗示出某种历史过程的后果。另外，小说中的许多场面、事件和细节，也同样具有象征性，如作品临近结束时阿勃列乌霍夫家中定时炸弹爆炸的一声巨响，便象征着正在来临的世界性的灾难和危机。这一切使得整部小说获得了一种宽泛的象征意义。

除了象征性的描述之外，作品中还充满着人物直觉、下意识活动的呈现与自由联想，作者的叙述有时也具有非理性、非逻辑性的特点，接近于意识流小说。作家似乎还有意强调其笔下人物的无力、无助乃至“傀儡性”，他们的行为往往是微不足道的，荒谬的，其活动常以失败告终；他们的言语则口齿不清，甚至只是一种“手势言语”，与作家考究的讽刺性叙述语言形成鲜明反差。作品对上层官僚统治集团、首都自由主义知识分子和革命示威游行的场面，都作了一种讽刺性的描画，在把生活现象漫画化的处理中强调这种生活的“幻觉性”，而悲剧性的冲突也就在漫画般的场景和近似闹剧的形式中表现出来。凡此种种，都表明作品艺术风格的多样性。这部长篇被认为是欧美现代主义文学的经典作品之一。

《彼得堡》固然是一部颇具先锋性的小说，但它与传统文学的联系也是清晰可见的。小说中的阿波罗·阿勃列乌霍夫，令人想起那个作为立法者、作为秩序之神的阿波罗（日神）；而其子尼古拉则使人想到狄奥尼索斯（酒神）。希腊神话中这两个对立的形象在别雷笔下得到了一种特殊形式的再现。这一对父子的“家庭故事”还是对托尔斯泰的《安娜·卡列尼娜》一作中的悲剧性冲突的讽刺性模拟。别雷写彼得堡，更是对普希金、果戈理、陀思妥耶夫斯基等前辈作家描写彼得堡的传统的继承。他复现了在这些经典作家的作品中出现过的具有某种神秘感的彼得堡城市形象，在自己设置的情节结构和形象体系中表现了前后贯通、延续至今的社会—历史矛盾。在作家借鉴的诸多俄罗斯传统作品中，《彼得堡》与普希金的长诗《铜骑士》的联系尤为明显。依然是“潮湿、多雨的秋季”，杜德金似乎在重复着叶甫盖尼的命运。但是这两部作品中的主导意象无疑是两个不同的“点”。如果说，《铜骑士》中的彼得大帝纪念像象征着俄国历史的“彼得堡时代”的开始，那么，别雷的小说则以怪诞的形式描画了作为这一漫长时代终结之象征的彼得堡城市本身。于是，《彼得堡》也就以自己的独特面貌跻人文学传统中，并且丰富了这一传统。

《彼得堡》1922 年再版前，别雷对它作了较大的改动。在对照阅读该作的两个版本之后，批评家伊凡诺夫—拉祖姆尼克曾针对作者的思想变化写道：“对于他来说，‘蒙古主义’是阿里曼（黑暗神）因素，是‘无’，是停滞不前；而‘西徐亚意识’则是奥尔穆兹德（光明神）因素，是火的范畴，是运动、动力学，是剧变。从 1913—1922 年，对于别雷而言，‘革命即蒙古主义’已为‘革命即西徐亚意识’所取代。”①这位批评家发现别雷经历了从警觉“泛蒙古主义”到鼓吹“西徐亚意识”的变化。值得注意的是，1917—1918 年间，别雷和勃洛克都成为“西徐亚人”组织的成员，并参与两本《西徐亚人》文集的编撰。在这一切背后，无疑都游荡着弥赛亚意识的幽灵。

在别雷的最初构思中，《东方或西方》三部曲的第三部名为《看不见的城堡》，后又改名为《我的一生》，但《我的一生》只完成了作为其一部分的《柯季克·列塔耶夫》（1916）。这部小说表现了一个意识刚刚苏醒的年轻人对世界的初始理解，传达出他关于现实的认知的多变性，以及他修正在成年人那里已不复存在的种种印象的尝试。作品以高超的技巧呈现出主人公半幻想性的内心世界，属于别雷所创作的最具现代性的作品之一。

十月革命后，别雷还陆续有《怪人笔记》（1918—1921）、《受洗礼的中国人》（1921）、《莫斯科》（1926）和《面具》（1932）等小说问世。这些小说仍显示出象征主义特色。别雷的小说创作，对于 20 世纪俄国散文的发展，影响颇大，因此与列米佐夫一起被著名批评家费·斯捷蓬并称

---

① Мочульский К. *Андрей Белый.* Томск: Издательство «Водолей», 1997, с. 153 – 154.

为“新俄罗斯散文的奠基人”[1]。别雷本人文学遗产的最后部分，是三卷本文学回忆录《两世纪之交》（1930）、《世纪的开端》（1933）和《两次革命之间》（1934）。这是他对白银时代文学生活所做的一种艺术总结，也是他为世人留下的一份内容丰富而生动的文化史备忘录。

---

① Степун Ф. “Максим Горький”. *//De visu: ежемесячный историко – литературный и биографический журнал.* Агентство «Алфавит», 1993, № 3, с. 44.

四

“阿克梅派”诗人

白银时代俄罗斯文学中的“阿克梅”派出现在作为一种文学思潮和运动的象征主义已从它的顶峰开始跌落的时期，其主要成就集中于诗歌领域。“阿克梅”派诗人显示出与象征主义不同的美学倾向与创作风格，尽管两者之间也存在着一定的联系。这一流派的古米廖夫、阿赫玛托娃、曼德尔什塔姆等诗人，不仅在白银时代的诗坛颇有影响，而且成为20世纪俄罗斯诗歌史上的重要诗人。

1

1910年在象征主义阵营内部发生的争论，不仅在两代象征主义者之间划出了一条分界线，而且导致了象征派队伍的分化裂变和力量的重新组合。1911年，原属维·伊万诺夫“诗歌研究会”的一批青年诗人哗变，另行成立“诗人行会”（1911—1914）。古米廖夫和戈罗捷茨基是这一新团体的组织者。他们两人以及阿赫玛托娃、曼德尔什塔姆、辛凯维奇、纳尔布特等人，构成“行会”的核心。格·弗·伊万诺夫后来也加入这一诗人团体。格·阿达莫维奇（1892—1972），赫列勃尼科夫、克留耶夫等人则曾与这一组织接近，参加过“行会”的活动。团体名称叫“行会”，表明这一派诗人把诗歌创作看成一种要求高度熟练技巧的“手艺”，具有较浓厚的“行业意识”。

这批青年诗人从原先的“诗歌研究会”蜕变而出时，也从以维·伊万诺夫为首的“旧编辑部”手中夺过了《阿波罗》杂志，使之成为自己的阵地。“诗人行会”还出版自己的团体专门刊物——“诗歌与批评月刊”《北方》（1912—1913），后来还陆续推出一些以本流派诗人为主要作者的诗歌作品丛刊。

还在“诗人行会”与《北方》杂志出现之前，接近象征主义者的诗人米·库兹明就于1910年在《阿波罗》杂志上发表了一篇题为《论美的明确性》的文章。与象征主义者的观点不同，库兹明认为艺术家首先必须顺应现实生活，“在自身寻找与发现和自我、和世界的和谐”，并交给世界以“美的明确性”①。他否定象征派诗人热衷于以模糊的、难以理解的形式作个性的自我表现。他主张“意义上、作品结构上、句法上”的逻辑性，以及表现方法与语言运用上的简洁性。库兹明的这篇文章为“诗人行会”——“阿克梅派”的出现奠定了理论基础。一种试图反拨、“克服”象征主义诗学的力量开始聚合。

在库兹明的文章发表三年之后，同样是在《阿波罗》杂志上，又同时出现了两篇引人注目的文章：古米廖夫的《象征主义的遗产与阿克梅主义》，戈罗捷茨基的《当代俄国诗歌中的几种潮流》。古米廖夫赋予新的诗歌潮流以两个名称：“阿克梅主义”与“亚当主义”。这两个名称都来自希腊语，前者意为“顶峰”，某事物的“最高阶段”，繁盛时期；后者意为看待生活的一种勇敢坚定的、鲜明的观点。在后来的理论批评和文学史著作中，“亚当主义”这一概念逐渐被淡忘，“阿克梅主义”、“阿克梅派”成为新诗潮的常用名称。古米廖夫认为，象征主义的“不可容忍的狭窄性”在于，它遨游在神秘不解的领域，把“认识上帝”作为自己的目标。阿克梅主义则摆脱对于玄妙神秘世界的崇拜，承认每一具体现象的自我价值——这些具体现象所构成的世界并不是所谓“永恒存在”的反照，而是具有真正现实性的存在。古米廖夫要求文学“接纳”这种现实存在。戈罗捷茨基则在他的文章中指出：象征主义的“灾难”在于它倾心于词语的“流动性”、多义性，并寄希望于艺术家的潜意识。他认为，真正的艺术是一种“均衡状态”，有其“稳定性”。他说，阿克梅主义就是要“为此岸世界，为这个发出声响的、色彩鲜明的、有着形式、重量和时间的世界，为我们的地球这一星球而斗争”②。

---

① Кузмин М. “О прекрасной ясности”. *Аполлон*, 1910, № 4, с. 6.

② Городецкий С. “Некоторые течения в современной русской поэзии”. //*Аполлон*, 1913, № 1, с. 48.

阿克梅派诗人中的几位主要代表，在诗歌艺术和一般文学素养方面，都受惠于象征主义作家。但是，当这一批青年诗人希望重新发现和确认人的存在的价值时，他们就不能不同象征主义的神秘主义倾向发生根本的冲突，并且在美学思想、表现手法和诗歌语言运用诸方面，全面否定象征主义的主张。首先，阿克梅派诗人认为最高的“自我价值”在尘世，在此岸世界，在于这个世界的美与形式。他们呼吁“返回尘世”、热爱大地，像亚当那样重新体验世俗生活的全部乐趣。他们反对谈论所谓“永恒性”，反对把目光注向超验的、不可知的世界与事物。于是在阿克梅派的诗歌中，便出现了对原始初民生活的崇拜，对人的自然状态、人的天性流露和朴野生活方式的歌颂。其次，由于象征主义者受到弗·索洛维约夫的宗教哲学思想的影响，把现实世界看成彼岸世界的表象，而那个世界又是神秘莫测的，因此象征派诗歌往往具有玄奥、朦胧、飘忽的特点。阿克梅派诗人则努力驱散象征派诗歌的神秘之雾，着重在一种具体可感性、量的确定性中歌颂尘世生活，追求明朗化与清晰度，表现可视、可闻、可触的具象世界。最后，象征派诗人对暗示、隐喻、借指等修辞方法的偏爱，使得大量词汇在他们那里获得了多义的、甚至随意的解释。阿克梅派诗人则主张恢复词汇的原初的、一般的意义，提倡以各种表现具体感情的词汇人诗，排除语言使用方面“水分过多”的现象，经由运用“压实的”、紧凑的词汇，追求诗歌的造型艺术的效果。这些与象征主义彼此对立的主张，既是阿克梅主义努力的目标，也成为阿克梅派诗歌中优秀作品的基本特征。

阿克梅派诗人否定了象征主义的美学观以及它的宗教神秘主义倾向，提倡执着于尘世，但他们自己却并没有广泛地理解各种生活现象，把周围世界的广阔生活纳入自己的艺术视野；当代现实中的重大问题、基本冲突和时代精神情绪，也并不是他们关注的中心。他们更多地是以一种审美的眼光看取各种具体的生活现象，表现各种具体的情绪体验，注意发掘具体事物、个别现象和特定的精神感受、情感经历所显示的自我价值。他们倾心于在诗歌作品中重建“三维世界”，再现事物的具体可感性。但是，他们一般不注意所有这些具体的精神和物质现象在现实生活中和广大的情感世界中的位置与比重。这就使得阿克梅主义和现实主义明显地区别开来。由于阿克梅派诗人致力于在各种各样的“美”的王国中进行不受限制的、自由的价值探寻，他们往往具有惊人的观察能力和敏锐的艺术感受能力。

古米廖夫曾经指出，他们这一派诗人是把莎士比亚、拉伯雷、维庸、戈蒂耶等欧洲文学史上各个不同时代的作家与诗人看成自己的先师的。这又表明阿克梅主义与现实主义、浪漫主义、唯美主义之间有着程度不同的联系。

阿克梅主义固然是作为对象征主义的一种“克服力量”而出现的，但若是认为这两种文学思潮在一切方面都是针锋相对的，那则过于简单。如果说，象征主义者幻想着以创作的力量在贫困乏味的尘世现实中唤醒最高尚的、神灵的因素，实现弗·索洛维约夫的理想，那么，阿克梅主义者则崇拜能够重新创造生活，把不完善的生活“融合”在艺术中的天才。对于阿克梅派诗人来说，艺术本身就是生活的一种范例，一种评判标准。这两种观点其实是十分接近的。所以戈罗捷茨基在若干年之后说：阿克梅主义“事实上只是象征主义的一种添加物”①。

在诗歌韵律上，阿克梅派诗人也吸取了象征派诗歌的艺术经验，常常运用三音节诗格或自由体诗的形式。但是，这两大诗派的诗歌音调差别较大。象征派诗歌的音调一般趋向平缓，有如音乐的旋律。阿克梅派诗歌则接近口语的调子，时而出现高昂的、动人情感的音响。不过在某些诗人那里，也回响着日常生活语言中的平静的音调，如阿赫玛托娃的诗歌。她那被活生生的语言的韵律所丰富的诗作，成为阿克梅派诗人对俄罗斯诗歌语言文化的最突出的贡献。

2

阿克梅派诗人与同时代的象征派诗人、老一辈诗人的联系是明显的。古米廖夫早年曾倾心于巴尔蒙特和勃留索夫，阿赫玛托娃和戈罗捷茨基则一度为勃洛克的诗歌所吸引。但是被几乎所有的阿克梅主义者一致称为导师的，只有安年斯基。

因诺肯基·费多罗维奇·安年斯基（1855—1909）是20世纪初俄罗斯文学中一位颇有影响而又风格独特的作家。他在象征主义“第一浪潮”

---

① Городецкий С. “Мой путь”. *Сборник “Советские писатели” Автобиографии в 2-х томах.* Москва: Государственное издательство художственой литературы, 1959, с. 325.

方兴未艾之际出现于文坛，并给一些象征派诗人以影响，但他的艺术观和创作显然都有别于象征派，一些研究者称他为一种“前象征主义现象”。他虽然被阿克梅派尊为老师，但这一派别却是在他谢世后才形成的，自然也不能将他列入这一文学流派。从他的艺术观、批评实践与创作的特点出发，有的研究者认为他应当属于印象主义流派，虽然在俄国文学中作为一个派别的印象主义并未形成。

安年斯基生于鄂木斯克，其父曾在那里任地方行政长官。1860 年，全家迁回彼得堡。1874 年，安年斯基毕业于彼得堡大学历史—语文系，获副博士学位。1879—1891 年在彼得堡中学任教，后任该校校长，并在高级女子进修班授课。1896—1905 年任皇村中学校长。1906 年担任彼得堡地区中等学校督学后，才有较多的时间进行文学研究、文学翻译与创作活动。他从 1881 年就开始发表文学评论，90 年代连续推出论及莱蒙托夫、果戈理、冈察洛夫、迈科夫等一系列作家的文章，并漫游了意大利和法国，积累了关于古希腊罗马文化、“地中海文明”和现代文艺的丰富知识，同时开始译介有关的外国文学作品。他的第一本诗集《平静的歌》(1904)，收集了他自 1901 年以来三年中的诗作和译诗（贺拉斯、朗吉努斯、波德莱尔、魏尔伦、兰波、马拉美等），受到勃留索夫、勃洛克等诗人的好评。他的第二本诗集《柏木雕花箱》是在他去世之后的 1910 年出版的。1923 年还有《因·安年斯基遗诗》一卷问世。

在安年斯基的诗歌中，常回响着一种悲怆的音调。抒情主人公惶惶不安的灵魂，对美的事物的一种不可名状的忧愁感，在残阳、暮色的凋零景象中隐约显现出来（《不眠之夜》、《在三月》、《双桅船》等）。诗人写的几乎全是生与死、孤独感、爱、人的双重性这些常见的主题，但他不是在“物化世界”借助具体可感的形象来描写这一切的，而是运用印象主义的方法，深入表现人的灵魂的心理学内容。他的抒情主人公作为一个独特的个性，往往悲剧性地理解个体在周围世界的存在，一方面热切地希望与这个世界融合，另一方面却一次又一次地痛感与外界的联系是痛苦而无望的，这个世界本身也只是一种机械的凑集。人追求着与世界的和谐，终于理解到这是不可能的，正如“我”与“非我”的和谐统一是不可能的一样。正是这种理解决定了安年斯基诗歌的悲剧风格。

在安年斯基看来，一切“瞬间”都会被人感觉到，艺术和诗则把这些“瞬间”记录下来。他的诗歌似乎就是对人的内心生活、人的精神世界的某些“瞬间”的摄影。他的主人公有的甚至“体验过”死亡。从内容上看，这是诗人在对“死亡”作一种“形而上”的探问；从形式上看，这正是印象主义的重要特点。他被认为是俄国印象主义诗歌的代表看来不无理由。他几乎不涉及现实社会问题，“物”在他那里只是某种象征符号，这都使他与象征派接近起来。但他既不像象征主义者那样具有宗教探寻的兴趣，又不像他们那样大量运用暗示、隐喻、双重象征等手法来表现复杂的感受与体验，而是为人的瞬间感觉，为人对外界的突发性领悟，为主人公的心理状况的某一偶然变化定影（如《我爱》等）。当阿克梅派诗人追求自己的艺术理想，致力于捕捉到“能够成为永恒”的某一瞬间时，他们便在安年斯基的诗歌中寻得了一种典范。

在戏剧方面，安年斯基也是翻译与创作并举。1906 年，他译的希腊三大悲剧家之一欧里庇得斯剧作第一卷问世。译者给所译的全部剧本加了详细注解。俄译本《欧里庇得斯剧作》（第二卷，1917）出版时，译者称作者为“古代戏剧中的伟大象征主义者”。他同这位古代悲剧家的内心世界似乎有某些相近之处。他自己的《哲人麦拉尼巴》（1901）、《伊阿宋王》（1902）、《拉奥孔》（1906）和《法米拉—基法莱德》（1906 年创作，1913 年出版）等剧作，以现代精神处理古代悲剧题材，显示了作者对于在斯拉夫民族复兴古典文化遗产的信心。安年斯基所选取的并非严格意义上的古代悲剧的题材，而只是“准古典戏剧”的情节，这就使得他在结构安排、人物心理刻画和语言运用等方面更为灵活，能够在古代悲剧的情节框架中表现出现代俄罗斯人心理的某些特点。作者以诗的形式写成的这些剧本，建立在他对古典文化潜心研究的基础之上，又融入了西欧现代主义精神，受到俄国两代象征主义者的好评。

安年斯基在文学研究与批评方面常有真知灼见。他早年在普希金诞辰 100 周年报告会上的演说《普希金与皇村》（1899），内容丰富而充满激情，呼吁诗人的人道精神的复归，一时反响颇大。他的理论批评文章先后结为《回响集》（1906）和《回响二集》（1909）两本书行世。占据这两本文集中心的，是关于艺术的内在精神的思想，关于文学批评的美学标准与道德标准相统一的见解（诗应当致力于达到“美与善”的统一）。作者断然反对对生活、对艺术持犬儒主义的冷漠态度。他往往采用“比较诗学”的方法，分别对照考察了果戈理的《彼得堡故事》与安德列耶夫的《背叛者犹大及其他》，皮谢姆斯基的《苦命》与易卜生的《布朗德》，海涅的《罗曼采罗》与高尔基的《底层》等作品，力求捉摸到诸作家的复杂个性及其作品的内在的与外在的形式之间的关系。他对托尔斯泰、陀思妥耶夫斯基和高尔基等作家的评论，表明他也十分注意作品的社会内容与社会意义。在安年斯基去世的那一年，他还在“诗歌研究会”讲授作诗法，并成为《阿波罗》杂志的一名实际主编。他在该刊发表的《论现代抒情风格》（1909）一文，系关于俄国新诗运动成就的一篇概观性述评，有如随感式的即兴作品，往往只是对某一对象的匆匆一瞥，不作完整的概括与评价，显示出印象主义批评的特色。

安年斯基在象征主义的美学框架之外所作的独立的艺术探索，为阿克梅派诗人的崛起作了一种必要的铺垫。在安年斯基去世后不久，以他的学生古米廖夫为首的一批青年诗人，把自己的文学活动看成对这位已故作家艺术遗产的直接继承。阿赫玛托娃写道：“他是我们后来所完成的一切的发端与预兆。”[①]

3

结合在阿克梅主义旗帜一下的一批诗人，一度拥有共同的美学理想，但他们当中的每一个人，又都有着自己的独特个性。他们进入诗坛时，都还远谈不上成熟，但他们身上都深藏着诗歌创作的潜能，这种潜能大都是在“诗人行会”短暂的生存期结束之后才逐渐充分发挥出来的。这些诗人后来的个人生活经历、诗歌成就和命运归宿都有极大差异，但是在当时，这一批年轻人都强烈地感受到彼此的友谊，他们并肩探索，互相砥砺，推出了一批富于独创性的新诗作，成为继象征派诗歌之后白银时代俄罗斯诗歌园地中出现的一簇引人注目的艺术之花。

与古米廖夫一起作为“诗人行会”组织者的**谢尔盖·米特罗方诺维奇·戈罗捷茨基**（1884—1967）在彼得堡大学历史—语文系学习期间曾结识诗人勃洛克，并在他的影响下开始写诗。1906 年底，他的第一本诗集《春播》问世，受到包括布宁、勃留索夫、维·伊万诺夫等著名作家

---

① Николаев П. А. *Русские писатели. 1800—1917: Биографический словарь*. Москва: Издательство «Советская энциклопедия». Т. 1, 1989, с. 87.

和诗人在内的批评界的好评。诗人描绘了具有斯拉夫古风的多神教诸神形象，表现了“春日的兴高采烈”和“半原始的生活欢乐”。这正符合象征主义者在本国文化传统中寻找自身根源的意向。这部诗集的成功，在一定程度上规范了诗人以后的创作走向：或试图回到第一本诗集的题材和音调，或努力改变自己在读者心目中的印象。他随后的两部诗集《雷神》（1907）和《野蛮的意志》（1908）都是以现代城市生活为题材的，因诗人力图以此树立某种“风格类型”而未能获得成功。这两本诗集以及打算作为“民众读本”的《罗斯》（1910），不乏忧郁悲伤的音调，充满对人民苦难的同情，却都由于艺术上的粗糙而受到批评。戈罗捷茨基与原先的象征派诗人朋友的分歧由此开始。他的那本被称为“诗歌小品”的集子《柳》（1912），在勃洛克看来是充满“自夸”情绪，却受到纳尔布特和古米廖夫的称赏。“诗人行会”成立后他发表的新诗集《开花的手杖》（1914），被认为是阿克梅派诗歌的代表作之一。诗人在这里表达了自己对于“时间”、“生命”的理解，抒发了内心的隐秘情感，并给母亲、前辈诗人和同辈诗友献上赞美与祝愿。写于第一次世界大战期间的诗集《1914 年》（1915），体现了诗人关于知识分子与人民团结一致的一贯愿望。戈罗捷茨基也尝试写过小说和剧本，但却未获成功。

阿克梅派的“诗人行会”解散后，他曾设想与叶赛宁、列米佐夫等人组织“人民作家”文学小组“美”及同名出版社。后来，一个“促进人民文学发展的协会”“繁忙时节”正式成立（1915），成员有戈罗捷茨基、叶赛宁、克留耶夫、克雷奇科夫等人。这一联盟不久即解体，戈罗杰茨基便前往高加索、外高加索一带开展文学活动，1921 年才回莫斯科。20 年代，他在莫斯科又建立了第三个“诗人行会”。从 20 年代起到 60 年代，他随着时代的发展不停顿地写作，但少有杰出作品问世。批评界注意到，诗人只是时而企图恢复《春播》的荣耀，时而再度吟唱阿克梅派的旋律，时而又染上宣传鼓动、标语口号的诗风。诗人晚期最成功的作品，也许就是《陀思妥耶夫斯基》（1929）一诗了。戈罗杰茨基力图理解这位伟大作家的精神矛盾，但却受到庸俗社会学的多重干扰。

“诗人行会”的六个核心成员之一**弗拉基米尔·伊万诺维奇·纳尔布特**（1888—1938）生于切尔尼戈夫省，在彼得堡大学东方语言系学习期间即开始发表诗作，1910 年出版《诗集》一本，以描绘农村自然风光，突出“物的永恒性”之美见长，显示出与“城市文明”的某种对立倾向，并具有借鉴丘特切夫、布宁、安年斯基的痕迹。进入“诗人行会”后，他又发表第二本诗集《阿利路亚》（1912）。书刊检查机关以“亵渎神灵”和“诲淫”的罪名禁止该书流行。在这本诗集中，诗人追求一种粗放朴野的、口语化的诗风，并大量运用方言俗语，表现人的自然属性甚至生理学特点。“诗人行会”解散后，纳尔布特曾在左翼社会革命党人的报纸《凄凉人生》中任编辑，1917 年 9 月转向布尔什维克一边。次年，他被派往沃罗涅日从事编辑出版工作，创立《汽笛》杂志，发表过扎米亚京、皮里尼亚克、勃洛克、帕斯捷尔纳克、阿赫玛托娃、叶赛宁等人的作品。他还在基辅、敖德萨等地工作过，1922 年回莫斯科。1919—1922 年间，计有《战争之歌》、《肉体》、《在火柱中》、《亚历山德拉 · 巴甫洛夫娜》、《纺锤》等多本诗集问世。诗人以奇特、怪诞的语言，描写了乌克兰外省生活和大自然景色，时而显露出某些自然主义倾向。回莫斯科后，他曾担任多方面的文艺管理工作，1928 年因个人历史问题（1919 年他曾被邓尼金军队抓过，旋即获释）而被解职，此后便逐渐从文学舞台上消失。1937 年被捕，1938 年在科雷马被杀。

纳尔布特的好友**米哈依尔 · 亚历山大罗维奇 · 辛凯维奇**（1891—1973）生于萨拉托夫省的尼古拉耶夫城，1915 年毕业于彼得堡大学法律系。他还曾在柏林生活过一段时间，并在维也纳大学哲学系学习。1906 年开始发表诗作，1909 年结识古米廖夫，后在他的引导下进入“诗人行会”。他的第一本诗集《野生的红海藻》（1912），提供了史前时代的地球风貌，描绘了诸多原始生物的形象，使诗人的名字在文坛传颂一时。辛凯维奇诗歌的基本特点是：编织紧密，绘声绘色，具有视觉艺术的效果，同样可见安年斯基的影响。诗人将这些特点带到自己十月革命之后的创作中。《诗十四首》（1918）体现了诗人对俄罗斯命运的沉思，《坦克耕过的田地》（1921）则表现了反战主题。诗人还写过论及涅克拉索夫、谢德林、巴尔蒙特和无产阶级诗歌的文章。作为翻译家他也颇有名气，先后译过莎士比亚、谢尼耶、雨果等人的作品。

纳尔布特和辛凯维奇的诗作，音调浑厚，色彩浓烈，与阿赫玛托娃、曼德尔什塔姆的精雅、深邃、庄重恰成对照，共同显示出阿克梅派诗歌的百态千姿。作为外省诗人，他们还将乡土题材带入俄罗斯诗歌，创造了与叶赛宁、克留耶夫、克雷奇科夫的田野诗章相呼应的一片和声。

4

诗人**格奥尔基·弗拉基米罗维奇·伊万诺夫**（1894—1958）不是阿克梅派“六人核心”成员，但他在加入“诗人行会”后却成为这一派别中的重要人物之一。他的中后期创作比早期作品更有价值，且始终保持着阿克梅派诗歌的某些基本特色，成为白银时代文学在这个“时代”结束后的一种特殊形式的继续。

格·伊万诺夫生于科文斯基省靠近波兰边境的斯图焦恩吉庄园一个世袭军人的家庭，曾就读于彼得堡第二武备中学。他自1910年起开始发表诗作，不久即结识诗人勃洛克、库兹明等，但他却没有成为一名象征主义者，却于1912年加入“自我未来主义”团体。他的第一本诗集《向西特拉岛进发》（1912）出版后，批评界对它的语言水平表示肯定，却认为它在内容上有生搬硬套之嫌，并显露出某种“纨绔美少年”的气派。但古米廖夫却对这本诗集评价较高，随即邀请格·伊万诺夫加入“诗人行会”。1913年，格·伊万诺夫与另一诗友在《北方》和《阿波罗》杂志上发表两封退出声明信，示威式地断绝与“自我未来主义”者的关系，成为阿克梅派的成员。他还同时中止了武备中学的学业。古米廖夫去“一战”前线后，格·伊万诺夫担起《阿波罗》的诗歌评论工作。“诗人行会”解散，1916—1917年间，他又与格·阿达莫维奇一起，把一些年轻的“后阿克梅主义”诗人组织起来，建立第二“诗人行会”。

诗集《正房》（1914）和《帚石南》（1916）是格·伊万诺夫作为阿克梅诗人期间的主要作品。与诗人的第一部诗集一样，这两本诗集中也有不少富有表现力的地方：忧郁的牧女形象，暮色中的苏格兰城堡，动人的艳情场面，神奇勇敢的绿林好汉，等等。诗人在诗歌韵律、节奏、语言运用方面也几乎无可指责。但诗集给人的基本印象却是诗人自己好像什么也没说。一些批评家认为他的诗歌平铺直叙，内容空泛，缺少力度。格·伊万诺夫在这期间发表的短篇小说《孟买之行历险记》（1916），同样显示出对传奇故事、异域情调的兴趣和迎合某些读者口味的倾向。

自1918年起到1922年离开俄罗斯前，格·伊万诺夫曾积极从事世界文学出版社的翻译工作，并成为20年代成立的第三“诗人行会”的活动分子。他的两本新诗集《花园》（1921）和《神灯》（1922）也相继出版。诗人似乎没有注意到正处于激变中的时代氛围，忘却了战争、饥荒和灾难，还在写着他的东方田园诗。然而透过表面的平静，却可以感受到诗人在历史变迁面前的紧张不安的心境，可以看到他事实上是捕捉到了俄罗斯文化断裂时期的某些特定场景（如《东方诗人怎样虚构……》等）。

1922年，格·伊万诺夫和他的妻子伊·奥多耶夫采娃（也是“诗人行会”的参加者）一起出国。《彼得堡的冬天》（1926；1952年增补本）是他在国外出版的第一部作品。这本回忆录因许多事实和资料的不准确甚至差错而受到阿赫玛托娃、谢维里亚宁、茨维塔耶娃等同时代人的批评。作者自己承认书中只有“25%的真实”。他不追求事实和细节的精确性，不注意时间的前后连贯，而是力图显示革命前后彼得堡生活的时代特点。书中展现了那个时代俄罗斯文化生活的各个层面，提供了关子各个文学流派及其相互关系的生动描述，再现了维·伊万诺夫的“塔楼”等众多文化沙龙、小组、协会活动的历史场景，创造了包括勃洛克、古米廖夫、叶赛宁、谢维里亚宁、赫列勃尼科夫等在内的作家艺术家形象画廊，甚至写到托洛茨基、高尔察克等政界头面人物，以及一系列失去了根基，却在寻求安慰、希望和出路的人们。因此这本书又获得了严格意义上的回忆录所不具备的价值。与《彼得堡的冬天》在题材上相接近的，还有《涅瓦大街》（1928）、《中国剪影：文学肖像》（1930）、《“野狗”：摘自彼得堡回忆录》（1931）、《普希金的继承者》（1933）、《书屋》（1938）、《彼得堡上空的晚霞》（1953）等一系列随笔或随笔集。格·伊万诺夫的这些随笔，或是献给福方诺夫、洛津斯基、叶赛宁、曼德尔什塔姆等俄国文化活动家的，或是论勃洛克、古米廖夫等人的创作的。和《彼得堡的冬天》相比，它们在结构上更为紧凑，更注意信息量而少了主观激情，也减少了嘲讽的笔调，但某些杜撰的情境仍是荒谬而不可信的。

格·伊万诺夫的长篇小说《第三罗马》（1929—1930），描写1916—1917年间的俄国社会生活，第一、第二两部之间有很大差别。第一部线索繁多，情节复杂惊险，出场人物众多，有诗人、演员、上流社会贵夫人、骗子、士兵、暗探等，主人公鲍里斯·尤里耶夫是一个在赌场、情场和官场都不干不净的人物。第二部则无有分明的情节线索，以深入的心理分析、不连贯的叙述和人物的大段大段的思考为特点。小说未全部完成，但作品的主题似乎在第二部结尾处得到了体现：“无论是仆役，无论是帽子，无论是有白斑的马脸，都意味着一件事——俄罗斯的倾覆。”作者的另一部散文作品《原子分裂》（1938），写的是预感到将要来临的可怕灾难的个性的分裂，表现了深刻洞察了自己灵魂的人的痛苦与恐惧。它受到霍达谢维奇等人的好评，并被认为是格·伊万诺夫的最出色的散文作品。

在1930年代致力于散文创作的同时，格·伊万诺夫还出版了两本诗集：《蔷薇》（1931）和另一本与诗人自己最早的诗集同名的诗选《向西特拉岛进发》（1937）。这些诗集中的许多诗作都表达了诗人对俄罗斯的独特情感。在《俄罗斯是幸福……》一诗中，格·伊凡诺夫写道：

俄罗斯是幸福，俄罗斯是光明。
但也许，俄罗斯完全不曾存在。
涅瓦河上空的晚霞不曾消逝，
普希金也没有在雪地上死去。
既没有彼得堡，也没有克里姆林宫——
存在的只是白雪，白雪，旷野，旷野……①

类似的感情在诗人致罗曼·古里的一首诗中也同样得到了表达：“俄罗斯甚至没有亲人的墓地，/ 或许，也曾存在过——只是我已忘却。”②诗人似乎是在对往昔、对祖国、对彼得堡的感伤回忆中寻找心灵的慰藉，随即又好像放弃了拥抱乡土的最后希望，不想再欺骗自己。他好像一直在“回避”俄罗斯，竭力使自己和别人相信，他并不爱她；然而他越是这样做就越是清楚地表明：他深爱着俄罗斯，没有俄罗斯，也就没有他的生命。渗透于这两本诗集的绝望情绪的产生，不是由于诗人内心的杂乱和日常生活的无秩序，而是出于诗人感到世界的完整性的丧失，个人在世界中的位置的丧失。诗人表现了一个人在失去了他所珍贵的一切时的痛苦，表现了一种孤独中的悲剧意识。

格·伊万诺夫的晚境是凄凉的。献给夫人奥多耶夫采娃的诗集《失真

---

① Агеносов В. В. *Литература русского зарубежья (1918—1996)*. Москва: Издательство «Терра. Спорт», 1998, с. 234.

② Там же, с. 241.

的肖像画》(1950)和去世前不久出版的《1943—1958 年诗抄》(1958),诗化了诗人晚年的悲凉心绪,并表现出一种切不断的死亡意识。如果说,他 1930 年代的两部诗集的主导色彩是淡蓝,那么 1950 年代诗集的主色则是深黑。诗人时而以一种嘲讽的笔调,时而以一种无畏的坦诚展示出生活中的反常现象和双重性格。对生活的洞察力使他得以创造出具有立体感的、圆整的形象。他对自己也同样无情。他不再去寻找克服内心矛盾的途径,不再尝试去获得和谐。他力求彻底地暴露自己的灵魂,也以同样的彻底性讲述现代人的悲剧。于是,格·伊万诺夫的最后的两本薄薄的诗集,不仅是诗人个人命运的日记,而且成为俄罗斯域外文化界精神生活的一份独特的录影。

5

“诗人行会”的创立者,阿克梅派的主要代表之一,阿克梅主义理论的主要阐释者是**尼古拉·斯杰潘诺维奇·古米廖夫**(1886—1921)。他生于喀琅施塔得一个医生的家庭,少年时代在皇村(今普希金市)度过,后就读于彼得堡一所中学。1900 年随父迁往梯弗里斯继续读书,1903 年返回皇村,进入安年斯基任校长的皇村中学学习。他广泛阅读了茹科夫斯基、普希金、莱蒙托夫等俄罗斯诗人和阿里奥斯托、弥尔顿等西欧诗人的作品,培养了对于浪漫主义的向往以及对于旅游和狩猎的浓厚兴趣。在皇村中学期间,他一度为尼采的著作和象征主义诗歌所吸引。但是真正影响了他的文学趣味、美学鉴赏力乃至整个命运的,却是诗人安年斯基。

古米廖夫从 1902 年起开始发表诗作。他的第一本诗集《征服者之路》(1905),描画了一个勇敢而孤独的、“神秘世界”的征服者形象。诗人歌颂英武有力的个性,显示出对于奇迹、对于异域之美的倾心。诗集中出现的高傲的国王、爱嘲弄别人的巨人、被魔法控制的少女和无畏的侠客等形象,都表明浪漫主义文学对诗人的影响。在诗集中的女性形象身上,还体现了诗人对他刚结识不久的安娜·戈连科(即阿赫玛托娃)的感情。从艺术角度看,这本集子中的诗作还远谈不上成熟。

1906 年,古米廖夫前往法国,在巴黎大学索邦本部学习法国文学、绘画和戏剧，结识了一批旅法俄国作家、艺术家和法国作家，并和一些艺术家合作出版了文艺杂志《天狼星》，进行所谓“新价值”的探寻。他一边根据勃留索夫的建议研究诗歌艺术，一边继续诗歌创作，遂有《浪漫的花朵》（1908）一书在巴黎问世。诗人利用古代、中世纪和非洲文学的题材，以丰富的想象力，表现了“阴间”世界的面貌，噩梦般的可怕场面，异国的典礼仪式和伴有流血的娱乐游戏。集子中的这些诗符合人们摆脱眼前灰色的苦闷、追求不寻常的异邦事物的愿望。诗人勃留索夫认为：在这里，古米廖夫的“客观抒情”获得了成功，“诗人自己在他所描绘的形象后面消隐不见了”①。

1908 年，古米廖夫回到俄罗斯，就读于彼得堡大学法律系，次年又转入历史—语文系学习。这段时间他与安年斯基甚为接近，并结识维·伊万诺夫，在文学界则以《言论报》的批评家身份出现，同时在多种文学报刊上发表诗歌、短篇小说、批评文章和短论。1909 年，他参与组建《阿波罗》一刊，在该刊主持《关于俄国诗歌的通信》专栏直至 1917 年。在发表于这一专栏的大量文章中，古米廖夫追踪俄国当代诗歌的发展流向，论及 1909—1916 年间出版的几乎所有重要诗集，以见解的中肯准确获得同时代人的好评。

同巴尔蒙特一样，古米廖夫也是一位旅行爱好者。他就学于巴黎期间就曾“秘密”漫游过伊斯坦布尔、伊兹密尔、塞得港和开罗等地，1908 年秋再访埃及；1909 年底又去了阿比西尼亚（埃塞俄比亚），1910 年与阿赫玛托娃完婚之后，他又第二次造访这个非洲国家，在那里收集民间诗歌、土著居民口头创作和造型艺术样品。从这时开始，“非洲”就在他的创作中占据了特别重要的位置。回国之后他发表的诗集《珍珠》（1910），仍具有异域情调、传奇色彩，描写了非凡的人物。在这部诗集中，他描绘出流血的复仇场面，神奇的安葬篝火，表现爱情—痛苦的主题和心灵的无家可归状态。他善用浓墨重彩、浓缩法和夸张的表现手段。他常常借用圣经、神话和古代文学中的形象，通过联想铸成新意（如《亚当的梦》、《基督》、《奥德赛回乡》、《贝阿特里采》、《唐璜》等）。他还力求写出具体物体的浮雕感、可触摸感，甚或把音乐“物质化”（如《大师》等）。

---

① Бавин С., Семибратова И. *Судьбы поэтов серебряного века.* Москва: Издательство «Книжная палата», 1993, с. 142.

这部诗集显然表明阿克梅主义的艺术见解已在诗人头脑中逐渐成熟。

为了挣脱象征派的牵制和“魔幻”象征主义理论的缠绕，1911 年，古米廖夫发起创立“诗人行会”。在《象征主义的遗产和阿克梅主义》(1913) 一文中，古米廖夫强调阿克梅主义是已经完成了自己的“发展圆周”的象征主义的继续，呼吁诗人们回到周围世界的“物质性”。作为阿克梅主义的理论家和实践者，他阐述了阿克梅诗派的基本任务。他认为，反映人的内心世界和他的肉体欢乐，消除对自己的怀疑，认识死亡与永生、上帝与自然，并且赋予生活以适当的、无可指摘的艺术形式——这就是阿克梅派的理想。阿克梅派将摆脱象征主义的神秘论和艺术表现上的模糊性，确定词汇的原初的、具体的含义，追求描写的准确性、清晰度和客观性，强调作品结构组织的逻辑性。古米廖夫认为勃留索夫是自己的同盟者并指望得到他的庇护，但正是勃留索夫给阿克梅主义以最尖锐的批评。

长诗《浪子》(1911) 是古米廖夫的第一篇阿克梅主义作品，此诗后被收入诗集《异国的天空》(1912)。这部集子中的大部分诗作的题材—结构特点，为后来古米廖夫的一些诗歌所共有，这就是：主人公出现于斗争的考验之中，他最后通常是获得了肯定的，但又是意想不到的胜利——这种胜利有时不是出现在他竭力寻求的地方。诗人对神秘的国度、未知的领域的兴趣依然清晰可见。同以往的诗作相比，这部诗集的一个新特点是抒情主人公的声音更坦然地响彻着。如《疑惑》一诗：

我独自一人在寂静的夜晚，
只会把你思念，把你思念。

信手拿起书，“她”立刻就出现。
于是心儿陶醉，又惶惶不安。

我扑到吱哑作响的床上，
枕头灼热……无法进入梦乡……

诗人沉溺于爱的回忆，但并不掩饰自己的怀疑情绪；他有时在观察着“屠格涅夫长篇小说中的女主人公”(《给一位姑娘》)，有时沉溺于爱的回忆(《怀疑》)，有时则在沉思着某些严肃的问题(《永恒的》、《现代生活》、《生命》)。霍达谢维奇认为，只是从这部诗集起，古米廖夫才摘掉了“学生的面具”[①]。

1913年春，古米廖夫受俄罗斯科学院委派，率领一个考察团再去非洲，到索马里半岛研究东非民族状况，为彼得堡人类学和人种志学博物馆收集馆藏品。半年考察与收集所得，至今保存在该馆和圣彼得堡阿赫玛托娃博物馆中。作为上次旅行游记之一部分的《非洲狩猎》，曾于1916年发表，而全部《非洲日记》则到1987—1988年才得以面世。1914年春，古米廖夫所译法国唯美主义诗人戈蒂耶的代表诗集《珐琅与宝石》出版，受到诗歌界的欢迎。第一次世界大战一开始，古米廖夫即在一种“征服者”的浪漫主义激情、创造“奇迹般”生活的欲望和冒险精神的综合作用下投笔从戎，不久便写有《征服者手记》(1915—1916)一本。但是他对军功、“胜利”的兴致很快就过去了，正如他在给索洛古勃的一封信中所说的：“艺术对于我来说比战争和非洲都更为宝贵。”[②]他对战争的态度反映在他的另一诗集《箭筒》(1916)中。诗人有时是把战争浪漫主义化了，有时甚至显露出一种沙文主义狂热；但是他对自己亲身经历的一系列事件所作的意味深长的揭示，他的诗作所具有的文献价值，又使他的一些诗篇在战后若干年仍不致被忘却(如《攻势》、《五韵脚抑扬格》等)。在后一首诗中，诗人还表现出某种忧愁与失望情绪：

> 我曾年轻，曾充满渴望与自信，
> 但尘世的魂灵缄默、高傲，
> 沉睡的幻想全都化为乌有，
> 犹如鸟儿死去，花儿凋零。
> 如今我的声音徐缓而从容，
> 我知道，我的一生并不成功。[③]

这本诗集和同时期完成的戏剧故事《上帝之子》(1917)、戏剧诗《冈德拉》(1917)，一起显示出古米廖夫创作中叙事因素的加强。《箭

---

① Бавин С., Семибратова И. *Судьбы поэтов серебряного века.* Москва: Издательство «Книжная палата», 1993, с. 145.

② Гумилёв Н. Письмо Ф. Сологубу от 6 июля *1915*, *Новый мир*, 1986, № 9, с. 224.

③ 郑体武：《俄国现代主义诗歌》，上海外语教育出版社1999年版，第313页。

筒》中还有一些诗产生于诗人与阿赫玛托娃 1912 年春的意大利之行。这些诗似乎营造了一个美好国度的氛围，散发着浓郁的艺术的芳香，同时又贯穿着一种历史命运的意识。诗人时而也把目光转向俄罗斯（《古老的庄园》），或再现远古传说中的形象（《莱奥纳德》）；时而揭示灵魂的不安（《对话》），或展开独特的自我分析（《乐土》、《我谦恭于现代生活……》）；而《心灵的太阳》、《傍晚》等诗，则充满一种哲理的沉思。不难看出，《箭筒》丰富驳杂的内容，已标志出古米廖夫诗歌风格的一种转变。

从军未归，1916 年，古米廖夫又随一个俄国考察团被派往萨洛尼卡前线考察，滞留巴黎至 1918 年 1 月。回俄罗斯后，他受高尔基之邀参加世界文学出版社的工作，翻译了古代巴比伦史诗《吉尔伽美什》、伏尔泰、海涅、柯尔律治等人的作品与英法两国的民间诗歌，在艺术史研究院等部门讲授世界历史和文化，举办诗歌讲座，还被选为全俄诗人协会彼得格勒分会主席。他本人的诗歌创作也在继续。诗集《篝火》（1918）中有自然景色的描画，有对童年时代的追忆，有对俄罗斯艺术的赞美，也有对外省居民日常生活的探问与思索。如同不少俄罗斯诗人一样，古米廖夫似乎也有着对于个人命运的某种预感，因而他也写出了自己深刻的精神震荡。几乎是与《篝火》同时出版的“中国诗歌”集《瓷器陈列馆》（1918），系诗人根据某位东方作家的诗作改编而成，不失原作的精雅与纤细，却又吻合于改编者的情思。

古米廖夫的诗神，显然具有一种“阿非利加情结”。在他以前，还没有哪一位俄国诗人像他这样为这块神秘的土地献上过如此之多的一首又一首深情的歌。这些诗歌（包括组诗《阿比西尼亚之歌》、《非洲之夜》等）散见于他各个时期的诗集中。但诗集《天幕》（1921）却是专门献给非洲的，它具有令人惊叹的形象性和深刻的诗意。集子中的许多诗都是以普通地名为名称的，如《红海》、《埃及》、《撒哈拉沙漠》、《苏丹》、《赞比西河》、《尼日尔》等，却构成一连串引发人们无限联想的链条，让人们仿佛进入了那神奇的异邦，置身于骄阳之下和从未见过的动植物包围之中，为绚丽的色彩和丰繁的音响所折服。长诗《米克》（1918）写的是阿比西尼亚的一个小部族“米克”的游历生活，米克人与一只老狒狒和一个白人男孩路易的友谊，具有童话般的奇幻色彩，同样传达出诗人对黑非洲大陆的爱。

1921 年 8 月，古米廖夫因牵涉到所谓“塔冈采夫阴谋”而被枪杀。

66年以后，法律学家、曾任苏联副总检察长、苏联检察委员会委员的格·捷列霍夫才以确凿的档案资料推翻了当年的法律结论[①]。古米廖夫生前出版的最后一本诗集，恰恰是在他突然被捕的那一个月问世的，这便是献给他的第二位夫人安娜·尼古拉耶夫娜·古米廖娃的《火柱》（1921）。这是一部哲理抒情诗集。抒情主人公由于岁月的流逝而变得成熟，善于领会生活以及它的各种变态形式。东方古代哲学关于“灵魂搬家”的理论，现代西方哲学关于人的心灵中存在着不同时空的见解，对宇宙秘密的不可认识性，对岁月如水般流逝的感叹，对不能与恋人会面最后导致悲剧结局的痛惜，都在这部诗集中得到了体现。在《第六感觉》一诗中，诗人曲折地表达出自己痛苦的无力感：

如同刚刚诞生的光身小鸟，
由于意识到自己没有力量，
在茂密的问荆丛中喳喳直叫，
自知肩头上还没有生出翅膀。

在《迷途的电车》一诗中，诗人似乎已经预见到自己的死亡，他打算在以撒教堂为自己的亡魂祭祷，有许多事情好像到现在才清楚了：

现在我懂了：我们的自由
不过是从那边射来的光，
在命运的动物园入口处
有人们和阴影在站岗。

诗人对生活的“感悟”是充分的，甚至已经认识到了它的最隐蔽的方面，虽然这也未能挽救他的命运。

古米廖夫的诗歌具有奔放、大胆的音调，清晰、鲜明的色彩和迷人的异域情调，体现了诗人自由的情感、对大地的热爱和献身于艺术的精神。在他的后期诗作中，哲理性明显加强，这同诗人逐渐形成的悲剧意识有

① Терехов Г. А. “Возвращаясь к делу Н. С. Гумилёва”. *Новый мир*, 1987, № 12. с. 257 – 258.

关。这些特点也体现在诗人死后出版的诗集《向着蓝色的星》(1923) 和《遗诗集》(1922, 1923) 中。诗人生前已发表但未收入任何文集的独幕剧《唐璜在埃及》(1911), 话剧剧本《游戏》(1913), 80 年代中期以后才得以面世的儿童剧《变形的树》, 历史悲剧《浸过毒药的白短衫》(写于 1917—1918), 直到苏联解体前夕才为当代读者所知晓, 并受到俄罗斯批评界的重视。其中最后一部剧本体现了作者这样一种思想: 在别人不幸的基础上建立幸福是不可能的; 控制着人的欲望是一种悲剧因素。这也可以说是古米廖夫作为白银时代的诗人面对充满各种历史事件、希望、意外和新的预感的生活, 经过一番沉思而得出的结论。

从现代俄罗斯文学的宏观背景上看, 曼德尔什塔姆和阿赫玛托娃无疑是阿克梅派的双璧。但是, 这两位诗人创作的高峰和各自命运的悲剧, 都出现在白银时代结束之后。本书将在后面分别考察他们的创作。

五

俄国未来主义及其变体

未来主义在20世纪初期的俄国文坛，并不是以一个统一的文学流派的面貌存在的。如果说，俄国象征主义是在走过了一段相当长的路程，经历了形成、发展、成熟等几个阶段之后才出现危机与分化的，那么，俄国未来主义者从一开始就未能组成一个统一的派别。在1910年代中活跃于俄罗斯文学界的“自我未来主义者”、“立体未来主义者”、“诗歌顶层楼”派、“离心机”派，似乎从未有过一致的思想见解与艺术主张，而是“离心”离德、彼此竞争甚至互相敌视。然而，从这些派别的纲领、口号和创作中，还是可以捕捉到某种近似的美学倾向。它们同是现代主义这一国际性的文学思潮影响20世纪俄罗斯文学的产物，虽然它们各自的成就、能量和影响远不是等同的。

1

俄罗斯文学中未来主义的出现，要略早于阿克梅主义，但同样也是在新老两代象征主义者发生分野之后。1910年4月，在彼得堡就出版了第一本自称为“未来的人”的一批诗人的诗文集《评判者的陷阱》，集中收有赫列勃尼科夫、叶·古洛、大卫·布尔柳克和尼古拉·布尔柳克兄弟、瓦·卡缅斯基等人的作品。后来的所谓“立体未来主义者”的大部分成员已经在这里初次亮相。这本诗文集已鲜明地显示出反对象征主义美学的倾向，但是它还未能在文学界引起充分的注意。

以更积极的挑战的姿态显示自身的存在，并且很快引起文坛注目的，是另辟蹊径的所谓“自我未来主义者”。1911年11月，诗人伊戈尔·谢维里亚宁发表了他的诗歌小册子《百合丛中的溪流》，“自我未来主义”这一概念作为其中一首诗的副标题首次出现。同年，他又发表另一本小册子《“自我未来主义”开场白》，宣称“对于我们来说，普希金已成为杰尔查文——我们需要新的声音!”[①]。他同时还宣告成立“自我”小组。1912 年初，谢维里亚宁将自己的纲领《“自我”诗歌研究会（全球的未来主义)》分寄到各家报纸编辑部。除他本人外，在这份纲领上签名的还有康·奥利姆波夫、格·弗·伊万诺夫、格拉里—阿列尔斯基等。由伊·瓦·伊格纳季耶夫（1892—1914）出版的报纸《彼得堡发言人》成为“自我未来主义者”的阵地与喉舌。批评界开始抨击这个新派别。这种抨击一方面成了宣传“自我未来主义”的独特的广告；另一方面又使得谢维里亚宁和伊格纳季耶夫之间因“头把交椅”问题而产生的矛盾尖锐化。结果谢维里亚宁退出他领导的“自我”小组，并发表一封公开信，宣布他的“自我未来主义”不再存在。同时声明退出小组的还有格·伊万诺夫和格拉里—阿列尔斯基（后来都加入古米廖夫的“诗人行会”)。谢维里亚宁接着又发表了他的最后一本小册子《“自我未来主义”的结局》(1912)，他本人的创作却从此跨入一个较有成就的阶段。

集理论家、出版者和诗人于一身的伊格纳季耶夫在谢维里亚宁等人退出之后，仍力图维护“自我未来主义”小组的存在，继续出版小组同人的作品丛刊和诗集。奥利姆波夫也有志于捍卫“全球的未来主义”纲领，常以“宇宙的父母”身份出现，但他天赋有限，其诗一般未能超出未来主义模仿者的水平，虽希求有所成就而始终无有进展。在伊格纳季耶夫 1914 年去世后，“自我未来主义”派别的其余成员并入“离心机”诗派。

1910 年就曾聚集起来，但却未造成冲击波的“立体未来主义者”，两年后又采取了一次新的集体行动。大卫·布尔柳克、克鲁乔内赫、马雅可夫斯基和赫列勃尼科夫等，在“捍卫自由艺术”的口号下，联名推出《给社会趣味一记耳光》（1912）一书，其实是发表了“立体未来主义者”的一篇集体宣言书。书中声称要“把普希金、陀思妥耶夫斯基、托尔斯泰及许多别的作家从现代的轮船上抛下去”[②]。在否定古典作家文学

① Келдыш В. А. *Русская литература рубежа веков (1890 – е – начало 1920 – х гг)*. Кн. 2. Москва: ИМЛИ РАН, 2001, с. 543.

② Там же, с. 517.

遗产的同时，这些未来主义者还表示出对于整个现代文学的充分蔑视：包括高尔基、布宁、安德列耶夫、勃留索夫、勃洛克等在内的作家和诗人，在他们看来都是“毫无价值”的。

继《给社会趣味一记耳光》之后，这批诗人又接着出版了一连串文集：第二本《评判者的陷阱》（1913）、《瘦弱的月亮》（1913，1914）、《塞子》（1914）、《马奶》（1914）和《吼叫的帕纳斯山》（1914）等。在最后一本集子内，载有宣言《滚你们的吧!》，其中包含抨击阿克梅主义的内容。在1910年和1912年的两本集子中，作者们还没有自称为“未来主义者”。后来他们开始以文学团体“希列亚群落”的面貌出现。文集《瘦弱的月亮》则被称为《世界唯一的一批未来主义者的文集!!“希列亚群落”诗人集》。在宣言《滚你们的吧!》中，这批诗人又宣称他们已抛弃“自我”和“立体”的前缀，结合成统一的未来主义者文学团体。在这份声明上签名的除“立体未来主义”诗人外，还有他们的不坚定的同盟者，原“自我未来主义”小组的创建者谢维里亚宁。但“立体未来主义者”始终未能将“自我未来主义者”统一过来。

2

“立体未来主义者”的组织者是诗人兼画家**大卫·大卫多维奇·布尔柳克**（1882—1967）。他也是这一派诗人经常举行的公众性晚会活动的主持者，本派别的一系列文集的出版者。他本人的诗歌创作显示出对传统的美学价值取向和一般审美习惯的背离与反叛，常在奇特的联想中似乎是挑衅性地贬低崇高的、美的形象，造成使读者震惊的效果。如在《死寂的天空》一诗中，天空成了“死尸”，星星成了“蛆虫”。他甚至说：“诗是被糟蹋的姑娘，而美则是有亵渎性的污物。”① 从中可以见出法国诗人波德莱尔的某些影响。他的弟弟**尼古拉·大卫多维奇·布尔柳克**（1890—1920）也是“立体未来主义者”诗人，但其诗作既有未来主义特色，又有取法于象征派诗人（勃留索夫、勃洛克）的痕迹。布尔柳克兄

① Бурлюк Д. “Русские футуристы”. *Первый журеал русских футуристов*, 1914, № 1 - 2, с. 17.

弟在1911年底曾与一批“未来的人”结伴前往塔夫里切省的切尔梁卡庄园，这一带地区按古希腊语应称为“希列亚”，于是“希列亚群落”便成为“立体未来主义者”的组织名称。

阿列克谢·叶里谢耶维奇·克鲁乔内赫（1886—1968）是“希列亚群落”的诗人和理论家，也是把未来主义美学原则推向极致的人。他在和赫列勃尼科夫合写的宣言式的文章《词语如是说》（1913）中，要求诗歌中的语言达到写起来、读起来都“不顺”的程度，主张直接以日常口语入诗，甚至提倡造成发音困难的辅音字母的过分集中。在《词语的新路子》（1913）等文章中，他接过赫列勃尼科夫的“玄妙语言”（заумный язык）这一提法，把它解释为失去了确定意义，也不顾约定俗成的含义的纯粹个人的词汇创造。他说：“艺术家像亚当一样以新的眼光看世界，赋予一切以自己的名字。”①他试图在诗歌创作实践中实现自己的构想，结果使得诗歌中的用词在语音和字形上都莫名其妙。克鲁乔内赫的理论与实践表明，未来主义者从“摆脱”书面语的倾向开始，走向否定高雅语言文化甚至一般诗学、语言学规范，不可能创造出真正的艺术品来。他的诗歌不仅缺少艺术上的和谐，造成美学理解上的艰涩，而且已成为一种无意义的文字游戏了。

如果说大卫·布尔柳克和克鲁乔内赫所代表的是未来主义者中狭隘理解诗歌形式与语言创新的倾向，那么赫列勃尼科夫、马雅可夫斯基、叶·古洛、瓦·卡缅斯基等人则显示出另一种演变轨迹。他们一度都是未来主义团体中的积极成员、中坚分子，但后来都把诗歌形式和语言的革新同对诗歌内容的价值和意义的追求结合起来，写出了不少好作品，构成俄国未来主义文学的主要成就。其中**叶莲娜·亨利霍夫娜·古洛**（1877—1913）是唯一的一位未来主义女诗人，也是一位女画家。她的丈夫米·瓦·马丘申是一位同未来主义诗人接近的音乐家和画家。他们的住所曾经是一批年轻的画家和诗人会面、争论的场所。她的第一本文集《手摇风琴》（1909），内含短篇小说、诗歌和剧本，被大卫·布尔柳克称为“未来主义者的第一本书”，同时受到勃洛克、维·伊万诺夫、列米佐夫等人的注意。此后，她成为“立体未来主义者”一系列文集的主要撰稿人之一，

---

① Келдыш В. А. *Русская литература рубежа веков (1890 - е - начало 1920 - х гг)*. Кн. 2. Москва: ИМЛИ РАН, 2001, с. 511.

写有抒情散文和诗歌多篇。在她的剧本《秋天的梦》（1912）的主人公维·封·克兰茨身上，可以看到堂吉诃德精神的一种新体现。维·伊万诺夫则发现了这一形象与梅什金公爵及基督之间的联系。1913 年她去世后不久，即有一本《三人集》（叶·古洛、克鲁乔内赫、赫列勃尼科夫）出版，是为未来主义诗友对她的纪念。她的最有价值的文集《天空的小骆驼》（1914）也是在她死后问世的。同她以前的另外几本集子一样，这里面也有诗歌、散文和“抒情片断”这一独特的体裁样式。作者似乎不留意于各种文学体裁以及诗、音乐、绘画之间的区别，而是经由信手拈来的艺术形式“混合地”理解生活，传达出自然界的生命与人类心灵彼此渗透的“自由的韵律”。她的抒情的基本内容，可以称之为“母性神话学”——作者似乎是一切对象的母亲，并以一种母性的、高尚的感情爱着这些对象。一些研究者认为，叶·古洛的创作其实是兼有印象主义、象征主义和未来主义特色。

“立体未来主义者”的主要代表之一**瓦西里·瓦西里耶维奇·卡缅斯基**（1884—1961），不仅写有一系列诗歌、剧本、散文，还是这一派别的积极活动家。他曾向大卫·布尔柳克和画家库尔宾学习过绘画，1909 年参加过库尔宾举办的“印象主义者”画展。作为第一本《评判者的陷阱》的撰稿人之一，他写有歌唱大自然、歌唱生命的诗歌 12 首。这些诗的新奇的诗行排列法、诸多新词的运用、语言的平直等特点，均显示出未来主义诗风。他的第一部长篇小说《土窑》（1911）具有鲜明的反都市主义倾向，以对自然的生活情调的细腻描写见长，但又有把乡村生活理想化的不足。1913 年在彼尔姆，他曾举办过一次个人画展，同年 12 月即参加“立体未来主义者”在俄罗斯各地的巡回表演，历经基什尼奥夫、尼古拉耶夫、基辅、喀山、萨马拉、梯弗里斯、巴库等城市。1914 年，他曾出版过两本五角形的、色彩绚丽的书：《和母牛跳探戈》和《穿衣人中间的裸体者》，书中的“诗”在形式上颇为奇特：某些词或一个词的某些部分用多种不同的字体印出，各种字体的字母、数字和数学符号充斥全书。这种诗作被称为“图案诗”或“钢筋混凝土长诗”，类似于意大利与法国一些未来主义诗人的创作试验。他的印象主义散文《哈特斯史诗》（1915），试图透过一个异国原始派的形象，传达出俄罗斯人与印第安人、南方与北方、石器时代与航空时代的不同爱情心理。长篇小说《斯坚卡·拉辛》（1915）是卡缅斯基最主要的作品。作家笔下的拉辛不仅是勇士，而且是歌手，相当于古希腊英雄俄耳甫斯。卡缅斯基希望经由这一形象表现俄罗斯人灵魂的本性。该作诗、歌、文相间，形式活泼，不拘一格。1916 年在梯弗里斯，作者曾身穿拉辛的服装，骑着白马出现在演技场，朗诵这部作品中的诗歌。他的第一部诗集《赤脚少女》（1916）收入新旧诗作多篇，有寄语诗、赠答诗、祝词和游记诗等多种形式，内容上仍以对生活，特别是对生活中的自然因素的赞美为特征。1917 年 2 月，卡缅斯基由梯弗里斯出发，再作巡回表演，抵顿河罗斯托夫后折回莫斯科，组织有马雅可夫斯基等人参加的“第一共和国艺术晚会”。

十月革命后，卡缅斯基参加了马雅可夫斯基组织的“左翼艺术阵线”的活动，写有回忆未来主义运动的《一个伟大的未来主义者传记》（1918）。20—40 年代，他陆续有剧本《这儿颂扬理性》（1921）、《普希金与丹特士》（1925）、《叶美良·普加乔夫》（1925），长诗《伊万·波洛特尼科夫》（1934）、《游击队员》（1940），诗集《夏日在卡缅卡》（1929）、《热心者之路》（1931）等多部作品问世。

未来主义对于卡缅斯基来说，不仅是一种文学思潮，而且是一种生活态度。因此，同其他未来主义者相比，他缺少一种悲剧意识。他总是以朴直、坦荡、欢乐的态度对待生活与创作。这也同时造成了他的创作在内容上缺乏深度，在表现形式上没有掌握好艺术分寸感。这也许是未来主义的美学原则本身的限定所致。只有赫列勃尼科夫、马雅可夫斯基等杰出诗人在各自成熟的作品中，才能突破未来主义理论的制约，达到了足以同其他流派的优秀创作相媲美的高度。

3

未来主义文学思潮在俄罗斯的出现，同西方现代主义思潮，特别是意大利未来主义思潮不无联系。但意大利未来主义的产生首先同该国在 20 世纪初逐渐增长的扩张主义社会政治思潮有关，与其相联系的还有工业化主义、技术崇拜和反文化思潮。意大利未来主义的主要代表马利涅蒂（1876—1944）在《未来主义第一宣言》（1909）中把战争作为“唯一的世界卫生措施”来加以颂扬，提倡军国主义，宣扬暴力，号召歌颂“对危险性的爱”，歌颂粗鲁无礼、大胆放肆、桀骜不驯。他认为一部赛车要比一座古代雕像美得多，主张创造一种新的美——“速度美”，强调“没有扩张性就没有杰作”。在《未来主义文学的技术宣言》（1912）中，马利涅蒂报怨人对“可怕的逻辑和理智”顶礼膜拜，鼓吹仇视理性，捣毁图书馆和博物馆，呼吁从文学中驱逐“任何心理学”，用“物质的抒情魅力”来取代它。他还提倡一种吻合于现代生活高速度的艺术风格，主张打破语法规范，取消形容词、副词和标点符号，用“电报语体”进行创作，创造一种“无形象的”文学。马利涅蒂的主张，显然带有反人道主义、反文化的特征。

马利涅蒂的《未来主义第一宣言》在1914年被移译到俄罗斯。他的《扼杀月亮》（1909）、《的黎波里战役》（1911）、《未来主义者马法尔卡》（1910）等作品，也是在发表后不久便有了俄译本。但其他意大利未来主义作家的作品在俄国均无有译介，广为人知的只有马利涅蒂的宣言。

俄国未来主义的产生，受到意大利未来主义的影响，但是它不具备后者的军国主义、扩张主义背景，也不像后者那样具有明显的反人道、反文化色彩。作为现代主义文学的一种形式，俄国未来主义与当时欧洲文坛的“先锋派”艺术一样，表现出与现实主义传统决裂的倾向，并否定艺术的社会意义，反对在艺术中表现某种社会政治倾向。俄国未来主义者的活动带有某种无政府主义的反叛色彩，但它不仅针对传统文学与现代文学，而且针对现存社会。他们追求的是一种摆脱特定思想体系、意识形态制约的充分自由的艺术。对文学传统和现代文明的否定，在他们那里导致对“原始主义”的认可，对原始初民生活和生命本原的崇拜。俄国未来主义者对民族生活的根源的探寻，对斯拉夫神话和俄罗斯神话的关注均与此有关。在他们的作品中，古代罗斯的形象，斯拉夫人的蛮荒生活和强悍性格，同现代人精神上的脆弱恰成对照。他们反对俄国象征主义者的细腻与高雅的诗学标准，蔑视阿克梅主义者的唯美倾向，追求一种粗犷、朴野、泼辣的风格，甚至以对美的贬低或不美为“美”。在语言运用上，俄国未来主义者一般反对书卷气，企图突破书面语的局限，革新诗歌语言，但往往导致追求险、怪、奇，破坏语法规则，硬造新词。然而，一些优秀的未来主义诗人却由于这种语言探索的热情而有所收益，或使某些古旧词汇获得了生机，或将现代城市生活词汇和工业、科技新词引人诗歌，从而丰富了俄国诗歌语言。对新的诗歌风格、新的语言以及新的诗歌韵律、节奏和诗行排列法的追求，都表明俄国未来主义者所致力的更多的是一种形式主义的试验和探索。

俄国未来主义文学同未来主义绘画关系密切，甚至可以说是后者影响了前者。20 世纪初期，在西方先锋派艺术的影响下，俄罗斯绘画领域出现了“立体派”、“放射派”、“绝对抽象派”等派别，他们在 1910 年曾举办名为“红方块 J”的画展，后来“红方块 J”便成为一个美术家团体的名称。类似的团体还有“驴尾巴”和“青年联盟”。布尔柳克兄弟就是“红方块 J”画展与团体的组织者。这个团体所信奉的“立体未来主义”艺术理论和它的绘画实践，直接引发了“立体未来主义”文学流派的产生。布尔柳克兄弟、克鲁乔内赫、卡缅斯基和马雅可夫斯基等人，都作为画家拿出作品参加过多次画展。“立体派”画家常为“希列亚群落”的出版物作插图。“青年联盟”的同名画册第三集（1917）是画家和“希列亚群落”诗人们联合出版的。从绘画艺术的角度看，俄国未来主义绘画明显地受到西欧后期印象主义和表现主义的影响。从这里也可以捉摸到俄国未来主义文学与西方现代主义思潮的多重联系，可以发现它远不是意大利未来主义文学单一影响的产物。

20 世纪初期俄国文化界的活动方式开始有了多样化的特点。除各种小组集合、沙龙聚谈、讲座和报告会之外，随着一批漂泊无着的知识分子队伍的出现，文学界与音乐界联手举办的晚会，伴有歌舞表演和作品朗诵的咖啡屋活动、夜酒店活动也逐渐增多。文学艺术界显示出一种把自己的成果广泛而迅速地推向社会、直接与读者大众交流的动向。未来主义诗人大卫·布尔柳克、马雅可夫斯基、卡缅斯基就曾结伴周游俄罗斯，自 1913 年 12 月至 1914 年 3 月，先后在 17 个城市进行巡回表演。谢维里亚宁也参加了他们在克里米亚的活动。在各地举行的晚会上，诗人们朗诵新诗，作专题演说，回答观众提出的问题。这一活动既使一般民众大开眼界，又引起统治当局的不安。在这些未来主义诗人离去后，各地出现了不少模仿者和模仿性作品。

4

在俄国未来主义文学中，最有贡献的“立体未来主义者”是马雅可夫斯基和赫列勃尼科夫，较有成就的“自我未来主义者”是谢维里亚宁。

伊戈尔·谢维里亚宁（原名伊戈尔·瓦西里耶维奇·洛塔列夫，1887—1941）生于彼得堡，少年时代的大部分时光与父亲一起在诺夫戈罗德省切列波维茨县度过。这一北方边区的大自然风光给他以终生难忘的记忆。诗人的笔名在俄语中便是“北方人”（северянин）的意思。青年时代，谢维里亚宁曾随同父亲在远东生活过一段时间，后来即与母亲一起居于加特奇纳。1905 年，他开始发表自己的诗作。由此到 1910 年之前，诗人大致是以一个 80 年代俄国诗歌继承者的形象出现的。在他的早期诗作中，可以听到类似于纳德松的“疲惫的心灵”的叹息，以及阿布赫金（1840—1893）式的对生活的悲伤的失望音调（如《加特奇纳的磨坊》，1907；《她的独白》，1909）。在《你知道边际吗？》（1907）、《鸟儿看见什么了……》（1907）等诗中，诗人对把人民的贫困“合法化”和血腥镇压事件表示了愤怒的抗议，显示出一种公民激情。但他还是认为福方诺夫、米尔拉·洛赫维茨卡娅（1869—1905）等偏重于表现理想、追求“完善无比”的诗人，是自己真正的导师。谢维里亚宁的最初两本诗集《思想的闪光》（1908）和《我春天的紫丁香》（1908），就是献给福方诺夫的。

进入 1910 年代，谢维里亚宁的诗风断然发生变化。他不再是一个幻想家，在他的诗歌中不再经常出现“幻想”、“眼泪”、“梦想”等字眼。他开始陶醉于自己的诗歌成就，坚信他将振兴俄罗斯诗坛。他倾心于一种反常、奇异、古怪的风格，乐于以自夸使读者震惊。对“自我”的崇拜使他独出心裁地举出“自我未来主义”的旗帜，成立“自我”小组，发表“自我未来主义者”纲领，出版诗歌“小册子”。但是他很快就同自己创建的小组决裂，宣告“自我未来主义”的终结。此后，他时而也同“立体未来主义者”合作，更多的时间则是独自开辟自己的诗路。他的诗运也颇为奇特。1910 年初，他的《第二哈巴涅拉舞曲》一诗偶然被列夫·托尔斯泰看到。这位睿智的老翁对该诗作出了完全否定的评价。谢维里亚宁认为这对于他来说是一次“有幸的机遇”，因为从此以后，各报刊更乐于发表他的诗作，批评界更注意及时评论他的新作。托尔斯泰的批评本身也是对他的一种鞭策。1913 年，谢维里亚宁的重要诗集《沸腾的高脚杯》出版。诗人索洛古勃为该书作序，认为作者具有“轻灵而令人欣喜的天赋”。勃留索夫、勃洛克、高尔基等人也给这本诗集以好评。不出三年，此书重印 9 次。随后，谢维里亚宁又有《金离拉》（1914）、《菠萝香槟》（1915）、《诗间短曲》（1915）、《带弦栅的离拉琴》（1918）等多本诗集问世。1918年2月，在莫斯科综合技术博物馆举行的一次诗歌晚会上，激动的观众把“桂冠诗人”的称号赠给了谢维里亚宁，而另一未来派诗人马雅可夫斯基和老诗人巴尔蒙特则分别屈居第二位和第三位。谢维里亚宁本人对这一称号十分冷静，认为它是一种“模棱两可的光荣”。此语或许有些道理。在走过为时不久的鼎盛期（1913—1918）之后，谢维里亚宁确实没有再推出什么更有影响的作品来。

与一些未来派诗人一样，谢维里亚宁也曾经颇为重视现代生活的快节奏和新世纪人类技术进步的巨大成就（如《前奏曲》，1915）。但是他的“大都市主义”带有纯粹表面的性质，诗人常常把它同“舒适而惬意”的贵族生活观念混为一谈。他曾说过自己是一名讽刺诗人。他的一些诗歌就是对所谓上流社会以及“半上流社会”生活的讽刺性描画。以爵位掩盖着空虚的显贵，彬彬有礼的恶棍，绅士淑女云集的俱乐部，都是他嘲讽的对象（如《不协调》、《为福方诺夫去世而作》、《太太俱乐部》等）。他在《百合花》一诗中对时髦太太身边的“扑粉的祈祷者”予以讽刺的诗句，更是传诵一时。然而诗人却抱怨他的讽刺诗作没有得到公正的评价，因为他的讽刺不易被觉察，且往往会被理解成一种欣赏态度。有的批评家称他为“唯美的未来主义者”，也许不无理由。他对某些庸俗琐事的关注，他的贵族式的纨绔子弟的派头，他对怪异、奇特效果的追求，都使人感到他的诗具有一种“贵妇人客厅—酒馆”的特点。

以自我崇拜为思想起点的“自我未来主义”理论，必然导致对社会问题的漠不关心。这也是谢维里亚宁同马雅可夫斯基、卡缅斯基等“立体未来主义者”的一个重要区别。他对第一次世界大战的反应也是表面性的，不过是附和一下官方爱国主义；另一方面，他又试图证明苟活于世的庸俗愿望有其合理性。在《香槟的波洛涅兹舞》一诗中，诗人呼吁对各种彼此排斥的思想矛盾和生活矛盾一视同仁，平等相待。这一切使谢维里亚宁的诗歌难以达到优秀诗作所应有的思想高度。

相对而言，谢维里亚宁的特色更多地体现在诗歌的艺术形式方面。他的诗句，音调铿锵，抒情色彩浓郁，具有一种独特的音乐作品的韵味。据同时代人回忆，他在朗诵自己的诗作时，宛如在演唱一首动人的歌。在诗歌韵律方面，他师承巴尔蒙特而有所创新，力求达到一种内在的和谐。在某些诗作中，他追求高雅风格和质朴风格的统一，努力较贴切地传达出特定诗歌情境中的特定氛围（如《丁香冰淇淋》，1912）。《俄罗斯》（1910）等诗则显示出他的诗歌作品音域宽广，韵律多样。作为未来主义诗人，他同样以丰富的新词震惊读者，但是他的自构新词，却不像某些“立体未来主义者”那样造成繁杂的效果和理解上的困难，甚至玩起文字游戏；他把用词上的求新意识和寻求普及化结合起来，虽喜好险奇异怪却不破坏语言规则，但这也就使得他在创造新词时往往显得缺乏鉴赏力与美感（如《幻想的摇篮》等诗）。他的诗作，还常带有某些外国诗歌的色调，这同他特别倾心于挪威、西班牙及其文学有密切关系。

谢维里亚宁是“自我未来主义”的发起人，但是他统领“自我”小组还不到一年。他一度在“立体未来主义者”诗人那里找到了共同语言，1914 年曾参加了他们组织的赴南俄巡回表演，与他们联合出版诗集。然而在对待文化遗产的态度上，他却同“立体未来主义者”们发生了分歧。1914 年，他曾在一首诗中写道：“不是要把莱蒙托夫从轮船上扔下去，而是要把布尔柳克们扔到萨哈林岛上去！”[①]显然，他的一颗诗心更靠近“古典的蔷薇”。

从 1918 年起居住在爱沙尼亚之后，谢维里亚宁的诗歌创作更是显示出向俄罗斯古典诗歌的回归倾向。自传三部曲长诗《湍急的水流》（1922）、《橙黄色时分的露珠》（1925）和《感情教堂的钟》（1925），回顾从童年时代一直到 1914 年南俄巡回表演期间的见闻与感受，在抒情主人公与大自然的“对话”中，表现出对故乡、对往昔的深深怀念，不乏物换星移、时过境迁之叹。透过诗作中洋溢的激情和柔和的旋律，似可看到诗人的一颗童心。同样也是 20 年代在国外完成的另一部长诗《列昂德尔的钢琴》，提供了 1910 年代彼得堡文学艺术生活的诗意图画，曾引起文学界同人的关注。十四行诗集《圆框肖像画》（1934），含 100 首带印象主义色彩的畅想曲，按字母排列顺序分别描绘出 100 位俄国和欧洲其他国家的文艺活动家的肖像，形式新颖独特，且常有一得之见，堪称妙笔。这是谢维里亚宁的最后一部诗集，此时他显然早已同未来主义分道扬镳了。

---

① Северянин И. В. *Стихи.* Рига: Издательство «Слово», 1987, с. 69.

5

在“立体未来主义者”中，**维立米尔·赫列勃尼科夫**（原名维克多·弗拉基米洛维奇·赫列勃尼科夫，1885—1922）占有十分重要的地位。马雅可夫斯基曾经代表未来主义诗友们说过：“我们曾经认为并且仍然认为，他是我们的诗歌导师之一，是我们的诗学斗争中的一位最杰出、最忠贞的勇士。”①

赫列勃尼科夫生于阿斯特拉罕省的小德尔别特镇，其父是鸟类学家，母亲从事历史科学研究。在这样一个为浓厚的文化氛围所笼罩的家庭中，赫列勃尼科夫很早就为鸟类学和俄国古代文献学所吸引，并在外语、绘画和数学方面显示出自己的能力。1903 年，他考入喀山大学数学系，不久即因参加学生运动而被捕，次年获释后转入该校自然科学部继续学习，同时却日益明显地表现出对于俄国历史、世界史和现代文学的强烈兴趣。1908 年春，他曾随父母一道前往克里米亚，并在那里结识了维·伊万诺夫，为他的一些诗学思想所吸引。同年秋，赫列勃尼科夫迁往彼得堡，先后在彼得堡大学物理—数学系、东方系和历史—语文系学习过，但上课不多，终于在 1911 年因未交费而被除名。此时他的整个思想已被文学创作所占据。他出入于维·伊万诺夫的“塔楼”，拜访《阿波罗》杂志及“诗歌研究会”，迅速与北方都城文学界的几乎所有的年轻诗人和作家建立了联系。他的创作活动也是自转入彼得堡之时开始的。这一年，他的《向斯拉夫人大声呼吁》一诗和散文诗《罪孽者的诱惑》先后发表。其中后一作品刊载于瓦·卡缅斯基任秘书的杂志《春》上。卡缅斯基认为，作者在这篇散文诗中所进行的大胆的语言实验，将开辟诗歌创作的新天地。赫列勃尼科夫得以与之相识，并由此而接近正在聚合中的未来主义诗人。

赫列勃尼科夫最初发表的一些作品，在形式上采用自由诗体或有韵散文，在题材上显示出对斯拉夫神话的兴趣，这都体现了同俄国象征主义的某种接近。但是他却没有成为象征派诗人。同样，在未来主义诗人中，他

---

① Нива Ж. И т. Д. *История русской литературы: XX век:* Серебряный век. Москва: Издательская группа «Прогресс» – «Литера», 1995, с. 558.

也始终保持着自己的独立性。他的《笑的咒语》一诗，被收入向俄国诗坛初次透露未来主义消息的多人作品选集《印象派画室》（1910）中，在新词的构造与使用上开风气之先。随后，他又是《评判者的陷阱》、《给社会趣味一记耳光》和《瘦弱的月亮》等“立体未来主义”文集的积极参与者。然而他却从不愿自称为“未来主义者”，而只称自己为“未来的人”。如果说前一称谓显示出与意大利未来主义的联系，那么后一概念则是纯斯拉夫语的。赫列勃尼科夫无疑是要强调：他所参与的艺术创新不是要否定传统，而是要创造性地发展以往的文化成果，复兴它的已被忘却的源泉。当他的诗友们在宣称要把普希金等人“抛下去”的时候，他却在自己的诗作中表明对普希金传统的继承。

对于赫列勃尼科夫来说，他的那本题为《老师与学生》（1912）的小册子，可以认为是他的创作纲领。在这里，作者在对话的形式中，显示出自己对“最简单的语言”进行哲学考察、探讨“词语的内在偏差”的最初结果。他对字母及其隐蔽的、反映在整个词上的意义有着浓厚的兴趣，认为一个普通词的第一个字母往往有着“统帅全词”的主导作用，如果对这个起统帅作用的字母进行置换，原先的词就会变成一个有着相反意义的新词。在他看来，任何一个普通的词，都蕴含着许多“潜在的可能性”，人对语言的认识是无止境的。这些认识是诗人进行诗歌语言革新的根据。另外，在《老师与学生》中，赫列勃列科夫还提出了对支配着历史事件的规律进行“数学测算”的设想。根据这一设想，他甚至十分准确地预言了1917年巨大历史变动的发生。这一思想并非游离于他的诗歌创作活动之外的幼稚而无益的奇想，而是他的整个文学思想的一部分。在他的意识中，哲学、历史和数学都不是独立于诗歌与散文创作之外的个别存在，而是与其融为一体的；诗与散文是艺术家和思想家以理智照亮世界的独特方式。这些思想，在他的诗歌作品，特别是在他本人称之为“超小说”的一系列诗作中，得到了充分的体现。

所谓“超小说”是赫列勃尼科夫对自己的一些长诗、民间故事诗、戏剧故事或散文作品的通称。这些作品彼此连缀，构成一种独特的史诗——联结着人类的过去和未来的一种“意识的史诗”、思维过程的史诗。它们是赫列勃尼科夫创作成果中最引人注目的部分。诗人所写的取材于斯拉夫民间故事或多神教传说的长诗《森林少女》（1907—1908）、《萨满和维纳斯》（1912）、《维拉和林妖》（1912）、《水獭的孩子们》（1913），把古代亚洲历史和个人印象结合起来的长诗《领主哈治》、《古里毛拉的喇叭》(1921)等，都属于这类“超小说”—史诗。在这些诗作中，诗人表现出对于童话世界、斯拉夫传说和多神教神话的迷恋。他美化原初的、未经污染的世界，歌颂大自然的自发力量。在诗人笔下，林妖、仙女、水中精灵和人平起平坐，自由交往；原始的善恶观念是他们彼此相处的关系原则。诗人那童话般的诗风则往往把读者带进一个清新而新奇的世界，有如多神教的牧歌：

> 他用芬芳的树林的蜂蜜
> 涂抹了即将结束的白天，
> 他伸出手，给我一块冰，
> 企图把我欺骗。
> …………
> 我无意中着起急来，
> 我所有的夏日都是韶年，
> 林妖狡猾地眨了眨眼，
> 推了我一下：“去那边?”①

诗人把大自然、把无拘无束的原始生活理想化，把现代都市生活看成是对自然生活的背离，似乎希图恢复某种“原初的”生活，建立人与自然之间的和谐的、相互理解的新关系。但诗人懂得，逃离现代文明事实上是不可能的，因此他才不时地给自己在幻想中构筑的世界投以某种讽刺。

“东方”，在赫列勃尼科夫的诗歌创作中，一直占有重要位置。诗人的诞生地阿斯特拉罕就处于俄罗斯与亚洲的交界处。俄罗斯文化与东方文化的差异及彼此渗透的问题，深深地吸引着他。“东方”主题贯串他的整个创作途程。亚洲这块古老而神秘的土地，绚丽多彩的东方世界，东方人单纯而沉稳的性格，这一切都令诗人神往，而不同民族、不同肤色、不同语言的人们之间的融合交汇更使他感叹不已。在诗人笔下，“蒙古人东方的脸型沐浴着一片紫光，/为自己的斯拉夫特征而感情激荡”；“俄罗斯人可以成为穆斯林，/伊斯兰教徒也可成为俄罗斯人。”

---

① 郑体武：《俄国现代主义诗歌》，上海外语教育出版社1999年版，第404页。

对历史、对东方的关注，是与赫列勃尼科夫的历史—文化—时间意识相联系的。诗人仿佛是从远方、从高处俯瞰世界，各个国家和人民的命运在他眼中都汇成了无始无终、无穷无尽的时间之流。古希腊罗马的和斯拉夫的、亚洲的和非洲的神话，都进入了他的诗歌作品中。诗人在这一宽阔的视野中表现了人类文化相统一的意识。因此，他才时而把目光转向多神教时代和古代罗斯，时而像原始主义绘画那样在其诗作中复现石器时代的生活图景。但是，同阿克梅派诗人戈罗捷茨基等人乐于描写原始初民的日常生活不同，赫列勃尼科夫更为注意的是接近自然的人在精神上的完整性。这里包含着诗人认同古代文化遗产的意念。于是，在他的作品中便出现了当前与过去的结合，神话时代与英雄时代、历史事件与艺术性的场面、各个不同时期和不同民族的代表者的彼此交错，甚至有着某些“时间误差”（如在《马鲁莎的孙女》、《萨满和维纳斯》等诗作中）。这些“时间误差”的出现，表明诗人关于“历史的数学规律”的观点对他的诗创作的制约。诗人相信：历史事件经过一定的时间间隔就会有规律地重复，可以根据这一规律构制“命运榜”，预先测定出重大历史事件的发生。赫列勃尼科夫正是要通过其诗中的一些“时间误差”来验证他所确认的“历史规律”。

对于不断发展着的现代物质文明，赫列勃尼科夫表示出一种怀疑与警觉。这一点与西方未来派诗人有着明显的不同。如果说，意大利未来主义的出现，与现代文明的发展、大都市的不断增加、技术方面的突出成就等关系密切，并且对这一切表现出欣喜与狂热之情，那么，在赫列勃尼科夫那里，则有着对“技术控制一切”的未来所抱有的深深担忧，有着对于“文明与自然”之间的冲突在继续增长的强烈意识。如今，意大利未来主义诗歌已少有人顾及，而赫列勃尼科夫对于人类命运及周围自然界的深思则越来越为人们所理解。诗人曾幻想恢复人与自然的纯天然关系，主张人类向动植物学习更高级的生活智慧（如《动物园》等诗）。诗人对于“技术控制人”的忧虑，在《取水吊杆》（1909）一诗中得到了鲜明的表现。诗人以幻想手法讲述了“物质暴动”是怎样发生的，作为向人类造反的机械文明的主要象征——巨大的起重机怎样像一个奇怪的“取水吊杆”控制着城市和居民，大型建筑物、工厂的烟囱、房屋、车厢、钢轨等怎样被它吸住，向它聚集过来，甚至死者的墓地也同它联系起来。诗人哀叹道：人类好像瓜瓤，但在其中孕育的却是另外的种子，这些金属制成的巨型怪物一旦暴动起来，人类根本无法抵挡，技术的统治权被诗人描绘成好像是《启示录》中的某种可怕的幻影。和《取水吊杆》这部长诗在主题上相接近的还有另两部长诗《火车恶龙》（1910）与《癞蛤蟆暴动》（1913—1914）。

第一次世界大战期间，赫列勃尼科夫曾被派往前线，在危险地带颠簸近一年，1917年春才获准离开军营。在此前后，战争题材和反战题材都曾出现于他的诗作中，从呼吁恢复俄国军队的光荣，到反对被神话了的、死亡女神灭绝一代人的战争。长诗《捕鼠器内的战争》（1919）是他关于战争的一部代表性诗作。诗人运用奇特的夸张和拟人化手法，表现了战争的恐怖与残酷。在诗人笔下，战争就是“死神在为蛆虫登记丰富的食品”；它像一只嘴上沾满鲜血的狼在嘶叫：“喂！我正在吃年轻人的身体。”诗人为在战争中青年们无辜地死去而痛心与愤怒。从自己对于自由和社会正义的热爱与追求出发，他曾赋诗热情欢呼二月革命：

赤身裸体的自由来到了，
把鲜花抛进我们心里。
我们与自由同步前进，
与天空称兄道弟。
我们是战士，用手
击打着冷酷的盾牌：
让人民成为国王吧！
永远如此，无论何时何地！①

对于十月革命，赫列勃尼科夫也曾持欢迎态度。长诗《苏维埃前夜》（1921）、《现在》（1921）、《夜间搜查》（1921）等，在风格上接近勃洛克的长诗《十二个》，其中回响着一种“街头之声”，表现出诗人对“普通人民”显示出自主精神作了由衷的肯定。《苏维埃前夜》及另一长诗《洗衣女》（1921），均以受苦受难的女主人公沉痛自白的形式，表现普通民众对革命的期待，揭示“革命是历史性的报应”这一主题。但诗人的思想不是单一的。如在长诗《夜间搜查》中关于贵族宅邸毁于

---

① Банников Н. В. *Серебряный век русской поэзии.* Москва: Издательство «Просвещение», 1993, с. 389.

“水兵兄弟”之手的描写，关于手持武器的人们得意于制服手无寸铁者的场景展现，关于残酷性在增长的议论，都表明诗人在谴责那种盲目的、无法理解的暴力行为。

当然，诗人没有停留于对具体社会事件的描述。在稍后完成的另一部长诗《和睦世界》（1920—1921）中，赫列勃尼科夫的思索已扩展到世界以至宇宙的范围。诗人希望俄罗斯经过一场历史的洗礼之后，应当尽快清除政治的泥泞，与整个世界建立起和睦友好的关系，表现出一种世界大同的理想。长诗一方面以浪漫主义手法传达出那种热情洋溢、呼唤斗争、向往未来的时代气氛；另一方面又以生动的想象勾画出改造世界的方案，表现了诗人主张用爱的语言将宇宙联合起来的思想。

赫列勃尼科夫的诗歌创作，是白银时代俄罗斯文学中的一个非凡现象。他的诗作的一系列重要特点，不仅使他在同时代诗人中独树一帜，而且也使他有别于其他未来主义诗人。他的充满新词的独特的诗歌语言，他的思维的非逻辑性乃至在一定程度上的荒谬性，他的诗作中的神话学内容、各个不同时代的历史事件、过去和现在的融合，都给读者造成了阅读和理解上的困难。但这一切正是他执着于思想探索的一种具有必然性的外在形式。作为“思想的诗人”，他所关注的不是作品的艺术形式美，反而常常破坏习惯的思维逻辑与语言规范。诗人真正关注并深入思考的是人类的命运。他的诗歌创作探索，与 20 世纪欧美文学中“神话主义”的张扬有着某种同步性。这不仅是指在他的诗作中有着丰富的民间口头创作内容和神话因素，更重要的是指他往往是经由“神话”来看世界、看待过去和现在的。他试图通过各民族的神话来考察现代俄罗斯文化的一些根本问题，探索俄罗斯民族的历史命运，寻求解决现代人类生活中出现的某些深刻矛盾的途径。他的很多诗作，都可视为一种具有现代蕴含的文化寓言，其哲学的、文化学的意义远远超过了其艺术的意义。从这个角度说，他的确是一位属于“未来的”诗人。

6

在“自我未来主义者”和“立体未来主义者”出现后不久，俄国文坛还出现了两个不大的文学组织：“诗歌顶层楼”和“离心机”。它们同时也是这两个文学团体的出版社名称。参加这两个文学组织的诗人与作家，具有未来主义者的某些特点，但又程度不同地显示出有别于未来主义的追寻方向。在这里，我们看到了未来主义在俄国文学中的独特的变体。

“诗歌顶层楼”的主持者是瓦·加·谢尔申涅维奇（1883—1942）。他是最早把意大利未来主义介绍到俄罗斯来的诗人，翻译过马利涅蒂的宣言和作品。他曾在自己的理论文章《没有面具的未来主义》（1913）中，强调“立体未来主义者”没有任何权利抓住未来主义的大旗，显示出一种论辩的立场。后来，他成为意象主义诗人团体的主要发起人。诗人康·阿·鲍尔沙可夫（1895—1938）、留里克·伊甫列夫（1891—1981）等人，也曾是“诗歌顶层楼”的成员。这一团体的作家和其他未来主义者的最大区别在于，他们反对对以往的文学采取断然否定的虚无主义态度。他们不仅认为19世纪文学是一分难得的遗产，而且愿意向同时代的象征主义、阿克梅主义、现实主义汲取艺术给养。鲍尔沙可夫和伊甫列夫，既在未来主义出版物上，也在象征派和阿克梅派的刊物上发表自己的作品。

“离心机”派的前身是一批青年诗人组成的小组“抒情诗歌”。这个小组的积极成员谢·帕·鲍普洛夫（1889—1971）曾在象征主义杂志《工作与时日》上发表《论抒情题材》（1913）一文，认为“诗歌赖以存活和赖以被创造的唯一情致是抒情的情致”。但是到了1914年，鲍普洛夫和小组的另几位成员鲍里斯·帕斯捷尔纳克、尼·尼·阿谢耶夫（1889—1963）等却退出这一小组，另行建立名为“离心机”的新联盟。诗人格·尼·彼特尼科夫（1894—1971）也加入这一联盟。“离心机”派诗人强调诗歌应具有忠实的抒情和饱满的比喻。他们比较接近伊格纳季耶夫领导的“自我未来主义者”，而在“立体未来主义者”之中他们只承认赫列勃尼科夫和马雅可夫斯基。他们不赞同实行所谓“美学反叛”，也不否定给他们的创作以影响的俄国象征主义。这一派的理论家、批评家鲍普洛夫，同时在象征主义和未来主义出版物上发表作品，与勃留索夫，别雷等人甚有交往，并力图把未来主义和象征主义统一起来。

同样站立在象征主义和未来主义的分界线上的，是“离心机”派的另一诗人鲍里斯·列昂尼多维奇·帕斯捷尔纳克（1890—1960）。在白银时代，他才刚刚走上文学道路。到1920年代，他逐渐成为一位有影响的大诗人；50年代，他更以自己的史诗创作当之无愧地进入20世纪几位最伟大的俄罗斯作家的行列。

六

两世纪之交的俄国现实主义

无论在俄罗斯还是在整个欧洲，作为一种文学思潮和流派的现实主义，都曾雄霸19世纪文学进程的大半。至19世纪晚期，各种新的文学潮流先后涌起，开始打破现实主义的大一统格局。20世纪文学的一个突出特点，便是多种文学思潮纷然并立，共同发展。但这种局面并不意味着现实主义进入20世纪以后就开始凋零。相反，现实主义在继承自身优良传统的基础上，放开视野，积极汲取各种艺术流派的新鲜经验，不断向纵深开掘，同样取得了不容忽视的新成就。在20世纪俄罗斯文学中，现实主义的成就绝不低于19世纪。19—20世纪之交的俄罗斯现实主义作家们，以其创作上的积极创新和丰厚实绩，极大地丰富了白银时代的俄罗斯文坛。

1

在过去一个相当长的时间内，庸俗社会学的文学史家和批评家们，从某种指令、需要或“习惯”出发，往往把一整部内容丰富的文学史描述成现实主义文学史，或现实主义与反现实主义的斗争史；现实主义之外的其他各种文学思潮、流派和运动，往往只是被当作一种陪衬简略地提到。这种文学史写法无疑是反历史、反科学的。这一点已为越来越多的人所认识。可是，对这种“写法”的厌弃却延及现实主义本身，变成了对现实主义的蔑视与否定。80年代中期由西方若干国家的学者联合编写的一部多卷本20世纪俄国文学史，已将“现实主义”从白银时代抹去，正如以往另一些文学史对待“非现实主义”流派那样。这一做法或许可视为对庸俗社会学的一种惩罚。遗憾的是，惩罚本身也同样不是科学。

白银时代的文学是否应该包括现实主义？或者说，自1890年代到20世纪初叶的近30年中，俄罗斯文学中是否存在现实主义文学？这本来是不成问题的。列夫·托尔斯泰、契诃夫、柯罗连科和他们的后继者高尔基、布宁、安德列耶夫等一系列优秀作家，构成现实主义的巨大存在。19世纪末期开始崛起的，以高尔基和布宁为代表的20世纪初期的现实主义作家群，不仅在白银时代的文学中占有十分重要的位置，在小说创作领域独擅胜场，在戏剧创作方面卓有成就，而且以其执着的探索精神、丰富的艺术成果和多方面的文学活动，给同时代其他文学流派以深刻的影响。现实主义与象征主义等文学思潮和派别之间的冲突是客观存在的，勃留索夫主持的《天秤》杂志曾发表一系列文章同现实主义作家展开论战。但无论是勃留索夫，还是维·伊万诺夫、勃洛克、别雷、梅列日科夫斯基等象征派的主要作家，或者是古米廖夫、马雅可夫斯基等阿克梅派、未来派的代表人物，都没有忽视现实主义潮流的存在，都先后认识到了现实主义作家的艺术探索的成就与意义。他们还对高尔基等人在现代俄罗斯文学中的地位作出了较为中肯的评价。毫无疑问，现实主义文学是白银时代俄罗斯文学的有机组成部分，现实主义运动是19世纪末到20世纪初俄罗斯“文艺复兴”时代精神文化领域的创造性活动的一个不可或缺的方面。

与白银时代刚刚兴起的各种新的文学潮流不同，俄国现实主义发展到19世纪末，已经有了一段相当长的历史。作为世纪之交传统现实主义文学的杰出代表站立在文坛的，是列夫·托尔斯泰、契诃夫和柯罗连科。他们在这一时期的各具特色的艺术创作，既丰富了现实主义库藏，为其注入了新的活力，标志着现实主义从传统向现代的转变，又直接影响了新一代现实主义作家的追寻方向和创作面貌。托尔斯泰在19世纪90年代和20世纪最初十年中的创作，把俄国现实主义文学带上了一个高峰，显示出更为深邃的思考和更为精湛的艺术技巧，成为一批年轻的现实主义者们的楷模。托翁的长篇作品把个人命运轨迹的勾勒与对当代现实的史诗性概括结合起来，反映了整整一个历史时代千百万人的愿望与希求、痛苦与挣扎、情绪与感受。他在自己的艺术作品中触及了生与死、灵与肉、爱与恨、历史与道德、哲学与宗教等一系列根本问题，显示出一种哲理化倾向与思辨色彩。他的艺术表现技巧，千锤百炼，炉火纯青，特别是揭示人物内心矛盾运动过程的“心灵的辩证法”，更是运用自如，得心应手。托尔斯泰晚期创作所呈现出的这些特点，对白银时代先后走上文坛的现实主义作家或接近现实主义的作家，如高尔基、布宁、安德列耶夫、库普林、什梅廖夫、列米佐夫、普里什文等，有着明显的影响。这些作家分别以自己的感知方式，从自身思想和艺术探索的需求出发，往往是各有侧重地对托翁的某一特点作了有针对性的钻研与借鉴，在形成个人的创作个性的同时，又使 19 世纪末 20 世纪初的俄国现实主义在总体上具备了某些新特色。

1890 年代达到创作高峰的另一现实主义作家契诃夫，也以自己富有独创性的作品，推动了俄国现实主义的发展变革。契诃夫创作的开拓性意义在于，他不局囿于一般的表现社会黑暗，表现上层统治者对下层民众的压制与戕害，也即不限于一般的社会批判，而是将批判锋芒指向俄罗斯国民的精神心理弱点，在对于俄国小市民及一般国民日常生活的描写中，揭示出俄罗斯民族性格的某些本质特征。契诃夫的短篇小说《在峡谷里》和《农民》，更是以对俄国农村的愚昧、落后和野蛮的逼真勾画而著称，表明作者对于以往的作家把农村和农民理想化采取了激烈的否定态度。这两部作品是俄罗斯文学发展到 19 世纪末对待农村和农民的态度“已经断然开始变化”的表征，是“以新的目光看待农民的先声”[①]。契诃夫因此而被称为“在文学史上和社会风尚方面划时代的作家之一”[②]。契诃夫所开创的民族文化心态批判的传统，也为白银时代的现实主义作家继承发扬，并成为这一时期现实主义创作的一个基本思想指向。高尔基在 1905 年革命失败后所写的大量作品，布宁的短篇《夜话》和中篇《乡村》，叶·扎米亚京的小说《县城》，以及伊万·沃尔诺夫、谢苗·波德亚切夫、弗谢沃洛德·伊万诺夫等作家的中短篇作品，均显示出对俄罗斯民族性格、民族文化心理特征进行批判性考察的意向。在创作方法的运用上，契诃夫这位现实主义大师，也十分注意汲取新鲜的艺术经验，开始突破单一的现实主义手法。他的剧本《万尼亚舅舅》和《海鸥》等，“是一种新型的戏剧艺术，现实主义在其中被提高到一种充满崇高精神和深刻含义的象征境地”[③]。他的一些小说，则带有印象主义特色。契诃夫在创作方法

---

① Горький М. *О русском крестьянстве.* Берлин: Издательство И. П. Ладыжникова, 1922. с. 24.

② Горький М. *Собрание сочинений в 30 томах, Т. 28*, Москва: Государственное издательство художественной литературы, 1954, с. 71.

③ Там же, с. 52.

运用上的包容性态度，使得安德列耶夫、布宁、高尔基、列米佐夫、扎伊采夫等一系列作家深受启迪，得以拓宽自己的视野和思路，成功地写出现实主义与其他创作方法交融的一部部作品。

作家柯罗连科既是19世纪俄国现实主义文学的最后一位主要代表，又是世纪末走上文坛的年轻一代现实主义者的细心的引路人。1890年代曾经被称为俄国文学的“柯罗连科时代”。他是一位出色的文学活动的组织者，善于发现与培养文学新人，更以其民主意识、公民精神和批判激情而吸引着众多作家，成为他们的思想领袖。在创作方面，正是柯罗连科在现实主义获得全线胜利之际，率先提出“现实主义和浪漫主义的综合”的口号，并在一系列作品中实践了自己的主张。在《玛卡尔的梦》中，他最早把自发反抗的农民形象引入文学。在《盲音乐家》中，他通过描述主人公历尽艰危困阻而终于获得成功的生活道路，鼓舞人们对于战胜命运、追求幸福和光明前程的信心。在《嬉闹的河》中的主人公维特卢卡的农民九林身上，他表现了俄罗斯人临危不惧的勇敢精神和应变能力，勾勒出“民族典型的真实轮廓”。柯罗连科的这些作品，都洋溢着一种人道主义、乐观主义精神，回响着一种激励人心、奋发向上的旋律。作家的意图，显然在于唤起一个沉睡的民族尽快觉醒。这种带有浪漫主义特点的现实主义，对高尔基、绥拉菲莫维奇以及普里什文的某些作品，都产生过程度不同的影响。柯罗连科自1905年开始撰写，至1921年去世时辍笔的五卷本长篇作品《我的同时代人的故事》，带自传体小说和回忆录性质，熔艺术描写、抒情、随笔、政论于一炉，勾画出自1870年代起数十年间俄国知识分子的精神生活历程，可作为一部“知识者心灵史”来阅读。从后来高尔基的《克里姆·萨姆金的一生》，布宁的《阿尔谢尼耶夫的一生》，帕斯捷尔纳克的《日瓦戈医生》，爱伦堡的《人·岁月·生活》等作品中，均不难看出柯罗连科的这部巨著影响的痕迹。

在托尔斯泰、契诃夫、柯逻连科等老一代作家的引导与启示下登上文坛的、具有现实主义倾向的新一代作家，到1890年代后半期，逐渐聚集于设在尼·德·捷列绍夫的莫斯科住宅内的文学小组“星期三”中。这个小组是捷列绍夫在80年代创建的组织“帕纳斯”的直接继续。“星期三”小组的创办人是捷列绍夫、尼·伊·季姆科夫斯基、伊万·布宁和尤里·布宁兄弟、伊·阿·别洛乌索夫、叶·彼·戈斯拉夫斯基等人。参加这个小组活动的，有高尔基、安德列耶夫、尼·格·加林·米哈依洛夫斯基（1852—1906）、库普林、魏列萨耶夫、绥拉菲莫维奇、谢·伊·古谢夫—奥林布尔斯基（1867—1963）、斯基塔列茨（1869—1941）、叶·尼·契里科夫（1864—1932）、谢·索·尤什凯维奇（1862—1927）等一大批作家。老作家契诃夫与柯罗连科也曾造访这一年轻一代现实主义者的活动中心。除作家外，夏里亚平、克尼碧尔、玛丽亚·安德列耶娃、瓦·伊·卡恰洛夫、伊·列维坦等著名艺术家也成为“星期三”的活动分子。民主主义、人道主义和现实主义精神是这个小组的主导思想。坚持由普希金开创的俄国现实主义传统，在新的时代条件下把它推向前进、引向深入，是“星期三”成员的共同追求取向。

“星期三”小组的活动为知识出版社的一度繁荣创造了条件。1899年，高尔基在彼得堡结识知识出版社的主持人康·彼·皮亚特尼茨基。次年，该出版社出版了四卷本的高尔基《短篇小说集》，大获成功，随即印行第二版。知识出版社由此开始偏重出版面向大众的、价格低廉的短篇作品集。高尔基自1900年秋起成为知识社同仁，并是此后十多年间该社的思想领袖和整个事业的灵魂。他对该社实行了一系列改组措施，增加文学作品的出版比重，吸引、团结有民主主义思想的进步文学力量。他把“星期三”小组的成员视为这个出版社的最可贵的一批作者。在高尔基的组织安排下，知识社先后出版过伊万·布宁、安德列耶夫、加林—米哈依洛夫斯基、斯基塔列茨、魏列萨耶夫、绥拉菲莫维奇、契里科夫、捷列绍夫、马明—西比利亚克、尤什凯维奇、库普林、达·亚·艾兹曼（1869—1922）等人的文集和作品单行本。1904年，知识社同人文集《知识》丛刊第一集出版问世。由此到1913年的十年间，知识出版社共编辑出版丛刊40本，其中大部分为高尔基所编。当时一些现实主义作家的新作，如契诃夫的《樱桃园》，高尔基的《人》，库普林的《决斗》，安德列耶夫的《瓦西里·费维斯基的一生》等，都是由知识社出版的丛刊首次发表的。20世纪最初十几年，是知识出版社事业上的黄金时代，也是俄国新一代现实主义作家迅速成长、走向成熟的时期。

除了与知识出版社、《知识》丛刊有着紧密联系之外，“星期三”小组成员的作品还经常发表于安德列耶夫参与编辑的《野蔷薇》丛刊上，或布宁、魏列萨耶夫等人参与出版的《言论》丛刊上。白银时代虽是每一文学流派往往都拥有自己的团体、出版社、定期刊物或不定期丛刊，但是“跨流派”的现象也是始终存在的。巴尔蒙特、勃留索夫、索洛古勃、别雷等象征主义作家和诗人，便时而出现在“星期三”的活动场所。勃洛克、勃留索夫和高尔基都有着较好的个人关系。现实主义与其他文学思潮、流派之间，本不是彼此敌对的关系，跨流派的交往活动无疑会使各派作家彼此增加了解，得到各种启示和借鉴。“星期三”文学小组和知识出版社所联系和影响的作家，除上文已经提到的以外，还有伊·谢·什梅廖夫、米·米·普里什文、谢·尼·谢尔盖耶夫—青斯基、阿·米·列米佐夫、鲍·康·扎伊采夫、伊万·沃尔诺夫、谢·帕·波德亚切夫、阿·托尔斯泰等。他们都是在白银时代受到现实主义精神的熏陶，有的终其一生遵循现实主义的追寻方向，有的把现实主义和浪漫主义、象征主义或自然主义结合起来，写出了各具特色的作品。他们后来的创作倾向、成就和命运都各不相同，但是他们的作品均程度不同地显示出现实主义思潮有力影响的痕迹。

在白银时代的特定历史条件下，特定文化氛围中，俄国现实主义文学逐渐形成了一些不同于19世纪文学的特点。在19世纪现实主义作家笔下得到卓越艺术表现的，是“人与环境”的冲突这一传统主题。作家们通常是经由表现社会环境对个性的压制和束缚，批判、否定现存社会制度，其作品中的善恶双方一般壁垒分明，事件因果关系清晰可辨。到了20世纪作家手中，似乎是相同的主题有了内涵方面的变化。高尔基描写了人对人的“失去理智的残酷和无法理解的仇恨”，安德列耶夫表现了完全正常的人怎样在“无边的灰色蛛网中”被活活吞噬，库普林发现了“总是横在两个最亲近的人之间的不可逾越、不可穿透的障碍”，布宁则揭示了日常生活中“阴暗的、盲目的、不可理解的”一面①。造成这些悲剧性冲突的原因，显然不是“人”与“社会”（环境）之间的矛盾。作家们自己对他们所描写的种种生活现象的看法也是不尽相同的。在有的作家看来，世间本存在着一种与“人”相敌对的因素，人是注定要经受各种痛苦和死亡的，人甚至是某种强大的、冷漠的力量手中的玩物。作家们往往十分了解他笔下的主人公的悲剧性处境，对人物深表同情，但是这个世界无论是对于作家还是对于主人公，都是一个猜不破的谜。在安德列耶夫的《思想》、《人的一生》，布宁的《伊格纳特》、《在路上》，阿·托尔斯泰

---

① Смирнова Л. А., Турков Ф. М., Марченко А. М. *Русская литература XX века. Очерки. Портреты. Эссе. В 2 ч.* Москва: Издательство «Просвещение», 1994, Ч. 1, с. 12.

的《米舒卡·纳雷莫夫》等作品中，均可见出作者对生活、对人与世界的关系的这种理解。在这些作品中，“恶”的轮廓十分模糊，因果关系也难以理清。从中可见陀思妥耶夫斯基的影响。

另一些作家作品显示出从民族文化心理结构的层面上理解人的不幸、人与人之间的悲剧性冲突的倾向。这一倾向的主要代表是高尔基。他的《在盐场上》、《游街》和《因为烦闷无聊》等短篇作品，“奥库罗夫三部曲”、自传体三部曲、《罗斯记游》等系列作品，都是从国民文化心态批判的角度审视生活中的种种悲剧现象。他认为俄罗斯民族和人民不幸的最深刻的根源，在于民族精神心理方面的一系列致命的病弱特征。这些精神病灶是在长期农奴制度下由亚细亚生产方式逐渐培育而成的，它们既是民族历史发展前进的巨大障碍，又直接造成了生活中无数以破坏真、善、美、自由与文明为特点的可怕现象。高尔基显然是继承和发扬了契诃夫的国民性批判传统。前文已提及的布宁的《乡村》、扎米亚京的《县城》以及一批有才气的、熟知俄罗斯人民（特别是农民）生活的青年作家的小说或特写，都呈现出与高尔基的探索相同或相近的思路与取向。这种民族文化批判、重铸民族灵魂的意识，不仅为白银时代的不少现实主义作家所共有，而且左右了20世纪文学中诸多作家的创作。

如果说，19世纪的作家们在揭示“人与环境”的冲突时，也深入描写过人内心的矛盾；那么，20世纪初的现实主义者们，则常常把表现人的灵魂面貌、人的内在的精神心理冲突作为自己的直接任务。继承托尔斯泰、陀思妥耶夫斯基的心理描写传统而进一步深入拓展，新一代作家们致力于把握处于深层次的、难以捉摸到的人的心灵脉搏。如库普林描写了人的“肉体力量”对“精神力量”的影响作用，安德列耶夫揭示了人的理智与本能之间的冲突，布宁则表现了理性与精神运动的机械性（惯性）之间的矛盾。毋庸赘言，这些描写决不限于生理学甚至生物学内容。对人物行为的社会心理动因的挖掘，依然是作家们的兴趣所在；但这种挖掘往往是和对于人的潜意识活动过程的展露结合在一起的。作家们对人的行为的“社会”动因和“自然”动因予以同样的关注，从而为更全面地揭示人的心灵运动的秘密、人的心灵面貌打开了一条新路。

19世纪现实主义文学的一大成就是创造了长篇社会小说这种体裁样式。经由这种样式，作家们提供了一幅幅对整个时代各阶层社会生活作出艺术概括的全景式画图。那个时代的不少作品，堪称现代社会的史诗。20

世纪初期的现实主义作家，一方面吸取前辈作家的成功经验，力求对当代社会生活作出史诗性概括；另一方面则另辟蹊径，集中对某一生活现象、某一问题作深入探寻，同样写出有着丰富内涵和广阔覆盖面的作品。库普林的《石榴石手镯》，列米佐夫的《背着十字架的姐妹》，扎伊采夫的《淡蓝的星》等作品，时间跨度不过数月甚至几天，却无疑具有长篇作品的容量。这类作品往往“开口”较小，作家们由此切入，向纵深开掘，常以一人一事为基础，转向自由地涉及“超情节”的各种生活现象。这些作品所提供的，一般不是特定时代社会生活的纵向的演进过程，而是这种生活的横断面，但通过这个横断面，仍然可见这个时期社会生活的基本面貌和主要特点。这种描述角度直接导致了小说形式的变革。它不再是按照时间的自然流程安排结构，不一定再有清晰的情节进展脉络和场景转换线索，而是常常打破正常的时空次序，把现实描绘与回忆、思考、预感、联想结合起来，呈露出真实的、复杂多变的社会生活图画。艺术的时间和空间都大大地被延长或拓宽了。

白银时代是俄罗斯哲学繁荣的时代。对民族的命运与前途的关注，对民族发展道路的思考，对民族历史与文化传统的评价，激动着那个时代的整个知识界，于是带来了各种新的社会哲学思潮的流行。俄罗斯文学作为社会论坛、人民喉舌的传统，使得20世纪初叶的作家们依然要透过自己的作品传达出对于人生社会各种问题的见解。迅速变动着的五光十色的世界，更使这个时代的作家拥有几乎“饱和”的印象、感受、体验、思索和主张。这一切都充分渗透到他们的创作中。这个时期的文学似乎应该是“主观性”特点表现得最为明显的。但恰恰是在这个时代的现实主义文学中，没有了训导的口吻和宣传的音调。作家们不追求廉价的效果，力避提供给读者某种答案，着意减少议论乃至完全“退出”作品，作者本人的声音汇入作品人物的对话之流中，作者的主观感情融进客观的叙述与描写之中。这些特点在布宁的《阿强的梦》，安德列耶夫的《背叛者犹太》，列米佐夫的《止不住的铃鼓》、《背着十字架的姐妹》等作品中，都有突出的体现。高尔基在他的早期作品中，致力于社会批判，为着唤起民众意识觉醒的文化目的，他时而不惜中断情节的进展而每每插入抒情和议论，因此就出现过列夫·托尔斯泰所指出的“总是想以自己的油漆涂满所有的缝隙”和契诃夫所批评的“缺乏矜持”的不足。在中后期的创作中，当作家着力对俄罗斯民族的历史、文化和未来作一番深入思考的时候，他的风格也就有了明显的变化，作家把他的主观情感态度隐入含蓄、凝练的叙述中。晚年的高尔基，在一切都经历过了、一切都体验过了之后，似乎获得了一个更高的观照层次，一种更超拔的叙述角度。于是人们便读到了一种稳健、含而不露的风格，但其中依然深藏着作家本人的爱与恨、热望与焦虑、忧患意识与使命感。除了早期的部分作品之外，高尔基的主要创作，同样具有白银时代其他现实主义作家努力“退出”作品、隐匿自己的声音和情感态度的特色。

白银时代现实主义的最大特色在于，它已不是纯一的“现实主义”。这不是现实主义作家们对现实主义的背离，而是对它的推进和发展。这个时代在俄罗斯文坛先后崛起的文学流派，自19世纪末期开始不断涌入俄国的西方文学思潮，为现实主义的深化和丰富提供了条件。几乎所有的现实主义作家都不再拘泥于单一的现实主义方法，而是在现实主义之外又兼而运用其他艺术方法。作为这个时代俄罗斯现实主义文学的主要代表高尔基，在创作方法的运用上恰恰是最为不拘一格的。现实主义无疑是他把握生活的主要艺术方法，但是他又同浪漫主义结下了不解之缘。他还积极追踪本国文学和世界文学的创新发展进程，关注并程度不同地借鉴了象征主义、自然主义、表现主义、“意识流”等艺术方法，努力为自己的思想探索寻求恰当的表现形式。如他的短篇小说《瓷猪》、《二十六个和一个》便运用了象征主义手法；《筏上（复活节的故事）》、《奥尔洛夫夫妇》、《红头发瓦西卡》和《混乱》等中短篇作品，则具有某些接近自然主义的特征；《水泡》、《谈魔鬼》等三篇作品又使用了表现主义手法；长篇小说《阿尔塔莫诺夫家的事业》和《克里姆·萨姆金的一生》，更大胆借鉴了西方现代主义文学在心理描写方面的成功经验，通过写人物的幻觉、梦境、联想、潜意识活动来展现人物的意识流程，揭示人物的复杂内心状态。可见高尔基在创作方法的运用上具有灵活变通的特点。这一时代俄国现实主义文学的另一杰出代表布宁，他的中短篇小说中常有较为明显的自然主义因素。契里科夫的创作也具有自然主义倾向。库普林的中篇《亚玛》，无疑是一部现实主义作品，但其中又有某些自然主义和感伤主义特点。安德列耶夫的作品（如《红笑》等），把现实主义、表现主义及象征主义结合起来，往往能取得独特的艺术效果。列米佐夫的早期创作属于现实主义范畴，后来则兼及象征主义和印象主义，成为一位风格复杂多样的作家。绥拉菲莫维奇、伊万·沃尔诺夫等人，则倾向于描写政治事件，表现人民群众的思想意识觉醒，在现实主义描绘中融入浪漫主义成分。这些作家各自以其特有的方式接纳各种艺术流派的经验，创造性地综合两种或多种创作方法，使白银时代的俄国现实主义文学呈现出以我为主、兼容并蓄的新特色。

在白银时代的俄国现实主义文学中，出现了两个光辉的名字：马克西姆·高尔基和伊万·布宁。他们不仅是这个时代现实主义文学运动的中坚人物，也不仅是整个白银时代俄罗斯文学的两位杰出代表，而且当之无愧地属于全部20世纪俄罗斯文学中为数不多的几位最优秀的作家之列。在白银时代，高尔基和布宁都已经以其突出的成就为世人所瞩目；在这个时代结束之后，他们更写下了堪称不朽的作品。

2

列昂尼德·尼古拉耶维奇·安德列耶夫（1871—1919）也是白银时代现实主义文学中的一位重要作家。他生于奥廖尔，是屠格涅夫的同乡。其父为农林测量员，母亲为波兰血统，十分钟爱长子列昂尼德。安德列耶夫对母亲也甚为敬爱，后来曾把《走向星空》一剧献给她，并通过另一自传性剧本《青春时代》中的人物玛兹涅娃再现了母亲的美好形象。

在奥廖尔古典中学读书期间，为着寻求关于人生意义问题的答案，安德列耶夫阅读了大量的哲学、社会学、伦理学、心理学著作，涉猎皮萨列夫、列夫·托尔斯泰的许多作品。但是他不能接受托尔斯泰在宗教哲学论文《我的信仰何在?》中宣扬的、把人生的最高意义和目的归结为信仰上帝的观点。苦苦求索而无所得，使安德列耶夫一度陷入精神危机。在这个时期所读过的书籍中，对他最有影响的是叔本华的著作《作为意志和表象的世界》。叔本华把历史过程理解为和“意志”结合着的个人意识与消极的“物质材料”（包括社会生活的经济条件）之间的永恒的悲剧性冲突。叔本华的这一观点，成为安德列耶夫对现实作浪漫主义的悲剧性理解的基础。安德列耶夫的社会政治观点，则是在尼·康·米哈依洛夫斯基的“历史进步公式”和民粹派的社会理想的影响下形成的。

1891年，安德列耶夫进入彼得堡大学法律系学习，次年即发表反映大学生饥饿的短篇小说《在寒冷和金钱中》。是为他的第一篇作品。1893

年，他因未缴费而被彼得堡大学除名，又转入莫斯科大学法律系，1897年读完法学副博士学位。1892年至1894年间，他精神抑郁，心境不佳，曾企图自杀。后来他逐步摆脱悲观主义情绪，开始参加大学生运动。此时安德列耶夫尚未意识到文学将是他一生中的主要事业，他只把写作以及绘画看成补充生活费的手段。1895年至1896年间，他在《奥廖尔通报》上发表短篇作品的同时，也为该刊绘制肖像画。他没有受过美术职业教育，却终生保持着对于绘画的兴趣。1913年，他甚至在彼得堡“独立者画展”上展示过自己的美术作品。这一尝试受到著名画家列宾等人的赞扬。

自1897年10月起，安德列耶夫担任莫斯科地方法院的律师助理，常作为辩护人出现于法庭。同时，他还被聘任为《莫斯科通报》的法律记者。他的系统的文学活动是从他成为《信使报》撰稿人的时候开始的。他从1897年11月起在该报发表不署名的法律报告，从1900年起主持该报的《印象》和周日出版的《莫斯科：生活琐事》两个小品专栏，从1901年12月起又转为执掌该报的小说栏。他在这份报纸上发表了自己的不少作品，刊出过列米佐夫、扎伊采夫、格·伊·楚尔科夫等人的初期创作。《信使报》一度充满年轻一代的激进情绪，显示出鲜明的民主主义倾向。安德列耶夫的小品，抨击官方报刊，嘲笑小市民的庸俗，宣扬现代先进艺术，笔锋犀利，颇受欢迎。

安德列耶夫的早期短篇作品，描写社会下层的日常生活，题材和意旨都接近于19世纪60年代的格·乌斯宾斯基、尼·波米亚洛夫斯基、亚·列维托夫等人的创作，如《小傻瓜阿辽沙》（1898），《在萨布罗夫》（1899）等。但是不久他即转向着重借鉴和创造性地接受陀思妥耶夫斯基、迦尔洵和契诃夫的艺术经验，将目光注向人的心理现实（如短篇小说《沉默》，1900）。在寓意小说《墙》（1901）和《警报》（1901）中，为社会的不公正所震撼的个性的意识活动，成为作品的表现对象。短篇小说《巴尔加莫特和加拉西卡》（1898），运用“复活节”的故事情节，努力展露生活中的悲剧性真实，深得高尔基的欣赏。两位作家的友好交往由此开始。高尔基帮助安德列耶夫扩大同文学界的联系，促成他的作品顺利发表。1900年，高尔基引导安德列耶夫进入“星期三”文学小组，后者随即成为小组活动的经常参加者。高尔基认为，安德列耶夫是一个“具有罕见的独创性、罕见的才能，在自己对于真理的追求中具有十足的大丈夫气概的人”，把他看成自己的一位“非常亲近的……文学界唯一的朋友"[①]。安德列耶夫承认：正是高尔基"教会了我严格地对待工作，帮助我找到了自己"[②]。1901 年，由高尔基资助，知识出版社出版了安德列耶夫的第一本文集：《短篇小说集》。此书在批评界和读者中引起较大反响，博得托尔斯泰、契诃夫和米哈依洛夫斯基等人的好评。

第一次俄国革命前夕，安德列耶夫与反政府的大学生组织十分接近，曾以慈善事业的名义举办文学和音乐晚会，在斯莫棱斯克、下诺夫戈罗德、奥廖尔和基辅等地朗读自己的新作，为大学生运动集资，遭到警察搜查、法庭传讯及地方当局的直接干涉。作家的社会批判激情和对革命的预感反映在这个时期的许多作品中。在描写大学生生活的短篇小说《外国人》（1902）中，作家号召人们起来同奴役祖国的"内部土耳其人"进行斗争。短篇《深渊》（1902）系在托尔斯泰的《克莱采奏鸣曲》的影响下写成，在这篇作品和同年发表的另一短篇《在雾霭中》里，作家揭露允许卖淫现象存在的社会之道德的伪善，提出了尖锐的伦理学问题，但又以人的生理本性的不完善来解释社会恶习的出现。《深渊》一作曾引起广泛的辩论，大大越出了文学的范围。1904 年伊始，安德列耶夫在《信使报》发表意在揭露暗探局特务行径的短篇小说《不是饶恕》，激怒了当局，导致该报被查封。

安德列耶夫的两部同样发表于高尔基主编的《知识》丛刊上的作品《瓦西里·费维斯基的一生》（1904）和《红笑》（1905），曾成为一种重大的文学现象和社会现象。在这两部作品中，作家充分地实践了自己的"两种真实"的美学理论，即认为形成于艺术家意识中的"事实的形象"要比"事实的真相"（现实）更易于感动人。这两部小说不是对生活的再现，而是对生活的沉思，是一种依据生活本身所提供的各种"元素"与材料构成的、别具一格的哲学与心理学的虚构和想象。作者致力于加强情绪渲染和形象的象征意蕴。中篇小说《瓦西里·费维斯基的一生》的同名主人公，并不是一个具体的神父的社会典型，而是一个失去了对理性、对生活法则的公正性的信念的悲剧性的新教徒形象。他本来对上帝是绝对地相信，哪怕是灾难接踵而来：儿子早死，次子畸形，妻子酗酒、死

---

① Горький М. *Полное собрание сочинений. Художественные произведения в 25 томах. Т. 16.* Москва: Издательство «Наука», 1973, с. 357.

② Николаев П. А. *Русские писатели. 1800 – 1917: Биографический словарь.* Москва: Издательство «Советская энциклопедия». Т. 1, 1989, с. 65.

亡……他认为这一切都是天意，都可以容忍。但是他不能容忍别人的痛苦。他终于懂得：上帝是既不愿意，也不能够帮助人们的。作品具有明显的神学批判的意向。其中所浓缩的社会情绪更有鲜明的当代性，以致在1905—1907年革命前夜那些反对专制政体和官办教会的宗教界人士，在费维斯基的形象身上发现了自己，虽然这一形象的内涵事实上要更为丰富。

著名的反战小说《红笑》，系作家根据报刊上关于俄日战争的报道和一些目击者的回忆写成。作品的素材来源以及19世纪作家迦尔洵（1855—1888）的那篇描写俄国—土耳其战争的小说《四天》的影响，决定了这一短篇小说采用了日记—自白的形式。作品的主人公是参加俄日战争的一名俄军下级军官。在他的病态幻觉中，出现了“红笑”这一奇特的意象：

> 我面前出现了一个粗短、圆头、鲜红的东西，从那里像从启了盖儿的啤酒瓶里一样，喷出鲜红的血液，像蹩脚的招贴画里画的那样。从这个粗短、鲜红、流动的孔穴里，流溢出来的，还有一种奇特的笑声，一种缺了牙齿的笑声——一种红笑。
>
> 一个庞大、鲜红、血淋淋的怪物，在我头顶上，张着没牙的嘴在笑。

这一意象时而也弥散开来，在更大的范围内造成某种视觉错乱：

> 周围一片血红。天空本身似乎也鲜红欲染，你可以以为宇宙间准是发生了一场灾变，一种奇特的灾变。色彩消失：蓝色、绿色以及其他给人以安谧的常见颜色，全都消失了。太阳发出了蓝红色的光焰。①

小说通过这一非理性的意象，表明一切战争都是“丧失理智的、可怕的”。作品以浓墨重彩描写了战争中血肉横飞的场面，写到人们怎样失去了人的面貌，沉醉于疯狂的、残忍的杀戮，不仅彼此残杀，而且要

① ［俄］列·安德列耶夫：《红笑》，张冰译，作家出版社1998年版，第9、11、56页。

像雪崩似的毁灭整个世界。安德列耶夫后来的许多作品所具有的那种富于刺激性的色调，怪诞的形象，大反差的对比，在这篇小说中已经出现。从创作方法上看，该作品兼有现实主义和表现主义特点。

在第一次俄国革命的高潮中，安德列耶夫完成了剧本《走向星空》(1906)。作者以极大的同情描写了工人革命者特列奇的形象，但又用远离人群的天文学家捷尔诺夫斯基的形象与之对照。后者把尘世的“扰攘的周旋”同宇宙的永恒规律对立起来，把人的世俗追求同在无限星空中认识生命规律的努力对立起来。革命失败了，捷尔诺夫斯基的儿子经不起拷打，失去了理智。天文学家的同事们、革命者的朋友们，对他的哲学感到愤怒，为表示抗议而离开天文台。特列奇准备继续进行革命活动。但捷尔诺夫斯基的“真理”和革命的“真理”之间的争论，在剧本中并未得到解决。该剧反映了作家对革命的矛盾态度。中篇小说《总督大人》(1906) 根据社会革命党人处死莫斯科总督卡里亚耶夫的事实写成，这位总督（即作品中的彼得·伊里奇）本人曾判处一批社会革命党人死刑。作者试图说明旨在反对沙皇政府要员的恐怖行为，作为一种复仇之举，在道义上是无罪的。莫斯科武装起义失败后，安德列耶夫发表剧本《萨瓦》(1906)。剧中描写了愚昧的、深受压制而不敢反抗的群众，他们期待着“创造奇迹”的圣像能使他们免除不幸；无政府主义者萨瓦却企图炸毁圣像，为的是消灭“奴隶”意识中的偶像之一，但未能成功，于是他陷入万分痛苦之中。该剧体现了作家的一种怀疑和悲观情绪，在艺术方法上有借鉴象征主义的迹象。悲观的调子同样回响在以法国大革命时代的事件为题材的短篇小说《原来如此》(1906) 中。作者认定自由和平等的理想是不可能实现的，因为群众对此漠不关心，而在一场革命之后通常是要建立起暴政。作品中古钟的不停摆动象征着注定不祥的、不断重复的历史进程。

1906 年，安德列耶夫在柏林完成了剧本《人的一生》(1907)。该剧探讨处于生死之间的人生的闭锁性问题，考察那种使人注定经受孤独与痛苦的日常生活。全剧由一个人从生到死的概括性、寓意性的画面构成。一个身穿灰衣服的某人象征着命运。他控制着幕起幕落，担任特殊的报告人的角色，告知观众剧情的发展和主人公的命运，破坏人对于现在和未来的任何幻想和希望。这个神秘的人体现了作家关于冥冥之中有一种冷漠的、不可认识的、难以躲避的力量在控制着人的命运的思想。剧本既显示出一种在劫难逃的悲剧意识，又对饱食终日、无所事事的小市民发出了谴责，写到了人对于“早已铁定”的命运的反抗，反映了作家的精神矛盾。该剧在艺术上颇有创新。它几乎没有对日常生活的描写，象征性的人物形象具有很强的概括性，大量运用夸张与怪诞手法，又响彻着悲剧性的音调，进一步发展了在《红笑》等散文作品中就已运用过的表现主义艺术方法，同时吸收了古希腊悲剧、中世纪宗教剧、象征主义现代剧及民间戏剧的某些特长。作家自认为这是他的“新现实主义”的一部代表作。这是安德列耶夫计划中的关于人生问题的系列剧本之一。他后来还完成了《饥饿之王》(1908) 一剧，而关于《战争》、《革命》、《上帝、魔鬼与人》等剧的构思却未能实现。《饥饿之王》是一部象征剧。作者在这里描写了一场无政府主义暴动。他同情人民争取温饱和自由的斗争，但同时又担心，自发性的民众风潮，把自己的任务局限于在“饥饿者”和“饱食者”之间重新分配物质财富上，具有破坏文化的危险性。剧本的社会批判激情使得剧目检查机关禁止它的上演，而一些革命的批评家则谴责作家将革命与造反或聚众闹事混为一谈。如此截然不同的反应，其实是由表现于剧作内容中的作家的思想矛盾所决定的。

安德列耶夫于 1906 年 12 月自柏林前往卡普里高尔基处，在那里完成了短篇小说《背叛者犹大及其他》(1907)。作家在这里探索的是关于背叛行为、关于自古有之的善恶矛盾问题。小说根据犹大出卖他的老师耶稣的传说改编而成，但给予这一传说以新的阐释。作品写道：犹大相信耶稣，但又意识到他的理想不能被人类所理解；只有在一场奇迹——耶稣本人在痛苦的死亡之后复活——出现之后，芸芸众生才会真正信仰他的学说。为了达到这个目的，犹大做了他本不想做的事，以真正的爱挽救了耶稣的事业，自己则永远背上了一个叛徒的罪名。犹大被刻画成一个悲剧性形象。他不仅以自己的行为验证了耶稣学说的正义性，而且暴露了耶稣门徒们的怯懦和芸芸众生的卑贱。该作是作家探索理想与现实、英雄与群氓、真正的爱与虚假的爱之关系的成果之一。但无论是马克思主义批评家（如卢那察尔斯基）还是宗教思想家（如罗赞诺夫）都不赞同他的观点。

1907 年由卡普里回到俄罗斯后，安德列耶夫迁居彼得堡。这时他已成为最驰名的作家之一。他的每一部新作都会引起批评界的讨论甚至激烈的论战。这不仅是由于他在艺术形式上总是大胆创新，不仅是由于他的富于表现力的语言，而且更由于他能敏锐地对当前最迫切的社会问题作出自己的反应，由于他致力于对人类生活与心理的深层秘密进行深入探究，由于他对某些“永恒的”命题所作的常常是出人意料的、独特的诠释。由于和高尔基的思想分歧，他不再担任《知识》丛刊的编辑，转而主编野蔷薇出版社的同名丛刊；但因抗议该社出版路卜洵的作品《灰色马》和索洛古勃的《魔鬼秋千》，他又于1909年退出丛刊编辑部，仅作为它的一般撰稿人。他的悲观情绪自1905—1907年革命失败后变得更为浓厚。这种情绪的根源在于，他认为生活是一种杂乱无序的、无理性的过程，人处在这个过程中注定是孤独的。高尔基看到，安德列耶夫的精神悲剧在于，他认为人“是由本能和理智的不可调和的矛盾编结而成的……永远不会有达到某种内心和谐的可能性”①。安德列耶夫早先发表的短篇小说《思想》（1901），可以说是他的悲观意识的最初表现。作品通过主人公凯尔仁采夫从相信思想的无穷威力到陷入精神悲剧的心理过程的描述，试图说明人类的思想是无能为力的，人的理智是“卑下的”，真理与谎言的概念是不确定的，思想不能使人的内心、人与外界的关系达到和谐。1907年发表的短篇《黑暗》则直接表现出怀疑革命英雄主义的确实性，怀疑实现革命的社会理想和道德理想的可能性。

作家对人类思想与理智的怀疑与否定，较集中地体现在1908年发表的一系列作品中，如抨击性的中篇小说《我的笔记》，剧本《黑色面具》和《阿纳泰马》等。《黑色面具》是一部象征剧。剧中展示了中世纪意大利十字军东征时期“圣灵骑士”洛伦索公爵城堡的画面。公爵发现他的客人全戴着令人讨厌的面具，他本人也完全不是他本来认为的那种样子，他过去与现在的一切都是在面具下完成的。作品以此象征人的个性具有双重性。在面具的旋转、变换中，面具与人的脸面之间的界限变得模糊不清，这又象征着现实与非现实、健康的思想与发疯的状态之间同样是界限模糊的。该剧表现了作家关于世界处于深刻的不和谐中，人是难以被认识的思想。在哲理悲剧《阿纳泰马》中，作家塑造了“现代的靡非斯特”的形象。这一形象反对宇宙间的“伟大的理性”，嘲笑那种认为经由开展关心穷人的慈善事业便可达到永生、不朽的人们。透过这部作品，依稀可见作家对于人世间存在的全部理智，甚至生活本身的怀疑。

---

① Горький М. *Полное собрание сочинений. Художественные произведения в 25 томах. Т. 16*. Москва: Издательство «Наука», 1973, c. 326.

尽管如此，安德列耶夫对俄国革命仍持同情态度。他在自己建于芬兰瓦姆梅尔索的住所里掩护革命者，秘密为政治犯筹款募捐，拒绝参加在实行镇压的恐怖气氛中官方举行的果戈理纪念碑落成典礼（1909）。著名短篇《七个绞刑犯的故事》（1908）集中描写七个被判处死刑的人从宣判后到上绞架前这段时间内的感觉。他们当中有五人是曾身绑炸弹要去炸死沙皇政府部长的青年。作品在他们身上概括了那些舍生忘死向专制政权冲击的一代人的心理特征，还写到一个坚决反抗沙皇奴役的强盗茨冈卡和偶然被卷入斗争的贪生怕死者。但作者又往往孤立地去表现他们临死前的“可怕孤独”，抽象地探讨生与死的“伟大秘密”。“长篇小说——悲剧”《海洋》（1911）有着朦胧的、复杂的象征意义：海洋、天空、星辰等象征着自然界的真理，海洋上及岸上的人，象征着人类的渺小的真理。这两种真理的冲突构成作品的情节框架。作品表现了作家对所谓“尘世真理”的一向蔑视态度，但同时又体现出他对于世界与人的和谐关系的向往，并涵纳了对基督教道德观，对那种“顺从和容忍恶”的教义宣传的尖锐否定。

1909 年夏，安德列耶夫与作家契里科夫同往德国与荷兰旅行，次年又到法国、科西嘉和意大利。1913 年，为了阐明自己的态度，再次前往卡普里高尔基处。在此之前他给高尔基的信（1911 年 8 月 12 日）、他的长篇小说《萨什卡·热古廖夫》（1911），都表明他力求接近民主派。这部小说的背景是 1905—1907 年的农民运动。作品的主人公萨沙·波戈金是一个将军的儿子，为社会正义而斗争的青年。他成了农民起义者、“绿林兄弟”的首领。这批“绿林兄弟”在破坏本能的制约下开始进行抢劫、掠夺活动。波戈金这位孤独的知识分子幻想家，经历了深刻的精神危机，对自己的理想感到失望，最后悲剧性地死亡了。他追求真理，放弃个人利益，为了对人民的爱而牺牲，似乎是以自己的死替知识分子在“愚昧的”民众面前赎了罪。但是在临死之前他却不能理解自己的命运，不清楚他的牺牲是否是必要的，他为谁献出了一切。在主人公形象身上反映了作家对于 19 世纪 70 年代恐怖主义者的看法：他们鲜明地显示出无政府主义特点。安德列耶夫本拟通过这部长篇小说恢复同解放运动的联系，却招致来自左右两个方面的批评。

安德列耶夫的戏剧观点较集中地反映在他《关于戏剧的通信》（1912—1913）中。他发展了“泛心论”学说，主张对戏剧进行改革，否定重视情节和舞台场面的传统的“情节剧”，用所谓“纯心理剧”取而代之，着重表现“精神感受的外在静态”，“思想”将成为这种戏剧的主要角色。他认为，戏剧艺术的主要任务是心理描写，而这种描写的对象则是下意识的、本能的、不能为理性所理解的人的心灵运动。这些观点显然受到柏格森的直觉主义哲学的影响。安德列耶夫在《思想》(1914)，《狗的华尔兹》(1922)，《安魂曲》(1917) 等剧本中实践了自己的主张。他运用表现主义手法，通过变形的形象表现梦境，表现孤独而痛苦的灵魂的潜意识活动。这些剧本同样显示出作家的探索精神，但它们所激起的反响，远未达到他此前的剧作所曾达到的程度。

1916 年 8 月，安德列耶夫应邀主持《俄罗斯意志》的小说、批评和戏剧专栏，由瓦姆梅尔索迁到彼得格勒。自 1917 年 4 月起，他成为该报主编。他热情欢迎二月革命，曾写有《纪念为自由而死难的人们》一文，但他不接受十月革命，1917 年 10 月底又返回芬兰瓦姆梅尔索。在芬兰，他完成了自己的最后一部有意义的作品《撒旦日记》(1921)。这是一部描写美国百万富翁万杰尔古德的奇异经历的长篇小说。主人公早年是牧猪人，如今已拥有巨大财产。他横渡大洋，希望造福于贫困的旧大陆，用美国的民主思想振兴衰败的欧洲文明。作品中出现了“新巴比伦”——现代西方社会的讽刺性画面。但是万杰尔古德并不能够帮助穷困的欧洲。这位美国佬—撒旦的金钱在人们身上所激起的只是卑下的本能。当然，他所造成的社会祸害还仅仅是体现在这一形象中的“恶”的一部分。这部哲学—伦理长篇小说，不仅反映了现代社会中频频出现的“生活的混乱”，也表现了作者对现代社会制度以及它的道德和文化的强烈的仇恨和深深的失望。这部作品还未全部完成，作家即于 1919 年在芬兰去世。

安德列耶夫是 20 世纪初期最富有独创性的俄罗斯作家之一。他的创作反映了俄国知识分子在历史转折年代的矛盾、探索、徘徊和痛苦。时代的事件在他那里通常是被作为对人类生活作总体上的哲学沉思的材料而被接受的，但这也就使得他的作品能够像晴雨表一样折射出当代生活的演变。他对当代现实的悲剧性感受使他的作品大都带有一种悲观情调，但他对社会心理的深入探究却增强了文学的表现功能。他起步于现实主义，却积极汲取象征主义、表现主义等新流派的艺术经验，显示出 20 世纪俄罗斯现实主义文学发展的新趋向，并给后来的现实主义作家以有力的影响。

3

白银时代的另一位重要现实主义作家**亚历山大·伊万诺维奇·库普林**（1870—1938），生于奔萨省一个不富裕的贵族家庭，幼年丧父，六岁时即由母亲把他送进孤儿院。自 1880 年起，他先后在莫斯科军事学校、武备中学、莫斯科亚历山大罗夫军事专科学校学习，1890 年毕业。毕业后在军队服务，1894 年退役。军校和军队生活培养了他对人的痛苦的敏感和对暴力的仇恨。短篇小说《最新初发作品》（1889）是库普林第一篇公开发表的作品，他为此而被关了两天禁闭，因为当时是禁止士官生发表作品的。在军队服务期间，他才有可能陆续发表一些中短篇小说，同时他开始构思取材于军队生活的长篇小说。

1894 年退役后，库普林先后居住在基辅、莫斯科、顿巴斯、敖德萨、梁赞、雅尔塔等地，勤勉为各地报纸撰稿，从事过商业经营活动，当过工厂统计员、剧团提示台词人、私人庄园管家、土地测量员等。他的这一段漂泊不定的生活为他日后的创作提供了丰富的素材。他的短篇小说《普叙赫》（1892）、《月夜》（1893）、《被遗忘的吻》（1894）、《神圣的爱》（1895）、《惶恐》（1896）和中篇小说《在黑暗中》（1893），考察人的心灵的各种不同状态，尤其是种种忧郁的、病态的心理，如疯狂、恐惧、爱情中的痛苦与反常心绪等。这些作品的情节在其中展开的环境，并不都是作者所熟悉的；作品的传奇风格和虚构性较为明显。但作者正是经由这种形式独特的“研究”锤炼了自己的心理描写技巧。1897 年，库普林以《小型艺术品》为名，将自己的短篇小说结集出版。作家本人后来对该书评价不高，认为其中有许多“无用的包袱”。的确，作者对偶然事件的注意和对人的心理欲求的详细分析，表明他当时还缺乏对生活现象作出典型化概括的能力。但是在系列随笔《基辅典型》（1896）中，却清楚地显示出库普林艺术典型化的独特技巧。他运用格言式的体裁形式，通过奇特的情节，揭示了各种职业、各种社会阶层的人们（特别是城市“底层”的人们和小市民）的性格特征，展现了他们的风俗习惯及语言特点。其中一部分随笔具有明显的社会讽刺因素（如《大学生—龙骑兵》、《艺术家》等）。在自己后来的作品中，库普林曾不止一次复现过“基辅典型”。

短篇小说《查讯》（1894）或许是库普林早期创作中最成功的作品。这也是他取材于军队生活的第一篇作品，成为同类题材的一系列中短篇小说的先声。在这个短篇中首次出现了作家喜爱的主人公——一个温和而有教养的年轻人，他善良，常作自我反省，对普通老百姓抱有深切同情；但他又意志薄弱，悲剧性地屈服于环境和社会的压力。经由这一形象，作品艺术地概括了19世纪末沙俄军队中一部分有良心的青年的精神心理矛盾。从这篇作品开始，作家的名字开始为批评界所注目。

在库普林写于1890年代的作品中，占据中心位置的是中篇小说《暴行》(1896)。它是作家的社会批判激情的第一次集中表现。作家把自己在顿巴斯工业区的旅行中获得的不愉快的印象，艺术地变化为巨型怪物般的大工厂的富有表现力的画面，这些工厂似乎正在干着类似于古代烧死活人的暴行。在这一背景上，作品展开了典型的库普林式的“真理探索者——柔弱的英雄”安德烈·鲍布洛夫的悲剧。鲍布洛夫是一名工程师，他不能接受工厂主克瓦什宁的世界，决心同社会的不公正、道德的不公正进行斗争。但他的反抗因缺少社会支持而失败。他力图为社会多做些有益的工作，但他未意识到他的劳动只是增加了克瓦什宁的财产。“暴行”夺去了鲍布洛夫心爱的姑娘和他对于生活的信心。作品细致地描写了主人公的精神感受，并从他的角度引出人物与事件，展开情节，给读者以一种真切感。这部中篇小说在发表之初就受到好评。继《暴行》之后库普林推出的另一中篇《奥列霞》(1898)，从主题上看似乎与前者无甚联系。作品展示了优美、朴实的大自然图景，再现了独立发展起来的、未被“文明”触动的、强健的“自然之子”的风貌，响彻其中的是对于“唯一永恒的——女性之爱”的颂扬。作家在这里其实是以“自然人”、“自然的生活”与污浊的社会形成对照，表达出对于后者的否定与批判。“自然人”的形象贯穿于作家以后的几乎全部作品。

1901年冬，库普林与布宁一起到了彼得堡。在这里，他先是主持《大众杂志》的小说栏，后来又主编《上帝的世界》一刊的同一栏目。稍后，库普林接近以高尔基为核心的知识出版社，并成为该社牢靠的撰稿人之一。与第一次俄国革命前社会情绪的高涨相适应，库普林也在这时进入自己创作的一个富有成果的时期。1902—1907年间，他推出自己的一批最为成功的短篇小说，如《在杂技场》（1902）、《懦夫》（1903）、《太平生活》(1904)和《白狮子狗》(1904)等。1903 年,他的《短篇小说集》第一卷由知识出版社出版,读书界开始认为他是当代最出色的现实主义作家之一。

1905 年,库普林的著名中篇小说《决斗》问世。该书在作家头脑中酝酿已久。作家正如作品的主人公那样,早就“迷恋于写出一部中篇或大型长篇小说,其主旨应是暴露军队生活的可怕和无聊”[①]。在最初的构思中,作家似乎打算以这种愚昧而无意义的军队生活为背景,写出“小人物”和他在其中生活的落后粗俗的环境之间的“决斗”,其结果是主人公的悲剧性的毁灭。但是在写作过程中所发生的俄军在俄日战争中失败等事件,以及同时出现的社会政治情绪高涨的现实,使作家调整、充实了自己的构思。于是作品中的人物与事件得以同时代氛围联系起来。小说的情节基础是一个诚实的军官罗马绍夫的命运。他从军队中对士兵的鞭身制度里看到了人们的社会关系是没有一定的法律准则可言的。等级观念和升迁的欲望统治着军人,连一些本来有着美好幻想的青年军官也开始堕落。罗马绍夫力求找到摆脱这种令人窒息的可怕环境的出路。他曾梦想自己有一个闪光的前程,成为一名英雄,但是现实粉碎了他的梦幻。他进一步看到了生活的污秽。他的幼稚的道德理想破灭了。他意识到必须反抗社会环境的压制。这种意识产生在他与士兵赫列勃尼柯夫相遇之后,后者因不堪忍受军官的侮辱,在绝望中打算自杀,认为唯此才可结束痛苦。赫列勃尼柯夫的遭遇震动了罗马绍夫。从同情这一普通士兵开始,他开始思考一个个普通人乃至人民大众的命运。他在士兵身上看到了军官们所缺乏的一种高尚道德。他进而以这种眼光审察周围世界。但是他却无法寻得改变这种社会环境的途径,最后在决斗中死去。

罗马绍夫的形象是库普林笔下的“自然人”形象的进一步发展。作家把他放在具体的社会生活条件下,通过他的内心生活的演变过程,勾勒出在民主思想影响下人们的个性复苏、精神心理得到改铸的轨迹,反映了 1905 年革命前后俄罗斯人社会意识的觉醒。在展露主人公的精神生活时,作家显然借鉴了托尔斯泰的“心灵辩证法”传统,十分重视心理过程本身的再现。如果说,罗马绍夫的形象折射出作家在军队中的某些经历,那

---

① Николаев П. А. *Русские писатели. 1800—1917: Биографический словарь.* Москва: Издательство «Большая Российская энциклопедия». Т. 3, 1994, с. 232.

么作品中的另一形象纳赞斯基则在一定程度上体现了作家在写作这部小说时的人生见解与人生理想，如对个性的充分自由、对和谐的人际关系的向往，对高尚道德与艺术美的赞美与肯定，对人类精神胜利的信念。

1907—1909 年间，由于社会激情的低落，失落感、失望感的产生，家庭的不和睦，与旧日朋友的分歧，“荣誉的负担”等，库普林一度混迹于“名士派”圈子中，在纵饮中耗费了不少精力。这期间发表的《晕船》（1908）一作，有中伤社会民主党人和社会革命党人的倾向，受到高尔基的批评。此后库普林即与知识出版社分手。1912 年和 1914 年，库普林分别到法国和意大利旅行。第一次世界大战初期，他曾重返军队，担任过新兵教官，1915 年春因健康原因复员，后在加特奇纳自己的房子中开辟了一处伤兵医院。在 1917 年革命前，库普林还是写出了不少明朗的作品，其中有一些是以崇高的、浪漫的、无限的爱情为主题，如《石榴石手镯》（1911）等。作家描写了富有牺牲精神的、无私的爱，使之与鄙俗的世界相对照。小军官热尔特科夫从不允许任何人触及他内心深处的爱情秘密。卑鄙的风气刚一触到他的爱情，他便自杀身亡。创作这个短篇时，对于库普林来说，爱情是这个世界上唯一宝贵的东西，也是对世界进行精神改造的唯一方法。热尔特科夫在爱情的幻想中发现了拯救世界的可能性。这其实是作家本人观点的一种表露。这部作品后来被苏联作家帕乌斯托夫斯基称为“最芳香的”爱情小说之一。库普林的另一短篇《神圣的谎言》（1914）的主题，也很接近《石榴石手镯》。

中篇小说《亚玛》（1909—1915）也是库普林写于这个时期的一篇重要作品。小说以妓女生活为题材，写尽她们的不幸与痛苦，具有催人泪下的艺术力量。作家给自己确立一个高尚的目标：帮助社会清除卖淫现象。他认为这种现象比战争和瘟疫都更为可怕。作家后来曾写道：“遗憾的是，我的笔较弱，我只是试图正确地照亮妓女生活，并且告诉人们，不能够再像过去那样对待她们了。”①不少批评家都指出过这部作品的缺点，如结构松散，自然主义因素、感伤主义情调等。连老托尔斯泰也对该作第一部持否定态度，但他又盛赞作者在人物个性刻画方面所显示的艺术才能。

1917 年二月革命后，库普林一度在彼得格勒主编俄国社会革命党的

① Николаев П. А. *Русские писатели. 1800 – 1917: Биографический словарь.* Москва: Издательство «Большая Российская энциклопедия». Т. 3, 1994, с. 234.

《自由俄罗斯》报。1918—1919 年间，他曾和高尔基一起在世界文学出版社工作，根据后者的建议，写有《大仲马，他的生活与创作》一文，着手翻译席勒的悲剧《堂·卡洛斯》。1919 年 10 月，加特奇纳地区被尤登尼奇军队所占。11 月初，库普林随着军队退却的人流到了亚姆堡，在逃亡的人群中找到了妻子和女儿，后又越过芬兰湾，1920 年夏抵达巴黎，开始了为期 17 年的流亡生活。

侨居国外期间，库普林写有一系列关于法国印象的随笔、儿童故事和回忆录（关于列宾、萨沙·乔尔内依等人）。中篇小说《时间之轮》（1929）是他在这期间创作的一部较有分量的作品。小说以俄国流亡者自白的形式写成。主人公带着悲伤和痛苦回忆往事，讲述着自己对于一位美丽而神秘的女性的难以忘却的爱。作家似乎是对自己念念不忘的主题之一作了进一步展开和总结，令人想到他过去的《奥列霞》、《石榴石手镯》等作品。作家笔下的自由而刚强的女性在爱情生活中是单纯而具有自我牺牲精神的，而男性则有负于她的情感。另一中篇《热涅达》（1932—1933）系根据作家自己侨居巴黎初期的印象写成。作品描述一位身为侨民的年老而孤独的教授西蒙诺夫对一位巴黎少女的令人感动的依恋。这位教授希望帮助热涅达了解世界之美，他本人的命运虽有不幸的波折，但他依然相信善。然而他们之间的友谊不久便结束了：热涅达的父母带她离开了巴黎，而西蒙诺夫仍旧处在孤独之中。作品表达了一种去国之苦，一种深深的怀乡之愁，同时又显示出作家对人类心灵的纯洁与美的确信，表明他希望人在任何逆境中都不应失去这种品格。

自传体长篇小说《士官生》（1928—1932）是库普林在国外创作的篇幅最长的一部作品。作家在这里回顾自己早年在莫斯科亚历山大罗夫军事专科学校的生活，勾画出自传主人公的性格发展。作品在五年时间内分章发表于《复兴》杂志上，1933 年出版单行本时又调整了章节顺序，整个看来结构较为松散，章节之间比例不够协调，有机联系较弱。但其中有不少篇章笔调鲜明，描写生动，如 1888 年为庆祝沙皇来莫斯科而举行的阅兵式的场面，圣诞舞会、谢肉节游园活动的情景，与初恋相联系的有关精神感受，等等。作家从记忆宝库中发掘出所见所闻的大量细节，构成自传主人公青年时代生活的真实图画。在作品对军事学校体罚制度和宗教规范的真实描写中，仍可见出社会批判的锋芒。

在国外生活的最后阶段，库普林的健康状况不佳，情绪低落，几近辍笔。1937 年 5 月，他回到俄罗斯，次年 8 月去世。

库普林的个性是丰富的、独立的、矛盾的。他对生活的不寻常的渴望，他的真诚与正义感，他的艺术感受力，他的言辞的“绝对化”和“极端性”，他的自我分析的努力，他的情绪的时常变化与急剧落差，都体现在他的创作中，并决定了他的艺术描写的真实性和艺术表现的可塑性。他尤为关注“一般人”、“中等阶层”的人们的心理，对那些“自然的”、保持着人类本性的、未受社会条件牵制的人们的精神运动有着浓厚的兴趣。大自然、爱情、儿童、动物生活，是他喜爱的题材。他十分注意了解、收集各社会阶层、各种行业的人们的活语言，并灵活运用于自己的作品中，这就不仅使得他笔下的人物语言皆能符合人物身份，而且保证了他的作品具有浓郁的生活气息。他的真诚的人道主义，他对人类苦难的同情，他对生活之美的向往与追求，使他成为白银时代俄国现实主义文学中不会被忘却的作家之一。

4

在白银时代开始创作活动的现实主义作家**维肯季·维肯季耶维奇·魏列萨耶夫**（1867—1945）生于图拉一个波兰血统的医生家庭，1888 年毕业于彼得堡大学历史—语文系，获副博士学位。《沉思》（1885）一诗是他最早发表的作品，但作家自己认为短篇小说《莫名其妙》（1887）才是他创作活动的开端。为了更广泛地接触社会各阶层，更深入地了解人，魏列萨耶夫由彼得堡大学毕业的当年又进入杰尔普特大学医学系学习，毕业后曾在医院工作。1895—1896 年，他参与《俄罗斯财富》一刊的编辑工作，结识尼·米哈依洛夫斯基；1899 年结识高尔基，成为知识出版社的编辑。这期间他陆续发表的一些作品，如《断绝》（1889）、《同志》（1893）等，均显示出现实主义特色。

魏列萨耶夫创作的基本主题从 1890 年代起逐步明朗化，这就是：在和交替变化着的社会政治思潮的紧密联系中表现俄国民主知识分子的精神探索。中篇小说《走投无路》（1895）、《在转弯处》（1902）和短篇小说《时尚》（1898）等，描写了在失去了自己的政治理想的同时也失去了生活意义的知识分子形象，表现出民粹派运动失败后出现的一种较为普遍的失望情绪。作家同时也将目光转向劳苦大众，通过《安德烈·伊万诺维奇的末日》（1899）、《以正当的方式》（即《亚历山大·米哈伊洛维奇的末日》，1903）两部中篇，描绘了俄国工人沉重悲苦的生活，表现了他们生存的普遍的无希望感；又以短篇小说《匆忙》、《在烟尘中》、《利萨尔》（均为1899）等作品，再现了俄国农民和农村生活的“残酷的真实”。作家的医务工作实践则为他写作《医生笔记》（1901）提供了丰富的素材。作品通过某些医生业务上的无知和主观臆断的令人震惊的事实，激烈批评现存的医务人员培训制，提出了医疗道德的严重问题。作家认为，生活本身的逻辑决定了任何正直的知识分子必然成为现存社会政治制度的断然否定者。这部作品在当时的文学界和医务界均引起强烈反响。

1901年，魏列萨耶夫因抗议政府镇压学生运动而被禁止进入两大都市。在图拉，他接近社会民主党人，参与革命活动。1902年，他出游德国、意大利、瑞士与法国，次年春在克里米亚结识契诃夫和安德列耶夫，夏季又往雅斯纳亚·波良纳拜访了列夫·托尔斯泰。1904年，他被动员到军队任医生，不久即目睹俄日战争中俄军的溃败，随后便有《战争故事》（1913）和《在战争中（笔记）》（1907—1908）等作品问世。作为俄日战争的“清醒而正直的见证人”，魏列萨耶夫揭示了俄国失败的原因是国家机器的崩溃，表明战争是一场毫无意义的屠杀，是民族的巨大痛苦，但却被沙皇官僚们看成聚财的好机会。《在战争中》一作的第五章“回家”，还直接描写了1905年的革命事件。这部“笔记”洋溢着政论的激情，充满对各种人物与事件的道德评价，不仅有其社会历史价值，而且是一份内容丰富的关于“人”的艺术文献。

1905—1907年革命的失败一度动摇了魏列萨耶夫对俄罗斯前途的信心。中篇小说《接近生活》（1909）反映了作家对以往革命运动的重新评价。作品揭示了革命的“苦行主义”的危机和与之相适应的知识分子的心理演变过程，以主人公切尔登采夫自白的形式，表现了某些革命者已失去生活的目标，不可能直接参加任何社会活动，毫无意义地进行自我谴责乃至自杀。作家在小说中事实上表明了并提倡一种新的生活哲学，即认为生活的主要价值就是它现有的样子，主张容忍与尊重一切。他同时还确认“无意识”对于人的精神的控制作用与神秘力量。从艺术形式上看，这部作品显示出一种公式化、逻辑关系的预定性和纯理性的结构原则，作家的艺术想象明显地受到限制。魏列萨耶夫的其他一些作品也多少具有这种特点。但是后来的短篇小说《爷爷》(1915)，从艺术发展的角度来看已颇为成功。作品写的是平民化的乡村知识分子如何力图认识真理，发现生活的光明面，描写生动，想象丰富，且回响着乐观主义音调。这一短篇及与之相接近的其他几篇心理小说，均显示出作家对人的道德力量和意志的信心。

自 1907—1910 年间，魏列萨耶夫先后前往奥地利、意大利、埃及和希腊等国旅游。这期间他完成了《活跃的生命》一书，经由文学—哲学研究的形式表达了自己对于生命意义的新认识。在该书第一部《论陀思妥耶夫斯基与列夫·托尔斯泰》(1910) 中，他赞赏托尔斯泰肯定生活的激情，指出这种激情是与陀思妥耶夫斯基的“阴郁的世界”以及后者对全部活跃的生活视而不见、对痛苦的崇拜完全对立的。他认为在陀思妥耶夫斯基那里，对死亡的恐惧、“彼此的仇恨、凶恶和孤独”等总是占据上风，这是不足取的。当时的批评界一度流行着贬抑托尔斯泰、拔高陀思妥耶夫斯基的观点，魏列萨耶夫的著作带有同梅列日科夫斯基、舍斯托夫等人论战的因素。他的论述形式十分独特：从两位作家的著作中摘取大量引文，似乎构成了一种直接对话，让他们就生与死、善与恶、爱情、上帝等问题展开争论，让读者从这种争论中得出自己的结论。《活跃的生命》一书的第二部名为《阿波罗与狄奥尼索斯（论尼采）》(1914)。魏列萨耶夫在一定程度上追随这位德国哲学家，同时又以自己的眼光对他进行重新阐释，论证了“生命的健全的本能”自然而道德地表现出来的必要性，否定了对生活的悲观的、“软弱无力的”理解和接受。《活跃的生命》一书在当时的思想论争中发挥了显著的作用，成为那个时代文学生活乃至社会生活中的大事。

根据魏列萨耶夫的倡议，1912 年成立了“莫斯科作家书籍出版社”，联合了当时聚集在“星期三”文学小组的现实主义作家们。魏列萨耶夫起草了出版社的纲领，被推选为理事会主席，主编该社出版的《言论》丛刊。1914 年 8 月，他被动员到军队中当医生，由此到 1917 年一直带领一个救护队进行治疗伤病员的工作。十月革命后，他积极参加文化建设工作，译有《荷马史诗》(1926)、赫西奥德的《工作与时日》(1927) 等古希腊名著。

《绝路》(1923—1924) 和《姐妹们》(1933) 是魏列萨耶夫在十月革命后创作的两部知识分子题材的长篇小说。前一部作品的主人公伊万·

萨尔塔科夫是一位医生，过去的社会活动家。他在沙皇时代曾度过监狱与流放生活，但是他从人道主义的观点看问题，不能理解革命，对革命感到失望，最后在苦闷中死去。小说真实地反映了部分知识分子的精神悲剧。《姐妹们》试图描写知识分子参加新文化建设的道路，但因受 30 年代极左政治的影响，具有明显的公式化、概念化特点，是一部不成功的作品。

作为文学批评家和回忆录作者，魏列萨耶夫成果颇丰。《生活中的普希金》（1925—1926），《普希金的同路人》（1937）和《生活中的果戈理》（1933）等著作，力求再现伟大作家们的活生生的面貌，但材料过于堆砌，缺乏剪裁，以致其学术意义受到影响。《回忆录》（1936）一书，回顾作者自己童年时期和大学时代的生活，忆及同柯罗连科、米哈依洛夫斯基、契诃夫、安德列耶夫、托尔斯泰诸作家的会见，是一份甚为珍贵的文学史料。1968 年才第一次出版的《个人纪事》，包括作家的日记片断和笔记中的某些篇页，是魏列萨耶夫的思想探索的真实记录。

七

马克西姆·高尔基

起步于白银时代的作家**马克西姆·高尔基**（1868—1936），不仅是这个时代俄国现实主义文学的代表，也是在20世纪俄罗斯文学史中的一位“筚路蓝缕，以启山林”的伟大先驱，联结俄罗斯传统文学和现代文学的桥梁。他的近半个世纪的文学创作，可以说是现代俄罗斯民族命运的一种独特的回声。他那传奇般的生活历程，他的思想和作品，他的深厚人文主义精神，都已成为俄罗斯文化遗产的重要组成部分，其影响所及，早已越过了文学的和民族的疆界。

高尔基原名阿列克谢·马克西莫维奇·彼什科夫，1868年3月28日（俄历16日）生于俄罗斯伏尔加河畔下诺夫戈罗德市一个木工家庭。他幼年丧父，在开染坊的外祖父家度过童年，仅上过两年小学。母亲去世后，11岁的他就开始进入“人间”独立谋生，先后当过鞋店学徒、帮厨、装卸工、烤面包工人、杂货店伙计和车站守夜人等，依靠刻苦自学、漫游俄罗斯和在社会“大学”中学习而获得丰富的知识，为日后的创作积累了素材。1892年，他以“高尔基”为笔名发表第一篇短篇小说《马卡尔·楚德拉》，由此走上文学道路，逐渐成为享誉俄罗斯和世界文坛的大作家。

高尔基的创作道路，大致可分为三个阶段。早期创作（1892—1907）包括浪漫主义和现实主义两类作品。处女作《马卡尔·楚德拉》即显示出浓烈的浪漫主义色彩。它通过一对热情相爱的青年男女左巴尔和拉达为了自由和独立不惜舍弃爱情乃至生命的故事，表现了“不自由，毋宁死”、自由高于一切的主题。《鹰之歌》（1894）和《伊则吉尔老婆子》（1895）也是高尔基浪漫主义的代表作。在前一部作品中，那只追求自由、搏击长空的鹰，虽身负重伤却壮心不已，在向着天空的最后一次飞翔中悲壮牺牲。作家借助这一象征性的勇士形象，肯定生活的意义就在于对自由的执着追求本身。作品中与鹰对立的黄颔蛇的形象，则是那种卑琐庸俗、苟且偷安者的写照。《伊则吉尔的老婆子》由三个故事组成，其中丹柯的故事最为动人。丹柯是传说中的勇士，当同胞们在黑暗的森林中迷了路的严峻时刻，他毅然撕开自己的胸膛，掏出燃烧的心，为人们照亮走出困境的道路。热情颂扬人追求自由的天性，讴歌人的价值、力量及牺牲精神，是高尔基早期浪漫主义作品内容上的共同特色。

现实主义小说在高尔基的早期创作中占有更大的比重，其中又以“流浪汉小说”最为引人注目。流浪汉是俄国资本主义发展时期的畸形产物。作家凭借自己对流浪汉生活和心理的熟知，突出地表现了他们对自由的向往和追求，他们身上所蕴藏的人性美和正在增长的反抗意识。如在名篇《切尔卡什》（1895）中，作者借描写同名主人公对大海的感受来烘托他对自由的无限依恋，并通过他与农民加弗里拉对于金钱的不同态度，鲜明地显示出他 那落拓不羁的个性。《玛莉娃》（1897）中的同名主人公也向往着一种“像只海鸥，想飞到哪儿就飞到哪儿”的自由生活。她之所以比较倾心于流浪汉谢廖什卡，只是因为后者更为豪放洒脱、无拘无束，而不像列戈斯捷夫父子那样狭窄和平庸。不过，她更爱的却是“大海和天空”的空旷广漠的地方，在那儿可以摆脱一切世俗的羁绊。《科诺瓦洛夫》（1897）中那个心灵手巧的面包师，最突出的品格也是酷爱自由。当“他感觉他追求一辈子的自由受到了侵犯”的时候，他甚至拒绝了一个姑娘的爱。他终于断然离开沉闷的面包房，成为自由自在的流浪汉。这种把自由看得高于一切的性格特征，正是世纪之交俄罗斯民众渴求自由解放的普遍社会情绪的艺术反映。

在高尔基笔下的流浪汉和其他处于社会底层的人物身上，可以清楚地看到，无论社会环境多么污浊，生活多么窘困，他们心中依然保持着许多美好的人类天性。为贫困所迫而准备杀死商人、复仇自救的流浪汉叶美良，会主动劝说一位欲寻短见的少女莫要轻生，帮助她恢复生活的信心（《叶美良·皮里雅依》，1893）；“阴沟街上的慈善家”、年老的乞丐阿库莉娜奶奶，对于被命运驱赶到地下室来的所有的人，都抱有极大的热心和同情，好像是那些不幸者的善良母亲（《阿库莉娜奶奶》，1895）。农民科莫夫本想告发他的邻人、因参与杀死盗马贼而被判刑的苦役逃犯尼古拉，但又想到后者是为了大伙而豁出自己的，于是打消了当初的念头，并为一种美好柔和的感情所驱使，与这位邻人泣不成声地紧紧拥抱（《邻居》，1896）。这种同情心、恻隐之心同样存在于那个因为要救起被遗弃在街头雪地上的婴儿才被警察抓住的流浪汉谢马加身上（《谢马加被捕记》，1895），那个受尽折磨的少女娜塔莎身上（《有一次，在秋天》，1895），那个至少把自己一半以上的收入花在街上那些“提前凋谢的花”——穷孩子们中间的穷教员契托夫身上（《沦落的人们》，1897）。高尔基独具匠心地对各种社会地位低下的人物的内心世界进行挖掘，意在表明无论恶劣的社会条件把人推向怎样凄惨的境地，也无法完全泯灭人的善良天性，无法完全扼杀人的美好愿望。

对人们身上的人性美的着意发掘乃至放大，是高尔基早期小说形象塑造上的一个显著特点。它出于作家力图帮助人们强化自信心、树立积极的生活态度的创作动机。这一意向流贯于他早期的几乎全部作品。这些作品的主人公往往是一些“不安分”的人：他们处境艰难，朝不保夕，却又并不循矩守规，苟且偷安，而是不满现状，蔑视“法统”，“在他们看来，世界上没有一样东西是他们不敢骂的。”《科诺瓦洛夫》中的主人公甚至在300年前的农民英雄拉辛身上发现了自己的精神偶像。《奥尔洛夫夫妇》（1897）中的靴匠奥尔洛夫，一度把生活看成“洞窟”，在到一家医院做杂工后，看到了另一种“有理性的力量在起着作用”的生活，于是产生了一种激昂的情绪，一种上进心，开始渴望能发挥自己的全部力量。《沦落的人们》中的流浪汉领袖库瓦尔达，痛恨所有掠夺成性的商人，朦胧地感到需要有“另外一种生活观点”，并相信只要时机一到，他们也会像罗马奠基者罗慕洛那样，创造出一个新罗马来。

高尔基早期的现实主义作品还反映了俄罗斯下层民众反抗意识的增长和抗争行动的出现。短篇小说《好闹事的人》（1897）中的排字工人格沃兹杰夫公然指责报纸上“全是些无耻的谎话”，擅自改动欺骗舆论的报纸社论的大胆行为；《基里尔卡》（1899）中的农民以故作笨嘴拙舌的话语所表示出的对地方官和商人的讥讽、蔑视与抗议；《沦落的人们》中的流浪汉们同商人佩通尼科夫父子展开的直接较量等，都表明下层人民对现存社会秩序的不满和反抗已成为一种普遍的现象。高尔基在对这类现象的描写中，倾注了自己的社会批判激情；这也是作家处理“人与社会的冲突”这一传统主题的新方式。

不过，高尔基并没有将笔锋停留在对于流浪汉及普通人的赞美上。作为现实主义作家，他从不回避恶劣的社会环境摧残个性的严酷真实。在他笔下，《苦命人巴维尔》（1894）中的制鞋工巴维尔，《凶犯》（1901）中的青年农民伊凡·库津和独身汉萨拉金，《因为烦闷无聊》（1897）中的厨娘阿琳娜，《小女孩》（1905）中那个年仅11岁、竟被迫沦为妓女的小姑娘……所有这些人物，都无一例外地遭到悲剧命运。通过描写这一颗颗善良的灵魂毫无意义地被毁灭的过程，高尔基为旧俄时代贬抑人格、扭曲人性的普遍社会现象提供了真实的艺术写照。

同样是揭示人们的心灵被践踏的现实，《在盐场上》（1893）、《游街》（1895）等小说，却有着不同的选材角度与构思意图。这两篇作品所暴露的，并不是一般的阶级压迫，而是“人们本身受折磨，一有机会又折磨别人”的沉痛事实，是人对人的“失去理智的残酷和无法理解的仇恨”。高尔基的这类作品往往具有令人痛心疾首的艺术力量，并触及民族文化心理批判的重大主题。

《福马·高尔杰耶夫》（1899）是高尔基的第一部长篇小说。作品的主人公福马是他父亲的百万家财的法定继承人。父亲死后，福马的教父，另一工厂主马亚金企图通过把女儿嫁给他的方式，将两家财产合并，把福马培养成掌管全部财产和经营的新厂主。但福马拒绝追随马亚金，他所希望的是一种摆脱金钱桎梏的、自由的生活。可是他的正常情感和希求，却被认为是不可理解的。他用各种形式反抗过、挣扎过，却被以马亚金为首的商人集团一次次击败。最后，福马这个完全正常的人被关进了疯人院。这是“黑暗王国”的统治者们对本营垒内部的一颗正直灵魂的扼杀。作品通过“不安分”的商人之子福马的命运，形象地反映了社会啮杀个性的铁齿也没有放过统治阶级内部一切有良心的、不愿堕落的人们。社会只希望塑造两种人，一种是现存制度的维护者，另一种是它的奴隶，福马不符合任何一种要求，因此他的悲剧结局是不可避免的。这是“黑暗王国”的统治者们对本营垒内部的一颗善良灵魂的扼杀。高尔基把这样一个人物作为自己第一部长篇小说的主人公，有力地揭示了社会压制个性这种现象的普遍性。

20世纪初，高尔基在彼得堡知识出版社和莫斯科“星期三”文学小组的活动，使他成为俄国现实主义文学的核心人物。他还积极参与反对沙皇专制、争取民主自由的斗争，并及时地对这一斗争作出艺术反应，虽几经搜捕放逐仍矢志不渝。长篇小说《三人》(1900)以卢尼奥夫、亚科夫和格拉乔夫三个青年的生活道路为情节框架，在更为复杂的矛盾纠葛中表现“人与社会”的冲突，并集中反映了作家对于两世纪之交一代青年的生活与命运的思考。如果说卢尼奥夫在生活之流中的沉浮，显示出在现存制度下寻求公正、“干净”的生活只是一种梦想；亚科夫的遭遇表明，消极地对待生活中的恶，只能助长恶的发展；那么，格拉乔夫在接近进步知识分子以后精神面貌的显著变化与能力的提高，则为那些正在谋求摆脱社会压迫、争取做人权利的人们，提供了一种形象的参照。这部小说还对影响颇广的“忍耐哲学”进行了抨击。散文诗《海燕之歌》(1901)以象征和寓意的手法，传达出“山雨欲来风满楼”的时代气氛，表现了人民群众要推翻沙皇专制、变革社会的强烈愿望。这篇作品问世之初就在广大读者尤其是一代青年中不胫而走，至今仍广为传诵。

剧本《底层》(1902)是高尔基对流浪汉世界“将近20年的观察的总结”。构成剧本主干的，是聚集在一家“夜店”里的一群流浪汉所持有的不同人生态度的对立和矛盾。通过他们之间的一系列对话、争论和冲突，作品把观众和读者的注意力吸引到一个根本问题上：人究竟应当怎样对待不合理、不公正的生活。围绕对这一问题的不同回答，作品突出了游方僧鲁卡和流浪汉沙金各自信奉的人生哲学。鲁卡信奉并宣扬“忍耐”哲学，鼓吹“忍受”现存的一切，要人们听天由命地顺从于“上帝的安排”。沙金则揭穿了鲁卡的“居心不良”，强调“一切在于人，一切为了人！”他有着明显的抗争意识且无所牵挂，认为人人都有争得自身自由幸福的权利和力量。高尔基借沙金之口，以明确有力的舞台语言集中表达了流浪汉们不同于小市民的人生哲学，力求唤起人们对于生活的积极态度。从艺术上看，该剧没有曲折离奇的情节，不追求带刺激性的廉价效果，主要通过饱含激情和哲理的对话和独白展示人物的心理特点及彼此之间的精神冲突，语言生动凝练，形象可感可闻，充分显示出社会哲理剧的特点，成为高尔基全部剧作中的上乘之作。

第一次俄国革命爆发后不久，高尔基离开俄罗斯，1906年秋定居于意大利卡普里岛。在国外，他完成了著名长篇小说《母亲》(1906—1907)。作家试图以这部作品从艺术上揭示人改变自身命运、改造社会环境的现实可能性和历史前景。小说主人公之一巴维尔的父亲，是一个被现存社会扭曲的个性，一颗因遭受长期折磨而变形的灵魂。历史大变动前的时代气氛，使巴维尔没有沿着父辈的悲惨道路滑下去。从阅读“禁书”、接触先进知识分子开始，巴维尔的生活道路发生了根本性的转折。于是，一颗本来也会像父辈祖辈一样被扭曲、被吞噬的灵魂开始觉醒了。巴维尔投身到由无数久被压抑的觉悟工人组成的队伍中，要以群体的力量动摇“生活的主人”们的地位，重建一种新的社会秩序。高尔基的社会批判激情和他对人的崇拜，在特定的时代条件下，合乎逻辑地孕育出了巴维尔这一叛逆性格。

但贯穿小说始终的形象并非巴维尔，而是母亲尼洛夫娜。整部作品是以她的心理变化和精神发展为情节主线的。小说所着重描写的，是这位备受精神欺压、软弱柔顺的普通劳动妇女，如何在时代感召和先进分子的影响下逐步觉醒、投入社会斗争的过程。在作品所反映的第一次俄国革命的准备阶段，这样的下层妇女为数尚少。作家顺应时代的思想潮流和审美要求，以生活现实为基础，运用现实主义和浪漫主义相结合的方法，创造出尼洛夫娜这一具有先进性的艺术形象，意在鼓舞那些尚未摆脱各种心理重负的人们，促进他们的精神自觉。

“人与社会”的冲突的逻辑结果是人的反抗意识的增长与抗争行动的出现。高尔基曾以《醒悟》（1893）、《苦恼》（1896）、《好闹事的人》（1897）、《沦落的人们》和《基里尔卡》（1899）等一系列作品表现了这一历史趋势。长篇小说《母亲》则在更广阔的规模上力图揭示社会改造的现实可能性与历史前景，并从艺术上回答人应当如何改造社会环境、改变自身命运的问题。作品着重描写了尼洛夫娜这位备受精神欺压、软弱柔顺、没有文化的普通劳动妇女，如何在时代的感召和先知先觉者的影响下逐步觉醒，继而投身改造社会的斗争中去的过程，具有催动人民群众意识觉醒的意义。这部运用现实主义和浪漫主义相结合的方法写成的小说，可以说是高尔基早期小说创作的一个总结。

高尔基的早期小说创作，总起来看，可以说是显示出“社会批判”的思想指向。这一指向在一定程度上决定了其早期小说呈现出追求以气势与力度取胜的基本格调和刚健明快、激越高亢的总体美感特征；也决定了这些小说无论创作方法、题材选择，还是表现手段、语言风格，都是不拘一格，灵活变通，丰富多样。现实主义是高尔基的主要艺术方法，但是他的小说中感情色彩浓烈的叙述语言，用重墨泼染的无数风景画幅，时而不惜中断情节进展而插入作品的抒情和议论文字，对人物心灵中闪光点的着意发掘和放大，都显示出与浪漫主义的千丝万缕的联系。《马车夫》(1895)、《一场噩梦》(1896)、《瓷猪》(1898) 和《水泡》(1900) 等小说，则采用了象征主义、表现主义的艺术方法，且铺陈自然，手法娴熟，不露斧凿之痕。《筏上（复活节故事）》(1895)、《红头发瓦西卡》(1900)、《奥尔洛夫夫妇》等小说，还以接近自然主义的手法揭示了人物的本能和欲望在寻求满足的过程中所引起的冲突，为现实生活中人性的复杂表现提供了逼真的录影。

从叙述风格上看，高尔基早期小说显示出务求色彩浓烈的特点，为的是造成尽量强烈的艺术效果。作家广泛运用象征、寓意、对比、夸张、渲染、拟人化等艺术表现手段，无论写景、状物、描述事件、铺排场面，总施以浓墨重彩，恣肆点染，豪放不羁，使对象的面貌与特征充分暴露。刻画性格，塑造人物形象，高尔基也主要从给读者造成强烈而深刻的印象这一要求出发，借助肖像描写、细节描写和个性化的语言，在大反差的对比或尖锐的冲突中，凸显形象的基本性格特征。高尔基无疑在艺术上实现了自己的初衷。但由于看重艺术效果，便时而有对于把握艺术分寸感的忽视，有时难免有泼墨过多、用笔过重的不足。这也就是契诃夫当年所指出的“缺乏矜持”。当高尔基的小说创作进入第二阶段（中期），随着作家思想探索重心的转移，其艺术风格也相应地发生变化，则又当别论了。

第一次俄国革命（1905—1907）失败后，身在卡普里的高尔基所集中思考的，是这次革命失败的原因，是俄罗斯的命运与前途。1913 年，他回到阔别多年的俄罗斯。他热情欢呼 1917 年推翻沙皇政权的二月革命，却不能理解和接受十月革命。在革命后极为复杂和困难的条件下，高尔基凭借自己的声望和影响，为保护“理智的力量”做了大量鲜为人知的工作。后来在高尔基的协助下出国的作家扎米亚京曾写道：“在俄罗斯，特别是在彼得堡，许多人都怀着感激之情回忆作为一个人的高尔基。不止十个人的生命和自由多亏有了他。”①高尔基为拯救文化、保护知识分子付出了极大努力，本人却常常处于痛苦的精神矛盾之中。1921 年秋，他再度离开俄罗斯，1924 年定居于意大利索伦托。

历史的巨变把革命与文化的关系问题注入这一时期高尔基的思索中。

---

① Замятин Е. “М. Горький”. // *Литературная Россия*, 26 июня 1987 г. , № 26.

十月革命前后，高尔基针对当时的现实，在出版于彼得格勒的《新生活报》（1917.5.1— 1918.7.16）上连续发表了80多篇政论和随笔，其中有58篇使用了“不合时宜的思想”这个统一标题。这些文章，后来结成两本互为补充的文集：第一本名为《革命与文化：1917年论文集》，共收入34篇文章，1918年在柏林出版；第二本名为《不合时宜的思想：关于革命与文化的札记》，收有48篇文章，同一年在由彼得格勒出版。后来，人们往往把这两本书统称为《不合时宜的思想》（1917—1918）。这一组“关于革命与文化的札记”具有巨大的价值，其中，作家对于提高民族精神文化素质问题的忧心关注，对知识和知识分子的历史作用的高度重视，对政治与文化之关系的卓越见解，对民族文化心理条件与民族命运之关系的深邃思考，对于思想文化领域中矛盾的特殊性、规律性的深刻洞察，等等，不仅显示出一种思想家的目力，而且具有显而易见的现代意义。高尔基写道：“不理解或没有充分估计知识的力量，这是通往文明之路上的一个最大障碍”；“思想是不能以强力的方式战胜的”；“哪里政治太多，哪里就没有文化的位置”①。这些穿透浩瀚的历史风云的文字，至今依然闪耀着思想的光华。《不合时宜的思想》不仅体现了高尔基这位忧国忧民的正直知识分子的强烈社会使命感，而且已成为关于那个历史转折时期的一部独特编年史，一部关于革命与文化的忧思录。在高尔基的随笔《论俄国农民》（1922）以及致列宁、致罗曼·罗兰等人的一系列书信中，同样可以看到一位忧国忧民的思想家形象。这一时期（1908—1924）高尔基的创作与早期创作相比，无论在思想指向还是在艺术风格上都发生了明显的变化。

第一次革命失败之初，高尔基仍然通过自己的作品鞭挞专制黑暗势力（《没用人的一生》，1907—1908），讴歌民众意识的觉醒（《夏天》，1909），并积极寻找新的精神武器，企图经由高扬人民群众的巨大创造性给他们以充分的自信心（《忏悔》，1908），以求将他们的意志和情绪保持在进行一场新的革命所需要的高度上。然而，对革命失败的经验的沉痛反思，却使高尔基意识到自己的任务并不在于继续进行这种悲壮的努力，而在于深入揭示俄罗斯民族性格、民族文化心理的基本特征及其与历史发展

---

① Горький М. *Несвоевременные мысли. Заметки о революции и культуре.* Москва: Издательство «Советский писатель», 1990, с. 100, 145, 159.

之间的内在联系，发现民族历史发展滞缓的远因，探测未来历史的动向。在这一主导意向的统辖下，高尔基在这一时期写有以下六大系列作品：

1. “奥库罗夫三部曲”，包括《奥库罗夫镇》、《马特维·科热米亚金的一生》和《崇高的爱》；

2. 自传体三部曲，包括《童年》、《在人间》、《我的大学》，以及本拟作为自传体作品第4部《在知识分子中》的一组作品，含《初恋》、《哲学的害处》和《守夜人》等短篇小说；

3. 《罗斯记游》，含29篇短篇小说；

4. 《俄罗斯童话》，含16篇故事；

5. 《日记片断·回忆录》，包括30篇随笔、特写、札记和回忆录；

6. 《1922至1924年短篇小说集》，包括《隐士》、《单恋》、《蔚蓝的生活》等9篇作品；同一时期发表的《蟑螂的故事》、《肯斯科依家的大娘》等小说的主题与风格也和这一系列相近。

这六大系列作品构成高尔基中期创作的主要艺术成果。其中，“奥库罗夫三部曲”是高尔基对俄罗斯民族文化心态进行系统研究的开始，它所集中考察的是俄国外省小市民的精神心理特征。三部曲的第一部《奥库罗夫镇》（1909—1910）以1905年革命的变动年代为背景，通过革命的消息传到这个小镇时镇上居民的种种表现，勾画出参加“闹事”和反对“闹事”的两部分小市民所共有的昏聩、愚昧和凶残，从而展现了俄国小市民的可称之为“奥库罗夫习气”的一些重要特点。一方面，他们内心混乱，毫无思想，愚昧不堪，而这一切均是由低水准的文化生活派生出来的；另一方面，在历史发生剧烈变动之际，小市民们又表现出一种破坏性冲动和凶恶残酷的特性。高尔基不仅揭示了俄国小市民在第一次革命期间成为一支绞杀革命力量的精神文化远因，而且生动地说明了：这个阶层作为一种社会存在，它的生活方式、处世态度和心理特征，决定了它必然成为俄罗斯民族历史前进的沉重负担。

如果说，《奥库罗夫镇》提供的是俄国小市民生活的一幅横向解剖图，那么三部曲的第二部、长篇小说《马特维·科热米亚金的一生》（1910—1911）则在1861年农奴制改革后半个世纪的时间跨度内，对同名主人公一生的经历作了纵向描述。作品真实地再现了奥库罗夫人充满着迷信、愚昧和冷酷的日常生活，特别是人与人之间的那种令人难以理解的相互折磨的关系。在这样一幅充满着污秽的阴暗生活背景上，小说清晰地勾画出主人公马特维一生悲剧命运的轨迹，显示出小市民生活环境如何不动声色地腐蚀人的灵魂、耗费人的生命的过程。马特维天性敏感而柔顺，心地善良，向往着真善美，小镇上的日常生活使他烦闷。他不理解并指责人们的彼此仇恨和野蛮行径，曾产生过对于另一种有意义的、建立在普遍和睦基础上的美好生活的朦胧幻想。然而，“奥库罗夫习气”却逐渐熄灭了他心中的那些有生气的思想、感情和愿望，把他推到他本来极为厌恶的小市民庸俗生活的泥潭中，迫使他和周围人一样走完无意义的人生之路。这是一个在小市民的传统习惯、思维方式和生活信条的无形钳制下生命被无谓地耗费掉的人的悲剧。

《马特维·科热米亚金的一生》是高尔基致力于民族文化心态批判的一部扛鼎之作。作家以深邃的艺术洞察力，在对主人公悲惨、忧郁、无为的一生的描述中，透过奥库罗夫人的生活平静无波的表层，呈露出它的巨大腐蚀性和毒害性。小说由此揭示出俄国县城—市镇的小市民生活秩序和传统怎样经由一代代人而繁衍、延续，表明千百个奥库罗夫式的彼此疏远的城镇如何卧伏在俄罗斯土地上，成为决定其基本面貌与存在方式的沉重砝码，从而触及了本民族历史发展缓滞的某些内在根由。

小说中的柳芭·马图什金娜这一少女形象更有其特殊性。她本应是三部曲的第三部《崇高的爱》（1912）中的主人公，但《崇高的爱》没有完成，作家只留下柳芭幼年生活的片断，却让这一形象进入《马特维·科热米亚金的一生》中。柳芭形象的突出特征是对人们无私的、纯洁的、崇高的爱。在这一形象的比照下，停滞、迂腐的奥库罗夫人生活，马特维庸庸碌碌的一生，更清楚地显示出其无意义。但作家并没有将柳芭写成1905年革命的英雄人物，这是由三部曲的总体构思所决定的。作家所寻找的，并非推翻沙皇专制制度的社会政治力量，而是驱逐弥漫于俄国外省的小市民习气、改造民族精神的文化力量。柳芭形象丰满性的缺乏，则直接取决于现实尚未能提供给作家一个满意的答案。

《童年》（1913）、《在人间》（1916）和《我的大学》（1923）三部中篇小说，是高尔基在民族文化心态批判这一思想指向上推出的又一重要系列作品。贯穿于三部曲始终的是自传主人公阿辽沙。其中，《童年》描述阿辽沙从1871年父亲去世到1879年母亲去世八年间在下诺夫戈罗德市外祖父家的生活，包括他短暂的学校生活和1878年秋辍学后“到街头去找生活”的情景，刻画了外祖父一家人、这个家庭染坊的工人、房客、邻居等众多的人物形象，呈露出童年生活给阿辽沙留下的鲜明印象。《在人间》以阿辽沙1879年秋至1884年夏在社会上独自谋生的坎坷经历为线索，记述他先后在下诺夫戈罗德鞋店、绘图师家和圣像作坊当学徒、在伏尔加河上的“善良号”、“彼尔姆号”轮船上当洗碗工的所见所闻，提供了俄罗斯外省市民生活的生动画幅。《我的大学》则是主人公1884年秋至1888年在喀山时期的生活印象与感受的艺术记录，其中展示了伏尔加河的码头、“马鲁索夫卡”大杂院、捷林科夫面包店、谢苗诺夫面包作坊、民粹派革命家罗马斯在附近村庄上开的小杂货铺及村民的生活图景，最后以主人公漂泊到里海岸边卡尔梅克人一个肮脏的渔场作结，描写了各阶层人物的众生相。

与一般的自传性小说不同的是，三部曲的描写重心并非自传主人公阿辽沙的经历，而是从作为“观察者”阿辽沙的角度所展示的俄罗斯的日常生活。在读者面前呈现的是一幅幅彼此连缀的动态风俗图画。作品凸现了以愚昧为特征的旧时代俄罗斯生活的可怕景象：人与人之间弥漫着炽热的仇恨之雾，家庭内部、邻里之间、街头巷尾常出现种种恶作剧和残酷行为，市井之中充斥着各式各样可恶可恨的“娱乐”与“消遣”，如一群肥胖的商人打赌，看一个店伙能否在两小时之内吃下10磅火腿……与愚昧的生活内容形影相随、互为因果的，是消极的人生态度。高尔基在自传三部曲中以饱含忧虑的笔触，描写了“铅样沉重的生活”怎样在俄罗斯民族中造成了无数听天由命的人，浑浑噩噩、无所事事的人，不幸沦落的人，以及一些曾经有过些许热情、不久即心灰意懒的颓废的人。如《在人间》中的司炉工亚科夫·舒莫夫，精力旺盛，性格开朗，从不怨天尤人，但他却否认生活的意义，对一切都极为冷漠。高尔基通过描绘这些众生相，形象地说明了消极无为的生活态度，怎样有力地影响着、制导着俄罗斯人，包括某些本来可以有所作为的人们。

愚昧的重要表征，一是对知识的不尊重，对文化的否定和对理性的排斥；二是道德观念淡薄，习惯于彼此仇恨，互相折磨。高尔基在三部曲中经由众多的形象暴露了俄罗斯国民性的上述特征，如《在人间》中那个常常故意把阿辽沙读过的一些优秀作品中的内容改头换面、变成猥亵故事的圣像作坊掌柜，那个毫无人性地折磨一个不幸妇女的妓院看门人，《我的大学》中那个断言知识分子是“害群之马”的一个“政治上的老油子”，《童年》中那个来回摆动着下贱的长腿、用脚尖踢女人胸脯的“继父”，等等。这一幅幅写照，足以引起人们对于反文化、反人道的生活的一种生理上的厌恶。高尔基怀着一种切肤之痛，严峻地剖析了民族性格中层层叠叠的积垢，表现了呼吁改造国民性、重铸民族灵魂的鲜明意向。

然而，在自传体三部曲中，高尔基并没有把自己的激情完全倾注到民族性格消极面的揭示上，而是真实地表现了俄罗斯人的心理、情趣、追求和生活方式诸方面的复杂矛盾性，特别是人们精神生活的丰富多样性，在各种文化心理因素的交叉、纠葛与冲突中，着力发掘人们心灵中的美好感情和他们对文明的向往，从而显示民族精神复兴的内在心理基础，并表达出作家本人对于提高民族文化心理素质的一种深深的期望与祝愿。三部小说向读者展示出，不幸而愚昧的生活并没有泯灭俄罗斯人的美好天性。外祖母阿库琳娜这位慈蔼、风趣、充满智慧的老人，领着阿辽沙走进艰难而有趣的生活，培养了他许多优良的品格。轮船上的厨师斯穆雷生活在孤独之中，却有力地培养起阿辽沙对书籍的热爱。“玛尔戈皇后”也把许多优秀的文学作品提供给阿辽沙阅读，使他懂得世界上还有“另外一些思想和感情”。还有，富于同情心的洗衣女工娜达丽雅给阿辽沙以温暖与关心，民粹派革命者罗马斯等人则培养了他的公民意识和献身精神。读者从执拗地进行着化学试验的房客“好事情”身上，从孤独而愤世的斯穆雷身上，从热情好学的农民伊佐特身上，都可以看到普通俄罗斯人对知识的肯定与崇尚，对文化的渴望与追求。《在人间》中曾写道，莱蒙托夫的长诗《恶魔》有力地感染了做圣像的工人们，使“整个作坊似乎都沉痛地沸腾起来”。这一场面分明表征出：人们向往着可以使心灵变得美好的东西，他们心灵深处存留着文明的因子，而这正是民族精神觉醒和文化复兴的基石。不难看出，高尔基即便在他的小说中对民族文化心理进行批判性考察时，也没有忘却显示出人们灵魂的美点与亮色。

三部曲所描述的内容在时间上彼此衔接，不仅是作家本人早年生活的形象化录影，更是表现俄罗斯民族风情、俄罗斯民族文化心理的艺术长卷。作品那浓烈的生活气息，纯熟洗练的艺术描写，行云流水般优美自如的语调，常常是带有抒情色彩和思索性质的叙述文字，体现着作家的忧患意识的沉郁的风格，都使读者获得了极大的审美享受。其中的那些情、景、意浑然一体的篇幅，那些由作者直接倾吐心曲、抒发情怀的段落，与其说是散文，毋宁说是诗行，令人想起屠格涅夫笔下的一些充满魅力的篇章。

与上述两个三部曲不同的是，高尔基写于这个时期的其他几组作品均为短篇系列。其中，《罗斯记游》（1912—1917）包含 29 个短篇。收入其中的各篇作品，从形式上看，接近高尔基早期的流浪汉小说；但在内容上却显示出新的特色。首先，这些作品的主人公不再是单一的流浪汉，而是包括小市民、手工业者、小铺老板、教堂执事、退役军官、破产商人、外省知识分子、破落贵族、菜园主各色人等，涉及社会各阶层；其次，这些作品的意义不在于社会批判，而在于从各个不同侧面揭示俄罗斯人的精神文化特征，但在总体上彼此呼应，互为补充，共同构成一部表现民情风格、世态人心的著作。与《罗斯记游》几乎是同时完成的《俄罗斯童话》(1911—1917)，则为国民劣根性及其在斯托雷平反动年代的显现，提供了一组绝妙的讽刺性写照，如这部作品的中译者鲁迅所说："虽说童话，其实是从各个方面描写俄罗斯国民性的种种相。"[①] "短短的十六篇，用漫画的笔法，写出了老俄国人的生态与病情。"[②]创作于十月革命后的《日记片断》（1924）和《1922 年至 1924 年短篇小说集》（1925），或取材于革命年代的现实生活，或向记忆、向不堪回首的往事汲取诗情，均成为对民族生活和文化心态的"直接的研究"和"如实的写生"。以上几组作品，以开阔的艺术视野，绘制了一幅幅令人目不暇接的俄罗斯生活风情画，展示了根植于这种生活土壤之上的民族精神风貌，描画了一长列个性鲜明的人物，为世人认识俄罗斯人，特别是其文化心理特征，提供了不可多得的形象化资料。其中，《1922 年至 1924 年短篇小说集》和写于同一时期的几篇小说，已开始呈露出将民族文化心态同个人与民族的道路、命运结合起来思考的动向，孕育着作家创作道路上的又一次转换。

高尔基中期作品，共同记录了作家在民族文化心态研究这一总体方向上艰难跋涉的足印。这是高尔基一生创作中最辉煌的时期。现实主义是他这个时期观照现实、把握生活的根本艺术法则。透过作家以清醒的写实笔法所绘制的一幅幅民族风情和心理素描，可以发现笼罩这一时期创作的总

---

① 《鲁迅全集》第 10 卷，人民文学出版社 1991 年版，第 399 页。

② 《鲁迅全集》第 8 卷，人民文学出版社 1991 年版，第 457 页。

体美感特征：沉郁和悲凉。前一时期作品中那种热情洋溢、犀利刚健的特色为冷峻凝重的风格所替代。在研究俄罗斯民族文化心态这一主导意向的统辖下，高尔基这个时期的小说具有明显的系列性和回忆录性质。每一个系列的作品在内容上各有侧重，却并不截然分开，而是在总体上彼此呼应，互为补充，共同构成一部表现俄罗斯民情风俗、世态人心的百科全书式的巨著。正如一个民族的文化心理结构的形成总有着一个较长的积淀过程那样，对它的系统考察也应当是一种远距离的、全方位的观照。这也许就从一个方面说明了：为什么高尔基在完成《母亲》、《夏天》等小说之后，便似乎是突然地匆匆告别了“当前的现实”，转而记忆、向过去的俄罗斯生活吸取自己的诗情。于是我们看到，那些保留在作家心底的自童年时代的无数生活图景，那些在作家生活的各个阶段出现的形形色色的人物，便在他的笔下一起活了起来。回忆因素、自传因素，在作家这一整个时期的创作中明显增多，“回忆录—自传体小说”连篇出现。这类作品所特有的亲切语气，以日常生活为基本素材所决定的浓郁生活气息，丰富的民族文化心理解剖学内容，使它们赢得了各类读者和各类批评家的广泛好评。

从艺术结构上看，高尔基这个时期的作品一般很难说它们是“以动作或情节为纲”或者是“以人物性格为纲的”。这些作品的故事性明显弱化，常常没有统领全篇的几次重要的矛盾冲突，甚至缺乏贯穿作品始终的明晰的情节线索，更难寻得紧张激烈的戏剧性场面；占据作品主要篇幅的，往往是一幅幅平淡无奇的生活画面。这一特色，在《罗斯记游》和《日记片断》的一些篇章中表现得非常明显，也同样体现于自传体三部曲中。三部曲没有一般小说的那种序幕、开端、发展、高潮和结局，全部作品似乎就是无数镜头的精心剪辑与有机组合。作家仿佛只是从无穷无尽、无始无终的生活之流中截取了一个段落，这段生活之流中的无数场景、事件和生活片断，往往彼此独立，并不在总体上构成一个完整的故事，只是交织成一幅幅映现出民族精神风貌的生活剪影。不以情节为纲的作品，往往是“以人物性格为纲”的，但高尔基这个时期的小说却是例外，它们常常没有所谓“中心主人公”，即没有作家在该作品中全力塑造的典型形象。如在自传体三部曲中，作家没有铺叙阿辽沙这一形象的性格发展史，而主要是通过他的目光观照俄罗斯人的生活，透视俄罗斯人的精神心理特征。这一形象在三部曲中自始至终主要是以一个观察者的身份出现的，并起着串联故事的作用。《奥库罗夫镇》、《守夜人》等小说，同样不存在“中心主人公”。与这一特点相联系的是，作家并不注意人物形象的完整性。在一些小说中，往往是一个人物出现了，又消逝了，另一个人物再出现，再消逝，犹如一条长长的活动的形象画廊在读者面前缓缓移过。作家并不一一交代这些人物的来龙去脉，只是经由这些一度出现旋又消失的形象，来凸显民族文化心理的重要特征。

在高尔基的中期创作中，景色描写也有了显著的变化。他渐渐放弃了先前那种使用浓墨重彩、尽情泼染的手法，不再致力于描绘出色彩浓烈的图画，而逐步转向运用较经济的笔墨，勾勒出线条简洁、色彩恬淡的画面。更重要的是，这个时期他的作品中的风景描写和环境描写，已经不只是为人物活动提供相应的场所，或只是为了烘托气氛、间接地表现人物情绪。在很多小说中，这类描写本身就是“内容”，成为揭示作品主题的不可缺少的部分。如长篇小说《马特维·科热米亚金的一生》中关于奥库罗夫镇自然风光、街头景物的描写，往往和小镇居民日常生活场面的描写融为一体，构成一幅幅呈露出小市民迂缓、停滞生活特点的风情画。短篇小说《火灾》中关于“小忙街”景象的描写，《尼卢什卡》中关于坐落在山谷里的那个小村庄的风光的写生，也不是一般的景色描摹，而成了一帧帧现实主义的风俗录影。在这里，一切都带着生活于其中的人们精神心理的投影，一切都显示出一种文化意蕴、文化的选择与水准，一切都是某种人生态度、情感方式、价值观念和传统习惯的折射。透过这一类表征出民族风情的画面，可以明显地体察到作家的那种历史、土地、环境和人相统一的文化目光，那种深深的忧患意识。同第一时期的创作相对照，可以明显地看到高尔基的中期作品呈现出另一种叙述风格：洗练代替了繁复，平易代替了铺张，恬淡代替了浓烈，冷峻代替了激昂；笔锋所及，舒展自如，恰似行云流水，而绝少斧凿之痕。这是高尔基的小说艺术达到炉火纯青的高度的标志。题材上偏重于对往事的回忆与沉思，力求从生活本身所提供的大量印象中揭示国民灵魂的主要特征，不得不触及民族文化心理上的各种病灶，难以摆脱在思索民族命运时所产生的那种沉重感，决定了高尔基这一时期的作品的清醒的现实主义笔法和凝重的风格。在这一阶段，虽然作家仍注意发现人们心灵中的亮色，也并不排斥激动人心的乐章，还写有《一个人的诞生》、《流冰》和《初恋》等色彩较为明朗的热情洋溢之作，但是从总体上看，渗透于作家这一时期主要作品的，已不是那种奔涌而出、一泻千里的激情，而是一种融和着痛心与挚爱、厌恶与同情、失望与希望的复杂感情，一种为民族精神文化现状而忧心的不安与愁思。这种复杂感情与内心意识的表露，又造成了一种独特的诗意氛围。作家以一个足迹踏遍俄罗斯大地的漫游者的眼光，用一种带有浓厚抒情色彩的笔调，和人们讲述着他的见闻、印象、感受与思索，往往引起人们的无限遐想。

高尔基的晚期创作（1925—1936）主要是两部长篇小说：《阿尔塔莫诺夫家的事业》和《克里姆·萨姆金的一生》。《阿尔塔莫诺夫家的事业》（1925）以农奴出身的麻纺厂主阿尔塔莫诺夫一家三代人对待“事业”的态度和心理的变化为基本线索，揭示俄国资产阶级的精神特点和俄国资本主义的历史命运。这个家族的事业的创始人伊利亚，精力充沛、信心十足地开展经营活动，显露出俄国农民从农奴制下被解放出来后所释放的潜力、能量和热情。一方面，他贪婪、凶狠、雄心勃勃，带有资本原始积累时期的残酷性；另一方面，他又勤奋，自身不脱离劳动，与工人相处关系甚好。这一形象事实上是俄国资本主义“工场手工业”形成时期的过渡性人物，在他身上兼有农民和新兴资产者的特点。

在这个家族的第二代中，长子彼得对“事业”毫无兴趣，他的人生观念、心理特征和生活情趣，都烙下了农奴制影响的深深印痕。这显然是一个“先天不足”的资产者，实质上是一个前资本主义时代的人物。彼得的弟弟尼基塔则连形式上的资产者也算不上，他了解父兄的罪恶，并为自己对嫂子的单恋而感到难堪和屈辱，在自杀未遂后躲进了修道院，但内心痛苦始终折磨着他。他的悲剧是深受东正教影响的俄国农民无法理解和接受资本主义现实的悲剧。老伊利亚死后，阿尔塔莫诺夫家事业的实际继承人是其养子阿列克谢。他具有新兴资产者的冒险精神和要创业、要发展、要占有的特征。他注意及时了解行情，吸取经营经验，打通各方面的关系，还不时给工人一些恩惠，并热衷于出资修饰城市。更重要的是，他有明显的政治意识，他所竭力维护的是俄国民族资本主义的利益。这是俄国资本主义迅速发展的年代中一个有着代表性的人物。如果说，彼得的形象充分显露了俄国资产阶级的一部分不同于西欧资产阶级的独特面貌，那么，阿利克谢则接近于一般的资产者。

在这个家族的第三代中，阿列克谢的儿子米龙比父亲更有头脑，经营事业更有办法，对待工人更有心计，同时他也更为冷酷自私，不择手段，政治欲念更为强烈，还主张全面欧化。这一形象是阿列克谢形象的逻辑延伸，又折射出20世纪初期俄国资产阶级的某些新特点。彼得的儿子亚科夫则除了动物式的享乐之外便一无所求。他的空虚、麻木和堕落，他的寄生性和孱弱症，既显示出俄国资产阶级早衰的特征，又透露了俄国资本主义早衰的内在原因。

可见，《阿尔塔莫诺夫家的事业》通过这个家族三代人所构成的形象系列，揭示了俄国资产阶级的先天不足、发育不全的特点，勾画出俄国资本主义尚未真正站稳脚跟便很快日落西山了的命运。作品同时还使人们注意到：这一切既是俄罗斯的独特历史文化传统所决定的，又从一个特定角度昭示着这个民族未来的历史行程。

高尔基的最后一部作品、四卷本长篇小说《克里姆·萨姆金的一生》(1925—1936)，既是一部思考俄罗斯民族历史、现实和未来的史诗性巨著，又是作家长期进行民族文化心态研究的总结性成果。

作品的中心人物萨姆金，19世纪70年代出身于俄罗斯外省某城市的一个"中等"家庭，其父亲是一个曾被逮捕和监禁的民粹派知识分子。萨姆金在家乡读完中学后，便到彼得堡某大学法律专业学习，不久即因躲避学潮而休学回家，曾担任过一家报馆的编辑。这期间，由于同革命党人的接近，他曾被宪兵队传讯。后来，他又到莫斯科续读法律专业，在那里也由于同样的原因两次受宪兵队审讯。大学毕业后，他与一个名叫瓦尔瓦拉的女子正式结婚，并开始给一名律师当助手。在1905年革命期间，他曾目睹一些重要事件和场面，也一度"被推进"起义者的行列，又"无意中"当过告密者。在革命高潮中，他曾避居故乡，却再次被捕，旋又获释。革命失败后，萨姆金与瓦尔瓦拉分手，迁居诺夫戈罗德，并短期旅居德国、瑞士和法国，回国后不久即迁往彼得堡。他曾设想自己在文学界与新闻界取得成功的可能性，也尝试过以自己的某些"不平凡"的见解引起人们的注意。第一次世界大战期间，他曾作为"地方与城市自治联合会"的成员前往里加了解难民情况，又到前线调查过军队给养遗失之事。二月革命时期，萨姆金曾希望有所动作，但始终只是作为一名旁观者存在。1917年4月列宁返回彼得堡时，他被密集的人群挤倒，践踏而死。

这部作品的副标题是"四十年间"。的确，沿着萨姆金的生活轨道，小说生动地记录了自19世纪70年代到十月革命前约四十年间俄罗斯生活中的一系列重大事件，表现了各种思潮、学说、流派之间的纠葛与冲突，塑造了几乎无所不包的社会各阶层人物众生相，描绘了从城市到乡村、从首都到外省、从国内到国外的五光十色的生活图画，多方位、多层次地表征出俄罗斯人的人生态度、思维模式、情感方式和价值观念。其中，在整部作品中占有很大比重的，是通过萨姆金观察、听取或参与各种场合、各个层次、各色人等的谈话和争论而表现出来的形形色色的思潮、学说、主张和见解。这些思想见解之间的矛盾，其内容的庞杂性、交错性和不确定性，其存在方式的别具特色，都反映出俄罗斯人精神生活的丰富与贫乏，信仰的执著与危机，文化上的认同心理与排拒心理、习惯心理与探究心理等诸多方面的对立统一。美国实用主义哲学家威廉·詹姆斯说过：俄罗斯人总是力求发现“一切原因的原因”，总是将智慧用于紧张的分析与探索上[①]。这一文化心理特征，鲜明地显示于高尔基的这部长篇作品对四十年间俄国社会精神生活史的描述与勾画之中。正是在这一意义上，西方学者认为这部巨著是“1917 年革命前四十年间俄国社会、政治和文学生活的缩影”，它“堪称 20 世纪的精神史”，“作为思想小说，达到最高成就”[②]。

当然，萨姆金绝不只是作品结构意义上的一个观察者。四十年间变动着的俄国现实，既是他的观察对象，又是他的性格和心理赖以生成的环境。他在各方面都是中等水平，却要竭力表明自己的不平凡；他希望得到人们的尊重与崇拜，却不愿受任何拘束，不愿尽任何社会义务。他对什么都不相信、不入迷，总是给自己披上一件超越于一切思想分歧之上的“怀疑论者”的服装。每当人们在争论一些重要问题的时候，萨姆金总是既不说“是”，也不说“非”，而是显得“稳重而又沉着，颇像一个亲切地注视着一切，严格地衡量所看到和所听到的一切事物的人”，为的是既保持自己的独立自由，又能使别人把他看得比一切人都更高尚、更优越。其实，他本身的思想有着明显的破碎性、庞杂性。他缺乏自己的独到见解和明确的思想，但又不愿承认自己思想上的贫乏与空虚，反而要以一个思想深刻、见解独特的人自居，因而只能用别人的思想和言论的碎片来拼合

---

① Горький М. *Собрание сочинений в 30 томах, Т. 15*, Москва: Государственное издательство художественной литературы, 1951, с. 335.

② 汪介之：《〈克里姆·萨姆金的一生〉研究史述要》，《外国文学评论》2007 年第 1 期。

成自己的“思想体系”，久而久之，他就变成了一只收藏着各种流行思想的百宝箱。他缺乏对人的信任、尊重和爱，往往较为冷漠，往往隐含着一种敌意；即便是对于妻子瓦尔瓦拉，他也从来没有过真正的爱。他具有强烈的嫉妒心，无论在哪一方面，他都不愿让别人专美于前，常为别人的失败和痛苦而幸灾乐祸。他曾标榜自己对革命采取“不偏不倚”的态度，其实并非如此。在大学时代，他曾装成“像是一个革命者的样子”，觉得这样可以提高自己的身价。但是他又说学生运动“纯粹是感情用事”，工人运动具有“无政府主义性质”，认为自己采取这种态度可以令人尊敬。1905 年革命期间，他“既没有决心，也没有勇气置身事外”，革命失败后他又说自己参与莫斯科起义的事“只能用地形学的原因来解释”。他始终没有任何坚定的政治信仰，没有任何明确的社会政治理想，更不会为任何一种革命而奋斗和献身。

萨姆金的性格特征、思维方式、文化心理和命运归宿，在很大程度上具有可据以认识俄罗斯、了解俄罗斯人灵魂的意义。他的精神文化性格，既从一个侧面体现了俄罗斯民族文化心理的某些消极特征，又是这一民族文化环境的必然产物。他的空虚无为的一生，既表征出横跨两个世纪的四十年间俄国部分知识分子的沉浮起落，又显示了这一部分知识分子无可回避的命运轨迹。借助萨姆金这一形象，高尔基艺术地揭示了部分俄国知识分子市侩化、小市民化的历史真实，对俄罗斯民族文化心理弱点、对俄罗斯国民性进行了痛切的批判。在这一文化批判意义外，从作品中还可品味出作家关于提高民族文化心理素质、创造良好的社会文化环境和知识分子历史作用的发挥等几个方面互为条件、互为因果的思考，聆听到一代忧国忧民的真诚知识分子的心声。

《克里姆·萨姆金的一生》具有庞大复杂而有条不紊的结构，纵横俄国外省和首都、乡村和城市的广阔背景，前后四十年间光怪陆离的历史事件和日常生活细节，令人眼花缭乱的社会各阶层人物和色彩斑斓的活动场景。19 世纪后期至 20 世纪初期俄罗斯生活中发生过的一系列重大事件，人们精神文化生活中出现的一系列重要现象，都被巧妙地编织进主人公萨姆金的“灵魂史”中，通过他的眼光和思维而得到了特殊形式的映现。作品中出现了贵族、官僚、地主、商人、企业家、政治活动家、思想家、教师、医生、作家、演员、报刊编辑、记者、大学生、工人、农民、渔民、手工业者、马车夫、扫院人、小市民、流浪汉、妓女、教派分子、律师、法官、警察、士兵、军官、哥萨克人、犹太人等俄国社会各阶层、各种身份与职业的人物，几乎包举无遗。同时，众多的真实历史人物也出现在作品的巨大艺术画幅中。这些历史人物与艺术形象的并存，大量的历史场景与艺术画面的叠合，鲜明的编年史意识与深广的民族历史生活内容，使得这部作品有了一种长河涛涛般的气势和厚重的分量，一种波澜壮阔的史诗风范。

作为“思想小说”，在这部作品中，构成作品情节的基本因素的，并非人物的行为、人物与人物之间在行动上的冲突，而是人物的意识活动、精神世界，人物与人物之间的思想矛盾、精神冲突。在诸多人物之间的复杂精神纠葛中，小说表现了近半个世纪中俄国社会政治、哲学、宗教、美学、道德伦理等领域的各种思潮、学说、流派的交嬗演变，揭示出那个时代俄国社会思想和精神生活的基本面貌。即便是主人公萨姆金这个贯穿作品始终的人物，读者也很少看见他的行动。这固然是由于他缺乏“行动意识”和行动能力的特点所决定的，但更主要的还是作家的艺术构思使然：高尔基所要表现的主人公“灵魂的历史”，且要通过这一颗灵魂去观照形形色色的社会思潮及其消长变化。作家的这一构思既增加了作品的思想含量和理性色彩，又使得作品中出现了大量议论和对话，造成一般读者审美接受上的某种障碍。

在人物形象刻画中，作家广泛运用了西方现代主义文学在心理描写、心理分析方面的某些成功经验，通过人物的梦境、幻觉、联想、潜意识，或以象征、隐喻、荒诞的手法来描写人物的内心分裂、精神危机和意识流程。如作品多次通过主人公的梦境或幻觉来刻画其内心状态。在这种梦幻情境中，萨姆金往往被分成三个、四个或者更多的“他”，这些“他”之间往往展开激烈的争论，其中每一个“他”都显示出这个人物内心面貌的某一侧面，并从总体上表现出他的意识结构的支离破碎，他的性格和心理的深刻内在矛盾。这种手法的运用，往往给读者以强烈的印象，远胜过一般冗长的心理分析，也显示出20世纪现实主义文学的包容性和新动向。

善于运用对照的方法，在人物与人物的相互比照中显示形象的性格特征，是高尔基在人物塑造方面的一个重要特色。在《克里姆·萨姆金的一生》中，这一常用手法发展为“镜子般的结构原则”，即中心主人公萨姆金处在众人当中，好似站在多面镜子中间一样，每个人物（每面“镜子”）都把萨姆金性格的某一侧面映照出来，同时又在萨姆金面前显露出自己的某些性格特点。作品中萨姆金的同辈人物，如贵族遗少图罗博叶夫，资产阶级的“浪子”柳托夫，妇女问题研究者马卡罗夫，流浪汉、无政府主义者伊诺科夫，小市民型的人物德罗诺夫，色情狂莉吉雅，商人兼宗教团体头目玛琳娜，布尔什维克革命者库图佐夫等，都如同一面面放置在不同角度的镜子，环绕在萨姆金周围，分别映现出他的某一精神特点，共同参与对这位中心主人公进行“立体摄影”的任务，使他的性格特征充分地、全方位地表现出来。

作品中的诸多人物对萨姆金的评价，也具有类似的作用。如图罗博叶夫说萨姆金对一切问题都想“发明第三种答案”；柳托夫称萨姆金为“冒号”，在它之后“不晓得是什么东西”；德罗诺夫说他“不过是一个空子弹壳，只能吓唬吓唬乌鸦罢了”；玛琳娜则断言他“渴求信仰，又害怕信仰”，等等，这些人物以各自的眼光对萨姆金所作的评价，往往一针见血，颇为深刻地揭示出其性格的某一本质特点；合而观之，则可见出萨姆金性格的多面性。在《克里姆·萨姆金的一生》的庞大艺术形象体系中，众多的人物都是作为独立的社会心理形象而存在的，具有艺术上的不可重复性；这些形象又在总体上构成主人公萨姆金的灵魂史得以展开的广阔背景，有力地烘托出萨姆金作为“这一个”的心理个性。凡此种种，均表明高尔基的这最后一部长篇小说取得了多方面的艺术成就。

高尔基晚期的两部长篇小说的基本特色，是开阔的艺术视野结合着深邃的哲理思考，强烈的历史感伴随着缜密的心理分析，叙述风格上则显示出一种史诗般的宏阔与稳健。在人物形象刻画上，作家还借鉴了西方现代主义文学在心理描写方面的某些新鲜经验。这既表明高尔基在创作方法的运用上是不拘一格的，又显示出 20 世纪现实主义文学的新特色。

《阿尔塔莫诺夫家的事业》和《克里姆·萨姆金的一生》的主要部分，都是高尔基在国外完成的。身处国外期间，作家一直关注着国内的文学与社会生活。1924 年列宁的逝世，曾给他以强烈的思想震动。1928 年 5 月，他曾回到阔别七年的国内小住，10 月返意大利，以后每年（除 1930 年未回国外）几乎都在相同的时间内往返一次，直至 1933 年最后回国定居。面对国内的现实，他既为经济建设的某些成就而高兴，又为极左思潮的泛滥成灾而忧患和痛心。为保护受到不公正对待的知识分子和干部，伸张正义，为了文学和文化事业的发展，他同极左势力进行了不懈的斗争，终于力不从心，于1936年6月18日逝世。

高尔基的猝然离世，对于俄罗斯人民来说，不仅意味着失去了一位可亲可敬的作家，更重要的是失去了一种抵御极左路线的中坚力量。但是，高尔基的思想、创作和人格，却依然浸润着他身后的一代代俄罗斯作家的心灵。他对于提高民族精神文化素质问题的忧心关注，对知识和知识分子的历史作用的充分肯定，他关于政治与文化之关系的卓越见解，对民族文化心理条件、道德水准与民族命运之关系的深邃思考，对于思想文化领域中的矛盾的特殊性、规律性的深刻洞察，等等，都为20世纪俄罗斯文学中陆续出现的《静静的顿河》、《切文古尔镇》、《日瓦戈医生》等揭示历史复杂性的作品提供了思想上、认识上的准备，并在这些作品中获得了形象的展开。1950年代初期作为当代苏联文学之先声的“解冻”文学的出现，其实是高尔基一贯坚持的现实主义和人道主义精神得到恢复和重新确认的标志。1960—1970年代苏联文学中大量涌现的道德题材作品，则是对高尔基所致力的民族文化心态批判的一种悠远的呼应。80年代“回归文学”中出现的一系列带有历史反思色彩的作品，同样可视为当年高尔基的思考、探索和追寻的延伸。

与高尔基同时代的许多外国作家，都曾给予他很高的评价。法国作家罗曼·罗兰说，高尔基“像一座巨大的拱桥，联结着过去和未来两个世界，同时也联结着俄罗斯与西方。它耸立在大路上，而我们后来的人还将长久地看到它。”①德国作家亨利希·曼指出：“高尔基扩大了文学创作的范围，为世界文学开辟了新的道路和前景。他提供了新的题材，也培养了新的读者。”②瑞典学者和英国学者合编的《彩色插图世界文学史》则肯定自传三部曲是高尔基“最伟大的文学贡献”③。高尔基也赢得了俄罗斯各派作家的尊重。即便是像梅列日科夫斯基这样的与之有着较深矛盾的俄罗斯流亡作家，也曾如此评价说：“高尔基所获得的荣誉是理所当然的，他发现了新的、前所未有的国度，精神世界的新大陆；他在他的领域是空前

---

① ［俄、法、奥地利］《三人书简》（高尔基、罗曼·罗兰、茨威格书信集），臧乐安等译，湖南人民出版社1982年版，第3页。

② Груздев И. *Современный Запад о Горьком*. Ленинград: Издательство «Прибой», 1936, с. 177 – 178.

③ ［瑞典、英］托·柴特霍姆、彼科·昆内尔编著：《彩色插图世界文学史》，李文俊等译，漓江出版社1991年版，第216页。

的、想必也是绝后的唯一的一个。”[①]直到晚近，审美趣味高雅、目光甚微“苛刻”的美国著名批评家哈罗德·布罗姆，也在《西方正典》中把高尔基的自传三部曲和《回忆托尔斯泰》列入为数不多的20世纪俄罗斯文学“经典书目”中。

① Мережковский Д. *Полное собрание сочинений (т. 1 – 17). Т. 11.* Санкт – Петербург – Москва: Издательство творищества М. О. Вольф, 1911, с. 42.

八

诸流派之外的作家与诗人

白银时代俄罗斯文学的繁荣，不仅体现在众多文学流派的纷然并呈，彼此影响，共同发展，而且表现于诸流派之外的一大批诗人和作家的存在。像列米佐夫与扎伊采夫、叶赛宁与茨维塔耶娃、库兹明与沃洛申、霍达谢维奇与苔菲、阿尔志跋绥夫与什梅廖夫等人，都是在白银时代先后进入文学之林，且颇有造诣和建树的人物。难以将这一批诗人和作家划归哪一文学流派，也不能简单地称他们为“××主义”的作家或诗人。因为他们当中有的人从未参加过任何文学团体、任何文学流派的活动；有的虽曾一度加入过某一文学组织，或先后接近过两个或两个以上的文学团体，但并不“忠于”任何一个组织的纲领或原则，并不局囿于某一种文学思潮的单一的影响与制约；有些诗人和作家虽曾短暂结合成某一文学团体，但这种团体本身的思潮或流派特点却并不鲜明。从创作倾向和艺术风格上看，这一批诗人与作家的创作从总体上所显示出来的是多元化的特色。他们当中有的人是俄罗斯古典文学遗产的卓越继承者；有的较多地受到同时代俄罗斯文学中的各种思潮，特别是象征主义、现实主义的有力影响；有的则着重借鉴西方现代文学中某些文学流派的艺术经验。但是他们一般不限定自己的接受视野，而是对各种文学思潮采取了广为接纳的态度，在博采众家之长的基础上逐渐形成自己的风格。他们的各个阶段的创作，各部具体作品所呈露出的特色往往是不同的，这直接同他们接受影响的侧重有关。还有些作家的“多元”特点并不明显，他们往往是把某一文学流派的某一特点作为主要接受对象，加以充分发扬甚至推向极致，造成某一流派的一种特殊形式的变体。

这一批为数可观的“无派别”诗人和作家的存在，绝不是白银时代俄罗斯文坛的一种可有可无的点缀，绝不是这一时期四大流派之外一种无足轻重的补充。没有这批人物，白银时代俄罗斯文学的图像就将是不完整的；虽然他们当中只有少数人在这个时代就完成了自己最有影响的作品，而大多数诗人和作家则是在以后的岁月中进入各自创作的辉煌期的。

尽管这一批诗人和作家的流派归属问题较为棘手，但是每一位具体作家的创作倾向和风格特色并不是不可把握的。他们只是一批非单一性的、个性独特的文坛人物。从他们创作的体裁、题材和关注热点看，结合着考察他们同其他文学流派的关系，仍大致可以将这批诗人和作家粗略地划分为若干群落。

1

第一群落包括茨维塔耶娃、霍达谢维奇、库兹明、沃洛申、萨沙·乔尔内依、留里克·伊甫涅夫、爱伦堡、阿·托尔斯泰、莎吉娘等人。这是白银时代俄罗斯诗坛的一个引人注目的诗歌群落。但是他们从未组织起任何一种哪怕是松散的，或仅仅是徒具形式的诗歌团体，其中每一位诗人都是一个独立的存在，都在独立进行着自己的艺术探索。这种独立性恰恰是这群诗人的共同特点。他们的道路、倾向、成就、风格和命运各不相同，却都散发出自己的光彩。其中霍达谢维奇无疑属于俄罗斯古典诗歌的继承人。他乐于沿用传统的诗歌形式和表现技巧，拒绝接受任何“新潮”，诗风宁静、严谨，显示出灵气与睿智。他还是著名的文学批评家，颇有影响的文学回忆录的作者。茨维塔耶娃的诗歌则以强烈的情感表现和浓郁的抒情风格见长，她那往往一气呵成的诗篇中常富含深刻的精神感受和微妙的心理体验，蕴涵深广，余味无穷。也许只有她才是全部 20 世纪俄罗斯文学中唯一的一位可以同阿赫玛托娃相媲美的女诗人。和霍达谢维奇一样，在白银时代她的才华只是刚刚显露出来，而在革命后侨居国外期间才进入创作鼎盛期。他们俩都是俄罗斯流亡文学中最有成就的作家（详见第十四章）。

爱伦堡、莎吉娘、阿·托尔斯泰三人，都是在白银时代从诗坛起步，后来逐渐成为各有成就与影响的散文作家。爱伦堡的最初三本诗作《诗歌集》（1910）、《我活着》（1911）和《蒲公英》（1912），曾分别受到象征派诗人勃留索夫、阿克梅派诗人古米廖夫和曼德尔什塔姆的高度评价。

莎吉娘曾经为象征主义者的宗教哲学思想所吸引，一度接近梅列日科夫斯基和济·吉皮乌斯夫妇，在发表诗歌作品的同时，还写有《论有产者的怡然自得：济·尼·吉皮乌斯的诗》（1912）、《两种道德》（1914）等论及当时文学的著作。阿·托尔斯泰早年曾倾心于巴尔蒙特、别雷、维·伊万诺夫、勃留索夫等象征主义诗人的诗歌，从他最早的诗集《抒情诗集》（1907）和《在蓝色的河流后面》（1911）当中，明显可见象征派诗歌的影响。这三位诗人的早期创作活动，都与白银时代的诗潮有着密切的联系；只是不久以后，他们都发现散文才是最适合于自己的体裁形式。

米哈依尔·阿列克谢耶维奇·库兹明（1875—1936）毕业于彼得堡音乐学院作曲系，掌握意大利语和德语，曾前往埃及和意大利等国旅行，对宗教与古代文化颇有研究。他一度倾心于“纯艺术美”，而对社会政治生活不感兴趣，视歌德为自己最尊重的导师。1906 年，他在象征派的《天秤》杂志上发表组诗《亚历山大体诗歌》，颇受欢迎。1910 年，他又于《阿波罗》一刊上推出著名的文章《论美的明确性》，为阿克梅诗派的出现奠定了理论基础。他还曾呼吁恢复古典诗歌的庄重、清晰与明朗。批评家们有的将他列入象征主义者的行列，有的则认为他应当属于阿克梅派，虽然他在形式上既没有参加过象征派组织，也未曾进入阿克梅派的“行会”。他既是诗人，又是散文家、批评家、剧作家、翻译家。有长篇小说《翅膀》（1906）、剧本《奥德赛回乡》（1911）、诗集《陶瓷鸽》（1914）等作品多种问世。作为翻译家，是他首次将古罗马作家阿普列尤斯的著名长篇小说《金驴记》介绍给俄国读者。十月革命后尚有《冥间的黄昏》（1921）、《鲑鱼破冰记：1925—1928 年诗集》（1929）等诗集及其他作品发表。他在白银时代的创作和批评活动，既反映了象征主义与阿克梅主义的交叉和过渡，又表现出传统文学对现代文学的渗透和影响。

马克西米里昂·亚历山大洛维奇·基里延科—沃洛申（1877—1932）于 1897 年进入莫斯科大学法律系学习，1899 年因参加“大学生动乱”而被开除，同年出国。1901 年入柏林大学学习，随后又转往巴黎学习绘画至 1906 年，其间时而回俄国。在 20 世纪最初几年中，沃洛申曾是俄国象征主义者圈子中的“自己人”，为《天秤》、《新路》、《北方的花朵》、《金羊毛》等杂志或丛刊撰稿，与一些象征派诗人交往甚密。但他始终处于这一派别的外围，从不参与象征派与其他派别之间的论战。与此同时，他却常常靠近现实主义作家，把诗稿推荐给高尔基的知识出版社。1909年他进入《阿波罗》杂志编辑部，但是在阿克梅派诗人中也同样保持着自己的独立性。作为诗人，他先后有《诗歌集：1900—1910》（1910）、《伊维尔尼》（1918）、《聋哑的恶魔》（1919）等诗集出版。作为文学和艺术批评家，他写有论及当时俄罗斯绘画与文学的一系列文章，其中关于名画像列宾的《伊万雷帝和他的儿子》一画的批评（后收入《列宾论》一书），颇有独到见解，曾引发与勃留索夫、艾亨巴乌姆等人的讨论。他的关于另一名画家苏里科夫的批评专著更享有盛名。绘画本身也在沃洛申的创作活动中占有重要位置。他参加过巴黎、瑞士、西班牙及莫斯科、彼得堡、敖德萨、哈尔科夫等地的画展或其他美术界的活动，有多种画册问世。他的诗歌，表现出对东克里米亚土地的一往情深，并可以明显看出是出自画家之手，给人以造型艺术的美感效果。他的诗歌风格时而接近象征派，时而接近阿克梅派，更多的则显示出法国帕纳斯诗派的影响。他同西欧各国文艺界有着较为广泛的联系，曾经是俄国象征主义者与法国文学界彼此联络的纽带，与著名画家毕加索保持友好往来，译过比利时诗人维尔哈伦的作品。沃洛申在费奥多西亚附近的科克捷别里的住宅，20世纪最初十年中曾成为阿·托尔斯泰、茨维塔耶娃、古米廖夫、曼德尔什塔姆等文学青年的聚集场所，这儿的文学氛围直接影响了其中一部分人不依附于任何流派的艺术探索取向。

属于这一群落的诗人**萨沙·乔尔内依**（1880—1932），原名亚历山大·米哈伊洛维奇·格里克别尔克，自1904年起在外省发表作品，1905年迁往彼得堡，为《观察家》、《先声》等刊物撰稿。在他的第一本诗集《多种旋律》（1906）被书刊检查机关查禁后，他随即去国外，到海德堡大学听课。1908年回俄罗斯，编辑幽默讽刺杂志《萨蒂里孔》，一时很有影响。此后陆续有《讽刺诗》（1910）、《讽刺与抒情》（1911）等诗集问世。诗人鞭挞俄国小市民的庸俗、警察的专横，抨击社会黑暗势力，在抒情之中常流露出悲观的音调。1920年出国后，还写有《童年的岛》（1921），《渴望》（1923）等诗集，前者反映了诗人对美好单纯的童年世界的热爱与怀念，后者表达了诗人对祖国的忧思，均呈露出俄罗斯域外文学共同的题材特色。

另一诗人**留里克·伊甫涅夫**（1891—1981），本名米哈依尔·亚历山大洛维奇·柯瓦廖夫，1908—1912年在彼得堡大学法律系修完全部课程，

1914 年在莫斯科大学法律系获毕业证书。自 1909 年在彼得堡大学的大学生文集上发表诗作起，走上文学道路。先后发表过诗集《自焚：1912—1916 年诗歌集》（1913—1916）、《火焰喷射》（1913）、《死亡之金》（1916）和《坟墓中的太阳》（1921）等。1913—1916 年间，他曾参加过未来主义诗派的一种变体——诗人团体“诗歌顶层楼”，同时也和其他未来派组织有过联系，但他从来不是一个真正的未来主义诗人。十月革命后，他曾和诗人叶赛宁一起发起建立“意象主义”诗歌团体。他还有一系列散文作品发表，出版过《不幸的安琪儿》（1917）、《无爱的爱情》（1925）、《常有宾客的人家》（1927）等长篇小说。70 年代他去世前不久，还曾写过有关高尔基、勃洛克、马雅可夫斯基、叶赛宁的回忆录。

2

第二群落可以称为“乡村诗人”或“新农民诗人”群落。这一群落大致形成于 1914—1916 年间。它的主要成员克留耶夫、克雷奇科夫、舍里亚耶维茨、奥列申、叶赛宁等人，都来自俄罗斯农村。他们的诗作，常以俄罗斯农村生活为题材，或由农民的眼光看世界，具有浓郁的生活气息和朴实清新的风格，在白银时代的俄国诗坛独树一帜。1915 年，阿克梅派诗人戈罗捷茨基在“诗人行会”解体后，曾发起成立过一个名为“繁忙时节”的诗人协会，叶赛宁、克留耶夫、克雷奇科夫等人均加入该团体，但是它的存在时间还不到一年。“繁忙时节”仅仅是同“乡村诗人”群落中的部分诗人有过短暂联系的诗人小组。

尼古拉·阿列克谢耶维奇·克留耶夫（1884—1937）是这一群落中的年长者。他生于奥洛涅茨省的一个农民家庭，曾在维捷格拉市教区学校和市立高等小学学习，后毕业于彼得罗扎沃茨克医士学校。他在语言文学方面的知识、智性和才能，几乎全部来自母亲。他曾同分裂派教徒、旧教派有过联系，居于索洛维茨修道院以“自我拯救”，来往于各隐僧修道院之间。1906 年初，他因散发反政府的传单而被捕，获释后仍处于被秘密监控之中。革命前有诗集《松涛阵阵》（1911；勃留索夫为该书 1913 年第 2 版作序）、《兄弟之歌》（1912）、《尘世随想曲》（1916）数种问世。他的诗歌，常以接近自然与上帝的乡村妇女和青年为主人公，表现他们的痛苦、希望与精神孤独，高度评价俄罗斯人民，大量运用丰富的民间语言，散发着“田野的芳香”，传送出“土地的声息”。也有些诗歌体现了诗人的宗教思想。革命后的诗集《铜柱》（1919）和《狮子的食粮》（1922）等，既表现了他真诚地相信兄弟和睦、文化高涨的时代可望来临，又显示出他比同时代人更具有一种深深的悲剧意识。自 20 年代末，克留耶夫的名字从文学生活中消失。1934 年被捕后被流放到西西伯利亚，1937 年被镇压于托姆斯克。

谢尔盖·安东诺维奇·克雷奇科夫（1889—1937）生于特维尔省一个从事制靴职业的农民家庭，1908 年秋进入莫斯科大学自然科学系学习，不久转至历史—语文系，1910 年又转入法律系。1913 年因不缴学费而被除名。他在上大学前即结识著名音乐家彼·伊·柴可夫斯基的弟弟莫·伊·柴可夫斯基（作家），又去卡普里拜访了高尔基。1909 年，他曾与谢·索洛维约夫、艾利斯等“年轻一代”象征主义者接近。他的最初两本诗集《歌集》（1911）、《隐蔽的花园》（1913，1918），以浪漫主义的明朗音调，歌唱俄罗斯的大自然和农业劳动，诗中常出现豪爽、勤劳的老人形象。诗人力图把年代久远的农耕文明的“黄金时代”理想化，以此和人欲横流的现代社会相对照。由于这两本诗集，特别是第二本诗集，克雷奇科夫成为“乡村诗人”的重要代表。十月革命后，他还发表过《茂密的树林》（1918）、《奇异的客人》（1923）、《家庭之歌》（1923）、《在仙鹤那里做客》（1930）等诗集，并写有《糖样的德国人》（1925）、《世界大公》（1928）等长篇小说。他后期的诗歌已无有早年的浪漫主义音调和理想色彩，从中可以听出与昔日的罗斯告别的旋律。1937 年克雷奇科夫被捕，同年被枪决。1956 年获平反。

“乡村诗人”中的**亚历山大·瓦西里耶维奇·舍里亚耶维茨**（1887—1924；本姓阿勃拉莫夫），生于西姆比尔斯克省伏尔加河畔日古历山下的小镇舍里亚耶夫—布叶拉克。父母都是农奴出身，改革后被列入小市民阶层。他小学毕业后即在一家染纸厂当粗工，后来又在林务官手下当录事。因参加 1905 年革命，他不得不离开故乡迁居于塔什甘。此后直至 1922 年，他一直在邮电管理部门工作。他自 1908 年开始发表作品，1916 年在塔什甘出版第一本诗集《起步》。曾通过信函往来方式参加苏里科夫文学—音乐小组的活动。从 1913 年起与克留耶夫建立通信联系，后又与叶赛宁通信。这对于他的发展具有重大意义。1917 年，他的新诗集《红罂粟》

在彼得格勒出版。1922 年他迁往莫斯科，两年后不幸死于脑膜炎。他的诗歌作品，广泛运用民歌和童话中的形象，描写俄罗斯的农村生活和古代风习，表现出对生活的诗意感受，对自由的追求，对辽阔的俄罗斯原野的热爱与赞美。这些诗作中充满生动的场面，色彩绚丽，响彻着大胆的音调，显示出与民间创作的血肉联系。无怪于诗人自己认为他是 19 世纪农民诗人柯尔卓夫的后继者。

彼得·瓦西里耶维奇·奥列申（1887—1938）也属于“乡村诗人”群落。他出生于萨拉托夫，祖辈是农奴出身的农民，父亲在一家布店当店伙。诗人跟爷爷长大，自小就熟知俄罗斯农民生活。他曾在四年制小学学习，最后一年因缴不起学费而辍学。自 10 岁起走进“人间”，漂流在俄罗斯大地，靠做短工艰难度日。1913 年来到彼得堡，在铁路局当办事员。他最早的诗作于 1911 年发表在萨拉托夫的报纸上。从 1913 年起在彼得堡多种刊物上发表作品。第一次世界大战期间他曾入伍，因在营房内给士兵朗读涅克拉索夫的诗而受处罚。直至 1918 年，他的第一本诗集《余辉》才得以出版。随后相继有《红色罗斯》、《杜列卡》、《警报》、《鲜红的教堂》等诗集问世。他的诗作，表现了诗人对俄罗斯土地，对庄稼汉，对生长着黑麦的广阔田野的热爱。田园风光的描绘往往同对社会的不公正、对罪恶战争的愤怒抗议结合在一起。从他那清新自然的诗句中，可以听到俄罗斯农民的心声。关于诗人的命运，一说他于 1938 年被非法镇压，一说他死于 1943 年。待考。

来自梁赞农村的青年诗人叶赛宁，在白银时代才刚刚吟唱着“白桦”之歌进入俄罗斯诗坛。他先后结识了勃洛克、戈罗捷茨基、克留耶夫等诗人，特别受到克留耶夫的启示与鼓舞，迅速成为“乡村诗人”群落中的积极成员。他拓展了这批“乡村诗人”的诗歌题材和表现领域，不断推出佳作，逐渐形成自己的风格，后来成为 20 世纪最有成就和影响的俄罗斯诗人之一（详见本书十一“未完成的探索”）。

3

如果说上述两个群落都可以称为“诗人群落”，那么第三、第四两个群落则是“散文家群落”。第三群落作家的创作，在一定程度上代表了白银时代俄罗斯文学中出现的自然主义倾向。自然主义在俄国文坛，并未能形成一个独立的文学流派，但是19世纪后期法、德等国自然主义文学的影响，也使得一些俄罗斯作家试图用自然主义的方法从艺术上研究与把握生活，这些作家中就有鲍包雷金、马明—西比利亚克和阿尔志跋绥夫等人。

19世纪末20世纪初曾写过不少流行一时的中长篇小说的作家**彼得·德米特里耶维奇·鲍包雷金**（1836—1921），在他的文学史专著《19世纪欧洲长篇小说》（1900）中，曾力图论证研究大自然的自然科学方法同样是艺术家们研究人们的社会关系的“正确的方法”。在自己的创作实践中，他更是自觉地把法国文艺理论家圣佩甫和泰纳的学说作为自己的理论支点。19世纪末期，他通过《中国城》（1882）、《瓦西里·焦尔金》（1892）、《牵引力》（1898）等一系列小说，几乎是逐年地再现了俄国资产阶级的生活与心理的演变史，展示了俄国资本主义在吞噬封建经济和旧式商业资本的基础上逐渐欧化的过程，提供了一组不仅意识到自己的经济实力，而且深感本身的政治影响的英国化了的企业家形象。然而在他的作品中，不涵纳任何道德的或历史的评判，社会生活中的无数细节的拼凑替代了对时代基本特点的揭示。作家似乎是一个偶然走来的外国人，面对着与他毫无关系的陌生世界，作了一份相当详细却没有任何感情的干巴巴的记录。鲍包雷金发表于20世纪初期的作品，开始更广泛地触及当代现实。中篇小说《兄弟们》（1904）描写地方自治活动家、利他主义者与个人主义艺术家之间的矛盾冲突；短篇小说《暴风雨的日子》（1906）以1905年革命为背景，力求传达出自由知识分子所经历的精神心理震荡；长篇小说《大崩溃：家庭纪事》（1908）则以更宏大的架构，反映了第一次俄国革命年代知识界的思想探寻。这些作品均显示出现实主义特色，其中有的还受到卢那察尔斯基等人的好评。

自然主义倾向也体现在作家伊格纳季·尼古拉耶维奇·波塔宾科（1856—1929）的中篇小说《服现役的时候》（1890）、长篇小说《不是英雄》（1891）等作品中，体现在德米特里·纳尔基索维奇·马明—西比利亚克（1852—1912）、阿那托里·帕夫洛维奇·卡缅斯基（1876—1941），伊万·费多罗维奇·纳日文（1874—1940）等人的部分创作中。但是所有这些作家（包括鲍包雷金）都不能算是严格意义上的自然主义作家。他们的作品，往往是程度不同地存在着自然主义和现实主义的双重因素，共同显示出西欧自然主义思潮对19世纪末20世纪初俄国现实主义文学的渗透。对于被以往的一些批评家认为是俄国自然主义文学的代表作家之一的阿尔志跋绥夫，也应当作如是观。

米哈依尔·彼得罗维奇·阿尔志跋绥夫（1878—1927）生于哈尔科夫省阿赫迪尔卡县，毕业于县立五年制古典中学，自17岁起就开始在哈尔科夫的《南疆报》上发表短篇小说。他的早期作品已表明作者对于俄国经典小说家的题材范畴和艺术风格有着敏锐的感受力。这些短篇或传达出他当时对周围生活的理解，或再现了作家个人经历中的事件，包括1897年夏他的未遂自杀（《两次死亡》，1898）。这一事件在他心头留下了难以平复的创伤，并和那造成他长期孤独感的病痛一起，培养了他对死亡主题的兴趣和他孤僻的性格。1897—1898年，他曾在哈尔科夫美术学校学习，此后一直保持着对绘画的爱好。1898年到彼得堡，开始在报刊上发表美术评论和幽默故事。被作家自己称为第一篇“严肃”作品的短篇小说《巴沙·屠曼诺夫》，1901年就为米哈依洛夫斯基的《俄罗斯财富》一刊接受并准备刊用，但因书刊检查机关阻挠，1903年才得以发表。

1905—1906年，阿尔志跋绥夫的两卷本《短篇小说集》出版。一些评论家据此将他列入现实主义流派，但作家本人却似乎更倾心于哲学的“抽象法”和道德说教。收入集子中的《库普里扬》（1902）、《暴动》（1904）和《惊惧》（1905）等作品，既表现了作家对社会生活中的虚伪、暴力和粗俗的厌恶，又反映了他的“理解一切”、“宽恕一切”的观点。对主人公的潜意识活动的描写也在作品中占有较大比重。《下级准尉戈罗洛波夫》（1902）和《笑》（1903）等作品，更多地令人想起陀思妥耶夫斯基的《恶魔》和契诃夫的《第六病室》，而不是作家在当时经常提及的高尔基、安德列耶夫两人的作品。

阿尔志跋绥夫似乎从一开始就站在他那个时代的文学潮流之外。他赞同体现在高尔基的优秀作品中的对生活的那种新的理解和认识，但是不喜欢在后者的创作中时而响起的革命音调。中篇小说《朗捷之死》（1904）被阿尔志跋绥夫自己认为是他最好的作品。主人公、大学生朗捷具有一般托尔斯泰主义者和陀思妥耶夫斯基《白痴》中的主人公梅什金公爵的某些典型特征。高尔基却尖锐地批评了这部作品，认为主人公像一根“甜萝卜”，“甜腻得令人厌恶”[①]。但也有的评论者从“宗教的合乎社会性”的角度高度评价这部作品，并有意促使作家在梅列日科夫斯基的“新基督教”思想中进行宗教探索。对于具有反乌托邦意识的阿尔志跋绥夫来说，现代宗教比高尔基的乐观主义更难以接受。在短篇小说《失落》（1907）中，作家以否定的态度概括了自己同象征主义者圈子偶然交往所产生的印象。

阿尔志跋绥夫的精神气质的主要特征是彻底的个性主义，这同他总是感到“物质力量”对于个性自由的压制紧密相连。这种气质在一定程度上决定了他的文学观。《普希金的铁环》（1911）一文既表现了他对以往文学的精神“遗训”的忠实，又显示他决意突破这种文学的“不自由的形式”。他还认为在自己的文学观和社会观中经常出现的矛盾性是理应有之的，因为世界上没有“绝对真理”；作家面貌的统一性，不是由他似乎发现了的真理所决定的，而是由他的独特个性所决定的（《关于契诃夫之死》，1907）。列夫·托尔斯泰的个性和命运令他仰慕，但是他对托尔斯泰的某些评价又显得过于苛求：他把这位老人晚年从雅斯纳亚·波良纳的出走称为“逃脱”，将托尔斯泰最后的悲剧理解为俄罗斯文学的全部教育使命的坍塌。阿尔志跋绥夫认为自己是现代俄罗斯文学中唯一的一位“除了真理以外，不为任何上帝服务”[②] 的作家。这一切决定了他对俄罗斯古典文学的主题与形象所采取的、显然是有意为之的既继承又暗讽的奇特态度。

长篇小说《沙宁》（1907）是阿尔志跋绥夫的最有影响的作品。当时有的批评家说，不是阿尔志跋绥夫写出了沙宁，而是沙宁写出了阿尔志跋绥夫。但小说带给作者的至少有一半是坏名声。这部作品从一开始就强调主人公沙宁的独立性。他不受囿于任何社会道德规范、传统和原则，也没有任何人注意他。无论是大学生的集会，尼采的学说，还是关于宗教本质问题的争论，都引不起他的兴趣。他认为这一切只是儿童的游戏，或许可以对其唾上一口。他拥有自己的生活哲学，认为生活就是“感觉”——愉快的和不愉快的感觉；生活的目的首先是满足自己的“自然欲望”。把

---

① Анисимов И. И. (гл. ред.) *Литературное наследство. Т. 72. Горький и Леонид Андреев: Неизданная переписка.* Москва: Издательство «Наука», 1965, с. 254.

② Николаев П. А. *Русские писатели. 1800 – 1917: Биографический словарь.* Москва: Издательство «Советская энциклопедия». Т. 1, 1989, с. 114.

对享乐的崇拜视为生活的一种宗教或纲领，使沙宁把人的全部心愿归结为性欲。整部小说正是由许多有幸或不幸的“爱情故事”，确切些说，是由一系列满意或不满意的色欲关系编织而成的。其中有不少以自然主义手法描写的性关系细节。作品中的人物往往被赋予某种动物性特点：青年军官扎鲁金像是一匹“热情而愉快的公马”，女主人公像是“年轻而漂亮的母马”，等等。

这部小说虽然在1900—1902年间就已基本完成，但是它的发表时间正值第一次俄国革命后的阴暗年代，因此作品的主人公很容易被看成是对贯彻于革命过程中的理想和原则进行重新估价的传声筒。批评家瓦·沃罗夫斯基的《巴扎罗夫与沙宁：两个虚无主义者》一文，正是从这一视角给这部作品以否定性评价的。但是也有一部分读者，特别是青年读者，却把沙宁的人生哲学看成是对扭曲人性的旧传统道德信条的一种挑战，甚至连著名诗人勃洛克也是从这一角度看待这部作品的①。一些青年学生还举行题为“沙宁对不对?”的讨论会，成立“自由爱情联盟”和“沙宁分子小组”。与此同时，官方舆论也因这部小说而直接谴责作家本人。1908年，克里米亚地方政权将去那里治病的作家阿尔志跋绥夫驱逐出该地区。1910年，东正教赫尔莫根主教声称要将作家革出教门；后来全俄东正教最高会议还以诲淫和渎神罪对作家提出起诉。高尔基愤然反对事实上是由官方操纵的这些做法，虽然他自己也对《沙宁》持批评态度。小说出版后，仿作蜂起，一时形成潮流。这些仿作的特点是对性问题的关注、社会冷淡主义情绪和对俄国前途的怀疑主义态度。《沙宁》所激起的不同反响，根源于作家本人深刻的内心矛盾。

阿尔志跋绥夫献给1905—1907年革命的有一系列中短篇小说。他在《早晨的阴影》（1905）中描写了一批男女大学生——契诃夫一代俄国知识分子的代表们在“解放运动的风浪中”的牺牲，表现了每个经过这条历史分界线的人都必然会改变自己的一部分思想。《人浪》（1907）描写革命年代发生在某海滨城市的故事，令人想到“波将金号”装甲舰起义的日子里的敖德萨以及1905年秋天的塞瓦斯托波尔。在作品的无名主人公身上，可以明白无误地认出施密特中尉这一富有自

① Блок А. А. *Собрание сочинений в восеми томах, Т. 5.* Москва – Ленинград: Государственное издательство художественной литературы, 1962, с. 228.

我牺牲精神的革命者典型。短篇小说《血污》（1906）写的是一个孤独者在一个火车站的街垒毁灭时死去的故事。这些作品均表明作家当时和现实的靠近。同类题材的作品还有中篇小说《工人谢维廖夫》（旧译《工人绥惠略夫》，1909）。作品的主人公是大学生托卡廖夫。他参加过七年的秘密革命活动，但并不理解什么是“革命”。在充满狐疑、绝望的精神状态中，经由一场荒诞的梦，他那极为空虚的、半失去理智的头脑中逐渐形成了一个极为可怕的杀人计划，这个计划是以复仇为目的的，对象是那些自以为不会受惩罚的“生活主人”。他实现了这个计划，结果受到警察追捕。他一直用“工人谢维廖夫”的名字躲避警方，早已被缺席判处死刑。最后他完全失去了对“革命活动”的信心，开始忏悔“不信教”。这位谢维廖夫—托卡廖夫说，他不久前还相信的人类的“美好未来”，将散发出极强烈的“死尸气味”；现在在他的心中，恨已经占据了爱的位置。作品里出现过一个主人公幻觉中的人物，他问托卡廖夫，在这七年当中，他是怎样从一个怀着热情和信念、为着神圣的真理和爱的事业来到工厂的精神饱满的大学生变成当今这副样子的。谢维廖夫—托卡廖夫没有回答这个问题。作品反映了社会革命党人的思想和精神危机，以及他们所进行的地下革命活动的结果。作品在病态的幻觉形式中表现主人公关于革命的手段与目的思考，这一艺术特点为阿志跋绥夫那个时期的许多作品所共有。

对于小说家阿尔志跋绥夫来说，长篇小说《靠近最后的界限》（1910—1912）具有某种总结性质。在这部作品中，作家顽强地宣传他的思想：为了使人们免除无用的痛苦，必须在他们中间散布迷信意识。在表现形式上，小说给人以似曾相识的感觉：在总体阴暗的背景上出现若干明丽的场面，情节和对话单调、重复，以主人公最后自杀作为结局。当时的批评界就认为，这部小说标志着作家才能的衰落。

作为剧作家，阿尔志跋绥夫直到1913年才发表第一部剧本《嫉妒》。随后又有《战争》（1914）、《敌人》（1916）等剧作陆续问世。这些剧作一般表现私通、孤独、死亡的主题，反响不大。《野蛮人的规律》（1915）一剧后来被改编成电影剧本《丈夫》。他还有其他一些剧本也被搬上银幕。

阿尔志跋绥夫把第一次世界大战称为“人类全部文明成果的大灾难”，但又从“生存斗争”的观点主张坚持到“胜利结束”。从1917年5

月起，他主持刚刚恢复出版的《自由报》，并在该报连续发表政论《作家纪事》，直至1918年5月。1923年夏季之前，他一直居于莫斯科，不参与当时的文学生活。出国后他选择了波兰国籍，住在华沙，继续写他的《作家纪事》，1927年于华沙去世。阿尔志跋绥夫无疑是白银时代“诸流派之外”的诗人和作家中较有影响的一位。

4

第四群落同样是散文家群落，它主要由列米佐夫、扎伊采夫、什梅廖夫和苔菲等人组成。各种形式的散文，如小说、随笔、故事、传记、回忆录、小品文等，是他们所运用的基本体裁。只有女作家苔菲的文路更宽。她以写讽刺散文、小品文称著，但也写诗歌与剧本。只是她的主要文学成就始终是在散文方面。这个群落的作家同现实主义流派有着程度不同的联系，有的研究者、有的文学史著作甚至将他们都视为现实主义作家[①]。扎伊采夫曾在安德列耶夫的带领下接近过“星期三”文学小组，什梅廖夫一度是知识出版社和《知识》丛刊的撰稿人。从创作方法上看，这几位作家的实际情况各有不同。列米佐夫的早期创作具有现实主义特色，后来的作品则兼具现实主义、象征主义和自然主义因素。什梅廖夫的主要艺术方法是现实主义的。他的现实主义成就在侨居国外期间更明显地呈露出来。一些西方评论者认为，什梅廖夫不仅是与布宁并列的俄罗斯域外文学中最重要的作家，而且是20世纪俄罗斯文学中最优秀的现实主义作家之一。但也有的研究者认为他的作品中存在自然主义成分。扎伊采夫本人在1916年曾经对自己的艺术探索过程作过一番描述，说他从写自然主义小说开始创作，不久即为印象主义所吸引，然后又倾心于浪漫主义和抒情风格，最后则感到自己越来越迷恋现实主义。[②]作为三卷诗歌作品集的作者，苔菲可以说是一位浪漫主义诗人，尽管她的诗作中也有不少并无抒情因素的讽刺诗。作为讽刺散文、小品文、幽默小说和独幕剧的作者，

---

① Смирнова Л. А., Турков Ф. М., Марченко А. М. *Русская литература XX века. Очерки. Портреты. Эссе. В 2 ч.* Москва: Издательство «Просвещение», 1994, Ч. 1, с. 12.

② Николаев П. А. *Русские писатели. 1800 – 1917: Биографический словарь.* Москва: Издательство «Большая Российская энциклопедия». Т. 2, 1992, с. 312.

她又是一位现实主义者。她在逝世前不久，曾谈到自己是属于契诃夫流派的，但又肯定莫泊桑是她的理想。看来，苔菲所追求的是莫泊桑的那种带有某些自然主义特征的现实主义风格。总体来看，这个群落的几位作家的创作，共同显示出现实主义和现代主义在20世纪俄罗斯文学中的彼此融合。

在白银时代，列米佐夫、扎伊采夫、什梅廖夫和苔菲，都已经取得了相当的文学成就，但是都还没有达到自己创作的高峰。十月革命以后，他们先后都到了国外，继续进行文学创作。在流亡生活时期，他们不仅各自进入了自己创作的辉煌阶段，而且和布宁、茨维塔耶娃、霍达谢维奇一起，写出了域外俄罗斯文学中最为成功的一批作品，成为流亡文学“第一浪潮”的杰出代表（详见第十四章）。

从1890年开始的俄罗斯文学的白银时代，因1917年革命的发生而告结束。白银时代活跃于文坛的诗人和作家们，在革命后无论是生活在国内的还是侨居于国外的，都仍然在进行创作活动。但是，他们的作品已不能构成白银时代文学的续篇。巨大的历史变动不仅改变了几乎所有的诗人和作家的命运和创作面貌，而且刷新了全部俄罗斯文学的总体图像。人们似乎还有些依恋那个好像是突然逝去的文学时代，然而他们又不得不在置身于其中的新的社会历史条件下开展创作。新的文学氛围、新的文学格局、新的文学潮流形成了，新的题材、新的人物、新的风格、新的语言出现了。作为文学发展史程中一个特定阶段的白银时代，化为一种渐渐远去的背景。关于这个时代文学与文化运动的意义和命运，思想家别尔嘉耶夫后来在流亡状态中曾这样写道：

（俄罗斯的）文化复兴后来中断了，它的创造者们退离了历史的前沿位置，一部分人被迫迁往境外。……但是，这一切在说明俄罗斯民族的悲剧性命运的同时，完全不意味着她的创造精力和创造性思想的全部储备都白白落空了，对于未来也不再有意义。历史是这样实现的：它在各种不同的心理反应中流过，意识在其中时而收缩，时而开阔。许多东西时而从表面消失，走向深处，时而又向上升起，在外部显示自身。在我们这里也将是如此。我们这里所发生的精神文化的破坏，只是俄罗斯精神文化命运中的一个辩证的顷刻，它同时说明了对于俄罗斯人而言文化的未确定性。过去的所有创造性思想都将重新具有创造之源泉的意义。[①]

别尔嘉耶夫的言说，不仅传达出白银时代之后流亡域外的俄罗斯知识分子对于 20 世纪初文化密集型高涨时代的追怀，同时也表明了他们对于那个时代所留下的思想文化遗产必将得到发扬光大的信念。后来的历史显然已经证明了别尔嘉耶夫的预见性。白银时代的文学和文化精神，不仅依然保留在一大批诗人和作家的作品里，而且一直浸润着文学园地的无数后来人。

① Бердяев Н. *Русская идея: Основные проблемы русской мысли XIX века и начала XX века.* Москва: ООО «Издательство АСТ», 2000, с. 238 – 239.

九

两大文学板块的形成

1917 年 11 月（俄历 10 月）发生在俄罗斯的那场革命，无疑是 20 世纪人类生活中最重要的事件之一。它不仅给俄罗斯民族带来了天翻地覆的变化，而且影响了 20 世纪整个人类生活的进程。革命事件也在 20 世纪俄罗斯文学史上划出了一条深深的分界线。无论革命前还有多少文学遗产继续存在并发挥着影响，也无论人们对以往的文学是多么习惯和留恋，白银时代作为一个文学时代毕竟已经过去。20 世纪俄罗斯文学进入了一个新时代：变迁时代。

如果说历史的转变是在血与火中实现的，那么文学的变迁也同样伴随着痛苦与悲剧。同过去俄罗斯文学史以及欧洲文学史上各个文学时代的交嬗演变不一样，1917 年开始的文学变迁并非文学自身内部矛盾运动发展的必然，而是势不可挡的外力直接作用于文学的结果。以历史变动的突发性为基本原因，伴以其他各种具体原因，原先在白银时代就活跃于文坛的知名作家约有一半在革命后迁居到国外。作家队伍的分裂状态使得一直是作为一个整体存在的俄罗斯文学被破为两大板块："俄罗斯本土文学"（其主体部分为"苏维埃俄罗斯文学"）和"俄罗斯域外文学"（俄罗斯流亡文学）。这两大文学板块虽然都是俄罗斯文学整体的组成部分，有着天然的血缘关系，但是却呈现出彼此不同的特点。两大板块的存在不仅是变迁时代俄罗斯文学的特有现象，而且决定了往后俄罗斯文学的基本格局。

变迁时代的俄罗斯国内文坛，充分显示出变迁、过渡、转折的特点。白银时代就存在的各种文学流派或渐次消解、隐退，或重新组合，或仅仅发挥着潜在的影响。新的文学思潮和团体大量涌现。在前一时期就已成就斐然的老作家和在革命后出现的年轻作家同时在进行创作，具有各种倾向和风格的作品共同存在，各种理论批评见解纷然并立。文坛气氛相对宽松，甚至分别属于两大板块的作家也可以自由交往。但是对文学的行政干涉已经开始，极左文学思潮已初露锋芒，并显示出它的破坏性。

“俄罗斯本土文学”这一概念也许只有区别于“俄罗斯域外文学”的意义。这一文学板块曾一度被划分为所谓的“内部侨民文学”、“同路人”文学和“苏维埃俄罗斯文学”。如索洛古勃、安德烈·别雷、扎米亚京等还留在国内的作家被称为“内部侨民”，皮里尼亚克、左琴科和其他“谢拉皮翁兄弟”作家被称为“同路人”，而只有别德内依、绥拉菲莫维奇等人才是“苏维埃俄罗斯作家”。托洛茨基的《文学与革命》（1924）一书率先使用了这种以作家的政治态度划线的区分方法。“无产阶级文化派”和“拉普”的批评家们只承认“苏维埃俄罗斯作家”。在此后一个相当长的时间内，多种《苏联文学史》著作更是一直以“苏维埃俄罗斯作家”为主要描述对象，仅兼及一下“同路人”作家。变迁时代“俄罗斯本土文学”的完整面貌曾经被长期遮蔽在极左的帷幕后面，但是经过历史的风风雨雨，它最终还是清晰地呈现在世人面前。

变迁时代迁至境外的俄罗斯作家，创造了这一时代的“俄罗斯域外文学”，形成了流亡文学的“第一浪潮”。这一文学板块是在特定的历史条件下、地域环境中和人文背景上形成的，打上了第一代俄国流亡者的生活、思想、情绪和感受的多重印记。这一代流亡作家大都在白银时代已取得相当的文学成就，他们到国外以后的创作与白银时代文学的内在联系更为明显，然而也不可能是简单地继续吟唱前一个时期未唱完的曲调了。以巴黎、柏林等西欧大都市为主要聚集地的流亡作家，有着广泛接触西方现代文学的便利条件，这就使得俄罗斯域外文学能够较快、较多地吸收同时代异国文学的新鲜艺术经验。但是，本民族生活土壤的失却，对同时代俄罗斯人生活与心理状态的逐渐陌生，又使得流亡作家即便在具有创作自由的条件下也较难写出真实反映“当前的现实”的作品来。从总体上看，流亡文学“当代性”的缺失是一种必然。大部分流亡作家不得不向历史、向传统、向记忆汲取自己的诗情。

从一定意义上说，变迁时代“俄罗斯本土文学”和“俄罗斯域外文学”各自的优势和劣势可能正好相反，两大文学板块也就恰好形成一种互补格局。这中间绝没有高下之分。任何一方都是不可或缺、不可替代的。生活在国内或国外的俄罗斯作家，在这特殊的历史时代，在各自不同的社会条件下，呕心沥血，执着探索，从不同的视角对动荡的历史生活和社会心理作出了自己的艺术反应，继白银时代之后为20世纪俄罗斯文学提供了又一批优秀的作品。变迁时代是一个付出了沉重的代价，但仍然堪称伟大的文学时代。

以推翻沙皇专制政权、结束封建主义统治为目的的1917年二月革命，得到了几乎所有俄国知识分子的支持。很少有作家和诗人把个人和民族的希望寄托在君主政体的延续上。十二月党人和赫尔岑们的遗愿，本来就是一代又一代俄国知识分子前仆后继、执着追求的理想。二月革命后，知识界欢呼俄罗斯“与自由联姻”，愿意将这一历史的变动视为民族振兴的契机。然后，从二月革命到十月革命的转换，却因过于迅速而使一般知识分子缺乏精神心理准备。往往习惯从文化的、人道的角度看待社会历史现象的知识者们，难以理解这第三次革命的意义与必要性，更难以接受转换前后出现的一系列事变。一些人怀疑、忧虑、观望、沉思，一些人作出了较强烈的反应，一些人发出了痛苦的预言。作家高尔基自1917年4月至1918年6月在《新生活报》上先后发表共80篇左右的文章（其中58篇冠以《不合时宜的思想》的统一标题），从俄罗斯民族文化心理特点的角度对革命本身及革命过程中出现的种种现象进行批判性审视，表达了对于知识分子、民族文化事业以及整个民族的命运和前途的深深的担忧。诗人勃洛克在《知识分子与革命》（1918）和《人道主义的覆灭》（1919）等文章中，奉劝人们不要在革命中仅仅看到自己的“美好幻想的实现”，清醒地估计到某些有价值的东西、值得尊敬的人们将在“漩涡中毁灭”，呼唤着人道主义的复归。声望极高的老作家柯罗连科，在十月革命后不久即连续发表《又是书刊检查》、《胜利者的庆典》两篇文章，抗议恢复早已有之的书刊检查制度，反对对自由思想的压制。他还在1920年连续6次投书给教育人民委员卢那察尔斯基，否定要求在落后国家尽快实现社会主义甚至共产主义的口号，抗议“普遍的私刑”以及对农民和家庭手工业者的剥夺，指出出版、选举、结社和集会的自由不是“资产阶级的偏见”，而是社会精神和道德发展的必要条件。他承认实现社会主义是当代的十分必要的任务，但又认为只有在“自由的国度”才能实现这一任务。布宁、巴尔蒙特、列米佐夫、什梅廖夫、爱伦堡等一系列作家和诗人，也通过自己的作品表现了对于十月革命以及革命后的许多社会现象的不理解、不接受甚至疑虑和抵触的情绪。

这些情绪由于局势的动荡不安、饥荒与物质生活条件的低劣、知识阶层在国家和社会生活中的地位的下降、文学创作和出版方面所出现的种种困难等客观原因而不断加剧。但是也有一些作家几乎从一开始就同情和支持革命，拥护新政权，如绥拉菲莫维奇、魏列萨耶夫、勃留索夫、马雅可夫斯基等人。在革命和国内战争的烈火中成长起来的新一代作家和诗人，作为巨大历史事变的参与者和产儿，他们在当代生活中所感受到的只是激动与兴奋，因而合乎逻辑地成为苏维埃政权的拥护者。对突发性的历史变动和变动后的现实的不同反应，终于导致俄罗斯作家队伍发生大规模分化，俄罗斯文学的两大板块得以形成。

自 1918 年开始，就不断有许多在白银时代即已蜚声文坛的作家和诗人离开俄罗斯故土，侨居到国外。在 1921 年之前出国的文学界知名人士，有阿维尔琴科、艾亨瓦尔德、安德列耶夫、巴尔蒙特、鲍包雷金、布宁、大卫·布尔柳克、济·吉皮乌斯、莫·柳·戈夫曼、古谢夫—奥林布尔斯基、阿·帕·卡缅斯基、库普林、亚·康德拉季耶夫、谢·马科夫斯基、梅列日科夫斯基、明斯基、莫丘里斯基、纳日文、萨文科夫（路卜洵）、伊戈尔·谢维里亚宁、斯捷蓬、斯托里察、阿·托尔斯泰、苔菲、菲洛索福夫、萨沙·乔尔内依、契里科夫、爱伦堡、尤什凯维奇等人。1921 年至 1922 年间，阿姆菲加特洛夫、阿尔志跋绥夫、高尔基、扎伊采夫、格·伊万诺夫、涅米洛维奇—丹钦柯、奥索尔金、列米佐夫、霍达谢维奇、茨维塔耶娃、什梅廖夫等人先后到了国外。十月革命以后的五六年间，是文学界人士大批出国的时期。此后还陆续有一些诗人和作家离国而去，如维·伊万诺夫于 1924 年到了罗马，扎米亚京在 1931 年出国，侨居巴黎。从上面这一并不详尽的名单中可以清楚地看出，白银时代俄罗斯文学中的现实主义、象征主义、阿克梅主义、未来主义等各个流派，以及不属于任何一个流派，甚至刚进入文坛不久的作家和诗人中，都有一批人告别了俄罗斯。文学界人士的出走，显然不是个别的、偶然的现象。

这种现象不仅出现于文学界。在艺术各领域，包括音乐、绘画、芭蕾舞、戏剧表演、电影、雕塑等方面，都有一批知名艺术家和代表人物出国，如享有盛名的音乐家拉赫曼尼诺夫、格拉祖诺夫、斯特拉文斯基，著名画家别努阿等。在哲学、历史学、社会学、考古学、神学、艺术理论等各人文科学学科中，也都有一些卓有成果，甚至有世界性影响的著名学者、专家、教授等代表人物离别俄罗斯，其中包括尼·别尔嘉耶夫、谢·布尔加科夫、伊·亚·伊里因、尼·奥·洛斯基、列·舍斯托夫等著名哲学家、思想家，以及拜占庭学家康达科夫、埃及学家戈列尼雪夫等人。整个俄罗斯知识界、文化界都因人员成批流失而受到严重的冲击。

到了柏林、巴黎、布拉格和贝尔格莱德，俄罗斯作家、诗人和批评家的文学活动依然在进行。新的报刊出现了，新的文学沙龙开张了，新的作品发表了。革命前俄罗斯文坛的整个生活及其氛围，似乎分别移到欧洲几个大城市中去了，以致女诗人济·吉皮乌斯在1924年的一篇文章中曾经不无得意地断言："俄罗斯现代文学（以它的主要作家为代表）已从俄罗斯流到欧洲。"①

济·吉皮乌斯的说法显然有些绝对化，但又在一定程度上道出了某种实情。分为两半的俄罗斯文学中，一个板块流向了国外，整个俄罗斯文学的代表作家约有一半先后离国而去，但还远不是全部。除开那些在革命后才登上文坛的年轻作家，以及一批虽在革命前即已开始创作，但尚未为广大读者所知的作家之外，留在俄罗斯的白银时代原有的重要诗人和作家就有阿赫玛托娃、尼·阿谢耶夫、安德烈·别雷、勃洛克、勃留索夫、魏列萨耶夫、伊万·沃尔诺夫、沃洛申、戈罗捷茨基、古米廖夫、叶赛宁、辛凯维奇、留里克·伊甫列夫、瓦·瓦·卡缅斯基、克留耶夫、克雷奇科夫、克鲁乔内赫、库兹明、曼德尔什塔姆、马雅可夫斯基、纳尔布特、奥列申、帕斯捷尔纳克、波德亚切夫、绥拉菲莫维奇、谢·索洛维约夫、索洛古勃、赫列勃尼科夫等人。这些作家和诗人同样分属于白银时代的各个文学流派，也有的是诸流派之外的知名作家。

如果说，革命后因各种不同原因离别俄罗斯的作家们，在异国的土地上创造了"俄罗斯域外文学"，那么，留在国内的作家们则与在革命激流中涌现的年轻一代同行们一起，建立了具有不同于前一个时期文学的若干特点的"俄罗斯本土文学"。自从俄罗斯文学诞生以来，它一直是作为一个整体存在的。到了20世纪的"变迁时代"，它却被分为两大板块。俄罗斯文学内部的"别离"发生了。这一别离不是一种短暂的文学现象。

---

① Зись А. Я. *Русская идея: В кругу писателей и мыслителей русского зарубежья: В 2 – х томах,* Том Ⅱ. Москва: Издательство «Искусство», 1994, с. 360.

全部现代俄罗斯文学，甚至整个20世纪俄罗斯文学，从总体格局到创作的内容和形式特色，都受到这一文学的别离所带来的巨大影响。这是人类文化史、文学史上一种甚为罕见的人文景观。

同样是在20年代初期，当济·吉皮乌斯等人强调现代俄罗斯文学已经随着一大批诗人和作家的出国而转移到国外去了的时候，托洛茨基却开始了对离别了故土的“非十月革命文学”、“流亡文学”的声讨和挞伐。后者承认，俄罗斯人的“才华”和“思想”等“这些没有重量的宝贝被运到国外，其规模之大，让俄国‘文化’，尤其是这一文化的十分殷勤的赞美者马·高尔基感到可怕。”[①]托洛茨基还断言，流亡者们由于“完全地和永远地变得精神空虚”而不可能提供任何东西来。托洛茨基和济·吉皮乌斯一样，均为某种偏见所左右，各执一端，只承认自己认可的那一部分文学为文学，不愿承认作为一个整体的俄罗斯文学已经被切割为两大板块的事实，不愿承认留在国内和迁居国外的俄罗斯作家从不同的角度共同参与了革命后俄罗斯文学创作的事实。一幅完整的俄罗斯文学图像，显然不能缺少两大板块中的任何一块。

变迁时代俄罗斯作家的分化、去留的情况是多种多样的，两大文学板块之间的关系也不是截然对立、水火不相容的。仅仅根据作家的去向来判断其思想，并以此来给他（她）在文学史上定位的做法，显然不妥。革命后迁居国外的文学界和文化界人士中，只有少数人具有鲜明的政治倾向性，如梅列日科夫斯基、济·吉皮乌斯夫妇，他们是将布尔什维克视为天敌的。济·吉皮乌斯曾写过充满政治复仇情绪的诗（如《无词之歌》，1919）；梅列日科夫斯基在1941年希特勒进攻苏联时，还在巴黎电台发表广播讲活，希望借助法西斯的力量消灭布尔什维克。但是，大部分流亡作家并不是出于某种政治“自觉”而迁至异国的。像布宁、巴尔蒙特、什梅廖夫等人，更多的是从人道主义的立场出发，因不能接受充满战乱、暴力、流血的现实而远走他乡的；如果从社会政治理想上看，布宁倒是有些留恋君主主义和宗法制庄园秩序。安德列耶夫、康德拉季耶夫、库普林等作家，则几乎是在无意之中“突然间”一下子变成了侨民的。安德列耶夫早在1908年就在芬兰（当时属于沙皇俄国）的瓦姆梅尔索建造了私人住宅，他本人后来曾一度居于彼得堡，1917年10月底返回瓦姆梅尔索。

① 托洛茨基：《文学与革命》，刘文飞等译，外国文学出版社1992年版，第9页。

十月革命后芬兰脱离俄国而独立，使他身不由己地变成了侨民。康德拉季耶夫与其妻从1919年住到多罗戈布日他自己的庄园上，但该地自1920年起划归波兰，于是他也成为侨民。库普林在十月革命后还曾在高尔基主持的世界文学出版社工作过，他是在他的家庭所在地加特奇纳地区被尤登尼奇军队占领，后来在军队退却、家人被冲散的情况下，为寻找亲人而随着人流不由自主地到了国外的。女诗人茨维塔耶娃则是由于要寻找在白卫军中的丈夫而带着女儿一起出国的，但是她本人却同女作家苔菲一样，始终没有加入"抨击"布尔什维克的行列。散文家扎伊采夫是因为要治病而旅居国外的。

还有一批文化界、文学界人士并非"逃亡"到国外，而是被遣送出境的。根据1922年5月19日列宁给捷尔任斯基的信[①]，苏联政府在1922—1923年间曾分别从莫斯科、彼得格勒、喀山、敖德萨、基辅、克里米亚等地，由水路经黑海和波罗的海将160多名知识界名流集体遣送到什切青、君士坦丁堡、瓦尔纳等异国港口城市。这批被遣送者中，包括哲学家（其中大都兼文学批评家）别尔嘉耶夫、谢·布尔加科夫、洛斯基、弗兰克、卡尔萨文、伊里因、斯捷蓬、伊·拉普申，历史学家基泽维捷尔、梅里古洛夫、弗洛罗夫斯基，文学批评家艾亨瓦尔德和由名记者成为著名散文家的米·奥索尔金，莫斯科大学校长、生物学家诺维科夫和彼得堡大学的两名副校长，《经济学家》杂志的几乎全部成员，以及其他社会科学和自然科学方面的学者与活动家。1922年9月30日和11月18日分别从莫斯科和彼得格勒出发将知识界著名人物遣送出国的船只"哈根市长号"和"普鲁士号"，因所载的哲学界人士较多，被人们称为"哲学船"[②]。被遣送者们并不都认为自己是反政府的，其中有一些人在国外将苏联护照保存到去世。

高尔基的情况更为特殊。1918年《新生活报》被封闭后，高尔基曾对此事提出抗议，并两度去找列宁请求保留这份报纸，但无济于事。此后，他排除重重干扰，致力于拯救文化的工作，同时坚持认为指出新政权的过失和错误、保护知识分子是自己的义务。这就使他与彼得格勒领导

---

① Голубков М. М. *Утраченные альтернативы*. Москва: Издательство «Наследие», 1992, c. 20.

② Сергей Хоружий. "Философский пароход: Как это было". *Литературная газета*, 09. 05. 1990. № 19.

人、“红色恐怖”推行者季诺维耶夫的冲突不可避免。1918 年，在季诺维耶夫的命令下，高尔基的住宅和普列汉诺夫的住宅同时被搜查。1921 年，高尔基住所再度被搜①。也是在 1921 年，彼得格勒还发生了“塔冈采夫案件”的悲剧性处理、“全俄救济饥民委员会”被摧毁、古米廖夫被镇压、勃洛克不幸去世等一连串事件。高尔基的所有努力都失败了。列宁开始竭力劝说他尽快摆脱“资产阶级知识分子的包围”，因为作家在国内已无有“有利的工作条件”。高尔基此时病情的严重和他的心灵痛楚可说是旗鼓相当。在最后一次去莫斯科为救济饥荒委员会成员被捕一事见加米涅夫后，高尔基于 1921 年 10 月 16 日离开了俄罗斯。十多年后，作家本人曾忆及当年列宁对他所说的话：“如果您不走，我们将遣送您出去。”②因此，当代俄罗斯研究者才有根据说：“假若他不出国，那么他就有可能在 1922 年随一大批著名作家和学者一起被驱逐。”③

十月革命后留在俄罗斯国内的作家，也同样有着种种不同的具体情况。他们未离开俄罗斯，不一定都是一种政治选择的结果。别德内依、绥拉菲莫维奇、勃留索夫等人无疑是拥护苏维埃政权的，但别雷、阿赫玛托娃、曼德尔什塔姆等人却对新政权持明显的保留态度。索洛古勃自 1920 年起就力求得到出国签证，但长期未获批准，终于在妻子自杀后打消了迁往境外的念头。勃洛克在革命后曾以充沛的热情继续文学活动，不久即日益感到自己的思想与现实严重脱节，后又恶病缠身，急欲出国治病休养。高尔基曾积极为他出国一事奔忙，包括写信给卢那察尔斯基和列宁，但未及时获准，诗人已谢世而去。帕斯捷尔纳克也曾于 1930 年 5 月写信给身在索伦托的高尔基，请后者帮助他及家人出国④，同样没能成功。这些作家和诗人的谋求出国，不一定都同政治有关，就像他们一度决定留在国内，并非是一种政治归依的标志一样。

十月革命后俄罗斯作家的去留，往往充满着犹疑、徘徊和反复，不是

① Спиридонова Л. А. *М. Горький: диалог с историей.* Москва: Издательство «Наследие», 1994, с. 175 – 177.

② Горький А. М. *Письма к писателям и И. П. Ладыжникову. Архив А. М. Горького. Т. VII.* Москва: Государственное издательство художественной литературы, 1959, с. 204.

③ Спиридонова Л. А. *М. Горький: диалог с историей.* Москва: Издательство «Наследие», 1994, с. 174.

④ Пастернак Б. Л. *Полное собрание сочинений В 11 томах, Т. 8.* Москва: Издательство «Слово», 2005, с. 427 – 428.

一蹴而就、“从一而终”的。这正是这个充满矛盾的变迁时代的特点在作家个人生涯中的反映。如阿·托尔斯泰是在1918年携全家离国而去的，成为最早的流亡作家之一，但他在境外生活几年后，又于1923年春返回俄罗斯。作家别雷、爱伦堡等人，都曾一度旅居国外。如别雷1921年11月到1923年10月间曾生活在柏林、斯图加特、什切青等地；维·什克洛夫斯基1922—1923年间曾侨居芬兰和德国；爱伦堡在1921—1924年间先后居于巴黎、比利时和柏林。他们旅居国外的时间均较短，作家库普林和女诗人茨维塔耶娃则都是在国外生活了一个较长的时间，分别于1937年、1939年回到国内的。高尔基1921年出国后，先是居于德国和捷克，后长期住在意大利，1928年后几乎每年（除1930年外）都回俄罗斯一次，住上几个月，直至1933年才最后决定回国定居。作家扎米亚京则是经过较长时间的观察与思考，于1931年才离开俄罗斯的。作家阿·帕·卡缅斯基的情况最为复杂。他于1919年从克里米亚离境到德国，1924年返回苏联，1930年夏再度出国，先后居于柏林和巴黎，1935年9月又回到苏联，直到1937年底被捕，1941年死于监禁中。

十月革命后及整个20年代中俄罗斯作家队伍的分化是一种颇为复杂的历史—文化现象，不可简单地将它归结为政治分野或信仰选择。作家和诗人们的去向，既不能说明他们的“进步”或“反动”，更不能标志他们在文学史上的地位，他们的创作的意义与价值。由作家的出走而造成的俄罗斯文学的分离、两大文学板块的出现，并不意味着任何一个板块已从俄罗斯文学的整体中分离出去，而只是标志着被割裂开来的俄罗斯文学两部分之间彼此的别离。将这两个部分中的任何一个部分从文学史上抹去，都等于人为地遮蔽了半部文学史。事实上，至少在20年代，俄罗斯文学两大板块之间的关系还完全不像后来那样“势不两立”。如20年代初期在柏林，就有《岁月》、《航舵》、《未来的俄罗斯》、《新世界》、《前夜》、《交谈》等思想倾向不同的报刊同时出版，其中高尔基、别雷、霍达谢维奇等主编的文学与科学杂志《交谈》（1923—1925），其办刊方针是为了“使俄国知识分子了解欧洲专门用于科学与文学发展的工作”①，恢复俄国知识分子和西欧知识分子之间的联系，因此该刊广泛涉及欧洲文学、哲

---

① Келдыш В. А.（отв. ред.）*Неизвестный Горький. Горький и его эпоха. Материалы и исследование. Выпуск 3.* Москва: Издательство «Наследие», 1994, с. 93.

学、科学、艺术和技术的成就与问题，影响广泛。出版这份刊物的时代出版社还有代表常驻俄罗斯，有过往国内发行该刊的动议。俄罗斯流亡作家们仿照彼得格勒文艺界的做法，在柏林也建立了“艺术之家”，包括别雷、阿·托尔斯泰、高尔基、什克洛夫斯基、爱伦堡、霍达谢维奇、索科洛夫—米基托夫等在内的迁居作家和短期旅居国外的作家在这里自由交往。马雅可夫斯基、皮里尼亚克、帕斯捷尔纳克等人也都到过柏林。在柏林出版《航舵》一报，为言论出版社和《俄国革命档案》一刊奠基的作家和出版家伊·格森证实，他在柏林的住所曾成为经由不同的路线汇集于这座德国都城的俄国作家们聚会的中心。20年代中，除上面提及的这些到过柏林的作家外，索洛古勃、古米廖夫、叶赛宁、曼德尔什塔姆、米·布尔加科夫、克留耶夫、库兹明等诗人和作家及“谢拉皮翁兄弟”的作家们，都在柏林出版过作品。一些短期旅外的作家和一直留在俄罗斯的作家，曾经在《现代纪事》、《前夜》、《里程碑》等流亡者刊物上发表过作品与文章。彼得格勒的文艺报刊上也曾刊出过流亡作家的作品，报道过他们的文学活动。

鉴于20年代前半期这一段俄罗斯域外文学中的所谓“俄罗斯的柏林”时期各类作家之间的交往相对自由，两大文学板块之间的关系尚未走向紧张对立的状况，高尔基曾经设想过经由《交谈》一刊使流亡作家和俄罗斯国内作家彼此相处得更为融洽，保持俄罗斯文学的完整性。然而，高尔基煞费苦心的艰难努力终究是徒劳的。到20年代下半期，别离的文学恢复整一的希望更为渺茫。刚刚形成的两大文学板块各自沿着一定的轨道滑行，不是靠得越来越近，而是离得越来越远。

十月革命后至20年代发生的俄罗斯文学内部的别离，两大文学板块的形成，是一种不以人们意志为转移的必然现象。它是以一大批文学界人士远走异邦为条件与表征的，而作家和诗人们的出走则是剧烈的历史变动和敏感的知识分子的精神心理直接冲突的结果。无论是对于作家们的个人生涯和创作命运，无论是对于俄罗斯文学与文化的发展，甚至对于整个民族，别离都是一种悲剧性现象。作家、文学和民族，都是足够苦难的，虽然这种苦难本身也造就了得以把曾经拥有光荣与幸运的俄罗斯文学传统继承下去、发扬开来的有生力量。我们的文学史家、文化史家和历史活动家们或许能够从中获取许多有益的启示。

十

1920 年代的苏联文坛

自十月革命到 1920 年代末的俄罗斯本土文学生活，充分显示出变迁、过渡时代的特色。这个时代存在和出现的大量文学派别、团体、思潮，层出不穷、日新月异的文学主张和口号，作家队伍的复杂构成及他们的作品所呈现出的种种不同倾向、追求和风格，在理论批评领域活跃着的各种学派，行政力量对文学的干涉程度和作家文学活动的自由度，作家诗人们的个人命运和他们的作品的命运，都表明俄罗斯文学正处于从白银时代向自 1930 年代开始的“滑坡时代”逐渐转变的时期。这十几年间的国内俄罗斯文坛上，既可以看出前一个时代文学运动的惯性和余波，又呈露出下一个时代文学生活特点的某些萌芽或征兆。交叠、繁复和过渡是这个纷繁驳杂的时代给文学生活打上的特有的印记。

1

白银时代曾经活跃于文坛的各文学流派，到这一时期或逐渐消逝不见，或在分化后重新组合为新的文学派别与团体，或继续发挥着潜在的影响。如象征主义流派到革命后即不复存在。它的一部分成员，如巴尔蒙特、梅列日科夫斯基、济·吉皮乌斯、明斯基、维·伊万诺夫等人先后到了国外，另一部分成员如勃洛克、别雷、勃留索夫、索洛古勃、谢·索洛维约夫等则留在俄罗斯。无论在国内还是在国外，这批诗人和作家们的创作活动都还在继续进行，但是已无有象征派组织存在，他们也未能将象征主义文学运动继续向前推进。留在国内的诗人和作家中，勃洛克、勃留索夫、索洛古勃都于 1920 年代去世，谢·索洛维约夫则主要从事翻译工作。

只有别雷著述颇多，直至 1934 年谢世。别雷和勃洛克还加入了革命后短期存在的文学团体“西徐亚人”，不过那已是同象征主义无甚联系的一个文学组织。

阿克梅诗派及其团体“诗人行会”，早在第一次世界大战开始、古米廖夫从军后即已停止正常活动。1916—1917 年间，诗人格·伊万诺夫和格·阿达莫维奇等，曾建立第二“诗人行会”，把一些年轻的“后阿克梅派”诗人集合起来，试图再有所建树，但不久即告解散。在 1921 年古米廖夫被杀、1922 年格·伊万诺夫出国后，戈罗捷茨基等人又在莫斯科建立第三“诗人行会”，只是也同样未能复兴阿克梅主义。阿克梅派原先的六大核心人物中，在十月革命后的不同时期内取得突出诗歌成就的是曼德尔什塔姆和阿赫玛托娃，但他们俩都没有重新举出阿克梅主义的旗帜。

与象征主义、阿克梅主义不同的是，俄国未来主义可以说是顺利地跨越了革命。虽然谢维里亚宁、布尔柳克等诗人在革命后告别了俄罗斯，但是从总体上看，未来派诗人们不仅在革命后最初几年的文学生活中牢牢站稳了脚跟，而且大有领导整个文艺界的气势。这一派诗人掌管的《公社艺术》一刊，是当时唯一的一份官方文艺刊物。他们喊出了最革命的口号，却清楚地显露出反美学、反艺术的特征。到 1920 年代初，未来派锐气稍减，人员溃散。1923 年春，他们又重新聚集，成立“左翼艺术阵线”（“列夫”）。

现实主义流派的元气大伤。老一辈现实主义作家的最后一位杰出代表柯罗连科于 1921 年去世。白银时代最主要的现实主义作家高尔基、布宁、安德列耶夫、库普林等，都先后迁居国外。只有魏列萨耶夫和绥拉菲莫维奇等人还留在国内，继续其创作活动。但是与高尔基、布宁等人这一时期在国外发表的作品相比较，这些留在俄罗斯的现实主义老作家的成就显然有限。变迁时代俄罗斯本土文学中现实主义的主要成就，除了高尔基在国内发表的部分作品之外，是由年轻的作家们创造的。

具有自然主义倾向的代表作家阿尔志跋绥夫、鲍包雷金、纳日文、阿·帕·卡缅斯基等，在革命后全部侨居国外。在白银时代自然主义就未形成流派，远不能同现实主义、象征主义等文学流派并驾齐驱，到变迁时代更无法造成大的声势。但是作为一种文学思潮和表现手法的自然主义，却仍然在发挥着它的影响。在这一时期刚开始创作的皮里尼亚克、巴别尔、肖洛霍夫等人的作品中，均可见出自然主义的渗透。

2

变迁时代俄罗斯国内文坛的一个突出现象是一大批新的文学团体和派别的涌现。从1917年起到1920年代末，计有近30个文学组织先后存在。最早出现的文学派别是“西徐亚人”（即“斯基福人”，1917—1918）。这一派别以思想家、批评家拉·瓦·伊万诺夫—拉祖姆尼克（1878—1946）的《俄国社会思想史》（1906）一书为理论指导，在思想上接近新民粹主义和“土壤派”。这一文学派别的参加者有别雷、勃洛克、叶赛宁、克留耶夫、奥列申、福尔什、恰佩金等人，他们曾出版过两本名为《西徐亚人》（1917，1918）的文集。在他们的艺术观中，混杂着象征主义、浪漫主义及现代主义因素。他们的作品，多从宗教观念和民族原始精神的角度理解和描写当时的历史变动。这是白银时代部分象征主义诗人、部分“乡村诗人”在历史转换期的一个特殊的结合体。

另一个较早出现的团体是“无产阶级文化协会”（1917—1932）。它的存在时间较长，不仅横跨整个变迁时代，而且延伸到下一时期。这是一个规模很大的群众性文化组织，其主要成员多为一些来自劳动阶层、有过革命经历的诗人和作家，拥有《无产阶级文化》等多种刊物和若干出版社。它的主要领导人和理论家波格丹诺夫鼓吹历史虚无主义，主张全盘否定文化遗产，企图“在空地上”建立起一种纯粹的、特殊的“无产阶级文化”。在这种理论的指导下，无产阶级文化派诗人以极端庸俗化的观点指导创作，排斥对任何个人和人的心理的表现，其作品显示出一种极度虚夸、空洞、浮泛、狂妄的特点。无产阶级文化派思潮是20世纪俄罗斯文学中极左思潮的滥觞。

“意象派”（1919—1927）也是十月革命后出现较早的文艺团体之一，其主要成员有白银时代的乡村诗人叶赛宁，“诗歌顶层楼”参加者谢尔申涅维奇、留·伊甫涅夫，以及诗人阿纳托里·马里因戈夫，画家鲍·艾尔德曼、格·亚库洛夫等人。他们在1919年和1921年两次发表署名宣言，强调对“形象”的崇拜和追求，确认“通过形象和形象的节律性来显示生活是艺术的唯一规律、唯一的和无可比拟的方法”[①]，在一定程度上抓住了艺术的本质。但是他们却把形象与作品的内容对立起来，蔑视任何内容，不免滑向形式主义。意象派诗人中只有叶赛宁把形象刻画、意象构成与情感表现有机结合起来，写出了一系列成功的诗作，突破了这一派别的宣言所设定的框架。

进入 1920 年代，新的文学团体和派别更是层出不穷，主要有“谢拉皮翁兄弟”、“列夫派”、“山隘派”、“拉普”等。“谢拉皮翁兄弟”（1921—1926）与高尔基 1919 年倡议建立并主持的世界文学出版社有着密切的联系。为了出版世界文学名著，出版社希望有一支过硬的文学翻译队伍，于是组织了一个文学翻译训练班，后又改为文学讲习班。出版社的编委扎米亚京、古米廖夫、柯·伊·楚科夫斯基、什克洛夫斯基等担任训练班和讲习班的导师。1921 年，在这两个班中学习的左琴科、弗谢沃洛德·伊万诺夫、费定、格鲁兹杰夫、波隆斯卡娅、卡维林、隆茨、尼·谢·吉洪诺夫、斯洛尼姆斯基、弗·波兹涅尔、尼·尼基金等人，在什克洛夫斯基的积极参与下成立了名为“谢拉皮翁兄弟”（以德国作家霍夫曼的一部中篇小说命名）的文学团体。他们经常于晚间聚集在彼得格勒“艺术之家”的集体宿舍或斯洛尼姆斯基的个人住所内，朗读自己的作品，向老一辈作家、批评家们请教有关美学问题，展开热烈的讨论。他们大都是有过革命经历、拥护革命并愿意描写革命的青年作家和诗人，但是却反对政治干预艺术创作，强调形式与技巧，追求作品情节的复杂性、戏剧性，故事结构的新颖奇特和叙事艺术的生动有力，有志把 19 世纪俄国文学传统和西方文学经验结合起来，表现当代主题。这个团体的共同意见，一是表现在《“谢拉皮翁兄弟”给谢尔盖·戈罗捷茨基的回信》（1922）中；二是反映在《“谢拉皮翁兄弟”谈自己》（1922）一书中，后者包括该团体的各位成员的自传和由隆茨签署的《为什么我们是“谢拉皮翁兄弟”?》一文。1922 年，彼得格勒的“阿尔康诺斯特”出版社和柏林的“俄罗斯创作”出版社先后出版过“谢拉皮翁兄弟”成员的作品集。这个组织的成员后来大都成为有成就的作家，并对列昂诺夫、米·布尔加科夫、奥列沙等作家产生过影响，但他们在 20 年代却被称为“同路人”作家，受到排挤。

“列夫”（1922—1929）的全称为“左翼艺术阵线”，是未来派在

---

① Баранников А. В. *Русская литература XX века. Хрестоматия: В 2 ч.* Москва: Издательство «Просвещение», 1993, ч. 1, с. 87 – 88.

1920年代的一个变体，其主要成员仍是原先的未来派诗人，如马雅可夫斯基、阿谢耶夫、克鲁乔内赫、瓦·卡缅斯基，以及革命后成为未来派的特列季亚科夫、勃里克、库什涅尔、基尔尚诺夫、楚扎克等人。他们曾先后出版过《列夫》（1923—1925）、《新列夫》（1927—1928）等杂志。他们像未来派一样，反对继承古典文学遗产，先是宣扬艺术的无目的性，后又鼓吹艺术功利主义，提出“生产艺术”、“事实文学”、“社会订货”等口号，把艺术等同于生产，把创作过程看成只是对生活中的“事实”进行组合、剪辑的过程，要求“艺术服从于生产关系的共同标准”。“列夫”派夸大特写、纪录影片、政论文及各种宣传鼓动性体裁的效用，反对作品中的心理描写，有的人甚至否定长篇小说和抒情诗。1928年马雅可夫斯基脱离“列夫”，次年另行成立“艺术革命阵线”（“莱夫”），“列夫”开始解体。这一派别反映了庸俗社会学和极左思潮对文学界的影响。

1920年代出现的另一个较大的文学团体“山隘”，又称为“全苏工农作家联合会”（1923—1932）。它的组织者是《红色处女地》杂志的主编、批评家沃隆斯基，主要参加者是为该刊撰稿的一些青年作家，后来组织逐步扩大。“山隘”曾于1925年和1926年两度发表宣言，强调以古典文学遗产为出发点，坚持现实主义传统，提出“真诚”是文学创作的最高原则，反对无产阶级文化派、“拉普”等对所谓“同路人”作家的不信任态度。在宣言上签名的有维肖雷、普里什文、马雷什金、巴格里茨基、伊万·卡达耶夫、列日涅夫、尼·扎鲁津、彼·斯列托夫、鲍·古别尔、戈尔包夫等人。这个团体曾出版定期刊物《山隘》（1924—1928）和《同龄人》（1930），普拉东诺夫、维肖雷、巴格里茨基、卡拉瓦耶娃等人为经常撰稿人。这个文学团体在20年代及其后几十年中一直受到不公正的评价，1932年随着众多文学团体一起被解散。

1920—1930年代初最大的文学团体是“拉普”（1925—1932），即“俄罗斯无产阶级作家联合会”。它的前身是1922年12月成立的“十月”文学小组和1923年3月由“十月”扩充的“莫普”（“莫斯科无产阶级作家联合会”）。1925年1月，以“莫普”为中心，成立了“全苏无产阶级作家联合会”（“瓦普”），并组成了作为“瓦普”领导核心的“俄罗斯无产阶级作家联合会”，即“拉普”。1928年召开的第一届全苏无产阶级作家代表大会，决定取消“瓦普”，以“拉普”为核心，建立“全苏无产阶级作家联合会联盟”（“伏阿普”）。这些组织的领导核心都是同一批人。

人们后来所说的“拉普”，其实是对这几个组织的统称。从广义上说，“拉普”的活动可以分为两个时期：第一个时期是 1923—1925 年，活动阵地有《十月》、《青年近卫军》、《在岗位上》等期刊；第二个时期是 1926—1932 年，活动阵地有《在文学岗位上》、《文学报》、《拉普》等。因《在岗位上》和《在文学岗位上》是宣传“拉普”理论主张的主要刊物，故“拉普”亦被称为“岗位派”。“拉普”的核心人物阿维尔巴赫、法捷耶夫、李别进斯基、叶尔米洛夫、潘菲洛夫等人，推行宗派主义路线，唯我独“左”，粗暴地攻击包括高尔基、马雅可夫斯基在内的一大批所谓“同路人”作家；常常把政治口号直接搬到文学中来，甚至要求作家直接以斯大林讲话为文艺创作的主题；提出臭名昭著的“辩证唯物主义创作方法”，宣扬庸俗社会学的文艺观。其中叶尔米洛未等人的所谓文学批评，是打棍子、扣帽子的典型。“拉普”的活动，是极左文学思潮在 20 年代的集中表现，是 30 年代至 40 年代极左文学思潮大肆泛滥的前兆。

除上面已提及的文学团体和派别外，1920 年代俄罗斯国内文坛还先后出现过“锻冶场”（1920—1931）、“构成主义者文学中心”（1924—1930）、“真实艺术协会”（1926—1927）等。其中“锻冶场”的文学主张大致没有超出无产阶级文化派的范畴，1931 年它即与“拉普”合并。“构成主义者文学中心”也称“构成派”，它在许多问题上和“列夫”派一致，但也有一点同“列夫”针锋相对，即向往西方科学文明，提出要掌握欧洲先进文化和技术。“构成派”作家写出了一些形式主义的、宣言式的东西。“真实艺术协会”出现于列宁格勒，在宣言中自称为“左翼革命艺术的新部队”，“不仅是新的诗歌语言的创造者，而且是新的生活感受的创造者”①。这个组织的成员在作品中常不合逻辑地把词汇和形象联结在一起，追求简单而离奇的情节，对当时的现实作尖刻的讽刺性描写。他们的主张与实践在某些方面和赫列勃尼科夫、克鲁乔内赫等未来派诗人有一定联系，同时又显示出一种表现主义倾向。主要成员有亚·维坚斯基、丹·哈尔姆斯、尼·扎鲍洛茨基等。

变迁时代出现的众多文学团体和流派，是这个复杂多变、充满探索和迷误，也充满虔诚和空想的时代本身的产物。从现代俄罗斯文学中文艺思

---

① Сурков А. А. (глав. ред.) *Краткая литературная энциклопедия, Т. 5.* Москва: Издательство «Советская энциклопедия», 1968, с. 375.

潮演变的“上下文”来看，一部分派别是白银时代某些文学流派或思潮在新的历史环境和文化氛围中的特殊形式的畸变，另一部分派别则预先演示了下一个时代占统治地位的文艺思潮的大致轮廓。人们甚至可以从形形色色的文学派别的升降沉浮中粗略地揣测出历史的动向。

3

与文学团体林立的局面相对应，在理论批评领域，变迁时代也曾经是多种学说和主张纷然并立。马克思主义批评、庸俗社会学、现实主义批评、心理学派和形式主义理论等，同时活跃于文坛。**阿·瓦·卢那察尔斯基**（1875—1933）和瓦·瓦·沃罗夫斯基（1871—1923）是普列汉诺夫之后最重要的两位马克思主义批评家。但沃罗夫斯基文学批评的全盛期是在两次革命之间，他所论及的也大都是20世纪初期的文学现象，革命后几乎完全辍笔，于是卢那察尔斯基成为革命后主要的马克思主义批评家。他凭依自己百科全书般丰富的知识，尤其是对欧洲文学和俄罗斯文学的熟知，力图以马克思主义观点回答革命后文学发展中提出的一系列问题，在文学批评中力图做到美学的批评和历史的批评的有机结合。他对无产阶级文化派和未来派否定文化遗产的虚无主义倾向所进行的斗争，对“列夫”、“拉普”的理论家们把文艺看成政治的附庸这一错误观点所作的批评，他对高尔基的长篇小说《克里姆·萨姆金的一生》的研究，对革拉特科夫的《水泥》、《原动力》等作品中的“矫揉造作的东西”的发现，都显示出他的真知灼见。尽管他并非总是正确，他也曾经陷入矛盾，但他的批评实践却同他在团结知识分子方面所作的努力一样，在1920年代的历史文化背景上闪耀着自己的光彩。

庸俗社会学则是20年代流行甚广的一种把马克思主义庸俗化了的理论观点。它的代表人物**弗里契**（1870—1929）和**彼列维尔泽夫**（1882—1968）把存在与意识、经济基础与上层建筑之间的关系简单化，认为作家的创作都是直接依从于一定的经济关系和作家的阶级属性的，把文学艺术视为社会学的形象图解。弗里契在他的《艺术社会学》（1926）一书中把艺术生产等同于物质生产，认为艺术完全受经济的直接支配，并提出所谓“相对价值”论，否定古典文化和文学遗产的价值。彼列维尔泽夫则认为文艺创作就是通过形象表现艺术家个人所属的那个阶级的“社会性”，把艺术家和他的作品都看成是所属阶级的纯阶级观念的体现。这些观点大都为无产阶级文化派、“锻冶场”、“列夫”、“拉普”的人们所接受，并显示在他们所提出的口号、批评活动以及他们对待古典遗产和所谓“同路人”作家的态度中。庸俗社会学为1930—1940 年代极左文学思潮的泛滥作了理论准备。

变迁时代相对宽松的文学氛围，甚至能够允许十月革命前即已形成的形式主义学派在理论批评领域继续存在。这个学派由莫斯科语言学小组（1914 年成立）、彼得格勒诗语研究会（1917 年初成立）和国立艺术史研究所的部分学者等三部分人组成。**维·什克洛夫斯基**的《词的复活》（1914）一书是这个学派最早的论著。由这部论著发表到 1920 年代中期，形式主义的其他理论家们连续推出一系列论著和论文，逐步建立了系统的理论构架。什克洛夫斯基提出的“艺术的目的是提供对事物的感觉”、“艺术的手法是使事物‘陌生化’”的观点，对于艺术的本质问题作出了重新回答。雅可布森关于文学研究的对象是作品的“文学性”的见解，则更新了传统的文艺学观念，开倡导文学“内部研究”之先河。这两个方面即构成形式主义学派的两大理论支柱。另外，什克洛夫斯基对小说的结构的分析，艾亨巴乌姆对悲剧、散文理论及句法和语调的研究，梯尼亚诺夫对电影原理、语义学与诗歌结构之关系的探讨，托马舍夫斯基对作品主题、诗歌韵律和节奏、词义变化的考察，日尔蒙斯基对诗歌结构和诗韵学的研究，等等，都是扎实而细致的、有价值的学术探索，显示出这一批学者认真严谨的治学态度。形式主义学派对文学作品的形式、文学的特质和规律的关注，打开了文学研究的新天地，并由于形式主义理论家们自身向国外的迁移（布拉格、巴黎等地），带动了西方文艺理论批评的革命性变革。俄国形式主义无疑是 20 世纪最有影响、最富活力的理论批评学派之一。荷兰学者佛克马后来曾经写道：“欧洲各种新流派的文学理论中，几乎每一流派都从这一‘形式主义’传统中得到启示，都在强调俄国形式主义传统中的不同趋向，并竭力把自己对它的解释，说成是唯一正确的看法。”①俄国形式主义理

① ［荷兰］佛克马、易布思：《20 世纪文学理论》，林书武等译，生活·读书·新知三联书店 1988 年版，第 13—14 页。

论甚至直接启示了曾对它持批评态度的批评家米·巴赫金。后者正是在研究形式主义理论的基础上，完成了《陀思妥耶夫斯基诗学问题》（1929）一书，提出了著名的“复调小说”理论，不仅为文学作品研究开辟了一条新路，而且给一般文艺学研究以方法论方面的多重启迪。

在20年代俄罗斯本土文学批评界，**亚·康·沃隆斯基**（1884—1943）的批评理论与实践可以说是独树一帜的。他深受以别林斯基为代表的俄国现实主义批评流派的影响，坚持现实主义的文艺观，对无产阶级文化派、未来派和岗位派否定古典文化遗产的历史虚无主义作了透彻的批判，对岗位派的理论家们大肆宣扬的庸俗社会学作了切中要害的批驳，对“列夫”派的理论家们把创作等同于生产的观点给予彻底否定。他还系统地分析了弗洛伊德学说与文学创作中的直觉问题，力求辩证地阐明直觉与理性的关系问题。在自觉地从理论上抵制庸俗社会学、抵制初露锋芒的极左文艺思潮的同时，沃隆斯基还对被称为“内部侨民”的作家和所谓“同路人”作家伸出了友谊之手，热情地肯定他们的文学活动的价值，恰如其分地指出了他们的创作在当时俄罗斯本土文学中的地位。他把自己主持的《红色处女地》一刊和“环”出版社作为“同路人”作家发表作品的阵地，使得一批有质量的作品得以问世，可以说是为1920年代俄罗斯文学的发展立了一功。他是俄罗斯文学中一位有魄力、有胆识、有影响的文学批评家。

4

在能够容许多种文学思潮、多种文学团体和派别同时存在，容许不同的文学理论批评学说纷然并立的背景下，文学创作领域也一度呈现出相对宽松、活跃的气氛。变迁时代的国内俄罗斯文坛，曾经出现过一种新老作家并存，“国内侨民”作家、“同路人”作家和“革命作家”同时发表作品的局面。各种倾向、各种风格、各种题材的作品都能有机会面世。作家和诗人们一般还能够根据各自的审美价值取向进行艺术创作上的探索、试验、创新，在创作方法上也还能够有自己的选择。俄罗斯文学在这一多元化的格局中获得了进展。

变迁时代的俄罗斯诗坛，曾经是各种音响彼此交错，各种旋律竞相出现，真正是纷纭杂陈，千姿百态。当无产阶级文化派诗人开始以大胆的夸张和幻想来抒发他们的激情、表现他们的愿望时，革命前即已活跃于文坛的老一代诗人（包括许多后来陆续出国的）还在沿着自己的追寻方向前进。象征派、阿克梅派、未来派以及不属于任何一个派别的诗人们，在革命后几乎都迅速推出了自己的作品。勃洛克的《十二个》和《西徐亚人》，别雷的《基督复活》和《祖国》，维·伊万诺夫的《十四行冬咏》，曼德尔什塔姆的《悲痛》和《世纪》，阿赫玛托娃的《一切都抢光了，交出了，卖掉了》，爱伦堡的《为俄罗斯祈祷》和《沉思》，帕斯捷尔纳克的《1918 年末大风雪中的克里姆林宫》等诗，表现了白银时代的诗人们对革命的不同理解和他们在历史变动中的复杂感受。别德内依、马雅可夫斯基等诗人在革命后初年就开始讴歌这一历史性的事件。以《青年近卫军》杂志为中心的一批"共青团诗人"，更努力在革命的激流中汲取诗情，颂扬时代的英雄。同一时期沃洛申、索洛古勃、霍达谢维奇、茨维塔耶娃等诗人，或透过诗作表达出对于时代风暴不要扼杀个性、毁灭文化的希望，或在诗歌中咀嚼着在变动时代产生的心灵痛楚，或经由个人命运的浮沉探索人生的哲理。"锻冶场"诗人和"乡村诗人"几乎都对革命持欢迎态度，但前者的诗作却带有同那一时代气氛相似的"铁"的色彩，后者则以俄罗斯农民的目光看待革命，斩不断和自然经济、和宗教意识的天然联系（如叶赛宁、克留耶夫、克雷奇科夫、奥列申等）。如果说，老一代诗人的创作总是显示出白银时代诗歌运动的巨大惯性，那么，从国内战争前线归来的一批诗人（尼·吉洪诺夫、艾·巴格里茨基、弗·卢戈夫斯基、阿谢耶夫）以及革命后直接来自乡村的新诗人伊萨科夫斯基、普罗柯菲耶夫等，则更多的具有理想主义、斗争精神和浪漫情调。但是由于吉洪诺夫、阿谢耶夫和巴格里茨基等在革命前即已开始写作，因此他们的诗作仍然具有象征派、阿克梅派和未来派多重影响的痕迹。在这一批诗人身上，清楚地体现出变迁时代俄罗斯诗坛新旧杂陈的特点。

多种倾向和风格并存的特色更表现在小说创作领域。大部分作家都对时代的变动与变动后的现实作出了自己的艺术反应。绥拉菲莫维奇的《铁流》（1924）、富尔曼诺夫（1891—1926）的《恰巴耶夫》（1923），法捷耶夫的《毁灭》（1927），是较早出现的描写国内战争的三部作品，正面歌颂革命英雄人物是它们的共同特点。但《恰巴耶夫》缺少艺术描绘，更接近纪实文学；《铁流》着意塑造群体形象，却如鲁迅所说，"令人觉得有点空”[①]；只有《毁灭》显示出作者杰出的心理分析才能，虽未必写出了主人公精神世界的全部复杂性，仍堪称一部具有艺术魅力的小说。弗·伊万诺夫（1895—1963）的《铁甲列车14—69》（1922），巴别尔（1894—1941）的《骑兵军》（1920—1923），米·布尔加科夫的《白卫军》（1925），肖洛霍夫的《顿河故事》（1925），拉夫列尼奥夫（1891—1959）的《第四十一个》（1926）等作品，也是以国内战争为题材的，但都成功地避免了空洞与平板，显示出作者的个人特色。如弗·伊万诺夫以粗犷的笔触和绚丽多彩的风格，通过战争中的农民形象，表现了尚未开发的俄罗斯民族的原始力，给人以强烈的印象。巴别尔从人性的视角描写被战争灾难所扭曲了的人的灵魂，暴露战争中的血污与暴力场面，善于在鲜明的反差中突出人物性格，并以戏剧性场面和众多的意外事件造成震撼人心的效果。另如拉夫列尼奥夫着意在“感情与义务”的传统主题框架中揭示战争期间人性的丰富内涵，肖洛霍夫擅长把社会矛盾浓缩到家庭成员之间的尖锐冲突中加以表现，以显示出斗争的残酷程度，米·布尔加科夫从一个与众不同的侧面反映了历史的真实，等等，均把目光投向历史剧变年代中的人，展示了不同的个性以及人与人之间的关系，为人们留下了那一历史时代的真实艺术录影。

除了国内战争题材的作品之外，1920年代散文创作的一个最重要的主题是对历史变动之后的新的现实的艺术概括。革拉特科夫（1883—1958）的《水泥》（1925）和潘菲罗夫（1896—1960）的《磨刀石农庄》（第一部，1928）是一大批肯定现实的小说中较有代表性的两部。其中《水泥》以国民经济恢复、工业生产建设为题材，《磨刀石农庄》则是第一部描写农业集体化运动的长篇小说。这两部作品在当时及后来的一些文学史中曾经得到几乎一致的称赞。《水泥》被认为是描写社会主义建设的一部里程碑式的作品，《真理报》社论甚至说它是“党的工作者的指南”，并指责那些不欣赏这部作品的人们。《磨刀石农庄》则因为“体现了斯大林讲话的内容”而被称作是为农村题材创作带来了“重大革新”的小说，并同样被戴上“里程碑式作品”的桂冠。但这两部作品的浪漫化手法、人物设置上的公式化特点和矫揉造作的语言，已经使人们越来越难以承认它们属于优秀作品之列。

① 《鲁迅全集》第13卷，人民文学出版社1991年版，第159页。

在《水泥》和《磨刀石农庄》这类作品一度大量涌现之际，扎米亚京、普拉东诺夫、皮里尼亚克等作家，却以清醒的思考和深刻的洞察力，见出了为一片赞歌所掩盖的现实的另一面，运用各种不相同的艺术手法表现了俄罗斯民族向现代迈进的历程远不是一片光明、一帆风顺的。同时期作家左琴科的讽刺短篇也有着异曲同工之妙。费定（1892—1977）的描写知识分子在历史变革中的命运的长篇小说《城与年》（1924），列昂诺夫（1899—1994）的展示新经济政策时期莫斯科地下社会真实图景的作品《贼》（1927），爱伦堡（1891—1967）的《贪图私利的人》（1925）、《1925年夏天》（1926）和《在流动的小巷中》（1927）等揭露现实阴暗面的短篇小说，则更合乎传统的现实主义精神，显示出作者们与19世纪俄罗斯文学的联系。

还有一批思想深邃、艺术造诣颇高的作家，似乎无意于描写“当前的现实”。十月革命到1920年代高尔基发表于国内的作品和发表于国外的作品，无论是《日记片断・回忆录》（1924）、《1922—1924年短篇小说集》（1925）、《我的大学》（1923）和本拟作为自传体作品第四部《在知识分子中》的一组作品（1923），还是长篇巨著《克里姆・萨姆金的一生》第一、第二部（1927，1928），都表明作家把目光注向业已过去的时代，着重考察俄罗斯民族文化心理特征及其与民族历史发展之间的内在联系，特别是俄国知识分子的精神历程和命运道路，并由此探测民族历史的未来。老作家魏列萨耶夫在20年代完成的小说《绝路》，通过一位阅历丰富的民主主义者、人道主义者的命运，反映了一部分老知识分子的精神悲剧。别雷的一系列散文作品，也是向历史、向记忆汲取诗情，如《回忆勃洛克》（1922），自传体小说《柯季克・列达耶夫》（1922），长篇历史小说《莫斯科》的前两部：《莫斯科怪人》（1927）和《遭受打击的莫斯科》（1927）。这些“脱离现实”的作品或许具有更深刻的意义和更久远的价值，只是当时远未能引起应有的注意。

同样与乐于描写“当前现实”的作家形成对照的，是另一批执意在幻想世界和大自然中寻找素材的作家：格林、帕乌斯托夫斯基、普里什文等人。格林是亚历山大・格里涅夫斯基（1880—1932）的笔名，他以描写爱情和冒险的、带有神秘色彩的幻想作品见胜。小说《红帆》（1924）、《金链》（1924）和《在浪尖上》（1928），展现的是美丽的岛屿、汹涌的海洋和覆盖着灌木的沙丘，以及充满着奇迹、巧合和险情的异域场景，在当时众多的枯燥无味的作品中显得别具一格，吸引了广大读者。帕乌斯托夫斯基（1892—1968）是格林作品的推荐者，他本人的风格也接近格林。他的小说《浪漫者》（1923）和《闪烁的云彩》（1929）也同样具有异国情调和幻想色彩，却体现出对美好生活的无限向往。他善于把自然景色的描写、细节刻画和情感表达糅合在一起，这就使他的作品往往获得了一种抒情诗般的效果。从帕乌斯托夫斯基的作品中，可以明显地看出老作家米哈伊尔·普里什文（1873—1954）的影响。普里什文其人其作，都同俄罗斯大自然有着密切的联系。他有着关于大自然的丰富知识和同样丰富的对大自然的感情。大自然就是他的作品主题本身。故事集《别连捷的泉水》（1925；后改名为《大自然的日历》，多次再版）、自传体小说《恶老头的锁链》（1923—1929）是他最有影响的作品。他善于把大自然诗化。他笔下的形象来源于一种泛神论观念，这种观念渗透在他对四季、动植物、岩石与河流的描写中。他不仅赋予各种大自然现象以人性，他笔下的人也是属于大自然的。他所强调的是人和大自然的和谐。在作家根据自己广博的科学知识描绘大自然时，他又每每给读者以道德和哲理的启示。普里什文当之无愧地被称为诗人科学家和富有哲理的抒情作家。

和诗歌、小说创作领域的情形类似，变迁时代的戏剧创作也呈现出风格的多样化，但总体成就较低。1925 年之前，一些充满浪漫激情、缺少生活实感的宣传鼓动剧出现，绥拉菲莫维奇的《玛丽亚娜》（1918）和马雅可夫斯基的《宗教滑稽剧》（1918—1921）是其代表，虽然后者在同类戏剧中达到了较高的艺术水平。从 20 年代中期起，开始出现一些以十月革命和国内战争为背景，表现阶级斗争、歌颂布尔什维克的剧本，如比里—别洛采尔科夫斯基的《风暴》（1925），弗·伊万诺夫的《铁甲列车》（1927）、特列尼奥夫的《柳波芙·雅罗瓦娅》（1926）、拉夫列尼奥夫的《决裂》（1927）等。布尔加科夫的《图尔宾一家的命运》（1926）和《逃亡》（1928）两剧，也以国内战争为背景，但构思都较为奇特：前者写一群主观上希望效忠于祖国、客观上却陷入绝路的俄国知识分子的悲剧，后者则在贯穿全剧的“往事如梦”的幻灭感中表现了白卫运动的历史终结，且两剧的主人公均为白卫军官。这两部剧本在演出时曾引起轩然大波，招来激烈批评，几度遭禁演。

当时受到“正统”批评家们一致肯定的剧作，主要是阿菲诺根诺夫、波戈廷、基尔尚等人表现苏联社会主义建设的高速度及“新人”形象的作品，还有他们的以这一建设为背景、描写阶级斗争的剧本。这些剧本往往充满豪言壮语，其中的“正面人物”都具有英雄主义特点，“反面人物”大都是工程师、技术人员或科研人员等知识分子，人物设置上的公式化十分明显，曾被称为“舞台报告文学”。1920 年代中期以后还出现了一些杰出的讽刺喜剧，如艾尔德曼的《证书》（1925）和《自杀者》（1928），马雅可夫斯基的《臭虫》（1929）和《澡堂》（1930）。这几个剧本嘲笑旧政权的残余分子，谴责目空一切的官僚，揭露苏联政权机构的种种弊端，因此很快遭到批判与声讨，被禁止演出，有的甚至没有获准公开发表。

无论是从事诗歌、散文创作，还是编写剧本，变迁时代的诗人和作家们还能够自由地选择适合自己的创作方法。如在诗歌方面，象征主义遗风未断。这不仅体现在由前一时期过来的象征派诗人的作品中，而且显示于某些无产阶级文化派诗人的诗作中，虽然他们在理论上对象征派是持否定态度的。未来主义在诗坛上更是再度风行。马雅可夫斯基的诗歌影响颇大，不少新诗人模仿他与他的诗友（包括已迁居国外的谢维里亚宁）。吉洪诺夫与巴格里茨基等年轻诗人则是以浪漫主义的歌唱进入诗坛的。在散文创作领域，现实主义显示出它的强大生命力与经久不衰的影响。高尔基继续以清醒的现实主义眼光审视着历史与现实。魏列萨耶夫等老一代作家也依然坚持现实主义传统。扎米亚京、皮里尼亚克、布尔加科夫、普拉东诺夫、弗·伊万诺夫、左琴科、费定、阿·托尔斯泰、爱伦堡等“谢拉皮翁兄弟”成员或“同路人”作家，也以现实主义为主要创作方法。绥拉菲莫维奇、富尔曼诺夫、法捷耶夫、革拉特科夫、潘菲洛夫的作品，显示出现实主义与浪漫主义相结合的特点。普里什文、格林、帕乌斯托夫斯基等人的散文作品，则同一批年轻诗人的诗作一样，具有鲜明的浪漫主义风格。巴别尔、肖洛霍夫、皮里尼亚克等人的现实主义散文中，不同程度地存在着自然主义因素。谢·谢苗诺夫（1893—1942）、亚·涅维罗夫（1886—1923）、莉·谢富琳娜（1889—1954）和潘·罗曼诺夫（1884—1940）等人的小说或特写，自然主义特色则更为明显。作为一种艺术表现手法，象征主义在革命后别雷的出色散文中继续得到延伸。勃留索夫、索洛古勃的作品同样表明对象征主义的忠诚。但革命后开始活跃于文坛的作家们主要是从别雷的作品中接受象征主义影响的，在皮里尼亚克、马雷什金、李别进斯基等人的创作中，都可看到这种影响的存在。从艺术方法上看，皮里尼亚克与扎米亚京一样，也许是变迁时最为复杂、最为多样化的作家。他们在作品形式、形象刻画、表现技巧和语言运用等方面所进行的大胆试验，几乎带动了变迁时代整个散文领域的探索与创新。皮里尼亚克的作品兼有现实主义、象征主义、自然主义、表现主义特色。扎米亚京自己曾说过，他的创作所运用的是“综合法”或“新现实主义”方法，这其实是现实主义、表现主义、象征主义、印象主义的一种融合。表现主义在变迁时代的俄罗斯文坛，虽未形成流派，却有着相当广泛的表现。在普拉东诺夫的《地槽》与《切文古尔镇》，高尔基的《一个英雄的故事》和《长腿蚊》，卡维林的《爱闹事的人》（1928），格林的《绳索》、《捕鼠者》和《灰色汽车》，米·布尔加科夫的《魔鬼》、《不祥的蛋》和《狗心》，尤里·奥列沙的《嫉妒》（1927）等小说中，都可以发现某些表现主义特色。

5

变迁时代多种文学派别和团体的共同存在，形形色色的文学理论批评学说的纷然并立，各种倾向和风格的作品同时涌现，作家和诗人们在创作方法上的自由选择和大胆试验，都表明自十月革命到20年代末国内俄罗斯文坛还有一个相对宽松的文学氛围。俄共（布）中央1925年《关于党的文学政策》的决议，高尔基主持的世界文学出版社的建立及出版计划的开始实现，以救济老一代作家艺术家为基本宗旨的彼得格勒“艺术之家”、“文学家之家”的成立，团结各类作家的、革命后第一个重要月刊《红色处女地》的出现，由有主见的批评家沃隆斯基担任该刊主编这一事实，众多的出版机构的存在，允许作家出国并在国外逗留、发表作品，等等，同样是当时俄共和苏维埃政府实行较为开明的文艺政策的表征。

但是，这个时期也已经出现了极左文学思潮的初步表现，对文学的行政干涉也已开始。例如，托洛茨基关于十月革命“标出了知识分子无可挽回的失败”的论断，关于“非十月革命文学”、“同路人”作家、“国内侨民”作家、“农夫化作家”的划分，对别雷、扎米亚京、阿赫玛托娃、茨维塔耶娃、别尔嘉耶夫、罗赞诺夫等人的抨击，都显示出一种以“军事共产主义原则”对待文学的态度。无产阶级文化派、“拉普”的斗士们和庸俗社会学的批评家们所宣扬的那一套极左的东西，常常有着恶劣的影响。1923 年，苏联政治教育管理总局发布了一项《关于从公共图书馆中清除反艺术、反革命书籍的指令》，被列入清除书目中的有柏拉图、康德、笛卡尔、叔本华、马赫、尼采、卡莱尔、泰纳、弗·索洛维约夫、列·托尔斯泰、列斯科夫等人的著作。1920 年代中，对作家的批判也已经开始具有政治讨伐的性质。如“拉普”对扎米亚京的批判，伴随着“反革命态度”、“富农”、“资产阶级”、“敌人”等各种帽子；“岗位派”对左琴科的讽刺作品进行抨击时，把他归入“同路人”中的右翼作家、“市侩作家”的行列；曼德尔什塔姆则被说成“彻头彻尾的资产阶级诗人”。“拉普”的领袖阿维尔巴赫在批判普拉东诺夫的小说《疑虑重重的马卡尔》时，公开宣称必须以政治标准代替“教授式”的文艺分析，竭尽谩骂、恫吓之能事，来势凶猛，原来这场批判是由斯大林本人直接发起的。皮里尼亚克的《不灭的月亮的故事》由《新世界》杂志 1926 年 5 月号刊出后，引起一场风波，该刊 6 月号随即发表编辑部声明承认错误，5 月号杂志被命令全部没收，作家随后也写了检讨，因为据说他的作品触犯了斯大林。皮里尼亚克的小说《红木》1929 年在国外发表后，更招致一场猛烈的批判运动。“拉普”决定撤除他的“全俄作家协会”莫斯科分会主席一职，并命令该协会全体会员进行重新登记，更换了协会的几乎所有领导成员。作家高尔基也曾被扣上“西方资产阶级的宠儿”的帽子，他在国外发表的作品，甚至包括《回忆托尔斯泰》和过去写的《童年》，都被列为禁书。1923 年在哈尔科夫，还组织了一场对这位作家的“缺席审判”。另外，在戏剧演出中，如前文已提及的布尔加科夫的剧作《图尔宾一家的命运》、《卓依卡的住宅》，还有扎米亚京的历史悲剧《阿吉拉》，马雅可夫斯基的讽刺喜剧《臭虫》和《澡堂》，尤里·奥列沙的《感情的阴谋》等一大批剧作，都被禁止在舞台演出，尽管其中有些剧本已经得到好评。例如扎米亚京的《阿吉拉》，剧本已受到列宁格勒许多工厂负责人的肯定和高尔基的赞同，在剧目委员会批准后已开始排练，但列宁格勒的文学出版事务局还是下令禁演该剧。

到 1920 年代末期，极左思潮进一步发展，“拉普”的头目以文学总管的姿态对作家和诗人们的创作进行监控，采取行政措施、组织措施干涉文学的现象日益增多。不久以前存在的那种相对自由和宽松的氛围日渐为一种强调斗争的情势所替代。过渡状态行将结束。与个人崇拜的泛滥差不多同时开始的又一个新的文学时代，渐渐揭开了它的帷幕。

十一

未完成的探索

变迁时代的国内俄罗斯文坛新旧并陈，鱼龙混杂，令人眼花缭乱，但它并不仅仅是各种旗帜和口号、标语和漫画的结合体。有许多杰出的诗人、作家和他们的优秀作品，就存在于那一片喧闹声中。经过时间之浪的反复冲刷与筛选，有不少当年曾经名噪一时的作品，如今已经无人一顾。另一些作家的名字则经受住了历史的考验，至今依然闪耀着引人注目的光华。

革命后留在国内的作家中，安德烈·别雷、索洛古勃、魏列萨耶夫等作家，还在继续创作活动。特别是别雷，还写出了三卷本回忆录《两世纪之交》、《世纪的开端》、《两次革命之间》这样内容丰富的作品，给白银时代的文学生活以艺术的总结。但是他们毕竟在前一个时代就已经达到了自己创作的高峰。诗人勃洛克和古米廖夫同在 1921 年不幸去世，都提前为自己的创作道路画上了一个悲愤的休止符。在前一个时代就已经进入诗坛的阿赫玛托娃和帕斯捷尔纳克，以及在变迁时代才开始文学创作的米·布尔加科夫、左琴科、肖洛霍夫，在这个时代都还没有进入自己的创作生涯中最辉煌的阶段。只有曼德尔什塔姆、叶赛宁和马雅可夫斯基三位诗人，扎米亚京、皮里尼亚克和普拉东诺夫三位散文家，在变迁时代各自推出了他们的最成熟的作品。这些作品构成了变迁时代“俄罗斯本土文学”的一部分最重要的成果。然而遗憾的是，这六位作家的思想和艺术探索都由于种种原因而未能全部完成。

1

奥西普·艾米尔耶维奇·曼德尔什塔姆（1891—1938）是 20 世纪一

位重要的俄罗斯诗人。他出生于华沙。父亲是皮革商，1894 年以一等商人身份迁到巴甫洛夫斯克，三年后又迁往彼得堡。母亲是位音乐家，熟知俄罗斯文学。她很早就促使儿子了解俄罗斯文学。1907 年，曼德尔什塔姆毕业于杰尼雪夫商业专科学校，后分别在巴黎大学语文科学系（1907—1908）和海德堡大学（1909—1910）短期学习，自 1911 年起至 1917 年二月革命期间，就读于彼得堡大学历史—语文系拉丁语部。彼得堡这座城市的历史与文化，它的匀称和谐的建筑，传统的俄罗斯人的生活方式和西欧文明渗透的结果所形成的反差，从童年起就给曼德尔什塔姆留下了深刻的印象，以致“彼得堡”成了贯穿于诗人几乎全部创作的一个基本主题。

曼德尔什塔姆把自己在杰尼雪夫专科学校期间与作家弗·瓦·吉皮乌斯（1876—1941）的相识称为他的“第一次文学会晤”。他最早的两篇诗作（1907）体现了一种公民精神，可见民粹派传统的影响。1907—1908 年间在巴黎的诗作，则显示出对现代主义的兴趣。1909 年在彼得堡，他先后结识维·伊万诺夫、古米廖夫及《阿波罗》杂志同人。次年，他的五首诗歌即由该刊发表——这可以说是诗人的真正的处女作（《她还没有出生》、《未表露的忧郁》、《微火变得更细小……》等）。诗人通过表现自己的种种感受的“心理间隔”，准确地传达出他的人生态度。他在这个时期逐渐形成的看待生活现实及一般客观存在的孤独、超然的目光，是理解诗人对于时代和历史、宗教和政治的基本态度的锁钥。1911 年 5 月，曼德尔什塔姆在维堡接受了在俄罗斯还未能广泛传布的基督教的洗礼。当阿克梅派的“诗人行会”建立，古米廖夫和戈罗捷茨基分别为新的诗歌流派写下宣言的时候，曼德尔什塔姆也写了一份宣言：《阿克梅主义的早晨》（1913），但没有立即付梓，直到 1919 年才发表。这篇随笔中对一些理论观念的比较分析未必精当，有意义的是诗人概括了在当时的新诗作中呈现的某些新趋向。他把阿克梅主义比作一种建筑艺术，也即艺术家要克服、战胜“物质材料的阻抗”的一种艺术。他认为，建筑就意味着同空旷作斗争，使空间具有感召力。他把欧洲中世纪称为建筑艺术史上的模范时代，而哥特式风格的建筑则是那个时代的显明象征。他写道：“热爱事物的存在甚于事物本身，这就是阿克梅主义的最高戒律。”[1]曼德尔什塔姆

---

[1] Мандельштам О. Э. “Утро акмеизма”. *Сирена*, 1919, № 4 – 5, с. 72.

对艺术中“现象世界”的强调，对艺术世界的具体可感性、可触摸性的强调，划出了阿克梅派新诗与象征主义诗歌的界限。

从 1913 年初开始，曼德尔什塔姆积极参加阿克梅派的活动，在《阿波罗》和《北方》杂志上发表诗歌与评论。这年 3 月，他的第一本诗集《岩石》出版，被视为俄罗斯诗歌中象征主义与阿克梅主义交接的重要标志之一。古米廖夫曾在《关于俄国诗歌的通信》中对这本诗集作了高度评价。收入集子中的诗歌表明，曼德尔什塔姆的注意力集中在人类的文化珍品上，他把这些珍品理解为特定历史时代人类精神力量的结晶或体现。诗人最感兴趣的是建筑艺术、营造术，在建筑中看到了人类的精神史、人类的精神潜能的外化。他特别为哥特式建筑所吸引，把一系列诗歌献给了人类在中世纪创造的这份颇有特色的文化遗产。“岩石”，这既是人类历史生活中最初的和最后的实在性现象，也是被物化了的思想具有长久生命力的证据；在艺术创造者手中，它又是驯服的创作材料。对于诗人来说，语言就是这样的岩石。涵纳在诗人第一本诗集中的这些思想，使人们一下子感到一位独特的诗人已出现于俄国诗坛。曼德尔什塔姆的确是独具匠心。在《艾雅—索菲亚》、《圣母》、《海军部大厦》等诗中，诗人形象地说明，从古代拜占庭、中世纪法国到俄罗斯帝国的人类命运，已被镌刻在用岩石建成的优美的建筑物中。诗人强调能够把看似毫无联系的物件与现象结合为和谐整体的艺术的复杂性。对建筑艺术的倾心引导诗人进一步思考艺术创造的本质，思考人的充满高尚精神的艺术构思对于无生命的物质材料的胜利。

作为一名倾向于对历史做哲学沉思的诗人，曼德尔什塔姆善于以简洁的语言概括出特定历史时代的文化或某些艺术创造的最重要的特征。在《巴赫》（1913）、《我们不能忍受紧张的沉默》（1912）、《我没有看到著名的〈费得尔〉……》（1915）等诗中，巴赫的众赞歌所表现的基督教理性精神，若望·拉辛悲剧的悲伤而有力的动人语调，爱伦·坡的诗歌和小说的紧张的“心理动作”，不仅是作为过去时代的艺术财富，而且是作为新近的、重新被体验过的艺术世界的珍品而被诗人理解和接受的。诗人这样写道：

拉辛的戏剧啊！强劲的帷幕
把我们同另一世界分开；

帷幕横亘在它和我们之间，
深深的褶皱激荡我们的心怀。
古典的披肩从肩头滑落，
痛苦练就的嗓音变得坚强，
愤怒铸成的音节经过
悲伤的淬火变得更加铿锵……①

诗人的精彩概括启示了人们对以往的文化遗产的感悟。在俄国思想家中，曼德尔什塔姆最感兴趣的是彼·亚·恰达耶夫，曾将专文《彼得·恰达耶夫》（1915）和《手杖》（1915）一诗献给他。对恰达耶夫遗产的研究促使诗人在同西欧文明的联系中思索俄罗斯的历史命运，并使他开始注意考察批评家、政论家康·尼·列昂季耶夫（1831—1891）的思想。

古希腊罗马文明在曼德尔什塔姆的诗歌世界占有特殊的位置，成为他的无数诗意联想和创作灵感的源泉。古代神话对于诗人来说，不仅是一种高层次的生存方式或某些非理性的精神体验的象征，而且是一种高尚人性的体现。在这方面，曼德尔什塔姆十分接近给阿克梅派以明显影响的诗人安年斯基。《无眠·荷马·满帆……》（1915）、《欢叫的马群在吃草……》（1915）等诗表明，进入曼德尔什塔姆诗歌中的希腊罗马，已成为他的意识、他的个人感受的不可分割的一部分。

1915 年底，诗集《岩石》第二版问世，所收诗作约等于第一版的两倍。其中的一些诗歌表明，曼德尔什塔姆不能不对自己时代的重大事件作出反应。《欧罗巴》、《兰斯与科隆》及后来的《野兽饲养地》（即《战时世界颂》，1916）等诗，都表现出诗人的反战激情。他把第一次世界大战视为对某种和谐的破坏。“野兽饲养地”是与“世界”一词直接对立的，而“世界”一词则是同人类文化的全部成果相联系的。

曼德尔什塔姆的创作道路的第一阶段以 1916 年为下限。诗人早年漫游欧陆，去过法国、瑞士、意大利、德国等许多国家，深受西方文化的熏陶，拥有丰富的生活体验和独特的思想，这一切都在他的早期诗作中表现出来。他的诗歌中可以捕捉到一种模糊的惆怅、“未表露的忧郁”，但主调则是对生活、对严整性的探寻，以及认识整个活跃的世界的希望。他一

① 郑体武：《俄国现代主义诗歌》，上海外语教育出版社 1999 年版，第 341 页。

般不直接描写当代的社会冲突，而是力图展示作为文化发展阶段的人类社会各个阶段的特有价值。如他的组诗《彼得堡诗章》，继普希金、果戈理、涅克拉索夫、陀思妥耶夫斯基之后勾勒出这座城市的新特点，同时传达出特定的时代氛围和具体的历史内容。诗人力求深入文化史中，进行着历史—道德—哲学的沉思：

在黄色的政府大厦上方
浑浊的暴风雪久久飘荡，
一位法学家又坐上雪橇，
坦然洒脱地将大衣披上。

船舰在过冬。太阳晒得
船舱的厚玻璃冒着热气。
俄罗斯庞大而又可怕。
正如船坞中的装甲舰在沉重喘息。

涅瓦河畔——半个世界的使馆，
这里有海军部大厦、阳光和静谧！
而国家那结实的紫红皇袍，
就像苦行僧粗陋寒伧的外衣。

北方的假绅士负担沉重——
一如奥涅金那古老的忧伤；
参政院广场上是积雪的围堤，
篝火的青烟与枪刺的寒光……①

彼得堡是俄罗斯帝国统治的中心与象征，但这里也演示过十二月党人起义的历史活剧，聚集着隐而未发的反抗意愿，使得外表的威严豪华掩不住内在的危机。诗人在这里显示出他穿透历史的眼光和某种预见性。在实

① ［俄］曼德尔什塔姆：《时代的喧嚣》，刘文飞译，云南人民出版社 1998 年版，第 13 页。译文略有改动。

践阿克梅诗派主张的艺术描写的具象性、可视性和清晰度方面，曼德尔什塔姆可说是一位大师。在词汇运用方面，他力避时髦，多用庄重的、几乎是古旧的词汇，却使之具有丰厚的内涵。

1917—1928 年是曼德尔什塔姆诗歌创作的第二阶段。诗人在这一阶段的最初几年，也即战争与革命期间所写的诗（1916—1920），由另一诗人库兹明将其结为一集，名以《悲痛》（1922）出版。这本诗集是在没有作者本人参加的情况下出版的，编排无次序，所以很快就有按诗歌发表的时间顺序编排、由作者本人过目的另一本诗集《第二本书》（1923）出版。后一本书收有 1916—1923 年间写的诗。它是对《悲痛》的修订和增补。其中的《自由的薄明时分》（1918）一诗，较集中地表现了诗人对革命、对世界的态度。诗中的一切都是象征性的，每一形象都充满深刻的联想和时而是不能完全明了的含义，甚至连诗的题目也是如此。“薄明时分”，这是自然界的一种过渡性的时间状态，可指天亮之前，也可指黑夜降临之前。诗中写道，“太阳”在这个时刻是同在“昏暗的年代”里上升着的人民在一起的，而“时间之船”却向水底驶去，结合成“战斗军团”的燕子遮住了太阳，“漂浮”的大地不知漂向何方。诗人在这里表达了对于俄罗斯的命运和前途的一种深深的忧虑。但是同时，诗人又不能容忍混乱的存在。他曾经以人类文明的丰饶成果为素材在自己的诗歌中建构过令人神往的和谐，收入《悲痛》中的一些诗作则直接表现出对于“自然的世界”、单纯的世界的向往。

十月革命后的最初几年，曼德尔什塔姆曾颠沛于哈尔科夫、基辅、塞瓦斯托波尔、费奥多西亚、第比利斯等地，历尽艰险，几遭逮捕，1920 年才回彼得格勒，但生活无保障，只好住在“艺术之家”的救济性宿舍中。在 20 年代前半期的诗作中，诗人表现了自己以及那个时期一般人们的复杂心绪。人们试图挺过去，一边向着严整性被破坏的世界发出诅咒，一边又不相信曾经有过某种“严整”。似乎有一种“世界末日感”的忧郁旋律回响在诗人这个时期的诗歌中。《世纪》（1922）一诗思考着历史变革的实现与流血牺牲的关系，渗透着一种无法抹去的对历史过程的悲剧感受：

> 我的世纪，我的野兽，
> 谁能窥探你的双眼，

谁又能用自己的鲜血，
把两个百年的脊柱粘连？
……
草木的幼芽还会长大，
还会抽出绿色的新枝，
但你的脊柱却已被折断，
我美丽而又可怜的世纪。①

《1924 年 1 月 1 日》（1924）一诗则以与众不同的勇敢精神表现了诗人对新世界的独特态度。“夜晚”、“黑暗”的形象，饥饿者的形象，在夜色中怨诉、别离的人们的形象，出现在这一时期的一系列诗作中。

曼德尔什塔姆第二阶段的诗作中尽管社会因素得到了加强，但诗人关注的热点依然是人类的文化史进程。文化史依然是他这个时期大部分诗作的“必然的上下文”。《十二月党人》（1917）一诗透过历史的画面和人物肖像，表达了对于那个业已消失的时代的怀念，其中还充满着对于俄罗斯诗歌的“普希金时代”的遐想和呼唤。《阿福花还很遥远……》（1917）同样表现了对普希金时代的向往，以及一种类似于“葬礼之后”来临的不可避免的“时间意识”。诗人从宗教文化的观点看待 1917 年的政治变革，把它理解为基督教时代的终结，或是构成宇宙的两种基本因素（尘世的与精神的）的不协调；时代的“倾覆”在诗人看来好像是建造巴比伦塔，为了“使上天知悉大地”。《弟兄们，我们颂扬……》（1918）一诗呼吁颂扬文化，又渗透着一种宗教般圣洁的“日暮”意识，劝导人们不要回避不可避免的事情，不忘在“盛夏的严寒”中人类所贡献的价值。这首诗在当年像勃洛克的《十二个》一样，传遍俄罗斯读书界。

1920 年代后半期是曼德尔什塔姆创作道路中的散文时期。《时代的喧嚣》（1925）在自传性随笔的形式中，提供了彼得堡文学界作家们的日常生活的生动画幅，它的“准确、鲜明、公正与不可重复”的特点，曾为阿赫玛托娃所惊叹。中篇小说《埃及邮票》（1928）同样具有自传性因素，但更多的是继承发展了果戈理、陀思妥耶夫斯基的传统，对彼得堡城

---

① Бавин С., Семибратова И. *Судьбы поэтов серебряного века.* Москва: Издательство «Книжная палата», 1993, с. 268.

市生活的某些特点作了成功的勾画，却被“岗位派”的批评家们斥为“克伦斯基时代”彼得堡题材作品的继续。《论诗》（1928）一书，收录诗人的诗歌评论和文学批评文章，显示出作者看待诗歌作品及其他文学现象的文化眼光。曼德尔什塔姆的《第四本散文集》直到1971年才被收入纽约一家出版社出版的他的四卷本文集中，第一次公开面世。该书以作家在《莫斯科共青团报》工作期间的生活为素材，运用自白、抨击性文章、公开信等多种形式，对时代的道德退化症作出了切中要害的诊断，指出那是一个已完全失去善良、正派、信誉等概念的时代，显示出锐利的批判锋芒。

曼德尔什塔姆的最后一部诗集《诗歌》（1928），经过书刊检查机关的严格检查，终于在布哈林的过问下得以出版。这本诗集共三个部分，包括选自《岩石》、《悲痛》中的有代表性的诗作和组诗《1921—1925》。根据这本诗集，批评界不能不承认诗人高度的艺术技巧，但是几乎所有公开发表的评论文章都将曼德尔什塔姆排除出“当代诗人”的行列，同时将他称为“彻头彻尾的资产阶级诗人”。诗人对人类文化史的关注，对文化遭破坏的忧虑，对反文化现象的抗议，对文化和文明的呼唤，都与那个时代的“主旋律”不合拍。尽管那个时代还是“吃素的”（阿赫玛托娃语），但是政治告密的火药味已清晰可闻。只有另一优秀诗人帕斯捷尔纳克在给曼德尔什塔姆的信中不带政治情绪地评价这本诗集道：“我不知道还有什么诗作与它相当或类似！……它的完美与厚重都是令人惊叹的，我的这封信也只是兴奋和羞窘的一声感叹。”①

1930年是曼德尔什塔姆创作生涯的最后一个阶段的开始。这一年中，诗人心理上的压力和物质上的困难由于布哈林的帮助而暂时得到了缓解。经过布哈林的努力，曼德尔什塔姆夫妇先后到了高加索、亚美尼亚和梯弗里斯。他的诗歌创作出现了大约三年的间歇期。但正是亚美尼亚成为催动曼德尔什塔姆的诗神苏醒的一种外力。《亚美尼亚游记》（1933）展示了万花筒般的图景与形象，洋溢着对各民族和人种的兄弟情谊的由衷赞美，伴以对欧洲文化、自然科学和哲学成果的精雅敏锐的评点，颇多深刻见解，且语言生动洗练。

---

① Пастернак Б. Л. *Полное собрание сочинений В 11 томах*, Т. *8*. Москва: Издательство «Слово», 2005, с. 256－257.

由高加索回彼得堡作短期滞留后，曼德尔什塔姆迁往莫斯科，生活上仍困难重重。在这个时期的创作中，诗人继续自 20 年代即已开始的与时代的对话。处于他的诗作中心的，是一种对于人民和国家命运的悲剧意识。他以新的目光回首过去，检视时间的岩层，检视自己和他人的命运。在他的一系列诗歌中，可以读出惊恐、痛苦、沉重的预感和陷于绝望的叫喊，有时还出现惨遭灭顶之灾的画面（《在高高的山路上》，1931；《我披着朦胧的月光走进……》，1931）。和这种必遭灭亡的预感同时存在的，是诗人对自由的强烈渴望，他幻想着那种作诗能够成为一种行为、言论能够成为一种事业的时代的到来。他向那些热衷于把他排除出“时代行列”的同时代人发出追求自由的呼唤，表现了对于专制主义的蔑视。在《我离当家长还很远……》（1931）等诗中，诗人还表达了他希望同世界、同人们、同街头普通民众和谐统一的感情。

1933 年，在物质生活条件略有好转后，曼德尔什塔姆曾到克里米亚旅行，在那里会见了正在养病中的安德烈·别雷。这年秋天，他才结束了在莫斯科无住房的生活。但不幸的是，他在 1934 年 5 月即遭逮捕，原因是他写的《古老的克里米亚》、《住所静得像一张纸》等诗，被认为是直接攻击斯大林的。诗中描写了“克里姆林宫的山民”形象，揭示了他的心理特点，有些诗句可能被理解为对农业集体化和恐怖主义的反对与抗议。诗人被判处三年流放，先是到了切尔登，不久后又转至沃罗涅日。他的“沃罗涅日诗篇”是从 1935 年春开始写作的。诗人的抒情旋律仍然是复杂多变的。他的目光时而注向周围的自然界、城市、爱情生活，时而注向时代与文化。诗人似乎在聆听大自然的自由的呼吸，找到了以大地为支撑的力量所在，但同时又难以排遣一种沉重的被俘感，为自己与世界、与自由的隔绝状态而痛苦。这种精神痛苦使他努力避免置身于历史进程之外，“人民的欢声笑语”之外，于是他在《颂歌》、《斯坦司》等诗中表现了自己在斯大林面前的负罪感，试图把自己曾经称为“凶手”的人看成“创造奇迹的建筑师”。对于诗人的这一变化，研究者们说法颇多，莫衷一是。

最具有多义性的作品是曼德尔什塔姆写于沃罗涅日的《关于一位无名士兵的诗》（1937）。这篇诗作中结合着现实的和幻想的因素，具有反战的激情，借助比喻对爱因斯坦理论的把握和关于罗蒙诺索夫、赫列勃尼科夫及 20 世纪欧洲诗学的思索联系在一起。从这篇诗作中依旧可以看到诗人对人类文化史程的关注。

1937 年 5 月，沃罗涅日流放生活结束，曼德尔什塔姆回到莫斯科。但是给予他的自由生活只有勉强一年的时间。1938 年 5 月，诗人再度被捕，同年 12 月 27 日死于符拉迪沃斯托克附近的一个劳改营。

曼德尔什塔姆是人类文化成果的崇拜者，对文化过往史与文化发展的未来有着浓厚的兴趣。他特别醉心于古希腊文明，深感俄罗斯文化与希腊古代文化的联系。他认为普希金、巴丘什科夫、巴拉廷斯基等人是俄罗斯诗歌中“希腊路线”的代表者，并给以高度评价。他本人的诗歌创作也渗透着一种文化意识。他总是从文化发展史、文化类型学的角度考察历史与现实，在与历史、与时代的对话中提出自己的文化见解。他的诗作贯穿着一条长长的文化联想的链条。他善于通过丰富的隐喻性诗句和从许多诗人的作品中摘取的引文（它们因题材情境、情节、特殊的表达形式而形成一个整体），揭示出各个不同时代、不同民族的文化独特性，凸现各种文化类型的精华与优势。20—30 年代，他的诗作中的讽刺因素和社会批判色彩加强，他公然反对极左政治对个性自由的压制。虽然诗人仍是从维护人类文化和文明发展的视角看世界的，但是他的独特的歌喉决定了他在那个时代无法吟唱完自己的悲壮而忧郁的旋律。

2

和曼德尔什塔姆的命运略有不同，诗人叶赛宁与马雅可夫斯基都似乎是自行中断了自己的歌哭。**谢尔盖·亚历山大罗维奇·叶赛宁**（1895—1925）生于梁赞省梁赞县康斯坦丁诺沃镇的一个农民家庭。其父在莫斯科一家商铺做事，较少回家，叶赛宁主要是在外祖父母的抚养下长大的。外祖母的童话故事最早培养了他对文学的热爱，童话般美丽的梁赞土地给他留下了终生难忘的印象，启示了他的创作灵感。他先是在康斯坦丁诺沃地方自治学校就读（1904—1909），后毕业于斯帕斯—克列匹卡师范学校（1909—1912），学习过宗教课程和教会斯拉夫语言。这个农家孩子似乎有着天生的艺术创造才能和鉴赏力，在 13 岁时即开始写诗。普希金、莱蒙托夫、柯尔卓夫、涅克拉索夫的诗作和民间歌曲，都是鼓舞他进入诗歌王国的典范性作品。叶赛宁的父亲无法理解儿子的精神志向，曾希望他成为一名乡村学校教师，或也到莫斯科的那家商铺服务，但他却违反了父亲的意旨。正是由于叶赛宁的这一反抗行为，20 世纪俄罗斯诗歌才多赢得了一份光荣。

1912 年，叶赛宁来到莫斯科，开始接近文学界。他先后在文化书籍出版社和著名出版家伊·德·瑟京的印刷所工作，经常造访苏里科夫文学—音乐小组，带着贪婪的求知欲到沙尼亚夫斯基民众大学历史—哲学系听课，广泛阅读文学作品和期刊。《白桦》（1914）一诗是叶赛宁公开发表的第一篇作品。似乎是一个闸门突然被打开，同是在 1914 年，他连续有《母亲的祈祷》、《铁匠》、《勇士的哨声》、《花纹》和《比利时》等诗问世。这些诗作，散发着俄罗斯原野的惆怅，渗透着宗教的善恶观念，表现了第一次世界大战开始之初诗人对战争的态度。其中《母亲的祈祷》一诗，写到乡间的一位老母亲苦苦思念着自己的正在前方打仗的儿子，在圣像面前祈祷。她在幻觉中看到了田野上的儿子，他成了牺牲的英雄，于是

她灰白的脑袋无力地
埋进两只手中。
那稀疏灰白的双眉
紧锁住心扉，
而从她的眼睛里，
撒落下串串珍珠似的泪。①

诗人在母亲痛失爱子的悲哀之中，传达出对于战争的谴责。由战时情境所引发出的两部历史长诗《执政女官玛尔法》和《乌斯》，也在 1914 年发表。诗人分别通过不驯服的诺夫戈罗德地方执政女官玛尔法·鲍列茨卡娅和拉辛的盟友、顿河首领乌斯的形象，歌颂俄罗斯人的反抗精神和道德力量；但是同时，诗人又在作为全民灾难的战争的背景上，刻画了容纳着巨大痛苦的“柔和的乡土”——俄罗斯的形象。《执政女官玛尔法》再现了 15 世纪“诺夫戈罗德共和国”最后日子中的悲剧性事件。当时该地贵族反对伊万三世谋求建立统一的俄罗斯国家的政策，玛尔法作为诺夫戈罗德人的长官与代表出现在长诗中。叶赛宁利用民间诗歌传说的题材，模

① ［俄］《叶赛宁抒情诗选》，刘湛秋、茹香雪译，上海译文出版社 1982 年版，第 24 页。

仿民诗风格，喊出了追求独立自由的俄罗斯人的心声。

叶赛宁把战争看成人民的真正的悲剧，在《罗斯》（1914）一诗中，他以朴实无华的诗句传达出灾难来临时乡村中惶恐不安的气氛，表现了对于梁赞土地和俄罗斯农民的无限深情：

乡村等得疲倦了，音讯渺茫，
亲爱的人们在远方不知怎样？
为什么他们不捎个信来——
可别在激烈的战斗中阵亡？
……
啊，我的田野，可爱的犁沟，
你们在自己的忧伤中越发动人。
我爱这些歪歪斜斜的茅舍，
爱那在盼望着的白发苍苍的母亲。
……
啊，你，罗斯，我温柔的祖国，
我只珍藏着对你浓烈的爱慕。
当春天的草场上响起银铃般的歌。
你短暂的欢娱会带来多少快乐！①

在稍后发表的《米科拉》（1915）一诗中，则出现了一个漫游俄罗斯大地、为民众祈祷的“人民辩护者”形象。这首诗歌和1914—1915年间发表的一系列诗作，表明诗人因战争的爆发而加深了对人民命运的思考。在叶赛宁最初的这些诗作中，已可以听到他后来的成熟作品中所响彻的那种旋律和音调。

叶赛宁于1915年春到彼得堡，会见了诗人勃洛克。后来他常常以感激的心情回忆这次会见，把它看成自己文学道路的真正开端。经过勃洛克的推荐，叶赛宁先后又结识了戈罗捷茨基、克留耶夫、伊甫涅夫、列米佐夫等人及梅列日科夫斯基夫妇。他的新诗作不断被彼得堡的刊物所采用。

---

① ［俄］《叶赛宁抒情诗选》，刘湛秋、茹香雪译，上海译文出版社1982年版，第34—36页。

济·吉皮乌斯以《大地与岩石》（1915）一文将叶赛宁的诗篇与柯尔卓夫、费特、克留耶夫的诗歌作了比较考察。是为对叶赛宁诗歌创作的第一篇书面评论。1915 年间，诗人戈罗捷茨基和作家列米佐夫曾倡议组织名为“美”的文学小组；戈罗捷茨基后来又会同克留耶夫、克雷奇科夫等人成立另一名为“繁忙时节”的诗人协会。戈罗捷茨基等人力主将目光投向俄罗斯神话、民间创作和乡村日常生活，复兴俄罗斯古风，但是他们的活动来去匆匆，未能形成有力的影响。叶赛宁曾与这批诗人作家接近，他们逐渐结成被称为“乡村诗人”或“新农民诗人”的诗歌群落（包括克留耶夫、克留奇科夫、舍里亚耶维茨等人）。在克留耶夫的帮助下，叶赛宁的第一部诗集《悼亡节》（1916）问世。

在《悼亡节》中占据中心位置的，是“乡村的俄罗斯”形象。这是一个时而沉思、时而活跃，时而忧郁、时而快乐的形象。诗人笔下出现了“贫瘠的原野”、“瘦弱的茅舍”，以及无数的拜神者、朝圣者、云游者。手风琴的热情奋激的音响和流浪的盲歌者吟唱的宗教歌彼此交错。随时可以读到悲伤的怨诉，但更多的却是温柔而令人慰藉的情绪的流露。诗人常采用出自宗教的象征性形象，又力求呈露出民间多神教在乡村生活中留下的痕迹。这本诗集首先以艺术新鲜感、浓郁的抒情风格和对大自然的敏感引起批评界的注意，它的鲜明的笔调和变化多端的比喻更为人所称道。这本诗集中有着大量的方言土语，这正是叶赛宁 1914—1916 年间的诗作在语言运用上的一个重要特征。这一特征同样体现在诗人最有分量的散文作品和描写俄国现代农村的中篇小说《悬崖》（1916）中。小说的情节主线是农民们和一个地主的争讼以及这个地主的杀人行径。从作品对农村的描写中，不难看出民粹派作家的乡村特写的传统。也有些批评家将这部小说看成叶赛宁从民族志学的角度研究俄国农村的成果。

叶赛宁在 1915—1916 年间已经写出了真正的抒情杰作。《不要在深红的灌木丛旁徘徊……》（1916）等诗，在充满温感的音调中表现明朗、温柔的爱情。《只为你一人编制花环》（1915）、《砍平的梁木唱起了歌》（1916）等诗，描写了充满祈祷者、朝圣者的罗斯，可见同时期勃洛克的某些诗歌和克留耶夫的“农村小木屋”神话的影响。然而与此同时，叶赛宁也描写了服苦役的罗斯形象，戴着镣铐蹒跚而行的人们常常出现在他的诗作中（《在那长着黄色荨麻的远方》，1916；《淡蓝的天宇彩色的虹》，1916）。他的抒情主人公时而是“柔弱的少年”、“谦恭的僧人”，时而是

“罪孽者”、“流浪汉与小偷”（如《我的信仰没有死灭》，1915；《抢劫者》，1915；《我倦于生活在故乡……》，1916）。诗人表现了自己对俄罗斯、对故乡梁赞的忐忑不安的爱，对大地上有生命的一切的一种仁慈和亲近的感情。叶赛宁这个时期的主要抒情诗作，除上面提到的外，还有《在农舍里》、《稠李如雪般散落》、《母牛》、《旅途默想着美好的晚间》等。

1915 年底，叶赛宁结识高尔基，曾打算在后者主持的《年鉴》月刊上发表一部长诗，后因书刊检查机关阻挠而未能如愿。1916 年，叶赛宁被动员入伍，但未参加作战，仅在皇村当伤病员看护兵。1917 年二月革命一爆发，他即开小差离开军队，回到故乡。在此之前，他曾结识给他以“巨大的个人影响”的另一著名作家安德烈·别雷。叶赛宁后来回忆说：“别雷在艺术形式方面提供给了我许多东西。”①

1917 年十月革命在叶赛宁的诗作中迅速地得到了反映。诗人仿佛觉得，一个改造生活、重估一切价值的伟大的精神复兴的时代到来了。他以喜悦的心情注视着旧世界的崩溃以及人们同传统的宗教信仰的决裂。这期间他写有一组 10 篇篇幅不大的长诗，包括《同志》（1917）、《歌者的召唤》（1917）、《八重赞美诗》（1918）、《降临》（1918）、《变容节》（1918）、《异邦》（1918）和《约旦河的鸽子》（1918）等，讴歌“风暴中的罗斯”，赞美“红色的夏天”，把革命事件同俄国历史上的农民起义联系起来。这些诗作一般带有神学批判的性质，诗人早先与上帝的“秘密争论”这时变为公然的反叛。但是，他对革命与自由的理解，却同其他“乡村诗人”一样，首先是从宗教—道德的意义上着眼的。他从农民的角度接受了革命。他借用圣经中的形象、宗教传说和神话题材，甚至宗教词汇来描写具体的社会事件，把未来社会想象成为一种农民称心如意的、安宁闲适的理想王国。

1918 年春，叶赛宁与夫人由彼得格勒迁往莫斯科。他的第二本诗集《鸽子》也于这一年 5 月在彼得格勒出版，收有他 1916—1917 年间的诗作。在莫斯科，诗人在《劳动农民之声报》任编辑。莫斯科语言艺术家劳动组合出版社连续出版了他的《变容节》（1918）、《乡村日课经》

---

① Николаев П. А. *Русские писатели. 1800 – 1917: Биографический словарь.* Москва: Издательство «Большая Российская энциклопедия». Т. 2, 1992, с. 243.

（1918）两本新诗集，重版了他的第一、第二本诗集，并推出他的专题论著《玛丽亚的钥匙》（1919）。在这部论著中，诗人较系统地表述了他的艺术观点，论及艺术的实质和目的，艺术与俄罗斯民间创作的美学特质和宗教特质的联系。这本著作被认为是俄国“意象主义”诗歌团体的宣言。“意象主义”团体存在的时间很短，叶赛宁是这个诗人组织的最大代表。这一批诗人强调，艺术形象就是艺术的最后目的。叶赛宁则首先把意象主义视为在诗歌技巧方面具有特色的一个派别。他一贯重视诗歌语言，善于以灵活的比喻刻画诗歌形象。他拓宽了词语的意义，但从不丢失词语的本义，认为最重要的是选用恰当的词汇表达对世界的诗意感觉。诗人说过，不是他依附于意象主义，而是意象主义在他的诗作中成长起来。意象主义团体的出现，可以说是水到渠成。

革命后的现实使叶赛宁开始感到：无论是世界革命，还是农夫的天堂，都不是注定会实现的。他在 1920 年的一封信中，曾谈到“历史正经历着扼杀个性的沉重时代”[①]。这种感觉随着时间的流逝日益加深，而他曾相信过的一切却正在消退。于是“俄罗斯”主题成为诗人创作的中心点，对祖国的情感成为他的创作基础。在他的诗歌的多重音响中，可以聆听出一种贯穿始终的主旋律，那便是热爱自由的思想和对罗斯的温柔感情。他把自己称为“最后一位乡村诗人”，因为他整个的人、他的全部创作，不得不和他情之所钟的俄罗斯土地、农舍、河流、白桦联系在一起，他不能不看到农村的现实和农民的忧伤。在《四十日祭》（1920）一诗中，诗人提供了“逝去的罗斯”的鲜明形象。诗中写道：

寒霜像石灰一样很快会染白
那座市镇和这些草场。
…………
院子里那头公牛默默不响，
全副心思都放在牛犊身上，
这时也用舌头舔着木桩，
它已嗅出了田野的不祥。

---

① Бавин С.，Семибратова И. *Судьбы поэтов серебряного века.* Москва: Издательство «Книжная палата»，1993，с. 157.

啊，手风琴是不是因此
为村庄哭泣得如此悲伤：
达拉—拉、的里—里的琴声
在白色的窗台上方久久回荡。①

诗中还出现了一匹狂奔的小马：它也许还不知道，“在黯淡的原野上，它再也追不回往昔的时光”。诗人似乎在思索，历史的变迁给乡村的俄罗斯所带来的是怎样的变化。

在叶赛宁的诗歌创作中占有重要位置的还有爱情诗。1923 年，诗人把一组充满炽烈而细腻情感的诗歌献给了女演员阿·米克拉雪夫斯卡娅，描绘了一个和他的心灵无比接近的可爱的女性形象。经由这一形象，诗人还表达了自己摆脱那批虚伪而愚蠢的“酒馆朋友”、克服精神危机的愿望。比这组爱情诗更有艺术魅力的是叶赛宁的抒情组诗《波斯曲》(1925)。这是诗人 1924—1925 年漫游高加索（格鲁吉亚、阿塞拜疆等地）期间写下的作品之一，共有 15 首诗歌。诗中显示出抒情主人公的精神探索，表达了他力求在美好的波斯人中寻得安宁和爱情幸福的愿望。诗人深情地赞美东方国家“蔚蓝色的、美丽的”土地，赞美它的大自然和音乐，但是同时又表现出一种明朗的忧郁：这一方无比美好的异邦土地，无法抹去诗人关于故乡梁赞的辽阔原野、关于一位遥远的北方女性的回忆。叶赛宁在波斯的抒情旋律中同样唱出了自己对俄罗斯的依恋与忧思。

如果说叶赛宁在抒情诗创作上往往得心应手，那么他在叙事诗方面也不乏佳作。在悲剧长诗《普加乔夫》(1921) 中，诗人创造了一个被浪漫主义化的庄稼汉暴动者形象。叶赛宁认真研究了一系列历史原始资料，熟知描写普加乔夫起义的文学作品，并亲自去萨马拉和奥伦堡平原考察，但是他在自己的长诗中并不追求再现历史的真实，而是着意表现主人公以及他所代表的俄罗斯农民的精神力量和情感表达方式。诗人获得了成功，以致听了他诵读这部长诗的片断之后，高尔基曾感叹道：“甚至不敢相信，

① ［俄］《勃洛克、叶赛宁诗选》，郑体武、郑铮译，人民文学出版社 1998 年版，第 320 页。

这位年轻人竟拥有如此巨大的情感力量，如此完善的表现手段。”①

长诗《安娜·斯涅金娜》（1925）中具有很多自传因素。1918 年夏季，叶赛宁在故乡康斯坦丁诺沃度过。这段生活印象在他的这部长诗中得到了艺术反映。诗人以抒情笔触描写了他与他青春时代曾经爱过的姑娘相会的情景，表明岁月的流逝并没有冲淡保留在他心底的遥远而美好的记忆。但是诗人没有停留在个人感情的抒发上。他回溯帝国主义战争的阴暗年代，再现了被十月革命惊醒的乡村的日常生活，描绘了社会斗争的画面。宽广的历史内容和优美的抒情旋律彼此融合，成为这部长诗的一大特色。

叶赛宁在他的另一长诗《阴森森的人》的末尾，留下了脱稿日期：1925 年 11 月 14 日。此时距离诗人的忌辰已经不远。据诗人自己说，这部长诗是在普希金的小悲剧《莫扎特与沙莱里》的影响下写成的。诗人向他的朋友倾诉着类似于著名作曲家去世前不久所感觉到的那种痛苦，那种在冷风中置身于空旷无人的原野上的孤独感。他的最后一篇诗歌《再见了，我的朋友，再见……》更明显地响起和朋友、和生活告别的音调。其实，如果按照创作时间的顺序阅读叶赛宁的作品，就可以发现他常常以诗的形式思考着死亡问题，似乎是“规划”好了自己命运的悲剧性结局，预感到了，甚至预言了自己的早逝，如《我倦于生活在故乡……》（1916）、《我是最后一名乡村诗人……》（1920）、《给我留下了一件开心事》（1923）等诗。到 1924 年和 1925 年，诗人更是经常流露出死亡正在临近的情绪，如《我们现在正渐渐走向……》（1924）、《给母亲的信》（1924）、《悲痛，我的星，你不要坠落……》（1925）、《别了，巴库！我不再能看到你》（1925）等诗。在诗人笔下，与生活作别的旋律往往与萧瑟的秋景联系在一起。因为在他看来，人的死亡如同时光的消逝一样，是一种令人悲伤的、但却是自然的运动，是在大自然中逐渐完成的一种过渡。然而，诗人自己却在 1925 年 12 月 27 日夜间悲剧性地打断了自己年轻的生命。

叶赛宁始终是一位极为真诚的诗人。他的诗歌反映了他力图认识、力图理解的生活本身的尖锐矛盾，表现了他面对这种生活所作的深入思考。

---

① ［俄］高尔基：《谢尔盖·叶赛宁》，载《高尔基政论杂文集》，孟昌选译，生活·读书·新知三联书店 1982 年版，第 342 页。译文根据俄文原文有所改动。

在他的诗作中，可以读到关于祖国与时代、关于新生的俄罗斯和“逝去的罗斯”的主题，还有对于俄罗斯乡村命运的忧虑，对世间一切活跃的生命报以仁慈与爱的号召。诗人写道：“我的抒情诗是靠着一种伟大的爱、对祖国的爱而存活的。对祖国的感情是我的创作的基础。”① 他对俄罗斯的热爱首先是、主要也是对养育他的俄罗斯土地、俄罗斯乡村和农民的爱。作为“乡村的俄罗斯”的杰出的歌手，他真切地表现了自己在历史的巨变给乡村的一切带来深刻变化时的复杂感受，真诚地唱出了俄罗斯农民的忧伤。然而，他的这份真挚的感情却不能为“工业化”、“向富农进攻”的时代所容忍。他的诗才也同样不能用来歌唱他无法理解的东西。他的精神苦闷、忧郁和劫运难逃的预感与日俱增。于是死亡看来便成为诗人获得精神解脱的最好办法了。

叶赛宁死后，当时的苏联报刊迅速发表了一系列谴责诗人的文章。他被戴上“富农阶级的思想家”、“悲观主义者”、“名士派歌手”的帽子。他的诗歌遗产在长时期内被秘密封存，他的作品也不再出版。直到诗人去世 40 多年以后，他的诗歌才重见天日。当代的广大读者看到，这位诗人的诗歌探索虽未能完成，但是他当年的担忧和痛苦，却和那个时代为数不多的作家与诗人一样，显示出一种可钦佩的预见性。

3

无论从个性气质、思想倾向还是从诗歌风格上看，马雅可夫斯基和叶赛宁都有着明显的区别，但是两人的归宿却是相同的：均以自杀结束一生。马雅可夫斯基同样是一位未能完成自己的艺术探索的诗人。

弗拉基米尔·弗拉基米罗维奇·马雅可夫斯基（1893—1930）生于格鲁吉亚库塔依斯省巴格达吉镇，父亲是个有贵族身份的林务官，与一些具有民主自由思想的知识分子交往。自 1902 年起，马雅可夫斯基在库塔依斯古典中学就读，直到 1906 年其父去世，举家迁至莫斯科。他在莫斯科第五中学学习两年后，1908 年又转入一家中等专业学校预科，同年加

① Баранников А. В. *Русская литература XX века. Хрестоматия: В 2 ч.* Москва: Издательство «Просвещение», 1993, Ч. 1, с. 197 – 198.

入俄国社会民主工党（布）。因为在工人中进行宣传活动，他曾三次被捕，1909 年被监禁 11 个月。1910 年初被释后，他不再参与党的活动，先是在美术训练班学习，次年进入绘画雕刻建筑学校，不久就在同学中结识未来主义团体“希列亚群落”的组织者大卫·布尔柳克。后者这时已是一位小有名气的先锋派画家，马雅可夫斯基后来一直把他看成自己“非常好的朋友”、“真正的老师”。因为正是布尔柳克首先“发现”了马雅可夫斯基，给他以最初的热情鼓励，使他有信心把 1909 年在狱中就已开始，1912 年更经常试笔的诗歌写作继续下去。布尔柳克还带领对绘画和诗歌都同样有浓厚兴趣的马雅可夫斯基进入艺术界。

1912 年 11 月，马雅可夫斯基与布尔柳克应“青年联盟”艺术家协会之邀前往彼得堡。在那里，他结识了赫列勃尼科夫，并在著名的“野狗”艺术表演夜酒店朗诵了自己的诗作。同年底，立体未来主义者的集体宣言——《给社会趣味一记耳光》出版，马雅可夫斯基和赫列勃尼科夫、布尔柳克、克鲁乔内赫等人一起签名，他的两首诗《夜》和《晨》也被收入其中。这是他的诗作首次问世。马雅可夫斯基从此开始诗歌创作生涯，并迅速成为有影响的诗人。

《夜》一诗以奇异的画笔，绘制出一幅光怪陆离的都市生活图景，具有出奇制胜的艺术效果：

紫红色和白色被抛开被揉皱
一把把威尼斯金币向着绿色投放，
而一张张闪光的黄色纸牌
则分发给跑聚拢来的窗户

《晨》一诗更以新奇的比喻和奇异的意象为特色，如把路灯喻为“头戴煤气王冠的君主”，说“阴郁的雨令人眼睛歪斜”，等等。诗人还以大胆尖新的语言，暴露都市生活的丑陋：

街心花园里卖淫女郎们
充满敌意的花束
更加刺痛眼睛。
从黄色的

毒玫瑰丛里
弯弯曲曲地
传出了
钻心的笑声——
戏谑
而令人毛骨悚然。①

1913—1915年间，马雅可夫斯基不断有新诗随“希列亚群落”同人的文集《评判者的陷阱》第二集、《瘦弱的月亮》、《马奶》、《吼叫的巴尔纳斯山》等陆续发表。1913年，显示诗人“独立形象”的一本薄薄的诗集《我!》在莫斯科出版。此时，马雅可夫斯基和他的未来派诗友们具有大致相同的意向：与俄罗斯古典文学传统决裂，进行和技术革新时代相适应的语言创新，确立未来主义诗人群体的地位。

马雅可夫斯基的早期诗作，具有赤裸裸地暴露感情、毫无遮掩的自传性等特色。诗人的方针似乎是直接面对“听众”，面对那些赞成他的和反对他的读者，这一方针甚至成为他以后全部创作的基本原则。他还确认诗人有运用比喻改变“生活图画”的权利。一些诗作中已表现出诗人在都市化的世界中所产生的“不适时”、“不需要”的感觉，如他在《我!》第4诗中写道：“我孤独，如同一个快瞎的人/剩下的那最后一只眼睛……”

但马雅可夫斯基早期诗歌的抒情主人公与世界的冲突并不是狭隘社会性的冲突。这是针对整个社会秩序的一种异教徒式的抗议，是人要取代上帝占据宇宙中心位置的欲望的表现。诗人在一定程度上接受了波德莱尔、兰波等“被诅咒的诗人”对神圣事物的亵渎，对永恒信条的贬低以及他们的“反美学”倾向。马雅可夫斯基还力求同俄国象征主义美学划清界限，有意“推翻”象征派诗人习用的浪漫主义化的宗教形象。但是他1912—1914年的诗作，在某些方面又受到象征派诗歌，尤其是别雷的“大都市化诗歌”的影响。同时，他与其他几位未来派诗人则显示出鲜明差别，如赫列勃尼科夫诗歌中的神话学内容和大量的新词创造，瓦·卡缅

① 余一中主编：《俄罗斯白银时代精品文库·诗歌卷》，岳凤麟译，中国文联出版公司1998年版，第330页。

斯基的反都市主义特色，克鲁乔内赫的“摆脱”一般诗学、语言学规范的趋向，都为马雅可夫斯基所不取。

马雅可夫斯基曾一度热衷于把文学生活“戏剧化”，即提倡通过各种表演形式把文学引向街头，引向普通民众。1913 年一年中，他曾多次在莫斯科和彼得堡举行文学晚会，朗诵作品，发表演说，展开辩论。他认为俄国未来主义首先是作为和平常的、习惯的、停滞的生活相对立的事物存在的。这一年在彼得堡“月亮公园”剧场演出了他的剧作《弗拉基米尔·马雅可夫斯基：悲剧》，这是实践他的主张的一次集中表现。演出时剧场中挤满了社会各阶层人士。马雅可夫斯基自己担任导演并扮演主要角色。该剧的主人公（也即作者本人）是一个由都市流氓无产者选举出来的乞丐“大公”，他准备为所有“被欺凌与被侮辱的”人们去经受被钉在十字架上的痛苦，但他始终未被那些对自己的“救世主”有着具体的、“尘世的”要求的群氓所理解。这部悲剧第一次集中表现了反福音教派、反上帝的乌托邦理想。作者的折中主义世界观是这种乌托邦思想的基础，这一折中主义是由传统的东正教，各种基督教异端学说，20 世纪初在俄国知识分子中颇为流行的造神论，《旧约》的救世主降临说，尼采的超人理论等多种学说培养起来的。作家所借助的思想武器是混沌的，但无论是在剧本中还是在演出时，他那一贯轻蔑的、挑衅性的音调，都不能对敏感的观众和读者隐瞒他为当代人受伤害的灵魂而痛苦的呐喊。马雅可夫斯基的这部悲剧成为受到文化界真正注意的第一部未来主义剧作。他的最大创新也许就在于他力求拆除存在于“诗人”与“群氓”之间的樊篱。

从 1913 年 12 月中旬起，在连续近 4 个月的时间内，马雅可夫斯基和布尔柳克、卡缅斯基等人先后到十几个城市作巡回演出，“推广”与“扩散”未来主义，一时轰轰烈烈，影响很大。但次年 2 月，马雅可夫斯基却因此事和布尔柳克一起被绘画雕刻建筑学校以违反校规的名义开除。只是这一事实已无意义，因为马雅可夫斯基这时已在俄罗斯诗坛占据了一席不容忽视的地位。象征主义诗人和批评家勃留索夫在 1913—1914 年的文学年度评论中，开始给马雅可夫斯基以好评。

第一次世界大战爆发后，马雅可夫斯基的爱国主义激情一度高涨。在《宣布战争了》、《妈妈和被德国人扼杀的晚上》、《我与拿破仑》等诗中，诗人首先表现出一种反战情绪，同时又狭隘地为那些在“保卫祖国”的战斗中身不由己地成为命运牺牲品的人们而悲伤。但随后不久，诗人便意识到这场战争对于所有人来说都是一种巨大的罪恶。在著名的《给你们!》(1915) 一诗中，诗人对在战时依旧饱食终日、寻欢作乐的脑满肠肥之徒作出了无情的讽刺和谴责。

1915 年初，马雅可夫斯基迁往彼得格勒，成为《新萨蒂里孔》杂志的经常撰稿人。这一年，他在该刊发表了一组夸张讽刺“赞美诗”，如《法官颂》、《学者颂》、《宴会颂》等。在这些诗中，诗人深化了反对“生活的卑污性”的社会抗议主题，也显示了自己的浪漫主义特色和厌世情绪。在诗人笔下，那些被讽刺者的形象是令人厌恶的，他们有着“下垂到肩上的油光光的脸颊”和“淹没在肥肉中的眼珠”。诗人又强调，他的讽刺诗篇是“千日痛苦的呼喊”。在讽刺之中，渗透着诗人在这个令人厌恶的世界中所产生的孤独感、悲伤感。此时，马雅可夫斯基的诗作还被收入象征派诗人和未来派诗人以及其他一些作家联合出版的诗集《人马星座》中，集子中还收有赫列勃尼科夫、卡缅斯基、布尔柳克、克鲁乔内赫、勃洛克、索洛古勃、库兹明、列米佐夫的诗作。就这本诗集的出版，针对一些人对未来派诗人的攻击，高尔基曾在一次晚会上对这一诗派的一系列诗人的创作给以高度评价。高尔基还邀请马雅可夫斯基参与创立“帆”出版社。诗人的一本名为《浑厚之音》(1916) 的诗选，后来就是由这个出版社出版的。

1915 年夏天，马雅可夫斯基结识年轻的勃里克夫妇。此后他一直是他们的亲近的朋友。对勃里克夫人的爱，成为诗人许多诗作的源泉。他后来的一系列诗作，都是献给这位使他终生不忘的女性的。这一年 9 月间，马雅可夫斯基被动员为军方服务（彼得格勒军用汽车学校）。不久，他的长诗《穿裤子的云》(1915，初名为《第十三个门徒》) 以单行本形式出版。诗人 1914 年在敖德萨期间所经历的对玛丽亚·捷尼索娃的强烈而无望的爱的体验，是创作这部长诗的动因。诗人及他的朋友们同周围世界的冲突，同市侩主义、鄙俗气、“高雅上流社会”的斗争，未来派诗人们对自由自在的“名士派”生活方式的追求，都以独特的形式反映在这部爱情长诗中。这种生活方式并不符合诗人所爱上的人的心意，但他宁愿把她的拒绝解释为资产阶级社会的制约。于是，在长诗中便出现了不正常的“恋爱三角”：诗人、玛丽亚和“你们的世界”，以及“你们的”的爱情、艺术、宗教和整个制度。世界被看成是导致爱情悲剧的始因，所以要“打倒”它。全诗在一种反上帝的、“异教的”表层意义中涵纳了抗议社会不公正，乃至反对现存社会制度的叛逆思想。从艺术上看，诗人成功地把一系列看似无联系的形象、场面与情节糅合起来，统一纳入自己的构思设计图中，显示出独到的才能。

马雅可夫斯基的爱情诗杰作《脊柱横笛》（1916），同他对莉里娅·勃里克的爱恋有直接联系。这部篇幅不长的长诗是《穿裤子的云》一诗的爱情之线的延伸，却回响着一种忧郁的音调。一方面，诗中表现了巨大而无所不包的爱情，把它比作支撑起整个人体的脊柱，认为关于爱的记忆能使濒于死亡的人面带幸福的笑容；另一方面，长诗显然又试图说明：爱情这管横笛所吹响的并不总是迷人的旋律，它常常与苦恼、嫉妒甚至绝望紧密相连。诗中还第一次表露了诗人要“和生命算清账”的念头，为他以后不少作品所共有的“自杀话题”在这儿出现了。诗人反顾自己以往的全部创作，似乎是要在生与死的分界线上找到某种平衡。奥西普·勃里克发现了诗人与莉里娅的关系，表示理解，并与诗人继续保持在事业上的联系。《脊柱横笛》与《穿裤子的云》一样，都是奥西普资助出版的。1916 年 12 月出版的一本诗文集《夺取：未来派的鼓声》，内含奥西普对《穿裤子的云》一诗的评论，马雅可夫斯基的《一滴焦油》一文和《脊柱横笛》的片断，以及赫列勃尼科夫、帕斯捷尔纳克、阿谢耶夫、什克洛夫斯基的作品。

《战争与世界》（1917）和《人》（1918）两部长诗充分表现了诗人的“人类中心论”的乌托邦思想。在前一部长诗中，战争被作为一种全球性的罪恶而遭到诅咒。在长诗的前三个部分中，诗人以夸张的手法，描绘出被战争污染的腐烂的大地，展示了一系列世界末日式的场面，并形象地揭示出战争的根源：

医生们
从坟墓里
拖出了一具尸体，
要了解人口锐减的缘故：
在被咬穿了的心脏里
像金爪微生物一样
蠕动着一个卢布。①

---

① 郑体武：《俄国现代主义诗歌》，上海外语教育出版社 1999 年版，第 475 页。

诗人还深刻地揭示出战争的反人道性质，以及战争破坏文化的必然性。诗人表示：为了解除人类的苦难与罪恶的重负，他宁愿牺牲自己，为所有被毁灭的生命赎罪。长诗的第四部分大致是耶稣受难故事的改写，最后一部分（第五部分）则描绘一幅“未来幸福”的乌托邦图画：在大动乱之后复苏的大地上，出现成为宇宙中心的新人的世界。

长诗《人》进一步体现了“自由人”的理想。诗人戏拟福音书的形式，将全诗分为马雅可夫斯基的降生、生活、受难、升天和复活等章，用自己关于人无限伟大、无所不能的神话和福音书的神话相对照，否定耶稣的无限权威，突出地表现了人与“金钱的漩涡”——金钱势力的冲突。诗人抱有奇迹般地改造生活的希望，但在诗的结尾处也显露了一种空幻感与无力感。事实上，在马雅可夫斯基这一时期的诗作中，透过他那狂放不羁的风格，人们往往可以读出一种忏悔者和孤独者的忧郁的声音。

二月革命后，马雅可夫斯基势在必然地成为一些新的创作联合组织的参加者，各种大小集会的积极发言者，并撰写了他的“诗体年鉴”《革命》（1917 年 4 月），讴歌历史的大变动。诗人开始更多地作为一个浪漫主义者出现在他的作品中。他一贯希望，在这个不公正的现实世界上，要努力让每一个人都保持自我尊严和自我价值。因此在革命前的创作中，他以诗人与上帝决斗的姿态，表现了对现存秩序的强烈抗议。从 1917 年开始的历史变动，使他感觉到自己和反对社会不公正、试图创造“新生活”的人民群众有了一致性，于是浪漫主义激情曾一度成为他革命后的创作及其他文学活动的基本动因和基本特点。诗人在彼得格勒的《共产主义报》上提出“共产主义未来主义”的概念，并在自己的诗作中表现了他的艺术理想。《向左进行曲》（1918）一诗通过具体的社会形象突出了“未来的人”的主题，也抒发了诗人的革命情绪。马雅可夫斯基还曾到莫斯科短期访问，意在动员未来派诗人投入现实斗争。在莫斯科的“爱尔米达日”剧院，他曾与卡缅斯基、布尔柳克以及画家雅库洛夫、塔特林、马列维奇等人一起组织“第一共和国艺术晚会”，亲自表演，作为“把艺术交还给劳动群众”的一次实践。

自十月革命到 1920 年代前半期，马雅可夫斯基的作品多具有一种乐观主义的、高昂的、明朗的音调，这种音调和当时企求建立公正、自由、幸福的社会结构的人们所具有的那种热情和心理是相符合的。诗剧《宗教滑稽剧》(1918, 1921) 根据圣经故事中那场洪水淹没大地的传说，描写新的诺亚方舟作了一次象征性的旅行，从被淹的土地驶向未来的坚实上地，反映新旧两个世界的交替变更。长诗《一亿五千万》(1921) 以夸张和诙谐的笔法，描写代表俄国革命的一亿五千万个“伊万”说服美国倒向共产主义。这两部长诗以及《第四国际》、《第五国际》、《夏天在大别墅和弗·马雅可夫斯基的不寻常的遭遇》等诗作，都显示出一种夸大主义的特点。迁居莫斯科后，诗人以他的未来派诗友为基本成员，先后组织“共产主义未来主义”协会 (1918—1921)、“左翼艺术阵线” (1923—1928)、“革命艺术阵线” (1929—1930) 等团体，出版《列夫》(1923—1925)、《新列夫》(1921—1928) 等杂志，都带有浮夸、过激、狂放，把艺术等同于政治宣传的色彩。但马雅可夫斯基始终是真诚与全心全意的。他在 1919—1922 年间所参与的“罗斯塔之窗”的工作，是运用一切尽可能的方式使艺术更贴近生活的一种尝试。他与他的同伴所创造的诗配画的生动形式，也给后人以启示。诗人把列宁看成是“未来的人”的理想化身，在整个 20 年代他所坚信的“我们的事业不朽”的思想是同列宁的名字联系在一起的，因此就有长诗《弗拉基米尔·伊里奇·列宁》(1924) 的问世。

同一时期，那种抒发个人的真切感情，表现真正的内心生活，反映灵魂的痛苦与欢乐的诗歌，并没有从马雅可夫斯基的笔底消失。他的长诗《我爱》(1922)、《关于这个》(1923)、《致达吉雅娜·亚科夫列娃的信》(1928)，是他以往的“爱情诗系列”的继续。这些诗犹如一扇扇被打开的心灵的窗口，透过它们，可以一窥诗人丰富的内心世界。

从 1922—1928 年，马雅可夫斯基曾多次到国外旅行，先后去过德国、法国、古巴、墨西哥、美国等国家。散文集《发现美洲》(1925) 和抒情诗《巴黎》(1925)、《西班牙》、《海洋》、《哈瓦那》、《墨西哥》、《美国》(均 1926) 等诗，直接取材于漫游各国的见闻感受，歌颂欧美先进国家的科学技术成就，表达俄罗斯人与各国人民的友谊，为各国社会丑恶现象提供出色的讽刺性写照。这些作品均以言辞尖锐辛辣、充满幽默感为特色。

讽刺性作品是马雅可夫斯基创作中的一个重要组成部分。革命前他就写过不少讽刺诗篇。革命后发表的《开会迷》(1922) 一诗，讽刺苏维埃政府中那些整天泡在各种会议里的官僚主义者，成为传诵一时的名篇。从

1920年代后半期起，他的讽刺作品明显增多。《官老爷》、《造谣家》、《初学拍马屁的人应用的一般指南》、《官僚制造厂》、《昏聩刚愎的大官》、《伪君子》等诗，针对官僚主义、昏庸自负的新贵、逢迎拍马者以及各种败类和生活中的龌龊，投出讽刺的矛枪。诗歌在马雅可夫斯基手中变成了揭露社会弊端的武器。在写完长诗《好!》（1927）之后，他本拟再写一部与之配合的长诗《坏!》，可惜这一愿望未能实现。但是他在20年代末完成的《臭虫》（1928）和《澡堂》（1929）两部讽刺喜剧，却以夸张、幻想和怪诞的手法大胆鞭挞了官僚作风和蜕化现象，成为1920年代俄罗斯讽刺文学中的杰作。《臭虫》还具有一种反乌托邦主义的意向，在对“美好未来”的幻想中包含着对人及其精神状态的忧虑。在物质丰富的未来社会里，人们并没有变得更善良、更人道、更有节制。这已经是一个被“消毒”过的世界，人们必须查字典才能搞清楚什么是“爱情”，并且因为一个孤独的、有毛病和过失的，但却是活生生的人关在笼子里而担惊受怕。该剧在某些方面令人想起扎米亚京的小说《我们》。

《臭虫》与《澡堂》两剧经由梅耶荷德的出色导演而被搬上戏剧舞台，受到广泛欢迎。但是，它们却遭到来自“拉普”的猛烈批判，不久就被禁演。一直到20多年以后的“解冻”时代，这两部喜剧才重新和观众见面。

这一事实当时曾给马雅可夫斯基很大的打击。未来主义艺术以及一般艺术，在他看来都是用来为民众服务，承担在精神上培养人民的创造意识和理性的义务的。他以整个心灵坦诚地面对群众。但他未注意到，一部分被他唤醒的“群众”，不仅要用自己的声音说话，而且要在新的艺术中占据自己的位置，并把马雅可夫斯基从那里排挤掉。无产阶级文化派和后来的“拉普”都是如此。他们认为马雅可夫斯基的剧作有颠覆政权的意图，便利用所掌握的权力，以行政措施中止了诗人揭露社会弊端的有力的、无畏的斗争。对诗人以往作品的批判也加剧了。

1929年，马雅可夫斯基开始着手准备他的总结性的“工作二十年”展览会。他收集了包括发表他的作品的地方报刊在内的大量资料，力求展示他的全部创作历程。他给包括斯大林在内的政府官员和包括法捷耶夫、革拉特科夫等“拉普”作家在内的许多政界、文艺界人物发出了邀请，但是被邀请者反应冷淡。诗人并不嫉妒文学界的那些贪图私利者、骗子和打手，尽管他们活得比他舒服，他只希望他的工作得到承认。但是他的这一愿望也落空了。他的行踪甚至受到国家政治管理局人员的严密监视。爱情上的失意更加重了他的痛苦。人们注意到，在展览会上，在朗诵《放开喉咙唱》（1930）的时候，诗人难以掩饰他内的痛苦。卢那察尔斯基还感觉到，诗人"非常孤独"。1930 年 2 月底，马雅可夫斯基把他的个人展览会的全部材料送交国立列宁图书馆。4 月 14 日，诗人在卢比扬卡大街自己的工作室里开枪自杀。

马雅可夫斯基的艺术探索未能完成。他的去世，也从一定意义上标示出了一个文学时代的历史终结。

4

散文家扎米亚京、皮里尼亚克、普拉东诺夫的文学命运，和诗人曼德尔什塔姆、叶赛宁、马雅可夫斯基有着某些相似之处，他们也由于种种原因而未能完成自己的艺术探索。但是他们的生活道路和创作个性却又是各不相同的。

叶甫盖尼·伊万诺维奇·扎米亚京（1884—1937）生于坦波夫省列别坚市的一个牧师家庭。母亲是个颇有天赋的钢琴家，并培养了儿子对于音乐的热爱。这是一个笃信宗教、保持着古风、气氛和睦的家庭。扎米亚京从 4 岁起就迷上了读书，果戈理是他童年时代最喜爱的作家。1902 年，扎米亚京于沃罗涅日中学毕业，获金质奖章，同年考入彼得堡综合技术学院造船系。1904 年暑期实习期间，他畅游了伏尔加河、卡马河、黑海及沿岸的许多地方。1905 年夏，他完成了从敖德萨到亚历山大的航行。在归途中，恰好碰见了"波将金号"战舰起义。他随即怀着热情投身革命，并成为俄国社会民主工党（布）的党员。1905 年秋，扎米亚京被捕，几个月后被遣返到列别坚市，继续受到监视，直至 1906 年 8 月，监视撤销，只是仍不准他居住在彼得堡。但扎米亚京还是设法辗转返回彼得堡，于 1908 年完成学业，获工程师称号，留校任教，并在工商业部港口贸易司兼职。他的专业论文也开始出现在彼得堡的科技刊物上。

作为作家，扎米亚京的处女作是 1908 年发表的短篇小说《一人》。这是一颗"孤独的灵魂"在完成毕业设计的间隙里写下的一篇习作，模仿安德列耶夫的风格，表现孤寂感和以悲剧告终的不幸爱情。另一篇试作

《少女》（1910）同样是一个悲剧性的短篇小说，同时也是作家自我确认的一次试验：它使扎米亚京相信自己有文学创作的能力。但是到 1911 年，他却因“非法”居住在彼得堡一事暴露，复遭驱逐。他曾于谢斯特罗列茨克小住，后迁至拉赫蒂（今属芬兰）栖居两年。正是在那里的“白雪、孤独与静谧”中，他完成了中篇小说《县城轶事》（1911）。小说通过描写懒惰、下流、卑鄙的主人公安菲姆·巴里巴从考试落榜，变成小偷，到最后当上警官的经历，在他与众多人物的关系中生动地再现了俄罗斯外省小城愚昧庸俗的生活环境，提供了关于俄国小市民日常生活和文化心理特征的又一幅真实图画。这部作品在很多方面令人想起高尔基的《奥库罗夫镇》、索洛古勃的《卑下的魔鬼》和列米佐夫的《池塘》。它受到同时代作家的好评。

1913 年，在罗曼诺夫王朝 300 年庆典、宣布大赦之际，扎米亚京重返彼得堡。他开始接近团结在《遗训》杂志及其主笔拉·瓦·伊万诺夫—拉祖姆尼克周围的一批作家，如列米佐夫、普里什文等人。不久他又因病而迁居尼古拉耶夫市，在那里完成了几篇短篇小说和一部中篇《在遥远的地方》（1914），同时还担任建造浚泥船的工作。这部中篇写的是一名正直、聪敏但又软弱并耽于幻想的军官的安德烈·波洛茨基在远东边境一个凄凉的要塞中的经历。作品以真实的细节描写，暴露了沙俄军队内部的腐朽和黑暗，也写出了普通士兵的悲哀和精神奴役创伤。它的锐利笔锋激怒了书刊检查机关，结果刊出该作的那一期《遗训》被没收，编辑与作者受到法庭审讯。

除上述作品外，扎米亚京在十月革命前所写的反映俄罗斯外省城镇生活和 1905—1906 年革命事件的短篇小说，还有《轻狂的人》（1914）、《肚子》（1915）、《四月》（1915）、《司务长》（1915）和《书面形式》（1916）等。中篇小说《阿拉迪尔》（1915），从主题上看也与这些短篇接近。这是一部用闹剧形式写成的悲剧，显示出对陀思妥耶夫斯基描写外省生活的小说《舅舅的梦》、《斯捷潘契科沃镇及其居民》的承续关系。

扎米亚京因“反战”中篇小说《遥远的地方》而于 1915 年被流放到凯姆。这次流放为他创作描写北方生活的三部曲提供了素材。三部曲的第一部《非洲》于 1916 年发表，后两部《北方》（1918）和《轻型渔船》（1928）则是在十月革命后问世的。这三部曲显示出作者在艺术上的大胆探索与创新。作品中结合着对民族性格的浮雕般的刻画，象征手法的景物描写，奇特的心理情境揭示以及装饰性的语言风格，成为作家致力于追求的所谓“新现实主义”艺术方法的一次集中体现。在《上帝》（1916）和《诵经士》（1916）两篇故事中，扎米亚京同样进行自己的创作试验。从类型学上看，这两篇作品接近索洛古勃的那些耸人听闻的寓意小说和列米佐夫在十月革命初年完成的一组故事。

1916 年 3 月，扎米亚京被派往英国学习建造破冰船。他在那里既作为工程师，又作为作家，肩负着双重工作。他在英国完成了两部中篇小说：《岛民》和《捕人者》，后带回俄国分别于 1918 年和 1921 年发表。《岛民》对英国社会中的某些反常现象作了尖锐的讽刺与抨击。牧师尤里制定的《强制性训言》，要求每个人（包括他自己）的全部活动都必须严格按照固定不变的时间表进行。律师奥凯莱则通知大家：英国国会已通过一项法律草案，规定有身份的人面部表情不能有变化，要保持“恒定性”；每个人的鼻子都应长得一样长短，不一致者必须消灭；一切事物都必须高度统一。然而在这要求千篇一律的社会中，人们的行为却是离奇古怪、混乱不堪的。这些在英国社会中存在的现象，后来在《我们》一作中又受到作家一次更辛辣的讽刺。在《捕人者》中，主人公克拉克专靠敲诈在伦敦公园中谈情说爱的人来赚取钱财，却逢人便谈他总是在证券交易所中获胜。扎米亚京在这里揭露了英国绅士的虚伪。作家的“新现实主义”方法在这两部作品中得到进一步锤炼。这种既与传统现实主义有着联系，又包含象征主义因素和幻想成分的艺术表现方法，对十月革命后的作家，特别是“谢拉皮翁兄弟”颇有影响。

扎米亚京怀着激动在报纸上读到二月革命的消息，但因为战争，到九月才返回俄罗斯。他迅速参与了文学生活，发表了与伊万诺夫—拉祖姆尼克等的“西徐亚人”派论战的文章《西徐亚人吗?》（1918）、《家养的和野生的》（1918），与未来主义者论战的文章《礼品赠送者》（1918），讥讽无产阶级文化派的文章《论均匀分布》（1918）等。扎米亚京对待十月革命的态度，在许多方面接近高尔基的《不合时宜的思想》和列米佐夫的那篇被他称为“通篇充满着爱与悲伤”的散文《俄罗斯大地毁灭曲》。扎米亚京在 1920 年代发表的一系列文学论文，也显示出他对文学理论的一些基本问题和当时俄罗斯文学现状的独到见解，如被称为他的文学宣言的《我担心》（1921）以及《天堂》（1922），《关于今天的和当代的》（1924），等等。他认为自 19 世纪后期以来的俄罗斯文学，经历了从现实主义到象征主义，再到综合了这两者的“新现实主义”文学这三个阶段；他对象征派作家、皮里尼亚克、“谢拉皮翁兄弟”作出了高度评价，对无产阶级文化派、“拉普”作家和未来派诗人（除马雅可夫斯基等少数有才华者之外）却予以批评，认为他们将不会进入未来的文学史。在十月革命后的最初几年中，扎米亚京还参加了多方面的文学活动，如在赫尔岑师范学院讲授现代俄罗斯文学，担任世界文学出版社的编委，并同格尔热宾出版社、人面鸟出版社、思想出版社等出版机构有着密切的联系，在全俄作家联盟、“文学家之家”、“艺术之家”等团体任职，担任编辑《艺术之家》、《当代西方》、《俄罗斯现代人》等杂志的工作，参与教育人民委员部戏剧分部历史剧组的活动。他在“艺术之家”文学讲习班中所作的关于散文艺术技巧、关于创作心理学的讲座中，阐述了自己的“新现实主义”的美学观点和原则。撰写文学论文，评论当代作家作品，是扎米亚京这一时期文学活动的一个重要方面。与此同时，他还完成了短篇小说《暴徒》（1921）、《洞穴》（1922）、《最主要的故事》（1924）和长篇小说《我们》（1920）等作品。

扎米亚京的这三个短篇都是直接描写十月革命后的现实生活的。作家写的主要是知识分子的生活，写他们在革命风暴席卷而来的日子里，在严寒、饥馑、缺少住房和木柴的艰难时期的不幸命运与复杂心态。这些作品被当时的一些批评家们指责为把注意力过多地集中在当代生活的阴暗面上。长篇小说《我们》更引起一场轩然大波。

《我们》是一部日记体的幻想小说，写的是一千年以后人类经过二百年大战已建立起全球唯一的国家——“统一王国”时期的事。这个王国整个地被绿色大墙围住，居民们没有姓名，仅以字母加号码命名，并在胸前佩戴统一的号码牌。他们过着数学般精确的生活，一切思想和活动全由唯一的统治者“救世主”控制，所有的号码都必须按《守时戒律表》在同一时间内，像一个人一样同时起床、工作、进食、散步、睡觉……人人都必须遵守《诚实号码义务条例》，保卫局负责进行监视，窃听器记录下号码们的一切言论。凡破坏国家机器正常运行的号码，都将在“审判大典”上受到救世主的发落。号码们的唯一权利是在“一致同意节”上举手赞成救世主连任。甚至连号码们的性生活也要服从统一安排。当救世主决定建造宇宙飞船“积分号”，以便驾驶它去把其他星球上的生物从“野蛮的自由状态”解放出来时，故事讲述者、主人公 D－503 奉命设计宇宙飞船。一向安分守己的 D－503 不知怎么疏远了分配给他的女伴 D－90，却爱上了 I－330。但他没想到后者是个叛逆分子，正在和她的同谋者、一批“靡菲”策划反救世主活动。他们的第一次公开反叛活动是在“一致同意节”反对救世主连任，结果导致大逮捕。I－330 说服 D－503 让她的同伙登上“积分号”，在飞船飞向太空时改变航向，飞向绿色大墙外着陆。但他们的计划败露，保卫局人员布下埋伏，迫降飞船。救世主采取了镇压措施。D－503 被迫接受了“幻想摘除手术”，I－330 被处以极刑。但统一王国的玻璃大墙已被炸塌，不得不筑起一堵临时高压大墙。

作家本人说过，他写《我们》是“预告人和人类会受到无论是机器还是国家的过大权力的威胁”①。他通过这部作品表达了反对过于强调集中统一、维护个性自由独立的意向，并且超前地表现了个人崇拜盛行时期对民主自由进行粗暴践踏的现象，显示了一种透视历史生活的远见卓识。在艺术上，这可以说是一部显示出作家所提倡的“新现实主义”风格特点的代表作。作品运用了象征、荒诞、幻觉、梦境、直觉、意识流等各种艺术手段，借重情节，似具有惊险幻想小说和传奇故事的色彩，但又涵纳着对于当代现实和人类未来的思考。《我们》与英国作家阿·赫胥黎的《美好的新世界》（1932）、乔治·奥维尔的《1984 年》（1948）被并称为“反乌托邦三部曲”，其实是《我们》直接启示了后两部作品的出现。

《我们》完成后，扎米亚京首先希望它能在国内发表，但未能达愿。1924 年，作品以英文本在国外首次问世，随后又在雅可布森和爱伦堡的分别参与下，于 1927 年和 1929 年先后以捷克文本和法文本印行。当时在苏联国内，该作仅以手抄本形式在读者中流传，但也迅速引起一些报刊的批评。1929 年以后，批判更有加剧之势，作品被指责为一部诽谤性、污蔑性的反苏作品。“拉普”还因此而命令“全俄作家联盟”列宁格勒分会进行重新登记和改组，迫使列宁格勒作家出版社撤销了扎米亚京的文学编辑职务。

扎米亚京的文学生活其实从 1924 年以后就开始有所变化。自 1924 年 5 月他与楚科夫斯基主持的《俄罗斯现代人》杂志被封后，他就更多地把注意力放到戏剧方面。在此之前他就写过不少剧评，还与勃洛克合作为大剧院演出莎士比亚的《李尔王》一剧做了许多工作，并写有四幕历史剧

① 薛君智：《回归——苏联开禁作家五论》，社会科学文献出版社 1989 年版，第 142 页。

《圣多米尼克之火》(1922),再现了旧天主教统治的最阴暗年代的历史图景。1926年,他根据列斯科夫的小说《左撇子》改写出一部剧本《跳蚤》,并把它搬上舞台。1928年,他完成了四幕历史悲剧《阿吉拉》。该剧虽经高尔基鼎力相助,也未能获准演出。

1929年以后,扎米亚京就处于无法继续写作的状态。1931年10月,在高尔基的斡旋、帮助下,扎米亚京的出国申请得到批准,他便离开了俄罗斯。从1932年2月起,他居住于巴黎,并一直保留着苏联护照。他的交往圈子甚广,从列米佐夫、尤·安年科夫到新结识的纳博科夫等。他一直与高尔基保持通信联系,并努力给留在国内的作家朋友(特别是米·布尔加科夫、阿赫玛托娃等)以力所能及的物质援助。在国外,扎米亚京还写了不少作品,包括短篇小说、回忆性随笔、评论和电影剧本,把高尔基的《底层》改编成电影脚本,搬上银幕。他还曾重新回到阿吉拉这一匈奴领袖的题材,构思了长篇历史小说《上帝的鞭子》,但仅完成第一部就辞世而去。已完成的这一部分在作家去世后的1938年以单行本形式在巴黎发表。

扎米亚京去世后,他的夫人将丈夫生前所写的关于安德列耶夫、勃洛克、高尔基、别雷、索洛古勃等人的评论文章和回忆录结集出版,书名为《面貌》(1955)。该书受到俄国侨民报刊的好评。而在俄罗斯国内,自30年代以后,扎米亚京的名字就几乎从文学史和读者记忆中完全消失。直到1988年,这位未完成探索的作家的最主要的作品《我们》,才第一次在自己的祖国出版,他的名字才开始为新一代广大读者所知晓。

5

与扎米亚京一样,**鲍里斯·安德列耶维奇·皮里尼亚克**(1894—1938)也是20年代颇负盛名的小说家。他生于莫斯科省的莫扎伊斯克市,本姓沃加乌。“皮里尼亚克”一词来源于乌克兰语中的“木材采伐区”、“伐木场”,当地居民即被称为“皮里尼亚克”。作家曾在林区生活过,发表作品时便署名“鲍里斯·皮里尼亚克”。其父为兽医,母亲由莫斯科师范专修班毕业,两人均接近19世纪80—90年代的民粹派活动。鲍里斯曾就学于萨拉托夫第一中学,1913年毕业于下诺夫戈罗德弗拉基米尔实科中学，1920 年在莫斯科商业学院读完经济专业及财政专业的各门课程。童年和青年时代的大部分时间，他是在外省小城、在大自然的怀抱里，在地方自治人员、外省知识分子和农民中度过的。

皮里尼亚克很早就开始学习写作。1909 年，他的作品《在春天》就开始发表在报刊上，但他自认为 1915 年发表的短篇小说《在沟谷上》才是他文学活动的开端。由此至 1917 年十月革命前，他共发表 10 篇短篇小说。《在沟谷上》写的是一对大灰鸟的相爱与同居生活。《风搅雪》(1917) 描写一只公狼和一只母狼的共同生活经历。《他们生活的一年》(1915) 则是讲人与兽一起生活的故事。无论从思想意义还是从艺术形式上看，这些作品都是微不足道的，它们只是显示出作家对生物本能、生理本能的强调。这种认识在他以后的作品中一再以不同的形式表现出来。

十月革命后的最初几年，皮里尼亚克继续他的短篇小说创作，到 1918 年和 1920 年分别有两部小说集《乘最后一班船》和《往事》出版。作家继续肯定对于自然状态的、原始的、朴野的生活内容和生存方式的追求，是人的天性的正常表现（《死亡的召唤》，1918）；这种天性甚至使处于革命行列、一度投身革命斗争的人们，有的也无意于事业，而是念念不忘那种自由自在的、散漫不拘的生活（《白马庄园》，1918）。作家认为，俄罗斯人那种古老的、宗法制的田园生活是最接近大自然，最符合人的本性的。历史的剧变使这种理想化的生活秩序受到破坏，作家对此深感忧虑与不安。他愿意将革命理解为向彼得一世之前的传统生活方式的复归（《在白水井边的尼古拉教堂》，1919）。作家一方面“活画出在扰乱和流血的不安空气里，怎样在复归于本能生活”；另一方面也显示出“新的生命的跃动”[①]（《苦蓬》，1919）。皮里尼亚克也曾像勃洛克和别雷那样，将暴风雪视为革命的象征。革命也如同暴风雪，是自然力的一种外显形态。他是像接受自然力那样接受革命的。在小说《暴风雪》(1922) 中，作家通过“鲍里斯同志”的形象，表现了他对革命的接受以及这一接受的独特角度。

为皮里尼亚克带来极大文学声誉的是长篇小说《荒年》(1922)。作品完成于 1920 年。它的开头部分曾以《科累明城》为题，由《北方的早晨》丛刊收录，先行发表。全部手稿经由帕斯捷尔纳克转高尔基，在后

---

① 《鲁迅全集》第 10 卷，人民文学出版社 1991 年版，第 380 页。

者的帮助下，于1922年由格尔热宾出版社在柏林出版。这部作品描写的是自十月革命前夕到内战时期俄国外省城市奥尔迪宁生活的各个侧面，从商人拉特青一家的命运，旧贵族奥尔迪宁（姓氏与城市名相同）家族的分崩离析，市民、农民、宗教神职人员、小知识分子等各阶层人物在历史变迁年代的不同反应与动态，到布尔什维克、社会革命党人、无政府主义者及其"公社"的活动，提供了革命后最初几年中外省生活的剖面图，再现了那个战乱频仍、饥荒严重、走私活动猖獗、各种沉渣泛起的时代所特有的社会生活氛围。作品通过"中国城"、鞑靼人和金帐汗国影响的描写，力求表明俄罗斯与东方、与原始自然力的联系，把革命解释为类似于农民无政府主义暴动的事件。这场革命是以暴风雪、咒语、迷信、林妖、千年不变的生活习俗为背景的。诚如鲁迅先生当年所说：皮里尼亚克是"将内战时代所身历的酸辛，残酷，丑恶，无聊的事件和场面，用了随笔或杂感的形式，描写出来的。其中并无主角，倘要寻求主角，那就是'革命'。而毕力涅克（即皮里尼亚克——引者注）所写的革命，其实不过是暴动，是叛乱，是原始的自然力的跳梁，革命后的农村，也只有嫌恶和绝望。"[①]但作家毕竟也描绘了以阿尔希普·阿尔希波夫为代表的"穿皮夹克"的布尔什维克的群像，勾画了这批革命者的某些特征，从而使他的这部作品成为20年代第一部描写革命初期俄国生活的长篇小说。从结构上看，这部小说没有贯穿始终的情节线索，缺少场景与场景之间的前后联系，也不存在统一的故事讲述者。它几乎不是一部长篇小说，而是外省生活的画面、作家的艺术性日记和政论材料的汇集。作家本人就说过，这是"一本短篇故事集"[②]。作品中的人物众多，但"性格的历史"往往过短，其言语、行动、心理活动的逻辑性不强，缺乏整一性。作家也不重视叙述的连贯性，不追求语言的规范和行文的流畅。这一切均可见出别雷和列米佐夫散文风格的影响。小说中还存在着一些对于生活细节，包括两性关系的自然主义描写。这部作品发表之初，曾受到包括卢那察尔斯基在内的一些批评家的好评，有的评论认为该作的意义可以与勃洛克的长诗《十二个》相比。

---

① 《鲁迅全集》第10卷，人民文学出版社1991年版，第361页。

② Шайтанов И. "Когда ломается течение". Пильняк Б. А. *Романы*. Москва: Издательство «Современник», 1990, с. 11.

1920 年代是皮里尼亚克创作的全盛时期。以《荒年》为起点，作家陆续有《母亲—后娘》（即《第三首都》，1922）、《连水陆路》（1926）、《不灭的月亮的故事》（1926）、《伊万—莫斯科》（1927）、《母亲—干酪—土地》（1927）、《红木》（1929）等多部中篇小说和长篇小说《机器与狼》（1925）发表。透过这些作品可以看出作家思想的某些变化。他描写了人的理性和意志力对于本能和激情的胜利，并表现出对于一种克服了生物学本能的强有力的个性的崇拜。作家对俄罗斯历史命运的思考，则开始突破他一度信奉的伊万诺夫—拉祖姆尼克等人的“西徐亚主义”即斯拉夫文化优越论和后民粹主义的框架。《不灭的月亮的故事》显示出作家对现实社会政治生活的关注。这部中篇是以红军元帅伏龙芝之死为素材写成的。作品的主人公是一位名叫加弗里洛夫的红军将领。他身患重病，一位被称为“不屈不挠的钢铁战士”的党的最高领导人下令要为他施行手术，理由是“一个有用的工作者为了继续发挥作用，就得进行维修”。加弗里洛夫本能地感觉到自己并不需要开刀。他为人聪颖而温和，热爱托尔斯泰的作品，和老战友相处亲同手足，对儿童更抱有一颗慈爱之心。他在和那位最高领导人谈话时，曾提出了拒绝手术的要求并说明了理由，但后者却以不容分辩的口吻说：“我已经下了命令。”其武断专横的性格溢于言表。在这种压力下，不仅加弗里洛夫要绝对服从，医生们也必须无条件地执行。医生们在会诊时就知道完全可以不用开刀，但是迫于压力，还是不得不违心地签名同意施行手术，结果在手术过程中造成麻醉中毒事故，致使加弗里洛夫不幸死亡。这部作品招致当时苏联报刊的激烈批判，有人说它是“对我们党的恶毒诽谤”。作家被迫公开检讨，承认自己“犯了极大的错误”，但又声明“丝毫没有恶毒诽谤的意图”。刊出这部作品的《新世界》杂志 1926 年 5 月号被命令全部没收，编辑部也作了检查。这一切都是被迫的，正如作品中的加弗里洛夫和医生同意动手术也都是被迫的一样。皮里尼亚克在这里显露了他的敏锐洞察力和惊人的胆识。

中篇小说《红木》是 1929 年在柏林出版的。与皮里尼亚克的其他作品一样，它也是在今天和往昔、和不久前的历史的联系中展开叙述的。故事发生在一个俄罗斯古风根深蒂固的死气沉沉的乡间小镇。这里的居民到 20 世纪 20 年代还像 17 世纪的旧教徒那样生活着。经历了两代沙皇和列宁时代的亚可夫 · 斯库德林是小镇上的红木家具收藏家，他还清楚地知道本镇内谁家藏有多少红木家具和其他古玩。他不相信世界上的任何变化。

他的弟弟伊万是“军事共产主义号召来的共产党员”，如今革命理想已经破灭，对“无产阶级正向工程师转化”的新经济政策不满，以酗酒为唯一的安慰。亚可夫的儿子阿吉姆则是个“托洛茨基分子”。从莫斯科专程来找亚可夫的“红木家具专家”别兹捷托夫兄弟，大肆收购红木家具，在转手倒卖中牟取暴利，活像《死魂灵》中的乞乞科夫。作品围绕这些人物，描写了小镇居民亚细亚式的生存方式，镇中“上层人士”的营私舞弊和各种特权，新经济政策时期出现的要买下一切、猎取一切、占有一切的社会风气，在发生火灾时只顾抓住“阴谋分子”而不去救火的荒唐现象，以及“历史循环说”和“民族自救论”在相当一部分人中的流行。这部小说的整个基调表明，作家对于亚细亚式的、惰性十足的、停滞的俄罗斯是否是理想的王国，是否可以得到挽救，抱有一种深深的怀疑。

《红木》的发表引起了“拉普”的强烈反应。1929 年 8 月，他们在报刊上组织对作者的严厉批判，决定撤除他“全俄作家协会”莫斯科分会主席的职务，并命令该会进行重新登记和改组。但奇怪的是，批判者并没有指出作品的“错误”究竟何在。这或许是因为他们事实上还没来得及读到这部在国外发表的作品。1929 年 9 月，高尔基发表《论精力的耗费》一文，为《红木》及其作者辩护，间接地批评“拉普”对皮里尼亚克的粗暴态度和做法。高尔基此文立即招致猛烈的围攻，他不得不又以《还是那些话》一文作答，再次为皮里尼亚克、扎米亚京、布尔加科夫等“所有那些正在被咒骂和曾经被咒骂过的人们”[①] 作辩护，给“拉普”以迎头痛击。这场风波暂时平息，但争论还在无声地继续。

长篇小说《机器和狼》，也是写发生在伏尔加河沿岸一个小城里的故事，只是小城的名字已由奥尔迪宁换为拉斯契斯拉夫尔。作品中的“狼”有着多重象征意义，既象征着可怕的、与人有着神秘联系的自然力，也象征着在革命年代被激起的原始的、自发的力量，还象征着野蛮而落后的俄罗斯。机器则是发达的工业、先进的科学技术和现代文明的象征。作品在迷信与科学、自然与文明、“自发的”意志与理性精神的冲突中，揭示出现代工业文明是拯救这个虽有可观的历史文化传统，却十分落后的俄罗斯的唯一出路。

---

① Бялик Б. А. (отв. ред.) *М. Горький и его эпоха: Исследования и материалы.* Вып. 1. Москва: Издательство «Наука», 1989, с. 9.

1920—1930 年代初，皮里尼亚克曾先后到德国、英国、日本、中国、美国等国家旅行，并根据所见所闻写下了一系列有着异国情调的中短篇小说、随笔与旅行记。作家对所到之国的国情民风的洞察，常显示出其深刻，但这一类作品同时也表明作家有意回避本国现实生活的题材，似乎是不愿意招来更多的批判和攻击。《红木》的被批，已使他十分紧张。从 1939 年起，他就不断地表示要改正错误。作为悔改诚意的一种表现，皮里尼亚克创作了长篇小说《伏尔加河流人里海》（1930）。作品写的是科洛姆纳城建设水坝的事，试图表明人们有组织、有目的的活动，不仅将在征服自然界的斗争中取得胜利，获得收益，而且将克服俄罗斯人传统的惰性。这部长篇同 1930 年代出现的不少描写苏联社会主义建设的小说有着相似的模式，即在建设者——正面人物和破坏者——反面人物对立斗争的基本框架中，塑造了几位献身建设事业的革命者形象，同时揭露了那些进行阴谋活动的阶级敌人的面目。作家把《红木》中的亚可夫、伊万两兄弟、别兹捷托夫兄弟等形象，都列入社会主义建设事业破坏者的行列，作了讽刺性刻画。《红木》中的一些场面和细节，也稍作修改后纳入长篇中。但是在这部长篇的一些章节中，依然隐约可寻作家以往作品的常用主题。他描写了俄罗斯人的矛盾心理，表现了由历史积淀而成、深藏在俄罗斯人意识中的那种亚洲和欧洲彼此对立的传统观念。以玛琳娜塔为象征的古旧的俄罗斯留给读者以清晰的印象，而新生活的画面则较为凌乱，也缺乏生动性。作者似乎无法掩藏住自己的同情。

皮里尼亚克是一位有着独立的文学见解的作家。他确认文学的任务是要写真实，写作家在生活中直接看到的东西；他反对“为政治而写作”，反对文学为政治服务；他特别重视艺术技巧，强调作品的艺术性。这些观点使他不可避免地同当时以“拉普”为代表的极左文学思潮发生尖锐冲突。他受到猛烈的攻击势在必然。但是他不像扎米亚京那样有充分的自信和坚忍的毅力来顶住压力。这种压力使他在 1930 年代收敛锋芒，努力写出一些不致受到批判的作品来，如关于美国的小说《好》（1932），关于日本的小说《石与根》（1933），以及最后一部长篇小说《果实的成熟》（1935）。然而，他的这种软反应也并没有能够使他的命运变得更好些。在“大清洗”年代，皮里尼亚克于 1937 年 10 月 28 日被捕，1938 年 4 月 21 日被镇压。他所不愿意为之服务的“政治”，终于从外部中断了他那富有特色的艺术探索。

皮里尼亚克作品的风格具有多样性的特征，其倾向时而是相互矛盾的。他曾经把俄罗斯传统文化和宗法制社会理想化，也对民族精神痼疾与惯常生活方式作出了批判。他强调人的生物学本能、人的自然本性，也显示出对于那种以理性战胜本能的个性的推崇。他的艺术方法，可以说是现实主义、象征主义、自然主义和印象主义兼而有之，总起来看，他是一位深受现代主义影响的现实主义作家。他在作品中大量使用各种新词汇、形象化的语言和成语、行话、方言、俚语，叙述语调变化多端，往往突破语法规则。他以自己的创作将由别雷与列米佐夫开创的现代俄罗斯散文风格继承过来，成为革命后俄罗斯本土文学中一位具有鲜明特色的作家。

6

安德烈·普拉东诺维奇·普拉东诺夫（1899—1951）也是20年代活跃于文坛，30年代至40年代命运多舛，其创作生涯有着一个悲剧性结局的著名散文家。他生于沃罗涅日一个铁路工人的家庭。这是一个多子女的家庭，作为长子的安德烈不得不在13岁时就辍学做工。他先后在一家铁路工厂和管道厂当过钳工、翻砂工和电工，后来又调到火车机车上任司机助手。1918年，他进入沃罗涅日综合技术学校学习，又从那里被动员参加了红军。他开始时在火车上服务，执行军事运输任务，不久即转入特种兵部队。1921年因患伤寒和肺结核病而复员。1924年，他完成了综合技术学校的学业，在土壤改良部门任工程师，并进修过农业电气化专业课程。20年代前半期，他的主要事业是在沃罗涅日省进行土壤改良、水利建设和农业电气化方面的工作。1927年，普拉东诺夫移居莫斯科，在工程行政部门工作，不久后即离任，专门从事文学创作。

从1918年起，普拉东诺夫就在沃罗涅日报刊上发表文章，论及一些社会、哲学问题。1922年，他的唯一的一本诗集《淡蓝色的深处》出版，受到老一辈象征派诗人勃留索夫的好评。从1918—1926年，他还写有一系列中短篇小说，通过普通劳动者的生活和命运的描述，探讨人与周围世界的关系，思考人生的意义，带有一种哲理色彩。他的一组科幻作品则显示出作家对于科学技术进步的关注和探索人与自然、人与宇宙的关系的热情。所有这些作品都是普拉东诺夫作为一名技术人员在业余时间创作的。

他自少年时代起的全部复杂经历，决定了他的创作的独特性。

1927 年小说集《叶皮凡水闸》的发表，才是普拉东诺夫创作道路的真正开端。这部集子中的中篇小说《叶皮凡水闸》，描写彼得一世时代英国专家来俄国帮助修建水闸的故事，再现了 18 世纪初期的俄国社会生活，揭示了沙皇、俄罗斯民众与英国专家之间的矛盾，涵纳着作家关于人与历史、人与自然之关系的思考。这本集子的发表，开始使普拉东诺夫的名字为文学界所知晓。1928 年，他又有《草场专家》和《内向的人》两部中篇作品发表。作家依据自己从事土壤改良和水电工程工作的亲身经历，探索普通知识分子的内心世界，揭示了从事技术工作的“旧人”在变动的历史年代中的精神心理变化。这两部小说因为没有按照当时“拉普”框定的模式（“在革命斗争的熔炉中锻炼成长”）去写“新人”而受到批判。但是普拉东诺夫并未去附和、迁就“拉普”。他在 1929 年发表的讽刺性短篇小说《国家的人》和《疑虑重重的马卡尔》，以锐利的笔锋揭示了当时社会中官僚主义的力量、内幕和背景，形象地勾勒出官僚主义者的可憎而又可笑的面目。后一短篇发表后，立即招来猛烈的批判。“拉普”头目阿维尔巴赫亲自撰文，给作者扣上一大堆可怕的帽子，断言这篇小说是“敌对性的”作品，它所宣扬的“个人主义—无政府主义”“并不亚于喊着法西斯口号的直接的反革命”①。作品中的主人公马卡尔是位“头脑空虚、双手灵巧”的老实农民，他因为受到官僚主义者的欺压而来到莫斯科，希望求得公道。后来他发现那个官僚主义者本人就在工农检察院工作。他还在梦中见到一个高高在上、仰首远眺的“科学的人”，这是个令人肃然起敬、但却脱离群众的巨人。这一怪梦连同作品中关于马卡尔“为了在教堂和领袖们的金色头脑下给自己找到生活”的说法，激怒了看到这一短篇的斯大林本人，因此作家才迅即受到来势凶猛的攻击。

普拉东诺夫依然没有改弦易辙。在 1920 年代末至 1930 年代初接连完成的三部曲《切文古尔镇》（1927—1929），《地槽》（1928—1930）和《初生海》（1934）中，他从反官僚主义入手，向纵深开掘，为推行“军事共产主义”、“余粮征集制”和农业集体化时期的极左政策和过火行为提供了讽刺性写照，暴露了脱离实际的空想主义的荒唐和危害。这三部小

---

① Корниенко Н. В. и Шубина Е. Д. *Воспоминания современников. Материалы к биографии.* Москва: Издательство «Современный писатель», 1994, с. 265.

说构成普拉东诺夫全部创作的高峰，但是它们都被尘封了半个多世纪，一直到80年代中期以后才陆续面世。

1931年，普拉东诺夫的又一个中篇小说《储藏备用（贫农纪事）》发表，同样很快遭到“拉普”的挞伐。作品中的故事讲述者“我”是一个“诚恳的贫农”，他先后到过十几个农庄、村落和畜牧场，所见所闻，构成一部真实的纪事，以此再现了“全盘集体化”和“消灭富农阶级”时期的社会气氛和生活图景。作家让读者看到了宁愿捐赠五戈比修建教堂，而不想一辈子从广播中听宣传的穷困的庄稼汉，看到了抑制不住“多余的革命热情”，烧毁富农房屋的区集体化领导者乌坡耶夫，看到了雇农帕什卡在受到“工人法官”审讯时的恐惧情景……作家清醒地告诉人们：极左路线和政策是危害革命事业的主要危险；包括集体化运动在内的社会运动，首先应根据“贫农阶级的心灵”来进行，而不应根据上级的指令。作家在他的纪事中思考着俄罗斯人民的命运，敢于针砭时弊，“唱反调”，虽然他也许知道自己触及了最敏感、最尖锐的问题。果然，“拉普”作家法捷耶夫肯定普拉东诺夫具有“最典型的富农代言人的特性”①。殊不知后者恰恰是因为预感到他的创作活动将受到严厉的限制，才匆忙写下了这一部“储藏备用”的纪事，一部面向未来的年鉴，一部历史的备忘录。

《储藏备用》受批后，普拉东诺夫不得不做了违心的检讨，表示要以新的作品来改正过去的“错误”。但是他发表作品已经十分困难，生活上也十分拮据。他的名字渐渐从广大读者的视野中消失。他曾接受高尔基的建议，一度集中精力进行剧本创作，但是他在30—40年代写的七部剧本没有一部获准发表与演出。他在1934年运用荒诞和写实相结合的手法创作的短篇小说《垃圾风》，1935年完成的表现人类心灵需要沟通之主题的中篇小说《江族人》，也同样未能面世。他只得收敛锋芒，改变风格，创作一些以儿童和老人生活为题材、描写新人新事、歌颂劳动和劳动者的作品。但当他的这类短篇作品集为《波图丹河》（1937）一书出版时，立即招来臭名昭著的前“拉普”要人叶尔米洛夫的攻击。“虚伪的人道主义”的罪名又加到他的身上。整个1930年代，普拉东诺夫都在等待逮捕，他

---

① Корниенко Н. В. и Шубина Е. Д. *Воспоминания современников. Материалы к биографии.* Москва: Издательство «Современный писатель», 1994, с. 273.

的许多同行朋友都在那些年代里无影无踪了。结果他的 15 岁的儿子因“图谋杀害斯大林”罪遭逮捕，后带病出狱，死于 1943 年。

卫国战争的爆发似乎使普拉东诺夫的处境有了某种好转。他作为《红星报》的特约记者在前线度过了难忘的战争岁月，积累了丰富的战时生活素材，于是便陆续有多本描写前线和后方生活的短篇小说集问世。战火和硝烟（他曾两度负伤）使他暂时得以避免批判之火的焚烧。但是好景不长。1946 年，普拉东诺夫复员后发表了短篇小说《伊万诺夫的家庭》（即《归来》）。这一短篇是卫国战争文学中较早描写战争给普通人的心灵造成创伤的作品，表现了作家对人类“心灵力量”的重视和信心。那个似乎是抓住普拉东诺夫不放的叶尔米洛夫立即又拿棍子打过来，断言作者和他所描写的人物一样“在道德上厚颜无耻”[①]，肯定这一短篇是对苏联生活和苏联人民的诬蔑。在战后个人崇拜达到高峰、极左思潮泛滥成灾的背景下，这种扣帽子式的批判给本来就已经小心翼翼、不敢坦然地沿着自己的探索方向继续前进的作家，造成了雪上加霜般的又一次严重打击。普拉东诺夫的创作探索在 30 年代就已不能正常进行，到战后他其实已被迫结束了自己的创作生涯。他只能加工整理一些民间故事。他不得不再次作出违心的检讨，希求得以在日丹诺夫的高压政策下存活。但是他的命运丝毫也没变得更好一些。他不仅再也没有写出什么有价值的作品来，连他的生活也十分凄凉。极左路线和粗暴的行政干涉使这位作家的艺术才华悲剧性地遭到扼杀。1951 年，作家在贫病交加中去世。

普拉东诺夫去世后 37 年才得以同俄罗斯广大读者首次见面的长篇小说《切文古尔镇》，是他最重要的一部作品。它写的是 1920 年代俄罗斯中部某草原小城切文古尔“自发地”“实现了共产主义”的故事。这个小城的革命委员会主席切普尔内依虽然长着一颗弱智脑袋，却具有“建立革命功勋的决心”。他决定在他领导的城内实现共产主义。他先用集体枪杀全部“资产阶级”、驱逐其亲属等“败类”的方法，使小城居民“布尔什维克化”，然后再招募外地的流浪汉来补充“无产阶级队伍”。他发动人们消灭一切财产以杜绝“压迫”，甚至把房子也拆除掉。切文古尔人既不积累财产，也不劳动，“因为劳动促使财产产生，而财产又促使压迫产

① Ермилов. В. “Клеветнический рассказ Андрея Платонова”. *Литературная газета*. 4 января, 1947.

生”。他们只靠太阳的恩赐吃青草度日。结果，整个切文古尔镇遭到了城毁人亡的悲惨结局。作家以罕见的现实主义胆识，以锐利的笔锋揭示了当时现实中客观存在的脱离实际的狂热和荒谬现象，暴露了官僚主义的愚蠢和专横，也写出了人们的疑虑和不安。作品触及了当时及以后一个长时期内一般作家所不敢或不能触及的问题：揭露乌托邦式的空想主义的荒唐性及其所造成的灾难性后果。这是作品的主要价值所在，也是它长期被禁的根本原因。作家高度的社会责任感，绝不趋炎附势、随波逐流的品格，决定了小说现实主义的基本手法和质朴无华的总体风格。但作家并不排斥运用夸张、幽默、讽刺、怪诞等多样化的表现手法，来充分展露“美好而狂暴的世界”。作品中关于“革命为切文古尔人赢得了做梦的权利，并且让做梦成为其主要职业”[①] 的描写，结尾处关于小城结局的描写，都有着深长的意味，令人读后掩卷深思。

1929 年，普拉东诺夫在联邦出版社拒绝出版《切文古尔镇》后，曾将作品手稿寄给高尔基，希望后者能促成该作品的发表。高尔基肯定这部小说在书刊检查机关那里不可能通过，曾建议作家将它的一部分改编为剧本，并同莫斯科第二艺术剧院联系过，希望由该剧院演出，但也被拒绝。高尔基在 1929 年秋给普拉东诺夫的一封信中写道：“请别生气。别灰心……‘一切都会过去，唯有真理永存’。”[②]

高尔基坚信普拉东诺夫的这部作品将会有“出头之日”，并暗示后者耐心等待。1988 年，《切文古尔镇》终于得以面世，并且获得了广大读者的普遍欢迎。但无论是高尔基还是普拉东诺夫本人，都没有看到小说的公开发表。与这部作品命运相似的，不仅有普拉东诺夫的《地槽》和《初生海》，还有足以构成 20 世纪俄罗斯文学史半壁江山的大量作品。

---

① ［俄］A. 普拉东诺夫：《切文古尔镇》，古杨译，漓江出版社 1997 年版，第 191 页。

② Анисимов И. И. （гл. ред.） *Литературное наследство, Т. 70. Горький и советские писатели. Неизданная переписка.* Москва: Издательство АН СССР, 1963, с. 314.

十二

域外俄罗斯文学“第一浪潮”

十月革命后，分属于白银时代各个流派的知名作家，约有一半陆续迁往他国，使得向来作为一个整体的俄罗斯文学由此而被分成两大板块。移居境外的俄罗斯作家在异邦的土地上热心于创作和其他文学活动的展开，在本土文学之外开辟了一片蔚为大观的文学天地，取得了举世瞩目的艺术成就。这一存在和发展于俄罗斯疆域之外的文学，无疑是20世纪俄罗斯文学不可分割的组成部分。

对于这一文学，俄罗斯学术界一般称之为“俄罗斯域外文学”（литература русского зарубежья）；相应地，从事这一文学创作的作家，也被称为“俄罗斯域外作家”（писатель русского зарубежья）。我国研究者则习惯地称这一文学为“俄罗斯侨民文学”（русская литература эмиграции），并相应地使用“俄罗斯侨民作家”（русский писатель эмиграции）的概念。在西方评论家和文学史家的著述中，还常常可以见到“俄罗斯流亡文学”（русская литература в изгнании）的提法。由于在特定的历史语境中，“俄罗斯侨民”的称谓往往带有某种政治意味，通常是指那些由于不拥护苏联政权而迁居于国外的俄罗斯人；而十月革命后流落域外的俄罗斯作家，并非都对苏联政权抱有激烈的政治对立情绪，并不都是由于政治原因而离境的，有的在国外从未发表过反苏言论，有的则一直保留着苏联护照，因此，尽管“俄罗斯侨民作家”是存在的，但“俄罗斯侨民文学”的概念却不能用以指称整个“俄罗斯域外文学”，前者的范围明显地小于后者。当今俄罗斯研究者娜·普里莫奇金娜曾就此写道：

> 俄罗斯域外文学是一个比俄罗斯侨民文学更为宽泛的现象，前者

> 包括在十月革命后由于各种不同原因流落到国外的所有俄罗斯作家。侨民，在其标准意义上，指的是那些由于和新政权的政治分歧而完全有意识地离开祖国、生活于流亡状态的人们。这种“真正的”、思想上的侨民在俄罗斯作家中并不是那么多。……对于我们来说，较少意识形态化的“域外”（зарубежье）的概念，要比“侨民”（эмиграция）的概念更合适些。但是我们并不认为每次使用这些概念时都给它们划出明确的界线是适宜的。①

本书赞同上述见解，认为对于在20世纪的不同阶段由于各种原因流落到本国疆域之外的俄罗斯作家以俄语创作的作品，都应依照俄罗斯学术界的一般用法，称之为“俄罗斯域外文学”。本书在对这一文学予以考察和评说时，不沿用“俄罗斯侨民文学”这一旧有概念，但确认“俄罗斯侨民作家”的存在，同时对“俄罗斯流亡文学”的提法表示认同——由于“流亡”指涉了一种存在状态，且富含深厚的历史文化意蕴，正如“流散文学”概念中的“流散”（英语：Diaspora；俄语：диаспора）一样，认为“俄罗斯流亡文学”可以作为“俄罗斯域外文学”的别称。

伴随着20世纪俄罗斯历史的独特进程，俄罗斯域外文学曾先后出现过三次浪潮。它们的形成具有不同的历史文化背景。其中，“第一浪潮”的生成，与1917年革命及革命前的白银时代文化有着密切的联系。自十月革命后到1920—1930年代陆续迁居国外的俄罗斯人，计约400万之众。他们当中包括社会各阶层的人物，既有商人、企业家、官僚、政客、社会活动家，也有工人、农民和士兵，但占最大比例的是各类知识分子，如医生、教师、律师、工程师、从事科学研究和文学艺术工作的人员、宗教界人士、新闻出版界人士和各类大中学校的一些青年学生。这一代移民中的作家、诗人和批评家，除了本书第九章中已提到的那些在革命前即已颇有成就和影响的名字之外，还有马·阿尔丹诺夫、格·维·阿达莫维奇、谢·瓦尔沙夫斯基、弗·纳博科夫、尼娜·别尔别洛娃、金格尔、格·格列宾希科夫、加兹达诺夫、加·库兹涅佐娃、罗曼·古里、顿—阿米纳多、叶凡古洛夫、兹洛宾、祖罗夫、亚·科伊兰斯基、安·拉津斯基、

---

① Примочкина Н. Н. *Горький и писатели русского зарубежья*. Москва: ИМЛИ им. М. Горького РАН. 2003. с. 9.

基·波梅良采夫、尤里·费尔津、弗·斯莫林斯基、尤里·捷拉皮阿诺、奥楚普、阿·施泰格尔、伊·奥陀耶夫采娃、瓦·雅诺夫斯基、波普拉夫斯基、沙霍夫斯基、苏古尔乔夫等人。他们或是革命前在国内文坛已小有名气的，或是到国外后才逐渐有所成就的，属于成名较晚或较为年轻的一代作家。他们和白银时代即已成名的迁外作家一起，形成了第一代俄罗斯流亡作家的基本队伍。他们自十月革命后到第二次世界大战爆发20余年间的文学活动，形成了俄罗斯域外文学的“第一浪潮”。

第一代俄罗斯流亡作家分布在俄罗斯周边的广大地区。赫尔辛基、雷瓦尔（塔林）、里加、华沙、君士坦丁堡（伊斯坦布尔）、索非亚、贝尔格莱德、布拉格、布鲁塞尔、哈尔滨、上海等各国大城市，都是他们的主要聚集地。俄罗斯域外文学“第一浪潮”的中心，在1921—1923年间是柏林，1924年至第二次世界大战开始是巴黎，1940年以后则转到纽约——但是自那时起，俄罗斯域外文学的“第一浪潮”作为一种“浪潮”已趋平息。

这一代流亡作家在各居住国出版了许多报纸和杂志，成立了一批出版社，为文学创作与批评活动打开了通道。1920年就已出现130多种俄文报纸，1921年又增加112种，1922年再增加109种。发行量最大的报纸有在巴黎出版的《最新消息报》（1920—1940）、《共同事业报》（1918—1934）、《复兴报》（1925—1940）。在柏林出版的《航舵报》（1920—1931），里加的《今天报》（1919—1940），华沙的《为了自由报》（1921—1932），巴黎的《俄罗斯时代报》（1925—1929）、《俄罗斯报》（1923—1925）、《俄罗斯与斯拉夫民族报》（1928—1934）等周报，也拥有相当的读者。主要的文学刊物有《交谈》（柏林，1923—1925）、《俄罗斯思想》（索非亚—布拉格—巴黎，1921—1927），《俄罗斯意志》（布拉格，1920—1921，1924—1925）、《现代纪事》（巴黎，1920—1940）等。其中，计出版了70期的《现代纪事》，发表过布宁、库普林、什梅廖夫、巴尔蒙特、列米佐夫、奥索尔金、济·吉皮乌斯、霍达谢维奇、扎伊采夫、维·伊万诺夫、格·伊万诺夫、梅列日科夫斯基等代表作家的作品，几乎等于俄罗斯域外文学“第一浪潮”的创作总集。“二战”爆发后，随着大部分流亡作家越过大西洋，文学刊物《新杂志》自1942年起开始在纽约面世。第一代流亡作家的主要出版社有设在柏林的格尔热宾出版社、言论出版社、赫利空出版社、思想出版社、彼得城邦出版社，设在布拉格的火焰出版社，设在巴黎的俄罗斯土地出版社、现代纪事出版社、复兴出版社，以及雷瓦尔的爱书者出版社，贝尔格莱德的俄罗斯文库出版社，斯德哥尔摩的北国之火出版社，索非亚的俄罗斯—保加利亚出版社，等等。

正如1921—1923年间流亡作家多集中于柏林，那里的文学活动最为活跃，因而有“俄罗斯的柏林”一说那样，1924—1940年间的巴黎，也被称为“俄罗斯的巴黎”。那里曾经建立过文学、艺术、教育、科学、宗教等方面的一系列俄罗斯流亡者团体，有绘画、戏剧表演、音乐等各艺术门类的众多专门人才展开活动，但最有影响和成果的，还是文学活动。在这座法国都城，《现代纪事》成为最受欢迎的文学刊物。布宁、库普林、阿尔丹诺夫、济·吉皮乌斯、梅列日科夫斯基、巴尔蒙特、阿·托尔斯泰、苔菲等作家在1921年前就抵达这里，随后又有更多的作家、诗人与批评家先后到达。巴黎成为俄罗斯域外文学“第一浪潮”中为时最久的中心。

和变迁时代的俄罗斯本土文学一样，这个时期的俄罗斯域外文学也是五光十色的。第一代流亡作家来自白银时代的各个不同文学流派：现实主义、象征主义、阿克梅主义、未来主义及其他规模较小的作家群体，后者包括被认为具有“现代主义”倾向的列米佐夫、扎伊采夫等人，以及被认为具有自然主义倾向的阿尔志跋绥夫、契里科夫、纳日文等。迁居到国外以后，作家和诗人们的流派属性渐渐变得不明显，原先存在的各流派之间在艺术观方面的矛盾冲突渐趋淡化。但是，这决不意味着流亡作家内部已不存在思想分歧。恰恰相反，他们的思想倾向是多种多样的，作家之间的思想冲突也是始终存在的。他们当中有的坚持自由民主主义理想，有的留恋东正教—君主主义，有的信奉“欧亚大陆主义”，也有的陷入宗教神秘主义。流亡作家中也有一些接近社会革命党、立宪民主党、孟什维克的人们，更有许多同任何党派都无有联系的人道主义者。较年轻的一代流亡作家和年老一代作家也有着两代人之间的矛盾。争辩、论战与思想交锋是不可避免的，有时还以激烈的形式表现出来。所谓“路标转换”运动便是一批年轻的流亡作家反对老一代“保守派”的公开行动。1921年，克留契尼科夫、乌斯特里亚洛夫、卢基扬诺夫、博布里谢夫—普希金、恰霍金、波捷欣等作家在布拉格出版了一本《路标转换》文集，其中谈到苏俄国内“热月政变”的到来，应当承认布尔什维克是一种现实力量，与布尔什维克实现联合的可能性，等等。“路标转换派”曾建立过自己的组织，有过一段巩固、发展的时期，1924年以后走向消解。

流亡作家自身也作过联合的尝试。1928年9月，在贝尔格莱德召开了第一次、也是唯一的一次俄罗斯流亡作家和记者代表大会，巴黎、柏林、布拉格、华沙等地的流亡作家和主要报刊代表前往参加，其中有库普林、扎伊采夫、涅米洛维奇—丹钦柯、梅列日科夫斯基夫妇等人。然而，这一尝试也以失败告终了。分散在各国广大地区的俄罗斯流亡作家，事实上也不可能“联合”起来。只是在实际的文学生活中，逐渐地、自然地分别围绕着布宁、霍达谢维奇、列米佐夫、格·伊万诺夫、阿达莫维奇、波普拉夫斯基等人形成了若干个文学圈子，其中前四个圈子以老一代作家和诗人为主，后两个圈子则集合着年轻的作家与诗人们。

流亡作家联合可能性的消失，与其说是因为文艺观上的分歧，不如说是由于思想上的矛盾和客观条件上的限制。作为白银时代各文学流派的重要代表和活动家，他们对自己曾为之呐喊并努力实践的艺术理想固然不愿忘却，对那个时代的文学氛围也无限怀念，他们的作品也还继续显示出自己原先所属的那些个文学流派的某些特点；但是，从总体上看来，流亡作家们已失去了把象征主义或阿克梅主义、未来主义或现实主义等作为一种文学运动进一步向前推进的热情和条件了。多种文学运动纷然并立、互相影响，在论争中发展，是白银时代——俄罗斯的“文艺复兴”时期特有的现象。在失去了作为“文艺复兴”的基本条件之一的民族土壤之后，那个特定的文化时代和文学时代中的一些重要的、富有特色的景观，也就随着时代本身一起消逝了。作家和诗人们不再强调自己曾经信奉、遵从、追求过的某种艺术方法是唯一有前途的、最好的方法。一种向传统现实主义的复归，对19世纪经典作家作品的偏爱，对古典美学观念和情趣的重新认同，成为一股潮流在流亡作家中悄然涌起。这股潮流既囊括了布宁、库普林、什梅廖夫、扎伊采夫、苔菲等本来就程度不同地尊崇现实主义的作家，也带动了列米佐夫、霍达谢维奇（他曾被称为“新古典主义”诗歌的代表）、茨维塔耶娃等人，更把加兹达诺夫、祖罗夫、库兹列佐娃、别尔别洛娃、沙霍夫科伊等作家裹挟了进来。但是他（她）们的创作又或多或少带有某种现代主义特点，故有的批评家称其为“新现实主义”作家。另一些较年轻的作家，或在白银时代仅仅初涉文坛的作家，则更多地吸收了西方现代主义文学的新鲜经验，倾向于参与欧洲文学的新潮流，或者干脆用法语和英语写作。这批人中有后来成为《新杂志》主持者的阿尔丹诺夫，享誉欧美文坛的纳博科夫—西林，以及阿达莫维奇、特洛亚—塔拉索夫等。

俄罗斯流亡作家在远离故土的特殊条件下，热心于创作的开展，不断有所成就，与留在国内的作家们一起，共同为白银时代之后俄罗斯文学的发展作出了贡献。据俄罗斯域外文学研究者 H. 波尔托拉茨基在 60 年代末统计，1918—1968 年间，俄罗斯流亡作家共出版长篇小说 1000 多部，短篇小说集 636 部，诗集 1024 部[①]。这些数字中，包含域外文学“第二浪潮”的部分作品，但第二代流亡作家的创作成就不大，问世作品数量有限，因此，在各项统计数字中，占绝大多数的无疑是第一代流亡作家的作品。

为俄罗斯域外文学“第一浪潮”的形成条件和第一代流亡作家的个人经历所决定，“第一浪潮”中出现的作品，在主题选择上显示出相对的集中性。有不少作品反映了作家和诗人们对于刚刚过去的革命事件和国内战争的评价，如布宁的《该诅咒的日子》，什梅廖夫的《死者的太阳》，列米佐夫的《被掀动的罗斯》，奥索尔金的《西弗采夫·弗拉热克》，以及格·伊万诺夫、斯莫林斯基等人的某些诗作。对历史变动的思考，对个人命运、俄罗斯流亡者的出路甚至民族前途的探测，使得一些作家把视线转向俄罗斯的历史、民族文化传统和宗教，于是便出现了梅列日科夫斯基的长篇小说《诸神的诞生》和《救世主》以及一系列历史—哲学散文，维·伊万诺夫的最后一本诗集《暮色》，什梅廖夫的《老瓦拉姆》、《天国之路》等散文创作，扎伊采夫的《拉多涅日城的圣谢尔吉》、《奇异的旅行》、《阿丰山》等小说与随笔，列米佐夫的与俄国民间文化有着紧密联系的作品，苔菲的短篇小说集《女巫》等。这类作品往往体现出一种“寻根”意识。

长期生活于异邦土地上的特殊环境，使得绝大部分流亡作家都抱有对俄罗斯的深深怀念之情。在对往昔生活的深情回忆中抒发去国之苦、离别之恨、思乡之愁，成为域外文学“第一浪潮”的一个重要主题。带有回首往事色彩的作品、自传性作品、回忆录大量涌现。库普林的中篇小说《热涅达》，格·伊万诺夫的诗集《蔷薇》和《向西特拉岛进发》，谢维

---

① Крейд В. *Дальние берега: Портреты писателей эмиграции.* Москва: Издательство «Республика», 1994, с. 5.

里亚宁的长诗《列昂德尔的钢琴》，萨沙·乔尔内依的诗集《渴望》和《童年的岛》等作品，都把回忆因素、对俄罗斯的无限怀念之情和失去家园的孤独感融合在一起，喊出了一代流亡者的心声。布宁的《阿尔谢尼耶夫的一生》，库普林的《士官生》，什梅廖夫的《上帝的恩年》和《朝圣》，列米佐夫的《用稍加矫正的眼睛看》和《碎片》，扎伊采夫的《格列勃的游历》，阿·托尔斯泰的《尼基塔的童年》，谢维里亚宁的三部长诗《湍急的水流》、《橙黄色时分的露珠》、《感情教堂的钟》，都是著名的自传体作品。这些以回顾亲身经历、再现已逝韶光为基本内容的小说与诗歌，同样表现了背井离乡的人们对祖国的无尽忧思，唱出了天涯游子的愁苦与隐痛。

1921 年 8 月诗人勃洛克和古米廖夫的相继去世，可以说是回忆录这一体裁开始被域外俄罗斯作家广泛采用的一个契机。当年就有关于这两位诗人的回忆录出现。随后，各种回忆录及回忆性作品便不断涌现，一发而不可收。霍达谢维奇的《名人陵墓》，斯捷蓬的《逝去的与未能实现的》、《相逢》，扎伊采夫的《悠远的回忆》，茨维塔耶娃的《被征服的灵魂》、《并非此地的夜晚》，谢·马科夫斯基的《同时代人的肖像》、《在白银时代的帕纳斯山上》，济·吉皮乌斯的《活着的面影》，苔菲的《回忆录》、阿达莫维奇的《文学对话》，尤里·安年科夫的《我的交往日记》、伊·奥多耶夫采娃的《涅瓦河畔》等，都是域外文学“第一浪潮”中极有影响的文学回忆录或回忆性随笔。格·伊万诺夫自 1924 年起就在报纸上连续发表系列随笔《中国剪影：文学肖像》(后于 1930 年结集出版)，这是他的一系列回忆性作品和回忆录的开端。他的《彼得堡的冬天》、《涅瓦大街》等回忆录的陆续问世，为人们提供了关于白银时代彼得堡文学界生活的虽不乏主观色调，却甚为生动的图景，使他在域外俄罗斯文坛的声誉远远超过了他当年作为阿克梅派诗人的影响。另外，罗曼·古里的三卷本的《我带走了俄罗斯》，瓦·雅诺夫斯基的《爱丽舍田园大街》，别尔别洛娃的《着重号是我加的》，纳博科夫的《彼岸》，基·波梅朗采夫的《穿越死亡》，伊·奥多耶夫采娃的《塞纳河畔》，尤里·捷拉皮阿诺的《会见》，沙霍夫斯基的《影像》等晚些时候问世的回忆录，则不限于对白银时代文学生活的回忆，而是在更大的时间跨度内描述了白银时代的老一辈作家和诗人从国内到国外的经历，成为老一代作家们自己撰写的回忆录的续篇。热衷于回忆录的写作，不仅是出于乡愁与怀旧情绪，还有保存精神文化遗产的意识使然。结果，也正是由于这一批为数众多的回忆录与回忆性作品，后来的人们才获得了关于俄罗斯文学的白银时代，以及这个时代的作家们的命运与个性的鲜明印象。

随着时光的流逝，一些阅历丰富的作家和诗人们将艺术注意力转向那些激动着人类的永恒主题：人生的秘密、生活中的宗教因素、爱情与死亡。布宁在国外的创作是开掘这一类主题的典范之作。济·吉皮乌斯的最后一本诗集《光华》，维·伊万诺夫的最后一本诗集《暮色》，格·伊万诺夫的最后一本诗集《1943—1958 年诗抄》等白银时代老一代诗人的晚年作品，往往把历史的追问、宗教的沉思、哲理的探寻结合在一起，诗化了诗人们对人生的哲学思考，常带有一种形而上的思辨色彩。

同第一代流亡作家向古典文化和传统美学观念的复归倾向相联系，也和白银时代老一代诗人与作家们的学者化特点有关，在域外文学的“第一浪潮”中，可以看到不少关于古典作家的评传、论著或随笔，如布宁的《托尔斯泰的解放》、《论契诃夫》，扎伊采夫的《屠格涅夫的生平》、《茹科夫斯基》、《契诃夫》，霍达谢维奇的《杰尔查文》、《普希金的诗学事业》和《论普希金》，列米佐夫的《作品的火光》，茨维塔耶娃的《我的普希金》等。这类形式多样的谈论古典作家的著作，清楚地显示出俄罗斯古典文学——白银时代文学——域外文学“第一浪潮”之间的历史联系。它们大多出自老一代作家和诗人之手，其中涵纳着制导俄罗斯域外文学发展走向的意图。当较年轻的作家阿达莫维奇和他所属的那一代人，强烈地感到欧洲文化氛围，首先是法国文化的有力影响，开始号召人们走出以托尔斯泰为代表的传统文学的框架时，布宁火气很旺地反问道：“是停止沿着托尔斯泰的足迹前进的时候了吗？那么应当沿着谁的足迹前进呢？”① 以布宁为代表的老一代作家及其影响的存在，决定了“第一浪潮”中的文学创作，即便受到西方现代主义潮流的多方面影响（包括布宁本人受到普鲁斯特的某些影响，等等），仍旧保持着和俄罗斯传统文学的牢固联系。

第一代流亡作家在作品主题上的选择侧重，事实上已经显示出域外俄罗斯文学的难以克服的局限与缺失。这一批在民族传统文化和文学的熏

---

① Михайлов О. Н. *Литература русского зарубежья: 1920 – 1940*. Москва: Издательство «Наследие», 1993, с. 68.

陶、养育下成长起来的作家和诗人，在迁居国外以后却同曾一直喂养他们的土壤，同自己的民族，甚至同民族语言失去了经常性联系。他们无法真切地了解本民族当代生活的发展进程和丰富内容，无法设身处地地体味出俄罗斯民族和人民在变化着的时代中的复杂情感，也就无法积累新的创作素材。才能和灵感受到了生活给养的限制。异国生活、异域文化、异族语言等等，在一开始还具有某种新鲜性，还能够经由每一位作家的个人文化与精神储备而起作用，引出一批有创意的作品。但是，当这种储备不再得到必要的、经常不断的补充时，异邦的一切都会引发一种或明或暗的排斥情绪、陌生感、失落感。因此，大部分作家不得不向历史，向记忆，向业已远去、但却在自己心中永存的俄罗斯挖掘素材，让往昔生活再现光彩。然而，他们却无法掩饰一种深深的悲剧意识，从布宁到纳博科夫，从霍达谢维奇到波普拉夫斯基，莫不如此。流亡作家这种悲剧意识不仅体现在怀念祖国、回首往事的诗文中，不仅体现在带自传色彩的作品和回忆录中，也隐含在他们对所谓“永恒主题”的关注，对历史文化传统和民族精神遗产的兴趣中。从一定意义上说，只有在这些领域中，他们才能寻得素材，获取灵感。流亡作家也作过了解俄罗斯国内生活、文化和文学的努力。如在 1928 年的俄罗斯流亡作家代表大会上，就特地安排了一个关于国内出版界和报刊情况的专门报告，让作家们听取。在巴黎出版的刊物《里程碑》，还曾转载过别雷、帕斯捷尔纳克、巴别尔、梯尼亚诺夫、谢尔文斯基、阿尔乔姆·维肖雷等国内作家的作品。然而，这种努力并没有使域外俄罗斯作家真正了解同时代国内俄罗斯人的生活与心灵。因此，缺乏鲜明的“当代性”应当说是域外俄罗斯文学的一大不足。这种缺失，越是接近“第一浪潮”的尾声越为明显。

俄罗斯流亡作家的生活同在任何特定历史—地理条件下的社会生活一样，也是一个筛选过程。这种生活显然不承担保持每一位作家早先在白银时代在国内文坛的声望与影响的义务。可以清楚地看到，在俄罗斯域外文学“第一浪潮”中，作家和诗人们原有的地位和作用悄然地发生了某些变化。在白银时代声名显赫的巴尔蒙特、梅列日科夫斯基、济·吉皮乌斯、维·伊万诺夫等人，到了国外以后都不再是俄罗斯域外文学的中心人物了，尽管他们各自都还写有一些作品。济·吉皮乌斯曾力图扮演中心人物的角色。但是，她与梅列日科夫斯基一起组织的“星期日”文学沙龙和“绿灯社”，其主要作用只是给年轻一代讲述白银时代的人与事，力图把那个业已过去的时代的文坛风气搬到巴黎来。她本人也努力再有所成就，然而她既缺少阿赫玛托娃的那种在安详中的深邃思考，也没有茨维塔耶娃的那份坦荡与真纯，更不具备苔菲的幽默与睿智。因此，和这些同样崛起起于白银时代的女诗人、女作家相比，济·吉皮乌斯在那个时代结束以后，就再也没有显示出自己的光彩来。梅列日科夫斯基、巴尔蒙特和维·伊万诺夫，也都显然已经越过了各自创作的高峰期。

当然，并非所有的老作家出国之后便都江郎才尽了。不少早在白银时代就已颇有声望或才华初露的作家和诗人们，在异国的土地上写出了他（她）们最成熟的作品，进入了自己创作的辉煌阶段、如布宁、什梅廖夫、列米佐夫、霍达谢维奇、苔菲、茨维塔耶娃、扎伊采夫等。他们在国外的创作，构成了域外俄罗斯文学“第一浪潮”最主要的艺术成果。库普林、格·伊万诺夫、萨沙·乔尔内依、米·亚·奥索尔金（1878—1942）等老作家和诗人，也继续耕耘不止，写出了一批有价值的作品。

1919 年离开俄罗斯的**马·亚·阿尔丹诺夫**（1886—1957），从年龄上看应属老一代作家，但他在出国前仅出版过一本评论《托尔斯泰和罗曼·罗兰》。他是在国外同一批年轻人一起开始走上创作道路的，到 1925 年已有四部长篇小说问世。他以写历史题材著称。长篇四部曲《思想家》，包括《圣赫勒拿，一个小岛》（1923）、《热月九日》（1923）、《鬼桥》（1925）和《密谋》（1927），描写了从法国热月政变、苏瓦洛夫进军瑞士、保罗一世被杀身亡，到拿破仑 1821 年于圣赫勒拿岛去世的一系列重大历史事件，其中显然不是无意地避开了《战争与和平》已描写过的 1805—1814 年间的历史生活，这表明作者是着意要“补充”托尔斯泰的史诗没有完全展示的那一整个时代的历史。由这个四部曲开始，阿尔丹诺夫的一系列历史小说囊括了从 1760 年代到 20 世纪中叶两个世纪的历史。他关于俄国革命的三部长篇小说《锁钥》（1929）、《溃退》（1931）和《洞窟》1935），被认为是他的创作高峰。长篇小说《起源》（1945）又回到革命前的时代，描写了 1881 年 3 月 1 日民意党人刺死沙皇亚历山大二世等历史事件，书中还有马克思、巴枯宁和英国自由党领袖威廉·格莱斯顿等历史人物出场。他的小说善于把虚构人物与历史人物、紧张的戏剧性情节（阴谋、杀戮、未遂的罪恶等）和引人入胜的故事、政论因素和哲学的沉思结合起来，表现出一种历史悲观主义意识、怀疑论观点或“命运的戏弄”主题。阿尔丹诺夫还写有一系列关于历史人物和同时代著名人物的随笔，后结为《同时代人》（1928），《肖像》（1931）和《土地与人们》（1932）三个集子出版。他的历史小说被译为25种语言，流行颇广。布宁在1930年代曾不止一次提议把阿尔丹诺夫作为诺贝尔文学奖候选人。

俄罗斯域外文学的“第一浪潮”中，有一批和白银时代老一辈作家相区别的所谓“未被注意的一代”作家和诗人。他们在离开祖国时，大都是些稚气未脱的年轻人，甚至是还未成年的学生，往往是随父母或亲友一起迁居境外的。在国外，他们一开始一般都是继续上学读书，后来才开始文学创作的。有的是在家人的影响下走上文学道路的。这是一批直接在异域生活环境中成长起来的作家，是“第一浪潮”中的年轻一代，主要有盖·加兹达诺夫、罗曼·古里、鲍·波普拉夫斯基、尼娜·别尔别洛娃、弗·纳博科夫、尤里·费尔津、瓦·雅诺夫斯基、谢·瓦尔沙夫斯基、基·波梅朗采夫、列·祖罗夫、安·拉津斯基等人。其中波普拉夫斯基和纳博科夫是这一批人中最杰出的代表。

鲍·波普拉夫斯基（1903—1935）于1931年出版第一本诗集《旗帜》，逐渐成为年轻一代流亡诗人的核心。《降雪时分：1931—1935年诗抄》（1936），《戴着蜡制的花环》（1938）两本诗集，都是在他死后出版的。他的诗中交织着恐惧与希望、爱情与冷漠、宇宙的悲凉与大地的温暖、极度的兴奋与平静的绝望。诗人似乎是示威般地远离政治、远离“当前的现实”，以非凡的想象力创造了一个但见寒星、冷雾、大海的蔚蓝和雪的世界，那里闪现着天使和水手们的身影。他的诗可见出莱蒙托夫、勃洛克以及法国诗人阿波利奈尔和兰波诗风的复杂影响，也显出和俄国宗教哲学家费多罗夫的思想的内在联系。

弗·纳博科夫（1899—1977，笔名西林）是“第一浪潮”中的年轻一代的又一位代表。他生于彼得堡一位立宪民主党活动家、新闻记者的家庭，自小受到亲英的教育，1916年出版过一本受到嘲笑的诗集。1919年随全家人一起离开俄罗斯，入剑桥大学学习，1922年毕业，先后居于柏林和巴黎。自1940年起在美国定居。赴美之前，他的作品主要有长篇小说《玛申卡》（1926）、《K，Q，J》（1928）、《乔尔博的回归》（1930）、《功勋》（1932）、《绝望》（1936）、《死刑邀请》（1938）、《暗探》（1938）、《天赋》（1938），中篇小说《卢仁防卫》（1930）、《暗室》（1933），还有短篇小说集《小国国王》、《云·湖·塔》、《密探》，剧本

《死亡》、《事变》、《华尔兹舞的发明》等。1940 年移居美国后，开始以英语写作，有一系列长篇小说、自传性散文、文学讲稿、俄国古典名著英文译著问世。他译的《叶甫盖尼·奥涅金》，译本为四卷，其中三卷是他对普希金原著的逐行注释。长篇《洛丽塔》（1955）以及《彼岸》（1954）、《普宁》（1957）、《微暗的火》（1962）等作品，为他带来极大的声誉。纳博科夫作品中的冲突，常建立于特殊与寻常、真实与不真实的鲜明对比、强烈反差的基础上；主人公往往是些非凡的人，有创造精神的个性，他们痛苦地接受了这个残酷、荒谬、无人性的世界，徒然地与之抗衡。在他的作品，特别是长篇小说中，可以发现一个统一的基本主题：主人公寻找“失去的天堂”——这首先是指失去了的祖国与爱。作家善于用隐喻法描写人们之间的疏远冷淡，表现人在这个残酷而可怕的世界中的孤独感。他的作品具有很强的艺术概括性。纳博科夫和他所属的那一代域外俄罗斯作家一样，从开始文学生涯时就受到西方现代主义文学的影响，如他的《死刑邀请》就多方面地受到卡夫卡作品的影响。纳博科夫以其丰富的英语作品成为 20 世纪美国最杰出的散文家之一。他自 1940 年代以后的文学活动，事实上即已融入西方文化与文学之中。

1940 年希特勒军队攻占巴黎前夜，俄罗斯流亡作家在这座法国都城创办的最大的文学刊物《现代纪事》，被迫结束了自己出版发行 20 年的历史。这也标志着俄罗斯域外文学“第一浪潮”的终结。

第二次世界大战的发生，使得爱国主义情绪在俄罗斯流亡作家中增长。几乎所有的流亡作家都拒不接受希特勒纳粹主义。布宁、列米佐夫、扎伊采夫、苔菲等老作家继续留在法国。他们盼望听到苏联武装部队胜利的消息，称颂苏军的功绩。他们所希望的是俄罗斯人民的胜利。布宁断然拒绝德国占领军邀他出来办报，营救一位被德军追捕的犹太记者之事，在俄罗斯流亡者中传为美谈。但梅列日科夫斯基却于 1941 年 6 月 22 日在巴黎发表广播讲话，把希特勒比作英法百年战争时期为把法国从英军占领下解放出来而献身的法国民族女英雄约翰娜·达克（即贞德），却不能为流亡作家和广大俄罗斯流亡者所接受。只是类似的情况在流亡作家中为数极少。“二战”结束后，列米佐夫、安·拉津斯基、尼·罗欣、列夫·柳比莫夫等一批流亡作家接受了苏联国籍。

世界性战争使大部分俄罗斯流亡作家的命运发生了变化。一些作家死于德国集中营，一些作家在被驱逐出所在国时丧生，其中包括叶·尤·库兹明娜—卡拉瓦耶娃（1891—1945）、尤里·费尔津（1894—1943）、尤·弗·曼德尔什塔姆（1908—1943）等人。更多的文学界人士自希特勒在欧洲点起战火之初，就开始向大西洋彼岸迁移，其中大部分人定居于纽约。在纽约，由阿尔丹诺夫和米·奥·采特林（1882—1946）创办的文学艺术刊物《新杂志》，从1942年起开始出版发行。新的大型出版社契诃夫出版社也在纽约建立起来，该出版社出版了域外俄罗斯作家的许多最重要的作品。除了在“二战”开始前或在战争期间陆续去世的作家（如巴尔蒙特、霍达谢维奇、萨沙·乔尔内依、谢维里亚宁、阿尔志跋绥夫、阿维尔钦科、梅列日科夫斯基、济·吉皮乌斯等）之外，第一代俄罗斯流亡作家的创作活动仍在继续进行。但是，作为俄罗斯域外文学的一个阶段的“第一浪潮”，已随着“二战”的开始而结束。战争造成了第二代俄罗斯流亡者和流亡作家。域外文学的“第二浪潮”开始涌来，只是它的规模与成就，都远不能同“第一浪潮”相比。

十三

伊万·布宁

伊凡·布宁（1870—1953）在白银时代就是一位成就突出的现实主义小说家，曾与高尔基一起，作为“星期三”文学小组和知识出版社的同人活跃于文坛，其创作倾向与艺术风格却明显地区别于高尔基。后来，他与高尔基的分歧日益加深，但后者却一再号召文学青年像学习19世纪古典小说家那样向布宁学习。1920年迁居国外后，布宁不断有新作问世，成为俄罗斯域外文学“第一浪潮”中最有成就的作家之一，并于1933年获得诺贝尔文学奖，成为第一个获得这一奖项的俄罗斯作家。

布宁生于沃罗涅日一个古老的贵族之家，其父是奥廖尔和图拉省的地主，在把家产挥霍殆尽后，不得不带领全家从沃罗涅日迁往奥廖尔省叶列茨县乡下的庄园。美丽辽阔的奥廖尔草原，曾先后为俄罗斯文学孕育了屠格涅夫、列斯科夫、安德列耶夫、普里什文、扎伊采夫等一大批优秀作家。布宁同样是在这片神奇的土地上成长起来的。在和农民及农家孩子的接触中，他熟悉了民间语言。由于拖欠学费并流露出对于学校教育方式的厌恶，他在中学四年级时即被学校除名。在已获得副博士学位的哥哥尤里的帮助下，他阅读了普希金、莱蒙托夫和果戈理的许多作品，逐渐爱上了文学。19岁时，布宁外出谋生，先后当过报社校对员、采访人、图书管理员、地方自治局的统计员，还摆过书摊。1887年，他的两首诗作《在纳德松墓前》、《乡村乞讨人》发表于彼得堡的《祖国》周刊，由此走上创作道路。1891年，他的第一本诗集《1887—1891年的诗》在奥廖尔出版，以后又陆续出版了多本诗集。不过，在大诗人云集的白银时代，他的诗才却一直未能显示出多么耀眼的光彩。

同样是在1887年，布宁发表了他最初的两个短篇小说：《两个香客》和《涅费德卡》，但这还仅仅是他的试作。到90年代，他的《塔妮卡》

(1893)、《山口》(1892—1898)、《在田庄上》(1895)、《天涯海角》(1895)、《来自故乡的消息》(1893)、《深夜》(1899) 等短篇小说陆续发表，他的艺术才华才开始越来越清楚地呈露出来。这些作品继承 19 世纪现实主义文学的传统，以严峻、真实的笔调描写了俄国农村和农民的世界，讲述着知识分子—无产者的生活和他们的精神骚动，揭示了许多无家可归的人们那种无意义的、苟且偷安的生活的可怕。从艺术上看，布宁这个时期的短篇小说呈现出情节弱化、近似随笔或特写等特点，大都采用照相式的写作方法，并体现出布宁的美学信条：随着生活的“美”的丧失，生活的“意义”的丧失将是不可避免的。

20 世纪最初十年，是布宁创作的一个新阶段。标志着这个阶段之开始的，是他的短篇小说《安东诺夫卡苹果》(1900)。这篇作品的抒情诗般优美的文笔，通篇散发出的浓烈的乡愁气息，精雅考究的语言和印象主义色彩，被批评界认为是布宁作品的风格特征。这种风格同样体现在布宁陆续推出的《秋天》、《雾》、《在八月》(均 1901)、《松树》(1902)、《孤独》、《梦》(均 1903) 等作品中。人们注意到，布宁的这些作品不追求引人入胜的情节，也无意于典型人物的塑造，而是注重于传达瞬间的主观印象，表现人物情感情绪的细微变化，往往具有一种音乐般的韵味和魅力。由于这些小说大都是哀悼处于衰微中的“贵族之家”，似乎是在为俄国贵族阶级黄金时代的消逝吟唱一曲曲挽歌，带有浓厚的感伤情调，所以当时批评界不少人把布宁称为屠格涅夫的追随者。另外，布宁的创作和他的思想一样，都具有某种形而上性质（如对“生命之源”、对“祖辈之根”的追问等)，这也就在一定程度上决定了作家对于文学作品反映“当前社会政治迫切问题”持一种怀疑主义态度。

1910—1917 年间的小说创作，是布宁在白银时代创作的高峰。他的一些重要的、有影响的小说，大都写于这个时期，如《乡村》(1910)、《苏霍多尔》(1912)、《伊格纳特》(1912)、《败草》(1913)、《从旧金山来的先生》(1915) 等。《乡村》是布宁的第一部大型作品，它的发表成为当时俄国文学生活中的一件大事。小说的主人公克拉索夫兄弟俩（季洪和库济马）是当年被地主杜尔诺沃老爷的猎狗咬死的一个农奴的曾孙。到了 20 世纪初年，季洪已经成为地主庄园杜尔诺夫卡的主人，库济马则是一位漂流不居、悲观厌世、梦想成名的作家。作品经由这两个主要形象以及他们的所见所闻，广泛地描写了 1905 年革命期间的俄国乡村生活，多角度地传达出那个深刻变动的历史时代的社会气氛。在作品中可以看到：地主庄园在熊熊烈火中燃烧，杜尔诺夫卡的农民自发组织了对季洪的一次暴动，人们就“杜马、自由权、土地归公”等各种问题发表议论，种种风声和传闻不胫而走。另一些人则就当前的政治事变及其对个人命运的影响做出这样那样的推断，“仆人”敢于公开顶撞“主人”，后者则有如惊弓之鸟，惶惶不可终日……。这就是布宁在《乡村》中为读者描绘的一幅时代画面。

但作者并未驻足于此，而是深入到农民生活和心灵的深处，严峻地揭示了他们物质上的贫困和精神上的愚昧。小说中写道：杜尔诺夫卡庄园那一带“过不了五年就要闹一次饥荒”，县城里“只有一百人能吃饱肚子”，村里穷得晚上连灯也点不起。比贫穷更为可怕的是人们的精神状态和心理特征，透过杜尔诺夫卡及其周围乡村人们的日常生活，透过乡村集市、客栈和附近车站等地的一幅幅动态画面，特别是经由一系列庄稼汉、帮工、车夫、厨娘、小贩、更夫、乡村教员和流浪者的性格与命运，可以看到以各种形式表现出来的粗俗、野蛮、猥琐和愚昧，人们相互关系中到处存在的冷漠无情、欺骗讹诈、彼此折磨。这样，布宁的《乡村》就不仅提供了第一次革命时期俄国乡村生活的真实图景，而且显示出观照俄国乡村和农民生活的一种新目光，在文学史上具有开风气之先的意义。

在布宁之前，俄国知识分子和俄国文学对庄稼汉的看法往往是抽象的、理想化的。在“爱人民”的口号下，俄国农民似乎被神圣化了。布宁的《乡村》大胆地超越这一传统，真实地描写了众多具有泥土气息的俄国农民个性，刻画了一系列俄国农民的历史新典型。作品的突出成就在于提供了关于俄国农民的真实写照。小说一方面揭示出，宗法制农民一奴隶在肉体与精神的逐步退化中渐渐消亡，一批富裕农民成为“饥饿与死亡的王国”的主人，“乡村的俄罗斯”的主人；另一方面又以冷峻的笔调令人信服地表明：俄罗斯乡村就其精神和生活实质而言，不仅是不结果实的客观存在，而且有着一个在道德、经济、宗教等方面都注定要走向毁灭的不祥的前景。笼罩在俄罗斯乡村之上的田园诗般的美好的、理想化的色彩被剥离了，人们看到了它的活生生的面貌。高尔基对这部小说作出了高度评价，他说：在《乡村》之前，“谁也没有如此深刻、如此历史地描写过（俄国）农村……。这部作品所告诉我们的，恰恰是历史地考虑整个国家的必要性。"[1]高尔基后来还曾写道：

> 在20世纪初期，出现了现代俄国最杰出的语言艺术家伊凡·布宁的小说。
>
> 他的《夜话》[2]和另一部就其语言的精美和严峻的真实性而言都是卓越的中篇《乡村》，确立了对于俄国农民的新的、批判的态度。[3]

在高尔基看来，《乡村》不仅是"历史地"描写俄国农村生活的一部重要作品，而且具有民族文化心理批判层面的开创性意义。正如小说中的一个人物所说："整个俄罗斯都是乡村。"作品对俄国乡村的描写，对俄国农民的批判性考察，也就是对于整个俄罗斯、对民族文化心理的严峻审视。《乡村》在艺术上的出色之处也是人们所公认的。它没有贯穿全部作品的完整的故事情节，也不着意勾画出主人公的性格发展轨迹，主要由一幅幅动态生活图画和人物剪影组接而成，在结构形式上显示出开放性的特点，行文过程中则始终伴有一种沧桑感、命运感。

中篇小说《从旧金山来的先生》（1915）也是布宁的名作。作品的主人公是美国一个年近花甲的大富翁，他雇用着数以千计的华工，腰缠万贯，正带着妻子和女儿漫游欧陆，还准备去英伦三岛、埃及和日本等地，总之是要尽情地挥霍、享受一番。但是，过度的放纵和寻欢作乐，却使死亡突然降临到他头上。这位不可一世的巨富猝死于意大利卡普里岛。作者把他的主人公比作以淫欲为荣的古罗马皇帝提庇留，而小说中的场面则更令人想起圣经传说中巴尔塔萨"灭亡前的狂宴"。在这里，作家通过揭示有产者拼命聚敛财富的毫无意义，对资本主义文明作出了批判；同时，又在对主人公乐极生悲、命运突变的描写中，传达出关于生与死、贫与富、幸福与痛苦之关系的哲理思考。

在1910年代中，布宁可以说是创造了一种把"叙事体"时间和"抒情体"空间结合起来的新的小说类型。这个时期他的作品所描写的往往

---

① Переписка М. Горького с И. Буниным. Трубе Л. Л. Шубин А. Ф. *Горьковские чтения 1958–1959.* Москва: Издательство Академии наук СССР, 1961, с. 52.

② 布宁写于1911年的一部短篇小说。

③ Горький М. *О русском крестьянстве.* Берлин: Издательство И. П. Ладыжникова. 1922. с. 25.

是生活片断、日常琐事、平凡的瞬间或偶遇，故事大都发生在庄园、别墅、旅馆、公寓、餐馆、火车包厢或轮船客舱内，但总是具有一种浓郁的抒情氛围。从作品结构和叙事风格上看，不难发现布宁对于普希金式的简洁、准确和深刻性的追求。他的许多作品所揭示的尖锐冲突，归根结底是悲剧性的、不可解决的，最终往往只能以人物的死亡作结，这也正是作家悲剧意识的表现。在他的不少小说中出现的无边无际的海洋、神秘莫测的天空、一望无垠的草原和田野以及遥远的旅途，大都是作为生活中的神秘因素的象征性场景而存在的。作家同时认为，对这些宽阔、巨大、永恒的事物的静观直感，对俄罗斯人的心理和世界观起着重要的制约作用。虽然这个时期是俄罗斯历史上的一个重要的变动时代，但布宁的小说依旧是远离当代具体现实问题的，他的目光所注向的仍然是生与死、命运与爱情、大自然与美、人的纠缠不清的记忆等以及这一切的秘密。但这并没有使布宁成为完全脱离现实的小说家，如在他的作品中所显示的对当代人的某些意识的彻底怀疑，便是对现实的一种严峻审视。

1920 年，布宁迁居法国。在此后 30 余年间，他不断有新作问世。如果说，20 年代前半期，他曾在《疯狂的画家》(1921)、《遥远的事情》(1922) 和《晚来的春天》(1923) 等短篇小说中，曲折地表达了自己对刚刚过去的战争和革命的沉思，对已然逝去的旧俄罗斯的追念；那么，从 20 年代中期起，他便越来越偏重于表现爱情主题。他的《米佳的爱情》(1925)、《叶拉京骑兵少尉案件》(1925) 和《中暑》(1927) 等中短篇小说，均通过带有悲剧色彩的男女悲欢离合的故事，传达出关于爱情的某些独特见解：真正的爱情必然是灵与肉的美好而和谐的结合，也是命运所能给予人的最高的恩惠；然而，这种恩惠越充分，往往就越短暂；美好的爱情常常由于种种原因无法持续下去而带有悲剧性。作家以清丽流畅的语言将男女主人公的爱情经历娓娓道来，且程度不同地穿插使用了梦境、幻觉、意识流等表现手法，使得这些作品有如一篇篇倾诉爱情幸福与痛苦的抒情长诗。

《阿尔谢尼耶夫的一生》是布宁在国外完成的最重要的作品，也是他创作的唯一的一部长篇小说。作品开始创作于 1927 年夏，当年秋天就有一些片断在巴黎报纸上刊出。1930 年，小说的单行本出版，但只包括前 4 卷。作品的第 5 卷是 1939 年以《阿尔谢尼耶夫的一生 · 长篇小说 · 第 2

部·莉卡》为书名在布鲁塞尔首次单独面世的。直到1952年，也即作家去世的前一年，纽约的契诃夫出版社才以《阿尔谢尼耶夫的一生·青春年华》为书名，第一次出版了这部作品的完全本。1933年11月，瑞典皇家科学院宣布授予布宁诺贝尔文学奖。授奖词中称：布宁在《阿尔谢尼耶夫的一生》中，“以比从前更为广阔的气势，再现了俄罗斯的生活。他原来作为俄罗斯大地辽阔富饶之无可比拟的丹青妙手的优势，在这里依然得到了充分证实。……他继承了19世纪以来的光荣传统并加以发扬光大。至于他那周密、逼真的写实主义笔调，更是独一无二”①。

这部作品以主人公阿列克谢·阿尔谢尼耶夫童年、少年和青年时代的生活经历为基本线索，以第一人称展开叙述，着重表达“我”对大自然、故乡、亲人、爱情和周围世界的感受。因此，关于这部作品的体裁，评论界一度众说纷纭。作品发表之初，就有人认定这是作家个人的“自传”，但布宁本人却断然否定了这一说法，强调它首先是一部文学作品。后来，确认这是一部小说的意见逐渐占了上风，但称它为“艺术性自传”或回忆录的，仍然大有人在。一些作家评传和文学史著作将这部作品视为长篇小说，崇拜布宁的作家帕乌斯托夫斯基却把它称作中篇小说，但又认为它和一般的中篇小说有所不同。帕乌斯托夫斯基写道：“我依旧把《阿尔谢尼耶夫的一生》称为中篇小说，尽管我同样有权把它称为史诗或者是传记。……在这一部叹为奇观的书中，诗歌与散文融为一体，它们有机地、不可分割地融合在一起，创立了一种新颖的、绝妙的体裁。”②当代的一位俄罗斯评论家则说：这部作品“有点儿像哲理性的长诗，又有点儿像交响乐式的图画。”③更值得注意的是，布宁自己在《阿尔谢尼耶夫的一生》中，称这部作品为“笔记”。

如果我们不限于概念的界定和辨析，而是进入文本内部，就会发现上述种种说法都似乎不无理由。《阿尔谢尼耶夫的一生》的自传性是十分明显的。作品中含有作家本人的大量传记材料。例如，主人公阿列克谢度过

---

① 宋兆霖主编：《诺贝尔文学奖文库：授奖词与受奖演说卷（上）》，浙江文艺出版社1998年版，第240页。

② 康·帕乌斯托夫斯基：《伊万·布宁》，转引自章其译《阿尔谢尼耶夫的一生》，长江文艺出版社1984年版，第16页。

③ Бунин И. А. *Собрание сочинений в* 9 *т.*, Т. 6, Москва: Издательство «Художественная литература», 1966, с. 306.

童年的卡缅卡庄园的远景是："荒漠的田野，那里有一座孤零零的庄园……冬天是一望无际的雪海，夏天则到处是庄稼、野草和鲜花……还有这些田野永远的宁静，它们的神秘的沉默……"[①]这分明就是布宁童年时代生活过的叶列茨县布特尔卡庄园的景象。透过作品中关于阿列克谢的外婆家巴图林诺庄园的描写，则不难见出布宁的外婆家奥泽尔基庄园的轮廓。阿列克谢的幼年和童年岁月，考入贵族中学后的学习生活以及寄宿于一个市民之家的情景，中途辍学后重返巴图林诺，不久后即得悉自己的诗作和文章首次发表时的喜悦，他前往奥廖尔市、哈尔科夫和克里米亚的最初几次旅行，他在奥廖尔一家报纸当编辑的经历，他那难以忘怀的浪漫史，等等，无一不映现出布宁本人早年生活的踪迹。阿列克谢周围的一些主要人物，从目睹家道中落而无力回天的父亲亚历山大，曾因参加民粹派活动而被捕的哥哥格奥尔基，到性情古怪的家庭教师巴斯卡科夫，他寄宿其中的那一家之主罗斯托夫采夫，再到他倾心和爱恋的莉卡等，所有这些形象都可以在布宁青少年时代的生活中寻得与之对应的原型。

然而，《阿尔谢尼耶夫的一生》绝不是布宁早年生活的简单复现。作家的生活历程，仅仅是为他撰写这部作品提供了丰富的素材。他曾特别指出：这本书同任何一部文学作品一样，只有就其反映了作者自身的生活经验和内心感受这一点而言，才可以算是"自传性"的；他本人更愿意把这部作品看做是"虚构人物的自传"。如果说，作品中的许多人物、场景和事件，都可以在作家的过往生活中找到它们的影子，那么，作品的内容和作者实际经历之间的差距就更为明显。仿佛正是为了证明这一点，布宁夫人维拉·穆罗姆采娃后来才编写了《布宁的一生》（巴黎，1958）一书。书中所提供的大量资料显示：《阿尔谢尼耶夫的一生》体现了作家本人的生活经历和艺术虚构的奇妙结合。因此，显然不能把这部作品等同于布宁的自传，而只能认为这是一部反映了包括布宁在内的19世纪晚期俄罗斯部分青年知识者的成长和心路历程的自传体小说；同时，它又是一部充分呈现出布宁早年的生活印象、感受和体验的艺术作品，是作家以小说的形式对已逝年华的一种深情回望。

作为一部自传体小说，《阿尔谢尼耶夫的一生》和其他作家撰写的同

---

① ［俄］伊万·布宁：《阿尔谢尼耶夫的一生》，靳戈译，译林出版社2004年版，第5页。以下凡引用此作品，均引自这一版本，不另加注。

类体裁作品的最大区别，在于整部作品不是以记述主人公的经历和事件为主，占据作品主要篇幅的，是主人公的印象与感受。关于这一点，作者其实已通过作品主人公暗示给了读者。小说中写道：早在少年时代，阿列克谢“对事关心灵和生命的诗歌”创作的天赋就已经被父辈确认了。对于“生活”，他的理解也是独特的：“它是一些不连贯的感觉和思考，关于过去的杂乱回忆和对未来的模糊猜测的不停顿的流淌。”当他在痛苦地思考着如何写作时，曾在大街上侦探似的尾随着一个个行人，盯着他们的背影，努力想在他们身上捕获点什么，努力深入到他们的内心。他确认，自己的写作绝不是为了“同专制和暴力进行斗争，保卫被压迫者和贫穷的人们，提供新鲜的典型，描绘社会生活、现代生活及其情绪和潮流的广阔图景!”他还曾这样自问：“为什么我非得要完全彻底地知道某一个人和某一件事，而不写我现在所知道和感觉到的人和事呢?”这一切既是阿列克谢的创作思想形成过程中闪现的火花，也是布宁创作宗旨的表露。整个作品正是将主人公心灵的感受放在第一位的；读者所读到的，也主要是主人公的“不连贯的感觉和思考”、“关于过去的杂乱回忆和对未来的模糊猜测的不停顿的流淌”。

人们历来认为，布宁在描写大自然景色方面的功力，可以和屠格涅夫相媲美。此言不虚。在《阿尔谢尼耶夫的一生》中，经由作家的天才描绘，俄罗斯中部原野那“永远的宁静”、“山坡上空的冷峭的光辉”以及落日西沉时“那悲伤的无言之美”，都被读者领略到了。然而，作者并未停留于以艺术语言提供一幅幅美不胜收的油画，而是真切地传达出主人公对于大自然的多重感受。例如，面对卡缅卡庄园的景色，阿列克谢感到：“天空的深处、田野的远方都向我讲到了仿佛存在于它们之外的另一个天地，唤起了我的幻想，并使我为不知道的那个天地感到苦恼，促使我以一种莫名的爱和温柔去对待任何一个人和任何一件事……”夜间，窗外的一轮秋月，在空旷的庄园院子上空，苍白、忧伤而孤独，充满超凡脱俗的美，“以至我的一颗心都因为感觉到说不出的甜蜜和忧伤而紧紧地收缩起来，仿佛这苍白的秋月也经受着同样的感觉”。如果说，这里所表达的还只是童年的主人公对大自然之神秘的揣测，那么，在他离家上中学前夕，周围的一切就变得令人无比留恋了：在森林边缘，“开阔的田野干燥地闪闪发光和变黄，从那里随风吹来夏季最后几天的温暖、明亮和幸福”。历尽沧桑的巴图林诺庄园，由于哥哥格奥尔基的突然归来，似乎一下子显得生机盎然，“院子里已经散发出一股变冷的青草气息，我们这幢带灰色木头圆柱和高房顶的老房子，矗立在引人幽思、犹如一幅古老田园风景画的黄昏美景之中。”但是，这幅回光返照式的晚景中却寄寓着主人公的预感：这个“最最幸福的傍晚”，毕竟已是这个贵族之家最后的“和睦与平安”了。当阿列克谢初入社会后返回故乡时，展现在他面前的是这样一幅图景：

> 熟悉的一切又出现在我周围了：沿窗户西边一片丘岗般倾斜的田野，还是光秃秃的，所以特别难看；光秃秃的小桦树林，正悄悄地等候着春天的来临，还有远处那些贫瘠的开阔地带……这是一个同样贫乏的傍晚，带着春天的凉意，天空显得苍白而低矮。

入世不深的年轻主人公在事业和爱情两个方面的最初尝试都并不成功，于是，在这幅冷峻的图画中，他所感受到的便只能是压抑、忧虑、失望和期待。作品中写道：“我对土地和天空，对天空色彩的真正神奇的内涵和意义，永远地怀有最深刻的感情。”这显然可读为布宁本人的君子自道。

爱情经历无疑是作品主人公最重要的生活体验。从阿列克谢少年时代对德国小姑娘安海茵的带孩子气的初恋，对邻居家的亲戚丽莎的“符合古老情调”的富有诗意的钟情，到他对女仆托妮卡的贵族少爷式的冲动，再到他与奥廖尔《呼声报》编辑阿维诺娃的亲近，最后是他和女主人公莉卡的充满幸福与痛苦、欢乐与悲伤的恋情，等等，这一切构成了他青春时代最难忘的生活篇章。但是，所有这些爱情的过程、行为和细节，都被作者模糊和淡化了。作品所注重传达的，仅仅是主人公的爱情感受和体验。如关于和安海茵的初恋，作品中写道：“对我来说，这种忧伤而幸福的日子很快一晃就过去了。每天傍晚和安海茵分手以后，我总是要经受那种没完没了的和她告别的甜蜜的煎熬……”“我”对于丽莎，也许只能说是一种单恋，但是他的感受却是如此深刻：“我想象中看到那里，在这个房间里，丽莎正睡在敞开着的窗户外边轻轻流淌的雨水声和树叶的簌簌声中，从田野里吹来的暖风不时地进入窗户里，爱抚着她孩子般的梦，整个大地上似乎没有比这样的梦更纯洁、更美好的了！”丽莎离去后，整个世界“竟变得如此空虚和寂寞无聊”。在和托妮卡有了突如其来的私情后的那个晚上，“夜里，在令人不安的睡梦中，一种要命的苦恼不时地折磨着我，一种可怕、犯罪和羞耻的感觉突然害得我要死。……这是一种真正的障碍，它完全吞噬了我的心灵与肉体的力量，生活变成了只是情欲和等待情欲的时刻，变成了最残酷地忍受妒忌和吃醋的痛苦。”与阿维诺娃相处时，“我”则有一种“压倒一切的感觉——一种特别幸福的收获的感觉”。“她长时间地为我弹钢琴，我则半躺在长沙发上，一直一边闭着噙满泪水的眼睛享受这音乐的幸福，一边也总感受到一种特别剧烈的爱情的痛苦与宽恕一切的温柔。”后来，他一直后悔曾“谢绝”阿维诺娃关于“一起去莫斯科”的建议：“时至今日，回想起那一刻，我总是痛苦地感到那是一个重大的损失。”

相比而言，莉卡是与阿列克谢关系最深的女性。整个作品的第5卷写的就是他们俩的恋爱史。但即便在这里，“我”的感受仍旧被摆在首位。在热恋中，“除了愉快的相会带来的满足，仿佛什么事儿也没有。”但在莉卡单独外出的晚间，一切都变了：“这个晚上显得特别漫长，窗外马路上的路灯显得忧郁和谁也不需要的样子。行人的脚步渐渐走近过来又渐渐地远离而去，他们踩在雪地上的吱吱声仿佛把什么东西从我身上夺下、拿走似的；苦闷、屈辱、妒忌折磨着我的心。”几次波折后，“理想与现实之间永远的不一致”，“充实完美的爱情永远不可实现，在这个冬天我是充分地感受到了”。在彼此离别一段时间后莉卡再度归来时，“我”感到“她身上有那种令人感动、招人爱怜的东西，这种东西在一些亲密的人分别后重逢时总是那么使我们惊讶。”这对恋人最终还是分手了。几十年以后，“我”写下了这样的文字：“不久前我在梦中见到了她——这是失去她以后我全部漫长生活中唯一的一次。……我只是朦朦胧胧地看见她，但却充满了如此强烈的爱和欢悦，感觉到肉体和心灵都那么接近、亲密，那是我在任何另外一个人那里都不曾经受过的。”

读完全书，读者印象最深刻的，不是人物缠绵悱恻的爱情故事，而是主人公的复杂体验，原因就在于作者所注重传达的始终是“我”的感受。这一特色同样显示于作品对“我”的浓厚亲情的表现。对于母亲，阿列克谢感到：“和母亲联系在一起的，有我整个一生最痛苦的爱”，“她的整个心灵就是由爱组成的，她的心是哀伤的化身”；而“在回忆父亲的时候，我总有一种悔恨的感觉——总觉得不够尊重他，爱戴他”。当父亲在穷困潦倒的晚年弹着吉他低吟时，“我”似乎感到这吉他正含着凄然的微笑诉说着已经失去的珍贵的东西，诉说着生活中的一切反正都要过去，不值得流泪。离开故乡时，“我”觉得自己“思绪是紊乱的，其中充满着对自己刚与之告别的一切的异常忧愁和温柔的感情；我把它们也都抛弃在巴图林诺的宁静和孤寂之中了。”若干年后，返回故乡前，主人公感叹道：“在巴图林诺等着我的是一座什么样的坟墓啊！父母已经年迈，不幸的妹妹容颜渐减，破败的庄园，破旧的房屋，凋落的花园，只有寒风在那里呼啸，冬日的犬吠声在这寒风中显得特别多余和凄凉……”字里行间，处处可以体味出主人公对亲人、对家庭、对故园的沦肌浃髓的关爱和留恋之情。

当然，布宁并没有把自己的艺术激情全部倾注到对于男女爱情和亲情的卓越表现上，他还同时吟唱出对俄罗斯的爱恋和忧思，表达了和祖国忧喜与共、休戚相关的情感。在作品中我们读到：刚刚离家上中学时，走在契尔纳夫斯基大道上，阿列克谢第一次感到那些已被遗忘的大道的诗意，第一次感到行将消逝的俄罗斯的古风。作者借阿列克谢之口自问：“我当时感觉到了什么？是因为感觉到了俄罗斯，感觉到她是我的祖国？还是因为感觉到了自己与过去遥远的、一直在扩展我的心灵和我的个人存在、并提醒我们去参与的那种共同的事业？”到了斯坦诺夫车站以后，“我”的“俄罗斯意识”进一步苏醒了：“毫无疑问，正是这天傍晚，关于我是个俄罗斯人并生长在俄罗斯，而不单单是在卡缅卡及那里的某个县、某个省的意识，第一次触及到了我。于是，我突然感觉到了这个俄罗斯，感到了她的过去和现在，她的粗野、可怕和一切令人陶醉的特点以及我与她的血肉联系……”远眺处于过去的“蛮荒之境”的边塞城市，“我”不禁想起往昔“阴云带来风暴、尘埃和寒流的侵袭时”它所发挥过的历史作用。作品描写了俄罗斯那些僻静而又美丽的边区，一望无垠的庄稼的海洋，过着原始简朴生活的村民，展示出遍布各地的大小教堂的奇特建筑风格和做弥撒的神秘场面，再现了奥廖尔、哈尔科夫、斯摩棱斯克、维捷布斯克、彼得堡、莫斯科、库尔斯克、克里米亚、别尔哥罗德等城市的不同风貌，提供了无数酒馆、客栈、“贵族俱乐部”、车夫茶馆、理发店、马戏团、游艺会、舞会的活生生的图景，刻画了包括庄稼汉、牧童、保姆、医生、家庭教师、中学校长、报纸编辑、粮食收购商、皮革商、小市民、哥萨克人和茨冈人等在内的人物众生相。捧读这部作品，你就会感到浓烈的俄罗斯生活气息扑面而来，就会领略到纯粹俄罗斯的风情。

透过俄罗斯日常生活的生动画幅，布宁还对“谜一般的俄罗斯灵魂”进行了探究，力图发现民族性格的某些基本特征。作品主人公很小就注意到：俄罗斯心灵不知为什么对于“荒芜、偏僻和衰落”感到特别亲切。在他所寄宿的那家房主罗斯托夫采夫的话语中，他则发现有一种自豪感经常表现出来：自豪自己一家是“真正的俄罗斯人”，过着“真正的俄罗斯生活，一种没有也不可能有比它更好的生活……任何地方都有俄罗斯固有精神的合理产物，而俄罗斯则要比世界上所有的国家都更加富裕、强大、公正和光荣。”“我”后来发现，许许多多的俄罗斯人都具有这种自豪感，它甚至已成为“时代的象征”了。在自己的嫂嫂、一位民粹派革命者身上，“我”还看到了有教养的俄罗斯人的另一些美好特征：在她整个和蔼与朴实的待人接物的态度中，透露出她出身于高贵的门第，受过良好的教育，而且有一颗善良的心，一种腼腆的、忠厚的、落落大方的美。这位女英雄为自己在全体苦难的人民大众中过着幸福的生活而万分痛苦，甚至为自己长得美而感到羞愧。“有一次她曾试图给自己毁容，用硫酸烧伤自己那双倍受人们赞赏的手”。这一特点令人联想到车尔尼雪夫斯基《怎么办?》中那个有意折磨自己的“新人”拉赫美托夫。当然，布宁同时也揭示了俄罗斯民族性格的弱点，如普遍的酗酒现象。作品中写道：“‘罗斯就是饮酒作乐’这句名言完全不像想象的那么简单。疯疯癫癫，漂泊流浪，宗教般的热忱，自焚和形形色色的叛乱，甚至俄罗斯文学如此引以为荣的那种惊人的表现力和语言上的感染力，是否也同这种‘作乐’有着血缘的联系?”对于那些“一心要从活人和死人身上剥下一层皮来”的“买卖人”，布宁同样进行了无情的抨击。作品中纵横俄国城乡的广阔生活画幅，五光十色的民族历史和民情风俗内容，几乎囊括社会各阶层的鲜明人物形象，使得这部以表现个人思绪和情感历程为主的自传体小说同时具备了一种史诗风范。

作为作家晚年的一部作品，《阿尔谢尼耶夫的一生》的整个叙述，几乎全由主人公阿列克谢在其晚年对自己早年生活的回溯构成。小说开篇就把读者带入回忆录的语境中：“我最初的回忆，是一种有点让人莫名其妙的微不足道的东西”；“我回忆时，总是带着忧伤的感情”。在全部作品的行文中，不时出现这样的文字：“半个世纪以前……”，“时光流逝，日复一日……”；更常见这类引起叙事的开头：“我记得……”，“我也清楚地记得……”，“我迄今还看到……”；还有这样的感叹：“这是多么遥远的日子呵!”然而，作品中的回忆并不都是主人公对半个世纪前往事的追述，而是“回忆之中有回忆”。这种现象，使作品中往往同时出现三重时间。其一是“叙述时间”，即主人公在半个世纪后对往事进行回忆的时间；其二是“情节演进时间”，即他所回忆的事情发生的时间。由于主人公在“情节演进时间”内也常常回忆往事，于是便出现了第三种时间，可称为“往事发生时间”。如青年时代的“我”，曾一度和莉卡一起居住在一座偏远的小俄罗斯城市中。作品写道：在这里，“我们时常回忆我们在奥廖尔度过的冬天，回忆我们在那里怎样分手，我又怎样动身去维捷布斯克的情景”。与莉卡分手后，“我”决定暂回巴图林诺。火车路过哈尔科夫和库尔斯克时，“我”都忆起原先和莉卡在一起的日子：

> 一夜就到哈尔科夫……而那另一个夜晚——是两年前从哈尔科夫出发的：春天，黎明，她在渐渐明亮的车厢里酣睡……
>
> 后来到了库尔斯克，也是个让人回忆的地方：一个春天的中午，和她一起在火车站上吃早点，她很开心：“生平头一次在火车站里吃早餐!”

在这里，作品中便出现了三重时间，其关系是：

> 叙述时间——→情节演进时间——→往事发生时间

另外，作品中还有些“回忆中的回忆”，不是在“情节演进时间”内回忆往事，而是在“叙述时间”内想起主人公在“情节”发生后的某一时间中曾回忆过“情节演进”。如：

> 我一生中曾经多少次回忆起这些眼泪呵！我记得，二十年后的一天我就回忆起那个晚上。那是在比萨拉比的一幢海滨别墅里。我游泳回来，躺在书房里。时间在中午……我看着、听着这一切，突然想起：二十年前，在那个早已被忘却的小俄罗斯的一个偏僻地方，我和她刚开始共同生活，在那里，也是这样的中午……房间里，那无比幸福的风自由自在地来回穿梭……一回忆起这一切，一回忆起自己失去她以后的半辈子生活，我就看到了整个世界……

这里，作品中同样出现了三重时间，但其关系已有所变化。如果可以把上述所谓“‘情节’发生后的某一时间”称为“回忆时间”，那么，其关系便如下所示：

叙述时间（50年后）——→回忆时间（20年后）——→情节演进时间

整个作品鲜明的回忆录色彩，特别是其中“回忆之中有回忆”的现象以及三重时间的出现，使人们看到了它和普鲁斯特的《追忆似水年华》的相似性。布宁本人后来也承认他的这部作品确实“有不少地方完全是普鲁斯特那样的”[①]，尽管他同时又声明：他在创作《阿尔谢尼耶夫的一生》时，既没有读过普鲁斯特的书，也没有见过作家本人。

如同一般自传体小说一样，《阿尔谢尼耶夫的一生》中的“我”既是作品情节的主体，又是故事叙述者。作品中对过往时代的无数场景的回忆，对一系列人物的追怀，对众多事件的讲述，以及对这一切的感受与体验的表达，都是从“我”的角度来进行的。但作品并非全是“我”的直接叙述，而是同时插入了其他形式，如“我”的笔记、诗作、沉思、自言自语，还引用了诸多文学作品中的片断。在作品中我们看到：早在少年时代，“我”就以稚嫩的诗作抒发了自己对大自然的热爱和初恋的体验。在和莉卡相处的日子里，给她读诗成为他们俩对话和交流的一种独特方式。书中还提到：在担任报纸编辑期间，“我”曾特地购买了一本厚厚的笔记本，并把它命名为“阿列克谢·阿尔谢尼耶夫：札记”，为的是记下各种思想、感受和见闻。作品的许多内容，如“我”在奥廖尔期间的所见所闻，“我”对自己最初发表的两篇小说的介绍，等等，就是从这本笔记所记载的文字中“摘录”下来的。主人公在烦恼和忧郁中离开奥廖尔作长途旅行，以及后来由那个小俄罗斯城市乘马车去米尔戈罗德、亚诺夫希纳等地，沿铁路从克列缅楚克到尼古拉耶夫，也都在这本笔记上写下了沿途的印象和感受：

---

① Смирнова Л. А. *Иван Алексеевич Бунин*. Москва: Издательство «Просвещение», 1991, с. 160.

> 波洛茨克冬雨绵绵，街道全是湿漉漉的……在以后的旅途中，我这样写道："没有尽头的白天。没有尽头的林海雪原……"
>
> 我趁马车颠簸的间隙，在笔记本上写道："晌午，羊圈。天空因炎热而成了灰色……我十分幸福！"在亚诺夫希纳，我对小酒店做了这样的笔记："亚诺夫希纳。一家小小的老酒店……"
>
> 我是乘火车去的，沿途写下了这样的笔记："我们是在傍晚的时候才乘火车离开克列缅楚克的。克列缅楚克火车站上，月台上和小卖部里，人都很多……"

笔记里所记载的内容和作品讲述的内容融为一体，以至读者觉得全部作品仿佛就是笔记内容的展现。作家本人也确曾把这部作品称为"我"的笔记。作品中写道："在着手写这些笔记的时候，我总是怀着特别亲近的感情想到他们，并不知为什么总试图把某个人遥远的青年时代的形象再现出来。""笔记"内容的摘引和"我"的诗作、沉思（如："我大致是这样思考的……"）、自言自语（如："我仿佛对自己说……"）的插入，使作品在叙述方式上获得了多样性。

同样造成这种多样性的，是作品对文学名著的大量引用。主人公童年时代就为《堂·吉诃德》而神魂颠倒，为普希金的《鲁斯兰与柳德米拉》拍案叫绝；少年时代便确认莱蒙托夫与自己密不可分，"普希金是我当时生活的真正的一部分"，感到自己和一系列大诗人有着血缘关系；在中学时期就遍览从荷马、维吉尔到拜伦、雪莱的经典诗作，熟知哈姆雷特、堂·卡洛斯、奥涅金和巴扎罗夫等艺术形象；进入社会后更迫不及待地阅读契诃夫的新作。这种深厚的文学素养决定了"我"的意识、思维和谈吐都离不开文学。因此，我们才看到作品中"我"摘引普希金、莱蒙托夫和《浮士德》中的诗句来倾诉少年时代对大自然的依恋和忧伤，联系普希金、莱蒙托夫和托尔斯泰的时代与命运思考自己的前程，在和莉卡父亲的交谈中引用歌德和托尔斯泰的言论说明自己的志向和追求，援引拉季谢夫的名句"我举目四望，人类的苦难挫疼着我的心"表达自己类似的情感，引用果戈理、谢甫琴科的作品畅谈对于小俄罗斯的印象，还大段大段地吟诵《伊戈尔远征记》中的诗句来抒发自己漫游波洛威茨草原、顿涅茨河、第聂伯河、基辅、赫尔松和整个南部俄罗斯的舒阔胸怀。这些涉及面颇宽的引文，使《阿尔谢尼耶夫的一生》不仅具备了现代作品所常有的“互文性”，而且呈现出帕乌斯托夫斯基所说的“诗歌与散文融为一体”的特色，这一特色当然同时也是由作品浓郁的诗意和抒情诗般优美的语言所决定的。

伴随着作品主人公心路历程的呈露，“我”对自然景物、社会现象、命运之谜、人生意义等问题的沉思，常常以探问的形式表现出来，这也是布宁这部小说的特色之一。作品中有很多问句，如：“为什么遥远、开阔、深邃、高峻以及陌生、危险的东西……从童年时代起就吸引一个人?”这是童年的“我”对未知世界和未来命运的一种独特追问。青年时代面对光怪陆离的社会现实，他更时时产生一些困惑和迷惘：“在维捷布斯克车站上，当开往波洛茨克的火车久等不到的时候，我经受了与周围的一切相隔绝的可怕感觉。我感到惊愕，感到不理解：我面前的一切都是些什么？目的何在？我为什么在这一切之中?”此外，在“我”生活的不同时期，还发出过“什么叫生活、爱情、离别、损失、回忆和希望”，“我的生活到底是什么”，“应该从哪儿开始写我的生活”等疑问。透过这些探问，可以一窥作品对主人公内心生活表现的深度。

和这些问句相映成趣的，是作品中一些的议论。它们显示出警句、铭文般的睿智和精湛：

> 所有人的命运都是偶然形成的，都取决于他们周围人的命运……
>
> 生活就是一种永恒的等待。
>
> 一个黄金般幸福的时代！不，那是个不幸的、多愁善感到病态的可怜的时代。
>
> 我们所爱的一切，所爱的人，就是我们的苦难——光是为失去一个亲爱的人这种没完没了的恐惧，就够受的了！
>
> 在这个不可思议的世界上，虽然是那么痛苦，那么悲伤，但它毕竟是美好的，我们都热切地希望自己成为幸福的人，互相爱护……

这些议论从主人公的经历、感受和体验中提炼而来，几乎是诗化了“我”对生活的沉思果实，给这部以浓郁的诗意见长的作品造成了一种哲理色彩。抒情性与哲理性的统一，诗歌与散文的融汇，自传因素与艺术虚构的共存，个人感受的表达与民族精神风貌勾画的并重，思虑具体问题与探究“永恒主题”的结合，古典语言艺术与现代表现手法的兼用，以及在栩栩如生的生活画面中始终伴有的历史感、命运感和沧桑感，使得《阿尔谢尼耶夫的一生》同时具备了自传体小说、诗化散文、哲理性长诗和史诗等多种文体品格，成为一部在雄浑壮阔的乐声中不乏柔和细腻的抒情旋律的大型交响曲。

短篇小说集《幽暗的林间小径》（1937—1944），是布宁继《阿尔谢尼耶夫的一生》之后贡献给读者的最重要的作品。在这部收有 38 篇爱情题材小说的集子中，作家成功地刻画了一系列个性鲜明的女性形象，她们有的心地单纯，对恋人一往情深（《塔尼雅》、《斯捷潘》）；也有的大胆泼辣，娇纵任性（《缪斯》、《安提戈涅》）；有的情思专注，一旦涉足爱河便全身心地投入其中（《露霞》等）；也有的变幻莫测，令人难以捉摸（《纯真的星期一》等）。作家善于以细节描写来揭示人物的性格，往往通过女主人公的一颦一笑、一举手一投足，便生动地传达出她们的内心隐秘。经由她们的爱情故事，布宁进一步深化了自己以往同类题材小说的主题，以充满诗意的笔触表现了自己对于爱情之谜的思索。他不赞同列夫·托尔斯泰晚年把男女之爱归结为“魔鬼的诱惑”、“道德的堕落”甚至是“罪孽”的偏激观点，而是着力描写了美好崇高的爱情，同时并不讳言它和悲剧乃至死亡的关联。爱情是人间真情的自然流露，本应是一种巨大的幸福，但是在现实中，它却可能昙花一现，瞬间即逝；也可能无限美好，却可望而不可即；还可能好事多磨，痛苦往往多于欢乐。无数人为追求爱情幸福而耗尽心血，最终饮得的不过是一杯苦酒。尽管如此，人们却始终没有放弃对于美好爱情的向往和追求，情感经历也总是人们心中最刻骨铭心的记忆。《寒冷的秋天》、《在巴黎》、《幽暗的林间小径》和《晚间》等，都是这部小说集中脍炙人口的名篇。整部小说集以“幽暗的林间小径”为名，意在以这一具有俄罗斯乡间特色的景观作为祖国的象征，同时还传达出久离故土的布宁在晚年的一种深深的乡愁。

30 年代末，布宁日益感觉到远离祖国这一状况本身的悲剧性。第二次世界大战爆发后，他越来越为一种浓郁的乡愁所缠绕。1941 年，他曾给身处苏联境内的文学界老友捷列绍夫去信，表达了对祖国的思念。在自己的晚年，布宁还曾多次向一度寄居在他家中的流亡女诗人伊·奥多耶夫采娃（格·伊万诺夫之妻）表达了自己希望返回俄罗斯。后来，只是因为另一女诗人茨维塔耶娃回国后的不幸遭遇，因为一直留在本土的阿赫玛托娃和左琴科等人所遭受的不公正对待，布宁才没能最终实现叶落归根的愿望。

十四

流亡作家与诗人

俄罗斯域外文学“第一浪潮”中的列米佐夫、什梅廖夫、苔菲、霍达谢维奇、茨维塔耶娃和扎伊采夫等人，早在白银时代就已开始创作活动，且都已取得相当的成就。不过，在那个文学流派纷呈，各种思潮迭起的时代，他们却不属于任何一个派别。在十月革命后的历史变动年代，这些作家和诗人的命运都发生了重大变化。由于种种不同的原因，他们先后告别了俄罗斯，在异国的土地上继续文学活动。他们不仅先后达到了各自创作的高峰，而且与布宁等作家和诗人一起，成为域外文学“第一浪潮”的主要代表。这是一批不会被文学史，也不会被广大读者遗忘的名字。

1

阿列克谢·米哈依洛维奇·列米佐夫（1877—1957）生于莫斯科一个商人家庭。他早先在古典中学学习七年，后转入商业学校，毕业后考入莫斯科大学物理—数学系。在大学期间，除专业课程之外，他对历史、哲学、法律、宗教神学都表现出浓厚的兴趣，读过康·米哈依洛夫斯基、普列汉诺夫、司徒卢威等人的著作。在斯拉夫主义者所宣扬的“官方民族性”和赫尔岑、车尔尼雪夫斯基的“西欧派”理论之间，他更倾心于后者。他未参加过任何大学生组织，却自认为是个社会民主主义者，曾到苏黎世去读过两个月的禁书。1896 年 5 月，他在一次大学生集会上被捕，受短期监禁后被流放到奔萨，后又转到乌斯季瑟索利斯克、沃洛格达。在沃洛格达，他曾遇见也被流放到那里去的别尔嘉耶夫、卢那察尔斯基、萨文科夫等人。长达六年的监狱与流放生活使列米佐夫加深了对周围世界、对人类痛苦的认识，并促使他去寻求摆脱煎熬着世界的恶的道路。他对沙皇专制制度下沉重卑污的现实的反感与抗议情绪，他的民主主义世界观，也同样形成于这个时期。

1902 年，列米佐夫与梅耶荷德合译的德国哲学家埃·罗杰的《霍普特曼与尼采》一书出版。1903 年，他又为梅耶荷德在赫尔松剧院执导演出而翻译了波兰作家普日贝谢夫斯基的悲剧《雪》。自流放结束后，他与其妻先后在基辅、哈尔科夫、敖德萨居住，1905 年获准迁往彼得堡，主持《生活问题》杂志的事务，开始与文化界人士广泛接触。在彼得堡他所结识的人士中有别雷、勃洛克、布宁、安德列耶夫、库普林、阿赫玛托娃、库兹明、勃留索夫、魏列萨耶夫、索洛古勃等。与他们的交往，大大促进了列米佐夫在创作上的成长。

收入《火炬》丛刊的短篇小说《银匙》（1906）是列米佐夫最早发表的作品。该作完成于 1903 年，同年他还写完了从 1896 年入狱后就开始动笔的中篇小说《在囚禁中》。这一中篇的部分章节曾单独发表过，全文则收入 1910 年野蔷薇出版社出版的他的两卷本文集中。作品以作者的亲身经历为基础，再现了他 1896—1898 年间被捕入狱、带着镣铐徒步被押送到北方的经历以及在流放地乌斯季瑟索利斯克的情形。这两篇作品揭开了列米佐夫小说创作的序幕，同时也大致显示了他革命前创作的基本倾向与特色。《银匙》和《圣诞节的晚上》（1908）等作品，表现了作家对“小人物”命运的关注，对他们的人格的尊重，无疑是继承了 19 世纪俄罗斯文学的社会批判精神。短篇小说《押送途中》（1909）则和《在囚禁中》相似，带有明显的自传色彩，描写了由于一场悲剧性的误会（他其实并非大学生革命活动的参加者），主人公和一批刑事犯（而不是政治犯）被驱赶着由奔萨押送到乌斯季瑟索利斯克。作品把表现主人公对痛苦的感受放在重要位置，表明作家善于发现生活的不完善，善于捕捉“恶”。这两篇以个人被监禁和流放的经历为基础的小说，都可以见出陀思妥耶夫斯基的《死屋手记》的影响。

短篇小说《小魔鬼》（1907）、长篇小说《时钟》（1908）和两部中篇《止不住的铃鼓》（1910），《第五种瘟疫》（1912），是列米佐夫根据自己穿行于俄罗斯外省偏僻城市所获得的印象写成的。作家亲眼看到了许多类似于《小魔鬼》中描写的蟑螂捕杀者的人物，他不能够接受残忍、沉重的现实，时而表现出激怒与愤慨，于是写下了这一系列展示愚昧的人们的庸俗生活的作品。作家描写了无理性、反人道的生活的可怕，揭示了这种环境必将导致畸形灵魂的出现。《止不住的铃鼓》中的主人公、法律办事处的抄写员斯特拉季拉托夫，正是这样一个被阴暗的、不可救药的生活扭曲的灵魂。他自20岁起就担任抄写员，四十年过去了，他未注意到身边的任何变化，他自己除变老了之外也没有任何改变。这一形象令人想起果戈理笔下的巴什马奇金。但巴什马奇金还会向人们发问："你们为什么欺侮我?"这个问题的潜台词是："我是你们的兄弟啊……"这表明他还会被激怒、发感慨，而斯特拉季拉托夫却永远不会为任何事物所激动，他有的只是迟钝、驯服、卑微的生活。列米佐夫的作品形象地说明了果戈理当年所说的"人类的缺陷"并没有消除，苟且偷生、麻木萎靡依然是俄罗斯人的一种本性。

《池塘》（1908）是列米佐夫的第一部长篇小说，它同样具有自传性，但取材于作家的童年生活印象。作品描写了商人奥戈列雷舍夫家族的历史，通过工厂经营、街头日常生活和商人风习的一系列暗淡画面，再现了19世纪末莫斯科人阴郁、停滞、"地狱之鬼"般的生活图景。作者的童年时代是在外祖父家度过的，后者当时经营着一家造纸厂；作者的一个舅舅则不仅是工厂主，更是证券交易界和工业界有影响的人物；母亲则由于不满意的爱情，在中年时代丢下一群孩子离家而去…… 留在作家记忆中的这些印象，为他的创作提供了丰富素材。作者描写了商人和工厂主残酷的剥削手段，揭示了他们对工人的无情，表现了那种池塘死水般的生活如何令人窒息。小说以对日常生活细节描写的逼真性令同时代人惊叹，但在写实之中又掺杂着幻想，常通过写梦境表现人物的心理活动，且材料安排别出心裁，显示出作家在艺术上的创新意识。

列米佐夫自己认为，他的最有意义的作品是《背着十字架的姐妹》（1910）和《顺着太阳的方向》（1907）。前者是一部中篇小说，它的主人公彼得·马拉库林也是一个小人物。他因被诬告而丢了饭碗后，来到彼得堡的"布尔科夫院落"另寻职业。他在这里遇到了同样也是寄宿于这家院落的、正在谋求生路的一系列女性。她们是一些背负着沉重的命运十字架的姐妹：已离家九年的厨娘阿库莫夫娜，能歌善舞、却惨遭凌辱的维拉·维霍列娃，被迫离开故乡的乡村女教师安娜·希亚诺娃……每一位都有一段悲惨的经历，每人都有一个简单的、却难以实现的愿望。她们目前的处境甚为凄凉，前景则更令人担忧。自身难保的马拉库林对这些姐妹充满同情，希望给她们以帮助，但却难能做到，最后在半疯狂的状态中从住处的窗口跳下，摔死在布尔科夫院子中。列米佐夫以冷峻的手笔揭示了“人对人是木头、是卑劣者、是灵魂扼杀者”的现实，令人联想起索洛古勃的《卑下的魔鬼》、高尔基的《奥库罗夫镇》、安德列耶夫的《人的一生》等同一时期问世的作品。批评家伊万诺夫—拉祖姆尼克当时就指出，这部作品总起来看是“列米佐夫向前跨进的一大步，是他的才能开出的花朵”①。他还对这一中篇的题名作出了解释：“在列米佐夫的一系列作品中出场的，都是一些背着十字架的姐妹和兄弟——他们全都自愿或不自愿地背起沉重的十字架的负担，全都是在精神上被强制的，全都被生活钉在十字架上，并且认识了生活的可怕。他们所有的人，就是列米佐夫作品里的主要出场人物，这也就是为什么他最近的一部中篇小说《背着十字架的姐妹》对于他的整个创作来说有着中心的意义。”②

除了小说以外，故事也是列米佐夫所经常运用的一种体裁形式。他出版的第一本书《柠檬苗圃，又名精神牧场》（1907）就是一部故事书。由此开始，他还写过《顺着太阳的方向》、《讨厌的事与滑稽的事》（1914），《尼古林的寓言》（1917），《女朝圣者》（1918），《俄罗斯的女人们》（1918）等故事与寓言作品，侨居国外之后还有《莫斯科人喜爱的传说：三把镰刀》（1929）出版。作家大都是改编民间传说、宗教故事以及种种传奇、轶事，注意发掘俄国中世纪的民间创作遗产，努力使它们重放光彩，甚至在语言上也试图恢复“彼得一世之前”的表现形式。他还根据一些传说和故事，编出了《犹大的悲剧》（1908），《魔鬼剧》（1919）和《马克西米利安王》等剧本，吸收了民间歌谣、宗教列队游行、中古神秘剧的某些成分，以演剧的形式再现民间故事传说的精彩内容，在题材和风格上均别具一格。

《顺着太阳的方向》是这类故事作品中最为成功的一部。全书按照一年四季的顺序，分为“春光明媚”、“明朗的夏天”、“阴暗的秋天”和“严寒的冬天”四个部分，每一部分各七个小故事。全书二十八个故事构成一部富有诗意的幻想作品。作家对形成于宗法制时代的童话故事和民间

---

① Иванов – Разумник Р. В. “Бурков двор—О новой повести Алексея Ремизова «Крестовые сёстры»”. *Русские ведомости*. Москва, 1910, № 213, 17 сентября.

② Иванов – Разумник Р. В. “Между ‘Святой Русью’ и обезьяной – творчество Алексея Ремизова”. *Речь*. СПб., 1910, № 279, 11, октября.

创作进行了改写和重新编排，在短小的故事形式中传达出对大自然的友好与珍爱之情，对童年时代的亲切回忆，对道德纯洁性的向往，对自由的热爱与追求，以及对形象化语言之美的倾心。在这部作品中，宗教成分只是一种外壳，一种形式因素。作家的同时代人安德烈·别雷、沃洛申、戈罗捷茨基等，几乎一致地赞赏这部故事作品的语言，为它的纯洁、非凡、音乐般优美的语言所倾倒，并认为语言之美是作品的主要价值所在。

列米佐夫不能理解和接受十月革命。军事共产主义时期，他同彼得格勒的许多作家一样，为了免于饥寒，一度居住到高尔基发起组织的带救济性的“艺术之家”中。同时住在这里的还有霍达谢维奇、格林、曼德尔什塔姆、古米廖夫、扎米亚京、什克洛夫斯基、楚科夫斯基、福尔什、隆茨、莎吉娘等人。福尔什后来把那个时期的独特生活氛围形象地说成如同一条“发疯的船”①。列米佐夫曾经写过两篇文章：《俄罗斯大地毁灭曲》（1917）和《对俄罗斯人民讲的心里话》（1918）。他为那一时期出现的混乱、暴力、战争、灾难而震惊，也为俄罗斯民族和人民的命运而担忧。他认为俄罗斯人寻求过自己的幸福，但把一切都失去了。他模仿果戈理《死魂灵》中“与俄罗斯对话”的抒情插笔，也模仿《伊戈尔远征记》中的重叠句“啊，俄罗斯的国土！你已落在岗丘的那边！”发出了自己的疑问：“俄罗斯人民，你做了些什么？”在这交织着叹息与希望的音调中，作家表现了他对人民苦难的同情和忧虑。同勃洛克的长诗《十二个》一样，列米佐夫在他的文章中也写到人民“行进”的主题，但却在其中更多地注入了一种悲剧意识。

列米佐夫是1921年8月离开俄罗斯的。至今保存在彼得堡的俄罗斯文学研究所（普希金之家）的作家手稿中，有一篇题为《别离俄罗斯的最后行程（1921年8月5日）》的文字，其中写道：“我是多么不愿意离开俄罗斯！”但他还是离去了。他先是住在雷瓦尔，后转至柏林，1923年又迁往巴黎。从1921年出国起到1957年去世，他一直笔耕不止，完成了一系列作品，成为俄罗斯域外文学“第一浪潮”中最有成就的作家之一。巴黎是他在国外住得最久的城市。从那里，他注视着30年代个人迷信时期发生在国内的全部令人悲伤的事件；他为1941年希特勒进攻苏联的悲

① 俄罗斯女作家奥丽加·福尔什（1873—1961）后来曾写过一部具有回忆录性质的长篇小说《发疯的船》（1931）。

剧性灾难而痛苦不安；他也同许多俄罗斯流亡者一样，为斯大林格勒保卫战的胜利而欢呼，为基辅的解放而高兴。第二次世界大战结束后，列米佐夫接受了苏联国籍。

如果说，列米佐夫写于俄罗斯的作品有很大一部分是描写“小人物”的，那么，他在国外的许多作品，依旧是以“大地上被压制的生命”为主要关注对象的。这一题材侧重在他20—30年代的作品中有着不同形式的体现。《城市的喧哗》（1921）表现出人类生活中充满了混乱，宿命论思想控制着许多人。作家似乎到处都看见、听见、感觉到了痛苦。他描写了随处可见的痛苦，并且把自己内心的悲剧感提到这样一种高度，即：悲剧在他那里成为“存在”的一种原则。《断片：罗赞诺夫书信》（1923）由罗赞诺夫的信件、便条和列米佐夫的答复构成，一方面是两位作家对人生、历史、时代和日常生活的印象、感觉和沉思的记载，其中不乏格言警句式的议论与随想；另一方面又以信件之间的说明性文字中传达了列米佐夫在异域环境中对当年的彼得堡知识界生活、对已故的罗赞诺夫本人的怀念。《写在文字中的俄罗斯》（1922）同样显示出作家对民族生活和时代事件的思考。对于作家来说，这“写在文字中的俄罗斯”就是真正的、不朽的俄罗斯。列米佐夫对生活中悲剧性现象的敏感、对弱者的同情，同样表现在这后两部作品中。这些作品还表明，语言的形象性是列米佐夫创作生命之树上最有活力的枝叶。他善于从各个不同时代的，甚至是“陈腐”、古旧的语言中寻找出有生命力的词汇来，一经使用，便显示出高度的形象性。

《被掀动的罗斯》（1927）是列米佐夫写于国外的一部重要作品。作品的背景是1917年两次革命前后的彼得格勒。但作家无意于写出一部由宏大的历史场景、叱咤风云的人物和真实的历史文献等构成的史诗，而是要创造一部个人日常生活的综合性的编年史，同时又是关于俄罗斯的思想的编年史，通过生活中的偶然事件与个人心灵中的“偶然的”思想闪现，描绘出一幅全景图。作者把人们带到了1916—1921年间俄罗斯历史发生变动时期的彼得格勒，描写了那时的涅瓦河畔、聚集的人群、民众的行进队列、门房的小屋、取暖棚、普通家庭的日常生活……一面是充满激情的、暴风雨般的、火山爆发式的预言性场面，一面是平缓的生活之流，“没有屈服的”居民日常活动，家庭生活的传统习俗。作品没有清楚的情节发展主线，也不把人物个性刻画放在首位，主要由一幅幅生活画面组接而成。《荒漠中的魔鬼》和《命名日》两篇，名称上就显示出某种对立，这一对立甚至具有表征出全书基本冲突的意义。当带有悲喜剧色彩的雄壮历史场面已拉开帷幕时，居民塔拉斯·克留乔夫家中却在准备命名日大馅饼，打算招待客人。作家似乎是要说明，历史的变革本来具有崇高的目标，但它不能超越于全民的价值，不能取消由家庭血缘关系维系的世界的根基。“被掀动的罗斯”和“家庭的罗斯”发生了冲突。在这一背景下，日常生活便被作者提到了具有道德和历史价值的高度。在作品中可以看到：哲学家茹柯夫斯基家的厨娘瓦西里莎抱怨她的主人不留神丢掉了“救济饥荒委员会”会员证；主人公“我”徘徊在喧闹的街头，寻找卖面包的女贩，终于在一个僻静的院落找到了她们；包括作家普里什文、思想家伊万诺夫—拉祖姆尼克在内的人们，不得不为“快没有面包了”而担心…… 作品中充满着这一类“琐事”，然而作者显然不是要献给读者一份大杂烩。在一幅幅画面背后，有着作家的严肃思考。他认为，家庭生活是社会的基础，人只有在日常生活的家庭氛围中，在个人生活的环境中才有真正的自由，因此，他才把目光集中注向人们的日常生活。他没有从一个历史学家的角度去表现巨大的历史变动本身，而是写出了人们家庭生活的回流。当日常生活秩序被搅乱时，列米佐夫仍然从卖面包的三个小贩、信教的老太太阿库莫夫娜、作家普里什文等人身上，从街头、医院、车站中的人们身上，看到人性和善的光华，并相信人道主义的价值不会丧失，这种价值就藏在大地上，藏在人们的心灵中。整个作品再现了时代、人们和思想的运动发展，成为一部“完整而奇特的史诗”①。

当然，对“家庭温暖”的强调并没有使列米佐夫弃绝俄罗斯古典文化。他更没有离开作为这一文化之象征的彼得堡——彼得格勒城市本身去关注“日常生活”。这座城市的形象是由普希金的《铜骑士》、果戈理的《涅瓦大街》、别雷的《彼得堡》、勃洛克的诗歌和别努阿的绘画树立在俄国知识分子的意识中的。列米佐夫对这座城市充满着眷念。虽然在革命后不久，高尔基便倡议建立世界文学出版社，带领作家、艺术家们抢救似的翻译出版了几乎全部经典作家的作品，但是许多人的心都紧缩着，似乎有某种预感。《被掀动的罗斯》反映了彼得格勒的形象“矮化”的过程。作

---

① Михайлов О. Н. *Литература русского зарубежья:* 1920 – 1940. Москва: Издательство «Наследие», 1993, с. 159.

品通过主人公的梦境，通过他在过去的文化环境中的“破碎的”漫游，表现了曾经集合着罗赞诺夫、勃洛克、科米萨尔热夫斯卡娅、舍斯托夫和高尔基等一代文化名人的这座文明城市，已渐渐失去了它的美和人们对它的景仰，在梦境中，列米佐夫还对某些人自以为然的主张、教条、“训诫”进行了嘲讽，包括嘲笑了伊万诺夫—拉祖姆尼克对所谓“欧亚大陆主义”的堂·吉诃德式的迷恋。

自1920年代起，列米佐夫就在写关于他的夫人谢·帕·多芙盖尔洛一生命运的三部曲。三部曲的第一部《在勃洛克去世以后》（1922）、第二部《奥莉娅》（1927）出版后，间隔了很长一段时间，作家才完成了第三部《在蔷薇的光彩中》（1952）。多芙盖尔洛是一个理想主义者、民意党人，所谓“俄国革命的祖母”叶·康·勃列什科—勃列什科夫斯卡娅（1844—1934）喜爱的学生，寻求为革命而献身、带着荆冠牺牲自我。她曾被流放到沃洛格达，在那里遇见列米佐夫，后与之结为夫妻。1921年，她与列米佐夫一起出国，1943年于巴黎去世。列米佐夫的三部曲勾勒了她一生的思想探索过程，同时涉及20世纪初叶俄国知识界的众多人物和事件。

长篇小说《音乐教师》（1949）是一部描写俄罗斯流亡者，特别是先前的彼得堡人在巴黎的精神生活的作品。书中出现了众多实有其人的侨居巴黎的俄国人，从诗人波普拉夫斯基到散文家阿尔丹诺夫，从音乐家、哲学家、“欧亚主义者”彼得·苏夫青斯基（在作品中名为佩特科—佩特科夫斯基）到医生B. 文科夫斯基（即作品中的“非洲医生”），还有普通司机格列勃·奇若夫等。他们都同列米佐夫一起走过了一段共同的生活道路。这是一条伴有怅惘和绝望的路，一条对命运、对往昔、对俄罗斯不断进行“哲学追问”的路，也是一条逐渐有了希望的路。进入作家意识中的，首先是这些身在“另一岸边”，却重新发现了俄罗斯文化宝贵价值的整整一代俄罗斯人的集体的悲剧性体验。20—30年代生活在巴黎的俄国人，他们那逐年变得更为温存、更为明朗的对祖国的忧思，对民族文化和语言的伟大未来的信念，对回归祖邦的带有疑问的希望，似乎都进入了列米佐夫的构思中。以主人公亚历山大·柯尔涅托夫为代表的一批人，好像在巴黎和俄罗斯文化的空间迷了路。通过巴黎的院落、工厂林立的烟囱、车站、公共汽车……通过俄罗斯人打量这一切、活动于其间的复杂感受，作品表现了历经战争、革命、流亡、异域生活的一代俄罗斯人的心灵创伤、忧郁与痛苦。在柯尔涅托夫眼中，巴黎这座有着雄伟的埃菲尔铁塔、宽阔的爱丽舍田园大街的城市，并不使他感到亲切和美好；他从一处住所迁往另一处，疲于奔命，经过许多著名广场和街道，无意去留心这大都市的美景。他和同胞们一样，力图在自己的言语中引入大量法语词汇，却并不能摆脱那份悲凉。列米佐夫通过这一形象说明，俄罗斯侨民的希望并不在于融进西方文化之中，而在于保存和发展民族语言与文化。

《作品的火光》（1954）是一部奇异的书。列米佐夫经由分析普希金、果戈理、莱蒙托夫、屠格涅夫、陀思妥耶夫斯基等人作品中的“梦”及这些梦之间的联系，不仅阐释了这些梦在作品结构上的作用，揭示了作者—做梦者的个性，而且令人信服地指出了由俄罗斯文学的特质所决定的诸位作家在艺术构思上的某些近似，艺术思维的深刻的一致性。作者认为，普希金笔下的达吉亚娜的梦，伪皇子葛利高里的梦，《黑桃皇后》中盖尔曼的梦，《上尉的女儿》中格利涅夫的梦，等等，先后在果戈理、屠格涅夫、陀思妥耶夫斯基、托尔斯泰的主人公那里重现。这是一部从独特新颖的角度对俄罗斯文学进行宏观考察和综合研究的著作，除了它自身的学术价值之外，还给人们以方法论上的启示。

从一定意义上说，《作品的火光》以及上面提到的作品《音乐教师》，作家关于童年生活的回忆录《凭窗望去》（1929），生前未发表的关于同时代人的回忆《会见》，关于在奔萨和沃洛格达流放经历的札记《碎片》（1983年才首次发表），都可以看成是作家努力在绝望与希望之间架设一座桥梁的成果。这座桥梁上最牢固的链条，大概要算作家的带自传性、回忆录性的长篇小说《用稍加矫正的眼睛看》（1951）了。它描写的是19世纪末作家在莫斯科商人环境中的生活。作品以现实主义笔法写成，没有以往列米佐夫的作品曾有过的“演说”风格，也没有“梦幻中的现实”。作家再现了已远逝的那个时代中的一系列人物，描绘出旧时莫斯科的生活图景，既将忏悔意识注入对往事的追述中（“我说说我的一个接一个的希望是怎样产生的”），又使小说具备了编年史性质（“从摇篮到监狱的不可忘却的事”）。作者同时没有忘记对俄罗斯语言的赞颂。

致力于丰富俄语词汇，把富有诗意的幻想带人散文创作中，寻求新的语言表达方式，这是列米佐夫作品的特点，也是他的贡献。他的散文创作，对于20世纪前期的俄罗斯散文的发展，特别是对于扎米亚京、皮里尼亚克、普里什文、列昂诺夫、阿·托尔斯泰、希什科夫、弗·伊万诺夫等作家，都产生过直接的影响。杰出的批评家费·阿·斯捷蓬将列米佐夫和安德烈·别雷两人并称为“新俄罗斯散文的奠基人”、“大文体家”①，绝非偶然。

2

伊万·谢尔盖耶维奇·什梅廖夫（1873—1950）也是一个在白银时代就颇有成就、在俄罗斯域外文学中仍很有影响的作家。他出生于莫斯科，祖父和外祖父都是农民出身，父亲经商。这是一个保持着宗法制古风、笃信宗教的家庭。什梅廖夫在一个有着明确的善恶观、重视道德价值的氛围中长大。同时，他从小还受到外界环境的影响——聚集到莫斯科河南岸那些包工头院落中的各外省区的工人，他们随身带来了一种自发反抗的情绪、丰富的语言和民间口头创作；与这些人的交往，使什梅廖夫的个性中增加了人民性因素。后来，他对各类“故事”的注意，他同从列斯科夫到陀思妥耶夫斯基的文学传统的接近，他成为驾驭俄罗斯文学语言的能手和现实主义的代表作家之一，都同他青少年的成长环境有密切关系。

1898 年毕业于莫斯科大学法律系后，什梅廖夫曾在军中服务一年，后又到莫斯科省和弗拉基米尔省的偏僻地区出任公职。他自 1895 年起就发表作品。随笔集《在瓦拉姆悬崖上》（1897）的问世标志着他文学活动的正式开始。作家在他的第一本书中描写了修道士们凄凉的、没有任何欢乐的生活，揭露了他们的“牧师”们的不劳而获和寄生虫本质。作品的社会批判音调引起官方的不满，作家被迫长时间沉默，1905 年才回到文学生活中。中篇小说《向着太阳》（1905），通篇渗透着作者对世界的乐观理解的激情，以及对世界“复兴”的渴望。1905—1907 年革命期间，什梅廖夫发表了一系列作品，如短篇小说《由于急事》（1906）、《骑兵事务长》（1906）、《伊万·库兹米奇》（1907），中篇小说《崩溃》（1907）和《公民乌克列伊金》（1908）等。这些作品中的人物多为城市“角落”中的小人物，他们大都看不出革命会给自己带来什么未来的希望，只是思

① Степун Ф. “Максим Горький”. *//De visu: ежемесячный историко - литературный и биографический журнал.* Агентство «Алфавит», 1993, № 3, с. 44.

考着这场革命事件对于城市中下层人们的影响。从这些中短篇小说中，可以看到托尔斯泰的心理现实主义方法和高尔基作品情调的影响。作家同时也怀着愤怒揭示了劳动者的无权、贫困的现实，刻画了某些“肇事者”的形象，在贫富悬殊的强烈反差中，传达出对于小人物的同情。他笔下的人物一般具有孤独的性格特点。

《公民乌克列伊金》和《从酒馆里出来的人》（1911）显示出作家在艺术上的成熟，并且标志着什梅廖夫已成为接近高尔基流派的知名的现实主义作家之一。在中篇《公民乌克列伊金》中，作者展示了一种被唾骂的、追求及时行乐的、莫名其妙的生活。主人公乌克列伊金是这种生活中的一个“不安定分子”，他寻求着社会正义和做一个正直公民的权利。他向他置身于其中的环境发出抗议，这种抗议反映了在第一次俄国革命年代被惊醒的、年轻的新一代俄罗斯人对生活的不满。乌克列伊金的寻求与探索不仅是道德层面的，而且带有社会的性质。只是他希望实现社会正义、获得公民权利的想法，只是一种幻想。

《从酒馆里出来的人》的主人公是一位名叫斯科罗霍多夫的军官，他也同乌克列伊金一样向往着社会正义。但是他的愿望与追求既缺乏活力，又抽象模糊。在失去自己的亲人以后，这位老军官经历了一场精神危机，他又转而到托尔斯泰的道德学说中去寻找自己的精神支柱。作品通过斯科罗霍多夫的命运遭遇和所见所闻，暴露了社会生活中存在的弱肉强食的野兽生活法则，以及从人与人关系的各个方面表现出来的虚假、伪善和卑躬屈膝。主人公成为大量的和他的愿望相反的社会现象的见证人。作品在对社会阴暗面的暴露中显示出它的批判锋芒。小说的主人公对种种社会矛盾及其解决方式所得出的道德结论，表明托尔斯泰学说的影响。这部中篇为什梅廖夫带来了全俄范围内的文学声誉。在这部作品问世后，作家把注意力转向对日常生活的描写，并在对自然景色的刻绘中显示出自己的洞察力，但成就未能超越《从酒馆里出来的人》。

什梅廖夫对1917年二月革命事件持热烈欢迎的态度。那个时期，他曾在俄罗斯各地旅行，参加各种会议和群众集会。一些为推翻沙皇专制而斗争的人们，曾被专制政权流放或囚禁在西伯利亚，二月革命后才得以返回。什梅廖夫同这些政治流放者会见时，心情特别激动；他们还互相引以为志同道合者。但什梅廖夫不相信用迅速、激进的方式改造俄罗斯的可能性。他认为，“我们的没有文化的、愚昧无知的一般人民，甚至不能粗略地领会改革的思想”①。从这一角度出发，什梅廖夫不能理解和接受十月革命。作为作家，他只能写自己真正感受到的东西。革命后他曾写有两部中篇小说，一部为《喝不够的酒杯》（1918），写的是一个农奴艺术家的故事；另一部《曾有过这事》（1919），渗透着对于战争的谴责。

什梅廖夫本没有打算侨居国外。1920年，他还在克里米亚的阿卢什塔购买了一处带有一小块土地的房子。可是后来的情况有了变化。他唯一的儿子谢尔盖参加了弗兰格尔的白军部队。弗兰格尔溃败出逃后，谢尔盖和许多人一起留在克里米亚，后来在费奥多西亚的一家医院中被捕。当时在克里米亚执行托洛茨基过火政策的匈牙利人彼拉·昆，未经审判便下令枪决了一批白军俘虏，其中包括谢尔盖。震惊和痛苦使什梅廖夫无法继续写作。1922年，他接受了布宁的邀请，决定离别俄罗斯，先是到柏林小住，后迁至巴黎。

1920年代什梅廖夫的作品，大都同他在国内战争时期的经历有关。小说《石器时代》（1924）、《在小树墩上》（1925）、《一位老妇人的故事》（1925），描绘了战乱和饥荒时期的图景，再现了作者所亲见并为之震惊的现实，也传达出作家本人的哀子之痛。中篇小说《死者的太阳》（1923）是什梅廖夫这个时期的主要作品，作家自己甚至称它为“史诗”。在小说中，克里米亚的优美自然景色和俄罗斯人的痛苦牺牲形成鲜明对照。战争是无情的，它吞噬了许多人的生命。但是作家没有停留在对残酷场面的描写上，而是进一步提出了这样的问题：在巨大的社会变动时代，个性还有无价值，价值何在？这个问题的提出和对它的思考，使这部关于俄罗斯的哀歌充满了深刻的人道主义含义。这部小说曾被译为十二种文字，为作家带来全欧性声誉，得到包括托马斯·曼在内的许多著名作家的好评。

在《死者的太阳》以及《一位老妇人的故事》等作品中，什梅廖夫虽然对国内战争年代的一系列非人道现象作出了尖锐抨击，但是他并未反对俄罗斯人民。他认为，真正的真理就存在于人民中。他不是政治家。他生命中的最后三十年的创作，显然不能简单地归结为他的政治观点的表露。关于这后三十年中的作为作家和人的什梅廖夫，鲍·扎伊采夫曾在

---

① Смирнова Л. А., Турков Ф. М., Марченко А. М. *Русская литература XX века. Очерки. Портреты. Эссе. В 2 ч.* Москва: Издательство «Просвещение», 1994, Ч. 1, с. 322.

1959年写道："作家（指什梅廖夫——引者注）是血性刚强、充满热情、易于激动而且非常具有天赋的，归根结底，他总是和俄罗斯，包括和莫斯科，特别是莫斯科河南岸地区联系在一起的。他是作为一个莫斯科河南岸的人待在巴黎的，从根本上不能够接受西方那一套。我想，他就和布宁及我一样，最成熟的作品是在这里写出来的。我个人以为，他最好的作品是《上帝的恩年》和《朝圣》——在这两部作品中，他的本性得到了最充分的表现。"①

扎伊采夫的看法颇有代表性。一般认为，《上帝的恩年》（1933—1948）和《朝圣》（1931）是什梅廖夫创作的高峰。与这两部小说在主题上相接近的是文集《亲爱的》（1931）。他在国外还写有长篇小说《爱的故事》（1929）和《从莫斯科来的保姆》（1936）。但是表现生活的主要意义、隐蔽的深层意义的重要主题，正是在前三部作品中得到集中揭示的。更为重要的是，在作家的这些作品中出现了关于祖国、关于俄罗斯的某种肯定的思想。在异国环境中，他并不是很快就形成了这种思想的。

《上帝的恩年》和《朝圣》两部小说都具有自传性。作品主人公瓦尼亚，即少年时代的什梅廖夫。他的幼小心灵的变化历程，他的命运、体验、不幸和醒悟，成为贯穿作品情节的主线。他是幼稚的，只有未来的生活经验才会使他变得聪明而有理智。作品同时描写了他周围的独特的世界，从这个世界发出的高尚道德和爱国精神之光使瓦尼亚备受鼓舞。但这两部小说又不仅是瓦尼亚的精神传记。作品以鲜明的笔调描写了东正教的各个重大节日，延续千年之久的宗教典礼和仪式，谢尔盖圣三一修道院的朝圣活动，再现了19世纪70—80年代俄罗斯生活中无数珍贵的场景和细节。作家怀着对俄罗斯民族古风的热烈赞颂之情，把两部回忆往昔岁月的作品变成了对莫斯科河南岸市区、对莫斯科和整个罗斯的长长的颂歌。在小说中可以看到生活在莫斯科河南岸市区的社会各阶层人物：面包师、细木工、镶嵌匠、马车夫、掌柜的、渔店老板、香肠制造商、外号为"拿破仑"的患肺病者、"脱发的"破落贵族、装了一条木腿的退伍士兵、"吸血鬼"—财主、好拜神者…… 通过描写这众多人

① Смирнова Л. А., Турков Ф. М., Марченко А. М. *Русская литература XX века. Очерки. Портреты. Эссе. В 2 ч.* Москва: Издательство «Просвещение», 1994, Ч. 1, с. 325.

物的日常生活、相互关系与心理细节，作品仿佛在读者面前展现了整个俄罗斯，甚至古代传说中的罗斯。作家潜入日常生活的深层进行开掘，赞颂了俄罗斯人民及其宽广的胸怀、豪爽的谈吐、纯朴的眼光，也揭示了贫富悬殊的现实和各种社会矛盾，从一个新的角度表现了传统的“小人物”主题，显示出根深蒂固的人道主义。

这两部小说在写法上也是别具一格的。作家采用倒叙法，和时间之流的方向相反，由“河口”而上溯到“河源”，使作品渗透着一种深沉的历史感。作品内容均取自日常生活，但在风格上则接近民间创作、童话故事。如在《上帝的恩年》中，瓦尼亚的父亲的悲剧性死亡之前，早就出现了一连串可怕的预兆：彼拉盖娅·伊万诺夫娜预言性地谈到自己的死；镶嵌匠戈尔金的同样带预见性的梦；罕见的预示灾难的“蛇花”开花现象；在疾奔中被父亲制服的疯马“吉尔吉斯人”眼中的阴暗火光…… 无数细节、场面、断片、琐事，因作者的艺术—宗教思想而被内在地联系起来，整个作品具有神话作品和故事传说的风范。什梅廖夫的这两部小说场景壮阔，叙述语调平缓，把幼稚的严肃、严峻的善良、粗俗的幽默魔术般地结合在一起，令人叹为观止。而他那活灵活现地再现了当年莫斯科大卡卢什斯卡亚一带及老什梅廖夫之家生活氛围的生动语言，则得到了包括库普林、伊万·伊里因等在内的同辈作家和批评家的一致颂扬。

从记忆的底层、从心灵的深处提取形象和画面，决不意味着在悲伤和绝望的心境中，什梅廖夫创作源泉已快耗尽。在法兰西这个“异己的”、奢华的国度，什梅廖夫一直以异常的敏感注视着俄罗斯生活，并同时思索着它的明天、它的未来。构成《上帝的恩年》和《朝圣》两书基本内容的，虽然是取自记忆储藏中的童年印象，但作品的精神境界、美学价值和语言水平，都达到了无可非议的高度。作家对乡愁的强有力的表现，对故土的热爱之情的抒发，连同那一幅幅不断变换的艺术画面，所显示的都不仅是什梅廖夫个人，而是整整一代俄罗斯流亡作家对祖国的感情。这是两本可以帮助俄罗斯人深入认识自己的民族及其根本结构、唤起他们对自己的祖先之爱的书。

什梅廖夫在创作富有诗意的长篇小说《爱的故事》前后，还写有一部取材于第一次世界大战的通俗小说《大兵们》（1925）。抒情性随笔《老瓦拉姆》（1935）带有自传性质，还体现了这位自幼深受东正教影响的作家的宗教意识。两卷本长篇小说《天国之路》（1936—1948）写的是对生命的意义和俄罗斯灵魂的探索。作品似乎是要确认人的命运具有“一切预先注定”的性质，并通过复杂的象征形象和奇异的现象“证实”这种宿命论思想。这部小说对俄罗斯古代风习、对俄罗斯人自古以来笃信宗教的描写也是真切动人的，但叙述冗长，情节进展缓慢。它同什梅廖夫的许多晚期作品一样，通篇灌注着对祖国的热爱与忧思。

在晚年生活中，什梅廖夫由于经常回忆祖国、它的自然景色、它的人民和语言，往往陷入痛苦之中。他晚期的作品中，充满着古老的俄语词汇，以抒情笔触写下的情景交融的文字，以及关于俄罗人精神面貌的生动刻绘，从《春天的声响》（1928）到《老瓦拉姆》，都可见出这种特色。在失去爱妻、经受了经济拮据的困难之后，他不免为一种孤独感所控制。他怀着强烈的思乡之情，梦想着返回俄罗斯，但直到1950年6月去世也未能如愿。60年代中期，他的少量作品才得以同新一代俄罗斯读者见面。而他的名字为广大的读者所知晓，则是1980年代中期以后的事。

在西方评论界，不少人认为什梅廖夫不仅是与布宁并列的俄罗斯流亡作家的卓越代表之一，而且也是整个俄罗斯文学中最优秀的现实主义作家之一。1930年代初，他曾同布宁、梅列日科夫斯基一起被提名为诺贝尔文学奖的候选人。他在俄罗斯域外文学中享有较高的声望，主要是由于他同俄罗斯传统文学之间的紧密联系。什梅廖夫自己说，他只是“从俄罗斯文学的繁茂树根中抽出的一个小小的幼苗”①。

3

无论是在白银时代文学还是在俄罗斯域外文学的“第一浪潮”中，女作家苔菲的名字都是不会被遗忘的。**苔菲**（1872—1952）本名为娜杰日达·亚历山大罗夫娜·洛赫维茨卡娅，于1872年5月生于彼得堡（一说生于沃伦省她父母的庄园，待考）。她的父亲是一位罪行侦查学教授，且具有演说才能；母亲是法国血统，熟知欧洲文化，热爱诗歌。苔菲的姐

① Крейд В. *Дальние берега: Портреты писателей эмиграции.* Москва: Издательство «Республика», 1994, с. 35.

姐米拉（玛丽娅）·洛赫维茨卡娅（1869—1905）也是一位有才华的诗人，曾先于阿赫玛托娃被称为“俄罗斯的萨福”，但她去世较早。这个文化气氛浓厚的大家庭对苔菲的影响是明显的。

苔菲是以诗歌创作开始文学生涯的。1901 年，她在《北方》杂志发表第一篇诗作。此后，诗歌创作伴随着她的整个文学历程，但是她出版的诗集只有三部，即《七堆火》（1910），《西番莲》（1923），《沙姆拉姆：东方之歌》（1923）。苔菲曾把她的一部分诗变化为抒情歌曲，她喜欢在吉他的伴奏下吟唱这些歌曲。这些抒情歌曲也曾在她的同时代人中传唱。但苔菲的文名主要不是由诗歌、而是由散文建立起来的。批评界对她的诗作有着不同评价。如勃留索夫认为，她的诗歌似乎只是些仿作、派生之作；而古米廖夫则相反，他认为苔菲的诗歌具有真正的“文学性（从这个词的最好意义上说）”[①]。

苔菲本人说过，就她而言，是“幽默作家供养着诗人”[②]。其实，在她那里，幽默作品与诗歌是有机联系着的。如果说，一位诗人多少总有些脱离世界，他往往具有一种激情与率真，而幽默作家则以警惕、怀疑的目光打量着世界；那么，这两种因素应当说同时贯穿在苔菲的全部创作中。从开始发表诗作时起，她便成为《市场通报》和《俄罗斯言论》的经常性的小品文作者。她写短篇幽默小说、小品文、独幕剧。白银时代的读者喜爱她这些作品中的笑。这种笑常常是一种有力的讽刺，并具有社会心理学内容。她是在创作独幕剧《妇女问题》时首次使用“苔菲”这个笔名的。该剧于 1907 年上演，并获得成功。

1905 年曾经给俄罗斯知识分子带来变革现实、为俄罗斯选择发展道路的希望。革命情绪激动着人们。苔菲在这种时代气氛的感召下，创作了一批革命诗歌，呼吁推翻沙皇君主专制，歌唱“自由的红日”。她的流传颇广的《小蜜蜂》一诗，曾被人带到日内瓦列宁那里。该诗后来在布尔什维克杂志上转载。苔菲与列宁也因此有过一段信函往来。她还参加过 1905 年革命期间《新生活报》的编辑工作，在编辑部既遇见过列宁、沃罗夫斯基、卢那察尔斯基，也碰到过安德列耶夫、巴尔蒙特、布宁、高尔

---

① Михайлов О. Н. *Литература русского зарубежья:* 1920 – 1940. Москва: Издательство «Наследие», 1993, с. 244.

② Перфильев А. “Надежда Александровна Тэффи”. *Русская идея.* Мюнхен, 1952, 27 ноября.

基、魏列萨耶夫等人。

然而苔菲的名字更经常地出现于《市场通报》、《言论报》和《信号》、《闪光》、《红笑》等杂志上。她文路颇宽，讽刺诗、小品、幽默故事、短喜剧等形式并用，开始为读书界所注目。1908 年，幽默杂志《蜻蜓》为摆脱沙皇书刊检查机关的严密监视，更名为《萨蒂里孔》。苔菲成为这份讽刺刊物的主要撰稿人。她与阿维尔琴科、萨沙·乔尔内依等出色的讽刺作家一起，为这家杂志赢得了广大的读者。

1910 年，在苔菲的第一本诗集问世时，她的两卷本《幽默故事》也得以发表。由此到十月革命前，她陆续有《变成这样了……》（1912）、《游艺场》（1913）、《八幅小型画》（1913）、《无火之烟》（1914）、《画像与独白》（1915）、《死兽》（1916）和《生活》（1916）等书出版问世。她对第一次俄国革命失败后颓唐苟安的社会风气作出了漫画式的勾勒，嘲笑碌碌无为的庸人。她的讽刺尖锐、辛辣，同时在她的作品中又回响着一种怀疑的音调。

同绝大部分怀抱自由理想的知识分子一样，苔菲热烈地欢迎二月革命。但是，她的欢欣很快就为失望所替代。1917 年 3 月，她就发表《他们在等待着》一文，以讽刺的语调表现了自己对俄罗斯命运的担心，并作出了令人悲伤的预言。她也不能理解和接受十月革命。1919 年，她发表了《在赫尔盖辛悬崖上》一文，以寓意的方式表达了自己对当时局势的看法。同年，她离开俄罗斯，辗转抵达巴黎，并于那里定居，直至去世。但是在 1922 年，也就是在她出国三年之后，她还最后一次接受了俄罗斯护照——因为同许多侨民一样，她还怀着返回祖国的希望。

1920 年，俄罗斯流亡者在上海出版了一套《幽默作家文库》，其中包括苔菲的一本作品集《东方》，这其实是她写于革命前的一些短篇故事的汇编、重印。1921 年，苔菲计有四本书出版，这就是：《黑色牛奶糖》（斯德哥尔摩）、《伊斯坦布尔与太阳》和《大地的宝藏》（柏林）、《静静的小河湾》（巴黎）。自 20 年代到 1952 年去世，她还先后有《小城》（1927）、《六月的书》（1931）、《女巫》（1936）、《温情的故事》（1938）和《冬天的虹》（1952）等小说故事集问世。作家在这些作品中，或表现流亡者的心理，或幻想未来，或回忆往昔，或离开现实进入“游戏”世界，或描写儿童生活，题材广泛，不拘一格，但有不少作品都同作家对俄罗斯的怀念有着密切的联系。

儿童形象是苔菲在国外生活期间描写得较多的一类形象。但她写的不是那种受到良好教育的孩子们的故事。她写的是一些活生生的孩子，他们是幻想家或说谎者，腼腆、笨拙、孤单，并不十分幸福，避开冷冰冰的现实躲进了幻想的温暖世界。正是在讲述这些孩子们的故事时，苔菲显示出敏锐的观察力和对儿童心理的准确把握。她能够自由而自然地以儿童的口吻讲故事，传达出他们童稚的愿望，对奇迹的相信，幼小的心灵体验，特别是急切地希望"和大人一样"的心理特点，也表现了他们真的长大之后所产生的一种失望情绪（如《预科学生》等）。苔菲认为，只有孩子们才接近并能把握生活的"伟大秘密"，在平常的、看似无关紧要的现象中看到美好的东西。她成功地描写了儿童的这种特别的感觉——幸福感（如《幸福》等）。她笔下的一些孩子似乎是命中注定永远长不大的，他们"一生"都在寻找一个神奇的国度（《哪儿也没有》等）。在这些作品里，苔菲曲折地抒发了自己对童年时光的怀念之情，也表现了对生活的依恋和幻想。

幻想是苔菲作品的重要主题。她写到幻想给金丝雀买一大车谷物，让它一生都不再要去寻食的女学生（《预科学生》）；写到幻想有一位好心的强盗突然闯来，使自己的整个生活立即改观的家庭女教师（《卡杰琳娜·彼得罗夫娜》）；写到幻想自己具有英国绅士派头、当上了一艘海轮上的英勇船长，其实长相很难看的校对员佐博夫（《烟斗》）……和幻想相联系的是回忆。苔菲在异国的土地上回忆故乡，回忆无拘无束的自由生活，回忆幸福的、充满奇迹的童年，也回忆那些善良的人们（如《自由》、《老婆婆》等）。作家热爱并怜悯她笔下的主人公，所以她常常把"游戏"馈赠给他们，以此来抵偿他们的痛苦，或以自己的方式让他们"幸福"起来（如《明朗的生活》、《圣诞节的孩子》、《家神》等）。

在《温情的故事》一书中，有一篇带有神秘色彩的小说《梦？生活？》。这篇小说讲的是一个人在两种不同的向度上的平行存在，一颗疲惫的灵魂逃避到充满奇迹和幻影的幻想世界中去的故事。当人在大地上、在普通的日常生活中得不到幸福时，他就接受了魔鬼的诱惑，选择了一条哪怕是不可靠的出路，在那个由不安和幸福的梦所构筑的世界中忘却一切。在《关于野兽和人》中，外号为"母牛"的难看的萨莎·柳齐，也在《天鹅湖》的乐曲声中做着梦，一直到死都在等待着那个和她开玩笑的冷漠的美男子的到来。苔菲的这类作品，往往从一个特定侧面勾画出某些流亡者的心理特点，且不无讽刺色彩。

不少研究者都曾谈到苔菲对果戈理传统的继承，认为她的风格接近于果戈理的“含泪的笑”。她的一些以喜剧手法写出的有着悲剧性内容的作品，确实显示出了这种风格特色。但苔菲真正崇敬的作家却是陀思妥耶夫斯基。她的诗句“善与恶统一的混乱”，可以用来说明她的创作的基本内容特点。而这恰恰是和陀思妥耶夫斯基的观点相接近的。苔菲把世界理解为善与恶结合着、不可分割的整体。她爱着生活在这个世界上的荒谬的、渺小的人们，爱着那些品行端正的和有罪孽的人们——这些就是苔菲创作的动因。在她看来，英雄主义精神和软弱的性格特征也是互相为邻的。她不能接受的，只是“没有宗教、没有法律、没有风俗习惯和一定制度”的世界，只是没有她的幻想和“游戏”的地位的世界。她看待世界与人的人道主义眼光，她对幻想题材、儿童题材的偏爱，她在写作中和生活中的“游戏”式态度，都表明她一直保留着一颗童心。这种童心甚至使她的讽刺和幽默时而接近于一个儿童打量周围世界时某种情绪的自然流露。

苔菲还曾在她所不惯于运用的“侦探故事”形式方面一试身手。她曾写过一部《冒险传奇》。该作讲的是一个年轻的俄罗斯女性玛丽娅，在流亡生活环境中失去了亲人，也丧失了自我，甚至也丢掉了自己的名字的故事，她后来变成了“模特儿娜塔莎”。这其实是作家从一个独特的视角对流亡者心理所作的考察与表现。正如她关于儿童生活的素描似乎取之不尽一样，她也通过许多幻想作品描写了俄罗斯流亡者的生活。

苔菲自己认为，《女巫》（1936）一书是她最成功的作品之一。她曾写道：“我们古代斯拉夫人的诸神就在这本书中，正如这些神还活在人民的心灵中，活在传说、迷信和风俗中那样。一切都像我在俄罗斯外省、在童年时代所遇见的那样。”[①]这部作品曾受到布宁、库普林、梅列日科夫斯基等人的称赞，他们特别指出苔菲所运用的奇妙的民间语言。在另一语言环境中生活十六年后，能够写出地道的俄罗斯民间口语，足见苔菲的语言功底。

同许多居于国外的俄罗斯作家一样，苔菲也写有一系列关于同时代人的文学回忆录。她关于巴尔蒙特、索洛古勃、库普林、济·吉皮乌斯、丘尔科夫、梅耶荷德等人的回忆，不仅形象地再现了这些诗人和作家、艺术家们的独特风貌，也描述了自己与他们的文学关系，充满怀念之情地传达

---

① Михайлов О. Н. *Литература русского зарубежья:* 1920 – 1940. Москва: Издательство «Наследие», 1993, с. 257.

出白银时代的知识界生活气氛。

第二次世界大战期间，苔菲由于健康原因一直没有离开巴黎。她的名字第一次在一个长时间内从报刊上消失了。有些人认为她已去世。采特林甚至还于 1943 年写过一篇悼词追悼苔菲。生性乐观的苔菲读过悼词后兴奋地大笑。她晚年的生活虽很孤独，而且经济上拮据，住处条件不佳，经受着无尽的乡愁的折磨，但她还是很乐观地生活着。她甚至在 75 岁时写信给女儿开玩笑地说，她已经 60 岁了。有人曾建议她回国。康 · 西蒙诺夫也曾劝说过她。由苏联驻法大使馆二秘签发的回国签证已经为她办好。但是苔菲没有回到俄罗斯。据她自己说，她害怕像左琴科、阿赫玛托娃那样的罪名也落到她的头上。

1952 年，纽约的契诃夫出版社出版了苔菲的最后一本书：《冬天的虹》。此书收集了作家生命的最后一段时光里写下的作品。书名有着夕阳西下、回光返照的象征意义。书中最有代表性的作品之一《已无有时间》，似乎是作家在一生中的最后时刻对自己所走过的道路投去的匆匆一瞥。这里又重新回响起读者所熟悉的生活—梦、生活—幻想、生活—童话的旋律。作品的女主人公在吗啡的作用下，以一种患热病般的、模糊不清的语言，和进入她梦境中的猎人交谈。她认为，“我们……一生都是要杜撰”，而交谈者——猎人则肯定梦的意义，强调“梦也是生活”。她请上帝派天使来摄走她的灵魂——这多少已是作家心灵的声音了。

苔菲去世后不久，她亲近的朋友 B. 维列希亚金曾在他的悼念文章中，转述了苔菲生前关于自己所说的一段话：“我是属于契诃夫流派的，但我又认为莫泊桑是我的理想。我喜欢彼得堡。我曾经很爱古米廖夫，无论是作为诗人还是作为人，他都是好样的。我的创作的最好时光终究是在俄罗斯。”①

4

俄罗斯域外文学“第一浪潮”中的著名诗人和批评家**弗拉季斯拉**

① Верещагин В. “К кончение Надежды Александровны Тэффи”. *Русская мысль*. 1952, 15 октября.

夫·费里齐安诺维奇·霍达谢维奇（1886—1939）生于莫斯科。他的父亲是一个波兰贵族的儿子，曾在艺术研究院学习，后来成为一名摄影师。他的母亲虔信天主教，曾努力培养儿子对于波兰天主教文化的兴趣。但直接抚养他长大的却是他的保姆叶莲娜·库辛娜——一位普通的图拉农妇。霍达谢维奇终生对她怀抱着感激与尊敬，在后来献给她的一首诗中甚至把她视为俄罗斯的象征。莫斯科第三中学是霍达谢维奇的母校。这里有极好的人文环境，教师中有一些接近早期象征主义者的诗人。中学毕业后，霍达谢维奇进入莫斯科大学法律系学习，不久又转至历史—语文系。风起云涌般的政治事件曾经一度让学校不能正常上课，加上患结核病和个人生活方面的原因，他不得不提前结束自己的大学生活。

1908 年，霍达谢维奇的第一本诗集《青春》在莫斯科出版。集子中的大部分诗歌是给他的第一个妻子玛琳娜·伦金娜的。诗人自己认为，这本诗集并不是在文学意义上，而是在传记意义上使他甚感亲切。这是一本真正的"青春"的诗集：它表现了一种年轻人的"严肃"、对"忧伤"的欣赏以及对世界的"悲剧性的"看法。从艺术特色上看，这本诗集显示出一种轻灵的诗风，并可感觉到安年斯基、索洛古勃和勃留索夫的影响。但是透过《富于敏感》（1907）等诗，已可看出诗人的才能，看到一个独立的艺术世界正在形成，这个世界正在被诗人日益深入地开发着。

《青春》出版后，霍达谢维奇成为一名专业文学工作者。报刊工作、文学翻译等，给他带来的收入甚微，却增加着他的精神文化储备和实践经验。当他的第二本诗集《幸福的小屋》（1914）出版时，他已经被读者看成一位成熟的、非常严格地对待自己的诗人了。诗集的名称取自普希金的《致家神》中的诗句："请守护这幸福的小屋，别让它挨上不友善的眼睛！"诗集的一个基本主题也已在它的名字中显露出来。集子中包括"沉湎于喧哗"、"先灵"、"棕榈树上方的星"三组诗歌。仿佛是要同《青春》中的"悲剧成分"相对立，诗人在他的诗歌中歌唱"先灵"和家室的舒适，赞美平静、素朴的日常生活。在组诗《先灵》中，集中体现着整个诗集的明朗、和睦的情调，这种情调是同诗人当时对生活、对世界的理解相一致的。组诗《沉湎于喧哗》则更接近于诗人后来的诗作。在这组诗歌中出现了对于诗人自己来说是更为深刻、更有意义的新的抒情主人公形象、另一个世界。在"什么是生活？"的追问中，在对"冥间世界"的想象中，已可听出一种怀疑主义的音响。但是诗人懂得，比起"先灵"

的家庭小世界来，彼岸世界的异样生活毕竟极少令人宽慰：斯堤克斯河和科库托斯河（希腊神话中的两条冥河）的水流与摆渡者卡戎老人的渡船都绝不是诗人—歌手俄耳甫斯的安适的心灵住所。在《俄耳甫斯返乡》（1910）一诗中，则出现了探测未来命运的诗行，似乎表现了诗人对某种不幸的预感。霍达谢维奇的这第二本诗集是献给他的第二个妻子安娜·伊万诺夫娜·格伦琼的。诗人与安娜以及他们的孩子一起经历过了诗集所讴歌的家庭幸福之幽灵的光顾，也一起度过了革命前后那一段饥荒、拮据的艰难时日。诗集《幸福的小屋》使得人们开始将诗人看成普希金诗歌传统的继承者。

对于十月革命，据安娜·伊万诺夫娜回忆，霍达谢维奇是“带着极大的愉悦接受了”的，“他是第一批参加诗人协会并开始在革命的报刊上发表作品的人之一，为此许多作家对他进行指责”[①]。作为对1917年事件的最初反应，诗人在这一年所写的《借助于种子》（这也是诗人后来出版的第三本诗集的书名）一诗，的确表明他对革命持欢迎态度。革命后他曾在无产阶级文化协会文学讲习班讲课，在莫斯科的出版社和报社工作。然而同时，不以生活与历史的变动为转移，他的诗作还是获得了一种独特的音调。被损害的、悲剧性的“小人物”和歌者俄耳甫斯同时作为他的诗作的抒情主人公出现。诗人继续紧张地探寻着“彼岸”的另一世界，并以一种非此岸的眼光重新评估在人们视野之外的那个世界。在诗集《借助于种子》（1920）中，诗人勾勒出自己荆棘丛生的心路历程，表现了他的心灵探索，呈露出这颗心灵从远处打量世界时所看见的幻影。《片断》、《变奏》等诗，描写了灵魂脱离肉体的情景：在那个特殊的时刻，灵魂从一个侧面看到了它的主人的清瘦、苍白、无力的身躯。诗人在这里似乎是表现了他对死亡临近的感觉，这种感觉伴随着他已非一日，以至已经不能对他构成威胁，因为他在死亡背后预见到了另一种生活（《诗篇》，1918）。这类“老年人的”诗作竟是出于一位30多岁的诗人笔下的。诗人屏气静听着自己的心胸，隐约听到他的灵魂已经开始行动，准备脱离他那脆弱的外壳而去。

在《借助于种子》这本诗集中，还有不少所谓“家庭的”形象存在，这些形象暂时还没有同《启示录》所昭示的那个宇宙发生尖锐的、

---

① Ходасевич А. И. “Страницы воспоминаний”. *Юность*, 1987, № 7.

悲剧性的冲突（如《在一首诗中你不能讲完一切……》、《女缝衣匠》等）。在《房屋》（1919，1920）一诗中，诗人描写了房屋的倒塌（或许，这就是他那“幸福的小屋”?），并试图回答它为什么倒塌的问题。看来，诗人是以破坏的本能、以自古有之的诱惑使人们扑向“欲望的深渊”的那种牵引力，来解释房舍的坍塌，解释发生在他的祖国的事件的。

1920年，霍达谢维奇由莫斯科迁往彼得格勒。高尔基从那里邀请他去一道工作，恰好医生也认为他的健康状况需要他更换一下环境。在彼得格勒的生活很快就安排就绪。他开始在“艺术之家”工作。20世纪初叶的彼得堡文化生活氛围更适合、更贴近霍达谢维奇的新古典主义。虽然他是“莫斯科出身”，但他被认为是“彼得堡诗派”的创建者之一。严格按照普希金的四音步抑扬格写的诗集《沉重的竖琴》（1922），被认为是诗人的一部成熟的、富有个性特色的诗作。在这本诗集中，死亡和获救的主题，把诗歌视为一把沉重而永恒的竖琴的主题，是与俄罗斯的主题、作为祖国之子的诗人的主题结合在一起的。这种结合特别明显地体现在《不是母亲，而是图拉的一位农妇……》一诗中：

不是母亲，而是图拉的一位农妇
叶莲娜·库辛娜把我喂养大。
她曾在暖炕上为我烘热襁褓，
夜间曾划着十字为我祛除噩梦。
……
俄罗斯也就是如此，“赫赫有名的强国”，
我用嘴唇将她的乳头拽拉，
吮吸出使人痛苦的权利
——热爱你，也把你责骂。
……
岁月飞驰。心灵中的往昔已烧尽，
再也不该有未来，
但秘密的快乐还活着，
还有我的避难所存在：

和霍登卡高贵的客人们一起长眠的
叶莲娜·库辛娜，我的奶妈，
在那她被忧愁蛀蚀的心灵中，
永恒不变地藏着对我的爱。①

诗人永远保留着对于他的保姆、那位普通的图拉农妇的怀念、热爱和感激。当命运使诗人颠沛流离、远走异乡时，对这位乳母的全部感情便自然而然地上升为对俄罗斯母亲的情思。诗人仿佛厌倦了眼前的喧嚣和紊乱，而宁愿回到平静的过去：

如果要做梦，
那就让梦中重现
遥远的童年岁月：
莫斯科庭院中的白雪
或者彼得罗夫—拉祖莫夫街区
镜子般的池塘上方的雾气。②

在诗集《沉重的竖琴》中，还可以发现一种似乎能够“倾听秘密”的才能，这使诗人充满对于未来生活的预感，诗人也因此而承受着痛苦的折磨。诗集中的许多诗篇，都可以归结到关于灵魂、关于普叙赫——人的灵魂的化身的叩问与忧思，如《怎么老是这样……》、《致普叙赫》、《灵魂》、《普叙赫！我不幸的灵魂！》、《诱惑》、《如果我能久活于世……》等诗。两首著名的、被看成霍达谢维奇的“纲领性”作品的诗《悲歌》（“克伦威尔花园的树……”，1921）、《叙事诗》（“我坐着，沐浴上方的光照……”，1921），则是表现灵魂从凡胎的羁绊中解脱出来的主题。在《白昼》、《星光闪亮，天幕颤动……》、《从窗口看去》（1921）等诗中，诗人描绘了想象中的启示录世界的可怕图景：感到周围的存在是“寂静的地狱”，灵魂渴望着世界的“完满显现”。在这本诗集中可以感觉到一

① Ходасевич В. Ф. *Собрание сочинений: в 4 томах.* Т. 1, Москва: Издательство «Согласие», 1996, с. 195 – 196.

② Там же, с. 210.

种接近丘特切夫的对宇宙的看法，那种对“静态”宇宙的炫目光辉的欣赏。只是在霍达谢维奇看来，面貌华美壮观的世界只是一具陈旧的外壳。《跨过去，跳过去……》（1921，1922）一诗是整个诗集中艺术表现最为鲜明的诗作之一。它表现了一颗平常的、在世界上十分孤单的灵魂要冲到“壳”外、冲进“亲切的、更古老的住所”的愿望，这种渴望每一分钟都在折磨着诗人；在他的生活中最无意义的、秘不可宣的时刻，他也是如此寻找那些遗落了的东西。俄国形式主义批评家尤里·梯尼亚诺夫认为，霍达谢维奇的这篇诗作，“几乎就是罗赞诺夫的一篇札记，带着喃喃自语般的家庭生活的韵致，且出人意料地简洁——犹如一本札记簿意外地闯进了高雅的抒情诗课堂”①。

《沉重的竖琴》初版的当年，霍达谢维奇和他的新婚妻子、年轻的尼娜·别尔别洛娃一起离开了俄罗斯。他先是到了柏林，在那里出版了他所翻译的犹太诗歌选以及《沉重的竖琴》第二版（1923）。他还与高尔基、别雷等人一起在这里创办和编辑《交谈》一刊，力图沟通俄罗斯文化文学与欧洲文化文学的联系，同时不间断自己的诗歌创作，并把新诗作寄给留在俄罗斯的安娜·伊万诺夫娜。从1923年底到1925年，霍达谢维奇和别尔别洛娃一起漫游了欧洲的许多地方，先后在布拉格、伦敦、罗马、威尼斯等城市及索伦托高尔基寓所小住，1925年年终定居于巴黎。在巴黎，他曾经为《时报》、《最新消息报》、《俄罗斯意志》、《现代纪事》等报刊写稿，后来成为《复兴报》的经常撰稿人，主持该报的“文学纪事”专栏（署名为“古利维尔”）。他的文学回忆录、文学研究论文及文学传记《杰尔查文》的片断等，不断地发表出来。拟结为诗集《欧罗巴之夜》发表的全部诗歌，都业已写就，但这本诗集在诗人生前没有来得及单独出版；它是被收入诗人的一本《诗歌集》（1927）中得以面世的。

在《欧罗巴之夜》中，霍达谢维奇在继续表现世界末日的灾难感和灵魂自由漫游的主题的同时，也通过一些诗篇来表现他怎样使灵魂在某种程度上迁就、适应、容忍这个世界，尤其是和同样也存在于这个世界中的“语言的音乐、声响、帮助诗产生出来的情感”等这一切东西达到和解。《沉重的竖琴》的抒情主人公，预言家般的诗人，现在已经是带着自尊画

① Тынянов Ю. “Промежуток”. Цит.: Михайлов О. Н. *Литература русского зарубежья: 1920–1940*. Москва: Издательство «Наследие», 1993, с. 202.

出自己在文学进程中的地位了（《彼得堡》，1925）。作为19世纪俄罗斯诗歌语言的保持者，作为敢于携带着这种诗语（“古典的蔷薇”）穿过国内诗坛的“野生小树”和“欧罗巴之夜”奔驰前进的诗人，霍达谢维奇赞美古典诗歌语言，认为这种诗语是上帝的一种馈赠，一份赐予。诗人本人的诗歌语言，经过长期锤炼，已形成一种与丘特切夫相接近的高雅、静穆、清晰的风格，显示出新古典主义的特色，与他持否定态度的立体未来主义者的“玄妙语言”恰成对照。诗人将诗歌创作、语言艺术视为自己生命的一部分。在《春日的声息未引起柔情……》等诗作中，诗人写到语言之美，写到借助语言创造的世界令人愉悦。但是同时，诗歌诞生的过程又是痛苦的，它不带来任何实际的好处——诗人在一首怀念父亲，也写到自己的悲伤的《扬抑抑格》（1927—1928）中，向人们诉说着献身于语言艺术与清贫、冷落之间的联系。霍达谢维奇在病榻上完成的最后一首诗《不用抑扬格，也非四音步……》（1938），依然是在思索萦绕于心的诗歌语言问题。

较年轻的俄国流亡作家瓦·雅诺夫斯基在1960年代忆及1920—1930年代俄罗斯域外文坛状况时曾经写道：“我们曾经带着残余的狂喜引用老勃洛克关于暴动、暴风雪、面具的诗句，赞赏他的预言，但却没有及时地看出信仰基督教的欧洲上空的新的落日余光。”①然而，霍达谢维奇在他1920—1930年代写下的关于“基督教的欧洲”的一系列历史—文化随笔中，已经看到了一种“新的落日余光”。从《堂皇的惊恐》（1925）到《艺术的死亡》（1938），这两篇写于不同年代的随笔仿佛构成一条历史的弧线，作者在其中放置了基督教欧洲的历史。前者得出结论说基督教的“哥特式尖顶”，是从“堂皇的惊惧”中得到拯救的出路，后者则论证了艺术的死亡以及一般文化的现代危机的根源在于欧洲文明的基督教土壤的枯竭。而且，霍达谢维奇不仅看到了基督教欧洲的、古典文明的黄昏，还看到了现代文明的黄昏。这两篇文章显示了诗人在国外生活后期的思想发展。

诗集《欧罗巴之夜》中的“欧罗巴之夜”的形象，正是在这样的历史视野中产生的。因而，诗人才在他的诗歌中描画了现代的欧罗巴夜

---

① Михайлов О. Н. *Литература русского зарубежья:* 1920 – 1940. Москва: Издательство «Наследие», 1993, с. 268.

景。那是完全不同于圣经中所描述的另一幅景象。在这种反差强烈的对比中，可以看出诗人是在阔大的历史背景中有意将现今的“多余的事件”放到一种“永恒的标尺”上去检视。艺术家与他的时代的关系，对于霍达谢维奇来说，是关系艺术创作的生存死灭的重要问题。《艺术的死亡》借助简单的比喻描述了这种关系。作者认为，艺术家和他的同时代人一起呼吸时代的空气，但是他的呼吸更深一些。现代空气的特点是“宗教氧气”的奇缺。宗教意识淡化本来经历了一个较长的历史过程，霍达谢维奇却强调第一次世界大战后的二十年间这一淡化进程的加速，指出艺术家的肺脏所必需的“宗教氧气”在现代空气中几乎已经全无。作者把现代欧洲人称为“不信上帝的民众”。他还指出：“中等的欧洲人”比冷漠地对待艺术、冷漠地对待艺术的宗教之根的未开化初民更坏。这种所谓“中等欧洲人”的形象早在《欧罗巴之夜》中即已出现。有人据此指责霍达谢维奇缺乏温情，缺乏人道的同情心。其实诗人的同情心是存在的，但它不是体现在感伤主义的音调中，而是体现在一种充满悲剧意识的旋律中。诗人是在对现代欧洲人的谴责中呼唤着人们的自我拯救。

霍达谢维奇的诗才从未有衰微的迹象，但自20年代中期以后，伴随着诗歌创作的继续进行，散文逐渐成为他所运用的主要体裁样式，随笔、传记、回忆录、研究专著等方面皆有佳作。《俄罗斯诗歌论集》（1922）用于考察罗斯托普钦娜（1811—1858）、杰里维格（1798—1831）、果戈理以及作者的同时代人安年斯基、安德烈·别雷的创作。在评传《杰尔查文》（1931）中，作者注重论述了诗人与时代的关系，他指出：

> 反映时代并不是诗人的任务，但是，只有那种呼吸自己时代的空气、倾听自己时代音乐的诗人才是有生命的。即使这种音乐不符合他对于和谐的理解，甚至是他所否定的——他的听觉器官应当为这种音乐所充满，如同肺腑为空气所充满一样。这就是诗学生物学的规律。①

① Ходасевич В. Ф. “Державен”. Цит. Михайлов О. Н. *Литература русского зарубежья: 1920－1940*. Москва: Издательство «Наследие», 1993, с. 206.

评论家们在很大程度上评论的是他自己，霍达谢维奇也不例外。他的这本评论杰尔查文的著作，使人感到他更多的是在谈论他自己和他那个时代，他的关注中心远不是老杰尔查文及其时代。

霍达谢维奇深爱普希金，曾写有纪念普希金的《90 周年忌辰》（1927）一文，且有《普希金的诗学事业》（1924）、《论普希金》（1937）等书出版。在《90 周年忌辰》中作者认为，诗歌中“新的声音”是诗歌生命力的标记，而缺少新的声音则靠近诗歌的死亡了。无疑，在霍达谢维奇写这篇文章时，这个问题也在激动着他本人。1927 年也是他完成《欧罗巴之夜》、出版《诗歌集》的年份，往后的创作方向，是否能保持“新的声音”的问题摆到了他面前。他在自己的文章中把普希金和勃洛克这两个亲切的名字放在一起，认为前者是带着常新的声音走向命运尽头的，而后者则死于“声音”的耗尽。这种比较近似于对命运的诅咒。霍达谢维奇在描述普希金晚期创作中的那种“全新的、非常痛苦、非常冷漠的”情绪时，不仅是在谈普希金，也是在谈他自己。他希望有着类似情绪的他本人，也能够像普希金那样，出现一个创作道路中的新时期；而不像勃洛克那样，耗尽了“声音”，也耗尽了命运。

霍达谢维奇去世前夕才得以出版的文学回忆录《名人陵墓》（1939），成为他创作道路的一个总结。全书凡九篇回忆性随笔，系作者在十五年间陆续写成，大都是在得知一位作家或诗人逝世的消息后迅速落笔的，如《勃留索夫》（1924—1925）、《格尔申宗》（1925）、《叶赛宁》（1926）、《索洛古勃》（1928）、《高尔基》（1936—1937）、安德烈·别雷（1934—1938）等；但《穆尼》（1925；纪念诗人萨穆伊尔·维克多罗维奇·基辛）和《古米廖夫与勃洛克》（1931）两篇，是在逝者十周年忌辰之日写下的。作者宣称自己的任务是提供详细的资料，“为文学史保留一些真实的值得注意的细节”。他不迁就、不迎合当代读者的好奇心和胃口，而是力求为未来文学史和通史写下忠实可靠的文字，因此各篇回忆录皆以材料的准确、叙述的客观见长。他致力于达到对回忆对象的充分、全面的理解，既不慷慨地抛洒溢美之词，也不避贤者讳，使一篇篇随笔似乎成为对逝者的一份份公正的、人道的、柔和的“判决书”。九篇回忆录皆涵纳了诸多鲜为人知的真实历史资料，恰如其分地勾画出白银时代——20 世纪初叶俄罗斯文化复兴时期若干“名人”的精神特征，显示出他们的风采、个性与思想追求轨迹，在总体上则构成一座文学史、文化史上的“伟人公墓”，构成那一整个时代的一座文化纪念碑。

一般认为，《名人陵墓》与《欧罗巴之夜》是霍达谢维奇创作的高峰，分别代表他在散文和诗歌方面的成就。只是他的散文与诗歌在风格上差别颇大。他的散文，笔锋犀利，语言俏皮，但落笔必经反复推敲；文中充满趣闻，却决不损害真实性；肖像描画生动，令人一读不忘，更每每以精雅的文学研究者的观察发常人所未见。他的诗歌，则以崇尚传统的形式与表现手法、拒绝任何“新潮”为特色，追求宁静、单纯、严整、雅致，其根须伸向了19世纪俄罗斯诗歌，可见出普希金、巴拉廷斯基、丘特切夫诗风的影响。

波兰语可以说是霍达谢维奇的第二母语。他曾译过不少波兰文学作品，如克拉辛斯基、斯洛尼斯基、密茨凯维奇的诗歌，杰特迈耶尔的历史小说《塔特尔的传说》等，并写有论及密茨凯维奇的长诗《塔杜施先生》的专题论文（1934）。他还翻译了一些古代和现代的犹太诗歌。

霍达谢维奇诗歌遗产并不十分丰厚，但却是俄罗斯诗歌长长的链条中“牢固的一环”，因此他应当说是幸福的——正如他在1928年就早早写下的《纪念碑》一诗中的说的那样。如同普希金那样，霍达谢维奇也好像以此诗对自己作为诗人的一生进行某种总结：

我这里是终结，我这里是开端。
我所创造的是如此之少！
但我毕竟是牢固的一环：
这已经给我带来幸福。

在俄罗斯将竖立起我的双面偶像，
一尊新的、巨大的偶像，
位于两条道路的交叉处，
那里有时光、风云和沙土……①

当然，霍达谢维奇和普希金等古典诗人在俄罗斯诗坛的地位远不是一

① Ходасевич В. Ф. *Собрание сочинений: в 4 томах. Т.* 2. Москва: Издательство «Согласие». 1996, с. 362.

样的，同时代人和后人对他的评价也一定是多声部的，因此，诗人才认定，即便是有人要给他建立偶像，那偶像也是双面的。可以认为，霍达谢维奇以及他所属的那一代流亡诗人和作家，在整个俄罗斯文学由传统向现代转换的宏观背景上，同样都处于“两条道路的交叉处”，同样都既是某种终结，又是某种开端。从这个意义上说，霍达谢维奇事实上是以《纪念碑》一诗艺术地概括了一代俄罗斯流亡者共同的文学命运。

5

俄罗斯域外文学“第一浪潮”中的优秀女诗人**玛琳娜·伊万诺夫娜·茨维塔耶娃**（1892—1941），命途多舛，度过了17年的流亡生涯，还不到50岁时就自杀身亡，却给世人留下了800多首抒情诗，17部长诗；8部剧本，近50篇散文作品，1000多封书信，成为现代俄罗斯文学中最受欢迎的作家之一，至今拥有范围广大的读者群。她的命运、她的个性和她的整个创作，都引起了研究者们的关注。

茨维塔耶娃出生于莫斯科。坐落于这座城市的著名的国立普希金造型艺术博物馆（原名为“美艺术博物馆”）就是由她的父亲伊万·弗拉基米罗维奇·茨维塔耶夫创建的。这位艺术品收藏家同时又是著名的艺术理论家、语文学家，莫斯科大学教授，并曾担任鲁缅采夫博物馆馆长。玛琳娜·茨维塔耶娃是他的继妻玛·亚·梅茵（生于俄罗斯化的波兰—德国血统之家）所生。梅茵是著名音乐家鲁宾斯坦的学生，也是颇有天赋的钢琴家。她让玛琳娜和她的妹妹们在一个充满音乐和书籍的环境中长大。在母亲的培养下，玛琳娜·茨维塔耶娃从6岁时就开始写诗。不过母亲更希望玛琳娜也成为一名钢琴家，因为女儿在音乐方面已显示出不寻常的才能，在音乐学校学习成绩优异。但这一愿望却因1906年母亲的去世而化为泡影。在母亲出国治病期间，玛琳娜曾在洛桑和弗赖堡天主教寄宿中学就读，阿尔卑斯山和瑞士、德国、意大利的风光给她留下了深深的印象。母亲到克里米亚疗养时，玛琳娜又到雅尔塔中学学习，并曾因施密特中尉事件而经受过革命浪漫激情的吸引。

1906年秋，玛琳娜·茨维塔耶娃进入莫斯科一家私立中学学习。她读过很多书，自童年起就偏爱普希金、歌德、海涅和德国浪漫主义者的作品。早逝的女画家玛丽娅·巴什基尔采娃（1860—1884）在她的《日记》中所作的坦诚的忏悔，拿破仑及其倒霉的儿子的历史，艾·罗士丹的剧本《幼鹰》中的主人公，列斯科夫和阿克萨科夫的散文，杰尔查文和涅克拉索夫的诗歌，都吸引着这位未来的女诗人。她喜爱《伊利亚特》、《尼伯龙根之歌》和《伊戈尔远征记》等古代史诗，更迷恋于普希金的《茨冈》和《致大海》，莱蒙托夫的《幽会》，歌德的《森林之王》等诗作。自由洒脱、开朗无拘的浪漫主义诗作，从青年时代起就使她甚感亲近，和她的个性十分相符。她在五年中换过三所中学，16 岁的年纪便独自跑到巴黎，为的是到巴黎大学索邦本部去听法国古典文学讲座，并于同年开始发表作品，两年后则自费出版第一本诗集《黄昏纪念册》（1910），得到沃洛申、古米廖夫和勃留索夫的赏识。

茨维塔耶娃说："我的全部生活，就是一部带有个性精神的长篇小说。"[①] 由《童年》、《爱》和《仅有阴影》三个部分构成的她的第一本诗集，虽时有羞怯与幼稚心态的显露，却率真而恳切地表现了她往后创作的一些基本主题：生存与死亡，爱情与友谊，文学与祖国……更重要的是，诗人的个性精神已透过纯真的诗句初步显示出其大致轮廓。老一辈诗人沃洛申以诗识人，拜访了这位才华初露的年轻女诗人。两人围绕诗歌问题进行了一场严肃的谈话，他们之间漫长的友谊由此开始。1911—1917 年之间的几个夏天，茨维塔耶娃曾去科克捷别里的诗人沃洛申家中作客。就是在那里，她结识了父母双亡的孤儿谢尔盖·埃弗隆——一个民粹派运动参加者者的后代，1912 年便成为他的妻子。她的第二本诗集《神奇的灯》（1912）就是献给埃弗隆的。随后出版的《两本诗选粹》（1913）中，也有不少诗作同她的这位"冤家"有着显而易见的联系（如《致谢尔盖·埃弗隆—杜尔诺沃》等）。

在组诗《奥卡河》（1911—1912）中，诗人仿佛预言式地、宿命般地表达了自己未来从异邦的土地上回望安静而幽蓝的奥卡河、回望那永远印在记忆中的河湾草地时的深切感受：

奥卡河畔有着一条金色小路的

---

① Цветаева М. И. *Переписка с П. П. Юркевичем*, 21 июля 1916 года. (http://brb. silverage. ru/zhslovo/sv/tsv/?r = let&l = my&id = 69)

迷人的草地，我们对你是如此爱恋……

请还给我们童年，
还给我们所有五彩缤纷的珠串——
还有宁静的塔鲁萨小镇
夏季的那些白天。

……
无论是在祈祷时，在歌曲里，在颂诗中，
遗忘，我都不会发现！
请带着静静的草地上的白桦
归还我早先的童年。[①]

当年轻的茨维塔耶娃写下这组诗歌的时候，她也许完全没有想到，若干年以后，她真的会从德国、捷克和法国等陌生的域外环境中，一再回想起伴随她度过美好童年时代的幽静的奥卡河、盛开着鲜花的俄罗斯的草地。

1912 年 9 月，茨维塔耶娃的女儿阿里阿德娜（阿莉娅）出世。女儿成为她一生中最忠实的同伴和朋友，在不同的年代中她写过许多题为《致阿莉娅》、《致女儿》的诗，对女儿的命运作出种种预言。1913 年，茨维塔耶娃的父亲去世，她以回忆录式的随笔《父亲和他的博物馆》追悼这位终生献身于艺术的人。在她这个时期的诗作中，有着不少沉思死亡的内容。她对死神发生情绪激昂的咒语，表达了对生活的依恋，对信仰的要求，对爱的希望，甚至请求人们爱她——“这温存的大地上如此活跃和真诚的”她：“请听着！请您还爱我/因为我将死去”（《已有那么多人跌进这个深渊……》，1913）。“在坟墓中我们所有的人都一样”的情景，使诗人感到愤怒；她不希望见到那个“谁都不可爱，既不知道过去，也不知道未来”的世界；生命终结的不可避免性引起她的抗议（如《将是温柔的、狂热的、喧哗的……》，1913）。她还通过诗歌和那些她感到亲

① Цветаева М. И. *Собрание сочинений: в 7 т. Т* 1. Москва: Издательство «Эллис Лак», 1994, с. 162 – 163.

切的、已逝的先人对话，如同和活人谈话一样（如《致 1812 年的将军们》、《与普希金相逢》、《致祖母》等诗），似乎是想经由他们了解彼岸世界。

茨维塔耶娃诗歌中的上述内容，是她对生活的理解在艺术上的反映。1914 年 3 月，在给宗教哲学家、散文家瓦·罗赞诺夫的一封信中，女诗人写道：

> 我完全不相信上帝和阴间生活的存在。
>
> 由此便产生了无望感、对衰老和死亡的恐惧，产生了本性上的完全无能——祈祷和屈服，产生了对生活的发狂似的爱，以及剧烈的、狂热的生的渴求。
>
> 我所说的全都是真话。
>
> 也许，由于这些您会对我心生反感。但须知这不是我的罪过。如果上帝真的存在，他就是这样造就我的！而且，如果真有阴间生活，那么当然，我在那里也将是幸福的。①

如同在这封信中所表述的不信上帝和仍然有些相信之间的矛盾，以及与此相类似的生与死之间的矛盾，经常在茨维塔耶娃那充满激情、迅速变化着的心灵中彼此斗争着，并制约着她的创作。

茨维塔耶娃对于她的同时代的著名诗人的感情，其炽热程度丝毫也不逊于对待亲人。在这里，重要的不是个人关系，而首先是由于她对他们创作的了解。1916，她曾将《谁也不失去什么……》、《你把头向后仰……》、《这份温柔从何来？……》等诗献给曼德尔什塔姆。她对他的诗歌评价颇高，把它们看做一种“魔法”和“醇酒”，虽然她也感到他的思想庞杂紊乱，其诗中常显露出“杰尔查文手法”的痕迹。曼德尔什塔姆也有一系列诗作是专门献给茨维塔耶娃的。他感谢她通过《出自我笔底的非人工所能建造的城市……》、《周围都是云彩……》、《七座小丘，犹如七口大钟……》、《莫斯科！多么壮阔……》等诗，使他认识了都城莫斯科。茨维塔耶娃的这些诗作，后来都收入因 1915—1916 年彼得堡之行的激发而产生

---

① Бавен С. П., Семибратова И. В., *Судьбы поэтов серебряного века.* Москва: Издательство «Книжная палата». 1993, с. 415.

的组诗《莫斯科诗抄》（1916）中。对于诗人而言，莫斯科就是“自由的梦，教堂的钟声，瓦甘科沃清晨的朝霞”。诗人尽情地表达了自己对这座似乎“非人工所建造的城市”的深情：“莫斯科——多么巨大的/ 亲切接待朝圣者的房舍！/ 在罗斯，每个人都无家可归。/ 我们全都要走近你。/ ……我亲吻你的胸膛，/ 莫斯科的土地！”①

在彼得堡，茨维塔耶娃希望在有叶赛宁、库兹明、曼德尔什塔姆等诗人出席的晚会上遇见阿赫玛托娃，当众朗诵自己的诗作，并想象这是读给阿赫玛托娃听的。后来，她在组诗《致阿赫玛托娃》（1916）中就直接表达了自己对这位女诗人的热爱之情。组诗中的《向着诗才卓越的安娜——向着整个罗斯……》、《啊，哀泣的缪斯，所有缪斯女神中最出色者！……》、《孩子的名字叫列夫……》、《你为我挡住了高空的太阳……》等诗篇，带着茨维塔耶娃所特有的那种不可遏止的力量和强烈的情感表现，淋漓尽致地抒发了由于对诗歌艺术的倾心而导致的对“俄罗斯诗歌的月亮”的由衷钦佩和真诚赞美。她在后来给阿赫玛托娃的一系列书信中，也吐露了类似的感情。

这一时期，茨维塔耶娃的诗作开始显示出对于民间创作和历史题材的浓厚兴趣，如她的《打开铁匣子……》、《栽苹果树……》、《在报喜节那天……》和《德米特里！玛琳娜！在世界上……》（均 1916）等诗。1917 年，茨维塔耶娃以一种创新意识接近了莫斯科的青年演员圈子，与莫斯科艺术剧院的瓦赫坦戈夫、姆切杰洛夫、斯塔霍维奇等影响当时整个演剧艺术氛围的人们建立了友好关系。她对当时的戏剧艺术状况并不满意，却希望经由这种新的、早先未运用过的艺术形式来反映人们的相互关系。她似乎是有意地避开了“当前的现实”，在历史和神话传说中寻找题材，写出了以 18 世纪历史为背景的剧本《弗尔图娜（命运女神）》、《冒险记》和《不死鸟》，取材于 16 世纪德国民间传说的剧本《石头天使》，以及从古希腊神话中忒修斯的故事改编过来的悲剧《阿里阿德涅》和《费得尔》等。在浪漫主义的热情迸发中揭示人物性格，着力渲染约会和离别时的戏剧性场景气氛，充满激动人心的对话，是茨维塔耶娃剧作的共同特点。

---

① Цветаева М. И. *Избранные сочинения в двух томах.* Т. 1. Москва: Издательство «Литература», 1988, с. 84 – 88.

作为莫斯科诗人，茨维塔耶娃感到应当无愧于自己亲爱的城市；她也曾为历史的“周期循环”问题所吸引，这一切都反映在她的诗作中。但是她却没有去触及战争这一话题，没有留下任何有关第一次世界大战的诗歌。她把自己对于作为慈善组织成员而随救护列车远行的丈夫的担忧，深深隐藏在内心，不愿从任何一个角度联想到这一点。她也努力回避已经临近的革命，躲进自己的诗中去，虽然后来她也痛苦地承认，自己还是无法跳出历史。十月革命后，她也和许多人一样处于一种不安定与困苦的状态。生活给茨维塔耶娃带来许多紊乱和烦恼。她的小女儿伊林娜于1917年4月出世。她的丈夫埃弗隆成为白军军官后，她一度不得不与之分手。她曾在1918年秋为找食品而去坦波夫，却并未能解除饥馑对两个女儿的威胁。她还到民族人民委员部工作过一段时间，但很快就离开，并发誓再也不担任公职。小女伊林娜终于死于饥饿。她写出《两只轻轻松开的小手……》（1920）一诗，以歌当哭，喊出了痛失女儿的母亲的心声。

茨维塔耶娃对俄罗斯民间诗歌源头的兴趣也在革命后的最初几年中日益增长，这首先表现在她关于斯坚卡·拉辛的组诗和《一个富人爱上了一个穷人……》、《为了不是短时期地记住……》等诗篇中。诗人于1917年完成、1921年出版的诗集《里程标》，更是一部极富感染力的抒情诗集。诗人似乎是以她的作品吹起了一股来自茨冈人漫游道路上的清新自由的风。她喜爱民间的那些有关爱情的誓言与咒语，对人民的淳朴表示了热忱的赞美。帕斯捷尔纳克曾这样记下了自己初读《里程标》时的感受：“茨维塔耶娃诗歌形式的抒情威力一下子就使我折服了。她呕心沥血锤炼而成的这种形式不是脆弱的，而是浓缩和凝练的，不至于让人在诵读个别诗行时气喘吁吁，充满不间断的节奏，整个诗篇以各个诗段的发展一气呵成。”①

对于茨维塔耶娃来说，她在那些年中活着的最大希望，就是和她唯一爱着的人埃弗隆相会。她经由各种不同题材的诗歌创作，把自己的这一感情尽情抒发出来。在组诗《同行者》中，她把一首带有“致谢·埃”的简单献辞的诗《我坐着，既无灯光，也没面包……》（1920）献给日夜思念着的丈夫；她还写给他《呵，我简朴的住所！淡淡的炊烟……》、《我写在石板上……》等诗和组诗《离别》。她将《离别》等诗附上一首

① Пастернак Б. Л. *Полное собрание сочинений В* 11 *томах*, *Т*. 3. Москва: Издательство «Слово», 2005, с. 339.

《报信者》寄给当时在国外的作家爱伦堡，后者于 1921 年找到了她的丈夫，帮助他们夫妻俩恢复了通信联系。于是她又写下了《美好的音信》、《格奥尔基》、《在离别的日子里我没有变得更好看！……》（1922）等诗，献给身处异邦的埃弗隆。

茨维塔耶娃在 1917—1921 年间完成的一部诗稿《天鹅营》，曾把当时她的丈夫置身于其中的“志愿军”——“白卫运动”理想化，歌唱谢尔盖·埃弗隆的“命运、青春和勇敢”，其中有的诗行好像是在对女儿的抚慰中寄托自己的思念：“爸爸在哪里？睡吧，睡吧，梦幻将来临，/ 梦幻骑着草原的马儿很快将来临。/ 他去了哪里？去往天鹅聚集的顿河。/ 你是否知道？那儿有我的一只白天鹅……”①对丈夫的信赖、赞美与想念，很容易被理解为在红军与白军对垒中对后者的一种政治肯定。但是后来在流亡状态中，当某些人真的出于政治目的要出版这部诗稿时，茨维塔耶娃却坚决不肯。《天鹅营》在诗人生前始终没有发表。

1922 年 5 月，茨维塔耶娃带着 11 岁的女儿告别了俄罗斯，到达柏林，与埃弗隆重逢。在柏林，茨维塔耶娃还见到了叶赛宁，同别雷友好相处。她的创作也出现了高涨，《离别》（1922）、《致勃洛克诗抄》（1922）、《普叙赫：浪漫作品》（1923）、《手艺》（1923）等诗集，相继在柏林出版。《离别》收进了诗人与埃弗隆分手后的一系列诗作。

《致勃洛克诗抄》收录了茨维塔耶娃自 1920 年 5 月与勃洛克首次相见后献给他的主要诗篇；而在此之前的 1916 年，她已写有一组致勃洛克的诗篇。茨维塔耶娃崇拜勃洛克，称他是“无可指摘的献身者”，认为他那至善至美的精神品格体现了“普遍的良心”。在她看来，作为一种文化现象，勃洛克的意义已经越出了文学的界线。勃洛克的英年早逝使茨维塔耶娃十分悲痛。她以《在原野上方掠过……》、《他的友人们——请不要惊动他！》、《没有呼唤，没有话语——》、《如梦如醉……》等诗，真切地表达了对勃洛克的崇敬、赞美和悼念之情。女诗人强调：“我不是因自己爱情的任性/ 而是为我祖国的创伤而吟唱。”②茨维塔耶娃所表达的，显然

① 汪剑钊主编：《茨维塔耶娃文集·诗歌卷》，东方出版社 2003 年版，第 177 页。

② Цветаева М. И. *Избранные сочинения в двух томах*, Т. 1. Москва: Издательство «Литература». 1998, с. 100.

不限于一己之情，而是对俄罗斯祖国及其文学和文化遗产的热爱和眷恋。

在《普叙赫：浪漫作品》中，既有一组《给女儿的诗》，也有《约翰》、《兄弟》、《斗篷》等浪漫主义诗作，共中出现了唐璜、骑士德·格利艾及别的一些“上流社会冒险家们”喜爱的人物，将读者带到虚构的旧日世界。组诗《祖母》中包括一些有趣而余味无穷的诗作：《当我成为奶奶的时候……》、《给100年后的你》，还有《致维亚切斯拉夫·伊万诺夫》一诗。作为一个富于慈爱之心的女性，诗人在《我是你笔下的一页纸……》、《宛若左右两只膀臂……》、《被钉在耻辱柱上……》等诗中，倾吐了自己的心曲，也作出了自己的忏悔。《手艺》这部诗集使人们窥见了茨维塔耶娃抒情诗中的精品，确立了她作为域外俄罗斯作家群中第一流诗人的声誉。

这一时期，茨维塔耶娃创作了一系列最为俄罗斯化的作品，其中有以民间文学素材和民谣、口语风格为基础的长诗，如《小巷》（1923）、《勇士：童话》（1924），有组诗《雪堆》（1922）、抒情诗《在高原上……》（1922）等。和创作于流亡前的诗歌一样，爱，依然是茨维塔耶娃在域外的大部分诗作的一个基本主题。在诗人所抒写的“爱”中，无疑包含着对俄罗斯的热爱与思念。《两轨之间的黎明》（1922）、《我向俄罗斯的黑麦鞠躬》（1925）等诗篇，感情炽烈，却又透出一种忧郁苍凉的音调，表现了诗人因离别祖国而产生的种种愁绪。在异国的土地上，诗人会“从蓝色的多瑙河蜿蜒向顿河的水流”中，听出是“罗斯在歌唱”。她向俄罗斯田野和普通俄罗斯人传达出自己的惦念与关切：“我向俄罗斯的黑麦鞠躬，向农妇隐入其中的庄稼地鞠躬。”[①]诗人甚至表示：她要从潮气、平淡和孤独中，从枕木和木桩中，“面向整个地平线，重建一个俄罗斯”[②]。在这里，“潮气”（сырость）、“平淡”（серость）和“孤独”（сирость）这三个在俄语中发音相近的词的选择和连用，恰到好处地表现了诗人对俄罗斯的亲情。在《灰白的头发》（1922）、《时间颂》（1923）和《心灵的时刻》（1923）等诗中，诗人感叹岁月的流逝，面对变动不居的生活做出富有哲理的诗性思考。

---

① Цветаева М. И. *Сочинения в двух томах.* Т. 1. Минск: Издательство «Народная асвета». 1988, с. 271.

② Там же, с. 205.

在柏林度过几个月后，茨维塔耶娃便带着阿莉娅迁往捷克。在布拉格，她一家人住在简朴的房子里，过着清贫的生活。她喜爱城郊的那些村庄，也有意让女儿多接近大自然。她的诗歌创作更集中于写爱，多角度地表现了自己对于儿童、老人、树木、田野、房屋、河流以及浪漫作品的主人公、奇特的幻想的热爱，体现出一种博爱精神，一种宽厚、友善的人生眼光。1925 年 2 月，茨维塔耶娃的儿子格奥尔基（穆尔）出世——她在诗中早已预先写到了他。在捷克时期，茨维塔耶娃写有一部长诗《捕鼠者》（即《穿杂色衣服的吹笛人》，1925）。该诗以中世纪的一个传说为素材，描写发生在德国小城哈梅尔恩的故事。这个小城以老鼠的侵袭为患，一个神秘的青年吹笛人来到这里，以其笛声将老鼠引入河中，使市民们免除了灾难。吹笛人要求同市长的女儿结婚作为酬报，却遭到拒绝和辱骂。结果吹笛人又用迷人的笛声将小城中的儿童拐走。这是一部别具一格的抒情性讽刺作品，讽刺矛头所向，直指狭隘自私的德国小市民。

1925 年，茨维塔耶娃迁至法国。她在法国生活了十四年，曾居住在巴黎、旺岱、贝尔福等城市和巴黎郊区，并到过伦敦、布鲁塞尔。她的生活依旧很清苦，也很孤独，但她始终保持着自己的精神独立性。她在法国出版的作品，除长诗《捕鼠者》外，还有另一部长诗《阶梯》（1926）和诗集《离别俄罗斯之后：1922—1925》（1928）。长诗《阶梯》以阶梯象征一个人口众多的城市的等级差别，荣华富贵的阔人和辛劳困苦的穷人形成鲜明的反差。诗人在这里传达出她在国外都市生活中的新体验。在巴黎发表的长诗《山岳之歌》（1926）、《终结之歌》（1926）和在布拉格出版的《勇士》（1924）一样，都是以爱情为主题，写爱情的美好和错综复杂，比照、品味不同的情感，表现分手时的惆怅、离别的痛苦。《山岳之歌》利用俄语中“山岳”（ropa）和“痛苦”（rope）这两个词在发音上的相近，以丰富的联想构成一种独特的意境，并由这两个主词中引出大量的派生词，赋予这些词汇以深刻的含义，突出了它们的感情色彩，使全诗达到形式与精神的和谐统一。

对于同时代最优秀的本土诗人，如阿赫玛托娃、勃洛克、叶赛宁、马雅可夫斯基、帕斯捷尔纳克等，茨维塔耶娃一直怀有尊重和钦佩之情。年轻的诗人叶赛宁不幸自杀身亡的消息，曾给茨维塔耶娃以强烈的震撼，于是，她写下了一首四行墓志铭《悼念谢尔盖·叶赛宁》（1926）；她还构思过关于叶赛宁的一部长诗，惜未能完成。1930 年，她又听到了另一诗人马雅可夫斯基弃世而去的噩耗，经受了又一次精神震荡。这也是她一直颇为尊敬的诗人。她曾将马雅可夫斯基的诗作译成法文。1928 年马雅可夫斯基访问巴黎时，她曾予以热情的欢迎。在一组七首挽诗《致马雅可夫斯基》（1930）中，她痛悼自己终生视为诗友的这位诗人的不幸早逝。

相比而言，茨维塔耶娃和帕斯捷尔纳克的精神联系更为密切。她自 1922 年到柏林后，就和帕斯捷尔纳克建立了通信联系，后来长期保持着友谊。她曾说过："对于我来说，鲍里斯・帕斯捷尔纳克是一种神圣的存在。这是我的全部希望，时而如同大地边缘之外的天宇，时而是还未曾有过的事物，时而是将要出现的事物。"①后来茨维塔耶娃还在《现代俄罗斯史诗与抒情诗》（1933）、《有历史感的诗人和无历史感的诗人》（1934）等文章中，对帕斯捷尔纳克的诗歌创作作出了高度评价。她认为他的成就卓著，远远超过了同时代的诗歌同行，是现代俄罗斯最优秀的诗人。茨维塔耶娃的《送别》（1923）、《两人》（1924）等组诗，《撒哈拉沙漠》（1923）、《距离：多少路程，多少里……》（1925）、《我向俄罗斯的黑麦鞠躬》（1925）等诗篇，长诗《从大海上》（1926）等，都是献给帕斯捷尔纳克的。1926 年春天，茨维塔耶娃又通过帕斯捷尔纳克与德国诗人里尔克开始了信函往来。自这一年 4 月份起到 12 月底里尔克去世，三位诗人之间的来往书信后来结为《1926 年书信集》在许多国家出版，该书被称为一部独特的"三人浪漫史"。

组诗《致普希金》（1931）集中体现了茨维塔耶娃对"俄罗斯诗歌的太阳"的崇敬。她从很小时起就拜倒在这位天才脚下，但是她对他的理解和接受却是富于个人特色的——她的《我的普希金》一文向世人所呈露的，正是她的印象中的普希金形象。她从 1913 年起就给普希金献诗，1936 年前后曾将普希金的十八首诗译成法语。她总是感到在他的诗作中，有着一种和她自己的内在的叛逆性格相似的精神。她甚至把他的每一行诗都看成是对过去的和现在的形形色色的伪善者发出的挑战。对于从普希金到帕斯捷尔纳克的一系列优秀的俄罗斯诗人的热爱与崇敬，使茨维塔耶娃得以发现他们的诗歌遗产中那些最有价值的成分，并长久地领受这些诗坛巨匠的精神品格的熏陶和诗歌艺术的滋养。因此，她本人才成为俄罗斯域

① Бавен С. П., Семибратова И. В., *Судьбы поэтов серебряного века*. Москва: Издательство «Книжная палата». 1993, с. 416.

外文学中最杰出的诗人。

1930年代是茨维塔耶娃的散文创作的高峰期。她连续推出了一组自传性散文，包括《桂冠》(1933)、《亚历山大三世博物馆》(1933)、《老皮缅处的房子》(1934)、《博物馆揭幕》(1934)、《母亲与音乐》(1935)、《我的普希金》(1937)等。在这组散文中，茨维塔耶娃以活泼洒脱的文笔追述了自己从幼年到青年时代的生活，复现了她记忆中的作为艺术史家、莫斯科大学教授的父亲伊·弗·茨维塔耶夫和具有音乐天赋的母亲的形象，忆起家庭生活中的浓郁文化氛围及其对自己潜移默化的作用，使人们看到了她的一颗诗心得以蓬勃生长的必然性。她的回忆性随笔《活人谈活人》(1933)、《被征服的灵魂》(1934)、《并非此地的夜晚》(1936)，以生动而充满感情的笔触勾勒出作者的同时代人别雷、沃洛申、库兹明的鲜明形象。《诗人与时代》(1932)、《良心光照下的艺术》(1932)则是作者思考俄罗斯诗歌发展道路和一般诗学问题的一系列文章的继续。

在进行上述散文创作的同时，茨维塔耶娃并没有停下自己的诗笔。长诗《横沟》(1929)、组诗《给儿子》、《灌木》、《桌子》和《行路颂》等，便是诗人在散文创作的间隙中为人们留下的诗作。也正是在这个时期，"返回俄罗斯"的旋律越来越顽强地回响在她的诗作中，如《国家》(1931)、《祖国》(1932)、《乡愁！早已……》(1934)等诗。诗人曾在流亡状态中发出了由于失去祖国而产生的充满孤独感的声音："我们就像孤儿，被塞进/ 广阔大地的贫民窟中。"对于俄罗斯人而言，被逐出故土的感觉，的确就像是自己成了无家可归的孤儿。因此，茨维塔耶娃对俄罗斯的思念是具有悲剧色彩的：

带着灯笼仔细搜寻
整个大千世界，
无论在地图上，无论在空间，
那个国度都不存在。
……
那个国度——里程无法计数，
美妙有如天国，

那里着实有过——
我的青春年代，
但那个俄罗斯——不存在。

——就像那个我也不存在。[①]

茨维塔耶娃并没有在自己的作品中直接触及20世纪俄罗斯的悲壮历史，但却表现了在这个“严酷的世纪”中个人面对世界时的悲剧性感受，这种感受曾一度使俄罗斯在她眼前变得陌生、疏远，甚至难以寻觅。“乡愁！如同早已/显现出来的蒙蒙雾气！”沉重的孤独、迷惘和失望，曾使诗人觉得一切都“无所谓”，甚至包括那“亲切的往昔”；使她感到似乎有一只手，从她那里抹去了一颗灵魂曾经诞生于斯的“所有迹象，所有标记，所有日期”；使她感到所有的房屋都是异己的、陌生的，所有的教堂都空荡无人。“但是，如果在道路旁出现/灌木丛，特别是花楸树”[②]，那么，诗人对祖国的思念与归依感，似乎就能一下子被激活。她从青年时代就喜爱的花楸树，仍然是她心中的俄罗斯的标志，并仿佛成为能够使她获得拯救的一种象征。诗人对于自己的祖国，对于自己曾经熟悉的一切依旧满怀眷恋。这种感情愈是往后愈加强烈。在《祖国》（1932）一诗中，诗人写道：

庄稼汉在我之前就歌唱过：
——俄罗斯，我的祖国！

但是从卡卢加丘陵起，
她就在我眼前展露——
远方——无限遥远的国土！
异域他乡，我的祖国！

---

① Цветаева М. И. *Избранные сочинения в двух томах*, *Т.* 1. Москва: Издательство «Литература». 1998, с. 234 – 235.

② Там же, с. 239 – 240.

远方有如痛苦，与生俱来，
如此的祖国，如此的劫运，
以至我无论落在何处，穿越任何地方
——都要把它整个儿带在身旁。

远方疏离而去，却又似在近旁，
远方正在呼唤："归来吧！"
这呼唤响自高空的群星
响自所有排除我的地方！

我没有白白冲洗前额，
用的是比水还蔚蓝的远方。

你，远方！即便失掉这只手——
哪怕是失掉双手，我也要用双唇
在断头台上书写：我纷争中的国土——
我的骄傲，我的祖国！①

不难品味出，茨维塔耶娃的俄罗斯情结，不仅呈露为对于她离去多年的俄罗斯故土的挂念，对已逝光阴的追怀，更体现于对俄罗斯流亡者命运的叩问，对俄罗斯的现状与未来的忧思。诗人感到俄罗斯正在远方呼唤着自己返回家园。

1937 年，茨维塔耶娃的丈夫埃弗隆和女儿阿里阿德娜迁回莫斯科。这也就决定了茨维塔耶娃的去向。1939 年 6 月，茨维塔耶娃带着儿子回到了阔别 17 年的俄罗斯。她对回国后的境遇并未抱任何幻想，但是她所遭到的打击她却没能料到：当年 8 月女儿阿莉娅就被不公正地送到集中营和流放地（1955 年才"平反"）；10 月份丈夫埃弗隆被捕（他于 1941 年被枪决，一年后"平反"）。对于茨维塔耶娃来说，那是一段极为沉重的日子。虽有帕斯捷尔纳克等人的帮助，她的诗歌选集出版的希望还是化为

① Цветаева М. И. *Сочинения в двух томах. Т.* 1. Минск: Издательство «Народная асвета». 1988, с. 294 – 295.

泡影。茨维塔耶娃只得靠翻译维持生机。她从法语、德语、英语、保加利亚语和波兰语等多种语言翻译作品。她所译的波德莱尔的诗作，仿佛道出了她自己那饱经忧患的心灵的苦痛。

苏德战争的炮火使茨维塔耶娃不得不离开莫斯科。1941 年 8 月 8 日，帕斯捷尔纳克到河边码头为她送行，她和儿子一起乘船到了卡马河上的叶拉布加，后又去过奇斯托波尔。她在这些地方没有任何收入，无法养活儿子。8 月 31 日，在给儿子留下一张撕裂人心的短信后，茨维塔耶娃在痛苦与悲愤中自杀。阿赫玛托娃认为是时代杀死了她，是那个周围充满逮捕、枪决、监视和不信任的时代，那个信件被偷拆、电话被窃听、每个朋友都可能成为出卖者的时代夺去了这位有才华的女诗人的生命。

茨维塔耶娃死后，她的作品在长时间内被禁止出版。直到 50 年代中期以后，新一代俄罗斯读者才读到她的诗作，逐渐认识到这位命途多舛的女诗人为艺术地表达她的同时代人的感情做了多少事情。正因为如此，另一位杰出的诗人帕斯捷尔纳克在她的诗集即将开禁时才这样写道："这些作品的出版对于祖国的诗歌来说将是一个伟大的胜利和伟大的发现，这一姗姗来迟、同时送达的馈赠，必将立即一举丰富祖国诗坛。"①帕斯捷尔纳克的预言无疑是实现了。

6

俄罗斯域外文学"第一浪潮"中的老一代作家**鲍里斯·康斯坦丁诺维奇·扎伊采夫**（1881—1972），自 20 岁时开始发表作品，投身文学活动凡 71 年，其中在国外生活与创作达 50 年之久。他在域外俄罗斯作家中一直享有较高的威信，在布宁去世后，更成为业已走向平息的"第一浪潮"的代表人物。

扎伊采夫生于俄罗斯奥廖尔。他的父亲是一个有着鞑靼人和波兰人混合血统的矿业工程师，母亲则兼有乌克兰和俄罗斯血统。扎伊采夫在卡卢加省日兹德林县的一个小镇上度过自己的童年，从家庭教师那里接受了启

---

① Пастернак Б. Л. *Полное собрание сочинений В* 11 *томах, Т.* 3. Москва: Издательство «Слово», 2004, с. 340.

蒙教育，后就读于卡卢加古典中学（1892—1894），卡卢加实科学校（1894—1898）。从实科学校毕业时，已迁往莫斯科的父亲希望他学技术，他却迷上了文学。他先后在莫斯科技术专科学校化学科（1898—1899）、彼得堡矿业学院（1899—1901），莫斯科大学法律系（1902—1906）学习，均未学完全部课程。

扎伊采夫从17岁时开始写作。1900—1901年之交，他几乎同时将自己的试作寄给当时三位著名的文学家：契诃夫、柯罗连科和康·米哈依洛夫斯基。他们肯定了他的才能，鼓励他继续进取，但没有在他们主编的《俄罗斯财富》等报刊上刊用他的作品。后来，扎伊采夫又将另一短篇小说《在路上》寄给当时主持《信使报》文学栏的安德列耶夫，被后者在该报1901年7月15日号上采用。这成为扎伊采夫在文学道路上迈出的第一步。安德列耶夫还带领扎伊采夫参加“星期三”文学小组的活动，使他在那里结识了高尔基、布宁、库普林、魏列萨耶夫等现实主义作家。1902—1903年间，扎伊采夫陆续有一些带印象主义色彩的短篇作品（如《在车站》、《邻居们》、《北方》等）在《信使报》上发表。他的作品开始被称作一种“无情节的诗意短篇小说”的典型，这一特点后来甚至贯穿于他的全部创作。扎伊采夫似乎很快就找到了自己的音调、形式和风格。

从1902年起，扎伊采夫的整个生活就同莫斯科紧密联系在一起。除“星期三”小组外，他还参加了莫斯科文学—艺术小组、莫斯科大学俄罗斯语言爱好者协会，参与和年轻一代象征主义者相处融洽的月刊《朝霞》的工作——同时为该刊经常撰稿的还有勃洛克、别雷、艾利斯、列米佐夫等人。他也经常去彼得堡，造访维·伊万诺夫的“塔楼”，与彼得堡文学界保持密切联系，在那里的报刊上发表作品。夏天他通常则住到图拉省他父亲的庄园普里特金诺去。除了俄罗斯生活以外，给扎伊采夫的精神发展影响最大的是意大利。他于1904年首次去意大利，1907—1911年间又住在那里。他热爱那里的大自然、艺术和人民，尤其为文艺复兴时代意大利的文化、但丁的文学成就所吸引。后来，他翻译了但丁《神曲》的《地狱篇》（1913—1918），写过研究论著《但丁和他的长诗》（1922）。他也十分推崇歌德和福楼拜，译过后者的《圣安东的诱惑》（1907）和《一颗淳朴的心》（1910）。同时代的作家、批评家格·丘尔科夫曾注意到他对世界各国“高雅”文化的浓厚兴趣。

1906 年，扎伊采夫的《短篇小说第一集》在彼得堡出版，集子中收入他的短篇作品九篇。在《静悄悄的黎明》、《克罗尼德神甫》和《神话》等篇中，作家表现了人与大自然的神秘融合甚至是“彼此转换”，表现了人在这种时刻感觉到自己仿佛是弥漫于宇宙间的某种创造精神、某种伟大“原素”的一部分。作家一再写到的梦境与死亡状态，正是人消融进自然中去的时刻；而大自然的“人化”，正如民间文学作品中所描写的那样，往往是发生在春雨连绵、天地朦胧一片的时刻。在《黑风》中，作家以几乎是自然主义的精细甚至严峻的笔调，借助奇异的形象，描写了俄罗斯生活的贫穷、粗野和庸俗；画面的描绘中充满内在的意蕴。这篇作品和另一短篇《明天》，都同样可见安德列耶夫的影响。这本小说集表现了对于世界整体性的一种直觉般的、宗教的认识。与这一基本主题相联系的，是作品的印象主义手法、抒情风格，以及渗透在自然画面、生活画面中的绘画因素和音乐因素。当时的评论界对这部小说集迅速作出了反应。勃留索夫称它为“散文体抒情诗”，并认为它的活跃的力量在于“表现的忠实性”、“形象的鲜明性”①。

第一部作品集问世前后，扎伊采夫经常在《真理》、《新路》、《金羊毛》、《山隘》和《知识》等不同倾向的杂志和丛刊上发表作品，似乎是站立在现实主义和现代主义潮流之间。但契诃夫的创作却被他视为主要的方向标。在他的《短篇小说第二集》（1909）中，可以明显地感觉到契诃夫的影响。集子中的《年轻人》、《罗佐夫上校》等，仍然是描写乡村田园生活，好像是第一本小说集的某种延续。《妹妹》、《客人》和《安宁》诸篇，在形式上接近 19 世纪末风行一时的心理小说，在内容上则显示出作者对某些“形而上”问题的兴趣。作品中的主人公在思索这类问题时，常感到它们无法解决，自身也无力找到令人信服的答案，只得抑郁地容忍不如意的生活。作者显然是要通过主人公的精神活动表现对生、死、爱等“永恒问题”的一种宗教—伦理的解释。这一点特别体现在收入这个集子的中篇《阿格拉费娜》（1908）中。该作的体裁样式接近“圣徒传”。作者像契诃夫描写“黑衣修士”那样，以现实主义手法逼真地描写了他的女主人公，但又将她写成把死亡的苦杯拿在手中的典型的象征性修女形象。这部中篇的圣经般的风格，昂扬的音调，匀整的有韵散文体形式，主

① Брюсов В. “Б. Зайцев. Рассказы”. *Золотое руно*. 1907, № 1, с. 88.

人公最后豁达地与死亡“和解”的结局，使它在同时代的散文中别具一格，并成为扎伊采夫在革命前最成功的作品之一。

扎伊采夫的第二部短篇小说集已显示出创作特色上的某些变化。在他笔下出现了“现实中”的人物，心理描写得到强化，“情节”开始受到重视——《安宁》的情节安排甚至十分巧妙。鲜活、明净、童稚般纯真的情调不见了，代之以犹疑、沉郁、冷峻的风格。他的主人公多是一些消极的、无所作为的、痛苦的宿命论者，总是宽容地接受现存生活，如《客人》中的尼古拉·加夫里内奇，《安宁》中的康·安德列伊奇等。同时收入《短篇小说第二集》中的剧本《爱情》等作品，还开始显露出作家对“美文学”风格、多主人公的情节结构方式的倾心，对城市中等阶层和演剧界“名士派”生活的兴趣。

这一切也是扎伊采夫的《短篇小说第三集》(1911)、《短篇小说第四集》(1914) 的基本特点。短篇《梦》、《珍珠》和《女演员》等，追求情节的趣味性与华美格调，造成“扎伊采夫风格”的弱化。但一些以城市“小人物”为主人公的作品，如《我的晚间》、《飞鼠》，则比较接近什梅廖夫的《乌克列伊金先生》、《从酒馆里出来的人》以及莫泊桑的短篇小说，具有现实主义特色。《夜晚时分》、《女演员》、《爱丽舍田园大街》和《演员的幸福》等篇，都以演剧生活为题材。这与作家本人的经历有关：他曾经模仿契诃夫的剧本《伊万诺夫》写出一部剧作《忠诚》，又以契诃夫的《海鸥》和《樱桃园》为基础编出剧本《拉林家的庄园》，后者的上演还获得极大成功。虽然作家后来承认，“戏剧不是我的事业”，但这一经历却为他创作以演员生活为题材的一组短篇小说提供了素材。短篇小说《晚霞》与《夏日》，是作家第三、第四两本小说集中最优秀的作品。作家把目光从城市转向俄罗斯乡村的亲切的自然环境。描写农村生活使他很快就摆脱了模仿和生硬，面对着他更熟悉、更习惯的生活现象，他的才华和个人风格才真正显示出来。

长篇小说《遥远的地方》(1913) 被认为是扎伊采夫革命前创作的高峰。作品以莫斯科大学生彼嘉和他的妻子丽扎维塔（有作者本人及其妻的影子）为主人公，再现了20世纪初莫斯科的日常生活和1905年革命中令人不安的日子，并且随着主人公的行踪，描写了同一时期的意大利风情。主人公彼嘉夫妇在经历过了革命年代的生活后，失去了亲近的朋友，意识到他们俩脆弱的生命中唯一有价值的东西就是他们之间的爱。作品通过他们以及“感情的人”阿辽沙、“理性和意志的人”斯捷潘，力图表现当时知识分子的精神面貌。但批评界对这部长篇评价不高。伊万诺夫—拉祖姆尼克认为：扎伊采夫的主人公“完全不是‘俄罗斯知识分子’，而仅仅是莫斯科的名士派”①。

第一次世界大战期间，扎伊采夫一家人住在普里特金诺。1916 年夏，他被动员上前线，但他不想当兵，于是进了亚历山大罗夫军事专科学校。1917 年 3 月，他被作为军官派往前线，8 月间即因患肺炎而回普里特金诺休养，在那里他一直待到 1921 年。这期间出版的两本文集《尘世的忧伤》（1916）和《行路人》（1919），收集了他在十月革命前几年中写的散文作品。其中的大部分短篇小说写的是单相思的、悲剧性的爱情。作品的题名大都已显示出它们的题材范围，如《母亲和卡嘉》、《卡桑德拉》、《彼得堡的一位太太》、《女神》、《玛莎》和《阿里阿德娜》（剧本）等。从情节和叙述方式上看，这些作品接近同时期阿·托尔斯泰的小说。扎伊采夫以及阿·托尔斯泰的女主人公，都可以说是“屠格涅夫式的少女”在 20 世纪初的变体。

1918 年，扎伊采夫发表中篇小说《淡蓝的星》。作品在 20 世纪初莫斯科“名士派”（漂泊的文艺家）生活的背景上，描写了幻想家赫里斯托福罗夫和一个同样也是“屠格涅夫式的少女”玛舒拉之间的爱情故事。男主人公以扎伊采夫所熟悉的另一同时代作家伊·阿·诺维科夫为原型，在性格上则接近陀思妥耶夫斯基笔下的梅什金公爵。作家本人认为这部作品是“最完满的、富有表现力的”，标志着“整整一个时期的结束”，是一部“与过去告别”② 的书。

1921 年，扎伊采夫从普里特金诺迁往莫斯科。不久，他便被选为全俄作家协会莫斯科分会主席。他在作家合作书铺工作，参加旨在研究和宣传意大利文化的“意大利协会”的活动。在短篇小说集《圣尼古拉街》（1923）和收有散文与剧作的文集《拉斐尔》（1922）中，作家从两种不同的角度表达了自己在革命后最初几年的不安岁月中的思考。《圣尼古拉街》是对当时现实的一种颇带激情的反映，其中有的短篇是用作者不常

---

① Иванов – Разумник Р. В. “Дальний край (О романе и рассказых Б. Зайцева)”. *Заветы*, 1913, № 6, с. 229.

② Зайцев Б. К. *Сочинения: В трёх томах. Т.* 1. Москва: Издательство «Художественная литература», ТЕРРА. 1993. с. 50.

用的有节奏的散文写成，在若断若续、时而变化的急促的节奏中，传达出作家对于历史转换、对于他所熟悉的那个世界正在消逝的感觉。《拉斐尔》则离开“当前的现实”，转而向欧洲文化传统去寻找和谐统一，但其中也暗含着作家对于现实的沉思。

1922 年 7 月，扎伊采夫获准携家人去国外治病。他先是住在柏林，设在那里的格尔热宾出版社于 1922—1923 年出版了他的七卷本文集。后来他又到意大利度过一段时间，1924 年定居于巴黎。他开始为《现代纪事》、《复兴报》、《俄罗斯思想》等报刊撰稿，长期担任巴黎作家和记者协会主席，主持《俄罗斯思想》文学栏。在国外生活期间，扎伊采夫的创作进入高峰期。如他自己所说：“我早就开始写作了，但很晚才达到艺术上的成熟。我所写的所有比较成熟的作品，都是在国外完成的。”①

扎伊采夫在国外生活半个世纪的创作，其基本主题都是同对于俄罗斯的记忆和怀念相联系的。他曾经在随笔《青年时代——俄罗斯》中谈到，国外生活使他能够从远处洞察俄罗斯，从革命时代到革命前的昔日的俄罗斯，再到和他的童年—青年时代相联系的“传说中的”俄罗斯，一直到古代的“神圣的罗斯”。他在国外的创作基本上是依照这一由近到远的顺序，对俄罗斯的“观察”和思考的艺术成果。

《奇异的旅行》(1926)、《死鬼阿夫多季娅》(1927) 和《安娜》(1929)，是扎伊采夫描写革命年代的俄罗斯的三部中篇小说。作品中的戏剧性冲突的紧张性，为扎伊采夫的其他作品所不具备。作品中充满着各种无意义的、为时过早的、偶然的死亡：在《淡蓝的星》中就出现过的幻想家赫里斯托福罗夫被子弹打死；阿夫多季娅在埋葬了母亲和儿子后，自己也被冻死；阿卡季·伊万诺维奇不幸早逝，安娜也被子弹夺去了性命。这三部小说都表现了原先的生活和新近的生活之间出现的断裂，在这一断裂之中常常是新旧两个方面同时归于毁灭。但是在《奇异的旅行》和《安娜》中还闪现着某种亮色及对未来的希望，这体现在赫里斯托福罗夫对他的学生瓦尼亚的遗言中，也显示于《安娜》结尾处玩耍的孩子形象中。在《安娜》中还呈露出一种尖利、明晰的风格，一种为风景画

① Зайцев Б. К. *Сочинения: В трёх томах. Т.* 1. Москва: Издательство «Художественная литература», ТЕРРА. 1993. с. 52.

能手扎伊采夫所少用的阴暗的色调。而且，这三部小说还具有不同于扎伊采夫其他散文作品的特点，即：其中几乎没有抒情性的较为含混的文字，情节紧凑，形象更为丰满充实。

《金色的花纹》（1923—1925）和《帕斯西亚的房子》（1935）是描写20世纪初叶俄国知识分子生活的两部长篇小说。《金色的花纹》是一部半自传性的小说，作品中的主人公娜塔莎有着作家的妻子维拉·阿列克谢耶夫娜的某些特征。作家本人曾指出，这部作品的宗教—哲学内涵在于，它是对给人们造成痛苦的生活方式的评判，对包括他自己在内的有过失的一代人的评判，是对那一时代历史生活的评判。作品展现了自19世纪末到20世纪20年代的生活图景，力求找到俄罗斯民族悲剧的根源以及克服悲剧的力量。从艺术上看，该作具有和作家写于革命前的《遥远的地方》相似的长处和不足，如情节的前后联系较为松散，人物形象的刻画只提供了一个大致轮廓，通篇渗透着一种抒情的音调，等等。这些特点也同样存在于小说《帕斯西亚的房子》中。在这里，可以看到《金色的花纹》中某些人物的继续出现。但这是一部描写俄国知识分子在国外生活的作品，其中出现了司机、女推拿员、神父等新人物。作品加以肯定的是一种与物质世界脱节的精神，而讲求唯理主义的西方世界正是这一精神的一种体现。旅外生活似乎很适合认同这种精神的俄国部分知识分子，扎伊采夫描写了他们怎样把身处异域的生活环境改变为“自己的世界”。无疑，作家所关注的不是西方生活本身，而是俄罗斯知识分子的命运。

扎伊采夫后来曾在《谈自己》（1957）和《悠远的回忆》（1965）中分别谈到弗·索洛维约夫和别尔嘉耶夫影响了他的内心生活的发展，推动了他的宗教信仰的形成。写于国内的短篇小说集《圣尼古拉街》是反映他开始形成宗教意识的第一部作品。但只是到了国外，宗教思想才成为他完整世界观的重要组成部分，并影响着他对俄罗斯生活的回顾与思考。他以一组“圣徒肖像”式的作品表现“神圣的罗斯”，即表明他看取俄罗斯民族历史和文化传统的宗教眼光。这组作品包括《拉多涅日城的圣谢尔吉》（1925），《神痴阿列克谢》（1925），《阿夫拉米的心》（1926）三部小说。另外，《阿丰山》（1928）和《瓦拉姆》（1936）两部旅行随笔在其内在精神上也和这组小说相近。

《拉多涅日城的圣谢尔吉》，是俄罗斯流亡作家当时在巴黎出版的一系列圣徒传之一，伊万·伊里因的《谢拉菲姆·萨罗夫斯基》、济·吉皮乌斯的《圣季洪·扎东斯基》等，都是在那一时期出现的圣徒传。作家们对俄罗斯人东正教信念之根的追寻与对祖国的思念紧密相连，并伴随着“寻找俄罗斯”、确立精神支柱的意识。扎伊采夫的作品把历史真实与艺术虚构结合起来，虽以“编年史式的”笔调展开叙述，却在圣谢尔吉的形象中注入了自己的感情，使全书显示出一种“内在的温感”。圣谢尔吉体现了作家关于教会与国家相互关系的理想，他的纯朴、谦逊和内心力量，则是作家认为应该加以发扬的俄罗斯民族性格的基本特征。《神痴阿列克谢》和《阿夫拉米的心》则更近于艺术作品，而不是圣徒传。其中前者可以见出意大利文化对作家的影响，主人公阿列克谢就是富裕而显贵的罗马人之子；后者则利用了传说中的俄罗斯圣徒故事的材料，显示出民间创作传统的影响，并与列米佐夫的某些作品彼此呼应。

旅行随笔《阿丰山》记录了扎伊采夫 1927 年 5 月登上希腊的阿丰圣山（东方正教的中心），漫游 17 天的观感，《瓦拉姆》则是 1935 年夏去芬兰旅行，在瓦拉姆（它所属的拉多加列岛当时归芬兰管辖）度过的 9 天生活的艺术再现。扎伊采夫是以一个艺术家兼东正教信徒的身份写下这两篇随笔的，但留下了不同的感情投影。对于他而言，如果说去阿丰山旅行是深入到一个陌生的、具有童话般色彩的异域世界，那么到瓦拉姆则几乎是回到了俄罗斯——那里离他的祖国是如此之近，以至在他下榻的地方就能看见彼得堡（列宁格勒）附近的喀琅施塔得要塞和城区。从这里，作家可以通过进入视野的自然景物、水域、教堂和各类建筑，远远地“辨认”自己的祖国俄罗斯；他所置身于其中的瓦拉姆修道院的日常生活氛围，他所看见的拉多加湖湛蓝的湖水、葱郁的森林，修士、隐士和朝圣者的形象，圣像和修道院内的各种饰物，礼拜和朝圣的场面，等等，也无一不呈现出俄罗斯的面貌。这一切该引起作者怎样的忧郁和怅惘！

离别瓦拉姆岛、回到巴黎三年之后，扎伊采夫又写下了《关于祖国的几句话》(1938)。针对流亡于域外的俄罗斯人、特别是年轻一代中的某些人对祖国和祖国文化逐渐淡漠的现象，作家写道：我们曾经生活在俄罗斯，呼吸那里的空气，热爱那里的田野、森林和水流，感觉到自己就处在同胞之中。然而，流亡生活却使我们对西方的阅读和了解比对于俄罗斯的阅读和了解更多。在扎伊采夫看来，这种现象是不正常的。他认为，对于什么是“最神圣”、“最珍贵”的，人们的看法是多种多样的，标准也不一致，但是无论如何，都不能排除“祖国”在其中的位置；谁只要拥有真正的祖国和对她的感情，谁就不会是贫困的。扎伊采夫回顾了俄罗斯的民族历史，回顾了她从拜占庭接受东方正教开始的宗教渊源，回顾了自《伊戈尔远征记》以来的民族文学传统，也回顾了自己从童年时代起承受普希金、果戈理的精神滋养，而后是接受屠格涅夫、列夫·托尔斯泰、陀思妥耶夫斯基和契诃夫的熏陶的成长过程。作家还谈道：历史的变动似乎使俄罗斯文化不再像19世纪那样令世人瞩目，但是，不应忽视普希金、托尔斯泰、契诃夫和新近的伊凡·布宁等作家的世界性声誉，不应忘记穆索尔斯基、里姆斯基—柯尔萨科夫、柴可夫斯基、拉赫曼尼诺夫、斯特拉文斯基、格列恰尼诺夫、夏里亚平等音乐艺术家在世界范围内的影响，这些声誉和影响足以证明俄罗斯文化的巨大价值。扎伊采夫写道：

> 对于流亡中的俄罗斯人而言，祖国的世界性光荣和俄罗斯精神的世界意义还有一种意味：在孤寂生活中能得到保护和遮掩，甚至还有交往和沟通。我们并不是一般的无家可归者。……现在我们是处在流亡之中，而明天又将如何尚不得而知。但祖国的遗产，她的历史和伟大，毕竟是不会消逝的。我们的敬仰和希望同样不会消逝。
>
> 也许，不会总是像现在这样。不会永远为“我们的俄罗斯国家”而痛苦。新的时代可能正在到来——在这个时代中，我们将有可能返回自己的、故国的家园。①

扎伊采夫在对俄罗斯及其精神文化的肯定与赞美中表达了自己返回祖国的愿望。他还指出：俄罗斯自古以来的精神文化的光华，这种精神文化在近现代所显示的独创性，俄罗斯民族在千年的历史进程中所呈现的卓越辉煌，是和她的所有子孙，和一代代人结成的链条，和整个巨大的存在融为一体的。经历过千年来苦难的土地上的日常生活、抗争、劳作、战斗、罪过，俄罗斯的精神之核、她的活跃的心灵永不暗淡——这就是俄罗斯流亡者对祖国的直觉。流落异乡，无家可归，贫穷寂寞，平淡庸常，但在这一切之上却还存在某种东西，那就是俄罗斯人对于祖国的感情。作家还奉劝那些将来有机会返回祖国的同胞永远不要骄傲和自负，永远不要仇恨和

---

① Зайцев Б. К. «Слово о Родине». //*Сочинения: В трёх томах.* Т. 2, Москва: Художественная литература, ТЕРРА. 1993. с. 11.

蔑视别国人民，别种文化，别的种族，因为“真正的俄罗斯是仁爱之邦，而不是仇恨之国。”在扎伊采夫对俄罗斯精神文化及其本质的独特理解、对流亡者与这种精神文化的牢固联系的确认中，不难发现他根深蒂固的俄罗斯情结。

从 1934 年开始，扎伊采夫以近 20 年的时间完成了他的自传体四部曲《格列勃的游历》(1934—1953)，包括《格列勃的游历·第 1 部：曙光》(1937)、《寂静》(1948)、《青年时代》(1950) 和《生活之树》(1953)。作家把他的四部曲称为“长篇小说—编年史—长诗”，并说这一长篇巨著应当是“一个生命的历史”，其中有一半是“自传”。事实上，作品中的自传成分已远远超过一半，它的几乎所有出场人物都是以扎伊采夫和维拉·阿列克谢耶夫娜的家庭成员为原型的。作品在 19 世纪 80 年代到 20 世纪 30 年代的时间跨度上，描述了格列勃的生活与心灵历程。格列勃的形象支撑着全部“编年史”。但作家又力图在这一自传性形象身上概括他所属的那一代人的典型特征。这一长篇自传体作品和布宁、库普林、阿·托尔斯泰、什梅廖夫等人在国外完成的自传体作品有某些类似，然而又具有自己的特色。扎伊采夫叙述风格是以从容不迫为特点的，情节进展也较徐缓，这同他对世界的宽容态度似乎互为表里。过去生活中的甚至是最残酷的可怕印象（亲友的死亡，别离祖邦，各种精神苦痛）也是由一种容忍的语调讲述出来的，这种语气氛围本身就表明作家对世界、对人们的怜悯和同情，对俄罗斯的怀念和忧思。

扎伊采夫和起步于白银时代的许多流亡作家一样，也写有关于 19 世纪俄罗斯经典作家的研究著作或评传。他在这方面的主要成果是《屠格涅夫的生平》(1932)、《茹科夫斯基》(1951) 和《契诃夫：文学传记》(1954)。他所选取的描述对象，仅仅是三位在精神气质上与自己较为接近的作家或诗人。作者的兴趣集中在这三位作家的内心世界和个人生活方面。对大量文献资料的精心剪裁与“重构”，印象主义的手法与浓郁的抒情风格，成为扎伊采夫三部评传的鲜明特色。

从 1920—1960 年代，作家鲍·扎伊采夫在《复兴报》、《最新消息报》、《现代纪事》、《俄罗斯纪事》、《俄罗斯思想》、《新俄罗斯话语》等报刊上，发表了大量的回忆性随笔，“岁月”和“作家日记”是他在这些报刊上使用很久的随笔专栏的标题。这些随笔后来分别结为《莫斯科》(1939) 和《悠远的回忆》(1965) 两本文集出版。其中，《莫斯科》由

23篇随笔构成，除了纪念果戈理和契诃夫的两篇随笔之外，主要是回顾和莫斯科这座城市、也和作者自己相关的那些人和事，描绘出安德列耶夫、伊凡·布宁和尤里·布宁兄弟、艾亨瓦尔德、格尔申宗以及艺术批评家谢·格拉戈里和彼得·亚尔采夫等人的文学肖像，述及莫斯科艺术剧院的建立、莫斯科文学小组和《朝霞》杂志社的活动、作者自己革命前和1920—1921年间在莫斯科的生活，包括他和别尔嘉耶夫等人经营“作家书屋”，参与“意大利协会”的活动等往事。在《悠远的回忆》一书中，收有扎伊采夫关于勃洛克、安德烈·别雷、巴尔蒙特、维·伊凡诺夫、别尔嘉耶夫、别努阿、帕·穆拉托夫、莫丘尔斯基、帕斯捷尔纳克、茨维塔耶娃、布宁、巴尔特鲁沙伊蒂斯等同时代人的回忆性随笔19篇。在这里，作者还传达出自己1907—1911年间出游意大利期间对于文艺复兴时代文化艺术遗产的鲜明印象，也写到彼特拉克、福楼拜等外国作家与欧洲文化生活。这些随笔在形式上接近文学肖像或艺术性传略，除仍具有印象主义和抒情风格的一贯特色外，更以自然、朴素的描述和温和的幽默见长。这里结合着文学事实与个人印象，回忆与思索，政论因素与艺术性散文因素。两本文集的基调是谦和、宽容和忏悔。作家似乎力求淡化一些矛盾冲突，追求一种和谐融洽的氛围，体现出他对同时代人的充分理解、善意和爱。但是，在他的忏悔中，也包含着对自己所属的一代人的自责，对俄罗斯命运的沉思。

扎伊采夫去世后，还有两本随笔集《我的同时代人》（1988）和《岁月》（1995）分别在伦敦和巴黎出版，其中既收有《莫斯科》和《悠远的回忆》中的部分随笔，也辑录了他陆续发表于各类域外俄罗斯文学报刊上的回忆录。贯穿于这两本书始终的，依然是对作家的祖国俄罗斯，对业已逝去的文学时代，对跨越20世纪大半进程、先后生活和创作于不同地域和文化环境中的同时代人的深情回忆。扎伊采夫的文学遗产的最后部分，不仅是兴起于1920年代的俄罗斯域外文学“第一浪潮”的余波，而且折射出19世纪末20世纪初白银时代文学早已远逝的光华。

十五

1930—1950 年代初的苏联文坛

1930 年代至 1950 年代初期，是现代俄罗斯文学史中的一段相当暗淡的文学岁月。在这 20 余年中，俄罗斯文学虽然还推出了一批出色的作品，但它的演进趋势从总体上看，是沿着一条走向低谷的路线向下滑行，一直跌落到战后至 1950 年代初的最为荒凉的时期。然而低谷又是走向新的高峰迈进的起点。在这一“滑坡时代”所积累的经验与教训，热情与意志，生活储备与思想资料，都为后来俄罗斯文学的突破性进展和再度繁荣准备了条件。

1

在俄罗斯——苏联国内文坛，文学的滑坡自 1920 年代末期即开始。“拉普”的极左文艺思潮和霸道作风，严重阻碍了文学的发展。个人崇拜逐渐形成，极左政治路线逐渐占据统治地位，更导致 1930 年代文艺指导思想的急剧“左倾”化。变迁时代曾经有过的那种相对宽松的文坛氛围已不复存在，在那个时代还只是初见端倪的对文学活动和作家创作的某种行政干预，日益变成公然的限制乃至政治处理。经由建立统一的全苏作家协会，制定“社会主义现实主义创作方法”的条文，文学的“一统化”格局得以形成。众多的文学团体、派别、组织不见了，各种文学思潮和流派之间的争鸣、笔战、辩论停止了。沉寂代替了喧闹，一致性代替了多样化，循规蹈矩代替了探索和试验。前“拉普”的要人及其理论主张，以略加变换的面貌继续发挥着举足轻重的影响。文学批评往往变成了政治讨伐、政治宣判。不尊重艺术规律，不提倡创作自由的直接结果，是使真正优秀的、有价值的文学作品显著减少。1930 年代后半期，不少坚持独立的思想探索和艺术追求的作家与诗人人的命运，发生了令人忧虑的变化。

卫国战争的爆发一度冲淡了极左文艺思想对文学生活的钳制。在民族危亡的特殊历史年代，从外部、从行政上干涉文学创作的行为有所收敛。在爱国主义这一基本主题之下，作家和诗人们在题材选择、体裁运用、表现手法和风格形式等方面，都被允许有一定的自由度，甚至一些揭示苏军的失误和存在的问题之作，也曾被允许发表。战时文学虽以纪实性、宣传鼓动性和情感表现为主，但是在四年战争期间仍然出现了一批优秀作品。一些在 1930 年代不得不沉默的老作家和老诗人也能够发表他们的新作了。这一切似乎让人们透过硝烟弥漫的战时生活，看到了未来文学复兴的希望。

然而，这一短暂的历史间隙并没有能够使极左文艺思想得以根除。战争结束后，个人崇拜迅速达至高峰，文艺指导思想的极左也同样达到了高潮。日丹诺夫主义在运用行政手段直接干涉文学方面走得越来越远。一大批作家、诗人、批评家、艺术家遭到批判、谩骂、开除和迫害。许多刊物、剧场和文艺作品一起遭受被封、被禁的命运。专横武断的打棍子式的文学批评风气盛行。“无冲突论”泛滥，粉饰现实、公式化、概念化的作品受到赞扬和奖励，用虚假的浪漫主义腔调为个人迷信和极左路线唱颂歌一度成为时尚。一些优秀的作家和诗人被迫再度沉默。到 1950 年代初，俄罗斯本土文学跌入 20 世纪中一个最为暗淡的时期。

俄罗斯域外文学在这一时代的演进有异于国内文学。在 1930 年代，第一代流亡作家继续有一系列优秀作品问世，其中有不少作家进入了各自创作的高峰期。布宁于 1933 年获得诺贝尔文学奖，成为第一个获得该奖的俄罗斯作家。第二次世界大战的爆发使域外文学的“第一浪潮”走向终结，同时又造成了第二代俄罗斯流亡者和流亡作家。域外文学的“第二浪潮”在战争中兴起，一直延续到 1960 年代末，后为 1970 年代涌起的“第三浪潮”所替代。第二代流亡作家把新的生活素材带入俄罗斯域外文学，在一定程度上拓宽了域外文学的表现领域。但是总起来看，“第二浪潮”的文学成就远不能同“第一浪潮”和“第三浪潮”相比。从 1940 年代开始出现的俄罗斯域外文学的这一滑坡现象，主要是由域外文学的内在缺失和局限及第二代流亡作家自身的素养所造成的。

“滑坡”只是 1930—1950 年代初期俄罗斯文学的基本走向，并不意味着在这一整个时期内俄罗斯文学中没有出现任何杰出的作品。这个时期内高尔基、别雷、帕斯捷尔纳克、肖洛霍夫等作家完成的作品，布宁、什梅廖夫、列米佐夫、扎伊米夫作家发表于国外的作品，阿赫玛娃、布尔加科夫、左琴科等作家的未能出版或遭到批判的作品，均是突破日丹诺夫主义制约的成果，也是这一时代俄罗斯文学的主要成就所在。一些作家的沉默只是暂时的。雪压冰封之下，地火仍在运行。走出低谷，20 世纪俄罗斯文学就将进入一个崭新的时代。

2

现代俄罗斯文学中的极左思潮，在 1920 年代“无产阶级文化派”、“拉普”等团体的那一套言论和做法中，在庸俗社会学批评家们的理论见解和批评实践中，就有明显的体现。在 1930 年代个人崇拜盛行、极左政治路线占上风的社会条件下，极左文艺思潮得天独厚，上升为具有系统性、政策性的文艺指导思想，成为极左政治路线的一个组成部分。在战后至 1950 年代初，它更是变本加厉，泛滥成灾。极左文艺思潮的肆虐，不仅直接导致俄罗斯文学的大面积滑坡，而且造成了严重的内伤，以致后来俄罗斯文学的每一重大进展，都必然伴随着对极左文艺思潮的清算。

1930 年代极左文艺思潮的泛滥，是那个时期极左政治路线在苏联占据统治地位的必然结果，是个人崇拜盛行之际的必然现象。从 1920 年代末期开始，极左政治路线的强制推行就从多方面表现出来。1929 年，联共（共）党内布哈林与斯大林之间在理论和路线方面的争论公开化，其结果是布哈林被开除出政治局，他关于社会主义建设的理论和设想被宣布为“复辟资本主义的路线”，全党全国开展“反右倾斗争”。随后，“新经济政策”被公然抛弃，全盘集体化运动和“消灭富农阶级”运动在全国急风暴雨般地掀起。从 1934 年底开始，以苏联另一领导人基洛夫遭暗杀事件为发端，一场持续四年之久的肃反运动在全国展开，先后牵连的人数在 500 万以上，其中 40 多万人被处决。1936 年夏至 1938 年春，在党内的“大清洗”运动中，季诺维也夫、加米涅夫、布哈林、李可夫等人先后被杀，党、政府和军队中的大批领导人，经济建设和文化科学领域的大批党员和干部都遭到清洗。社会主义民主、法制和自由遭到粗暴的践踏。集权制取代集体领导原则成为党内和国家生活的准则。斯大林实际上已置身于党的批评和监督之外，凌驾于党和国家之上。在他的默认下，歌功颂德、竭力吹捧的言论、文章和作品风靡全国，个人崇拜愈演愈烈。

极左政治路线的确立和推行，个人崇拜的蔓延，为极左文艺思潮的泛滥提供了最合适的气候和环境。集权制的政治经济体制也要求文艺界形成高度集中统一的局面。极左文艺思潮正是形成这种局面的思想基础。1920年代，无产阶级文化派和“拉普”的理论主张与文学活动，托洛茨基的《文学与革命》等著作所宣扬的文化虚无主义和作家分类说，庸俗社会学在批评领域的一度风行，对于有着不同思想倾向和独立艺术探索精神的作家、作品、文学团体与派别的排挤、批判和限制，等等，都表明极左文艺思潮的出现并不是突发性的。但在1920年代，这一思潮尚未占据绝对的统治地位，尚未政策化。到1920年代末，几乎是同极左政治路线的形成和个人崇拜的泛滥同步而行，文艺界的情况也发生上重大变化。1929年，自十月革命后一直担任教育人民委员的卢那察尔斯基被解除这一职务。对马雅可夫斯基的《臭虫》和《澡堂》、扎米亚京的《我们》、皮里尼亚克的《红木》、普拉东诺夫的《疑虑重重的马卡尔》等有影响的作家作品的批判，也是发生于1929年。同样是自这一年起，布尔加科夫已不再能在刊物上发表自己的作品。1930年，马雅可夫斯基自杀。作为诗人，阿赫玛托娃、帕斯捷尔纳克的声音也几乎完全消逝了。

也正是从1929年起，俄罗斯国内文坛与柏林方面在书籍出版上的联系猝然断绝。自1921年以来，身处国内的俄罗斯作家都可以在柏林的各种流亡者报刊上发表作品，在柏林的出版社出版自己的书籍。到1929年，这种情况不复存在。“俄罗斯的柏林”这一独特的文化现象最终结束了。作品的发表和书刊的出版由国家统一管理，并受到严密控制。

变化当然不仅发生在少数作家及其作品的命运上。1930年代，文学界曾经开展过几次大规模的批判运动，每一次批判的结果都是使极左思潮进一步占上风。1929—1930年间对“山隘派”的批判是来势凶猛的批判运动之一。这一派作家曾经团结在沃隆斯基及其主持的《红色处女地》一刊周围，坚持现实主义方向，十分重视本国及世界各国的古典文学遗产，提出了注意创作个性、艺术思维、人道主义等有价值的见解，主张正确对待受到歧视的所谓“同路人”作家，对“拉普”的极左理论和种种错误做法持抵制、批评的态度。这种态度决定了“山隘派”的命运。首先是沃隆斯基在 1920 年代末被解除《红色处女地》主编职务，并被打成“托派”。接着是在“必须消灭沃隆斯基主义”的口号下，对“山隘派”进行全面讨伐。“拉普”头目阿维尔巴赫称沃隆斯基是“在反动思想的旗帜下前进”，搞唯心主义美学。沃隆斯基和《红色处女地》所采取的团结具有不同艺术风格的作家这一开明政策，被说成是执行“反革命政策”。整个“山隘派”被作为“反革命的托洛茨基集团”而遭到猛烈批判。沃隆斯基本人在 1937 年遭到清洗。结果，沃隆斯基以及“山隘派”提出的一系列正确见解统统被否定，而“拉普”所宣扬的否定文化遗产、认为艺术是阶级意识形态的产物，轻视艺术形式的“社会意义首位论”等，却被当作正确的东西得到肯定，继续在文艺界流行。

从 1920 年代末到 1930 年代中期，苏联文艺界曾先后两次开展过对于庸俗社会学的批判。庸俗社会学观点不仅体现在弗里契、彼列维尔泽夫等文学研究者的著述中，更表现于无产阶级文化派、“拉普”、“列夫”的一系列主张及文学批评和创作实践中。如果能够结合庸俗社会学已经给文学造成的有害影响，揭示它的谬误及其实质所在，无疑将大大有利于清除极左文艺思潮，为文学的正常发展扫清道路。但是，在 1930 年代对庸俗社会学的批判中，却出现了令人奇怪的现象：庸俗社会学的信奉者、“拉普”的理论家们以一种“反庸俗社会学”的姿态出现，却根本不触动“拉普”自身所一贯宣扬并坚持的一整套庸俗社会学观点（如“赶超资产阶级文学的经典作家”，“无产阶级诗歌杰米扬化”，要求文学创作直接为当前的政治任务服务等）；一些批判者并不是从理论上批驳彼列维尔泽夫的庸俗社会学观点的荒谬之处，而是把他的见解作为一种“孟什维克的观念”来进行声讨，也就是把问题“从学术批判的范围最终转到政治的范围”①。与此同时，真正认真地清算庸俗社会学、致力于批判这一极左思潮的《文学批评家》杂志却遭到厄运。该刊发表了一系列批判庸俗社会学的文章，同时也刊出不少批评“拉普”的极左观点的文章，并推出一批专论用以阐述莱辛、狄德罗、黑格尔、别林斯基、普列汉诺夫等人的美学思想。对于 1930 年代的苏联文学创作，该刊也发表了一些文章，作出颇有见地的批评。这就完全违背了某些人的初衷。于是，一贯善于打棍

---

① Голубков М. М. *Утраченные альтернативы*. Москва: Издательство «Наследие», 1992, с. 40.

子的前“拉普”批评家叶尔米洛夫等人于1938年、1939年连续抛出批判文章，开始了对《文学批评家》的围攻[①]。这份杂志被扣上在反庸俗社会学的幌子下宣扬“敌对观点”、企图“毁灭艺术”的帽子。最后，1940年4月号的《红色处女地》发表一篇与叶尔米洛夫的文章题目相同的“编辑部文章”《论〈文学批评家〉的敌对观点》。该文和同一年联共（布）中央的一份“责令停刊”的决议互相配合，结束了《文学批评家》存在的历史。就这样，“批判庸俗社会学”的口号虽然大喊过一阵子，彼列维尔泽夫等人也确实自1930年代起就不再被重用，但是庸俗社会学不但没有被批倒，反而在很多方面有了进一步发展。极左文艺思潮的这一理论基础始终没有从根本上被触动。

1936年开展对俄国形式主义的批判，仿佛是对所有的“异端美学”思想的一次总清算。这场批判在实际涉及的范围和性质上，都不同于1924年由《出版与革命》杂志发起的那场关于形式主义的争论。在那次讨论中，尽管对形式主义的批判也很激烈、尖锐，但形式主义者本身毕竟还可以为自己的理论辩护，毕竟还可以继续进行自己的研究。讨论或批判的范围也是限于“形式主义诗学”、“形式主义方法”之内。1936年的批判则完全不同了。从年初《真理报》连续发表的四篇编辑部文章《纷乱代替音乐》、《芭蕾舞的矫揉造作》、《建筑中的不和谐》、《论拙劣的艺术家》的内容看，批判的矛头从一开始就指向从文艺理论到艺术创作的各个方面。在批判进行的过程中，常常提到批判形式主义和自然主义，但具体的批判则广泛涉及象征主义、未来主义、意象主义的种种“残余”，以及表现主义、印象主义倾向在文学中的各种表现。1936年2月13日《真理报》的编辑部文章《艺术中清楚的和平常的语言》，吉尔波丁的批判文章《保卫胜利了的人民的艺术》，都是从指责“形式主义艺术”反对“平常和易懂”开始，揭露它的反人民、反“社会主义现实主义”的实质。吉尔波丁写道：“形式主义艺术的目的是使形式变得困难，‘陌生化’。形式主义艺术的最大的反民主性就在这一论点中暴露出来。自然，形式主义艺术不可能完成巨大的历史任务，不可能参加消灭人们意识中的资本主义残余的斗争。”吉尔波丁断定形式主义的基础是“最无所顾忌的主观主

---

① Ермилов В. “О вредных «Литертурного критика»”. *Литертурная газета*. 1939, 10 сентября.

义"；接着他又说："正是主观主义和形式的随意性把艺术变成少数人的游戏……。社会主义现实主义要求为人民创造艺术，而形式主义却是从资产阶级颓废派知识分子中产生的。"①这里没有理论上的辨析与反驳，有的只是一堆帽子。与 1930 年代的其他批判运动一样，学术批判被引入政治判决的范畴。

对形式主义的批判涉及文学、音乐、戏剧和美术等各艺术门类。由梅耶荷德、泰罗夫等人在戏剧创作和戏剧表演中所作的大胆试验，作曲家肖斯塔科维奇的歌剧《姆岑斯克县的麦克白夫人》（它被说成是"形式主义、自然主义、唯美主义"兼而有之的反现实主义作品），奥列沙的风格独特、颇有影响的小说，甚至某些马戏团的滑稽表演，都被同"形式主义"挂起钩来进行批判，并被扣上"颓废派艺术"的帽子。

在 1936 年批判形式主义的运动中，已没有任何一位"形式主义者"有可能站出来为自己申辩。倒是有不少被批判者公开检讨或"忏悔"。在这一年 3 月份的《文学报》上，就出现了一连串被看成"形式主义者"的人们公开认错、自我批判的文章，其中包括什克洛夫斯基、梅耶荷德、奥列沙、帕乌斯托夫斯基、勃里克等。勃里克承认自己因为"自鸣得意地玩弄词语、声响和色彩而形成精神上的伪绅士派头"和"贵族作风"，导致"有意识地拒绝为广大读者工作"；帕乌斯托夫斯基批评包括自己在内的一批作家是"以精神上的象棋游戏、技巧、怪诞手法和语言花样取代真正生机勃勃的生活"；梅耶荷德则忏悔说："我们忘却了艺术是全体人民的艺术……我们的时代需要的是英明的简朴。"②所有这些被迫作出的检讨和忏悔，也都好像是同一种音调，即检讨者自身也没有从理论上说明自己所信奉的"形式主义"错在何处，而只是承认各种批判文章所指出的错误：站在人民、生活、时代以及社会主义现实主义的对立面，因此当然再也不能坚持"形式主义"了。

自 1920 年代末开始，在 1930 年代连续进行的历次批判运动，都是为了在文艺思想上取得"一致"，建立文学的"一统化"格局。目的与达到目的方式同政治经济领域的集中统一是相同的。所有妨碍一致性的美学思

① Кирпотин В. "За искусство победившего народа". *Литертурная газета.* 1936, 6 мая.

② Голубков М. М. *Утраченные альтернативы.* Москва: Издательство «Наследие», 1992, с. 65.

想、理论批评、艺术试验和形式探索，所有对“一统化”持怀疑态度的作家、诗人和批评家，都在扫荡之列。真正危害文学发展的极左文艺思潮非但没有受到批判，反而发展变化为文艺指导思想，给俄罗斯文学的发展造成了灾难性的后果。

3

文学的“一统化”格局，曾经是1920—1930年代初极左文艺思潮的集中代表者“拉普”竭力追求的目标。“拉普”在组织上实行关门主义、唯我独尊、排除异己，把所有“非无产阶级作家”都打入另册，包括高尔基、马雅可夫斯基、阿·托尔斯泰、普里什文、列昂诺夫、爱伦堡等人都未能幸免，更不用说扎米亚京、皮里尼亚克、布尔加科夫等人了。“拉普”的这种做法和他们提出的“没有同路人，只有同盟者或者敌人”的口号相同配合，动辄以划线、攻击、谩骂等手段来对待有着不同见解、不同艺术追求的作家，必欲将其排挤出作家队伍之外而后快。不仅如此，“拉普”的领导者还不断地把不赞同他们的意见与做法的人，从自己组织内部的重要岗位上赶走。如别泽缅斯基被迫退出“拉普”书记处，格·戈尔巴乔夫、安·卡缅左洛夫等人被驱逐出“拉普”执行委员会。到1931年“拉普”召开执委会全会时，组织内部已没有任何反对派。阿维尔巴赫甚至仿效斯大林，戴上“拉普”的“总书记”的头衔。不难看出，“拉普”力图用各种手段建立一支“纯洁的”作家队伍，从而在组织上实现文学的“一统化”。

在理论上，“拉普”也力求制定出一个统领全局、人人服从的“创作方法”。1920年代后期，“拉普”及其主要领导人曾先后提出过“无产阶级的现实主义”、“客观现实主义”、“宏伟的、英雄的、浪漫的现实主义”等新概念。这些概念均一度被运用于当时的文学理论与批评。1929年，阿维尔巴赫、法捷耶夫、叶尔米洛夫等人又提出所谓“辩证唯物主义创作方法”。1930年，法捷耶夫更明确提出具体要求。他说：无产阶级艺术家必须是“辩证唯物主义者”；“我们需要一种艺术，它将保证最大限度地认识运动与发展中的客观现实，以便按照无产阶级的利益来改造它”；所有的体裁必须“处于辩证唯物主义的统一的风格范围之内”[1]。1930 年代初，“拉普”提出的“辩证唯物主义创作方法”曾被提到第一位，被看成是对新型艺术方法的一种精确的表述。有人甚至认为，恩格斯《致玛·哈克奈斯的信》也证实了“拉普”关于创作方法的口号的正确性。当时，在“拉普”内部形成的一些反对派（如以别泽缅斯基等为代表的“文学阵线”，以潘菲洛夫、斯塔夫斯基为首的“拉普”作家集团），也无保留地赞成“辩证唯物主义创作方法”。显然，“拉普”领导人是企图通过推广这一新概念来规范作家们的创作思想、艺术方法乃至风格、体裁，从思想上，理论上实现文学的一统化。

“拉普”关于建立文学一统化格局的企图，虽然在 1920 年代就已有之，但它在当时的社会条件和文坛氛围中，尚难以真正实现。俄共（布）中央 1925 年《关于党在文学方面的政策》曾明确指出：主张在文学方面“各种文学和流派自由竞赛”，“不能听任即使在思想内容上最为无产阶级的任何集团实行独占”[2]。布哈林也曾经说过：在文学中不能拒绝“自由的、无政府主义的竞争原则”[3]。这些政策和主张及其所由产生的时代气氛，都在一定程度上遏制了“拉普”实现文学一统化格局的图谋。但是到了 1930 年代，情况已经根本不同。集权制的政治经济体制要求文学的一统化局面。“拉普”一度感到自己的良机已经到来，曾在 1931 年和 1932 年初紧跟形势发展，以本组织文件形式宣布“斯大林讲话的每一部分都是艺术作品有价值的主题”，号召为“实现斯大林同志著名信件的指示”而战斗，甚至提出向“文学富农”进攻。然而“拉普”毕竟树敌太多，它不可能成为一统化格局中一个有着真正威望和凝聚力的核心组织，它的“辩证唯物主义创作方法”也因其过于明显的庸俗性而无法作为统一所有作家思想的口号和旗帜。于是就有联共（布）中央 1932 年 4 月《关于改组文艺团体》的决议的颁布。

这份决议的直接作用是导致作家组织形式上的改组：取消“拉普”、“伏阿普”，建立单一的苏联作家协会。但除此之外，它还有一个更为重

---

① ［苏］法捷耶夫：《拥护辩证唯物主义艺术家》，转引自张秋华等编选《“拉普”资料汇编》（上），中国社会科学出版社 1981 年版，第 382 页。

② 人民文学出版社编辑部编：《苏联文学艺术问题》，曹葆华等译，人民文学出版社 1953 年版，第 8 页。

③ Бухарин Н. *Революция и культура: Статьи и выступления* 1923 – 1936 *годов*. Москва: Фонт имени Н. И. Бухарина. 1993, с. 65.

要的作用，即该决议“特别有力地把苏联文学的基本创作方法问题列入了议事日程”[①]；说得更清楚些，就是“决议是社会主义现实主义成为主要的创作方法，成为主要的方向的道路上的重要里程碑。”[②]事实也正是如此。根据决议成立了一个负责筹建苏联作家协会的专门团体——“组织委员会”，《消息报》编辑伊·格隆斯基和吉尔波丁分别担任该委员会的主席和书记。在组织委员会为组建苏联作家协会而展开活动的同时，《真理报》在就决议的公布而发表的一篇社论《提高到新的任务的水平》中提出：在“新的任务”面前，必须有一个“共同的创作纲领”，也就是“苏联文学的创作方法”。显而易见，在决议颁布时，制定一个“创作纲领”、提出一种“创作方法”的问题，就已经决定了，剩下的只是找到合适的表述形式。

“拉普”对联共（布）中央决议迅即作出了反应，其领导人很快就向联共（布）中央递交了一份声明，要求撤销决议。在看到决议不可能撤销后，他们又提出四点建议，一是在作协内部建立一个独立的“无产阶级文学组织”；二是把“辩证唯物主义创作方法”作为苏联作协的基本创作方法。但这两项建议均被驳回。除了统一的作家协会之外，不可能再有任何其他文学组织存在。关于“创作纲领”——“创作方法”的表述方式，格隆斯基曾建议称作“无产阶级的社会主义现实主义”，或“共产主义现实主义”。斯大林在听取格隆斯基的意见后，当即主张“把苏联文学和艺术的创作方法称为社会主义现实主义”[③]。至此，“辩证唯物主义创作方法”已被否定。1932 年 5 月 20 日格隆斯基在莫斯科文学积极分子会议上宣布“社会主义现实主义方法是苏联文学的基本方法”，不过是第一次公开传达斯大林的意见。对于这一点，“拉普”领导人之一叶尔米洛夫后来说得很坦率：“社会主义现实主义风格是来源于斯大林的理论。”[④]这一切都表明，成立统一的苏联作家协会，确立苏联文学的“基本创作方法”是“社会主义现实主义”，在 1932 年决议公布后即已决定。1934 年的第

---

① ［苏］巴斯凯维奇：《1932—1934 年关于社会主义现实主义的讨论》，载中国科学院文学研究所苏联文学组编《苏联作家论社会主义现实主义》，人民文学出版社 1960 年版，第 158 页。

② ［苏］阿·梅特钦科：《继往开来——论苏联文学发展中的若干问题》，石田、白堤译，中国社会科学出版社 1983 年版，第 228 页。

③ Гронский И. И Овчаренко А. “Переписка”. *Вопросы литературы*, 1989, № 2, с. 148.

④ ［苏］叶尔米洛夫：《艺术风格和生活风格》（1933），转引自薛君智《美国学者论社会主义现实主义的起源》，载《苏联文学》1980 年第 2 期。

一次作家代表大会，不过是履行程序上的“通过”手续而已。

由于 1932 年联共（布）中央决议的公布，直接导致了“拉普”的解散和“辩证唯物主义创作方法”的被否定，因此历来一些批评家、文学家将这项决议的发表与实施，视为击退以“拉普”为代表的极左文艺思潮的一个重要步骤，一种胜利。这种看法至少是过于表面化了。须知，从理论上看，直到 1932 年 3 月（“决议”公布前一个月），《真理报》还在表扬“拉普”的“理论路线”基本正确，是从列宁主义出发的①；从组织上看，“拉普”的主要领导人阿维尔巴赫、叶尔米洛夫、法捷耶夫、基尔尚、阿菲诺根诺夫等人，都全部被吸收进根据决议而组建的作家协会组织委员会。联共（布）中央决议并未从根本上否定“拉普”及其极左文艺思想。

更应值得注意的是，“拉普”一直苦苦追求的作家队伍和创作思想上的一统化，在它自身不复存在之后，却以另一种形式得到了实现。其一，根据决议而成立的苏联作家协会，是文学组织一统化形成的标志。在作协成立之后，各种文学团体和派别均失去了合法存在的可能性。在后来的实际文学生活中，本来是作为作家群众团体的作家协会，事实上渐渐变成了一个文学行政管理部门。它执行集权制体制所需要的极左路线，时刻不脱离“当前的政治任务”，用行政手段干预作家的创作，直接或间接地控制着报刊和出版社的活动，决定着作家作品甚至作家个人的命运。对作家实行控制的手段之一是开除作家的会籍，而一位作家一旦失去了“苏联作家”的身份，不仅失去了发表作品的机会，而且个人生活也受到直接影响。作家协会对作家的一统控制，已大大越出了原先“拉普”的作用范围。

其二，由决议公布后即开始确立、至第一次作家代表大会召开正式通过的“社会主义现实主义”创作方法，则是从理论上、思想上对文学实行一统化控制的公式和标尺。“社会主义现实主义”被规定为“苏联文学创作和文学批评的基本方法”，这就使得变迁时代作家和诗人们在创作方法的运用上还可能进行的选择，在 1930 年代已成为不可能。自白银时代就开始出现，到变迁时代继续发展的在艺术方法和表现形式方面的积极探

① 参见张秋华等编选《“拉普”资料汇编》（上），中国社会科学出版社 1981 年版，第 395 页。

索和试验，在滑坡时代的国内俄罗斯文坛已被迫停止。一批坚持以清醒、严峻的现实主义目光审视现实生活的作家，一批成功地运用象征、荒诞、“变形”、反讽等非现实主义的艺术手段来表现生活的复杂矛盾的作家，均受到冷遇、限制、排斥、批判乃至处罚。一切从作协章程关于创作方法的条文出发，“要求艺术家从现实的革命发展中真实地、历史具体地去描写现实”，事实上是要求作家只写光明面，只唱赞歌。批判精神被视为故意给现实抹黑。“保证艺术创作有特殊的可能性去表现创造的主动性，选择各种各样的形式、风格和体裁”，这一条文则从一开始就成为一句真正的空话。如果说，过去人们还可以对“拉普”杜撰的“辩证唯物主义创作方法”提出质疑，那么，现在已没有任何人敢于公开怀疑和批评“社会主义现实主义”这一文学的最高律条了。“拉普”头目对文学思想上一统化格局的特殊形式的建立，应当说是心领神会。在 1932 年 4 月联共（布）中央决议颁布前不久还在鼓吹“辩证唯物主义创作方法”的叶尔米洛夫，到 9 月间已经发表长文在那里阐发“社会主义现实主义”的基本原则了。“拉普”领导人当然更会看到，作协章程中关于“社会主义现实主义”的定义，是多么接近法捷耶夫就“辩证唯物主义创作方法”对作家们提出的具体要求。

就这样，“拉普”在 1920 年代就梦寐以求的文学一统化格局在 1930 年代终于形成。它所代表的极左文艺思潮，在极左政治和个人崇拜泛滥的特定时代条件下，上升为政策性、指令性的文艺指导思想，控制文坛达 20 余年之久。

4

极左文学思潮的泛滥和文学一统化格局的形成，并没有像某些文学史家们所断言的那样，带来什么文学的繁荣。恰恰相反，1930 年代至 1950 年代初，俄罗斯本土文学出现了大面积滑坡。这既表现在作家队伍受到严重的破坏，又显示于优秀的作品大幅度减少，低劣的应时之作充斥文坛。文学、作家和自己的民族一起遭遇了一个艰难、压抑的岁月。

接踵而至的反右倾、反对托派、消灭富农阶级、肃反和大清洗等政治运动，没有哪一场曾经稍稍宽恕过作家队伍。1930—1940 年代，无数作家、诗人、批评家、艺术家遭到了逮捕、监禁、流放和被镇压的命运。才华横溢的诗人曼德尔什塔姆、克留耶夫、克雷奇科夫、彼得·奥列申、纳尔布特，优秀的小说家皮里尼亚克、巴别尔，颇负盛名的舞台艺术家梅耶荷德，杰出的批评家德·米尔斯基，或以种种莫须有的罪名被处以极刑，或丧生于集中营、流放地。原“山隘派”的主要成员伊万·卡达耶夫、鲍·古别尔、彼得·斯廖托夫、尼·扎鲁津、阿·列日涅夫等人，都同他们的支持者沃隆斯基一样，被作为“托派分子”而遭到清洗。弗·扎祖勃林、巴·多罗霍夫、塔拉索夫—罗季奥诺夫、阿·维肖雷、阿·帕·卡缅斯基、弗·基里洛夫、谢·特列季亚科夫、阿·加斯捷夫、米·柯尔佐夫等诗人和作家，也同样没能逃脱被镇压的命运。在个人崇拜泛滥时期被非法处以死刑的作家远远超过了这份名单所列出的范围。

有一些作家虽只是被投进监狱或集中营，但是他们的归宿也并不好一些。在大清洗年代，在极左路线占统治地位的严酷时期，大部分被关押、“遣送”、流放的作家最终都没有能够生还，只有扎鲍洛茨基、艾尔德曼、加·约·谢列勃得亚科娃等少数作家是一种例外。艾尔德曼在 1920 年代曾以讽刺喜剧《证书》和《自杀者》震动过俄罗斯剧坛，但不久两剧均被禁演。在大清洗时期，他遭到逮捕，在监禁和集中营中度过了 20 年。《法国大革命时代的女性》与《马克思的青年时代》的作者谢列勃利科娃，也同样在监狱和流放中熬过近 20 年，后侥幸得以生还，1957 年才回到文学生活中。诗人尼古拉·扎鲍洛茨基自完成长诗《农业庆典》之后，噩运便随之而来。该诗被谴责为具有反农业集体化的倾向，准备刊出这篇诗作的《星》杂志 1933 年第 2—3 期合刊被勒令立即停印，后来仅发表一篇经审查机关删改的作品。1938 年，他遭非法逮捕和关押，后被遣送至远东、阿尔泰等地服苦役达八年之久。这段致命的折磨结束后，扎鲍洛茨基已失去了最宝贵的年华。

与行政处置措施相配合的是严格的书刊检查和接二连三的批判运动。陀思妥耶夫斯基等 19 世纪经典作家被戴上“反动作家”的帽子，他的作品被禁止再版印行。白银时代曾活跃于文坛，革命后侨居国外的几乎所有作家的作品，都失去了在俄罗斯国内出版的机会。白银时代即已取得相当成就，革命后仍留在国内的作家中，除了那些被清洗和监禁的，其作品自然不可能再出版印行外，另一些因去世稍早，没有受到政治处理的作家，其作品也同样被禁止出版，如叶赛宁、索洛古勃、赫列勃尼科夫、别雷、沃洛申、库兹明等。散文家扎米亚京自小说《我们》在国外发表之后，便受到激烈批判，1929 年后就已无法继续写作，不得不于 1931 年离别俄罗斯。风格独特的作家普里什文所写的优美的故事《人参》(1933)，通过一个有教养的欧洲人“我”和一个以大自然为家的中国人罗文之间的交往，传达出关于文化、关于生命的意义、关于人与人之间和谐相处的思考，表现了普通人渴望从畸形的社会和虚伪的道德观所造成的束缚中解放出来的意念。这本是一部颇有创意的作品，但在 1930 年代却和作家的其他作品一起，遭到抨击和批判，被指责为没有描写新的人物，没有反映革命现实。

作家米·布尔加科夫的创作命运特别可以显示出极左文学思潮对文学发展的阻遏与破坏作用。他的小说《不祥的蛋》和《狗心》，早在 1920 年代中期就受到“拉普”的批判，根据小说改编的剧本《狗心》也被禁止演出。他的剧本《图尔宾一家的命运》、《逃亡》和《卓依卡的住宅》，虽然受到观众的热烈欢迎，也同样未能逃脱遭禁演的命运。从 1920 年代末期开始，他的作品便很难发表，他的剧本也很难上演，因为他的几乎所有的创作都被认为是具有“颠覆性质”的。1930 年代，他只能在莫斯科艺术剧院担任艺术顾问，借以为生。他的杰作《戏剧小说》、《大师与玛格丽特》都是在他死后 20 多年才得以出版的。现代俄罗斯文学中最优秀的诗人和作家之一帕斯捷尔纳克，在他的创作盛年，为了避免极左思潮的打击与迫害，不得不中止文学创作，转向外国文学作品的翻译工作。1933—1943 年间，他没有出版过任何一部作品。杰出的女诗人阿赫玛托娃，虽在白银时代的诗坛即享有盛名，但是从 1920 年代初期她的诗作就不能发表，此后她只得将自己的才华与精力转入对普希金等古典诗人和列宁格勒建筑艺术的研究上，并从事文学翻译。1940 年代后半期，她再次遭到更为凶猛的抨击。

这种文坛气氛迫使还没有被逮捕或流放的作家们要么沉默，要么强行改变自己的风格。白银时代老一辈现实主义作家魏列萨耶夫，在变迁时代尚有《绝路》等较成功的作品问世，但到 1930 年代迫于极左风潮的压力，不得不尝试着去写一部知识分子参加新文化建设的作品《姐妹们》，终因曲意杜撰，并非出自真正的创作冲动而失败。作家只得避开文学创作这一荆棘丛生的领域，转入文学翻译与研究。另一作家普拉东诺夫在 1920 年代末曾推出《疑虑重重的马卡尔》、《储藏备用（贫农纪事）》等作品，显示出锐利的批判锋芒，却招致愈来愈猛烈的讨伐。他的杰出作品《切文古尔镇》、《地槽》等，更是不可能发表。他不得不检讨自己的"错误"，收敛锋芒，变化风格，写一些歌颂新人新事的作品。然而在整个1930—1940 年代，他的作品不是被禁止发表，就是一发表即遭凶狠的批判。直到 1951 年去世，他的文学命运始终没有变得稍好一些。以写幽默故事和讽刺作品著称的作家左琴科，在 1920 年代就已拥有大量读者。在1930 年代强调"社会主义现实主义"原则的氛围中，他一再受到批判、"调查"和警告。于是，他也真心实意地转而去描写新的题材，努力去适应时代。但是结果，他不仅浪费了自己的才华，只出产了一些平庸之作，而且这样做也未能改变他的命运。当他的创作个性顽强地再度显示出来时，立即再次遭受致命的打击。和左琴科同为"谢拉皮翁兄弟"成员的西伯利亚作家弗·伊万诺夫，在变迁时代曾以《装甲列车 14—69》和《彩色风》等作品获得巨大成功。时至 1930 年代，在极左批评的压力下，他开始修改自己过去的作品，并试图以正面描写经济建设的小说来加入屈从与遵奉的潮流。这就使得他那些修改过的旧作失去了生活气息，新作则远远达不到他自己以往作品的水平。他的艺术良心使他从战后起一直保持沉默，实际上是退出了文学生活。在 1920 年曾以小说《嫉妒》一举成名的作家尤里·奥列沙，深感自己的梦想与情感离时代无限遥远，根本无法按"时代要求"写作，干脆主动告别文坛，自 1934 年起就不再发表任何作品，仅偶尔写一些短评、随笔和作家回忆录。

如果说，行政处置措施、书刊检查制度和声讨式的批判，宣布了什么样的作品不准写、不准发表，那么，日丹诺夫在第一次苏联作家代表大会上的"讲演"，则对"应当什么样写"、"写什么"作了最有代表性的表述。日丹诺夫为一种据说是"最有思想、最先进和最革命文学"规定了主题、"选题的基础"、"主要典型和主要人物"以及描写方式，直接号召"使作家的创作能适应于社会主义所已经达到的胜利"[①]。这同"拉普"在 1930 年所说的描写五年计划和阶级斗争是苏联文学"唯一重要的问题"，并无多大区别。虽然在"拉普"的霸道作风盛行年代里出现的带强制性的作家旅行（"搜集创作素材"）、文学突击队活动、"计划文学"

---

① ［苏］日丹诺夫：《在第一次苏联作家代表大会上的讲演》，载《苏联文学艺术问题》，人民文学出版社 1953 年版，第 22—23 页。

（集中一些作家突击性地描写某些先进企业或农庄），已随着“拉普”组织的解散而被废除，但是仍然要求作家配合特定时期政治经济方面的中心任务来确定选题、进行创作。于是在1930年代便先后出现了革拉特科夫的《动力》（1932—1938），瓦连京·卡达耶夫的《时间呀，前进!》（1932），潘菲洛夫的《磨刀石农庄》（1928—1937），肖洛霍夫的《被开垦的处女地》（第一部）（1932），莎吉娘的《中央水电站》（1930—1931），马雷什金的《来自穷乡僻壤的人们》（1937—1938），克雷莫夫的《油船“德宾特”号》（1938），列昂诺夫的《斯库塔列夫斯基》（1932）等作品。

这类作品或反映农业集体化运动，或描写某一钢铁厂、煤田或水电站的建设过程，基本上是“按照生活的鲜明足迹”创作，也即直接取材于当时现实的。它们一般是从两个阶级、两种世界观的对立的角度来设置人物的，在作品的形象体系中，往往有阶级嗅觉灵敏、政策水平高且掌握专业技术的正面人物，软弱动摇的知识分子以及阶级敌人。特定时期经济建设和社会运动中的阶级斗争，即是经由这些人物之间的冲突与矛盾而得到表现的。这些作品通常总是显示出用“新人”典型及其先进事迹来教育、鼓舞广大读者的目的，从风格上看大都具有一种虚夸的浪漫主义情调、理想化色彩和政论性特点。不难看出，作家们正是遵照“社会主义现实主义”原则结撰这些作品的，它们也因此而成为这种模式的一批代表作，并成为一些评论家吹捧的对象。例如在1933年，潘菲洛夫的长篇小说《磨刀石农庄》第三部就因为“体现了斯大林讲话的内容”，受到《文学报》的热烈赞扬。同年，革拉特科夫的小说《动力》也受到称颂，《真理报》社论甚至说它是“党的工作者的指南”，并指责那些不欣赏这部作品的人们。有的文学史教材将上面提到的几部作品视为“题材新颖、思想深刻、艺术性高的作品”的代表，说它们“都产生了良好而深远的社会效果”[①]。事实说明，这种断语完全是浮泛而虚妄的。由于这些作品没有真实地表现1930年代俄罗斯人民的情绪与呼声，今天它们已无人一顾。

以往的一些文学史家们，乐于将上述作品视为1930年代文学创作中的“佼佼者”。它们的命运尚且不过如此，更不用说同时期巴甫连科等人

---

① 朱维之等主编：《外国文学简编（欧美部分）》，中国人民大学出版社1994年版，第469页。

的小说，包戈廷、阿菲诺根诺夫、弗·基尔松等人的剧作，还有大量涌现的颂歌和赞歌了——它们更由于缺少艺术价值而很快就被人们遗忘。但是在当时，这类作品却曾一度走红。那一特定时代的文学风气使得作家与诗人们不仅肯定与歌颂“光明面”、“正面现实”，拔高描写各类“英雄人物”，更热衷于加入“个人崇拜”的潮流，为极左政治路线和斯大林本人唱赞歌。如尼·叶·维尔塔的众多作品，其实是从各个方面对斯大林及其极左政策进行言过其实的歌颂，但他的小说《孤独》（1935）却于 1941 年获得国家文学奖。甚至像阿·托尔斯泰那样的杰出作家，也在他的小说《粮食》（1937）中，不符合历史实际地过分突出斯大林个人的作用，把察里津保卫战中一些本来并不属于他的功绩归结到他的名下加以颂扬。曾经被称为“无产阶级诗歌艺术”之代表的杰米扬·别德内依，竟然在大批无辜者遭非法清洗的 1938 年，在《真理报》上发表《要无情地镇压!》一诗，直接为践踏社会主义民主与法制的行径摇旗呐喊。这已不仅是文学的滑坡，而是文学的堕落。

5

1941—1945 年卫国战争年代的文学，是现代俄罗斯文学发展进程中的一个特殊阶段。战争使文艺指导思想的极左倾向受到某种遏制，文坛氛围稍显宽松。但这只是一个为时短暂的历史间隙。在战后个人崇拜迅速达到顶峰的时代条件下，极左文艺思潮泛滥成灾，造成俄罗斯本土文学更严重的滑坡。战后七八年时间，成为现代俄罗斯文学史中、甚至整个 20 世纪俄罗斯文学史中的一段最荒凉的岁月。

战后极左文艺指导思想的主要推行者之一，是当时主管意识形态的联共（布）中央书记安·日丹诺夫。标志着战争结束后文艺政策变化的第一个文件——以联共（布）中央名义发出的《关于〈星〉和〈列宁格勒〉两杂志》（1946 年 8 月 14 日）的决议，就是由日丹诺夫亲自起草的。由此开始陆续发布的文学艺术方面的一系列决议，如《关于剧场上演节目及其改进办法》（1946 年 8 月 26 日），《关于影片〈灿烂的生活〉》（1946 年 9 月 4 日），《关于穆拉杰里的歌剧〈伟大的友谊〉》（1948 年 2 月 10 日），均是在日丹诺夫的主持下制定的。围绕上述决议及其所涉及的问题，日丹诺夫还作过一系列讲话，如《关于（星）与〈列宁格勒〉两杂志的报告》（1946 年 9 月），《在联共（布）中央召开的苏联音乐工作者会议上的发言》（1948 年 1 月）。这位早在 1934 年第一次苏联作家代表大会上就发表讲演，对“社会主义现实主义”作出解释的官员，到战后时期已成为直接掌管文艺领导大权的人物。战后的俄罗斯本土文学生活是与日丹诺夫的名字紧密联系的，打上了“日丹诺夫主义”恶劣影响的印记。“日丹诺夫主义”是个人崇拜盛行、极左政治路线猖獗时期文艺指导思想“左倾”化的集中体现。1946 年 9 月 4 日《苏联作家协会理事会主席团的决议》，联共（布）中央 1948 年 9 月 11 日《关于〈鳄鱼〉杂志》、1949 年 1 月 11 日《关于〈旗〉杂志》的决议等，同样是日丹诺夫主义的产物。

从上文提及的一系列决议和报告所涉及的具体文学现象和问题可以看出，日丹诺夫主义的目的是杜绝一切稍有“异端”表现的文学，把文学创作与批评完全纳入绝对符合个人崇拜和极左政治所要求的轨道。如《星》和《列宁格勒》本是当时苏联有影响的两家大型综合性文学刊物，其所在地列宁格勒（圣彼得堡）在俄罗斯历史上向来是以受到西方文化影响较大的城市著称的，这两家杂志也体现了这种气息。1946 年第 5—6 期《星》杂志刊出了作家左琴科的讽刺小说《猴子奇遇记》。同时，该刊还与《列宁格勒》一样，发表了诗人阿赫玛托娃的一些诗作。左琴科的小说针对苏联社会中的一些丑陋现象发出嘲讽，阿赫玛托娃的诗则表明她独自沉浸在对祖国、历史和个人命运的思考里，两者都不符合“社会主义现实主义”原则。于是，联共（布）中央决议谴责两杂志刊登“在思想上背道而驰的作品”，批评列宁格勒市委，让左琴科和阿赫玛托娃等人“在杂志中占据领导地位”，指责以吉洪诺夫为首的苏联作家协会理事会的“纵容”态度。决议责令《列宁格勒》杂志“立即停刊”，改组《星》杂志编辑部，并下令“停止刊登左琴科、阿赫玛托娃以及他们这一类人的作品”。苏联作家协会理事会主席团也根据联共（布）中央决议作出相应的决议，决定开除左琴科和阿赫玛托娃的苏联作家协会会籍，解除吉洪诺夫的作协理事会主席职务。

《关于剧场上演节目及其改进办法》的决议，指责当时一些剧院热衷于上演“没有任何历史意义和教育意义”的历史剧，以及“劣等的和下流的”、“宣传反动的资产阶级思想和道德”的外国剧，而同时上演的少量的现代剧则是“艺术性很低，没有思想的”。决议强调要加强对上演剧目的审查，其实质是禁止演出揭示生活阴暗面，表现人们的落后和庸俗的剧本。《关于影片〈灿烂的生活〉》，则从批判与禁止上映由尼林编剧、卢科夫导演的一部影片开始，点名批判了爱森斯坦、普多夫金等一系列名导演执导的“一些失败的和错误的”影片，其中爱森斯坦的罪名被认为是把伊万雷帝描写为哈姆雷特式的“优柔寡断的人”，把他的“进步的近卫军”描写成“堕落的匪帮”。针对格鲁吉亚作曲家穆拉杰里的歌剧《伟大的友谊》所作出的决议，则尖锐地批判了肖斯塔科维奇、普罗科菲耶夫、哈恰图良等著名作曲家的“反人民的形式主义倾向”。

围绕 1946 年、1948 年有关文学艺术问题的决议，日丹诺夫作过相应的长篇演说或报告。日丹诺夫的言论是极左文艺思想的一种极端的、集中的表现。他要求一切文学活动都必须“以政治为指针”，强调当时的苏联文学是“世界上最先进的文学”；把西方现代文学艺术视为洪水猛兽，称其中“充满着恶棍、歌女、对一切冒险家与骗子的通奸和奇遇的赞颂”；完全否定现代俄罗斯文学中的所有非现实主义流派，把这些流派的一些主要作家称为“政治和艺术上反动的蒙昧主义与叛变行为的代表者”。对于左琴科和阿赫玛托娃，日丹诺夫更是竭尽谩骂、侮辱之能事。他称左琴科为“市侩和下流家伙”，“文学的渣滓”，“与苏联文学背道而驰的无聊文人”，说左琴科的《猴子奇遇记》等是“一些野兽式地仇恨苏维埃制度的有毒作品”。日丹诺夫对阿赫玛托娃的辱骂更为恶毒，他称这位女诗人为“混合着淫秽和祷告的荡妇和尼姑”，说她的诗歌是“奔跑在闺房和礼拜堂之间的发狂的贵妇人的诗歌”①。历史冷静地记下了这些谩骂性的话语，让人们永远可以看到：日丹诺夫主义在当年是怎样对待那些有突破其制约之举的作家和诗人们的。

1949 年初对《旗》杂志的批判，同样显示出极左文艺指导思想对文学创作的直接干涉在战后所达到的程度。《旗》杂志在 1948 年曾发表纳·梅利尼科夫的《编辑部》，艾·卡扎凯维奇的《草原伙伴》，雅塔夫斯基的《医生的心》、《盲目的幸福》等小说。这一年岁末，联共（布）中央以检查文学领域对 1946 年关于《星》和《列宁格勒》两杂志决议的

① ［苏］日丹诺夫：《关于〈星〉与〈列宁格勒〉两杂志的报告》，载《苏联文学艺术问题》，人民文学出版社 1953 年版，第 39—41、46—47 页。

执行情况为由，在听取全国各主要杂志编辑部汇报的会议上，严厉批评了《旗》杂志的“一系列严重错误”，紧接着又于 1949 年 1 月 11 日作出《关于〈旗〉杂志社》的决议，着意将对于《编辑部》等小说和《旗》杂志的批判扩展为全国性的思想批判与整顿运动。1 月 15 日，《文学报》为此发表社论，谴责《旗》的“自由化错误”，说该刊编辑部“离开了文学的布尔什维克党性原则”。根据决议精神，苏联作家协会立即着手“纠正”《旗》杂志的错误。

“反世界主义”和对形式主义的再批判，是 1940 年代末两场颇有声势的批判运动。1948 年 12 月，在苏联作家协会理事上，发动了一场“反对形式主义、唯美主义和资产阶级世界主义集团”的讨伐。批判锋芒首先指向一个所谓“反爱国主义剧评家集团”，其中包括古尔维奇、尤佐夫斯基、阿尔特曼等犹太血统的戏剧批评家。《真理报》、《文学报》及《文化与生活》等报刊，于 1949 年初陆续发表社论、编辑部文章和署名文章，称这些剧评家为对“西方剧作家和西方剧场顶礼膜拜”的世界主义者。其实，这批剧评家不过是实事求是地批评了那种粉饰现实、奉行“无冲突论”的剧本，不赞成那种把苏联—俄罗斯说得完美无缺的所谓“爱国主义”，并号召向西欧古典戏剧大师学习。“反世界主义”运动从戏剧评论扩展到文学、电影、音乐、美术，乃至哲学、经济学、生物学、医学等各个领域。在 1940 年代末到 1950 年代初的几年中，几乎所有被批判的作家、批评家、作曲家、画家或哲学家、经济学家、生物学家都要被扣上“世界主义者”的帽子。文学研究中的形式主义流派，受到继 1920 年代中期、1930 年代中期之后的第三次批判，而且和所谓“世界主义”挂起钩来。鲍·托马舍夫斯基、日尔蒙斯基、艾亨巴乌姆等人的“一切文学都是相互依存的”观点被指责为资产阶级世界主义观点；一些从事比较文学研究，特别是俄国古典作品的国外渊源研究的学者，被贬斥为“无根者、无国家的世界主义者”。批判者们还追本溯源，强调俄国形式主义者“一直站在形式主义和唯美主义立场上”，继承了 19 世纪语文学者亚·维谢洛夫斯基的“资产阶级自由主义”的文艺学。

自 1946 年起连续不断地以联共（布）中央名义发出的一系列决议，日丹诺夫等人关于文学艺术问题的报告和演说，改组苏联作家协会（由法捷耶夫代替吉洪诺夫任作协总书记），改组《星》杂志编委会等对待一些报刊的行政措施，开除左琴科、阿赫玛托娃等作家的作协会员资格，持续开展的广泛的批判运动，这一切使得战后文艺界为一种人为的恐怖气氛所笼罩。作家和批评家们不再敢于进行文艺理论和创作实践上的任何探索，不再敢提向古典作家和西方文学学习。他们在理论上只能去转述、宣传中央决议精神和日丹诺夫讲话的观点，在创作上只能按照日丹诺夫主义的要求去写一些顺应时势的作品。在批判、开除、逮捕、流放、镇压的威胁面前，人们或委曲求全，或保持沉默，或检讨认错，文坛出现了万马齐喑的困难局面。战后至 1950 年代初的七八年时间内，除了伊万·诺维科夫的《流放中的普希金》（1947）、阿·诺维科夫的《一个音乐家的诞生》（1950）、奥·福尔什的《自由先驱》（1950—1953）、维·希什科夫的《叶美良·普加乔夫》（1945）等历史小说取得了一定成就外，在文学创作领域很少有什么建树可言。普拉东诺夫的《归来》、左琴科的《猴子奇遇记》、格罗斯曼的《为了正义的事业》等作品，一发表出来就遭到猛烈批判。法捷耶夫和瓦·卡达耶夫被迫按照官方教条分别修改他们各自的本来写得较成功的作品《青年近卫军》和《保卫苏维埃政权》，修改到能够为日丹诺夫主义所认可的程度。甚至像阿·托尔斯泰、列昂诺夫、费定、爱伦堡这样的有才华的作家，在当时也曾经程度不同地屈从于时势的压力，违心地写出一些有吹捧之嫌的失败之作。

战后至 1950 年代初期受到官方肯定和赞扬、一度走红的作品，首先是一批为个人崇拜唱颂歌的小说和剧本。如巴甫连科的《幸福》（1947），以雅尔塔会议为背景对斯大林进行露骨的吹捧；李别进斯基的《光芒》（1953）描写 20 世纪初期俄国革命运动，特别是高加索地区的革命运动，不顾历史事实地夸大斯大林在当时所起的作用；费定在《不平凡的夏天》（1948）一书中，同样违背历史真实，把斯大林描绘成国内战争时期的英雄；剧作家弗·维什涅夫斯基也写了一部歪曲历史、吹捧斯大林的完全虚假的剧本《难忘的 1919 年》（1949）……。在电影方面，风行一时的所谓历史传记片、“艺术性纪录片”和“纪念碑式的史诗片”，如《伊万雷帝》（第一集）、《伟大的转折》、《攻克柏林》、《第三次打击》等，也都同样不恰当地夸大、突出斯大林个人的意义，以呼应个人崇拜的潮流。

日丹诺夫主义的另一直接效用，是催生了一批伪浪漫主义和伪现实主义作品。这两类作品都是粉饰现实，掩盖社会矛盾，构成“无冲突论”恶劣影响之下出现的有着异曲同工之妙的两大作品系列。两类作品的区别在于：前者往往为一种虚假的乐观主义所笼罩，作品中充满着胜利和喜庆的场面，人物是完美无缺、非凡高尚的，环境是一片光明、无限美好的，语言风格上则显示出对文件用语和报刊宣传词汇的直接照搬；后者则依照“无冲突论”公式“安排”现实，组织情节，设置人物，以冗长、沉闷的叙述代替对生活真实的描写，布局上总是在“克服困难”之后出现大团圆结局。巴巴耶夫斯基的《金星英雄》（1947—1948）、《光明普照大地》（1949—1950），布宾诺夫的《白桦》（1947—1952），尼古拉耶娃的《收获》（1951），潘菲洛夫的《在受难者的国家里》（1948）等长篇小说，都具有伪浪漫主义特点。柯切托夫的《茹尔宾一家》（1952），阿扎耶夫的《远离莫斯科的地方》（1948），马尔采夫的《全心全意》（1948），扎克鲁特金的《水上渔村》（1950）等作品，则更多地具有伪现实主义倾向。这两类小说中的人物形象均缺乏个性，在情节结构上则回避性格冲突，有明显的概念化倾向，造成既无思想深度，又无艺术感染力。

日丹诺夫主义的恶劣影响同样作用于其他文学体裁。如在戏剧领域，柯涅楚克的《雪球花林》（1950）为描写“好与更好”之差别的“无冲突”剧本提供了典范。西蒙诺夫在战时写的《必将如此》（1944）就回避严酷的生活真实，以假象抚慰备受艰辛的俄罗斯人民；他的《异邦暗影》（1949）更是从一时的政治需要出发，先有主题，而后以形象图解。包戈廷的《矛枪折断时》（1953），据剧作家自己后来承认，是一部“非艺术性的”、带有“奴性”的作品，其中有些内容完全是虚假的、硬加上去的，因为当时他担心，不这样做这个剧本就不可能获得档案室的通过。索弗朗采夫的《莫斯科性格》（1948）、苏罗夫的《曙光照耀着莫斯科》（1951）等生产题材剧作，也是“无冲突论”戏剧创作的标本。在电影方面，充斥于影坛的除了宣扬个人崇拜的传记片、“史诗片”之外，便是回避现实矛盾、粉饰太平的当代题材片，如《丰盛的夏天》、《幸福的生活》等。在诗歌领域，也流行起外表华丽、内容宽泛的公式化诗歌，粉饰生活的“颂歌体”诗歌，表现手法单一，缺乏真情与新意。西蒙诺夫曾在他的诗作《我的朋友萨梅德·武尔贡在伦敦宴会上的讲演》中，把斯大林作为国际主义的象征和典范予以歌颂，折射出那个时期俄罗斯国内诗坛的一种时尚。

在战后至1950年代初出现的这些顺应时势，歌功颂德之作，早已没有了任何艺术感染力。时间公正地使它们成为文学史上偶然出现的一种现象，一种生命力极短的赝品。但是在当时，它们却身价百倍，其中有不少还获得了那时苏联的最高文学奖——斯大林文学奖金。这是一种真正的"斯大林奖金"，而不只是以他的名字命名的文学奖。他亲自命定该项资金的获得者候选人名单，删去一些作家和诗人们的名字，以另一些人的名字取而代之。他还亲身决定作家协会领导机构的组成人员。在世界文学史上，恐怕很难找到像他这样对文学关心得如此细致、如此周全、如此具体的国家首脑。

个人崇拜盛行时期严寒的社会生活气候，极左文艺思潮的大肆泛滥，造成了俄罗斯国内文坛百花凋零的不幸局面。现代俄罗斯文学史最后阶段的景象，看上去犹如一片广漠、萧瑟的荒原，只有几座高峰矗立在边际，或为历史的烟云所遮蔽，或尚未清晰地显示出完整的轮廓。文学在呼唤着一个较为温暖的时节的到来。当历史跨入 1950 年代，一些敏感的作家和诗人们已经隐约预感到某种新思潮的涌动，这股思潮定将为一度荒凉、暗淡的俄罗斯文学原野带来勃勃生机。

十六

突破日丹诺夫主义的努力

在1930—1950年代初俄罗斯本土文学大面积滑坡的总背景下，始终有一些作家和诗人以自己独特的方式抵制极左文艺思潮的干扰和日丹诺夫主义的制约。他们或者利用自身的某种特殊条件，继续沿着自己的运思轨迹前行，创作出成功的作品；或者以韧性的抗争姿态坚持独立的思想艺术探索，虽遭受批判、开除、迫害也在所不惜；或者在高压之下暗中写下了为时势所不容的作品，从而保留下关于那个特殊的历史年代的珍贵的艺术录影。历史已经清楚地表明，真正具有恒久艺术生命力的，不是那些在个人崇拜时期受到吹捧的应时之作，而是那些敢于抵制日丹诺夫主义、勇于为真理与艺术而献身的作家们的作品，这些作品构成现代俄罗斯文学"滑坡时代"的一部分主要艺术成果。从晚年的高尔基、帕斯捷尔纳克到阿赫玛托娃，米·布尔加科夫、左琴科等一大批作家所作出的艰难而悲壮的努力绝没有白费。他们在那一暗淡的文学时代所留下的文字，至今仍然闪耀着特殊的光彩。

1

极左文艺思潮在1920年代初见端倪、还只是有着一部分破坏影响时，就受到了俄罗斯国内文坛有识之士的坚决抵制。高尔基、沃隆斯基、卢那察尔斯基等人的文学活动，曾一度遏制了"拉普"的猖獗，为文学赢得了一个在变迁中继续发展的时机。进入1930年代后，由于极左政治路线占据统治地位，个人崇拜愈演愈烈，极左文艺思潮政策化、法令化，有思想的、正直的作家们已难能抵抗巨大的压力。高尔基的逝世，更意味着抵制极左文艺思潮的一种中坚力量的失却。然而，无声的抗议、韧性的抵制却始终没有停止。包括安德烈·别雷、曼德尔什塔姆、阿赫玛托娃、帕斯捷尔纳克、皮里尼亚克、普拉东诺夫、米·布尔加科夫、普里什文、左琴科等人在内，直到肖洛霍夫、格罗斯曼等一系列杰出的作家和诗人，在这文学滑坡的特殊时代均以不同的方式、在不同程度上对极左文艺思潮——日丹诺夫主义进行了抵制，写出了一些突破日丹诺夫主义限制的作品。他们的努力不仅使俄罗斯文学的优良传统得以保持，为其在新的历史时代的再度发扬光大提供了条件，而且它本身也是20世纪俄罗斯文学中又一内涵丰富的人文景观。

在抵制极左文艺思潮方面，高尔基曾经付出了极大的努力。他自1928年起每年从意大利回到国内住上几个月时起，就注意到了“拉普”的一些荒谬主张、错误行径及其对文学事业的恶劣影响。在《论精力的耗费》（1929）、《论文学》（1930）等文章及同时期的一些书信中，高尔基对“拉普”的某些口号和做法提出了尖锐的批评，嘲笑他们在文学中“实行军事共产主义原则”。当皮里尼亚克因在国外发表小说《红木》而受到“拉普”的过火批判和行政处理时，当米·布尔加科夫的小说《不祥的蛋》、剧本《逃亡》等作品遭到否定与攻击时，当扎米亚京因其富有个性特色的大胆探索而身处逆境时，当普拉东诺夫因一再遭到批判、因小说《切文古尔镇》不能发表而感到巨大的精神压力时，高尔基都挺身而出，批评、抵制“拉普”的霸道行为与荒谬观点，保卫、鼓励勇于艺术追求而遭受不公正对待的作家。他的那篇为皮里尼亚克受到粗暴指责而辩护的文章《论精力的耗费》发表后，立即招来“拉普”、“无产阶级文化派”的猛烈围攻，某些人说他的这篇“保护皮利尼亚克的文章……往无产阶级国家的敌人手上递送了又一件武器”①。高尔基又以《老生常谈》（1929）一文作答，再次回击“拉普”的谰言。但这篇有胆识、有见地的反批评文章，在当时却未被官方报纸拒绝登载。在这前后，高尔基还在一些文章和书信中正面称颂叶赛宁、帕斯捷尔纳克、左琴科等受到冷遇、否定、批判的作家，坚决抵制“拉普”极左思潮对文学的戕害。

1932年“拉普”解散后，极左文艺思潮有了新的表现形式。将“阶

---

① Баранов В. И. *Огонь и пепел костра. М. Горький: творческие искания и судьба.* Горький: Волго－Вятское книжное издательство, 1990, с. 346.

级斗争”观念引入文化和文学领域，把文化与文学工作政治化，这一套极左的庸俗做法使高尔基甚为反感。但当时的文学创作却因指导思想的急剧趋向极左而受到破坏性影响。为政策服务，忽视文学的审美本质，成为一种较普遍的现象。高尔基为提高文学质量、纯洁艺术语言而大声疾呼，期望能够制止文学的滑坡。当潘菲洛夫的《磨刀石农庄》、革拉特科夫的《动力》这类应时之作出现，且受到不少报刊捧场时，高尔基却对这两部作品持另一种看法，认为它们的作者使用了拙劣的、矫揉造作的语言。由此引发的高尔基与绥拉菲莫维奇之间的论战，成为1930年代初俄罗斯文坛的一件大事。高尔基强调必须同那降低文学质量的做法进行斗争，坚决肃清文学中的文学垃圾。此事发生于1934年第一次苏联作家代表大会召开前夕，系高尔基为阻止文艺指导思想极左化而付出的努力之一。如果联系到此前不久斯大林在接见乌克兰作家时亲自夸奖《磨刀石农庄》，认为它符合党的方针政策这一事实，就不难想象高尔基的胆略以及问题的严重性。

在第一次作家代表大会正式召开前半个月，高尔基在致斯大林的一封信中，指名批评了法捷耶夫、尤金、革拉特科夫，绥拉菲莫维奇、潘菲洛夫、维什涅夫斯基、李别进斯基等“拉普”作家和批评家，认为他们是“一些智力上衰退的人们”，有着“庄稼汉式的狡猾”，把文学当作“往上蹿的一块跳板”，并且正在组成一个小集团，想指挥作家协会。高尔基写道：“依我之见，它（指这个小集团——引者注）没有权利在事实上并必然在思想上领导文学，这是由于这个集团的理智力量微弱，也由于它在对待过去和现在的文学方面水平极低。”在同一封信中，高尔基建议不要让这个小集团的成员进入作家协会理事会，他还另外提出一份推荐名单，并请求不要让他本人担任作家协会主席一职，声明道：“我没有当主席的本领，更不能搞清小集团政治的诡诈狡猾。”高尔基还直言不讳地指出：之所以出现小集团、派别，是因为存在着庇护现象，“在某些负责同志身旁有一批文学家，他们受到‘达官贵人们’的特别保护，得到他们特别的和不负责任的吹捧”①。此言可谓一针见血。高尔基看到了问题的症结所在，但是他的仗义执言并未能有效地阻止一大批“拉普”作家进入协会理事会。

---

① Горький М. “Два письма Сталину”. *Литературная газета*, 10 марта 1993, № 10.

高尔基得以成功的努力之一，是争取布哈林在第一次作家代表大会上作了一个报告。“按斯大林的说法，高尔基甚至‘强迫’他力求达到指定布哈林作为作家代表大会的报告人，此人系在不久前完全失宠的，看来也是完全被压倒的，但高尔基也是在 1929 年就卖劲地保护他。”[1]布哈林得以在第一次作家代表大会上出现并向大会作报告，无疑增添了一份抵制极左文艺思潮的力量。当日丹诺夫以领导人身份在代表大会上解释“社会主义现实主义”定义，强调文学的政治倾向性和文学为政治服务，对作家们提出种种政治要求，要他们“增强自己的思想武装”，写出“与时代共鸣的作品”时，不是别人，恰恰是布哈林在他的题为《诗歌、诗学和苏联诗歌创作的任务》的发言中，提出了一系列与日丹诺夫报告形成鲜明对照的观点。布哈林号召作家们注意吸收古典文化和文学遗产，掌握艺术技巧，高度重视文学创作的质量问题，不要忽视俄国象征主义诗歌的成就。布哈林对勃洛克、勃留索夫、叶赛宁的诗歌创作，都作出了较为中肯的评价；同时还认为，杰米扬·别德内依仅仅“抓住新的主题，而其余的一切几乎全是陈旧的”，这就使他的诗歌明显落后与过时。在布哈林对马雅可夫斯基的“宣传性的”诗歌的评价中，也暗含着一种批评态度。布哈林称帕斯捷尔纳克为“我们时代的最卓越的诗歌大师之一”[2]，肯定他的通常是最远离当前现实的、独创性的诗歌，具有不可忽视的意义。布哈林的发言，显示出对日丹诺夫主义的一种反拨，对极左文艺指导思想的一种抵制。

高尔基本人在第一次苏联作家代表大会的报告和讲话中，也强调要重视文学的美学特性，呼吁提高散文和诗歌的质量，号召把主题、语言的纯洁和响亮加以更新和深刻化。这一切同样与日丹诺夫强调“以政治为指针”形成明显的反差。高尔基还补充了布哈林对于马雅可夫斯基的批评性意见，以普罗柯菲耶夫的诗作为例，说明了马雅可夫斯基所固有的、有害的“夸大主义”（“对夸张手法的嗜好”）所造成的不良影响。高尔基对极左文艺指导思想的抵制，显示在他对一系列文学现象、一系列作家和诗人的评价中，但最集中的是体现在他对于“社会主义现实主义”的态

---

① Баранов В. И. “Сталин – Горький: победа и поражения”. *Литературная газета – досье.* 1994，№ 9，с. 7.

② Бухарин Н. *Революция и культура: Статьи и выступления* 1923 – 1936 *годов.* Москва: Фонт имени Н. И. Бухарина. 1993，с. 241，252.

度上。他是第一次苏联作家代表大会的主持人，“社会主义现实主义”又是在这次大会上被正式确立为苏联文学的“基本方法”的，但奇怪的是，他在大会开幕词、讲话、报告、闭幕词以及大会后随即召开的作协理事会第一次全体会议上的讲话中，竟然几乎没有提到“社会主义现实主义”这个概念。这种情况绝非偶然。假如他真的是这一创作方法的“创始人”，假如他真的从创作小说《母亲》的1906年起甚至更早就开始探索、创立这一“新方法”，那么他在整个代表大会期间却对“社会主义现实主义”避而不谈，便是不可思议的了。

其实，这一切都并不奇怪，更不是不可思议的。高尔基不可能去宣扬那些他不赞成的东西。1935年2月，也即第一次作家代表大会刚开过半年，高尔基就在致苏联作家协会的实际领导人、作协理事会书记亚·谢·谢尔巴科夫的信中写道：“关于社会主义现实主义，过去和现在都写过不少东西，但是还没有一致的和明确的意见，这说明了这样一个可悲的事实：在作家代表大会上，批评没有显示自身的存在。”在同一封信中，高尔基还说：“我怀疑，在社会主义现实主义——作为一种方法——以完全必要的明确性显示自己之前，人们已经有权来谈论它的‘胜利’，并且是‘辉煌的’胜利。”[①]从高尔基的这番言论中，不难看出他对“社会主义现实主义”的真正态度。

高尔基对极左文艺指导思想的抵制，还反映在他对1936年“批判形式主义运动”的态度上。当这一年1月《真理报》发表题为《纷乱代替音乐》的编辑部文章，对肖斯塔科维奇的歌剧《姆岑斯克县的麦克白夫人》发动批判时，高尔基曾直接给斯大林写信，旗帜鲜明地对此事提出自己的意见，为年轻的肖斯塔科维奇辩护。高尔基认为，肖斯塔科维奇具有无可争议的才华，但是“《真理报》上的文章就像一块砖头落到头上一样打击了他，小伙子完全被压垮了”。高尔基接着写道：“不言而喻，我说‘砖头’，指的不是批评，而是批评的调子。而且批评本身不是使人信服的。为什么要说‘纷乱’？‘纷乱’是在何处和怎样表现出来的？批评在这里应该对肖斯塔科维奇的音乐提供技巧上的评价。可是不然，《真理报》文章所提供的，却是容忍那一批千方百计地中伤肖斯塔科维奇的庸

---

① Горький М. *Собрание сочинений в 30 томах,* Т. 30. Москва: Государственное издательство художественной литературы, 1956, с. 381, 383.

庸碌碌、敷衍塞责的人们。……《真理报》所显示出的对他的态度不能说是‘爱护的’，而作为现代苏联全部音乐家中最具有天赋的一位，他完全应当受到的恰恰是爱护的对待。”①高尔基还就苏联人民委员会和联共（布）中央关于关闭莫斯科第一模范艺术剧院的决议（1936 年 2 月）提出自己的意见，认为该剧院负责人别尔先涅夫将作为一个“无辜的蒙难者”而被戴上帽子。高尔基敢于在极左文艺思想甚嚣尘上之际慷慨陈词，努力保护受到不公正对待的作家艺术家，有如中流砥柱。可是他却于 1936 年 6 月过早地逝世，使俄罗斯国内文坛痛失抵制极左思潮、极左路线的核心力量，损失难以估量。

高尔基在 1930 年代（1930—1936）的创作活动，同样显示出他对极左文艺指导思想的坚决抵制。作家生命的最后几年，正是个人崇拜形成、极左政治路线占上风、日丹诺夫主义开始肆虐的年代。除了在思想上、理论上对极左的一套持总体否定与批判的态度外，他还以埋头创作长篇巨著《克里姆·萨姆金的一生》第 4 部，来表明他一如既往地排除极左思潮和文坛浮夸氛围的干扰，致力于自己的思想与艺术探索。这部史诗性作品的第 4 部和前三部一脉相承，把目光投向十月革命前俄罗斯的历史生活，以清醒的现实主义笔法，艺术地展现 40 年间俄国社会精神生活的演变、特别是知识分子的心路历程，“在性格与环境”的辩证关系中探索俄罗斯历史、文化与人（特别是知识分子）的命运之间的复杂的有机联系，揭示俄罗斯民族及其文化心理基本特征，着意于促进文化转换，并借助于对历史的回眸估测时代休咎与民族未来的命运。从高尔基这最后阶段的创作可以看出，作家既没有“以政治为指针”，着重描写“正面人物”、英雄形象，力求“与时代共鸣”，也没有“从现实的革命发展中”描写现实，以“为社会主义的斗争来作为自己作品选题的基础”。总之，日丹诺夫主义对文学提出的种种政治要求，为作家设置的种种限定，高尔基均不屑一顾。高尔基的巨大存在，是极左文艺思潮肆虐、日丹诺夫主义泛滥的一大障碍。

同高尔基一样，那个时代优秀的俄罗斯作家，对极左思潮和日丹诺夫主义都是持抵制态度的。以文艺指导思想的形式出现的日丹诺夫主义，因为具有阻遏文艺事业的正常发展、破坏文学艺术的明显作用，就不能不受

---

① Горький М. “Два письма Сталину”. *Литературная газета*, 10 марта 1993, № 10.

到一切有思想、有艺术良心的作家艺术家们的抗拒。在白银时代就享誉文坛的老作家别雷，在1930年代的最初几年，也是他生命的最后岁月中，给世人留下的作品是《莫斯科》三部曲的第三部《面具》，研究著作《果戈理的艺术技巧》，以及三卷本文学回忆录《两世纪之交》、《世纪的开端》、《两次革命之间》等。别雷以《面具》为自己的象征主义小说艺术探索画上了一个句号，以《果戈理的艺术技巧》结束了他的理论批评活动，而以三卷本文学回忆录提供了关于白银时代的文学生活、关于那个时代的社会历史图景、关于作者个人的探寻与沉思的一部丰富的艺术编年史，像赫尔岑那样构制了20世纪初叶的又一部《往事与随想》。

白银时代的阿克梅派诗人曼德尔什塔姆，自1920年代后期就受到批判与排斥，但是在1930年代，他依然怀着一种深深的忧患意识与时代对话，从维护人类文化和文明发展的角度抗议极左政治对个性自由的压制，在自己的诗作中表达了那一特殊年代俄罗斯人民的精神苦痛、惊恐与普遍的失望。诗人在1938年的遇害的真正原因，正在于他敢于公然反对极左政治，公然抵制极左文艺思潮。

在白银时代登上文坛的另一杰出诗人帕斯捷尔纳克，在1920年代曾以一系列“通过自己的灵魂来倾听世界”的诗歌，揭示人们内心的冲突，表现人们不断变幻的感情与心中的期望，描写人与自然的交往，表达对于时代的哲理思考，对两大板块的现代俄罗斯诗人都产生过强烈影响。然而在整个1930年代，他只有少数作品发表于1931年、1932年间，也即极左文艺指导思想刚开始占统治地位之际。在极左思潮泛滥成灾的1933—1943年，他未能发表过一部作品，仅仅以移译外国文学作品为生，1943以后才有少量诗作得以面世。他在那个时代的沉默，既是日丹诺夫主义的压力所致，也是他抗议、抵制极左文艺思潮的一种独特方式。但是诗人没有停留在消极的抵抗上，而是一直在深入思考着这个不能畅所欲言的时代，不朽的《日瓦戈医生》正是从这一思考中孕育出来的。

被誉为“诗人科学家”的老作家普里什文，在他的中篇小说《人参》遭批判之后，并未见风使舵，而是仍在进行着自己独特的艺术探索，在人与大自然之神秘联系的描写中传达出对人生的哲理思索。他的《叶芹草》(1940)、《林中水滴》(1943)和《太阳宝库》(1945)等作品以活生生的例证显示出：在日丹诺夫主义的种种原则、规范和要求之外，俄罗斯作家能够为人们提供多少优美的作品。

对日丹诺夫主义和极左文艺思潮的抵制，同样发生在较年轻的、变迁时代才开始活跃于文坛的作家那里。这一现象表明，极左文艺思潮的泛滥和同这一思潮的抗衡，绝不是现代俄罗斯文学中新老两代作家之间的冲突。命途多舛的散文家普拉东诺夫在短篇小说《疑虑重重的马卡尔》遭到批判，长篇小说《切文古尔镇》不能获得书刊检查机关的批准、无法发表的情况下，在 1930 年代初依然写出了《储藏备用（贫农纪事）》、《初生海》等作品，针砭时弊，揭露极左政策造成的危害，思虑着人民的命运。这些作品或被禁止出版，或受到批判，作家被迫作出检讨，“改变风格”，但他在此后发表的作品仍旧显示出对日丹诺夫主义的抵制，因此一再横遭前“拉普”要人的攻击，直到作家在巨大的精神压力下含恨去世。普拉东诺夫的同时代人皮里尼亚克自 1920 年代末遭到毁灭性批判后，1930 年代已大致“收敛锋芒”，力图使自己的作品能够顺应时势。但是，他的倾向，他的内心意念，他对极左文艺思潮的排拒，却无法真正掩盖起来。这位不愿以文学为极左政治服务的作家，终于招来在大清洗的 1938 年被害。

更年轻的作家肖洛霍夫，尽管因写过《被开垦的处女地》（第一部）这样歌颂农业集体化的作品而受到官方人士的喝彩，但他的史诗性巨著《静静的顿河》却是一部违抗日丹诺夫主义的真正的艺术作品，后者的整个内容和形式特点，就显示出对极左文艺路线的大胆反叛。在战后日丹诺夫主义达至高潮的背景下，仍有像瓦西里·谢苗诺维奇·格罗斯曼（1905—1964）这样有胆识的作家，写出了关于斯大林格勒保卫战两部曲的第一部《为了正义的事业》（1952）这样的“不合时宜”的作品，即没有将对战时生活的回顾和为个人崇拜唱赞歌结合起来，而是真实地描写了普通士兵在战争中的作用，表现了他们内心世界的真实面貌。这是一部富有人性的、深邃的、不讲恭维话的作品，它力图证明是那些平凡的人们建立了不朽的功勋，因此受到广大读者的欢迎，但却遭到某些官方批评家及走红作家的激烈抨击。但格罗斯曼并未改弦易辙，而是继续两部曲第二部《生活与命运》的写作，把对战争与和平、自由与暴力、国家与人民等重大问题的思考引向深入，对 20 世纪人类生活中的重要现象作出了富于启示性的独特的艺术概括。

站立在从高尔基到格罗斯曼这一抵制极左文艺思潮和日丹诺夫主义行列中的，还有诗人阿赫玛托娃，作家米·布尔加科夫、左琴科等人。他们在不同时代进入文学界，但都是在现代俄罗斯文学中最暗淡的年月里写下自己最成熟、最重要的作品的。他们对极左政策的不服从态度和艺术探索的独特性，使得他们在俄罗斯文学滑坡时代的命运十分艰难。批判、谩骂、开除、禁止发表作品的苦酒，他们都饱尝了。然而，他们却又以可贵的艺术良知，各自在文学史册中留下了不可磨灭的篇页。

2

1940 年，当阿赫玛托娃在暗中完成长诗《安魂曲》，随即开始写作另一部长诗《没有主人公的叙事诗》时，另一位与她年龄相近的著名小说家、剧作家米·布尔加科夫却在莫斯科溘然长逝。与阿赫玛托娃不同的是，布尔加科夫在革命前尚没有开始文学活动，他的几乎所有小说与剧本都是在 1920—1930 年代写下的；他也没能像前者那样，经过一段磨难之后，生前还一度获得了在有限范围内发表作品的机会。和前者命运相似的是，他的创作自 1925 年就受到抨击，1929 年以后便不再能发表任何作品，他的剧作一再被禁止上演；而他最重要的作品，恰恰是在 1930 年代完成的，却又在他死后多年才得以问世。

米哈依尔·阿法纳西耶维奇·布尔加科夫（1891—1940）出生于基辅一个神学院教师之家，他的母亲青年时代也曾从事教师职业，后来则将精力全部投放到七个子女的教育上。长子米哈依尔从母亲那里继承了对书籍和音乐的热爱。中学毕业后，米·布尔加科夫于 1909 年考入基辅大学医学系，曾立志献身于医学与生物学试验。第一次世界大战爆发，已完成学业的布尔加科夫被派往野战医院服务，在前线形成了保持终身的和平主义思想。1916 年因病离开前线，被指派到斯摩棱斯克省地方医院工作，一年后又转至维亚济马地方医院。布尔加科夫这段时期的生活在他后来的自传性作品《青年医生札记》中得到了反映。他的另一自传体短篇小说《医生奇遇记》则描写了他在基辅碰上二月革命，以及此后两三年内该地区政权多次更迭、他个人的命运也随之几经变化的情景。

布尔加科夫的创作活动是自 1919 年开始的。这一年他在弗拉季高加索发表的短论《未来的展望》，表现出对俄罗斯发展前景的深深的担忧。随后，他还在此地和格鲁吉亚的地方报刊上发表文章和短评多篇，并写过三个剧本，但是它们的手稿都因作者本人不满意而被付之一炬。他曾在弗拉季高加索地方革命委员会艺术部任职，后因保卫古典文化遗产，与“无产阶级文化派”发生冲突而被解职。

从1921年秋季起，布尔加科夫居住在莫斯科。起初，他担任几家报纸的记者或小品文撰稿人。他的一组被称为《莫斯科随笔》的文章则刊登在出版于柏林的俄文报纸《前夜》上，并引起读者关注。后来，他成为《汽笛报》的正式工作人员。他在一系列小品文和随笔中，无情地讽刺耐普曼分子①——暴发户、集市投机商、外行的行政官员和整天喝得醉醺醺的斗殴闹事者。作家在莫斯科最初几年的困难境遇和弗拉季高加索生活印象，成为他的中篇小说《袖口里的笔记》（1922）的主要素材来源。他以幽默故事的形式对当时莫斯科某些文学团体和社会日常生活中的荒唐现象作了喜剧性的勾画，初步显示出自己杰出的讽刺才能。他于1923发表的以莫斯科为背景的一组短篇小说，不仅在风格上独树一帜，而且每篇作品均各有特色，手法决不雷同。如《红色王冠》具有紧张的戏剧性，并透出悲戚的音调，幽默感几乎完全消失；《乞乞科夫的游历》则集中了一连串俏皮、精彩的嘲笑性文字，是一部真正的讽刺性幻想作品；《埃尔皮特之家——工人公社13号》造成一种足以引起读者不安感、恐慌感的艺术效果；《中国故事》会使人们对革命和国内战争的实质与意义，作出远非寻常的深思；《赞美诗》则仿佛浸润着某种不可重复的精神温暖和隐隐约约的淡淡忧伤……

正是自这一组“莫斯科短篇小说”连续发表的1923年开始，布尔加科夫全身心地投入文学创作。这一年中，他已着手进行长篇小说《白卫军》的写作，至年底却“顺带地”完成了三部讽刺性中篇的第一部《魔鬼》。该作于1924年首次发表。作品中的人物瓦尔福洛梅·柯罗特科夫，是个胆小怕事、缺乏自我保能力的机关文书，在这个官僚主义作风严重的环境中，他与许多人一样，全部工作只是机械地“嚼纸团”。由于一个偶然的原因，他被抛离原先的位置，便辗转不安，竭力使自己重新回到他并不明白为什么要待着的位置上。官僚作风、文牍主义的种种表现，如同影片中的一组组镜头在读者面前快速闪过。但作品的重心不在于呈露这些现象，而在于揭示人民完全习惯且乐于接受任何荒谬的“相互关系结构”

---

① 耐普曼（нэпман）：苏联“新经济政策”时期出现的私营企业主、商人等。

的精神特征。小说中的柯罗特科夫似乎是果戈理笔下小人物形象的变种。同时代人并未给予这部作品以更多的关注，但它很快便得到扎米亚京的好评。

另一中篇小说《不祥的蛋》（1925）是一部幻想性的讽刺作品，写的是发生于1928年的事。莫斯科动物研究所所长，第四国立大学动物学教授佩尔西科夫发现了一种神奇的“生命之光”，它对卵细胞有惊人的作用，可极大地提高有机体的生命活动能力，使其繁殖速度达到难以置信的程度。一场波及全国的鸡瘟之后，在必须振兴养鸡业的背景下，一位“带官方公文的”农场主席，硬是把教授的试验成果拿到“红光”国营农场去孵小鸡。但有关方面却把教授从德国订购的准备做试验的一批蛇蛋和鸵鸟蛋误送给了农场，结果大批的蛇、鸵鸟和鳄鱼接连不断地产生出来，造成震动全国的惨祸。政府不得不动用正规部队去清除铺天盖地的爬虫鸵鸟，但收效不明显。惊慌失措的莫斯科市民在愤怒中打死了“祸根”佩尔西科夫教授。最后还是一场罕见的寒流袭来，冻死了所有的害虫。只是人们想再度发现教授发现过的神奇之光已不可能。作品以荒诞的形式暴露了官僚主义的弊端和某些混乱现象，在虚构中不乏真实的细节描写，且达到了喜剧因素和悲剧因素的有机统一。这部小说一问世，就受到“拉普”批评家们的批判。阿维尔巴赫说它显示了“恶毒的讽刺”和“公然的敌对性”①。但当时身在国外的高尔基却对它颇为赏识。

从这部作品起，“拉普”的警觉目光开始注意布尔加科夫的每一部新作。不过，他的第三部讽刺性中篇《狗心》却未遭到这批文学斗士的抨击，但这只是因为这部写于1925年的小说直到1987年才得以在苏联首次发表。这部作品写一位著名的外科学教授普列奥勃拉仁斯基作了一次大胆的试验，把一个刚死去不久的青年人的脑垂体和睾丸移植到一条名叫沙里克的狗身上，于是这条狗就变成了“有狗心的人”沙里科夫。这个死去的青年名叫克里姆·丘贡金，原是一家小酒馆弹三弦琴的，因盗窃罪被三次判刑，后死于酗酒斗殴中。“狗心”人沙里科夫不仅带有丘贡金的一切特点：粗野、放荡、酗酒、偷窃，无恶不作，而且在“公寓管委会负责人”什翁德尔的影响下，把满口“革命”辞藻和下流话结合起来使用，

① Чалмаев В. А., Боборыкин В. Г., Павловский А. И. *Русская литература XX века. Очерки. Портреты. Эссе. В 2 ч.* Москва: Издательство «Просвещение», 1994, ч. 2, с. 64.

气焰嚣张，甚至告发教授“发表反革命言论”。沙里科夫已经使教授感到可怕，“问题的可怕在于，他现在长的恰恰是人心，而不是狗心。”[①]绝望中的教授不得不进行一次还原手术，使沙里科夫回复到狗的状态。小说以幻想、荒诞、象征、写实相结合的形式，讽刺了那些在革命年代里恶劣本性充分暴露的社会渣滓，揭示了特定历史时期出现的“人不如狗”的特殊社会现象。作家经由普列奥勒拉任斯基之口所说出的一些话，如“恐怖对于动物毫无作用，不管这种动物处于哪个发展阶段”，而“爱抚”则是唯一可行的办法；“如果一个研究者不是循着自然规律摸索前进，而想强行解决问题”[②]，那就会导致沙里科夫式的孽种出现，等等，均显示出作家对那个时代本身所提出的一些重要问题的思考。涵纳于作品中的哲理意蕴，至今仍给人们以启示。

布尔加科夫的第一部长篇小说，是创作于1923—1924年、发表于1925年的《白卫军》。小说的独特构思引起莫斯科艺术剧院的注意，于是作者接受其建议，随即将它改编成剧本《图尔宾一家的命运》，提供给艺术剧院。此剧于1926年10月首次上演。作品写的是1918年德军占领乌克兰时期盖特曼（即傀儡斯科罗巴茨基）政权下属的一批青年军官的命运。住在基辅市内的图尔宾一家的主要成员，或是盖特曼军队的军官、士官生，或是其同情者。他们身边还聚会着其他一些年轻人。他们的对手——乌克兰民族主义分子彼特留拉的部队打过来时，盖特曼本人跟着德国人乔装逃窜了。炮兵上校阿列克谢·图尔宾决定解散还蒙在鼓里的盖特曼残留部队，在掩护士兵撤退时死去，其弟尼古拉也身受重伤。活着的人们聚集在图尔宾家中，谈论着、思考着红军消灭彼特留拉分子之后自己的归宿。这是一个各种政治力量复杂交错的历史变动年代，阿列克谢等人一度陷入迷途自有其缘由，好在他们终于认识到“白卫运动”在乌克兰和俄罗斯失败的现实及其根本原因：“人民不和我们站在一起。”布尔加科夫从一个独特的视角艺术地反映了历史的真实，对于人们冷静、正确而不是简单化地对待“历史运动与个人命运”，有着不可忽略的警策意义。但这个剧本上演时却引起轩然大波，批判、谴责、阻挠演出等现象接踵而

① ［苏］米·布尔加科夫：《狗心》，曹国维、徐振亚译，上海译文出版社2002年版，第286页。

② 同上书，第185、282页。

至。后来斯大林本人断言："这个剧本留给观众的主要印象是对布尔什维克有利的印象……显示了布尔什维主义无坚不摧的力量。当然，作者对这种显示是一点也没有关系的。"[①]斯大林的这一裁决，既使这个剧本一段时间内可在有限的范围内上演，又给作家的心头投下了一片阴影。

无论如何，《图尔宾一家的命运》的改编与演出，毕竟一度激起了布尔加科夫戏剧创作的热情。1920 年代后期，他还陆续写了三个剧本：《卓依卡的住宅》（1926）、《火红的岛》（1927）和《逃亡》（1928）。第一个剧本的女主人公卓依卡的"时装工艺社"，是个招待耐普曼分子和各种蜕化变质者来寻欢作乐的龌龊场所，卓依卡本人也企图通过经营此道大赚一把，然后逃往国外。该作在近似闹剧的形式中勾勒出耐普曼分子的共同精神心理状态，对新经政策时期的"道德准则"和种种丑恶现象作了大胆的暴露。《火红的岛》则是一部"剧中剧"。其中"火红的岛"的故事本身，通过小岛统治者、土人和英法占领者之间的多重矛盾纠葛，以及土人最终得胜的情节，表现了善恶冲突的传统主题。也有的评论者认为，岛上两个统治者的先后失败，分别影射沙皇尼古拉二世和克伦斯基的命运。除了这个故事情节之外，剧中还描写了这个剧本在某剧院排演与接受审查的过程，揭露了戏剧界常见的角色分配等问题上所显示的丑恶与庸俗，讽刺了那些有权有势、狂妄自大、以褊狭见解和个人好恶决定作品和作家命运的检查官，曲折地反映了剧作家布尔加科夫本人一系列剧本的遭遇。

如果说，上述两个剧本都是在一度演出并获得成功后很快就禁演的，那么，剧本《逃亡》在作家生前则从未获准上演过。这个五幕剧由八个"梦"组成，做"梦"者为一批在十月革命后逃往国外的白军军官及跟随白军一起溃退出境的贵族青年。剧本把他们在北塔夫里亚、克里米亚、塞瓦斯托波尔、君士坦丁堡、巴黎等不同地点所作的"梦"串联起来，勾画出这一批被历史浪潮冲击的人们的命运轨迹。他们当中的一些人"贪婪地寻求公正"，另一些则"诅咒自己所遭到的不公正待遇"，后来都逐渐产生了一种幻灭感，并萌发回归祖国的愿望。最终，有些人真的回到了在"梦"中也一直思念的俄罗斯。从选材角度和内容上看，这部剧本与《图尔宾一家的命运》有相近之处。它描写了白卫军及其依附者的逃亡、

---

① 转引自童道明《布尔加科夫及其创作》，见《苏联文学史论文集》，外语教学与研究出版社 1982 年版，第 361 页。

失败和回归，客观地反映了一段历史的真实。但是当时的剧目审查委员会却禁止该剧上演，原因在于它是“白卫军运动的一曲挽歌”。但莫斯科艺术剧院还是希望能够上演这部剧作。10 月 9 日，剧院邀请高尔基参加艺术剧院艺术委员会举行的会议。在会议讨论中，高尔基发言说：我看不出这部剧本是对白卫军将领的美化，这是一部很出色的喜剧，它包含着深刻的讽刺意味，要是能把它搬上艺术剧院的舞台就太好了；“《逃亡》是一部出色的作品，我请你们相信，它必将取得不可思议的成功。”[①]高尔基建议莫斯科艺术剧院上演这部剧本，但是他 10 月 12 日即动身返回意大利，于是布尔加科夫和艺术剧院便失去了有权威性的支持者。更重要的是，斯大林不久后就亲自否定了这部剧本，《逃亡》就根本不可能获准搬上舞台了。

从这时起，对布尔加科夫的批判加剧了。“新资产阶级的坏种”、“内部侨民”、“文学垃圾收集者” 等帽子一顶又一顶地扣到他头上。1929 年，他以前的剧作统统被禁演，他的散文作品也没有可能发表了，完全陷入了一个失业作家的困境。这年 9 月，他不得已致信联共（布）中央书记叶努基泽，请求准许他出国，但是没有得到答复。他在这之后完成的反映天才剧作家和专制政权之间冲突的历史剧《伪君子的奴隶》（《莫里哀》），也在 1930 年 3 月 18 日被剧目审查总委员会宣布为禁演之作。一筹莫展的布尔加科夫只得又给苏联政府写信（3 月 28 日），强调创作与出版自由对于作家的重要犹如活命之水，并再次申请准许他出国或安排他到剧院工作。这封信起到了某些作用。不久以后，他被安置到莫斯科艺术剧院当了一名助理导演。他在这个职位上一直工作到 1936 年。

在艺术剧院期间，布尔加科夫其实是兼任导演、演员、翻译等工作，并继续创作。他移译了莫里哀的喜剧《吝啬鬼》，根据莫里哀另一剧本《醉心贵族的小市民》的情节写了剧本《发疯的茹尔丹》（1932）。他创作的寓言剧《亚当和夏娃》（1931）展示了大规模的杀伤武器所造成的毁灭人类的危险性，在一位决定把自己的一项发明贡献给全世界以制止战争与暴力的科学家叶夫洛西莫夫身上，寄托了自己的和平主义、人道主义理想。讽刺喜剧《天堂》（1934）通过描写三个当代人在 23 世纪社会的经

---

① Лосев В. “Вещие сны...”. Булгаков М. С. *Из лучших произведений*. Москва: ИЗОФАКС, 1993, с. 40.

历，表现了作者对时代，对社会进程的看法；后来作家又将它改编为《伊万·瓦西里耶维奇》（1935），通过再现伊万雷帝时代的克里姆林宫宫廷生活，突出地反映了人们对专制暴政的憎厌。关于诗人普希金之死的剧本《最后的日子》（即《普希金》，1940），系布尔加科夫与魏列萨耶夫合作的成果。该剧与《莫里哀》一剧类似，也表现了天才与专制统治者之间的矛盾，像普希金这样的杰出人物往往不见容于他们所处的社会环境。遗憾的是，上述所有剧本在作家生前都未能获准上演。布尔加科夫在艺术剧院的六年时间内，似乎只有过一次获得宽容的机会。1932 年，根据政府的指令，他的旧剧《图尔宾一家的命运》重新被搬上舞台（只是很快即遭禁演），他根据果戈理的同名长篇小说改编的剧本《死魂灵》也得以演出。同一年中，还出现了他的《莫里哀》一剧上演的希望。该剧甚至已经通过了审查机关的审查，但是另一剧作家弗·维什涅夫斯基（1900—1951）的激烈否定性意见却使这个剧本演出的希望化为泡影。维什涅夫斯基不仅把布尔加科夫看成意识形态领域的敌人，而且将他视为最危险的竞争对手。直到 1936 年，《莫里哀》才获准演出，但演出七场后又被禁演。同年，他改编的电影剧本《死魂灵》和《钦差大臣》，均被打入冷宫。

《莫里哀》一剧被禁后，布尔加科夫从艺术剧院转至莫斯科大剧院任编剧。新的职务使他的物质生活条件得到了某些改善，但是却不能免除他由于不得不“沉默”而产生的痛苦。他似乎完全“沉默”了：读者读不到他的作品，观众台看不到他的剧作演出。事实上他当然没有沉默。在大剧院工作期间，他创作了长篇小说《死者手记》（1936—1937，后更名为《剧院传奇》），把塞万提斯的著名小说《堂·吉诃德》改编为剧本，更集中几乎全部精力继续于他从 1929 年即已开始动笔的长篇小说《大师和玛格丽特》的写作，直到 1940 年他在莫斯科去世。但所有这些作品在作家生前都未能面世。作家辞世时还不满 49 岁。

《剧院传奇》是一部具有自传色彩的小说。作品的主人公马克苏多夫创作一部国内战争题材的长篇小说的经历，批评界对该小说的反应，他将小说改编成剧本一事，他与“独立剧院”的关系，等等，均可在布尔加科夫本人的生活中找到原型。作家艺术地再现了他在莫斯科艺术剧院的生活图景，对剧院艺术活动中的某些庸俗丑陋现象进行了讽刺性的勾画，也表现了他对斯坦尼斯拉夫斯基的戏剧理论的独特看法。艺术剧院的艺术家们很容易在这部小说的人物身上认出自己的影子。作家成功地把讽刺因素、抒情因素和哲理因素结合起来，以马克苏多夫与导演伊万·瓦西里耶维奇（以斯坦尼斯拉夫斯基为原型）的关系为基本情节框架，表现了一个真诚的艺术家的追求与苦闷。可惜的是作家的这部力作未能全部完成。

《大师和玛格丽特》（1929—1940）不仅是布尔加科夫创作的高峰，而且是现代俄罗斯文学史上的一部杰作。小说的结构较为复杂，可以说有三条彼此交错的情节线索。一条线索是以“外国魔术专家”身份出现在莫斯科的魔鬼沃兰德及其随从在该市的活动。沃兰德预言了那位无神论者、“莫斯科文艺工作者联合会”主席柏辽兹的意外死亡，惊恐万状、语无伦次地向有关方面报告这一“敌情”的青年诗人伊万·波内列夫却被关进了疯人院。柏辽兹死后空出的那套住房成了无数人谋求的对象，沃兰德以贿赂房管所主任博索伊的方式占据了这套住房，紧接着又使这个受贿者进了民警局。魔鬼和他的两名助手（其中有一名是只大黑猫）在瓦列特剧院的魔术表演使全体观众神魂颠倒：场内下起了“钞票雨”，人们争先恐后地捕捉在空中飞舞的卢布；舞台上开起了妇女用品商店，观众们欣喜若狂地走上台去随便取走他们喜欢的东西。自以为占了便宜的观众离开剧院后一个个当众出丑，才知受了“魔术师”的骗。魔鬼还让自命不凡的文艺界名流、“声学委员会”主席谢姆普列亚罗夫在观众面前露了底：他昨晚曾以出席会议为名与情妇幽会。远在基辅的柏辽兹的姑夫也打起已故侄子住房的主意，风尘仆仆赶到莫斯科，魔鬼让他碰了一鼻子灰……。沃兰德似乎是在捉弄莫斯科居民，同时使居民们的灵魂充分暴露。当全副武装的警方人员闯入沃兰德的住处时，这伙魔鬼与他们周旋一番，随即腾空而起，不翼而飞。

作品的另一情节线索讲的是耶稣（耶舒阿）被害的故事。作家对史书与《新旧约全书》中的有关记载作了独特的处理，于是读者在作品中看到：耶稣曾在耶路撒冷的圣殿旁对加略人犹大说：“任何一种政权都是对人施加的暴力，将来总有一天会不存在任何政权，不论是恺撒的政权，还是别的什么政权。人类将跨入真理和正义的王国，将不再需要任何政权。”[①]犹大出

① ［苏］米·布尔加科夫：《大师与玛格丽特》，钱诚译，外国文学出版社1987年版，第38页。

卖了耶稣，他的这番话被认为是对恺撒政权“说三道四”的谋反言论。罗马皇帝派驻犹太的总督本丢·彼拉多知道耶稣将被处死，但耶稣的一番议论、特别是他关于“怯懦是人类最可怕的缺陷”的说法，却使彼拉多深为震动。他尚未完全丧失良知，感到耶稣的话里包含着真理，也不愿杀害这个无辜的哲人，但是这样做既要得罪地方当局，又违背他本人为之服务的理论。他曾暗示受审的耶稣，希望后者否认自己说过那一番招来杀身之祸的话，但耶稣没有讲假话，于是彼拉多宣布对其执行死刑。彼拉多以此背上了良心上的重负，始终不得安宁，甚至在梦中，他梦见自己和耶稣并肩行走在一条月光路上时，他也在努力使自己相信：死刑并没有执行。处死背叛者犹大，也没有使他的心灵恢复平静。怯懦造成了千古之恨，它使本丢·彼拉多受到两千年良心的折磨。

“大师与玛格丽特”的故事是作品的第三条线索。所谓“大师”，其实是某大学历史系的一位毕业生，精通多种外语，本在莫斯科一家博物馆工作，后偶因中奖获 10 万卢布，便租下了一座花园楼房的两间半地下室，开始创作关于本丢·彼拉多的小说。他的情人玛格丽特崇拜他的才华，称他为“大师”，于是他便也以“大师”自称。然而那个自由创作与爱情的黄金时代很快就过去了。他的小说刚在报刊上发表几章，便遭到猛烈的批判。在绝望中，他不得已烧毁书稿，离开玛格丽特，逃进疯人院。热爱着大师的玛格丽特决心无论如何也要找到他，不得不像浮士德把灵魂出卖给魔鬼那样，听从沃兰德及其同伙的使唤，参加了他们举办的一个盛大的魔鬼舞会。沃兰德真的满足了玛格丽特的要求，施用魔法把大师从疯人院中解救出来，让这对情人得以团聚。但是大师既不愿、也不能再回到过去的生活中去。最后，大师与玛格丽特在沃兰德的帮助下飞离莫斯科，向着他向他们推荐的、也即耶稣替他们请求的“永恒的家园”走去。

上述三条情节线索彼此交错在一起：大师所写的小说本身是关于耶稣与彼拉多的故事，他和玛格丽特两人的最重要的经历正是发生在沃兰德一伙光顾莫斯科前后；沃兰德本人也是彼拉多与耶稣故事的讲述者，而且对大师和玛格丽特的命运起着重大的作用；彼拉多与耶稣的形象既出现在大师的作品中，也显现于诗人伊万的睡梦中……。三条线索彼此交叠，每一条线索所表现的丰富内容相互融合，构成一个有机的艺术整体。

沃兰德一伙闯荡莫斯科的故事，提供了一个观察莫斯科人生活和心理的独特角度。由于沃兰德等人的魔力，现实及人们内心深处的某些丑陋面暴露出来了：房管所主任心安理得地接受贿赂；诗人们编造着“自己也不相信”的卑劣的诗，却能享有某些特权；剧院经理利用职权勾引妇女，酗酒作乐；居民们对于意外获得金钱财物，有着不容置疑的欲求；同事之间钩心斗角、互相欺骗，关键时刻凶相毕露……。作品在近似荒诞的形式中显示出1930年代莫斯科生活的某些重要侧面，并给读者以深刻的启示：精神价值在人类生活中有着不可替代的作用，善恶观念淡薄将导致社会丧失其赖以维系的内在力量。

透过大师和玛格丽特的故事，可以隐约见出1930年代作家们的命运。宗教题材和历史传说题材被视为文学创作的禁区。批评家拉铜斯基和阿利曼等人，既是书刊检查机关的象征，又是当年善于打棍子、扣帽子的文坛斗士们的代表，他们甚至在没有通读大师书稿的情况下便急急忙忙发表了断然否定作品的意见。没有创作的自由就不可能产生优秀的艺术作品，只能出现像伊万、柳欣等人写的那种拙劣的诗：“招展吧”，“飘扬吧”，等等。有些文学批评家们所写所说的，并不是他们想写想说的，而是他们必须写和说的。深受刺激的大师后来无意于继续写作，既是大师个人的悲剧，也是文学的和时代的悲剧。大师的女友是自由的象征，也是善良、爱情与美的象征。这一形象与她所处的时代条件形式鲜明的反差。

在本丢·彼拉多与耶稣的冲突中，一个是握有生杀大权的总督，一个是手无寸铁的受审者；一个是凶暴的刽子手，一个是毫无反抗的被害者。但谁是胜利者，谁是失败者？谁是勇敢者，谁是怯懦者？作品通过对这两个人物内心活动的深入描写，令人信服地表明：真正的怯懦者、失败者是彼拉多。漫长的岁月终于使彼拉多自己也悟出了某些道理，他开始感到，“世界上他最憎恶的是个人的永世长存和盖世无双的荣誉”，“他宁肯心甘情愿地与衣衫褴褛的流浪人利未·马太交换一下命运”①。与他相反，耶稣则始终在精神上占据优势，始终从容不迫，保持着内心的宁静。

《大师和玛格丽特》在艺术上最显著的特色，是综合运用荒诞、象征、写实、幻想等表现手法，把宗教故事、历史传奇、梦幻境界和现实生活编织在一起，描写了众多的历史人物、虚幻人物及现代人，或暴露其庸俗不堪的欲求、蝇营狗苟的勾当、愚妄丑恶的嘴脸，或显示其对正义、自

---

① ［苏］米·布尔加科夫：《大师与玛格丽特》，钱诚译，外国文学出版社1987年版，第559页。

由、爱情的执着追求，对人生价值的理性思考，从而表现了善与恶、美与丑、崇高与卑劣之间的永恒冲突。不信上帝的诗人伊万在惊恐中把耶稣圣像挂在胸前，举起神龛前的蜡烛；莫斯科文化娱乐分会机关的全体人员分坐于不同房间内，不由自主地同声高唱《光辉的海洋》，等等，这些情节场面都具有明显的讽刺性象征意义。由于作品有三条并行且彼此交错的情节线索，因而时空背景变化较大，从1930年代的莫斯科到两千年前的耶路撒冷，从阴暗潮湿的地下室到一条月光之路通往其中的空中花园……令人目不暇接，但又无紊乱混杂之感，反而会使读者体味到：无论是在宗教世界、虚幻境界还是在现实社会中，光明与黑暗、自由与专制、真理与谎言的矛盾总是存在的，而且是非自有公论。作家借助复杂的结构和多样化的表现手法，既传达出自己对1930年代现实的困惑与沉思，又表现了一种超越具体时空的、对人类生活的某些本质与规律所作的哲学的和道德的追问。如小说中写道，魔鬼沃兰德的助手卡罗维夫要闯进作家小楼“格利鲍耶陀夫之家”时被看门的女士拦住了，因为他没有作家证。卡罗维夫对那位女士说：

> 那么，请问，难道为了确认陀思妥耶夫斯基是作家，还需要检查一下他的证件吗？您可以从他的任何一部作品中随便抽出五页来看看，您就会马上相信那是一位真正作家的作品，无需检查什么证件！而且，我想，他大概也根本没有过什么证件！①

这段话中显然暗含着布尔加科夫本人的思想。在1930年代，对苏联作家实行组织一体化、思想一统化，无疑是不利于文学创作的繁荣的。作家对此颇为厌恶，故在这部小说中借虚幻人物之口传达出自己的声音。另如耶稣所言“怯懦是人类最可怕的缺陷”，沃兰德的“原稿是烧不毁的”，“谁在爱，谁就应与他所爱的人分担命运”的话语，既在作品中有具体所指，又有着深长的意味，令人掩卷深思。

布尔加科夫创作的艺术多样性，同他善于博采众家之长有密切关系。《大师与玛格丽特》的讽刺特色，就显示出作者对果戈理、谢德林手法的

---

① ［苏］米·布尔加科夫：《大师与玛格丽特》，钱诚译，外国文学出版社1987年版，第517页。

承继。大量荒诞、象征、虚妄、幻想手法的运用，则足以见出西方现代主义文学的影响。作品对欧洲古典文学作品的借鉴也同样明显。如果说玛格丽特为见到大师而答应听沃兰德一伙使唤的情节，在形式上类似于浮士德把灵魂出卖给魔鬼；那么，玛格丽特在撒旦的盛大舞会上的情景，则令人想起但丁《神曲》中“地狱”、“炼狱”的场面。众多已逝历史人物的亡魂在这里出现，作家对他们的情感态度即体现于玛格丽特同他们相见时的反应中。这里同时透露出作家的道德判断和审美判断眼光。

《大师和玛格丽特》是布尔加科夫的呕心沥血之作。他把自己在他那个时代的全部体验与感受、思索与发现，把自己的全部心灵与才能，都献给了这部小说。然而直到 1966 年底，也即作家逝世 26 年后，这部作品才得以部分发表，它的全本 1973 年才首次与国内读者见面。历史嘲弄了当年的那些颐指气使、不可一世的人物，也为人们认识并公正评价布尔加科夫提供了早就应该出现的时机。

3

与女诗人阿赫玛托娃一起在 1946 年遭到猛烈批判的，是著名散文作家**米哈依尔·米哈依洛维奇·左琴科**（1895—1958）。他生于乌克兰波尔塔瓦一个并不富裕的知识分子家庭，父亲是“巡回展览画派”的一位画家，母亲曾当过演员，后主要忙于抚养子女，偶尔也在报纸上发表一些短篇作品。在父母的影响下，左琴科很早就产生了要成为作家的梦想。1913 年中学毕业后，他进入彼得堡大学法律系学习。及至第一次世界大战爆发，未完成学业的左琴科志愿上前线。在前方，他曾四次获得勋章，同时也负伤多次，遭遇过瓦斯中毒，后以上尉军衔退伍。战时经历还使他患上了心脏病和精神忧郁症。这些疾病后来每当他的命运发生急剧转折的时候，都加重着对他的折磨。

1917 年二月革命后，左琴科曾在彼得堡邮政总局任管理员，不久又转至阿尔罕格尔斯克军方法庭担任秘书。十月革命期间，他先是在喀琅施塔得等处的边防事务所任职，后又志愿参加红军，转战于纳尔瓦、亚姆堡一带，1919 年复员。此后几年内，他的足迹踏遍俄罗斯的十几个城市，更换过多种职业，当过木工、鞋匠、电话员、民警、侦察员、办事员、会计、演员等。左琴科从未抱怨过这一段动荡不安的生活，正是这个时期的经历和体验，成为他后来许多作品的题材来源。

左琴科的第一篇短篇小说发表于 1921 年的《彼得堡文丛》，是为他创作道路的开端。同年，他加入文学团体“谢拉皮翁兄弟”，受到高尔基、扎米亚京、什克洛夫斯基、楚科夫斯基等人的熏陶，文学修养大有提高。1922 年，左琴科的第一本书《蓝肚皮先生纳扎尔·伊里奇的故事》出版。这是一部幽默故事集。主人公蓝肚皮在“一战”中的德国战场听到了革命的消息，但长期在精神上受奴役的处境却使他形成了习惯的奴性心理。在战场上，他把年轻公爵的性命看得比自己更重要。革命后，他为公爵送信回家，帮助老公爵埋藏财产。革命似乎给他带来了某种模糊的希望，但他始终感到自己是个局外人，在城市中没有自己的位置。有时他自视颇高，吹嘘他什么事都能干，有时又觉得是革命旋风般地在推着他转动。作品从主人公的角度讲述故事，展开情节，通过他本人的行为、心理和土话俗语中夹杂着流行的革命词汇的独特语言，为革命初年那些并不开化而又盲目自负的小市民，提供了一幅幅滑稽可笑的写生画。

1922—1929 年间，左琴科在列宁格勒、莫斯科和外省的许多杂志上，发表了大量的短篇幽默讽刺作品。这些作品往往直接取材于当时人们的日常生活，主人公大多是小市民、小职员、各行业稍有些权势的管理人员、家庭主妇、落后农民、小官僚等。作家凭借自己对这类人的生活与心理的谙熟，常常只选取其日常行为中的一个场面、一个镜头，运用夸张、集中、冷嘲热讽等手法，暴露他们的愚昧落后、猥琐庸俗、吝啬虚伪，显示出革命胜利之后一般居民的精神文化水准仍旧偏低的现实，如《贵妇人》(1923)、《经济核算》(1925)、《客人》(1927)、《产品质量》(1928)等。另一类作品则着重揭露官僚习气、贪污受贿、形式主义、阿谀奉承、不关心人等令人厌恶、又令人哭笑不得的社会现象，如《狗的嗅觉》(1923)、《大自然开的玩笑》(1924)、《作威作福》(1925)、《打钩儿》(1928)、《松散的包装》(1930) 等。普遍存在的落后愚昧的社会现象，人们文化心理素质较低的种种表现，是同经济发展水平不高、物质生活条件较差的现实紧密相连的，作家在《肝火太旺的人们》(1924)、《危机》(1925)、《歇夏》(1929) 等作品中，令人信服地表现了这两者之间的关系，透过一系列令人捧腹而又使人痛心的现象，传达出自己的忧思。这些幽默讽刺故事一般篇幅短小，结构简单，有如独幕剧。语言则俏皮风趣，时而使用与主人公身相符的俗不可耐而又“赶时髦”的语言揭示人物性格；时而也以风格不一致、有欠通顺的作者语言展开叙述，营造出特定的时代氛围；时而则运用反语，达到尖锐讽刺的目的。作家在谈到自己作品的语言时说：“我写得简扼。我的句子都很短。易于为穷苦人所理解。”①左琴科作品的紧扣现实的内容和短小活泼的形式，为他赢得了范围广大的读者。

1920年代，左琴科还写有一组中篇讽刺小说，如《山羊》（1922）、《阿波罗和塔玛拉》（1923）、《可怕的一夜》（1924）、《夜莺唱的什么歌》（1925）、《丁香花开》（1929）等，其中除《山羊》独立成篇外，另外几篇又结为《感伤的故事》一书出版。《山羊》写的是小职员扎别什金想入非非，梦想不费吹灰之力就能意外得到一套住宅、一位贤妻、一份家当的故事。由于一个偶然的机会，他几乎已大致实现了自己的梦想，但因他本人的愚笨与饶舌，意外获得的一切又迅速化为泡影，最后他的饭碗也丢了，落得个十分寒酸的下场。这部中篇嘲笑那种投机取巧、抱着侥幸心理对待生活的人。收入《感伤的故事》中的几部中篇，多以中下层知识分子为主人公，描写他们卑微的生活和可叹的命运，显示出这一批生活在两个时代转折时期的人们身上所特有的平庸，自私与惶恐感。

在《感伤的故事》1927—1929年先后四次出版发行时，左琴科一共写了四篇前言，声明该书是专写那些庸夫俗子的种种丑态，而没有写出宏伟的使命和英雄们的壮志豪情，因此必然会遭到某些批评家们的指责，作者为此而自惭形秽，所以才在书名上冠以“感伤”二字。从这些表白中，可以品味出作家对当时批评界的一种抵触情绪。在1920年代后期文学极左思潮和庸俗社会学的影响下，“拉普”的批评家们将左琴科划为“同路人”作家的右翼、“市侩作家”，把他的作品归入“粗俗文学”的范畴；而高尔基、沃隆斯基等人，却对左琴科的创作方向与独特风格给予了充分肯定的评价。不过，从艺术表现上看，《山羊》与《感伤的故事》所含各中篇，总体成就不如左琴科的短篇作品。他的中篇，常有较多的议论，有时甚至有把小说与政论文体融合起来的倾向。再者，这些中篇中的叙述远远多于描写，语言显得拖沓，不像其短篇那样简洁与紧凑。

---

① Баранников А. В. *Русская литература XX века. Хрестоматия: В 2 ч.* Москва: Издательство «Просвещение», 1993, Ч. 1, с. 328.

进入 1930 年代，左琴科的创作发生了某些引人注目的变化。一方面，他的作品体裁多样化了，小说，特写、故事、传记、剧本等各种样式，几乎都有成系列的作品出现；另一方面，他的风格也有了明显的改变。作家似乎是在努力适应时代的潮流，从作品的主题、题材、人物设置到语言运用，都务求符合 1930 年代的要求。但是，当作家强行改变自己的风格时，他的个性及他的作品的魅力便消失了。只有那些沿着自己的探索方向继续拓展前进的作品，依然保持着艺术新鲜感和不可忽视的思想文化价值。

中篇小说《重返的青春》（1933）是左琴科试图在社会考察与科学分析的结合中探索“追回青春的奥秘”的一部作品。小说的主要篇幅是描述一位未老先衰的天文学教授“青春重返”的故事，意在说明医疗保健、体育运动和爱情生活固然有益于健康，但明确的政治观点和富有成效的工作更能使青春常驻。作品的开头和最后的“注释”部分，则经由一系列小说故事提醒人们应当以理智来对待躯体和大脑，善于调节自己的神经系统器官功能，掌握“自我心理疗法”。小说的主人公老教授这个“正面人物”的出现，作品的严肃格调和乐观气息，语言的规范和纯朴，都显示出作家“改变风格”的意向与努力。

这一时期左琴科最重要的作品是《一本浅蓝色的书》（1934—1935）。这部作品内涵丰富，结构上也很有独特性。初看上去，它像很一部长篇小说，分为“金钱”、“爱情”、“阴谋”、“挫折”和“惊人事件”五章；但并不存在贯穿全书的情节线索，也没有所谓中心主人公。每一章的内容大致分为三个部分：第一部分为夹叙夹议的文字，谈论本章主题，追述与该主题相关的历史上的人物和事件；第二部是每一章的主要部分，由若干篇表现本章主题的短篇故事组成，它们全部取材于当代生活；第三部分为本章的结论性文字，作者在这里往往说出一些富有启示性的话语。五章之后是“全书后记”、“告别哲学家”和“告别记者”等三段文字。全书章节编排工整，各章内容分别集中统一，又紧密相关，构成一部具有内在统一性的长篇作品。

如作者在本书“前言”中所说，他要在自己的作品中“讲述人们的种种行为和情感”，但是他的目光并不是对准特定历史时代、特定地域的人们，而是纵览整个人类历史。作家认为，历史上大多数最不可思议的事件产生的原因，或曰在历史上起了特殊作用的因素，往往是“金钱、爱情、阴谋、挫折，以及某些惊人事件”[①]。因此他的作品也就分这五个方面分别陈述从历史到当代的种种趣事，让读者沿着这些篇章作一番漫游，就像游览历史的长廊一样。作品的前四章集中展露人类生活中的卑劣、丑陋、虚伪的方面，最后一章着重描述了意志坚强、虚怀若谷、英勇无畏或充满智慧的人们，怎样战胜各种挫折，取得成功或精神上、道义上的胜利。

在作品中可以看到：罗马帝国的王位被拿到市场上公开拍卖；苏格兰土匪和投机商卢乌被任命为法兰西财政总监；年老的俄国女皇叶卡捷琳娜二世狂热地爱上了一个漂亮的小伙子，便把最重大的国务全部托付给他；勃艮第国王的妻子深患重病，临死前的最后心愿就是请国王把为她治病的九名医生全部杀掉，后者满足了她的愿望；伊万雷帝下令把一个“犯法者”捆在木桩上，像烤肉那样烧烤……。除了这些充斥着丑恶和血污的历史图像，作家还为我们勾勒了包括古希腊哲学家第欧根尼、法国革命家布朗基、十二月党人雷列耶夫、著名作家拉吉舍夫在内的一批大智大勇者的肖像画，意在表明透过苦难、黑暗和迷雾，总会出现光辉的思想和勇敢的精神，出现朝气与希望。与人类历史几千年中出现的各类人和事相衔接的，是发生在当代现实中的故事。这些故事不仅说明那些在历史上起过特殊作用的因素依然在起着作用，仍旧是“大多数事件”产生的原因，而且显示出人类生活发展、人类关系演变的连贯性。卑鄙、丑陋、污秽等并没有绝迹，人性中的低劣部分还是不时地表露出来，因而以讽刺的笔法显露一部“人类关系简史”是十分必要的。这也就是作家所说的，他“想用自己的笑声点燃起一只小小的提灯”[②]，使人们能借此看清是非好坏，追求光明和美好的的事物。应当说，作家对“人类关系”的未来是充满信心的；书名的“浅蓝色”本身就象征着希望、年轻和一切美好高尚的品格。

《一本浅蓝色的书》是一部以人类文化、心理和道德的角度梳理人与人之间的关系、探索人的本性的作品，作家的讽刺与幽默手法在此书中也运用得更为纯熟。作品内容和形式上的特点，都使它在1930年代的文坛

① ［苏］米·左琴科：《一本浅蓝色的书》，吴村鸣、刘敦健译，长江文艺出版社1984年版，第3—4页。

② 同上书，第382页。

氛围中不可能受到重视和推崇。正如高尔基当年致信左琴科所说："您的独特才能在这部作品中比在以往的作品中更为确定、更为鲜明地得到了显示。这本书的独创性，大概不会立刻得到它应该得到的那么高的评价，但这不应使您感到困惑不解。"[①]虽然左琴科一再强调这部作品中的"欢乐和希望多于嘲笑"，特别是最后一章"像贝多芬的英雄交响乐一样"歌颂正面事物，但是当时批评界对它持否定性评价的却依然大有人在，并给作家再一次造成精神压力。

作为一种创作试验，左琴科在 1930 年还曾模拟普希金的文体和风格，完成了一部中篇小说，题为《别尔金的第六篇小说·护身符》（1937）。100 多年前，诗人普希金曾写过一本《别尔金小说集》，内含五篇小说。这部小说集不仅集中体现了这位天才诗人的散文风格，而且成为俄国文学中现实主义散文的开端。左琴科决意模仿普希金，以同样的风格和"面貌"，创作仿佛是《别尔金小说集》第六篇的《护身符》。作品写的同样是 19 世纪初期的事。主人公、骠骑兵中尉 B 被调到非近卫军团任职后的遭遇，以及他本人讲述的自己原先在近卫军供职时的经历，构成小说的主要情节。左琴科在作品前所附"作者的话"中写道：他将普希金的题材、风格、形式、文体、结构，都永远视为自己的楷模。而且事实上，他在所有这些方面对普希金的模仿都是十分成功的，达到了几乎可以"乱真"的效果。左琴科杰出的模拟能力和驾驭各种文体、驾驭艺术语言的才能，在这篇作品中又一次得到显现。当然，作家结撰这篇临摹之作的真正意图并非真是"窃望它能忝列别尔金小说之末"。他明确表示，"我不想成为一个过分盲目的模仿者"。他还肯定："我不可能在临摹中留下永恒的不衰、垂之后世的东西。"[②]透过这一番话语，联系作家 1930 年代一度人为地改变风格、在各种体裁上进行尝试的努力及其结果，可以看出左琴科是在以曲折的方式强调艺术创作独创性的重要。临摹之作甚至可以乱真，但不可能成为具有长久艺术生命力的作品，《护身符》本身就是一个极好的例证。倘若所有作家都按同一种模式、同一种"方法"、同一种风格写作，必将导致文学的凋零。

---

① Анисимов И. И. （гл. ред.）*Литературное наследство. Том 70. Горький и советские писатели. Неизданная переписка.* Москва: Издательство АН СССР, 1963, с. 166.

② Зощенко М. М. *Собрание сочинений в семи томах*, Т. 6. Москва: Издательство «Время», 2006, с. 183.

卫国战争年代，左琴科一度居住在阿拉木图。他继续进行创作，并力求为反法西斯战争的胜利贡献自己的一份力量，于是在他笔下，便相继出现了一系列取材于前线生活、战时儿童生活和讽刺揭露德国侵略者的短篇小说，如《德国士兵的坟墓》、《水雷》、《向我射击》、《勇敢的孩子们》和《尊贵家族中的丑事》等，这些作品后来大多收入《战士讲的故事》一书中。他的另一部小说集《永远不会忘记》，包括 32 篇关于游击队员的故事，主要反映庄稼汉的抗敌斗争活动，在一定程度上也显示出作家对俄罗斯农民性格和心理的某些新理解。讽刺小剧《布谷鸟与乌鸦》、《德国佬的烟斗》和电影小说《士兵的幸福》（均写于 1942）等，也是左琴科战时创作或成果的一部分。他所特有的幽默讽刺风格在以上所有这些作品中依然清晰可见，而这些作品的内容又使得它们成为反西斯文学的组成部分，其中《水雷》等作曾受到广大读者的称颂。

1943 年，左琴科的长篇小说《日出之前》由《十月》杂志陆续刊出前半部（1—6 章）。为创作这部作品，作家作了耗时十年的充分准备。小说的前半部一发表，就得到读者和文学界人士的广泛关注与好评，刊载作品的那几期《十月》杂志被争相传阅。但是到 1943 年底，苏联作家协会书记，包括法捷耶夫、吉尔波丁、马尔夏克等人在内的一批文学界人士，就发动了对于《日出之前》的口诛笔伐。“反艺术、与人民利益背道而驰”，“卑鄙的东西”，“伪科学”，“令人厌恶和作呕”，这一类指责谩骂一股脑儿向这部作品及作家头上压过来。左琴科的命运自此发生悲剧性变化。直到 1972 年，也即作家去世十四年之后，《日出之前》的后半部（7—13 章及“尾声”）才得以发表。

这是一部在形式和内容上都颇为奇特的书。在第一章“序言”中，作者介绍了创作此书的思想动因与过程。第二至六章是作家对自己以往经历的回忆。一个困扰着作家的问题是：“我不幸——但不知道原因……我曾经想死，因为我看不见别的出路。”冥思苦想使他突然领悟到：种种不幸的根源就潜藏在自己的生活中，应当向记忆去寻找这一根源。于是作家便开始回顾那些留在记忆中的最鲜明的情景。他首先回想起 16 岁至 30 岁之间激动过他心灵的 63 件往事，但他在这些往事中没有找到任何苦恼、伤痛的根源；于是便转而追忆 5 岁至 15 岁时的 38 件当初使他激动和震惊的往事，可是在这些故事里他同样没能寻得自己痛苦的原因；接下来作者又去回忆两岁到 5 岁时的 12 件小事，仍然没有解开自己的谜。这时作家开始试着去忆及两岁之前的情景。但那时的一切早已模糊不清，无法回忆起来。于是他决定运用条件反射规律，试图通过回到他幼年待过的地方这一方式，唤醒沉睡的记忆，可是也没能回想起什么。只是他开始做噩梦。在这些梦境和婴儿期的经历中，作者发现了主要的刺激物：水、手、乳房、雷声。他感到，这四种刺激物在他的人生道路上一直伴随着他，在他从童年时代到成年时期曾出现过许多与这些刺激物相重合、对应、联系的事物或情景，他后来生活中的所有强烈印象几乎都同他最初（两岁之前）受到的强烈刺激有关，并且加深着那些原初刺激，加深着由它们所造成的恐惧。久而久之，这些恐惧便引发出心理危机和精神病症。

在作过这些回忆和分析之后，作家领悟到，只要把真正的不幸与恐惧的假定性事物（刺激物）区分开来，扯断它们之间的联系，恐惧就会离开自己。当他切断并摧毁了曾给他带来许多不幸的条件性联系后，他终于得以从病态的障碍中解脱出来。作家看到：这是由于他的理性之光揭示了恐惧感存在的不合理性，而且，上述过程不只是他个人的独特体验，许多人的经历都提供了正反两个方面的例证。他曾经尝试帮助别人切断类似的条件性联系，使之摆脱了不幸与痛苦；当这种联系在特定人物身上无法扯断时，恐惧与不幸便不可能消失。类似的情形同样发生在一些著名作家和历史人物（如果戈理、涅克拉索夫、谢德林、巴尔扎克等）身上。以上内容构成小说的第七至第十章。

在作品的最后三章中，作家集中论证理性战胜恐惧、痛苦、衰老和死亡的可能性与必然性。他告诉人们，理性曾使他摆脱了无数的痛苦，谁若能理智地对待自然，自然也会向他投以理智的目光。

不难看出，《日出之前》是左琴科根据自身经历和他人生活对恐惧、痛苦、不幸和精神性疾病的原因进行探索的一部作品，侧重于对心理意识、下意识、梦境的考察与研究，意在探索人的精神世界和心灵奥秘。作家以洗练、生动的文笔展示个人心灵史的重要篇页，提供了19世纪和20世纪前期一系列著名作家的文学肖像画，涉及俄罗斯日常生活、民族风情、文化心理、时代征候的诸多侧面，使这部作品获得了多重文化意义。小说运用文学与科学相结合的方法探讨人之不幸的根源及摆脱不幸的途径，不仅给读者以宽阔的想象空间和深刻的启示，而且也在体裁样式和叙述风格方面提供了一种积极创新的范例。

《日出之前》发表之初批评界和广大读者对它的欢迎与肯定，已表明作家的探索有其独到的意义。但是从1930—1940年代苏联文艺主管部门对文学的要求来看，这部作品又是不合时宜的，所以它很快就遭到否定与批判。到1946年，左琴科发表的一部短篇小说《猴子奇遇记》，直接受到当时文学界最高领导人日丹诺夫的痛斥，《日出之前》同时再次受到最激烈的批判和指责。《猴子奇遇记》与《日出之前》一起，成为左琴科给自己招来灭顶之灾的两部主要作品。

具有如此“能量”的《猴子奇遇记》，不过是一部仅有几千字的短篇小说。从战争期间被炸弹击中的一座动物园里跑出来的长尾猴，是这部作品的主角。它先是在野外游荡，后来被一位好心的司机带到鲍里索夫城，趁其不备窜到街头溜达。它肆无忌惮地跑到商店抓胡萝卜吃，在遭人们追赶时，被男孩阿廖沙带回家中收养。阿廖沙待它很好，可它却抓起老奶奶的糖块就吃，后又偷跑到街上。残疾人加弗里勒奇把它抓住，打算先带它上澡堂洗个澡，第二天再把它送到市场上去卖钱买酒喝。但浑身肥皂沫的猴子却咬伤加弗里勒奇的手指头，从澡堂跑了出来，引起一片骚乱。人们终于抓住了这只不安分的猴子，阿廖沙、加弗里勒奇和那位司机都认定这是自己的猴子。最后司机赞同猴子归阿廖沙所有。在这个男孩家，猴子渐渐变得很懂礼貌，生活得很好。作品通过猴子的“奇遇”，揭示了战时现实生活中的某些不尽如人意的现象。猴子没有“粮食供应证”，却也想填饱肚子；从排队顾客的头上跑到柜台前抓起胡萝卜就走，“不知道排到最后得不到食品是什么滋味”；在众人追赶猴子的时候，“跑在最后边的是个警察”；狗并不去追猴子，却狂吠不止，似乎是在对猴子说：“跑吧，但别忘了我在这儿！”①这些描写，都有着深长的讽刺意味。残疾人加弗里勒奇是庸俗、自私、愚昧的市民的代表，作家经由这一形象，对民族文化心理陋习作了又一次暴露性勾画。长尾猴本身的心理与行为，也处处显露出狭窄、卑俗和自私，同样是作家的讽刺对象；不过它同时具有机灵、率真的特点、并且终于成为一只懂道理的猴子。在这一结局中，涵纳着作家关于加强道德教育、提高文明水准的期待和呼吁。

不幸的是，这么一部短篇作品却被善于无限拔高的日丹诺夫斥为“野兽式地仇恨苏维埃制度的有毒作品”，作品中对某些现象的讽刺性描写被他说成是“嘲笑苏联生活、苏维埃制度、苏联人民”。小说里写道，

---

① ［苏］米·左琴科：《猴子奇遇记》，薛君智译，《苏联文学》1985年第1期。

猴子在被人们追赶时曾经想："看来，真不该离开动物园。在笼子里平静得多。一有可能我一定回到动物园去。"猴子的这一心理活动也被日丹诺夫牵强附会地引申为对苏联社会的攻击，似乎左琴科是要借此说明："生活在动物园中要比在自由空气中好些，在笼子里呼吸要比在苏联人民中间舒适些。"日丹诺夫还顺带地批判了《日出之前》，说作家在这部长篇中"带着享乐和好玩的心情"，"把自己下流和卑劣的灵魂翻了出来"，"把人们和自己描写成没有羞耻、没有良心、丑恶而且淫乱的野兽。"①日丹诺夫把侮辱性言词、人身攻击和政治指控结合在一起，以势压人，从政治上宣判了左琴科的文学死刑。在极左指导思想的控制下，联共（布）中央以"决议"的形式公布了对左琴科的责骂和政治判决，苏联作家协会理事会主席团则决定开除左琴科的会籍。

从1946年起，左琴科的作品便几乎完全不再能发表。他甚至很难找到工作。他曾先后谋求当一名博物馆导游、中学教师或汽车司机，均没有人敢于录用他。他曾经不得不到一家残疾人制鞋劳动组织中去干活。由于他已不是作协会员，口粮供应证也被告吊销。在如此艰苦困难的条件下，左琴科还翻译了芬兰作家马·拉西尔的中篇小说《找火柴》和《两次生命》，其译文成为艺术家把翻译当作再创造的一种典范。1953年他被平反，作家协会"重新接受"他为会员。1954年5月，左琴科在会见英国大学生时大胆声明：他决不同意1946年日丹诺夫对他的侮辱性谩骂。为此，他又一次遭到打击。一些报纸、电台和作家组织重新对他实行围攻、批判。人身中伤和经济拮据的状况从身心两个方面摧残着他。在极为抑郁、苦闷的1956—1958年，左琴科还留下了一组札记。作家在其中思考着关于"人需要有人爱"、需要公正而人道的对待，关于"文化是复杂的行为总和"，关于官僚机关"限制"艺术出不了普希金，"关于社会主义现实主义"就是描写人"应当是什么样子"的观念导致文学粉饰生活，等等。②这组札记表明，左琴科直到1958年7月去世前，还在苦苦思索着俄罗斯文学、文化和社会人生的一些重要问题，那也是始终萦绕在现代俄罗斯优秀作家心头的基本问题。

---

① ［苏］日丹诺夫：《关于〈星〉与〈列宁格勒〉两杂志的报告》载《苏联文学艺术问题》，人民文学出版社1953年版，第40—41页。

② Зощенко М. "Перед заходом солнца: из записей 1956 – 58 гг". *Литературная газета*. 1990, 18 сентября, № 38, с. 13.

作为作家，左琴科的独特才能无疑集中在讽刺方面。讽刺，既是他的体裁、语言和风格标记，也是他作品的内容特点。在 1920 年代文坛氛围较为宽松的条件下，他的幽默讽刺作品尚能够顺利发表，并获得较大成功。进入 1930 年代以后，极左思潮泛滥，对文学的行政控制加强，左琴科在这一情势下，曾试图改变自己的风格，尝试着去写新的题材。然而他既没有在讽刺作品之外创作出什么杰出之作，也不可能形成另一种新的风格。这是一种矛盾。如果说，《日出之前》是作家摆脱这种矛盾的一种努力、一种探索，那么，《猴子奇遇记》则是他朝着讽刺体裁、题材和风格的一种回复。只是他的两度尝试都为自己招来致命的打击。在上述两部作品之间，左琴科曾写过一篇文章：《契诃夫作品中的喜剧因素》（1944）。作家写道，“讽刺的任务在于展示反面世界”，但“这并不意味着另一世界、正面世界就不存在，艺术家就看不到和不承认它”[①]。他还不止一次谈到讽刺文学对于人们认识自身的不足、同种种弊端作斗争、提高人们的道德水平的有益作用。日丹诺夫想必不可能懂得这一切，正如他不可能容忍左琴科及其作品一样。但历史终究是公正的，日丹诺夫因其对俄罗斯文学和文化的棒杀而臭名昭彰，左琴科的作品却长久地留在现代俄罗斯文学史上。

---

① Зощенко М. “О комическом в произведениях Чехова”. *Вопросы литературы*, 1967, № 2, с. 151.

十七

安娜·阿赫玛托娃

安娜·安德列耶夫娜·阿赫玛托娃（1889—1966）是在白银时代崛起于诗坛的女诗人，曾经被同时代人称为“俄罗斯的萨福”。这无疑是对她的褒奖。但是，她的诗作的艺术成就与文化内涵，却使她远远超过了公元前七世纪的那位希腊女诗人，并成为20世纪俄罗斯诗坛上少数几位“始终使读者怀有好感的诗人”（特瓦尔多夫斯基语）之一。

阿赫玛托娃生于敖德萨近郊一个退伍的海军机械工程师的家庭，本姓戈连科，自1910年起以她的鞑靼血统的曾外祖母的姓氏发表作品，此后便一直以“安娜·阿赫玛托娃”驰名于文坛。她在皇村（今普希金市）度过童年时代，就读于皇村女子学校，假期则在塞瓦斯托波尔城外消夏。她最初的文学兴趣是在姐姐茵娜及其夫的影响下形成的，最早接触的是杰尔查文和涅克拉索夫的诗歌，1900年写出第一首诗。1905年父母离异后，她随母亲迁至叶夫帕托里亚，由基辅—丰杜克列耶夫中学毕业（1907）后，又入基辅女子高等学校法律系学习（1908—1910）。她在1903年底就结识古米廖夫，后者自彼得堡和巴黎的来信，成为她了解文坛新消息的主要来源。1907年，她的诗作《他手上有许多闪光的戒指》发表于古米廖夫等在巴黎出版的刊物《天狼星》上。在此前后，她共写有近百首诗歌，从中可见挪威作家汉姆生、俄罗斯诗人勃留索夫和勃洛克的影响。至1910年，她的诗作已显示出研读安德烈·别雷和库兹明作品的印记。

就在这一年，阿赫玛托娃与诗人古米廖夫结婚，并出游巴黎。由此至1916年，她大都居住于皇村，夏季则在特维尔省的斯列普尼奥沃庄园度过。她还曾在彼得堡拉耶夫高等历史—文学讲习所学习。1911年，她的诗作先后在《公共杂志》、*Gaudeamus*①和谢·马科夫斯基创办的《阿波罗》上发表。同年秋，“诗人行会”成立，她被选为该团体的秘书，随即成为阿克梅派的代表诗人之一。

阿赫玛托娃的第一本诗集《黄昏》于1912年出版，诗人库兹明为之作序。这本诗集是一个为火一样的激情所支配的女性内心生活的表露，是她的爱情体验的抒发，是一颗痛苦不安的灵魂的热情洋溢的自白。在《致缪斯》（1911）一诗中，女诗人写道：“在这块土地上就应当经受/每一番爱情的折磨。”②这一格言铭辞般的诗句，是理解她的许多抒情诗章的锁钥。诗人仿佛清楚地看到了爱情的悲剧性的、折磨人的实质，常能传达出爱情所特有的令人紧张和忐忑不安的特点。这本诗集中的组诗《在皇村中》（1911），则是阿赫玛托娃诗歌的基本主题之一——普希金主题的最初体现。从艺术上看，诗集《黄昏》表明诗人善于揭示各种情感的细微差别，为各种细节作出心理定位，往往能通过简单的动作极富表现力地传达出人物的内心波澜，如《最后一次相会的歌》：

无助的心胸如此战栗，
但脚步还是那么轻盈。
我竟把左手的手套
戴到了右边手上。③

批评界对诗集《黄昏》作出了热烈的反应，或看到了它的浓烈浪漫主义气息，或指出诗人敏锐的艺术感受力，或发现了诗人看待世界时所显示的“对悲剧的预感”，或在诗作的“印象的破碎性”、“感悟的不连贯性”中看到了安年斯基诗风的影响。阿赫玛托娃本人至少是认同最后一种意见的，她曾不止一次称安年斯基为自己的导师。

1912年4月至5月间，阿赫玛托娃与古米廖夫遍游了意大利北部。意大利美术和建筑给她留下了终生难忘的印象。回国后，她积极参加阿克

---

① 法语：《欢乐颂歌》。

② Банников Н. В. *Серебряный век русской поэзии.* Москва: Издательство «Просвещение», 1993, c. 195.

③ Терехина В. *Серебряный век. В поэзии, документах, воспоминаниях.* Москва: Издательство «Логид», 2000, c. 128.

梅派和其他诗人团体的活动，多次在文学集会上朗诵诗作或发表演说，成为受众多文学青年欢迎的人物。1913—1914 年，她的诗作不断发表在《北方》、《阿波罗》、《俄罗斯思想》、《涅瓦》和《北方纪事》等杂志上。她还是由诗人和批评家尼·涅多勃罗沃（1884—1919）组织的诗人协会的活跃成员，后者给她的美学思想的最终形成以决定性的影响。涅多勃罗沃曾在评论她的文章中预言："人们会希望她拓展'她的个人主题的狭窄范围'，但是她的使命不是往横向扩展，而是向深层开发，因为她的工具是矿工的钻进地层深处、指向宝贵的矿脉的工具。"[①]阿赫玛托娃曾将自己的一些抒情杰作献给这位批评家。

《念珠》（1914）是阿赫玛托娃的第二本诗集。爱情的令人陶醉与痛苦、希望与失望，是这本诗集中大部分诗作的基本主题（如《晚间》、《你不会弄错真正的柔情……》、《我学会了简单而明智地生活……》等）。但诗人的情感表现领域是宽阔的。她时而向读者说明：激情往往具有某种不祥的色调（《心慌意乱》）；时而把目光转向记忆中的"模糊空间"，让与自己血肉相连的故乡土地复现于眼前（《你知道，我正经受着不自由的煎熬……》）；时而忆及大海边的童年生活，表现出某种自忏之情（《我看着海关退色的旗……》、《忏悔》）；时而又抒发出涅瓦河边的那座城市及其歌手勃洛克给自己带来的欢乐与不安（《彼得堡诗章》、《我来到诗人家作客……》）。

同样也是写于 1914 年，在《阿波罗》杂志 1915 年第 3 期发表的《就在大海边》（1921 年出版单行本）是阿赫玛托娃的第一部长诗。诗中出现了一位住在大海边的姑娘，她快乐、大胆、无忧无虑，幻想着能有一位王子向她求婚。这种无望的期待最后以悲剧而告终。长诗从一开始就创造了一个可供人物活动展开的宽阔舞台，提供了克里米亚大自然的真实画面，甚至可使读者感觉到诗人本人所喜爱的那种"带咸味的风"的吹拂，较准确地传达出女主人公由于爱和悲伤而变得成熟起来的那颗心灵的种种体验。阿克梅主义者"返回尘世"的主张和对"具体可感性"的追求，在这部长诗中得到了鲜明的体现。

如果说，在同时代人观念中，阿赫玛托娃发表于《黄昏》之后的诗，

---

① Николаев П. А. *Русские писатели.* 1800 – 1917: *Биографический словарь.* Москва: Издательство «Советская энциклопедия». Т. 1, 1989, с. 126 – 127.

较集中于表现“不幸的爱情”，那么，在《念珠》之后问世的诗作则显示出某些公认的新特色。诗集《白色的群鸟》（1917）表明，阿赫玛托娃扩展了自己的抒情音域。诗人对现实的沉思更为深入，更加具有哲理性了（如《有人想：我们贫困，一无所有……》等），创造的天赋才能被诗人想象为一种不朽的爱恋之情（《关于诗歌的吟唱》），诗的创造者与缪斯之间形成的不同关系也处在她的追问中（《离群索居》、《缪斯顺路而去了……》、《一切都失去了，无论是力量还是爱情……》）。当她的诗作是在某种失落感中产生的时候，她往往能够对复杂的心理状态作出中肯而精确的分析（如《我不再微笑……》）。在继续表现单恋之痛苦的同时，诗人热情咏唱那种战胜一切、治愈创伤、以理智与光明充实生活的爱情，如《1913 年 12 月 9 日》、《幼芽》、《这些广场多么宽阔……》等诗。在《爱的记忆，你是何等沉重……》一诗中，诗人写道：

爱的记忆，你是何等沉重！
我在你的烟雾中燃烧与歌唱，
对于别人——你是一团火焰，
可以温暖冷却的心房。[①]

诗人对第一次世界大战作出了冷淡而忧郁的反应，预言了人民即将遭受的痛苦与不幸（《1914 年 7 月》、《慰藉》、《1914 年 7 月 19 日备忘录》）。批评界从诗集《白色的群鸟》中注意到阿赫玛托娃的创作与俄罗斯古典抒情诗传统之间的根深蒂固的联系，发现了她所受到的普希金、巴拉廷斯基影响的痕迹，还指出了她的诗歌具有某些小说化倾向（如随着诗中形象体系的展开而出现情节）。批评家艾亨巴乌姆在论及阿赫玛托娃时则写道：她对“个人生活的体验作为一种对民族生活、历史生活的体验，作为一种履行注定的特殊使命的天职”是逐渐成熟起来的，而这就是她的“记忆的力量、同记忆的沉痛的斗争……历史感和开辟新道路的力量”的源泉[②]。这一评价在一定程度上指出了阿赫玛托娃早期诗作的基

---

① Ахматова Анна. *Сочинения в 2 т. Т.* 1. Москва: Издательство «Художественная литература», 1990, с. 75.

② Николаев П. А. *Русские писатели.* 1800 – 1917: *Биографический словарь.* Москва: Издательство «Советская энциклопедия». Т. 1, 1989, с. 128.

本特点和发展趋势。显然不能将她的诗歌中的那些看似是自发的抒情性倾诉仅仅视为一种自我表现，更不能将她的抒情主人公和她本人等量齐观。在她那由大量的抒情片断、独立的诗章和零散的低吟浅唱所构成的“自传的上下文”中，依稀可以读出历史的上下文。

十月革命以后，阿赫玛托娃在彼得格勒农学院图书馆工作。她的第四本诗集《车前草》于1921年出版。这本集子同时又作为一个独立的部分收入在次年出版的另一本诗集《Anno Domini MCMXXI》[①]（1922）中。在《车前草》中，表现抒情主人公对幽会的期待和预感的欢快旋律，越来越经常地为由离别、寂寞和死亡所引起的忧郁的音调所替代（如《噢，不，我没有爱过你……》、《屋子里顿时静下来……》等），透过这种音调又往往突然爆发出对于“伟大的尘世之爱”的渴望（《谁也没有吟咏这次会见……》）。作为一个由俄罗斯古典文化培育出来的女诗人，阿赫玛托娃难以理解和接受历史巨变过程中出现的种种现象（《一切都抢光了，交出了，卖掉了》），但眼前的一切又迫使她重新思考生命的价值（《世俗的荣誉如过眼云烟……》）。1921年古米廖夫的被杀使她受到沉重的打击（尽管他们已于1918年离婚），但她却没有离开她情之所钟的苦难的俄罗斯（《有个声音对我说……》、《我不和抛弃故土的人在一起……》）。

在《Anno Domini MCMXXI》的开篇中，诗人就强调自己对于“彼得的神圣之城”（即彼得堡、彼得格勒）的绝对的爱，后来又多次回到这个主题上。她时而也向民间传说、向历史汲取素材（如组诗《圣经诗章》），表明她力求在古典式概括的客观形象中揭示某些属于永恒范畴的问题。“尘世的欢乐”、“迷人的生活的美妙”对于阿赫玛托娃来说是特别珍贵的，这使她的抒情风格日益趋向平静、庄重、徐缓（如组诗《史诗的旋律》）。但是激动的、感情深挚的歌哭依然是她的抒情主人公所特有的。怎样才能经受住离别与失恋的苦痛，似乎总是她的主人公最关心的问题（《呵，你觉得我也是这样……》、《好歹也得分手……》）。诗人始终没有中断从记忆的储备中获取诗情，同时，预见未来的天赋又使她忧虑不安。处于1920年代初期的阿赫玛托娃，无疑有着一种强烈的变迁感：无论是俄罗斯的历史文化，还是诗人本人的创作与命运，都正处于不可逆转的变

① 拉丁语：《公元1921年》。

动中。

1922 年，阿赫玛托娃的《致众人》一诗，是以这样一句诗结束的："现在我想就这样——成为被遗忘的人。"①这一诗句显然具有某种预言性质。在《Anno Domini MCMXXI》问世后，诗人的创作进程中出现了长达十几年之久的中断。自 1920 年代中期起，她的新诗作不再能发表，而旧作则不予再版。造成这种状况的原因有二：一是"拉普"批评家们对她的攻击，她被说成是一个与时代不合拍的过于"闺房化"的诗人；二是她本人处境日趋恶劣。1935 年，她的儿子列夫·古米廖夫和她的第二个丈夫、艺术史学家尼·普宁相继被捕。1937 年，列夫再次被捕。随后又是她的朋友曼德尔什塔姆的被捕与死亡。时代的氛围很为沉重，只有与米·布尔加科夫、与文艺学家维·安·马努伊洛夫的友好交往，与从流亡中归来的茨维塔耶娃的会见，能稍稍使这种沉重感得到缓解。在这些年月里，她只能研究普希金的创作和彼得堡的建筑，从事文学翻译。直到 1940 年，才有一本薄薄的诗选《六本诗选粹》出版。

如果仅仅计算抒情诗，那么《芦苇》应当是阿赫玛托娃的第六本集子。以组诗《柳》为开篇的这本诗集，主要由诗人 1924—1940 年间的诗作构成，它们均从未单独发表过。《一本书的题词》一诗，是阿赫玛托娃献给她的终生好友、诗人和翻译家米·列·洛辛斯基（1886—1955）的。她在这首诗中讴歌"灵魂的崇高自由，它的名字叫友谊"，同时又以"重获生命的芦苇开始发出声响"的诗句，透露出自己继续追求真善美的执着精神。在《缪斯》一诗中，诗人把自己的这位"亲切的女客"描画成甚为严格的形象，诗神以无声的顾盼和简洁的话语提示作者：但丁《地狱》的诗章难道不也是她"口授"的？果然，阿赫玛托娃后来真的写有《但丁》一诗，再现了这位伟大的被放逐者的风貌，写到他宁可终生不回佛罗伦萨，也决不向权贵折腰和忏悔。她还给同时代的值得尊重的诗人和作家们献上了一首首真诚的歌，如《马雅可夫斯基在 1913 年》、《诗人（鲍里斯·帕斯捷尔纳克）》、《沃罗涅日》（致流放中的曼德尔什塔姆）、《你独自识破了这一切……》（致死于大清洗年代的皮里尼亚克）等。当然，和诗人的命运紧密联系在一起的，不仅有那些在精神上与她相近的人

① Бавен С. П., Семибратова И. В., *Судьбы поэтов серебряного века*. Москва: Издательство «Книжная палата». 1993, с. 20.

们，还有涅瓦河边的那座城市和它的优美风光（如《庆祝最后一个同年纪念日》、《1941 年 3 月的列宁格勒》等）。她更多的时候是郑重严肃地向读者讲述自己的精神重负，传达个人的心理体验，包括无所依归感，生离死别的痛苦，以及与大自然融为一体的感受，如《由于你我遮掩了心情……》、《断裂》、《柳》等诗章。值得注意的是，阿赫玛托娃还将她在暗中写下的不朽的长诗《安魂曲》（1935—1940）中的某些片断收入诗集《芦苇》，或通过深刻的个人悲剧，或经由复现耶稣受刑的画面，传达出俄罗斯民族的痛苦。但这部长诗全文在当时却无法发表，直到 1987 年，也即诗人去世 20 多年后，才第一次同俄罗斯读者见面。

1940 年对于诗人阿赫玛托娃来说，无疑是个重要的年份。这一年，她不仅打破了 1922 年以来的“沉默”，有新的诗集问世，奇迹般地秘密完成了长诗《安魂曲》，还写完了另一部长诗《靠着整个大地》，并进而开始她的最后一本诗集和最后一部长诗的撰写。诗人曾经构思过一部《小型长诗》，并完成了其中的一部分，但手稿多有散佚，有幸得以保留下来的只有《基杰日城女人》一诗，诗人后来把它称为《靠着整个大地》（1940）。诗中的女主人公费夫罗妮亚是基杰日城的人。据传说中说，该城是挣脱鞑靼人统治、自强自救的一个突出的榜样，后来整个地沉入斯威特洛亚尔湖中。罗姆斯基—戈尔萨科夫的歌剧《基杰日城故事》就是以这个传说为素材的，它曾经给阿赫玛托娃以强烈的印象。诗人在自己的这部长诗中，把个人命运与女主人公的遭遇联系起来，赋予它以重要的意义。对往昔的呼唤，与往昔的悲伤的相逢，允诺回到往昔，就像回到一个最后的避难所——这些回忆因素和第二次世界大战时期的写生画，对缪斯的特别的诅咒，德国浪漫派作家霍夫曼的作品所揭示的精神二重性，对某些历史事件所发生的场景（如日俄战争时期的对马海峡，与德雷福斯案件有关的沙勃洛里要塞等）的勾勒，这一切在长诗中结合为一个整体。这部长诗可以使人明显地感觉到一种自传性质，一种诗人对自己的命运作悲剧性沉思的特点。阿赫玛托娃曾把这部长诗称为“对自身的一次意义重大的追荐”①，绝非偶然。

同样是自 1940 年开始创作的另一长诗《没有主人公的叙事诗》，是

① Бавин С., Семибратова И. *Судьбы поэтов серебряного века.* Москва: Издательство «Книжная палата», 1993, с. 24.

诗人用了22年时间写成的一部有着深广内涵的杰作。它与《安魂曲》一起，构成阿赫玛托娃诗歌创作的高峰。

卫国战争前夜，阿赫玛托娃还曾着手准备她的第七本诗集。最初设想的诗集名称《奇数》，后来成为她的新诗集的一个部分的名称，而本来打算收进“第七本诗集”中的全部诗作，则整个地纳入了诗人去世前出版的最后一本集子《光阴飞逝》（1965）中。

“第七本诗集”是以组诗《技艺的秘密》开始的。在这组诗歌中，诗人向读者稍稍袒露了她从事语言艺术工作的“秘诀”。她强调诗人要做读者的知心朋友，成为理解同时代人、又为同时代人所理解的人。《我们神圣的技艺》、《普希金》等诗，咏唱诗歌事业的崇高与先师的不朽，极富表现力地传达出阿赫玛托娃关于诗和诗的创造者的意义与价值的宽泛而深邃的见解。另一组诗《在1940年》是诗人对第二次世界大战时的一系列事件（包括德军侵占巴黎、轰炸伦敦等）作出的反应，其中也闪现着诗人对于死亡的沉思（如《阴影》等）。在以《战争的风》为总标题的一部分诗作中，诗人诉说着自己和被德军围困的列宁格勒人一起熬过艰难的岁月的心理体验，为这座城市的英勇保卫者献上了一首首情真意切的颂歌，其中包括《誓言》、《英勇无畏》、《致胜利者》这样一些广为传颂的名篇。随同被疏散的人群一起转移到塔什甘，阿赫玛托娃又创作了充满东方气息的组诗《明月当空》。她的《亚细亚，你的这双锐利的眼……》、《塔什甘繁花竞放》、《当月儿变得像一块甜瓜时……》等诗，也同样渗透着亚洲精神与情调。

《四行诗抄》这一部分中的诗作，是阿赫玛托娃在战后若干年中陆续写下的。诗人对时代的感受清楚地体现在《金子生着锈，钢铁也在腐烂……》、《魔鬼的末日》、《论诗》、《我已不再为自己哭泣……》、《名字》等诗中。对已逝岁月的悲伤情绪，因失落感而产生的似乎是永恒的痛苦，则从《亲爱者的全部心灵……》、《两周年纪念日》等诗作中飘散出来。组诗《Cingue》[①] 由五首关于爱、关于爱所拥有的力量的诗歌构成，从中可以看到诗人对爱情的不同观察视角（如《我很久以来都没有爱过……》等）。组诗《野蔷薇开花了》较集中地表现了1950年代诗人的心境。从空荡荡的房间、镜子中的影像、预兆吉凶的梦、烟的余味、熟

---

① 意大利语：《五首》。

悉的身影或幽灵、永无归期的离别等诗歌意象或场面中，不难品味出饱经沧桑的女诗人的心绪。组诗的基调也许已经由这样的诗句作了某种程度上的确定："在人世间我与你没有相遇"（《在梦中》）。然而在总体上悲凉的旋律中，也不时有色彩明朗的诗行出现（如《但愿某人还在南方休息……》等诗）。写于1960年代的组诗《子夜诗抄（七首诗）》则是诗人晚年心境的一种艺术的和哲理的概括。读者在这里见到的是诗人所创造的一个完全特殊的世界。由于作者大量运用了暗示、象征、隐喻、双关等手法，诗中的一切都给人一种幻觉印象（如《开春前的哀歌》、《在镜子背面》、《夜访》等），似乎只有诗人的情感是实实在在的，那便是在"寂静"中所体验到的孤独感、失落感和不安全感，以及对往昔的痛苦忆念。

《献给已逝者的花环》是阿赫玛托娃在不同年代为已故同时代作家和诗人写的悼诗的汇集。其中有献给安年斯基的《导师》一诗，有纪念曼德尔什塔姆的《我在他面前俯首……》，有追悼茨维塔耶娃的《迟来的答复》，还有《纪念米·阿·布尔加科夫》、《纪念鲍里斯·皮里尼亚克》、《纪念米·米·左琴科》等诗。《又在秋天被塔梅尔兰推倒……》、《不可重复的声音在昨天沉默了》、《仿佛是失明的俄狄浦斯之女》三首诗，则构成题为《致鲍里斯·帕斯捷尔纳克》悼念组诗。从这一系列被追悼者的名字中，可以粗略地看到阿赫玛托娃精神追求的取向。在对一个又一个已逝者的追悼中，在对过往岁月和那些难忘之地的回忆中（《夏花园》、《献给普希金城》、《皇村颂》、《1913年的彼得堡》等），诗人分明感到"光阴的飞逝"。组诗《北方哀诗》同样是与这种时间的运动相联系的，它不仅表达了诗人面对时间流逝的惆怅之情，还道出了她的几分困惑，几番迷惘。

《光阴飞逝》中所收的诗作分别写于1940—1960年代中的不同时期。在这20多年时间内，无论是俄罗斯民族的命运，还是诗人阿赫玛托娃个人的命运，都经历了沧海桑田的变化。她和祖国人民一起度过战争的艰难岁月。她由衷地歌唱过胜利，但胜利之后她却陷入更为艰难的处境中。1946年8月《关于〈星〉和〈列宁格勒〉两杂志》的决议及随后日丹诺夫的报告，对她作出了严厉的政治判决和凶狠的辱骂。紧接着，她被开除出苏联作家协会。1950年代后期，她才第二次重返诗坛，继续在国内文学生活中发挥自己的影响，并且成为最受国外读者欢迎的俄罗斯诗人之一。1964年，她被授予意大利"埃特纳·陶尔米那"国际文学奖。次年春，她被批准去英国接受牛津大学授予的名誉文学博士学位，并重访巴黎。1966 年 3 月，女诗人与世长辞。

除了大量诗歌作品之外，阿赫玛托娃还给世人留下了一些有价值的文学研究著作和文学回忆录。她在普希金研究方面用功颇深，自 1920 年代至 1950 年代先后写有《亚历山大琳娜》、《普希金与涅瓦海滩》、《普希金在 1828 年》、《普希金的最后一篇童话》、《普希金的〈石客〉》等论著。这些论著于 1989 年结为《安·阿赫玛托娃论普希金：论文与札记》一书，由莫斯科书籍出版社出版。她生前还曾构思过《我的半个世纪》一书，可惜未能完成。现存的一些回忆录可能是诗人考虑要收入此书的。其中的《回忆亚力山大·勃洛克》（1965）一篇，记述作者与这位当时“俄国最著名的诗人”之间为数不多的几次会见，再现了时代的氛围和勃洛克个性的某些侧面。《米哈伊尔·洛辛斯基》（1966）则反映了这位著名的翻译大师对崇高的文学事业之意义的深刻理解。另外，诗人关于安年斯基、曼德尔什塔姆、茨维塔耶娃、帕斯捷尔纳克等人的回忆，均有如日记的断片，零散而无系统性，却极富容量，一些格言式的精辟议论，往往是诗人关于时代、关于人性、关于同时代人精神标记的独特认识的体现，令人一读不忘，沉思良久。阿赫玛托娃甚至独具慧眼，颇有先见之明地发现了约·布罗茨基的诗才，预言了后者作为诗人的命运之路并非是一帆风顺的，却无疑将闪耀出奇异的光辉。

当然，阿赫玛托娃在 20 世纪俄罗斯文学中的地位，既不是由她的这些极有价值的回忆录和研究著作，也不是由她的那些隽永深刻、余味无穷的抒情诗确定的。只有当她把全部激情从咏叹个人命运转向沉思国家民族的命运，只有当她写出了《安魂曲》和《没有主人公的叙事诗》这样的杰作时，她才当之无愧地成为 20 世纪最伟大的俄罗斯诗人。

《安魂曲》（又译《挽歌》）写于 1935—1940 年间，此后的若干年月中曾有过一些增改，1980 年代后期才在俄罗斯首次面世。长诗的内容与诗人个人的悲剧性遭遇密切相关。诗人的儿子、历史学家列夫·古米廖夫在 1930 年代“大清洗”时期曾两度被捕，战争期间则被送往前线，战后又第三次入狱，1956 年才获得自由。她的第二个丈夫尼·普宁也于 1930 年代被捕，成为个人崇拜和极左路线统治时期的牺牲品。诗人遭受了难以承受的沉重打击，但是她没有停留在对个人与家庭不幸的表现上，而是经由自身的痛苦看到了、体验到了民族和人民的苦难。正如诗人在长诗的“代序”中所描述的那样，在叶若夫[1]迫害的恐怖年代，她在列宁格勒探监的队列中度过了17个月。一个同她一样也是来探望儿子或者丈夫的“嘴唇发青”的女人，曾轻声问她可否将这里的场面写下来。诗人当即回答：“我能。”也许正是从这一声答复开始，诗人才懂得了有多少母亲和妻子和她一样经受着痛苦的煎熬，才意识到向世界诉说人民的悲剧是作家们的义不容辞的义务。诗人永远记得丈夫被捕时的一幕：“黎明时他们把你带走，/我就像送殡跟在你身后，/孩子们在昏暗的房间里哭泣，/神龛旁的蜡烛流着油。”[2]为了看见无辜被捕的亲生儿子，为了他能够被释放，诗人宁愿献出一切：“我呼喊了十七个月，/召唤你回家来，/我曾跪倒在刽子手面前，/为了你，儿子，我的冤家。”（155页）然而，现实却像死神一样冷酷，它什么也不让母亲带走；无论是儿子那可怕的眼睛，“无论是手臂温柔的凉意，无论是菩提树不安的阴影，无论是远方微弱的声音。”（157页）人类生活中母亲的痛苦似乎是永恒的，诗人正是有感于此，才联想到耶稣被钉在十字架上时的场景，那时刻最悲痛欲绝的也恰恰是母亲，因此，才“没有人敢把视线转向/母亲默然站立的地方。”（157页）

诗人说得对：面对这种悲苦，群山也会折腰，大河也不再流淌，善良的母亲无法理解，究竟发生了什么事情，到底谁是野兽，谁是敌人？要对付“一切都永远紊乱了”的现实，好像就应当“把记忆彻底泯灭，让心灵化为顽石”。诗人终于领悟到：这不仅是她个人的不幸，不仅是某一位母亲的灾难，这是“无辜的罗斯在带血的皮靴下抽搐”。于是，诗人才写道：

> 我不是在为自己一人祈祷，
> 而是为在那里和我一起排过队的所有人，
> 在刺骨的严寒里，在七月的暑热中，
> 他们曾站在昏聩的红色大墙下。（157页）

---

① 1936—1938年间的苏联内务部人民委员，“大清洗”的主要执行者之一。

② Ахматова А. А. Реквием. Баранников А. В. *Русская литература XX века. Хрестоматия: В 2 ч.* Москва: Издательство «Просвещение», 1993, Ч. 1, с. 154 – 155. 以下凡引用此诗，均引自该书，不另加注，仅在引文注明页码。

……
亿万人民通过我呐喊呼叫，
假若有人堵住我苦难的声音，
但愿在我被埋葬的前夜，
他们仍然会把我怀念。（158 页）

诗人经历了漫长的精神折磨之苦，但是她没有被苦难征服，而是将个人的悲剧性倾诉升华为民族和人民的呐喊与控诉。深刻的个人不幸与全民的灾难融合为一体，使得这部长诗获得了惊人的艺术力量。长诗结尾处诗人含蓄表达出来的对生活的依恋、对未来的憧憬和饱含泪水的深情祝福，同样是属于整个俄罗斯的：

让狱中的鸽子在远方婴儿般鸣叫，
让船儿在涅瓦河上缓缓航行。（158 页）

毫无疑问，《安魂曲》是那个特殊时代的一幅真实的艺术录影，是一部具有崇高精神的公民诗作，是 20 世纪俄罗斯民族的一曲史诗性的悲歌。

《没有主人公的叙事诗》的写作紧随《安魂曲》之后，创作时间延续 20 余年，直至诗人晚年才最终完成。这是一部意境高远、内涵丰富、结构复杂的作品。全诗正文分三个部分，正文前附有“代前言”、写于不同年代的三篇“献词”和简短的“序曲”。三个部分的结构各有不同。第一部分为四章和一个“结尾”，第一、第二章之间插有“幕间曲”，每章开头和诗行中间常有诗人的说明性文字出现，故这一部分给人以“诗剧”的印象。第二、第三部分的开头也同样有说明性文字，但前者以 22 节整齐的六行诗构成，后者则以两大段共 80 余行诗句，一气呵成。这种显然是不匀称的结构和诗中的某些带有神秘意蕴的章节，充分显示出阿赫玛托娃诗歌体裁上的创新以及用诗的形式表达历史见识的非凡能力。

长诗第一部分《1913 年·彼得堡故事》，写的是一群穿着化装舞会衣裳的人们，在新年之夜来到诗人所在的喷泉宫，通过他们的狂欢活动以及“女主人公寝室”、“马尔斯广场”的描写，通过诗人对彼得堡与皇村的回忆，再现了第一次世界大战爆发前俄罗斯生活的图景，表达出那个时代彼得堡文化生活的特定氛围和诗人对时代的独特感受。“篝火烘暖了圣诞节”，“夏园里，信风旗委婉地歌唱/银色的月亮凝立不动，光华如水/在白银时代上空发出冷光”。然而，这绝不是一个安宁的时代，“一个阴影缓缓临近”，“在战前严寒的沉闷里，在那流浪的、可怕的沉闷里，总有着某种未来的声息”。人们似乎并未注意到，“沿着神话般的河堤，/走来了不是一般日历上的日子，/而是真正的20世纪。”[①]诗人和她那个时代的许多人一样，并未能预测到历史的巨变及其深广的影响。在1940年代回首世纪之初，她显然有一种不可言喻的伤感与惆怅。

第二部分《硬币的背面》，以作者与批评她的诗歌的编辑之间的对话开始，隐约吐露出诗人的某种隐蔽的构思和表现手法上的特点（“小匣子有三层纸”，“我使用了隐显墨水”）。这一部分写的是1941年初的事。诗人似乎是在对从第一次世界大战前夜到第二次世界大战前夜的匆匆岁月做短暂的一瞥，反顾自己的诗歌创作道路与命运。如诗人在开头的说明性文字中所写的那样：“1913年地狱般的滑稽剧刚刚过去。它唤醒了伟大的沉默时代，并给每个过节的或送殡的队伍留下相应的糟乱…… 炉子的烟囱里，风在号泣，从里面可以猜到埋藏得极深极巧的安魂曲的片断。”（144页）诗人含蓄地表达出她对“沉默时代”的看法，涉及这个时代的某些重要特征，传达了一种精神孤寂感和被遗忘感，同时呈露出自己作为诗人的一度“沉默”的主客观根由。但诗人并未忘记使命，而是从历代艺术家的命运、从欧洲文化文学的发展链条中感受到了诗歌创造的意义。

……
几十年悠悠地过去，几经
战乱、死亡和诞生。我无法
在这样的惨象里歌吟。

我是否会在钦定的颂歌里销蚀？
不，不，不要赠给我
死人头上的冠饰。

---

① ［苏］阿赫玛托娃等：《苏联三女诗人选集》，陈耀球译，湖南人民出版社1985年版，第138—139页。译文略有改动。以下凡引用此诗，均引自这一译本，不另加注，仅在引文注明页码。

我需要的倒是竖琴，
不是莎士比亚而是索福克勒斯的竖琴。
命运正在门口，命运已经莅临。（148 页）

在长诗第三部分《尾声》中，诗人写到了战火中的城市列宁格勒，悲悼死于战乱的不幸的人们，表现了在不得不撤离这座被围困的城市时的那种依依不舍的心绪。在“流亡中那苦味的空气”里，俄罗斯行进在一条无数人走过的道路上，它“漫长地延伸在西伯利亚大地的/庄严的、水晶般的寂静里”（156—157 页）。但俄罗斯是在向“东方”迈去，是在朝着拥有朝霞、晨曦和太阳的地方前行。这个经过苦难洗礼的民族终将走出封锁、战乱和死亡的阴影。

整个长诗从形式上看似乎是彼此独立的三首诗，因此题名为“没有主人公的叙事诗”的确有一定道理。然而抒情主人公的形象却是贯穿全诗的。她站在 20 世纪俄罗斯历史见证人的高度上，在对几十年中个人生涯、俄罗斯文学和文化乃至民族命运的回顾中，进行着与历史、与时代的对话，以充满沧桑感、命运感的沉郁旋律吟唱出对这个世纪的忧思。

与长诗丰富的内容相适应，诗人采用了多样化的诗歌表现手法。在第一部分的四个诗章中，充满着神秘莫测的场景、奇特非凡的人物和梦呓般的话语，大量不连贯的镜头、片断、对话和插笔在读者眼前奔泻而过，诗歌意象朦胧、飘忽、破碎，各诗章之间时空变化幅度较大。这一部分有如诗剧，风格上则兼有现代主义和浪漫主义特色。第二部分更具一般叙事诗的特点，但诸多隐语、典故、暗示手法的使用，现实、记忆、梦境与联想的融合，仍给读者留下了反复品味、再三琢磨的空间。长诗第三部分则是一部真正的抒情诗，风格庄严，笔调凝重，可以明显见出俄罗斯古典诗风的影响。从诗歌节奏和韵律上看，也是第一部分变化多端，无有规则，第二部分则渐趋平稳、整齐，第三部分更是自始至终保持规整划一的节奏与韵律。这种变化造成一种始则急风暴雨，继而乌云渐散，终至归于宁静的听觉效果。为诗人所特有的那种哀婉沉郁的音调，一开始还为激越奔放的旋律和嘈声四起的变奏所遮盖，越往后则越显清晰。长诗中出现了一系列希腊罗马神话、圣经故事、民间文学和著名作品中的形象以及某些真实的历史人物，也多次提及欧洲文艺史和本国文化生活中的众多诗人、作家、艺术家的名字，如索福克勒斯、但丁、莎士比亚、拜伦、雪莱、巴赫、肖邦、梅里美、勃留洛夫、梅耶荷德等。这使全诗获得了一种厚重感，又表明诗人沉思俄罗斯文化和民族命运的文化眼光。

《安魂曲》和《没有主人公的叙事诗》的主要部分，均是现代俄罗斯文学史中一个最为暗淡的时代里写下的。两部长诗的创造过程本身，就是诗人走出时代的一种努力。这一努力使她为那个不幸的时代留下了两部诗的备忘录。这也正是阿赫玛托娃诗歌遗产的主要价值所在。

十八

米哈伊尔·肖洛霍夫

米哈伊尔·亚历山大罗维奇·肖洛霍夫（1905—1984）是20世纪俄罗斯文学中又一位杰出的作家。他出生于顿河地区的一个哥萨克农庄，父亲是从梁赞省迁来的“外乡人”，母亲是哥萨克妇女。他在顿河边度过自己的童年，上过小学和中学，可以说是吮吸着顿河草原的乳汁长大的。草原上如画的自然景色，哥萨克人自由豪放的性格，同哥萨克这个特殊阶层的传统、习惯、原则和信仰，一起影响着他的个性，制约着他后来的整个生活和文学创作。十月革命后他曾从事文化宣传和扫盲工作，参加过武装征粮队。1922年来到莫斯科，一边做工，一边开始文学创作的尝试，次年开始发表作品。1924年他返回故乡，专门从事创作活动。由于他的创作成就，1934年当选为苏联作家协会理事，1939年当选为苏联科学院院士，1965年获诺贝尔文学奖。1984年，肖洛霍夫逝世。

肖洛霍夫的早期作品，以中短篇小说和特写为主，这些作品后来结为《顿河故事》和《浅蓝的原野》两本文集，于1926年出版。在这些作品中，作家敏锐地抓住十月革命和国内战争时期顿河哥萨克地区激烈的、瞬息万变的社会冲突，匆促地、几乎是直线式地加以反映。如《漩涡》写一个当白军军官的儿子亲自下命令杀死作为红军战士被俘的父亲和哥哥。在《看瓜田的人》中，小儿子杀死了当白军警卫队长的父亲，为被后者打死的母亲报仇，也为被俘后即将被处死的哥哥解围。《胎记》写的是离家七年的阿塔曼打死了一个红军连队指挥员尼科尔卡，在剥其皮靴时发现死者的“胎记”，认出是自己的亲生儿子，随即开枪自杀。透过这些作品可以看出，作家善于把巨大的斗争场面和激烈的政治冲突浓缩到家庭内部、亲人之间或男女情爱关系中加以表现，通过家庭伦理关系、个人生活中的尖锐矛盾来反映时代变革的急骤性和深刻性。另外，《顿河故事》和

《浅蓝的原野》中还有一些短篇小说（如《高尔察克、荨麻和别的》等），借用民间故事的叙述方式，以幽默的笔调勾画出某些喜剧性形象，表现了历史变动之后建立的新秩序给普通哥萨克人所造成的影响，具有明朗的风格。但就总体而言，肖洛霍夫这个时期的作品中还少有复杂的性格和人物心理的变化，有时则因热衷于表现“残酷的真实”而显露出某种自然主义倾向。作家自己后来曾多次提及这些作品艺术上的幼稚。

自1926年起，肖洛霍夫着手写作长篇小说《静静的顿河》。这部规模宏大的作品共四部八卷，创作时间近十五年，到1940年全部出齐。在《静静的顿河》一书写作的中途，1930年，在顿河地区开始了全面的农业集体化运动。于是作家在对运动“还记忆犹新的时候，按照生活的新鲜足迹”[①]写了另一长篇小说《被开垦的处女地》的第一部（1932）。时隔二十八年以后，《被开垦的处女地》的第二部（1960）才得以同读者见面。

这部长篇小说描写顿河哥萨克地区的格列米亚其村在苏联农业集体化时期急风暴雨般的历史变革，反映了贫农、中农和富农、潜藏的反革命分子两个营垒之间的错综复杂的斗争，表现了农民、尤其是中农从个体经济走向集体经济的痛苦的转变过程。小说以现实的政治运动和事件的进程为基本线索，按照各种社会力量、社会阶层的相互关系设置人物形象体系，集中描写诸种社会因素之间的矛盾纠葛及其解决，从而显示出特定的时代氛围和社会斗争的尖锐复杂。其中，受党组织委派到乡下来组织农民开展农业集体化运动的工人共产党员、工作队长达维多夫，村苏维埃主席拉兹米特诺夫，村党支部书记拉古尔诺夫，中农梅谭尼可夫，富农奥斯特洛夫诺夫，善于讲故事的乐天派老头舒卡尔老爹等，都是塑造得较为成功的艺术形象。达维多夫是一个有血有肉的人物。他坚持原则，襟怀坦白，又富有人情味，渴望友谊与爱情，曾一度陷入和路希卡·纳古尔诺娃的暧昧关系中，也有过麻痹松懈、意志消沉的时候。但这一形象正因此而显得真实可信，具有立体感。作品中的每一个重要人物，差不多都有一段悲惨的过去。人物的这种历史因袭的重负与他们的现时角色和自我意识之间形成某种反差，造成了小说悲喜剧交融的艺术风格。1930年代在苏联农村改变

---

① ［苏］肖洛霍夫：《文学——无产阶级事业的一部分》，载孙美玲编选《肖洛霍夫研究》，外语教学与研究出版社1983年版，第471页。

生产方式和生活方式的艰难步履，千百万农民在这一转变过程中的复杂心理变化，以及所有这些变化过程中的矛盾和痛苦，都在这部作品中得到了较为充分的艺术展示。因此，这部小说“绝非农业集体化的赞歌，而是人类历史上最大‘人祸’之一的农业集体化的真实记录”[①]。肖洛霍夫在这部小说中使用了不少顿河哥萨克的土语方言，更增添了作品的生活气息。

《被开垦的处女地》的第二部发表时，苏联文学的“解冻”已有多年，俄罗斯文学已进入通常所说的“当代”阶段。在时代氛围的作用之下，与小说第一部相比，第二部的描写侧重、主题意蕴变化明显，风格迥异。第一部主要通过一个接一个的群众场面描写，反映1930年代急遽变化的现实，充满集体化运动时期暴风骤雨般的紧张气氛和革命激情，主要人物的性格大都鲜明地反映出时代的特色和当时的社会矛盾。第二部着重表现的是1950年代中期以后大力提倡的人道主义精神，情节的发展趋于缓慢，个人生活史（包括达维多夫与格列米亚其村的姑娘瓦丽雅的“新鲜的、纯洁的、难以理解的爱情”）的叙述明显增多，抒情气氛大大加强，社会历史的矛盾往往经由伦理道德的冲突表现出来。第二部结尾处回旋着悲剧性的抒情音调：达维多夫和拉古尔诺夫死后，舒卡尔老爹变得唉声叹气，瓦丽雅孤零零地跪倒在达维多夫墓前，拉兹米特诺夫则痛苦地在亡妻的坟旁徘徊。在对主要人物形象的刻画上，小说的第一部与第二部也有较大差异。如对于达维多夫，第一部突出了他的坚贞品质、顽强意志和献身精神，第二部则侧重表现他的心理素质、道德情操，描写他的内心矛盾，他个人的快乐与痛苦。同一作品的前后两部的重大区别，既反映了作家本人的思想观念的内在变化，又是时代精神潮流的深刻变动使然。

1956年和1957年之交发表的短篇小说《人的命运》（又译《一个人的遭遇》），也是肖洛霍夫的重要作品之一。它成为1950年代下半期苏联卫国战争题材文学由“司令部真实”向“战壕真实”转变的先声，因为这部小说描写的是战争中的普通人形象。主人公索科洛夫本是一个普通工人，卫国战争爆发后，他应征入伍，强忍悲痛告别亲人上了前线。在战争中，他受过伤，当过俘虏，在法西斯的集中营里受尽残酷折磨，好不容易才死里逃生。但他的妻子和两个女儿都被敌机炸死，儿子也在攻克柏林的

---

① 蓝英年：《重读〈被开垦的处女地〉》，《文汇读书周报》1996年8月3日。

战斗中牺牲。战争给索科洛夫造成了巨大的创伤，几乎夺去了他的一切。人在战争中的艰难经历，战争给人的命运所造成的悲剧，这就是作品所表现的主要东西。小说与其说是描写战争，不如说是回味战争。作品中更多的是关于战争的感受，是关于战争和人的命运之关系的深刻思考，是对于给人带来灾难性后果的战争的强烈控诉。

《人的命运》的题名本身就具有深刻的人道主义含义。作家所选取的素材虽是一个普通人在战争中的遭遇，但他所要强调的却是1950年代大力提倡的关心人、爱护人的精神。作品开头写战争结束后顿河上游地区三月孤寂的草原，解冻后道路的泥泞难行，索科洛夫与被他认作儿子的孤儿万尼亚蹒跚而行。这条道路寓意地成为索科洛夫苦难的生活道路的缩影。小说结尾是两段抒情性的文字：

> 两个失去亲人的人，两颗被空前强烈的战争风暴抛到异乡的砂子……什么东西在前面等着他们呢？……
>
> 不，在战争几年中白了头发、上了年纪的男人，不仅仅在梦中流泪；他们在清醒的时候也会流泪。这时重要的是能及时转过脸去。这时最重要的是不要伤害孩子的心，不要让他看到，在你的脸颊上怎样滚动着吝啬而伤心的男人的眼泪……①

小说的首尾彼此照应，给人以深长的回味。

从1943年开始，肖洛霍夫的另一部描写卫国战争的长篇小说《他们为祖国而战》的若干片断，陆续发表在苏联的一些期刊上。战后的1949—1969年间，又有一些片断先后发表，但直到作家去世，这部作品仍未全部完成。显然，他已无法写出像《静静的顿河》那样规模宏大的作品，对卫国战争进行史诗性的艺术概括。

《静静的顿河》（1928—1940）是肖洛霍夫的代表作，也是20世纪俄罗斯文学中的一部重要作品。按照作家本人的说法，他的这部长篇小说主要描写“顿河边区人们的生活”，再现顿河哥萨克在两次战争（第一次世界大战和十月革命后的国内战争）和两次革命（二月革命和十月革命）

---

① ［苏］肖洛霍夫：《一个人的遭遇》，草婴译，载《诺贝尔文学奖金获奖作家作品选·中短篇小说》，浙江人民出版社1982年版，第466页。

中的历史和各个不同的社会阶层的面貌，并由此而“探索陷入 1914—1921 年事变的强大漩涡中的个别人的悲剧命运”[①]。

哥萨克是俄国历史上形成的一个特殊的社会阶层，其基本成员本是由内地逃到边远地区的农民，后逐步形成集庄稼人和军人于一身的特殊身份，并建立起具有自治性质的社会组织体制。哥萨克人以酷爱自由、粗犷勇武著称，但也有因远离民主运动、长期生活于落后闭塞环境中而难以改变的一些弱点和积习。后来，沙皇政府对哥萨克采取收买政策，使其成为统治阶级的鹰犬。1905 年革命期间，哥萨克马队就曾被沙皇政府调集到彼得堡和莫斯科，在街头挥舞皮鞭和马刀，横冲直撞，血腥镇压“骚乱”的工人和学生。在十月革命后的国内战争年代，由于哥萨克的传统观念、经济地位和当时复杂的形势，顿河哥萨克举行了暴动。《静静的顿河》真诚地反映了这一段“残酷的真实”，以史诗般的规模展现了哥萨克在这一历史变动年代的悲剧性道路。

作品中的鞑靼村，是哥萨克社会的缩影。村中居住着贫农珂晒沃依，中农麦列霍夫，富农珂尔叔诺夫，富商麦霍夫。离鞑靼村不远，还住着大地主李斯特尼茨基。他们都保留着哥萨克的传统生活方式，但彼此之间的分化与对立是明显的。第一次世界大战爆发时，哥萨克青年喊着“忠于上帝、忠于沙皇”的誓言上了前线，不少人客死异乡，于是厌战情绪逐渐蔓延开来。这期间，布尔什维克党人施克托曼来到了鞑靼村，唤起贫穷的哥萨克们意识的觉醒。十月革命后，这些哥萨克建立起新政权，但反动势力的残余也麇集于顿河地区，并利用哥萨克群众对苏维埃政府的疑惧心理和红军的某些过火行动，挑拨离间，在顿河地区煽动起大规模叛乱。暴动的哥萨克虽与红军交战，却并不真心支持白军，而是幻想建立“哥萨克自己的政权”。最后红军战胜了白军，平息了哥萨克叛乱，苏维埃政权日益巩固，越来越多的哥萨克站到苏维埃政权这边来。鞑靼村哥萨克的命运是十月革命前后整个哥萨克历史道路的艺术写照。

小说的中心主人公葛利高里·麦利霍夫，按照肖洛霍夫本人当初的说法，是“顿河哥萨克中农的独特象征”，“一个动摇不定的人”[②]。他在动

---

① ［苏］肖洛霍夫：《致英国读者》，载孙美玲编选《肖洛霍夫研究》，外语教学与研究出版社 1983 年版，第 418 页。

② 孙美玲编选：《肖洛霍夫研究》，外语教学与研究出版社 1983 年版，第 414 页。

荡的历史年代走过了一条独特、坎坷的人生道路。他本是个勤劳能干、热情、坦率和富有同情心的青年。第一次世界大战时他入伍到了前线，看不惯沙皇军官的专横跋扈和兵痞的奸淫掠夺，对人们在战争中的互相残杀感到愤恨。他曾为杀死一个奥地利士兵而经受过着痛苦的折磨。进步士兵贾兰沙向他揭露战争的本质和专制政体的腐败，使他关于沙皇、关于哥萨克军人的概念一下子化为灰烬。但从前线回到家乡养伤后，作为鞑靼村“第一个获得十字勋章的人”，他处处受到人们的谄媚与敬重，根深蒂固的哥萨克意识“渐渐地把贾兰沙在他心里种下的真理的种子给毁灭掉了”。于是，他又以“一个出色的哥萨克的身份重新回到前线”，在战场上连连立功受奖，并晋升为少尉排长。十月革命年代，葛利高里先是拥护哥萨克脱离俄国而独立，后又结识了顿河地区革命军事委员会主席波得捷尔珂夫，参加了红军，担任连长，英勇地与白军作战。但是在看到波得捷尔珂夫枪杀白军俘虏之后，他又离开了红军队伍。1918 年春，葛利高里在父兄的影响下，参加了哥萨克叛军队伍。在同红军作战的过程中，他的双手沾满了革命者的鲜血，但他在感情上仍和白军格格不入，因此又借故离开了白军，回到故乡。

此时红军已占领鞑靼村，葛利高里公开咒骂苏维埃政权，在得知自己要被当作“危险的敌人”逮捕法办后，不得不仓促潜逃。这时顿河流域又发生第二次哥萨克叛乱，葛利高里再次投身到暴乱的狂潮中去。特别是在他哥哥彼得罗被红军枪杀后，他更怀着强烈的报复心理，残杀大批红军战士。他由叛军连长逐步升为师长，但在白军军官那里，他仍受到歧视和排挤，这使他感到委曲。当白军乘船向克里米亚溃逃时，葛利高里被抛弃，于是他又怀着赎罪的愿望，参加了红军骑兵队。他英勇地同白军作战，主动受奖，晋升为副团长。由于严重的“历史问题”，葛利高里在红军队伍中也得不到信任，终于被“彻底复员”，回到家乡。他的妹夫、村革命军事委员会主席珂晒沃依宣布要追究他的罪行，强令他到肃反委员会登记自首。为了逃避惩罚，葛利高里再次出逃，加入佛明匪帮。但这一群乌合之众的覆灭已为时不远。葛利高里看清形势，和佛明不辞而别，带着情人阿克西妮亚远走他乡。途中，他们与苏维埃征粮队遭遇，阿克西妮亚被打死，葛利高里孤身一人在野外游荡，最后在痛苦和绝望中回到鞑靼村。

在十月革命后的短短几年中，葛利高里两度参加红军，三次投身哥萨克叛乱，其徘徊动摇是十分明显的。他的徘徊和动摇有着深刻的社会历史根源和个人原因。他出身于哥萨克中农家庭。就中农的经济状况和社会地位来说，他既是劳动者，又是私有者，极易左右摇摆。哥萨克本身的人均土地占有量和实际经济条件高于俄罗斯内地农民的状况，落后愚昧的哥萨克传统观念和旧习，使得葛利高里不可能像一般庄稼汉那样欢迎革命。但劳动者的朴素感情和平等意识又决定了他与白军格格不入。他天真地企图找到一条超越于各种彼此对立的政治力量之上的、属于哥萨克自己的道路。在阶级斗争尖锐的历史年代，这种想法只能是一种幻想。从葛利高里个人来看，可以说哥萨克的优点和弱点在他身上表现得最充分、最集中。他真诚、勇敢、豪放、热爱自由、积极探索真理、不盲从，爱与憎的感情都十分强烈。但是，他又固执己见、刚愎自用、狂妄粗野，时而还显得十分残忍。这些个人特点，再加上白军的挑拨利诱，红军的某些过火行为，使得他在激烈动荡的时代不能明辨是非，摇摆于红军与白军之间，而且无论身处何地，他都心神不定，最后只能是以精神崩溃结束自己的生活道路。《静静的顿河》通过葛利高里这一艺术形象，真实地反映了哥萨克在十月革命前后动荡的历史年代的悲剧性命运，表现了哥萨克的本质特征。作品还经由这一形象触及那一非常年代的复杂史实，不回避红军的偏激情绪和过火行为，又使得这一艺术形象带上了悲剧主人公的某种悲壮色彩。从一定意义上说，葛利高里这一形象还反映了历史的深刻变动与个人命运的关系，表现了历史运动的逻辑与人道的理想和要求之间的矛盾，因而具有了超越具体时空的典型意义。

《静静的顿河》结构宏伟，人物众多，内容丰富，既生动地再现了自第一次世界大战到十月革命后的国内战争这一整个历史时代的风云变幻，又深刻地反映了人在历史运动过程中所付出的巨大代价，具有一种悲剧史诗的艺术风格。在这部长篇巨著中，可以看到许多与列夫·托尔斯泰的《战争与和平》相类似的东西。这里也有庞大而有条不紊的艺术结构，令人眼花缭乱的宏阔的战争场面，对众多人物内心波澜的深入而出色的表现，往往是与人物心境紧密联系的变化万端的大自然景色，包括劳作、起居、饮食、节庆、生死、丧嫁以及拌嘴和斗殴在内的俄罗斯人的日常生活。这一切都使人感到这部小说渗透着一种民族精神，都足以唤起人们对于俄罗斯土地、草原、河流、森林、白桦和小木屋的亲切感。

但是这部史诗性巨著的贡献并不在于它描绘了一幅无与伦比的风俗

画。作品在个人经历与时代变迁、战争风云与家庭生活、爱与恨、笑与泪的交织之中，以冷峻的笔触，活脱脱地再现了20世纪俄罗斯历史上一个剧烈动荡的年代，提供了这个年代哥萨克农民痛苦而悲壮的生活历程的艺术录影，并从这一角度触及历史变革与弘扬人道主义的关系这一重大课题。同文学史上许多伟大的艺术家一样，肖洛霍夫也没有回避这一问题。作家坚持现实主义原则，而且是一种清醒、严格的现实主义，敢于“直书全部的真实”，敢于揭示种种冲突、矛盾、失误和残酷可怕的场面，显示出一个真正的现实主义作家的非凡胆识。

如同普希金笔下的叶甫盖尼·奥涅金是诗人“最心爱的孩子”那样，葛利高里也是肖洛霍夫“最心爱的孩子”①。在葛利高里这一形象的塑造上，作者力避脸谱化、概念化，深入主人公的内心世界，致力于完整地揭示出他在颠簸动荡的一生中始终充满着矛盾的心理状态和痛苦的精神斗争，突出了他的独特个性，使这一形象性格鲜明，跃然纸上。然而，作家却不可能对他的人物同时作出历史的和道德的评判。在历史的法则和人道主义的标尺之间，肖洛霍夫深思着、沉吟着、探问着，似有百思不得其解之苦，却恰恰以这种矛盾性造成了他的长篇小说的丰富内涵，并使得葛利高里这个动摇不定的人物远比某些立场坚定、始终如一的形象具有更大的艺术魅力。

作品中的其他主要人物形象也刻画得颇为成功。阿克西妮亚、娜塔莉亚、坦丽亚等哥萨克女性形象，珂晒沃依、彼得罗、米琪喀等哥萨克形象，均各具个性特征，成为不可替代的“这一个”。小说对具有浓厚乡土气息的哥萨克人的劳动、爱情和日常生活的描写，对优美的顿河草原风光的描绘，对哥萨克人特有的风趣语言的运用，作品中那些俯拾即是的熔抒情、写景、沉思于一炉的文字等，都显示出肖洛霍夫杰出的艺术才能。

《静静的顿河》的成功折服了无数读者，多少使人们淡忘了肖洛霍夫在文学生活和社会政治生活中的一些不光彩的言行。自1937年当选为最高苏维埃代表、1939年成为苏联作家协会理事会主席团成员、苏联科学院院士并被授予“团政委军衔”后，他似乎成了苏联官方政策的吹鼓手。1948年，那个曾大骂阿赫玛托娃和左琴科的日丹诺夫去世时，肖洛霍夫曾在《真理报》上发表悼念文章《我们的哀恸是悲壮的》。1958年，当

① 李树森：《肖洛霍夫的思想与艺术》，吉林大学出版社1987年版，第34页。

苏联作家协会决定开除帕斯捷尔纳克会籍时，肖洛霍夫随即就此发表谈话，断言《日瓦戈医生》“无疑是反苏的”，并强调把作者开除出作家协会是为了“激发他的天良”。1966 年 2 月，俄联邦最高法院在莫斯科公审把作品寄往国外发表的作家安·西尼亚夫斯基和尤·达尼埃尔，后分别判处其 7 年和 5 年徒刑。紧接着，在 3 月底 4 月初召开的苏共第 23 次代表大会上，中央委员肖洛霍夫（从 1961 年起担任）就谴责这两位作家“诬蔑自己的母亲”，并指责为他们辩护的人。正是由于这一切，当代俄罗斯文学史家才说肖洛霍夫“时而有无赖的表现，并毫无理由地攻击其他作家”①。毋庸讳言，肖洛霍夫的人格，无法同高尔基、布宁、阿赫玛托娃、帕斯捷尔纳克等 20 世纪俄罗斯一系列伟大作家相比。然而，人无完人，肖洛霍夫毕竟为俄罗斯现代文学作出了自己的贡献。

① ［俄］符·维·阿格诺索夫主编：《20 世纪俄罗斯文学》，凌建侯等译，中国人民大学出版社 2001 年版，第 434 页。

十九

域外俄罗斯文学“第二浪潮”

1930年代苏联国内的极左政策和压抑氛围，使得文学全面滑坡，走向低谷。后来，随着第二次世界大战的爆发，在纷飞的战火和弥漫的硝烟中，出现了第二代俄罗斯流亡者，域外俄罗斯文学的“第二浪潮”得以形成。

第二代俄罗斯流亡者的构成较为复杂。他们当中有的是在战争爆发后越过苏联国界线的原苏联公民，有的是原先的苏军战俘或被德国侵略军掳走的各阶层群众，还有居住在东欧国家或中国（哈尔滨和上海等地）的第一代俄罗斯流亡者及其后代——他们在苏军进入这些国家时离开这些国家，成为所谓“二度侨民”。第二代俄罗斯流亡者的总数约在100万人以上。他们分散在从巴尔干半岛、澳大利亚到南美各国的广大地区，其中贝尔格莱德曾是这一代俄罗斯流亡者的最大居住地之一。这一代俄罗斯流亡者中也不乏具有高度文化修养的人士，但是整个说来，知识分子的比例偏低，因此有着一定稳定性的文化活动圈并未在他们中间形成。不过，第二代流亡作家也创办了《桥梁》、《空中路》和《界线》等杂志和文学丛刊，开辟了进行文学创作的阵地。他们的总体成就远低于第一代流亡作家，不过他们却比后者更了解国内新近的真实情况，在新的创作素材的占有上具有一定优势。他们大都对战前的苏联现实、特别是1930年代的大清洗有着深刻而沉重的印象。战争使他们获得了脱离这种环境、并从一个新的视角反顾这种现实的可能性。

战争期间匆忙离开家园的“第二浪潮”的作家们，在域外的境遇与“第一浪潮”的作家们完全不同。他们不像后者那样主要来自彼得格勒、莫斯科两大都城，有着多少可以夸耀一番的文化身份或社会背景，迁居国外以后，几乎从一开始就得到热心于文学和文化的企业家或某些著名人士的资助，得以迅速办起了许多报纸、杂志和出版社，很快就为自己的文学活动打开了通道。域外文学“第二浪潮”的作家们在国外，特别是在美国，要保持俄罗斯文化传统显然更为困难。在那里，他们被同化和非民族化的进程也是相当之快的，而不可能像“第一浪潮”的作家们在法国那样建立可以称之为“国中之国”的相对独立的文化活动圈；他们也不像许多流落在斯拉夫国家的“第一浪潮”作家那样，处处感到自己所信奉的东正教文化受到尊崇，语言和种族也相当接近。这一切都给“第二浪潮”作家们的文学活动造成了一定的障碍。

“第二浪潮”作家在境外的最初文学活动，是战争刚结束时在德国的难民营中创办的油印报刊上展开的。如在慕尼黑的弗莱曼难民营，就出现过《在转变中》（1946）、《火焰》1946）等刊物；在另一些难民营里，也曾流传过名为《播种》（1945—1946）、《自由言论》（1948）和《自由》（1948）的报刊。“第二浪潮”的重要刊物《边缘》（1946—1991），一开始时也是在难民营里出现的，后来才得以在门兴戈夫公开出版，其编辑部不久后又迁往林堡、美因河畔法兰克福等地。1951 年，在慕尼黑又出现了一份发表诗歌、散文作品和批评文章的杂志《文学现代人：文学与批评期刊》（1951—1952）；1954 年以后，它改为不定期丛刊。同年，一份带彩色插图的幽默讽刺刊物《萨蒂里孔》（1951—1953）也在美因河畔法兰克福出版发行。此外，在慕尼黑还曾出版过总数为 15 期的文学丛刊《桥梁》（1958—1970；最后 3 期在美国出版）；在布鲁塞尔出版过《祖国的钟声》（1952—1970）月刊；而在美国，属于俄罗斯域外文学“第二浪潮”的文学丛刊，则有出版于费城的《十字路口》（1977—1982）——后来该丛刊改名为《相逢》（1983—　）。

这些杂志和文学丛刊，为“第二浪潮”作家们的文学活动开辟了阵地，着重刊发他们的作品，但同时也发表属于“第一浪潮”的新老作家和诗人的作品。如《边缘》一刊就曾吸引苔菲、列米佐夫、扎伊采夫、别尔别洛娃、捷拉皮阿诺等第一代流亡作家为之写稿，还登载过布宁、济·吉皮乌斯、什梅廖夫、格·伊万诺夫、茨维塔耶娃等人的作品；丛刊《桥梁》第 12 辑曾发表过属于“第一浪潮”的列夫·鲁巴诺夫所写的有关白银时代的回忆录《“铜骑士”俱乐部》（1966）。与此相对应，“第二浪潮”的作家中也有不少人很快就成为在纽约出版的《新俄罗斯话语报》和《新杂志》、在巴黎出版的《复兴》等“第一浪潮”报刊的撰稿人。

1960年代在纽约编辑出版、属于“第一浪潮”的丛刊《空中路》，也发表过部分“第二浪潮”作家的作品。上述现象表明，俄罗斯域外文学“第二浪潮”和“第一浪潮”在异邦的土地上相遇了，两股浪潮在一定时期内实现了某种交汇。对于流亡的苦涩和乡愁的共同体验，使分属两股浪潮的作家们彼此接近起来。

由于其形成的特定历史背景，域外文学“第二浪潮”和同时期本土文学之间的对立关系是明显的；这一代流亡作家和同时代本土作家个人之间的交往也相对少些。但这并不意味着他们切断了和本土文学的所有联系。“第二浪潮”的“难民营杂志”《火焰》就刊登过阿赫玛托娃的诗作，《播种》也发表过阿赫玛托娃的《勇敢》一诗。后来在域外公开出版的文学与批评杂志《文学现代人》，则既发表苏联“地下作家”的作品，也发表域外作家的作品。《边缘》一刊也发表过阿赫玛托娃、米·布尔加科夫、普拉东诺夫、瓦·沙拉莫夫、帕斯捷尔纳克、格罗斯曼等本土作家的作品。

俄罗斯域外文学“第二浪潮”的成就集中体现在诗歌和小说创作两个方面。不过，在“第二浪潮”作家阵容中，却没有一位是原先的著名苏联作家，更没有在白银时代即已享有盛誉的人物（战争年代在德国去世的文学史家和批评家伊万诺夫—拉祖姆尼克、哲学家谢·阿·阿斯科尔多夫等，不属于第二代流亡者之列），不过他们还是在俄罗斯域外文学中占据了自己的位置。他们当中较有成就的诗人，主要有德·约·克列诺夫斯基、伊万·叶拉金、奥莉加·安斯捷、尼古拉·莫尔申、弗·费·马尔科夫、鲍·纳尔泽索夫、阿格拉娅·希什科娃、尤·帕·特鲁别茨科伊、莉吉雅·阿列克谢耶娃等；而较有影响的散文作家则包括谢·谢·马克西莫夫、列·捷·勒热夫斯基、尼古拉·纳罗科夫、鲍·尼·希里亚耶夫、谢·尤拉索夫、瓦·伊·阿列克谢耶夫等。写有《灵魂的解放》一书的米·米·柯里亚科夫，发表过不少评论文章的尼·伊·乌里扬诺夫（笔名尼·什瓦尔茨—奥蒙斯基）、鲍·安·菲里波夫—菲里斯京斯基等，则是“第二浪潮”中的政论作家和文学批评家。

伊·维·叶拉金（1918—1987）是“第二浪潮”中最著名的诗人。他原姓马特维耶夫，德军入侵苏联后，曾在被占领的基辅市度过两年，后来和妻子、女诗人奥莉加·安斯婕一起被赶到德国，落入慕尼黑难民营。1947年，诗人以自己在狱中使用过的假名“叶拉金”为笔名，出版了他的第一本诗集《沿着从那里过来的路》，此后便一直沿用这一笔名。1950年，他与安斯婕一起带着女儿移居美国，晚年任教于匹兹堡大学。他出版的诗集还有《你，我的世纪》（1948）、《夜的折光》（1963）、《歪斜的飞行》（1967）、《屋顶的龙》（1973）、《斧钺星座》（1976）和《沉重的星星》（1986）等。在叶拉金的诗作中，大量出现的诗歌意象是漂泊流浪的画面、异国的城市、逃难的人群，充满着痛苦的倾诉、爱的渴望和对人世间良心的呼唤，这一切使他的诗歌成为那场把他推向“彼岸”的战争的独特回声。诗人个人的坎坷命运，苦难人生的悲剧性经验，对祖国亲人的怀念，身在他乡的孤独感，都一起凝结成诗的歌哭：“我生疏于乡愁的痛苦。我喜欢陌生的国度。”在这里，诗人对祖国的感情似乎淡漠了；然而，他所感叹的却是：从离别已久的俄罗斯，没能抓住一只窗户。诗人始终保留着关于“俄罗斯窗户”的记忆，因此他虽然身在美国，却时时思念着俄罗斯，认定“纽约的黎明浮现出来，径直漂向涅瓦河上空的白夜”[①]。诗人在他为悼念画家朋友谢尔盖·邦加特而写的一首诗中，相信这位已故艺术家将不会忘记：在俄罗斯的那些被树木遮掩的、不透光的道路上，俄罗斯松树的梢头在摇曳，俄罗斯的孩子们在争论上帝，在绘画写诗——诗人在这里传达的，显然也有自己的乡愁。叶拉金还像普希金在他的《纪念碑》一诗中那样预言，俄罗斯将从他的诗歌遗产中吸取财富，他的诗歌将走过涅瓦大街、斯列钦卡等俄罗斯各地，诗人将与他的读者和继承人相逢。

叶拉金较多地受到白银时代以降20世纪俄罗斯诗歌的影响。他的最初两本诗集《沿着从那里过来的路》、《你，我的世纪》，如同阿赫玛托娃的《安魂曲》那样，对动乱的时代发出了审判，表现了一代人的痛苦。后来，当诗人身处美国，在摩天大楼、爵士乐、机器的轰鸣和放纵的声响的包围中，不得不整天面对这种“城市的恐惧”时，他又产生了类似于“最后一位乡村诗人”叶赛宁般的情绪，梦想着返回他那遥远记忆中的宁静的俄罗斯。叶拉金后来的诗作渐渐集中到对现代文明的恐怖、以美来克服现代人的心灵分裂的主题上。诗人去世时，他的诗作已开始同俄罗斯国内广大读者见面，并受到广泛欢迎。

---

① Агеносов В. В. *Литература русского зарубежья* (1918 – 1996). Москва: Издательство «Терра. Спорт», 1998, с. 427, 438.

诗人**德·约·克列诺夫斯基**（1893—1976）是皇村学校和彼得堡大学的毕业生，早年曾参与“阿克梅派”的文学活动。就读于皇村学校期间，他曾感受过当年普希金在这里形成的自由精神，并深受其影响，皇村的主题后来贯穿于他的几乎全部创作。因此属于“第一浪潮”的女诗人别尔别洛娃后来曾称他为“皇村的最后一位歌手”。普希金的名句“凡是那逝去了的，都将成为亲切的回忆”，曾被克列诺夫斯基引用，作为他的一本诗集的题词。对爱情的珍视和赞美，成为他的诗歌的一个基本主题；而在他的诗作中时常回响的怀疑主义音调，则显示出来自陀思妥耶夫斯基的影响。皇村学校读书的经历，还使克列诺夫斯基通过在这里任教的诗人因·安年斯基而走近了阿克梅派诗人古米廖夫、曼德尔什塔姆和阿赫玛托娃。于是，肯定日常生活和崇高存在之间的相互联系，执着于尘世的欢乐，渴望理解，触及存在的难以捉摸的秘密——所有这些为当年的阿克梅派诗人所眷恋的主题，便也同样为克列诺夫斯基所反复吟唱。无怪乎他又被称为阿克梅主义的最后一位典型代表。

1942 年流亡国外，克列诺夫斯基先后有诗集《生命的足迹》（1950）、《面向天宇》（1952）、《难以察觉的旅伴》（1956）《消逝的风帆》（1962）和《沉郁的黄昏》（1977）等存世。与叶拉金不同的是，克列诺夫斯基没有那种为一般流亡者所共有的乡愁，那种斩不断的和故土的精神牵连，他在出国之前就感到自己是一个“国内侨民”。然而，热爱和怀念俄罗斯的旋律，也同样回响于他的诗作中。他曾在《一位域外诗人》（1973）中写道：

他不是生活在俄罗斯——
这是他难以摆脱的命运，
但他却作为俄罗斯诗人而活着
且不想成为另一种人。①

在《致自己》（1971）一诗中，诗人曲折地表达了自己返回祖国的愿望：

---

① Агеносов В. В. *Литература русского зарубежья (1918 – 1996)*. Москва: Издательство «Терра. Спорт», 1998, с. 420.

就走这条小路吧，
这条异域的、狭窄的路，
也许在前面，它终究
将和俄罗斯的小路相连。①

对“阿克梅派”的诸位诗人及其前驱安年斯基、特别是对于古米廖夫的精神生活和艺术创造活动的追怀与诗意理解，成为克列诺夫斯基的诗歌创作的重要内容。在这种诗意的理解中，诗人追求善与美的统一，并期望以此实现宽恕与仁爱的理想。

诗人**尼古拉·莫尔申**（原名尼古拉·尼古拉耶维奇·马尔琴科，1917—2001）是小说家尼·纳罗科夫之子，出版过《海豹》、《冒号》、《回声与镜子》等诗集。他曾在自己的诗歌作品中深情地表达了对遥远祖国的思念，感慨于充满暴力与恐怖的社会氛围以及个人精神自由的缺失。莫尔申的诗作与本土文学的联系显而易见。如《海豹》（1959）具有鲜明的自传色彩和浓郁的抒情意味，显示出对古米廖夫诗歌风格的继承，以及丘特切夫式的看待幸福和不幸的眼光。在《冒号》（1967）中，诗人转向借助于诗歌来沉思和追问人生的矛盾与世界的本质，渗透着深沉的哲理思考，明显可见帕斯捷尔纳克和曼德尔什塔姆的影响。在一首关于死亡的诗中，莫尔申还引用了普希金、莱蒙托夫、叶赛宁、古米廖夫和茨维塔耶娃的诗句，表达了自己与命运对峙、与死亡对抗的理念。和帕斯捷尔纳克一样，莫尔申善于在平凡的自然景色中显示出真正的宇宙画面，也能够在“个人主义”背后看到人的精神丰富性。他的《回声与镜子》（1979）则似乎把词语本身变成了描写对象。这里有曼德尔什塔姆的《词与文化》一文的影响，有对于普希金的“向市场上的烤饼女人学习语言”那一呼吁的回应；而诗人对语言的精微内涵的发掘（《部分与整体》、《守在词典边》、《晚霞》等），分明是受到了白银时代象征主义、未来主义诗人们的启示。后来，莫尔申转而致力于发现诗歌艺术的超越时代的、永恒的价值，于是其诗作便逐渐呈露出摆脱现实问题的羁绊、走向哲理抒情的趋势。

① Агеносов В. В. *Литература русского зарубежья* (1918 – 1996). Москва: Издательство «Терра. Спорт», 1998, с. 420.

“第二浪潮”中的诗歌创作，显示出与俄罗斯古典文学及同时期本土文学的多方面的联系，如在弗·费·马尔科夫（1920— ）的长诗《古里廖夫浪漫曲》（1951）中，便可以看到它的无韵扬抑格和普希金长诗传统的接近。他还在《新杂志》、《边缘》等期刊上发表过关于俄国未来主义、关于诗人叶赛宁的文章。大胆探索、积极试验的伊·阿·布尔金（1919— ）的诗歌风格，则颇为接近1920年代活跃于列宁格勒的“真实艺术协会”的诗人们，即热衷于词语意义的双关性，以荒诞的形式针砭时弊。谢·尤拉索夫的长诗《瓦西里·焦尔金在战后》（1952），似乎是亚·特瓦尔多夫斯基的《瓦西里·焦尔金》的续篇，写的是这个典型的俄罗斯士兵在“家里”和在被占领的国家的经历和所见所闻，部分地沿用了特瓦尔多夫斯基的平易的韵律，却提供了战争前后苏联农村生活的讽刺性写照。

域外文学俄罗斯“第二浪潮”中的小说创作，在题材、主题和表现手法上显示出某些共同的特点。大部分作品所反映的是战前和战争爆发初期的苏联生活，其中涵纳着作家们对30年代本土生活的批判性思考。很多作家都以第二代流亡者自身的经历为素材，表现“二战”期间的某些俄罗斯人在苏联的个人崇拜、专制主义和德国法西斯战俘营之间作出一种痛苦选择的主题。作品中常见的主人公是一些在苏联社会中找不到自己位置的人，不能接受个人崇拜和专制主义的知识分子，或对农业集体化感到失望的农民等，他们往往要经过荆棘丛生的苦难历程，克服意识和心理方面的种种恐惧感，才能达到一种自由的精神境界。从艺术上看，“第二浪潮”中的小说普遍具有一种悲剧色彩，给人以沉重感和压抑感。但不少作品都在一定程度上受到日丹诺夫主义的无形影响，如情节结构的安排一般具有公式化、概念化特点，人物设置上往往遵循二元对立模式，“正面人物”似乎都是某种“典型”，“善”与“恶”的对比十分鲜明，等等，只不过在政治观念取向上和日丹诺夫主义所肯定与影响的作品是相反的。当然，也有一些作品刻画出具有独特个性的形象，且不乏心理分析的深度。

鲍·尼·希里亚耶夫（1889—1959）是域外俄罗斯文学“第二浪潮”中有代表性的小说家之一。他毕业于莫斯科大学历史语文系，参加过第一次世界大战，曾被关押于索洛维茨劳改营。“二战”时曾在被德国军队占领的斯塔夫罗波尔出任一家俄文报纸编辑，后逃往国外。他写有《绵羊待的水洼》(1952)、《最后的贵族》(1954)、《万卡—维尤加》(1955)等一组五篇被称为“编年史”的系列中篇小说，以及长篇小说《长明灯》(1954)等。他的几部中篇小说，主要描写“二战”期间图拉附近马斯洛夫卡村哥萨克人的生活，其中，《万卡—维尤加》通过主人公组织的既反对斯大林专制主义、又对抗法西斯主义的“绝对民族运动”的活动，传达出一种不无悲怆感的乌托邦理想。作家着力传达出俄罗斯人对自由的热爱并最终因此而夺得了战争胜利的内在力量，强调在战争中起决定作用的并非阶级因素，而是民族因素。同时，他的系列中篇小说，还具有和法捷耶夫被迫修改后的《青年近卫军》展开争论的性质。《长明灯》是希里亚耶夫最主要的作品。在这部交替出现索洛维茨囚徒的生动形象和神奇的传说的小说中，作者讲述着自己的宗教信仰，以沉静的笔调描写了劳改营的情景，不加故意渲染地展示了“温和的苦役”，努力发掘人们心灵中隐藏的善良因素，并表达了对于“精神长明灯”的永不熄灭的信念。这是20世纪俄罗斯文学中一部较早的“集中营文学”作品。

“第二浪潮”中更年轻的一代作家的代表**谢·马克西莫夫**(1916—1967)，与希里亚耶夫的经历有所不同。他曾经是高尔基文学院的学员，后来被关进劳改营，卫国战争期间离境出国。长篇小说《丹尼斯·布舒耶夫》(1949)是他在国外发表的第一部作品，具有和肖洛霍夫的《被开垦的处女地》论争的性质，但人物设置和结构布局却与后者有着某些微妙的联系。小说的主人公阿里姆·阿赫德洛夫是个农庄主席，他本来是全心全意推进集体化运动的，后来却大失所望，因不愿在谎言和恐惧中生活，终于自杀。这一形象很容易令人联想到肖洛霍夫笔下的纳古尔诺夫和拉兹苗特诺夫。作品中的其他几个重要角色，如谢维里扬老爹、沉默寡言的中年男子格里沙·班内赫、农妇玛涅法等形象，则分别对应于《被开垦的处女地》中的舒卡尔老爹、中农梅谭尼可夫和几位女性形象。当然，如果说肖洛霍夫是“按照生活的鲜明足迹”及时歌颂了农业集体化运动，那么谢·马克西莫夫则无疑是否定这场运动的。马克西莫夫的这部小说展开了作者所热爱的伏尔加河及其沿岸人民的日常生活画幅，显示出他在肖像刻画、景色描绘和揭示悲剧性冲突方面的卓越技巧。但这部作品的续篇转向描写苏联知识分子的世界，艺术水平则明显降低。马克西莫夫还写有短篇小说集《原始森林》(1952)，以及收有诗歌、短篇小说、剧本的作品集《高贵的沉默》(1953)等。《原始森林》中的各篇作品描写了“古拉格”体制的灾难性后果，并对这一体制予以抨击。

“第二浪潮”中出现的一些直接取材于“二战”的作品，构成20世纪俄罗斯文学中战争题材作品的不可或缺的组成部分。其中，**列·捷·勒热夫斯基**(1905—1986)的长篇小说《处于两大星球之间》(1953)是较有影响的一部作品。当代俄罗斯学者弗·阿格诺索夫认为：勒热夫斯基的这部作品比肖洛霍夫《人的命运》更早涉及战争中普通的“人的命运”问题。勒热夫斯基冷峻地展示了法西斯分子在战俘营中暴戾恣睢的兽行，表现了处于“两大星球”之间的俄罗斯人的爱国主义情操和爱国者的悲剧命运。

勒热夫斯基是一位学者型作家，在莫斯科度过自己的童年和少年时代，出国之前曾参与过1920年代莫斯科的文化生活，结识过马雅可夫斯基、叶赛宁、卢那察尔斯基等文坛人士。因此莫斯科这座城市的形象后来便经常出现在他的作品中。他的中篇小说《感伤的故事》(1954)的开篇，就是一大段带有浓郁抒情色彩的文字。作家力图再现他记忆中的莫斯科那纯净、新鲜、独特的气息，那每个人都想独自享受一下的灿烂的黎明。作品的字里行间，处处呈露出作家对业已远逝的美好时光的怀念。出国之后，勒热夫斯基先后担任《边缘》一刊的编辑和主编。作为文学研究者，他曾写有《鲍·帕斯捷尔纳克的长篇小说〈日瓦戈医生〉的语言和风格》(1962)、评论索尔仁尼琴的文学创作的《创造者和功绩》(1972)、《关于陀思妥耶夫斯基的三个论题》(1972)等论文。收入他的文集《走向创造性话语的峰巅：文学论文与评论》(1990)中的文字，也包括关于普希金、列夫·托尔斯泰、契诃夫、巴别尔、米·布尔加科夫等作家作品的研究和评说。

作为小说家，勒热夫斯基的《栅栏外》、《流星雨》、《花楸果珠串》(均1958)和《济娜：艺术家手记》(1979)等中短篇作品，都具有类似于伊万·布宁的艺术风格，如整个叙述的自传色彩，对爱情的出色描写和对爱情体验的细腻表达，对生活本质的哀歌般的思考。另一值得注意的现象是，勒热夫斯基在某些作品中，还运用了“互文性”手法，也即俄罗斯学者所说的“隐迹书写”(палимпсест)手法。如在小说《半打天赋》(1958)中，作家就“引用”了高尔基的长篇小说《克里姆·萨姆金的一生》中的一段描写：人们正在忙着救起掉进了冰窟窿里的男孩包里斯，可是本来有机会救起包里斯的克里姆却突然产生了怀疑：“是有一个孩子吗？也许根本就没有什么孩子吧？”在这段话之后，勒热夫斯基在自己的作品中接着写道：“这里的事情莫非也是如此？”[①]高尔基的小说通过主人公的这一内心独白，表现的是这一人物的一个重要精神心理特点；而勒热夫斯基在这里，则试图借用这一不确定的语调来表达主人公（以及作家本人）的怀疑情绪以及和自己的争论。在另一篇小说《横渡海峡》（1961）中，勒热夫斯基又引用了帕斯捷尔纳克的《日瓦戈医生》中的几段话，其主题可以归结为“人的灵魂在沉重的生活巨变状态中的悲剧”。这既是小说主人公开设的俄罗斯文学讲座的主题，也隐喻了作品主人公本人的命运。

上面提及的长诗《瓦西里·焦尔金在战后》的作者**谢·尤拉索夫**（本名为弗·伊·扎宾斯基，1914—1996），曾写有长篇小说《视差》（1972）。作品的主人公费奥多尔·帕宁，并不像第一代流亡者那样，久久沉浸于对俄罗斯的怀念之中，而是一直摇摆于返回祖国与留在异国之间，其经历和心理都很接近于作者本人。更重要的是，小说在这一主人公形象身上，艺术地概括了“第二浪潮”中许多俄罗斯人的共同命运。作家还通过主人公的一封信，表达了自己对俄罗斯性格及其优越性的看法。尤拉索夫还发表过论及苏联文学和文化生活的文章多篇，包括对杜金采夫、阿·苏尔科夫等本土当代作家的评论。后来，他将这些文章结为《一线之光》（1958）一书出版。

“第二浪潮”中还有一位兼诗人、小说家和评论家于一身的**鲍·安·菲里波夫**（1905—1991），他除了写有短篇小说和诗歌外，还为设在纽约的契诃夫出版社编辑过《尼·克留耶夫诗歌全集》、康·列昂季耶夫的两卷本小说集（与格·司徒卢威合作）、奥·曼德尔什塔姆的文集等，使得这些本土作品有机会在俄罗斯境外出版。他还曾与其他学者合作，出版了阿赫玛托娃、沃洛申、古米廖夫、扎米亚京、帕斯捷尔纳克的文集。

和各国流亡作家一样，俄罗斯第二代流亡作家的文化身份和置身于其中的文化环境，都使得他们的文学活动具有某种“边缘性”。这种“边缘性”决定了他们同时具有某些优势和劣势。特殊的生活经历、独特的情

---

① Агеносов В. В. *Литература русского зарубежья* (1918 – 1996). Москва: Издательство «Терра. Спорт», 1998, с. 468.

感体验和双重文化身份，使他们的作品往往带有一种独特的“异域情调”，因此也就获得了某种新鲜感和吸引力。但是，同第一代流亡者相似，这一代流亡作家的才能和灵感的发挥也受到了生活给养的限制，难以得到及时和必要的补充，于是，生活储备的日渐枯竭便不可避免地导致他们的创作走向衰微。然而，“第二浪潮”的兴起，毕竟给俄罗斯域外文学注入了新鲜的细流，拓宽了它的表现领域，以此前尚很少为人所知的新的生活素材丰富了文学，并架设起连接“第一浪潮”和“第三浪潮”的桥梁。

二十

鲍里斯·帕斯捷尔纳克

鲍里斯·帕斯捷尔纳克（1890—1960）是20世纪俄罗斯最杰出的诗人和散文作家之一，1958年诺贝尔文学奖的获得者。他的创作，熔人文关怀、哲理思考和对生活的诗意感受于一炉，形象地折射出20世纪前半期俄罗斯民族所经历的风云变幻，艺术地表现了一代知识分子在动荡的岁月里的命运、困惑、情绪与思索，其艺术表现手法则兼具古典风格和现代特色，在俄罗斯文学史上占有重要地位。

帕斯捷尔纳克出生于莫斯科一个文化气息浓厚的犹太人家庭。他的父亲列昂尼德·帕斯捷尔纳克是一位著名画家，莫斯科绘画、雕塑和建筑学校教授，曾为莱蒙托夫和列夫·托尔斯泰等人的作品插图，为托尔斯泰、斯克里亚宾、拉赫曼尼诺夫、高尔基、里尔克等人作过肖像画。母亲罗扎莉娅·考夫曼是一位有才华的钢琴家，深受著名音乐家安东·鲁宾斯坦的赏识。她和他们家的邻居、另一著名作曲家斯克里亚宾一起，培养了未来的作家对音乐的热爱。从1903年夏天起，帕斯捷尔纳克在莫斯科音乐学院恩格尔和格里埃尔两位名教授的指导下学习乐理和作曲，时间长达6年之久。1908年，他考入莫斯科大学法律系，次年，根据斯克里亚宾的建议，转入历史语文系哲学部。1912年5月至8月，他曾前往德国马尔堡大学，师从赫尔曼·柯亨教授学习新康德主义哲学，但是后来他却没有听从老师的建议留在德国继续攻读哲学。1913年春，他由莫斯科大学毕业，走上了文学道路。然而，他的音乐和哲学素养，却对他的个性气质和文学创作产生了明显的影响。

帕斯捷尔纳克的诗歌写作始于1909—1910年冬季。他的文学生涯开始时，正是白银时代多种文学思潮争妍斗艳之际。他较多接近的是象征主义、未来主义诗人。1913年2月，他曾在诗人别雷主持的、隶属于缪萨革忒斯出版社的象征主义研究小组作过题为《象征主义与不朽》的报告。同年，他还和一批青年诗人一起建立了一个名为“抒情诗歌”的小组，进行诗歌艺术探索。次年，他又加入由该小组改建的新联盟“离心机”，一个介于未来主义和象征主义之间的文学团体。帕斯捷尔纳克的第一本诗集《云雾中的双子星座》（1914）即于此时出版。1916 年初，他因少年时代骑马留下的跛足之憾而得以免服兵役，到乌拉尔地区一家化工厂任职员，后来又做过一段家庭教师的工作。他的第二部诗集《超越障碍》（1916），也于这一年问世。帕斯捷尔纳克的早期诗作偏重于表现个人内心世界的变化，抒发对大自然、爱情和人的命运的种种感受，传达出诗人对于诗歌和艺术的独到见解。例如这样的诗行：

我在滚热的脸颊下摸索寻觅
远远抛在客栈之外的脚印。
难道现在，在夜半的穹隆里——
耳中不是越来越大的喧闹声？

（《冬》）

天空满怀厌恶地触及山岭，
秋日发出的是阵阵诅咒，
光阴，如同一条花边，随风飘走，
被荒原撕下，脱离衣襟。

（《告别》）①

非凡的意象构成，新颖奇特的隐喻，变幻莫测的句法，成为帕斯捷尔纳克早期诗歌的独特风格。从这种风格中，可以见出对莱蒙托夫、丘特切夫诗歌传统的继承，又可发现象征主义（勃洛克、里尔克等）、未来主义和印象主义的多重影响。

二月革命的消息传到乌拉尔地区之后，帕斯捷尔纳克立即返回莫斯科。在 1917 年这一历史发生深刻变动的年份，他完成了抒情诗集《生活，

---

① ［苏］鲍·帕斯捷尔纳克：《双子星座》，智量译，花城出版社 2012 年版，第 35、107 页。

我的姐妹》。在那些年中，他还陆续创作了一系列散文作品。《生活，我的姐妹》1922年才第一次问世。同年，流亡诗人茨维塔耶娃即在柏林的一份期刊上发表评论这部诗集的文章《光雨》。女诗人感到，捧读这部诗集，仿佛感觉到雨丝般密集的光线——“光雨”，你会被淋得透湿。帕斯捷尔纳克诗中的光，是“永不枯竭的光的流溢”，是一种“永恒的刚毅——空间之光，运动之光，光的穿透（穿堂风），光的迸发——某种光的丰盛筵席”[①]。茨维塔耶娃发现，“日常生活”、“日子”和“雨”，是这部诗集中出现频率最高的意象。对“日常生活”的倾心决定了诗作的散文化特色和表达的节制。帕斯捷尔纳克的诗是关于“日子”的诗，经由凝视一个又一个迅速更替的日子，他表现了时光的易逝性。诗人和“1917年夏季”（诗集的副标题）一起行进，倾听着那些日子，并在诗中予以呈现。茨维塔耶娃注意到，“雨”是诗人更偏爱的意象，它出现于这部诗集的诸多诗篇中，如“洒泪的花园”、“雨”、“春雨”、“闷热的夜晚”、“更闷热的黎明”、“永远在瞬间出现的雷雨”等。诗人领悟了雨的穿透力，雨的发人幽思，传达出雨声和叹息声、流泪声、“带泪的呻吟声”的近似，表现了雨中的郁闷感、孤寂感和无遮蔽感，从雨中走出的尝试及其徒劳。帕斯捷尔纳克诗作的艺术力量，使茨维塔耶娃有理由把他和拜伦、海涅相比。

帕斯捷尔纳克的散文创作和他的诗歌创作几乎同时开始。1910—1912年间，他曾写有一部包含45个片断的小说初稿《最初的体验》，这是作家在散文领域的“最初的试作”[②]。这部作品以青年知识分子列里克维米尼的经历、见闻和感受为基本线索，艺术表达了作家早年生活的种种印象和心理体验。由于作家受到俄国未来主义、象征主义思潮的影响，作品在写法上不拘一格，充满隐喻、暗示、象征和意识的自然流动；语言运用极为灵活，跳跃性、零散化、错位现象比比皆是；不仅充满大量生僻的词汇，还自造部分新词，穿插法、德、英、意大利、拉丁语等多种外语；景物描写的拟人化手法更被作家推向极致。然而，从某些片断的诗意化表述中，又可见出俄罗斯传统文学的影响。仅仅显示出粗略轮廓的列里克维米

---

① Цветаева М. И. “Световой ливень”. *Избранные сочинения в двух томах*, Т. 2. Москва: Издательство «Литература», 1998, с. 497.

② 在俄罗斯话语出版社出版的11卷本《帕斯捷尔纳克》全集（2003－2005）中，俄文编者将这部小说草稿名以«Первые опыты»; опыты 兼有“试验”、“试作”、“体验”之意。

尼的形象，可以视为未来日瓦戈医生的雏形。

帕斯捷尔纳克的早期散文作品，还包括《阿佩莱斯线条》、《奇特的年份》（1916）、《大字一组的故事》、《对话》（1917）、《寄自图拉的信》、《柳维尔斯的童年》、《第二幅写照：彼得堡》和《无爱》等短篇小说。《阿佩莱斯线条》（1915）的情节背景和作家1912年8月意大利的旅行生活相关。篇首题词中提到的阿佩莱斯和宙克西斯都是古希腊画家。“阿佩莱斯线条”即前者用画笔划出的极细的线条，是一个象征着艺术技巧的概念。与篇首题词中所讲述的趣闻相类似，在这篇小说中，埃米里奥·列林克维米尼和亨利希（恩利科）·海涅之间的文学争执甚为激烈。海涅把竞争从文学领域转移到生活中，并取得了完全胜利。列林克维米尼（Релинквимини）是《最初的体验》中的主人公列里克维米尼（Реликвимини）的延伸。在他和被移至20世纪初意大利的德国诗人海涅之间的论争中，可以窥见在俄罗斯文学白银时代文学团体林立的竞争状态中帕斯捷尔纳克和马雅可夫斯基相识所获得的印象。帕斯捷尔纳克曾把海涅的诗歌作为德国浪漫派风格最鲜明的表现，并予以高度评价。1914年间，他又在马雅可夫斯基身上看到了经由俄国象征主义者阐释的浪漫主义的生活态度与艺术倾向。

《寄自图拉的信》（1918）同样以作家个人的经历为素材，表现了他对于生活的浪漫主义理解和“沉浸在道义认识中的活跃的个人”之间的矛盾。书信体的形式使作者可以交替运用无情的揭露、忏悔和自我谴责等表达手段。这篇作品和《阿佩莱斯线条》、《大字一组的故事》（1917）一样，都反映了作家关于艺术问题的思考，包括艺术的存在与证明、艺术的作用与意义、生活和艺术的关系，等等。

中篇小说《柳维尔斯的童年》（1918）是帕斯捷尔纳克构思的一部长篇小说（计划为5章）的前两章，写的是女主人公叶尼娅·柳维尔斯的个性形成和意识生长的过程。其中没有关于主人公童年经历的冗长叙述，也没有像一般人物传记那样沿着时间的自然顺序逐一再现她的见闻，而是将叶尼娅的精神心理的成长变化作为小说的主线，经由若干时空场景的转换、日常生活事件的发生和人物形象的素描，勾画出女主人公从走出童稚阶段、步入少女时代、走进青春时期的心灵历程，着重表现了她的女性意识的萌生、青春期的激动不安，以及对于爱情、婚姻、生育和家庭等人生问题的最初感受与理解。作家热衷于对“心理遗传学”进行研究的意图，也悄然进入小说的潜文本中，这特别显示于叶尼娅的母亲在女儿精神上逐渐长大的关键时刻所起到的决定性影响，但作品却没有呈现这种影响的具体过程，只是作出了某些暗示。小说情节发展中的某些跳跃，也似乎是由于作家有意要造成一种模糊感。高尔基在为《柳维尔斯的童年》英译本所写的序言中指出：这篇作品是“一位青年浪漫主义者以充满激情的、奔放的语言写成的”，这种语言“丰富而变幻莫测”，以至小说中出现了“形象超载”[①] 的现象。由于这些特点，《柳维尔斯的童年》在同时代的小说中别开生面。

在《第二幅写照：彼得堡》（1917—1918）中，帕斯捷尔纳克再现了自己在乌拉尔工厂区逗留期间，和职业革命者 Б. И. 兹巴尔斯基等人之间的亲密交往，涉及那一时期作家萦绕于心的诸多思考，如现代城市与当代人灵魂的关系、关于暴力与使命的见解、“大写的生命”在可怕的世界中具有预感和敏锐观察的才能之重要性，等等。作品还鲜明地显示出帕斯捷尔纳克的散文创作和别雷的象征主义散文原则之间的亲缘性。作者一向视别雷为自己的老师，因别雷有长篇小说《彼得堡》在前，这部作品才被这样命名。小说主人公存在的某种超时空性，结构安排、场景铺陈和时间处理，均和别雷的作品相似，形成特有的情节进展节奏。

《无爱》（1918）的时空背景也紧密联系着帕斯捷尔纳克在二月革命后由乌拉尔返回莫斯科的经历。作家在这里提供了温情而敏感的戈利采夫和果断积极的科瓦列夫斯基两个性格的素描。两人都怀抱着社会变革的理想，但是他们对待人生和人性问题的看法却是根本对立的。这种矛盾，在《第二幅写照：彼得堡》里的诸位同伴之间的争论中已得到考察，而在后来的长篇小说《日瓦戈医生》中的尤里·日瓦戈和安季波夫—斯特列利尼科夫的命运中则获得了最透彻的表现。作品的标题显然表达了作者对主人公之一的情感世界和精神特点的一种评价。

1920 年代，帕斯捷尔纳克在诗歌和散文两个方面的创作都取得了明显的进展。1922 年，也即他的父母移居国外、他本人结婚的次年，他曾和新婚妻子、画家叶甫盖妮亚·卢里耶一起前往德国小住，1923 年底回国。这期间，他的又一本诗集《主题与变奏》（1923）在柏林出版。出国之前，他已有作品《一部中篇小说的三章》在国内发表。回国后，他新

---

① Анисимов И. И. (гл. ред.) *Литературное наследство, Т. 70. Горький и советские писатели. Неизданная переписка.* Москва: Издательство АН СССР, 1963, с. 309 – 310.

创作的短篇小说《空中线路》、长诗《施密特中尉》和《1905年》、自传体随笔《安全保护证》、小说《中篇故事》等，也陆续与读者见面。这些作品表明，帕斯捷尔纳克创作中的社会因素显著增多。如《空中线路》(1924) 的情节，折射出曾参加社会民主党小组活动的年轻人 И. Ф. 库宁被捕的真实事件；帕斯捷尔纳克曾为此人辩护和求情，使其获得解救。作品的主题是揭示强制性死亡或“横死”的反自然性质。在《柳维尔斯的童年》中，作家曾通过描写一位“外来人”的意外死亡触及这一主题；在这篇作品中，这一主题获得了作为当代生活中一种常见现象的悲剧意义。小说的题目“空中线路”，隐喻了超越人道法则的界线、实现欧洲社会思想之统一的理念，强调了关于革命试验的毫不妥协的直线性思维，往往会成为一种破坏性力量。作品涵纳着关于善与恶、亲情与原则、暴力与宽恕之关系的思考。

这一时期发表的散文作品《一部中篇小说的三章》、《中篇故事》和随后问世的诗体长篇小说《斯佩克托尔斯基》，在内容上彼此联系，似乎是构思中的一部大型作品的若干片断。在这里，帕斯捷尔纳克好像在与时代进行对话。三篇作品由主人公谢尔盖·斯佩克托尔斯基的名字而连缀起来。其中，《一部中篇小说的三章》(1922) 和《中篇故事》(1929) 均与作者 1914—1916 年间当家庭教师的经历，以及在乌拉尔工厂区、卡马河和奥卡河沿岸地区的印象相联系。在《中篇故事》中，斯佩克托尔斯基回忆自己任家庭教师的往事，涉及第一次世界大战期间莫斯科知识分子的思想情绪，并体现出人道主义情怀，隐约闪现着后来的艺术形象日瓦戈的影子。作品还显示出作家对现代社会中女性命运的关注与思考。作家自认为这一主题根源于托尔斯泰的思想。

在《斯佩克托尔斯基》(1931)，透过主人公斯佩克托尔斯基、玛莉娅·伊里因娜等形象，不难窥见作家本人和茨维塔耶娃那一代人在十月革命后最初几年的生活、思想和情感的印迹。作品中女诗人伊里因娜第一次出现时的情景，正是作者和茨维塔耶娃 1918 年初在莫斯科一次诗人聚会上首次相见的艺术写照。斯佩克托尔斯基第一次拜访伊里因娜时，她的沉默、坐姿和外表，也吻合于茨维塔耶娃给帕斯捷尔纳克的初始印象。男女主人公分手后伊里因娜“以狂热压倒忧愁”的尝试，成为作者对流亡生活中茨维塔耶娃的大量信函中激情爆发的一种诠释。伊里因娜出国之后，斯佩克托尔斯基在国外期刊上搜寻她的诗作的细节，他关于流亡者的状况

究竟如何的设问，也反映出作者对茨维塔耶娃的密切关注。斯佩克托尔斯基确信，他和伊里因娜

> 注定要相逢：或在鸟儿的啁啾中，
> 或在飘忽的雨丝里，或在暮霭和雷鸣中……①

诗人在这里又一次使用了他所习用的“雨”的意象，不仅寄托了自己的依恋之情，而且和茨维塔耶娃运用相同的意象表达爱与思念的诗作遥相呼应。整部诗体小说中斯佩克托尔斯基的抒情自白，男女主人公的几次相会及后来的离别，映照出帕斯捷尔纳克和茨维塔耶娃两人从失之交臂到彼此隔绝的命运轨迹，诗化了他们精神上和创作上的相互吸引与呼应。

帕斯捷尔纳克的《施密特中尉》（1927）和《1905 年》（1927）两部长诗，讴歌 20 世纪初席卷俄罗斯的巨大风暴，表现了深刻的历史变动给诗人所留下的鲜明印象。《施密特中尉》展示了 1905 年革命时期的时代风貌和精神潮流，显示出一种现实主义色彩和文献性。经由施密特的形象，诗人试图表现当年一代充满热忱的知识分子成了历史的牺牲品，尽管他们是永远无罪的羔羊。这部长诗和《1905 年》都从诗人童年时代的回忆切入，试图返回由于历史演进而结束了的童年的神话世界，这恰恰是抒情诗的视角。《1905 年》的前两章分别以“父辈”和“童年”为题，抒情主人公以“我 14 岁”的眼光打量一切，展示出他所感受的那个时代的俄罗斯生活，远远不同于通常的历史题材作品。帕斯捷尔纳克作为“纯粹的抒情诗人”的特点，在他的历史长诗写作中依然呈露出来。

《安全保护证》（1930）是帕斯捷尔纳克对 1900—1930 年间自己的精神历程的一种回顾，其中忆及与里尔克的富于诗意的邂逅，斯克里亚宾、别雷和勃洛克的魅力和影响，在马尔堡受益匪浅的求学生活，与同时代诗人的交往，对浪漫主义和现实主义的看法，等等。作者从不同角度阐明了自己的艺术观。他认为，“艺术作为活动是现实的，作为事实是象征的。说它是现实的，是因为不是它臆造了借喻，而是在大自然中发现了借喻并神圣地把它再现出来。”“说艺术是象征的，指的是它具有全部吸引力的

---

① Пастернак Б. Л. *Полное собрание сочинений В* 11 *томах*, *Т*. 2. Москва: Издательство «Слово», 2004, с. 31.

形象。艺术的唯一象征是形象的鲜艳和清晰，以及就艺术整体而言形象又不是不可互换的。……形象的可以相互替代，即是艺术，它是力的象征。”[①]这些观点，既是帕斯捷尔纳克思考艺术问题所形成的一些结论，也是他的艺术实践经验的一种概括。

1931 年夏秋两季，帕斯捷尔纳克是与后来成为他第二个妻子的季娜伊达·叶列梅耶娃在高加索度过的。在这里，诗人重新回到抒情诗创作上。他以恣意纵横的抒情笔触和敏锐深邃的洞察力描绘绚丽多姿的大自然景色，赞美淳朴热情的民风，表达对季娜伊达的热恋之情。高加索之行不仅深化了诗人对爱情的体验，对大自然的崇敬，还使他感受到了格鲁吉亚诗歌的特有意蕴。这一切，都对他此后的创作产生了重要的影响。因此，诗人才把他写于高加索的诗作以《第二次诞生》（1932）为名结集出版。

1930 年代以后的苏联现实，使具有独特歌喉的帕斯捷尔纳克几乎中断了自己的吟唱。他的作品受到批判和指责，于是他只好转入文学翻译工作。他曾译有贺拉斯、汉斯·萨克斯、莎士比亚、歌德、拜伦、雪莱、济慈、魏尔伦、裴多菲、维尔哈伦、里尔克和东欧诸国及格鲁吉亚诗人的大量作品。1937—1939 年间，帕斯捷尔纳克还曾在报刊上发表过六个作品片断：《在后方的一个县里》、《别离之前》、《傲慢的乞丐》、《奥莉娅姑姑》、《十二月的夜晚》和《带长廊的楼房》。这些陆续发表的片断，其实是作家构思中的长篇小说的第一部（整个小说计划共为三部）。从保存下来的相关文献资料中，可知作家本人先后为他构思的长篇小说考虑过若干不同的题目，而最后选定的题目则是《帕特里克手记》。作品从主人公帕特里克·日乌利特的视角，以第一人称展开叙述。1916 年前后作家本人在乌拉尔山区的经历和印象，仍然是小说情节的基础；而 1931—1932 年间的旅行生活，以及这两段经历之间的大量见闻和感受，则进一步充实了他的艺术构思，使他得以用一种具有历史穿透力的目光审视这些年中所发生的种种事件，沉思它们所造成的灾难性后果。这样，在作品关于第一次世界大战的岁月里的那些人和事的追述中，便不难瞥见作家对未来的洞察。作品中的许多人物、事件和情节，后来都以变化了的形式进入《日瓦戈医生》中。帕特里克·日乌利特同样是日瓦戈的雏形；而女主人公

① ［苏］鲍·帕斯捷尔纳克：《人与事》，乌兰汗、桴鸣译，三联书店 1991 年版，第 84—85 页。

伊斯托明娜的形象，上承《柳维尔斯的童年》中的叶尼娅·柳维尔斯，《斯佩克托尔斯基》中的伊里因娜，下启《日瓦戈医生》中的女主人公拉莉莎，成为帕斯捷尔纳克笔下的女性形象画廊中的重要角色之一。

卫国战争年代，帕斯捷尔纳克的一本新诗集《在早班列车上》（1943）得以面世，这是诗人沉默多年以后出版的第一本诗集。随后，他又有《辽阔的大地》（1945）、《长短诗选》（1945）两本诗集出版。这些新诗作表明，诗人正在逐渐克服以往诗歌过于雕琢的装饰性手法，追求明朗、清新和简洁的诗风。战后，由于日丹诺夫主义的猖獗，在阿赫玛托娃和左琴科惨遭批判和辱骂的同时，帕斯捷尔纳克的作品又一次受到批判。诗人不得不再度转向欧洲文学名著的翻译，沉潜于莎士比亚、歌德和席勒等人所建造的文学世界，先后译出了16部剧本，包括莎士比亚的《安东尼·克莉奥佩特拉》、《哈姆雷特》、《亨利四世》、《李尔王》、《麦克白》、《奥瑟罗》、《罗密欧与朱丽叶》等7部剧作，歌德的《浮士德》，席勒的《玛丽亚·斯图亚特》和克莱斯特的《破瓮记》等4部剧作。他翻译的莎士比亚的悲剧和歌德的诗剧等西欧古典名著，尤其受到国内外学界的推崇。

从1948年起，帕斯捷尔纳克开始了长篇小说《日瓦戈医生》的创作。作品于1955年底完成。1956年初，作家将小说手稿送交《新世界》、《旗》两杂志和国立文学出版社，9月间收到《新世界》编委的一封措辞严厉的退稿信。小说在国内出版显然无望。1957年11月，小说首先以意大利文译本在米兰问世，次年即出版俄文本。在不到一年的时间内，这部作品就被译成15种文字，广泛流行于欧美各国。1958年10月，瑞典皇家科学院宣布将当年的诺贝尔文学奖授予帕斯捷尔纳克，以表彰他在“现代抒情诗和俄罗斯伟大散文传统领域所取得的卓越成就”。但是，在苏联各大报刊上却刮起了批判帕斯捷尔纳克的猛烈风暴。苏联作家协会宣布开除他的会籍，塔斯社则授权声明：如果作家出国去领奖后不回国，政府将绝不追究。在种种压力下，帕斯捷尔纳克只得致电瑞典皇家科学院，表示拒绝领奖。《日瓦戈医生》直到1988年才首次在苏联国内出版。

完成《日瓦戈医生》后，帕斯捷尔纳克还写有组诗《雨霁》（1956—1959）和又一部自传体随笔《人与事》（1957）。《雨霁》是诗人晚年精神生活的艺术写照，它充分表现了诗人对大自然的热爱，对生活的依恋，也抒发出他的精神苦闷，如《晚风》、《初雪》、《上帝的世界》等诗。

1959 年 1 月在国外报刊上发表的《诺贝尔文学奖》一诗，更集中表达了诗人在遭到严重打击后的痛苦心绪。《人与事》直到 1967 年才获准发表。这本书包括“幼年”、“斯克里亚宾”、“1900 年代”、“第一次世界大战前”和“三个影子”等五章，在内容上和《安全保护证》互为补充或映衬，可将两者视为同一主题的两种变奏，但《人与事》的文笔显然更加优美纯熟，作者的见解也更为深刻。1960 年年初，帕斯捷尔纳克又开始了剧本《盲美人》的创作，希望通过反映农奴制时代民间艺人的遭遇，表达出关于社会自由和俄罗斯文化传统的某些思考。然而，疾病使他只完成了这部剧作的第一幕。1960 年 5 月 30 日，帕斯捷尔纳克于莫斯科近郊的彼列捷尔金诺去世。

长篇小说《日瓦戈医生》是帕斯捷尔纳克创作的高峰。作者在写作过程中曾说：“我想在其中提供出最近 45 年间俄罗斯的历史映像，……作品将表达对于艺术、对于福音书、对于在历史之中的人的生活以及许多其他问题的看法。”①小说从 1905 年革命之前（1902）写起，中经第一次世界大战、二月革命、十月革命，到国内战争、新经济政策时期，再到卫国战争前夕，尾声一直写到第二次世界大战结束，时间跨度前后约半个世纪。活动于上述历史时空中的，是俄罗斯社会各阶层的 60 多个人物。他们共处于一个充满变化与巧合的动荡的世界中，彼此的命运既相互依存，又充满矛盾冲突。在这些人物中，占据最重要的位置的是以日瓦戈医生为代表的一批知识分子。但作品却不限于描写这些知识分子的生活、事业和爱情，而是着重表现他们在历史变动年代的种种复杂情绪和感受，他们对时代的深沉思考，他们在这个时代的必然命运。全书可以说是 20 世纪上半叶俄国知识分子命运的一部艺术编年史，又堪称一部通过个人命运而写出来的特定时代的社会精神生活史。

整部小说有一个按照时间顺序展开叙事的编年史框架，以主人公日瓦戈的命运为主线，以女主人公拉莉莎（拉拉）的命运为副线，基本情节呈纵向发展。这一主一副两条线索，一开始各自独立展开，随后则逐渐交汇、重合，并串联起与两位主人公有联系的社会各阶层的众多个人物，从

---

① Богданов В. “Но кто мы и откуда? ...” *Доктор Живаго.* Пастернак Б. Москва: Издательство «ОЛМА – ПРЕСС», 2005. с. 16.

而由一种独特的视角映现出近半个世纪的动态历史画幅。小说人物众多，但角色层次分明。关于日瓦戈的生活、心理和命运轨迹的描写与勾画构成作品的主干。存在并活动于日瓦戈周围的主要人物有他的舅舅韦杰尼亚平、妻子冬妮娅和她的父亲化学家格罗米科、同父异母兄弟叶夫格拉夫、同学与朋友戈尔东和杜多罗夫等人。在拉拉的命运史这条副线上，则有她母亲吉沙尔太太、丈夫帕沙·安季波夫（斯特列利尼科夫）、律师科马罗夫斯基等人。两条线索的主要人物都在主人公的生活中发挥了无可替代的作用和影响。除了上述主要人物之外，作品中还有众多的次要人物，他们也在小说中发挥了不同的作用。正如俄国流亡批评家马克·斯洛尼姆所指出的那样："次要人物刚在作品中出现时似乎远离中心线索，和主人公的命运无关，但随着情节的进展，所有这些人物的命运都和主人公的命运联系、纠结、'编织'在一起，都在不同程度上参与了他的生活。"①

从小说的空间处理和场面设置上可以看到，作品的主要情节均发生于莫斯科和西伯利亚的乌拉尔地区这两大板块中。在前一板块中，有拉拉的母亲一度租住的军械胡同"黑山"旅店、布列斯特街28号铁路职工宿舍、希弗采夫大街格罗米科兄弟的住宅、卡梅尔格尔斯基大街帕维尔·安季波夫的租房等不同环境；后一板块则有尤里亚金市、瓦雷金诺庄园及其周围的众多村镇，还有处于这一带的游击队营地等。稍稍旁离这两大板块、却对其起着勾连作用的，则是杜普梁卡庄园、一战前线的梅留泽耶沃小城和从莫斯科到乌拉尔的列车及铁路沿线地区。所有这些环境在作品中均以"独立"的场景先后出现，发生于其中的故事分别得到铺叙，犹如一部电影的几组画面。这些场景和画面迅速更替，却都围绕主人公的命运这一主轴。作家精心取舍、恰当剪裁，使小说的结构堪称完美。

1960年年初，帕斯捷尔纳克曾这样谈到小说的创作动机：

> 当我写作《日瓦戈医生》时，我感到对我的同时代人欠下了一大笔债。这一写作就是偿还债务的尝试。当小说缓缓向前推进时，债务感充溢着我的心胸。在多年的抒情诗写作或翻译之后，我觉得有责

---

① Слоним, М. "Роман Пастернака". Коростелев, О. А. и Мельников Н. Г. *Критика русского зарубежья: В 2 ч.* Москва: ООО Издательство Олимп, ООО Издательство АСТ, 2002, с. 133.

> 任讲讲我们的时代，讲讲那些远逝的、但仍然笼罩着我们的岁月。时间不等人。我想在《日瓦戈医生》中把往昔镌刻下来，并给予那些年代里俄罗斯生活中美好和敏感的方面以应有的评价。无论是那些日子，还是我们的父辈和祖辈，都一去不复返了，然而我却在未来的繁荣锦绣中预见了其价值的重现。我试图把这些都写出来。①

作家无疑成功地实现了自己的艺术构思。《日瓦戈医生》可以说是作家在战后岁月里对20世纪前期的俄罗斯历史所作的一种诗的回望，是作家与时代的一部艺术性的对话。作品对于历史的反思，是通过独特的叙事艺术予以表达的。读者所读到的，是一种隐喻模式中的历史投影，是经由一系列场景、意象、象征和暗示呈现出来的存在于这一历史中的鲜活个性。主人公日瓦戈既是一位医生，又是一位诗人和思想者；他的活动、言论和思考构成作品的内容主干，而他本人又以诗歌和札记的形式记述或表现自己的所见所闻、所感所思。他的札记《游戏人间》，便是当时岁月的日记，其中有随笔、诗作和杂感。小说第 9 章“瓦雷金诺”中，就含有日瓦戈的 9 篇札记；在第 15 章“结局”中，也包含日瓦戈辗转回莫斯科以后写的札记。他写的诗作，或独立成篇，或是札记的一部分。作品通过日瓦戈的坎坷经历，借助于他的札记、创作、书信、独白和思考，经由他和上述所有人物之间的交往和对话，从这一批不同类型的知识分子的视角，勾勒出那个风云变幻的历史时代的一幅幅生动侧影。读者可以看到因城市里夜间发生战斗而倒在人行道上的伤员，街头张贴的政府公告和法令，身穿皮夹克的权力无边的委员，被战火和饥荒蹂躏的村庄，却很少能看到关于社会重要事件的具体而直接的描写，因为作品着重表现的不是历史真实本身，而是人物关于这些历史事件的预感、反应、思考、评说和联想。人物的思索与言论，人物之间的对话或叙述者的直接言说，广泛涉及历史、时代、艺术、宗教、人的灵魂、民族性格以及真善美等方面的内容，如“没有武器的真理是不可抗拒的力量”；俄罗斯民族性格显示出一种“内在的衰退，多少世纪所形成的历史性的疲倦”；作品所描写的那个时代的特征之一是：“按照那些陌生的、强加给所有人的概念去生活”，

---

① Карлайл, О. “Три визита к Борису Пастернаку”. Пастернак Е. В., Фейнберг М. И. *Воспоминания о Борисе Пастернаке*. Москва: Издательство «Слово», 1993, с. 653.

许多人都“准备出卖最珍贵的东西，夸奖令人厌恶的东西，附和无法理解的东西”①，等等。这一切，都使小说具备了丰富的思想内涵和浓厚的哲理色彩。

小说着重表现了日瓦戈的人道主义观念及其与那个血与火的时代之间的悲剧性精神冲突。日瓦戈童年时代的经历，使他养成了内向的性格和对弱小不幸者的同情，成年以后，日见深厚的文化修养又使他获得了一种博爱精神。外科医生的职业，则培养了他对人对事的严谨、客观、冷静的态度。他善于独立思考，对任何现象都力求作出自己的判断。在历史发生深刻变动的年代，他仍然把个性的自由发展、保持思想的独立性视为自己最主要的生活目标，而他看待问题的基本出发点则是根深蒂固的人道主义。这样，他就不可避免地和正在以暴力手段改造世界、并要求所有人都服从这一目标的时代发生抵牾。但是，这种矛盾既不是政治上的，也不具备经济背景。日瓦戈虽然有自己的政治见解，但缺乏政治兴趣和激情，从未参加过任何有组织的政治活动；他虽然出身于富家，对父亲的大笔遗产却无动于衷，还要岳父和他一样保证不谋求重整家业。他与时代的冲突主要是精神上的。他从作为还俗神父的舅舅那里所接受的宗教思想，是接近俄罗斯宗教哲学家费奥多罗夫的“共同事业哲学”的、以博爱为原则的世界观。这种世界观认为，历史的发展应当有利于维护人格自由，保持个性独立，捍卫人的尊严。因此，日瓦戈高度重视个性自由，但又具有“与民同乐”的思想，认为个人应在实际生活中做一些具体的、对他人有益的事情。他以人道主义的眼光看待一切人和事，区分善与恶。他那种童稚般单纯的心灵，超凡脱俗的胸怀，使他无法接受一切形式的暴力。他在人类思想水平、道德水平和价值标准还没有达到认可他的精神追求的高度的时代“过早地”出现了，他超越了那个时代，结果反而好像落后于时代。这是他的悲剧。《日瓦戈医生》这部作品同情、肯定主人公的精神追求和社会道德理想，经由他的遭遇反映了十月革命前后俄罗斯一代知识分子的思想情怀和共同命运。

小说的女主人公拉拉是作家为俄罗斯文学提供的又一优美动人的女性

---

① ［苏］鲍·帕斯捷尔纳克：《日瓦戈医生》，蓝英年、张秉衡译，人民文学出版社2006年版，第42、297、391、417页。以下凡引用此作品，均引自这一译本，不另加注，仅在引文后注明页码。

形象，也是精神生活丰富、内涵复杂而深广的俄罗斯本身的一种隐喻。她与日瓦戈无论在家庭背景、社会关系和个人生活方面都有很大的差异，但是两人又具有许多相似的内在品格，个性气质、精神特点和价值观等方面都较为接近。拉拉外表纤弱，但具有坚韧的精神力量和内在的心灵之美，并同样追求个性的自由与完善。她以一般少女所缺少的、罕见的毅力，摆脱了使她沉沦的陷阱，克服了身心创伤所带来的各种困难，争取到一种独立自由的生活。为了维护人格尊严，她曾毫无畏惧地去惩罚她的仇人科马罗夫斯基。当时代的浪涛把她和日瓦戈冲到一起，使两人的命运结合为一体时，她对个性独立和自由的追求、她的人道主义生活理想表现得尤其充分。但是拉拉的命运和日瓦戈一样，即便是他们逃到荒郊僻野、沉醉于与世隔绝的梦一般的生活中，也无法躲避时代风暴的冲击。她与丈夫安季波夫的分手，她再次落入仇人之手，她与日瓦戈的别离，她的被捕以至死亡，都与动荡的历史本身紧密相关。她最后伏在日瓦戈的遗体上所倾吐的充满泪水的悼词，透辟地说明了她与时代的差距。作品通过安季波夫之口说道："时代的所有主题，它的全部眼泪和怨恨，它的任何觉醒和它所积蓄的全部仇恨和骄傲，都刻画在她的脸和她的姿态上，刻画在她少女的羞涩和大胆的体态的混合上。可以以她的名字，用她的嘴对时代提出控诉。"（442 页）这段话更将拉拉的形象提到了多灾多难的俄罗斯女性的象征的高度。

拉拉的丈夫安季波夫，也是刻画得很成功的艺术形象。他出身于工人家庭，其父因参加 1905 年革命而被流放到西伯利亚。一战期间他曾任俄军准尉，后被敌方俘虏带到国外，十月革命后逃回俄罗斯，参加了红军。他对苏维埃政权赤胆忠心，具有卓越的军事指挥才能，成为一位坚强的革命者，一位战功赫赫的红军指挥员，军事法庭的成员。但是，他在旧俄时代的苦难经历，他对科马罗夫斯基丑行的了解，使他产生了一种狂暴的复仇心理，以至他的化名斯特列利尼科夫曾一度使人胆寒。然而，由于他在一战期间的经历，作为曾被俘带往国外的旧军官，他也成了清洗对象，最后被迫含冤自尽。这是一个被冤屈的正直的人，也是一个悲剧性人物。他的性格、遭遇和命运，不仅具有典型性，还能引起人们的许多思考。

《日瓦戈医生》在艺术上具有鲜明的特色。它的叙述方式变化不一，呈现出多样性的风格。作品似乎有意打破那种经过精心构思的"流畅叙述"的传统，把独特的戏剧性事件和诗意浓郁的抒情性篇幅、简单的词汇组合（如“你的离开，我的结束”，“这又是我们的风格、我们的方式了”）和复杂的感情表现、诗人的奇妙幻想和深沉的哲理思索结合在一起，在“不流畅”的叙述中取得了一种“大智若愚”的独特效果。作品中既有精确的现实主义描绘，又不乏由机缘与选择、欢乐与历险、别离与死亡构成的具有传奇色彩的故事；既有丰富的想象和浪漫的激情，又有无数的旁白与插曲，如同启示性的寓言；既有高雅的语言，优美的文笔，又有故作“平板”之貌、显示出朴野风格的文字。它是一部以诗的语言写出来的小说，体现了作者关于“艺术记录被感情取代的现实”的一贯观点，显示出他的小说作为“诗人的散文”的艺术面貌和美学特质。

善于通过主人公的梦境与幻觉，运用隐喻与象征来表现人物心理、命运或人物之间的关系，也是这部小说的一大特点。如作品中写日瓦戈一次生病时，曾有很长时间处于谵妄状态，在幻觉中看到一个长着吉尔吉斯人的小眼睛、穿着一件在西伯利亚或乌拉尔常见的那种两面带毛的鹿皮袄的男孩；他认定这个男孩就是他的死神，可是这孩子又帮他写诗。这一幻觉形象象征性地预示了日瓦戈后来的遭遇。又如拉拉在受到科马罗夫斯基引诱之后，曾梦见“她被埋在土里，外面剩下的只有左肋、左肩和右脚掌；从她左边的乳房里长出了一丛草，而人们在地上唱着《黑眼睛和白乳房》和《别让玛莎过小溪》”（48 页）。在此之前，作品中已写到“透过左边的肩胛和右脚大趾头这两个接触点，拉拉能够感觉出自己的身材和躺在被子下面的体态”（25 页）。显而易见，这个梦隐喻了拉拉刚刚被激起的对自己身体的感觉，以及处于审视之下的羞耻感和罪孽感。日瓦戈落入游击队之后，在听到一个暴虐的传说时，也在幻觉中仿佛看到“拉拉的左肩被扎开了一点”，好像有一把利剑“劈开了她的肩胛骨。在敞开的灵魂深处露出了藏在那里的秘密”（357 页）。这一幻觉和拉拉的梦遥相呼应，暗示日瓦戈早已驶入她心灵的隐秘之处。

日瓦戈所做的关于拉拉和冬妮娅的梦，隐喻了他对这两位女性的不同情感和矛盾心理。日瓦戈和拉拉彼此走近是在乌拉尔地区的尤里亚金，此前他们仅在一战前线梅留泽耶沃的医院里作过交谈，而革命前在莫斯科只是打过两次照面。但拉拉的形象不知从何时起已经悄悄进入日瓦戈的心田，以至他在和一家人初到瓦雷金诺时，就在梦中听到了她那圆润的嗓音。“一个女人的声音把我惊醒，我在梦中听到空中响着她的声音。”（280 页）梦醒之后，他却想不起来这是谁的声音。直到在尤里亚金图书馆再次看见拉拉时，他才忽然领悟到，那个冬夜里在梦中所听到的正是拉拉的声音。如果说，日瓦戈的梦和他的潜意识直接相连，那么他后来的“领悟”则使他看到了自己的情感深处。然而，正如一切拥有责任感和高尚情操的人那样，日瓦戈走近拉拉以后，并没有心安理得，而是始终对冬妮娅、对家庭抱有一种负疚感。他所做的冬妮娅一手抱着一个孩子，难民般地在刮着暴风雪的野地里行走的梦，还有儿子舒罗奇卡被破裂的自来水管道里山洪般冲出来的水吓得直喊爸爸的梦，都是他有负于妻儿的真实心理的隐喻。

同隐喻与象征手法相得益彰的是作品中的意象运用。小说中多次出现“窗边桌上燃烧着的蜡烛”的意象。学生时代的拉拉就喜欢在烛光下谈话，帕沙·安季波夫总是为她准备着蜡烛，每当他们在卡梅尔格尔斯基街的那间租房里交谈时，他就把蜡烛放在窗边桌上点燃。这时，房间里便洒满柔和的烛光，在窗玻璃上靠近蜡头的地方，窗花慢慢融化出一个圆圈。日瓦戈大学时代的最后一个冬天，曾和冬妮娅一起去斯文季茨基家里参加圣诞晚会，当他们穿过卡梅尔格尔斯基大街时，他曾注意到一扇玻璃窗上的窗花被烛光融化出一个圆圈，并下意识地念出了“桌上点着一支蜡烛……”这样的句子。十分巧合的是，决定枪击科马罗夫斯基的拉拉此时正在和帕沙交谈；而日瓦戈正是在这次圣诞晚会上第一次看到拉拉的；许多年以后，日瓦戈去世后尸体停放的房子，恰恰是当年帕沙租的那间房子；当拉拉奇迹般地出现在日瓦戈灵柩旁时，她怎么能想到，死者当年驱车而过时曾看见窗前的蜡烛和被烤化了的霜花，“从他在外边看到这烛光的时候起——‘桌上点着蜡烛，点着蜡烛’——便决定了他一生的命运?”（477 页）“桌上点着蜡烛”也同样是“尤里·日瓦戈的诗作”第 15 诗“冬之夜”的主导意象。小说中反复出现的这一意象，深印在男女主人公的意识中，象征着他们俩心心相印的心灵之光。

另一值得注意的意象是“荒漠中的花楸树”。日瓦戈先是在游击队宿营的树林边发现这棵花楸树的，它美丽而孤独，是所有树木中唯一没脱去叶子的树。再次见到它时，树上已经挂了一层冰雪，“一半埋在雪里，一半是上冻的树叶和浆果，两只落满白雪的树枝伸向前方迎接他。”（364 页）这花楸树看上去是那样经不起风雪的肆虐，既象征着男女主人公高洁的精神境界，又隐喻了他们即便是逃到荒郊僻野，也无法躲避时代风暴的冲击。

《日瓦戈医生》中的景色描写也是独树一帜的，并且同样和作家对于个性的关注相联系。这尤其显示于作品关于自然景色的“转喻性描写”（метонимическое описание）。作家一方面赋予自然景物以人性，另一方面又把人物的心情投射到自然界，甚至让人物渗透到大自然中去，着意强调人和自然的不可分性。整部小说中的景色描写始终以冷色调为主，较多出现旷野、冰霜、风雪、寒夜、孤星和冷月的画面，既与主人公超凡而忧悒的精神气质相和谐，又呼应了作品大提琴曲一般沉郁的抒情格调。

《日瓦戈医生》对20世纪前期俄国历史进行书写和反思的独特视角，它所显示的高度关注个性的历史观和它那特有的叙事艺术，使这部长篇小说既指涉、概括、隐喻和表达了一个时代，又超越了特定的历史时代，从而成为具有某种广远而永恒的价值和“纯诗”品格的作品，并得以跻身于世界文学经典之列。帕斯捷尔纳克获得诺贝尔文学奖，无疑是当之无愧的。

余　论

当本书在论及帕斯捷尔纳克、肖洛霍夫等作家 1950 年代初期以后的创作时，事实上已经越过了“俄罗斯现代文学”的范畴，不知不觉中进入了当代俄罗斯文学领域。如前所述，当代俄罗斯文学是以老作家爱伦堡 1954 年发表的中篇小说《解冻》为标志的。在那前后，还出现了包括“奥维奇金派”创作在内的一批引人注目的作品，形成“解冻文学”思潮。这一新思潮的出现，恢复了俄罗斯文学的“写真实”传统，促使文学的题材、体裁、艺术手法和风格向着多样化的方向发展。随后陆续涌现的从新的视角描写战争的“战壕真实派”作品，如邦达列夫的《营请求火力支援》(1957)、巴克兰诺夫的《一寸土》(1959)；揭露个人崇拜时期的种种反常社会现象的作品，如索尔仁尼琴的《伊凡·杰尼索维奇的一天》(1962)、特瓦尔多夫斯基的长诗《焦尔金游地府》(1954—1963)，等等，同样在文坛吹起了阵阵新风。

不过，这一时期苏联文学的发展，并不是平静无波的。文坛甚至出现过“时而解冻，时而冰封”的现象。从 1957 年初开始，中央机关报发表一系列社论或署名文章，文艺界组织召开各种形式的会议，号召开展“反对修正主义”的斗争，对文艺领域的“不健康现象”进行批判。于是，集中发表具有“暴露倾向”作品的丛刊《文学莫斯科》(1956)，只出了两期，就被作家协会责令其停刊；《日瓦戈医生》未能获准发表，杜金采夫的小说《不是单靠面包》(1956)、雅申的小说《杠杆》(1956)等许多作品，都受到点名批评。这一切都表明，以行政手段对文学进行干预的做法，并没有完全停止。

1964 年，苏联社会政治生活又发生了新的变化，进入所谓“停滞时代”。前一时期流行的各种文艺思想和主张，到这一时期渐渐都集中到分别以《新世界》杂志主编特瓦尔多夫斯基和《十月》杂志主编柯切托夫为代表的两派的争论上。针对两派的长期争论，1965 年和 1967 年，《真理报》多次发表社论和编辑部文章，提出“反对两个极端”，即“既反对抹黑，也反对粉饰”，要求作家“歌颂今天的现实”，塑造“英雄人物形象”。于是，两派的论争逐渐平息。随后，文学界的所谓“非英雄化”倾向受到批判，描写“正面优秀人物”的重要性得到强调。在后来的几年中，关于文艺问题的中央决议、各种大会报告、报纸社论和编辑部文章等，都号召作家对资产阶级思想发动进攻，描写与歌颂“科技革命时代的当代英雄”和“实干家”形象，表现“军事爱国主义”，以“鼓舞人民建立新的功勋”。

与此同时，对于文学界的一些“持不同政见者”，也进行了严厉的惩处，从禁止发表作品、开除出作家协会、褫夺公民权，到公审判刑和驱逐出境。1969 年，作家索尔仁尼琴因把作品手稿送到国外发表而被取消作家协会会籍；1974 年，他被驱逐出境。这些做法，使得文艺界的种种“异端”表现逐渐消失，起伏变动的文艺思潮开始走向平稳和单一。在这种情势下，便出现了以手抄本和“地下出版物”的形式存在与发展的“地下文学”。这一切，都是“停滞时代”文学生活中的特有现象。

但是，文学的发展并未停滞，它在那一长达 20 年之久的保守、僵化、缺乏活力的时代，依然取得了不容忽视的成就。这首先表现在所谓“道德题材作品”的大量涌现。在这类作品中，作家们或者艺术地揭示当代社会生活和人们心理的新特征、人的内心世界的悲剧性，或者在历史和现实的比照中，思考着“人与土地”、“人与大自然”的关系以及科技进步所带来的矛盾和精神与物质的“反差”，显示出对于文化传统的尊重与眷恋。这方面的作品，可粗略地分为“城市小说”和“农村散文”两大类。在偏重于反映城市生活和城市人心理的“城市小说”创作中，特里丰诺夫取得了最为突出的成就，如《滨海街公寓》（1976）等“莫斯科小说”；舒克申的《红莓》（1973）、拉斯普京的《为玛丽娅借钱》（1967）等，则是“农村散文”的代表作。战争题材作品在这一时期也有所变化，大致呈现出两种走向，其一是出现了一些所谓“全景式”作品，力图对卫国战争进行史诗式的艺术概括，如西蒙诺夫的《生者与死者》三部曲（1959—1971）、恰科夫斯基的《围困》（1968—1975）等长篇小说；其二是继续关注战争中普通人的命运，在写实与抒情、历史事件与当代生活、心理分析与哲理思考的结合中，传达出对于“战争与人”的关系的深沉理解，如瓦西里耶夫的《这里的黎明静悄悄……》(1969)、拉斯普京的《活着，可要记住》(1974) 等中篇小说。还有一些作家，致力于以史诗笔调描写20世纪中的某些重大事件，在对于民族历史、人类命运和个人遭遇的回顾中，思考着历史与现实、祖国与世界、战争与和平、科技与艺术、物质文明与精神道德的关系问题，其作品往往具有浓厚的哲理色彩，如艾特玛托夫的长篇小说《一日长于百年》(1980) 等。

从1960年代后半期起，一些作家由于作品在苏联国内不能公开发表，便设法将作品寄往国外。这类行动激起了苏联当局的强烈反应。作家们或受到猛烈的批判，或被开除出作家协会，乃至被逮捕、判刑和驱逐出境。到1970年代初，苏联当局放松了对公民的出国限制。在上述背景下，相当一部分作家随着一直延续到1980年代初期的第三次移民潮离开苏联，迁往国外定居。他们与被驱逐出境的作家一起，造成了俄罗斯域外文学的“第三浪潮”。

第三代流亡作家大都侨居于巴黎、慕尼黑、维也纳和美国，也有一些作家定居在瑞士、英国或斯堪的纳维亚半岛各国。在国外，他们创办了《大陆》、《时代与我们》、《回声》和《相会》等杂志，并建立了一些出版机构。这一代流亡作家在出国之前一般已有作品在国外发表，到国外后继续推出新作，无论是其作品的数量和质量，还是其总体文学成就，都远远超过“第二浪潮”。其中，小说家索尔仁尼琴和诗人布罗茨基分别于1970年和1987年获得诺贝尔文学奖。

亚·索尔仁尼琴 (1918—2008) 是“第三浪潮”的一位代表作家。他自发表《伊凡·杰尼索维奇的一天》而成为知名作家后，在苏联国内还发表过《玛特廖娜的小院》(1963) 等短篇小说。1968年，他的两部长篇小说《癌病房》和《第一圈》在国外发表，在欧美各国一度成为畅销书，但作者本人却于1969年被开除出苏联作家协会。1970年，索尔仁尼琴被授予诺贝尔文学奖，但他未去领奖，因为担心出国后不能再回国。1973年，他的作品《古拉格群岛》又在国外出版，在西方和苏联都引起极大反响。1974年2月，苏联政府决定剥夺索尔仁尼琴的公民权，并将其一家驱逐出境。索尔仁尼琴先是居住于苏黎世，1976年迁居美国。在国外，索尔仁尼琴发表的文学作品主要有长篇小说《红色车轮》(1983—1990)、文学回忆录《牛犊顶橡树》(1975) 等。1994年5月，索尔仁尼琴回到俄罗斯，结束了自己整整20年的侨民生涯。

“第三浪潮”中的又一位代表人物**约·布罗茨基**（1940—1996），可以说是一位联结起传统与现代、俄语文学世界与英语文学世界的个性独特的诗人。布罗茨基最著名的诗作有《献给约翰·多恩的挽歌》（1963）、《荒野中的停留》（1966）、《美好时代的终结》（1969）、《语言的部分》（1975—1976）和《罗马哀歌》（1980）等。布罗茨基保持着与俄罗斯诗歌传统的紧密联系。以普希金、巴拉廷斯基为代表的19世纪俄罗斯诗歌中的“希腊路线”，以阿赫玛托娃、曼德尔什塔姆为代表的白银时代“阿克梅派”对世界文化的眷恋，在很大程度上决定了布罗茨基诗歌的底色，使得他的诗作在孤独感、困惑感、沉重感以及怀旧和乡愁的表现中，始终透出一种对于现实世界的忧患意识，对于社会人生的深切的人文关怀。诗人对于生命本体意义的追寻，对于人的生存状况与价值的探问，对于时间主题的偏爱，则显示出他同现代西方思想界文学界对于人和人类的哲理思索发生了共鸣，这也就使他的诗歌进入了更宽泛的意义领域。在诗歌艺术上，布罗茨基推崇阿赫玛托娃凝重宁静的诗风、哀歌的音调和安详中的深邃思考，倾心于曼德尔什塔姆那充满爱、恐怖和记忆的不安而纯净的声音。从17世纪英国诗人约翰·多恩那里，他承续了冷峻的意象、新奇的节奏和浓郁的怀疑氛围，还有为玄学派诗歌所特有的抽象性和学究式的思辨。从他后期创作不追求整饬的诗歌外形、意识与潜意识交叉和荒诞手法的运用中，又分明可见英美现代主义诗潮的影响。

“第三浪潮”中的重要作品，还有维·涅克拉索夫的《愚人笔记》（1974），安·西尼亚夫斯基的《与普希金一起散步》（1973）、《在果戈理的阴影里》（1975），弗·马克西莫夫的长篇小说《创世七日》（1971）和《检疫》（1973），沃伊诺维奇的《士兵伊凡·琼金的生平和奇遇》（1969）、《伊万科颂》（1976）和《莫斯科——2042年》（1986），瓦·阿克肖诺夫长篇小说《燃烧》（1980）、《克里米亚岛》（1981）和《莫斯科的传说》（1991），弗拉基莫夫的《忠实的鲁斯兰》（1975）、长篇小说《统帅》（1989）等。

第三代流亡作家的思想特征也远不是一致的，如在对待俄罗斯祖国及其文化传统的态度上，有的作家怀念祖国，保留着对本民族文化传统的尊重和眷恋，像索尔仁尼琴的思想观点就和19世纪斯拉夫派较为接近，还受到托尔斯泰主义的某些影响，因此有人称他为“民族主义者”或“新斯拉夫派”。也有的作家对俄罗斯文化传统的感情比较淡薄，甚至持基本否定的态度。总起来看，这一代侨民作家较多地接受了西方流行的各种社会哲学思潮，认同现代西方世界的基本价值观。从其作品的艺术方法上看，只有少数作家继承了19世纪俄罗斯文学的现实主义传统，而大部分作家的创作都带有现代主义特色。

1980年代中期以后，随着苏联社会政治生活和经济生活再度发生的深刻变化，第三代流亡作家的旧作陆续回归祖国，新作则有了在国内发表的可能性。于是，俄罗斯域外文学的“第三浪潮”也就走向平息了。

这一时期苏联国内的文学生活更发生了具有根本意义的、全方位的变化。由于新的文艺政策支持文学领域的“公开性”和“透明度”，强调文学创作与文学批评“无禁区”，号召作家批评家们“填补空白”，苏联文坛开始出现一种宽松的氛围。新的新闻出版法的公布，书刊检查制度的取消，对文学的行政干涉的停止，使创作自由、出版自由真正得到了实现。苏共中央决定撤销《关于〈星〉和〈列宁格勒〉两杂志》的决议，为一大批过去受到不公正处理的作家平反，向流亡作家发出了请他们回国的呼吁，更解除了作家们的精神心理压力。于是，文学创作、文学批评和研究、文学出版事业都出现了空前的活跃。作家批评家们敢于大胆发表自己的见解了。但是，这也使得作家之间的矛盾冲突愈演愈烈，彼此对立的派别迅速形成，新的作家、诗人团体纷纷涌现，最终导致统一的苏联作家协会的解体。1989年3月公布的新的《苏联作家协会章程（草案）》，不再使用“社会主义现实主义”的提法。在上述背景下，出现了为这一时期俄罗斯文学所特有的现象：“回归文学”。

“回归文学”首先是指19世纪末20世纪初白银时代的作品、三代流亡作家的作品，经过若干年月的风风雨雨，终于回归到广大读者中来。从1986年起，苏联各主要文学报刊、各出版社开始重新发表或重新出版这些作品，震撼了国内外广大读者，使人们感到20世纪俄罗斯文学史的整体图像被刷新了。其次，“回归文学”也指自1920年代以来的漫长岁月中由于种种原因被禁止在苏联国内发表、被“搁置”或在遭到批判后被封存的作品，从被禁状态回归到自由状态，得以同广大读者见面。除了本书前面已提及的扎米亚京、普拉东诺夫、米·布尔加科夫、皮里尼亚克、左琴科、阿赫玛托娃、帕斯捷尔纳克等人的作品外，还包括高尔基的《不合时宜的思想》、格罗斯曼的《生活与命运》（1962）、雷巴科夫的

《阿尔巴特街的儿女们》(1982)、多姆勃罗夫斯基的《无用之物系》(1978)、沙拉莫夫的《科累马故事》(1966) 等。

同一时期苏联文坛还出现了一批当代作家回顾和反思本民族 20 世纪历史生活的新作品，如阿斯塔菲耶夫的《悲伤的侦探故事》(1986)、艾特玛托夫的长篇小说《死刑台》(1986)、沙特罗夫的剧本《前进……前进……前进!》(1988) 等。这些作品反思 20 世纪的历史，特别是个人崇拜、极左政策和极权主义所造成的历史结果，它们给人们的命运所带来的悲剧性变化，给几代人的精神心理所造成的难以愈合的创伤。这类作品往往引起当代俄罗斯读者最强烈的共鸣，读者似乎随着作者一起“回归”到他们所经历的往昔生活中去，在回首中沉思，在沉思中回首。

1991 年苏联解体后，具有 70 余年历史的“苏联文学”正式结束，成为一种历史现象。许多流亡作家回到了祖国，或恢复了俄罗斯国籍；国内作家不仅可以合法地把作品寄往国外发表，他们还获得了自由出国、回国的权利。于是，俄罗斯本土文学与俄罗斯域外文学之间的界线被最终打破，两大文学板块的区分不复存在。由于作家门开始享有真正的创作自由和出版自由，原先的所谓“地下文学”也失去了存在的条件，公然浮出地表，与“地上文学”(指原先就允许公开出版的作品) 融为一体。1992 年先后建立的“作家协会联合体”和“国际作家协会共同体”，是解体后两个最大的文学组织。其中，前者从形式上、机构组成上看似乎是原先的“苏联作家协会”的继续，后者则好像是作为前八次“苏联作家代表大会”之延续的“第九次作家代表大会”的产物。但两者在性质上都不可能与先前的“苏联作家代表大会”、“苏联作家协会”有任何共同点了。

20 世纪最后 10 年，俄罗斯文学的基本特点是创作倾向和艺术方法上的多元化。一些老作家依旧没有放弃对历史的思考和对现实的关注，他们在艺术方法上也大致继续沿着传统现实主义的道路前进，但又程度不同地借鉴了现代主义文学的艺术经验，推出了一批具有思想深度和创新意识的作品，如阿斯塔菲耶夫的《该诅咒的和该杀死的》(1994)、瓦·别洛夫的《大转变的一年·冬天的纪事》(1994)、诗人叶·叶甫图申科的《不要在死期之前死去》(1994) 等长篇小说。自 1980 年代后半期出现的“另一种文学”，在进入 1990 年代后进一步演化为后现代主义思潮，主要作品有马·哈里托诺夫的《命运线，或米拉舍维奇的小箱子》(1992)，弗·马卡宁的《铺着呢子、中间放着花瓶的桌子》(1993)、《地下人，或当代英雄》(1998)，德·加尔科夫斯基的《无尽头的死胡同》(1994)，维·叶罗菲耶夫的《最后的审判》(1996) 等。这些作品以其新颖的表现形式、对传统模式的大胆背弃、和西方文学观念及叙述方式的认同与接近等特点，在俄罗斯文坛占有重要地位。另外，宗教对文学的广泛渗透，也成为一种引人注目的文学—文化现象。在宗教书籍大量出现的同时，以宣扬宗教教义或宗教哲学为主旨的文学作品，渗透着浓厚的宗教意识的文学作品，也在图书市场上占有自己的地盘。在旧有的信仰破灭、人们的价值尺度发生重大变化之际，这类作品显示出一种特殊的优势。通俗文学作品，包括渲染个人隐私和各种“秘闻”、宣扬暴力和色情、煽动狭隘的民族主义情绪的作品，也有其量的优势，并拥有自己的读者群。这些文学现象纷然并存，一起改变着 20 世纪末俄罗斯文学的基本格局，使得这一时期俄罗斯文学的总体图像变得斑驳而模糊。

纵观俄罗斯文学在 20 世纪的演变，很容易想起一位文学史家在描述 19 世纪俄罗斯文学进程之后发出的感慨：俄罗斯文学的光荣在于它的过去。不过，这也许正是俄罗斯文学本身以及人们接受这一文学的特点，它在不同时代所提供的无数作品的价值，往往是在经过许多年之后才逐渐被人们认识的。这一伟大文学的精神文化价值是不可磨灭的，因此这里可以借用帕斯捷尔纳克的一句话：人们将在未来的繁荣锦绣中预见这种价值的重现。

参考文献

Аверин Б., Нитраур Э. (ред.) *Русская литература XX века*: Исследования американских учёных. Санкт－Петербург: Издательство «Петро－РИФ», 1993.

Агеносов В. В.. *Литература русского зарубежья*(1918—1996). Москва: Издательство «Терра. Спорт», 1998.

Адамович Г. В. *Комментарии*. Санкт－Петербург: Издательство «Алетейя», 2000.

Адамович Г. В. *Одиночество и свобода*. Санкт－Петербург: Издательство «Алетейя», 2002.

Айхенвальд Ю. *Силуэты русских писателей*. Москва: Издательство «Республика», 1994.

Анисимов И. И. (гл. ред.) *Литературное наследство, Т. 70. Горький и советские писатели. Неизданная переписка*. Москва: Издательство АН СССР, 1963.

Анисимов И. И. (гл. ред.) *Литературное наследство. Т. 72. Горький и Леонид Андреев: Неизданная переписка*. Москва: Издательство «Наука», 1965.

Бавен С. П., Семибратова И. В., *Судьбы поэтов серебряного века*. Москва: Издательство «Книжная палата», 1993.

Банников Н. В. *Серебряный век русской поэзии*. Москва: Издательство «Просвещение», 1993.

Баранников А. В. *Русская литература XX века. Хрестоматия: В 2 ч*. Москва: Издательство «Просвещение», 1993.

Баранов В. И. *Огонь и пепел костра. М. Горький: творческие искания и судьба.* Горький: Волго – Вятское книжное издательство, 1990.

Бек Т. А. *Серебряный век. Поэзия.* Москва: Издательство «АСТ Олимп», 1996.

Белый А. *Критика. Эстетика. Теория символизма: В 2 – х томах.* Москва: Издательство «Искусство», 1994.

Белый А. *Начало века.* Москва: Издательство «Художественная литература», 1990.

Белый А. *Петербрг.* Москва: Издательство «Республика», 1994.

Белый А. *Символизм как миропонимание.* Москва: Издательство «Республика», 1994.

Берберова Н. *Курсив мой: Автобиография.* Москва: АО «Согласие», 1996.

Бердяев Н. А. *Философия творчества, культуры, искусства. В 2 – х томах.* Москва: Издательство «Искусство», 1994.

Бердяев Н. А. *Истоки и смысл русского коммунизма.* Москва: Издательство «Наука», 1990.

Бердяев Н. А. *Самопознание: Опыт философской автобиографии.* Москва: Издательство «Книга», 1991.

Бердяев Н. *Русская идея: Основные проблемы русской мысли XIX века и начала XX века.* Москва: ООО «Издательство АСТ», 2000.

Бунин И. Несрочная весна: Стихотворения. Избранная проза. Москва: Издательство «Школа – Пресс», 1994.

Булгаков М. С. *Из лучших произведений.* Москва: ИЗОФАКС, 1993.

Буслакова Т. П. *Литература русского зарубежья. Курс лекций.* Москва: Издательство «Высшая школа», 2003.

Бухарин Н. *Революция и культура.* Москва: Фонд имени Н. И. Бухарина. 1993.

Быков Д. *Борис Пастернак.* Москва: Молодая гвардия, 2007.

Гиппиус З. Н. *Живые лица.* Санкт – Петербург: Издательство «Азбука – классика», 2004.

Голубков М. М. *Утраченные альтернативы.* Москва: Издательство

«Наследие», 1992.

Горький М. *Несвоевременные мысли. Заметки о революции и культуре.* Москва: Издательство «Советский писатель», 1990.

Горький М. *О русском крестьянстве.* Берлин: Издательство И. П. Ладыжникова, 1922.

Гронский И. И Овчаренко А. "Переписка". *Вопросы литературы.* 1989. № 2.

Груздев И. *Современный Запад о Горьком.* Ленинград: Издательство «Прибой», 1936.

Демидова О. *Метаморфозы в изгнании. Литературый быт русского зарубежья.* Санкт – Петербург: Издательство «Гиперион», 2003.

Дэвис Р., Келдыш В. (Ред.) *С двух берегов. Русская литература XX века в России и за рубежом.* Москва: ИМЛИ имени М. Горького РАН «Наследие», 2002.

Жуков И. И. *Рука судьбы: Правда и ложь о М. Шолохове и А. Фадееве.* Москва: Газетно – журнальное «Воскресенье», 1994.

Зайцев Б. К. *Сочинения: В трёх томах.* Москва: Издательство «Художественная литература», Издательский центр «ТЕРРА», 1993.

Зайцев Б. К. *Жуковский. Жизнь Тургенева. Чехов.* Москва: Издательство «Дружба народов», 1999.

Зверев А. М. *Повседневная жизнь русского литературного Парижа.* 1920—1940. Москва: Издательство «Молодая гвардия», 2003.

Зелинский К. "Одна встреча у М. Горького". *Вопросы литературы.* 1991. № 5.

Зись А. Я. *Русская идея: В кругу писателей и мыслителей русского зарубежья: В 2 – х томах.* Москва: Издательство «Искусство», 1994.

Зобнин Ю. В. *Максим Горький: pro et contra. Личность и творчество Максима Горького в оценке русских мыслителей и исследователей.* Антология. Санкт – Петербург: Издательство Русского Христианского гуманитарного института, 1997.

Келдыш В. А. (глав. ред.) *Русская литература рубежа веков (1890 – е – начало 1920 – х годов)*, ИМЛИ РАН. М. «Наследие», 2000, 2001.

Ильин И. А. *Одинокий художник: Статьи, речи, лекции.* Москва: Издательство «Искусство», 1993.

Корниенко Н. В. и Шубина Е. Д. *Воспоминания современников. Материалы к биографии.* Москва: Издательство «Современный писатель». 1994.

Коростелев О. А., Мельников Н. Г. *Критика русского зарубежья: В 2 ч.* Москва: ООО Издательство «Олимп», ООО Издательство «АСТ», 2002.

Крейд В. *Воспоминания о серебряном веке.* Москва: Издательство «Республика», 1993.

Крейд В. *Дальние берега: Портреты писателей эмиграций.* Москва: Издательство «Республика», 1994.

Кулешов В. И. *История русской литературы XIX века.* Москва: Издательство московского университета, 1997.

Лавров В. В. *Литература русского зарубежья: Антология в шести томах.* Москва: Издательство «Книга», 1991.

Маковский С. *На Парнасе Серебряного века.* Москва: Издательство «Наш дом – L, Age d, Homme», 2000.

Мережковский Д. С. *Л. Толстой и Достоевский. Вечные спутник.* Москва: Издательство «Республика», 1993.

Меркин Г. С. (Авт. – сост.) *Русская литература XX века: Учеб. кн. для учащихся ст. кл.* Ч. 1 – 2, 2 – е изд., доп. и испр. Москва, Смоленск: Скрин, ТРАСТ – ИМАКОМ, 1995.

Михайлов О. Н. *Литература русского зарубежья:* 1920—1940. Москва: Издательство «Наследие», 1993.

Мочульский К. В., *А. Блок, А. Белый, В. Брюсов.* Москва: Издательство «Республика», 1997.

Мочульский К. *Андрей Белый.* Томск: Издательство «Водолей», 1997.

Набоков В. *Лекции по русской литературе: Чехов, Достоевский, Гоголь, Горький, Толстой, Тургенев.* Москва: Издательство «Независимая газета», 1996.

Нива Ж. и т. д. *История русской литературы: XX век: Серебряный век.* Москва: Издательская группа «Прогресс» – «Литера», 1995.

Николаев П. А. (глав. ред.) *Русские писатели. 1800—1917: Биографический словарь.* Москва: Издательство «Советская энциклопедия». Т. 1, 1989.

Николаев П. А. (глав. ред.) *Русские писатели. 1800—1917: Биографический словарь.* Москва: Научное издательство «Большая Российская энциклопедия». Т. 2—4, 1992—1999.

Николюкин А. Н. (глав. ред.) *Литературная энциклопедия русского зарубежья:* 1918—1940. *Том* 1. *Писатели русского зарубежья.* Москва: Издательство «Российская политическая энциклопедия», 1997.

Николюкин А. Н. (глав. ред.) *Литературная энциклопедия русского зарубежья:* 1918—1940. *Том* 2. *Периодика и литературные центры.* Москва: Издательство «Российская политическая энциклопедия», 2000.

Николюкин А. Н. (глав. ред.) *Литературная энциклопедия русского зарубежья:* 1918—1940. *Том* 3. *Книги.* Москва: Издательство «Российская политическая энциклопедия», 2002.

Николюкин А. Н. (глав. ред.) *Литературная энциклопедия русского зарубежья:* 1918—1940. *Том* 4. *Русское зарубежье и всемирная литература. Часть* Ⅰ—Ⅲ. Москва: ИНИОН РАН, 2001—2003.

Овчаренко А. И. *М. Горький и литературные искания XX столетия.* Москва: Издательство «Художественная литература», 1982.

Одоевцева И. *На берегах Невы.* Москва: Издательство «Захаров», 2005.

Одоевцева И. *На берегах Сены.* Москва: Издательство «Захаров», 2005.

Пастернак Е. В., Фейнберг М. И. *Воспоминания о Борисе Пастернаке.* Москва: Издательство «Слово», 1993.

Примочкина Н. Н.. *Горький и писатели русского зарубежья.* Москва: ИМЛИ имени М. Горького РАН, 2003.

Пруцков Н. И. (отв. ред.) и др. *История русской литературы: В 4 т.* АН СССР. Институт русской литературы (Пушкинский Дом); Ленинград:

Издательство «Наука». Ленинградское отделение, 1980—1983.

Пьяных М. Ф. *Александр Блок, Андрей Белый: Диалог поэтов о России и революции.* Москва: Издательство «Высшая школа», 1990.

Ремизов А. М. *Избранное.* Москва: Издательство «Художественная литература», 1978.

Ромэн Роллан. *Наше путешествие с женой в СССР.* «Вопросы Литература», 1989, № 5.

Саакянц А. *Марина Цветаева: Жизнь и творчество.* Москва: Издательство «Эллис Лак», 1997.

Святополк – Мирский Д. П. *История русской литературы.* Новосибирск: Издательство «Свиньин и сыновья», 2007.

Смирнова Л. А. *Иван Алексеевич Бунин: Жизнь и творчество.* Москва: Издательство «Просвещение», 1991.

Смирнова Л. А., Чалмаев В. Г. и др. *Русская литература XX века. Очерки. Портреты. Эссе. В 2 ч.* Москва: Издательство «Просвещение», 1994.

Спиридонова Л. А. *М. Горький : диалог с историей.* Москва: Издательство «Наследие», 1994.

Струве Г. *Русская литература в изгнании. Опыт исторического обзора зарубежной литературы.* 2 – ое издание и дополненное. Париж: YMCA – Press, 1984.

Сурков А. А. (глав. ред.) *Краткая литературная энциклопедия, Т.* 1—9. Москва: Издательство «Советская энциклопедия», 1962—1978.

Терехина В. *Серебряный век. В поэзии, документах, воспоминаниях.* Москва: Издательство «Логид», 2000.

Трубе Л. Л. Шубин А. Ф. *Горьковские чтения* 1958—1959. Москва: Издательство Академии наук СССР, 1961.

Флейшман Л., Хьюз Р., Раевская – Хьюз О. (Сост.) *Русский Берлин.* 1921—1923. Париж: YMCA – Press, 1983.

ФлейшманЛ. (Науч. ред.) *Русский Берлин.* 1920—1945: Международная научная конференция. Москва: Издательство «Русский путь», 2006.

Ходасевич В. *Воспоминания о Горьком.* Москва: Издательство

«Правда», 1989.

Ходасевич В. Ф. *Собрание сочинений: в 4 томах.* Москва: АОЗТ «Согласие», 1996—1997.

Цветаева М. И. *Сочинения в двух томах.* Минск: Издательство «Народная асвета», 1988.

Цветаева М. И. *Избранные сочинения в двух томах.* Москва: Издательство «Литература», 1998.

Чагин А. *Расколотая лира. Россия и зарубежье: судьбы русской поэзии в* 1920—1930 – *е годы.* Москва: Издательство «Наследие», 1998.

Чалмаев В. А. *Александр Солженицын: жизнь и творчество.* Москва: Издательство «Просвещение», 1994.

Щербина В. Р. *Литературное наследство. Т.* 95. *Горький и русская журналистика начала XX века. Неизданная переписка.* Москва: Издательство «Наука», 1988.

«De visu»: ежемесячный историко – литературный и биографический журнал. Агентство «Алфавит», 1992, № 0.

«De visu»: ежемесячный историко – литературный и биографический журнал. Агентство «Алфавит», 1993, № 1—11.

«De visu»: ежемесячный историко – литературный и биографический журнал. Агентство «Алфавит», 1994, №1—6.

*　　*　　*　　*　　*

［俄］阿格诺索夫主编：《20 世纪俄罗斯文学》，凌建侯等译，中国人民大学出版社 2001 年版。

［荷兰］佛克马、易布思：《20 世纪文学理论》，林书武等译，生活·读书·新知三联书店 1988 年版。

金亚娜、周启超主编：《白银时代·文化随笔》，中国文联出版公司 1998 年版。

李树森：《肖洛霍夫的思想与艺术》，吉林大学出版社 1987 年版。

马克·斯洛宁：《苏维埃俄罗斯文学史》，浦立民、刘峰译，上海译文出版社 1983 年版。

马克·斯洛宁：《现代俄国文学史》，汤新楣译，人民文学出版社2001年版。

［俄］曼德尔什塔姆：《时代的喧嚣》，刘文飞译，云南人民出版社1998年版。

［苏］阿·梅特钦科：《继往开来——论苏联文学发展中的若干问题》，石田、白堤译，中国社会科学出版社1983年版。

人民文学出版社编辑部编：《苏联文学艺术问题》，曹葆华等译，人民文学出版社1953年版。

孙美玲编选：《肖洛霍夫研究》，外语教学与研究出版社1983年版。

［苏］托洛茨基：《文学与革命》，刘文飞等译，外国文学出版社1992年版。

汪剑钊主编：《茨维塔耶娃文集·诗歌卷》，东方出版社2003年版。

汪介之、周启超主编：《白银时代·名人剪影》，中国文联出版公司1998年版。

薛君智：《回归——苏联开禁作家五论》，社会科学文献出版社1989年版。

薛君智：《欧美学者论苏俄文学》，社会科学文献出版社1996年版。

叶水夫主编：《苏联文学史》（1—3卷），中国社会科学出版社1994年版。

余一中、周启超主编：《白银时代·诗歌卷》，中国文联出版公司1998年版。

张建华、周启超主编：《白银时代·小说卷》，中国文联出版公司1998年版。

张秋华等编选：《“拉普”资料汇编》，中国社会科学出版社1981年版。

郑体武：《俄国现代主义诗歌》，上海外语教育出版社1999年版。

中国科学院文学研究所苏联文学组编：《苏联作家论社会主义现实主义》，人民文学出版社1960年版。

中国社会科学院外国文学研究所苏联文学研究室编：《苏联文学史论文集》，外语教学与研究出版社1982年版。

后　记

这本文学史书稿的写作，可以追溯到1990年代初期。

从1980年代中期起到苏联解体前后接连出现的以回归、复苏和重评为特征的种种文学现象，至今仍令人难以忘怀。深刻而巨大的变化几乎同时发生于社会、文学和感受的领域。一些声名显赫的文坛要人失去了他们曾经拥有的光环和荣耀；许多陌生的作家、诗人连同他们的作品纷纷破土而出，以其思想力量和美学风范在读者面前打开了一个新世界；长时期以来被认做天经地义的文学观念以及关于它们的连篇累牍的阐释，遭遇到怀疑、否定和抛弃。这既是俄罗斯文学本身发展的一个新阶段，也是要求人们重新认识俄罗斯文学、特别是20世纪俄罗斯文学的一个新时代。重识经典、重评作家、重构文学史，一时间成为研究者、评论者们的经常性话题。白银时代的文学成就、俄罗斯域外文学的三次浪潮、在苏联存在的70余年中的不同时期遭到批判和封闭的大批作品，渐渐受到广泛的关注；“社会主义现实主义”及其名噪一时的“开放体系”显然已风光不再；包括俄国形式主义批评和巴赫金的诗学思想等在内的一度被忽略、被遗忘的理论流脉上升到文学的地表。于是，人们记忆与印象中的俄罗斯文学面貌便悄然发生了变化。

对于20世纪俄罗斯文学的重新审视，令人联想到欧洲18世纪的启蒙学者们摆脱神学的羁绊、把一切都放到理性的天平上加以检验的真诚努力，也令人联想到前一个世纪之交德国诗人兼思想家尼采发出的“重估一切价值”的呼吁。当人们意识到把阶级斗争的观念引入文学领域、以极左政治的标尺评判作家作品必将导致文学的凋零时，就开始深感文学研究中的历史—思想史视角和美学—艺术视角相统一的重要性。以这种视角重新考量俄罗斯文学不仅需要合适的社会文化氛围，其自身也是一个需要耐心、细致和韧性的过程。

在俄罗斯学界，研究者们从1990年代初期起就致力于重新描画出20世纪俄罗斯文学发展进程的完整图像。1991年，由柳·斯米尔诺娃、维·恰尔马耶夫等专家合作编写的两卷本《20世纪俄罗斯文学概观·作家肖像·简论》的出版，具有一种开风气之先的意义。1993年，莫斯科大学语文系20世纪俄罗斯文学史教研室集体编写的《20世纪俄罗斯文学史课程大纲》，约略显示出俄罗斯学者重新考察20世纪俄罗斯文学的整体眼光。此时，一部八卷本的《20世纪俄罗斯文学史》，已经在俄罗斯科学院高尔基世界文学研究所新俄罗斯文学研究室的集体编著之中。2000—2001年，这套大型文学史的第一卷（两册）已先后出版。在西方，英国学者H. 穆尔和A. 帕里合著的《20世纪俄罗斯文学》（1976），美国学者爱德华·布朗写的《革命后的俄罗斯文学》（1982），曾是两本有影响的文学史著作。更有影响的则是由法国斯拉夫学者乔治·尼瓦主编、西方15国学者（含外籍俄罗斯学者）合写的七卷本《俄罗斯文学史》。这套著作从1986年起由法国法伊雅尔出版社陆续出版，其中有三卷是关于20世纪文学的论述。

在我国，关于20世纪俄罗斯文学史的编写，也是从1990年代初期起就进入研究者们的思考中。1994年3月，我国俄罗斯文学研究者百余人云集于风光秀丽的太湖之滨，京沪宁汉的部分与会者曾利用晚间就编写20世纪俄罗斯文学史的问题展开过热烈的讨论。关于同一问题的笔谈在无锡会议之后出现于《俄罗斯文艺》杂志上。1995年秋冬之交在南京大学外文系俄语专业，1997年春夏之交在北京大学俄语系，1998年春在上海外国语大学比较文学研究所，1999年秋在北京外国语大学俄语学院，2011年冬在黑龙江大学俄语语言文学研究基地，国内研究者都讨论过这一话题。

这本书稿正是笔者参与20世纪俄罗斯文学史建设的一种尝试。书中所论述的，只是1890年代到1950年代初期的俄罗斯文学，也即20世纪俄罗斯文学的现代阶段。全书框架的设计和部分内容的写作，开始于笔者1994—1995年赴俄罗斯访学期间。在莫斯科的一年时间，我曾得到我的导师、普希金俄语学院俄罗斯文学教研室主任亚·维·潘科夫（А. В. Паков）教授的精心指导。同一教研室的语文学博士塔·康·萨福琴科（Т. К. Савченко）老师，则以她那充满激情的讲课，使我具体地感受到了布宁、勃洛克、叶赛宁、阿赫玛托娃等一系列作家和诗人的优秀作品的魅力。同去莫斯科访学的几位中国同行，也给了我多方面的支持、帮助和鼓励。与他们的友好相处，是我的学习和研究得以持续开展的动力源泉之一。我的同学和朋友目睹了我从收集整理资料、拟定提纲到投入写作的全过程。回国后，那一年在莫斯科的学习生活，经常一幕幕地浮现在我眼前。师友们的音容笑貌与莫斯科这座历史文化名城的壮阔华美，至今留在我清晰的记忆中。书稿的另一大半内容的写作，则断断续续拖延了15年之久。这是因为在试图继续写作之际，我一再感到，只有在完全潜入文本细读之后，才能真正体味到被以往的文学史著作所遮蔽的那些作品的丰饶、力量、深度和美；必须先把精力集中到对于某一时段、某类现象、某些具体问题的深入考察和思索上来，才能获得对文学史进程的宏观把握。于是，我决定暂停计划中的文学史写作，转而进行一些专题研究。这种研读的主要结果，便是《20世纪俄罗斯文学批评史》（合著，2000）、《远逝的光华：白银时代的俄罗斯文化》（2003）、《流亡者的乡愁：俄罗斯域外文学与本土文学关系述评》（2008）、《伏尔加河的呻吟——高尔基的最后20年》（2012）等著作的先后出版，以及一些译作和论文的陆续发表。这一切都为目前这部书稿的最终完成提供了必要的铺垫。不过，现在完成的书稿中不足之处一定还有很多。因此，我真诚地希望得到前辈学者、专家、同行朋友和广大读者的批评指正。对于未来国内学者合作编写的多卷本大型俄罗斯文学史著作，本书更只是一块引玉之砖。

在这部书稿即将付梓之际，我要由衷地感谢多年来给我以关心、帮助、支持与宽慰的诸位师长、同行、同学和朋友！由衷地感谢使这本书稿得以顺利问世的吉林大学、南京师范大学的师友们！

作　者

2012年12月30日于南京